Die Rose von Kilgannon

KATHLEEN

GIVENS

Die Rose von Kilgannon

ROMAN

Aus dem Amerikanischen
von Katharina Volk

Weltbild

Die englische Originalausgabe erschien 1999 unter dem Titel *Kilgannon* bei
Dell Publishing, a divison of Random House, Inc., New York.

Besuchen Sie uns im Internet:
www.weltbild.de

Genehmigte Lizenzausgabe für Verlagsgruppe Weltbild GmbH,
Steinerne Furt, 86167 Augsburg

Übersetzung: Katharina Volk
Umschlaggestaltung: Atelier Seidel - Verlagsgrafik, Teising
Umschlagmotiv: Eigenarchiv Atelier Seidel – Verlagsgrafik, Teising
Gesamtherstellung: Bagel Roto-Offset GmbH & Co.KG, Schleinitz
Printed in the EU

ISBN 978-3-8289-9369-3

2011 2010 2009 2008
Die letzte Jahreszahl gibt die aktuelle Lizenzausgabe an.

Für meinen Ehemann Russ, der mich gelehrt hat, zu leben und zu lieben;

für meine Töchter Kerry und Patty, die mir die Freuden der Mutterschaft gezeigt haben und mich jung erhalten;

für meine Mutter, Violet Rose, die mich gelehrt hat, wie wichtig es ist, unser historisches Erbe zu kennen und zu lieben;

und im Gedenken an meinen Vater, der mich gelehrt hat, meine Arbeit zu planen und meinen Plan in Arbeit umzusetzen.

TEIL EINS

Ein Röslein roth

Mein Lieb ist wie die Rose roth,
Die neu im Mai entsprang;
Mein Lieb ist wie die Melodie,
Die süß im Lied erklang.

So schön du bist, du holde Maid,
So tief bin ich besiegt;
Und lieben werd' ich dich, mein Lieb,
Bis dass das Meer versiegt.

Bis dass das Meer versiegt, mein Lieb,
Den Fels die Sonn' erweicht:
So lange lieb ich dich, mein Lieb,
So weit mein Leben reicht.

Nun lebe wohl, mein einzig Lieb,
Leb wohl auf kurze Zeit;
Ich komme wieder, wär ich auch
Zehntausend Meilen weit.

Robert Burns: *A Red, Red Rose*
Deutsch von Karl Bartsch

1

Juni 1712

Ich gähnte zum vierten Mal, was mir einen finsteren Blick von der Schneiderin eintrug. »Miss Lowell«, sagte sie schroff. »Sie müssen gerade stehen und sich ein wenig konzentrieren. Ihre Tante wünscht, dass dieses Kleid rechtzeitig zur Gesellschaft der Herzogin morgen Abend fertig ist, und ich kann nicht richtig arbeiten, wenn Sie dabei einschlafen.« Sie ließ den Saum fallen, an dem sie gearbeitet hatte, richtete sich auf, faltete steif die Hände vor sich und betrachtete mich mit schmalen Augen.

»Ich bitte um Verzeihung, Miss Benton«, entgegnete ich, »wirklich, aber Sie haben mir bereits ganze Schränke voll wunderschöner Kleider genäht, und ich kann mich des Eindrucks nicht erwehren, dass es auf eines mehr oder weniger nun wirklich nicht ankommt.« Ihre Miene blieb unverändert, und ich seufzte. »Ich werde gerade stehen, das verspreche ich, und wir werden noch heute Nachmittag damit fertig.«

Sie nickte, ein wenig besänftigt. »Dieser satte Blauton sieht an Ihnen ganz prachtvoll aus, Miss Lowell. Er bringt Ihre Augen schön zur Geltung, und das Rosé, das wir nächste Woche verarbeiten werden, lässt Ihre Wangen hübsch rosig strahlen.«

»Sie sagten doch, dies sei das Letzte, Miss Benton.« Ich bemühte mich, nicht allzu entnervt zu klingen, und blickte aus dem Fenster in den wunderschönen Sommertag hinaus. Der erste schöne Tag seit Wochen, und ich war in meinem Salon eingesperrt, weil ein weiteres Kleid genäht werden musste.

»Sie haben tatsächlich viele Kleider, Miss Lowell«, stimmte Miss Benton zu, die sich nun wieder auf ihre Arbeit konzentrierte, »doch die modisch geschnittenen sind alle schwarz, und die Trauerzeit für Ihre Mutter ist nun vorbei. Ihre Tante hat mich gebeten, dabei behilflich zu sein, Sie für die letzten Gesellschaften auszustatten. Die Saison ist schon fast vorüber.«

Ich nickte. *Höchste Zeit*, dachte ich. Als ich nach London gekommen war, hatte ich die Saison genossen, die Gesellschaften, die Flirts und den endlosen Reigen von Aufwartungen und Besuchen. Ich war bald sehr gut darin, über die Angelegenheiten des Staates wie des Herzens zu plaudern. Doch als meine Mutter krank wurde und ich mich mit ihr nach Hause, nach Warwickshire, zurückzog, hatte ich viel Zeit, um über die Oberflächlichkeit der feinen Londoner Gesellschaft nachzudenken. Und ich stellte fest, dass ich sie nicht sonderlich vermisste. Seit Mutters Tod bin ich mit Tante Louisa viel in Europa gereist, außer nach Frankreich natürlich, mit dem England gegenwärtig Krieg führte. Wir waren zu Weihnachten zurückgekehrt, als der lebhafteste Teil der Saison gerade begann.

Jetzt, Anfang Juni, würden die meisten Londoner die Stadt bald verlassen, um den Sommer auf ihren Landsitzen zu verbringen und Verwandte und Freunde auf dem Lande zu besuchen. Ich drehte mich auf Miss Bentons Wink hin um und seufzte erneut. Meine Tante bezahlte diese Kleider, in der Hoffnung, ich würde eine brillante Partie machen, und da ich keinerlei eigenes Einkommen hatte, bis auf einen kleinen Anteil der Pacht von den Ländereien, die nun meinem Bruder gehörten, konnte ich der Frau, die Louisa in Dienst genommen hatte, keine Vorschriften machen. Aber es war so langweilig. Dennoch, so dachte ich, waren die Tage, da ich Herrin über meine eigene Zeit gewesen war, endgültig vorüber. Krankheit und Tod meiner Mutter hatten das Unvermeidliche ein wenig aufgeschoben. Ich sollte heiraten. Oh, der Bräutigam war noch nicht ausgesucht, und meine persönlichen Wünsche wurden nicht berücksichtigt, doch der augenblickliche Favorit war Robert Campbell. Mit den Freiheiten, die ich in meiner Kindheit genossen hatte, war es längst vorbei. Nicht einmal zu Hause in Mountgarden konnte ich mehr die Dinge tun, die ich immer für selbstverständlich gehalten hatte. Ich lächelte bei der Vorstellung, wie man reagieren würde, wenn ich meine Schuhe auszöge, um beim Heumachen zu helfen, wie ich es als kleines Mädchen getan hatte. Wie ich meine Eltern vermisste. Im Gegensatz zu so vielen anderen Männern hatte mein Vater Bildung auch für ein Mädchen für wichtig erachtet. »Erziehe eine Frau, und du erziehst eine ganze Familie«, war einer seiner Lieblingssprüche gewesen, und er hatte auch danach gelebt. Allerdings hatte ich in letzter Zeit weder meine Latein- und Französischkenntnisse noch meine Fähigkeiten im Rechnen gebraucht. Mein Bruder hatte vor Kurzem Betty Southall geheiratet und führte die Bücher von Mountgarden nun selbst, mehr schlecht als recht, doch das Anwesen war nun sein, und damit auch die Verantwortung. Ich besuchte Mountgarden nun seltener, doch wenn ich dort war, kümmerte ich mich jedes Mal um die Bücher, mit Wills Segen natürlich, und freute mich daran, wenn alles wieder seine Ordnung hatte.

Miss Benton bat mich erneut, gerade zu stehen, und ich gehorchte und überlegte, ob ich es wagen konnte, einen Laufburschen zur Bibliothek zu schicken, damit er mir ein Buch holte. Wenn ich lesen könnte, während Miss Benton arbeitete, würde ich den Nachmittag gewiss überstehen. Ich hob auf ihre Anweisung hin den Kopf und starrte mein Spiegelbild an. Ich runzelte die Stirn. Gut gekleidet mochte ich als modisch und vornehm durchgehen, doch ich würde niemals eine Schönheit sein wie meine Tante Louisa und meine Schwägerin Betty. Beide waren kleine, zierliche Frauen, Louisa mit dunklen Locken und Betty mit dem blonden Haar reinblütiger Sachsen. Ich war weder klein noch zierlich und auch nicht schön, trotz Louisas freundlicher Beteuerungen. Ich wusste, dass ich dieses Kleid brauchen würde, denn ohne die angemessene Garderobe würde ich womöglich nie einen Ehemann abbekommen. Aber ich verabscheute die ganze Prozedur. »Wissen Sie, was ich heute getan habe, Miss Benton?«

»Nein, Miss Lowell«, murmelte sie, zahlreiche Nadeln zwischen den Lippen.

»Ich habe mich zum Frühstück angekleidet, mich dann umgezogen, um Tante Louisa zur Herzogin zu begleiten, damit wir die Abendgesellschaft besprechen konnten. Dann bin ich heimgekehrt und habe mich zum Mittagessen mit meinem Bruder Will und seiner Frau Betty umgezogen. Jetzt habe ich mich erneut umgezogen, damit Sie diese Kleider fertigstellen können. Und später werde ich mich umziehen, weil wir bei den Mayfair Bartletts zum Dinner eingeladen sind.«

»Ein herrlicher Tag, Miss Lowell.«

»Meinen Sie denn nicht, dass ich noch etwas Sinnvolleres tun sollte, als mich umzukleiden?« Die Schneiderin antwortete nicht, und ich drehte mich auf ihre Geste hin erneut um. Eine Frau, die davon lebte, Menschen einzukleiden, konnte wohl kaum Mitgefühl für jemanden aufbringen, der keine Lust hatte, sich den ganzen Tag lang umzuziehen, sagte ich mir. Ich blickte wieder aus dem Fenster und schwor mir, brav zu sein und sie ihre Arbeit tun zu lassen. Meine Gedanken schweiften ab, während ich mich bemühte, den Rücken gerade zu halten. Robert würde bald nach Hause kommen und die Gerüchteküche wieder zum Brodeln bringen. Die ganze Londoner Gesellschaft ging davon aus, dass unsere Verlobung jeden Augenblick verkündet werden müsste. *Vielleicht wird er durch irgendetwas aufgehalten*, dachte ich und schämte mich sogleich meiner mangelnden Loyalität. Es war ja nicht so, dass ich ihn nicht wiedersehen wollte, denn ich mochte Robert Campbell recht gern. Aber ich hatte es nicht eilig, ihn zu heiraten, oder überhaupt irgendjemanden, und er schien derselben Ansicht zu sein. In den vergangenen zwei Jahren hatten Robert und ich uns daran gewöhnt, Zeit miteinander zu verbringen, und London hatte sich daran gewöhnt, uns zusammen zu sehen. Louisa, die Schwester meiner Mutter, war hocherfreut, denn in die Familie Campbell einzuheiraten, war ihrer Meinung nach eine sehr gute Verbindung. Sie fand, ich sei im heiratsfähigen Alter, Robert sei eine hervorragende Partie, und ich bemühe mich nicht genug um ihn. Doch obwohl wir so viele gesellige Stunden miteinander verbrachten, hatte es weder von ihm noch von mir irgendwelche Versprechungen oder Liebeserklärungen gegeben. Robert weilte mit seinem Cousin John, dem Duke of Argyll, in Frankreich. Ich war zwar nicht sicher, was er dort tat, doch ich wusste, dass es mit dem Krieg zu tun haben musste, wenngleich er in letzter Zeit nicht zu Felde gezogen war. Als ich mich bei Robert nach seinen Aufgaben in Frankreich erkundigt hatte, war mir nur beschieden worden, ich solle mir nicht den Kopf darüber zerbrechen – als könnte es mich verwirren oder ängstigen, zu erfahren, was er dort tat. Louisas Ehemann, mein Onkel Randolph, war mit so vielen anderen Männern in Frankreich, hatte sich zu unserer Beziehung nicht geäußert, und ich war damit zufrieden, es bei diesem Schwebezustand zu belassen. Wenn der Krieg vorüber war, würden wir eine Entscheidung fällen müssen. Bis dahin würden Louisa und ihre Freundin, die Herzogin, sich weiterhin bemühen, einen passenden Ehemann für mich zu finden, und ich würde mich widersetzen. Ich wusste, dass Robert ein guter Mann war, aber ich wollte … nun ja, mehr. Ich blickte aus dem Fenster und bemühte mich, nicht sichtbar zu schmollen.

Mein gutes Betragen wurde prompt belohnt, denn man kündigte mir Rebecca Washburton an, und gleich darauf erschien sie in der Tür. Becca war meine liebste Freundin, und wir kannten uns schon, seit wir kleine Kinder gewesen waren. Unsere Mütter waren als kleine Mädchen befreundet gewesen, ebenso wie mit Tante Louisa, und so lange ich zurückdenken konnte, waren Becca und ich wie Schwestern gewesen. Wir sahen einander sogar ähnlich mit unserem dunklen Haar und den blauen Augen, und obwohl ich viel größer war, wurden wir von Fremden öfter verwechselt. Doch das sollte sich bald ändern. Im November würde sie Lawrence Pearson heiraten, einen Cousin der Mayfair-Bartletts, und mit ihm in seine Heimat nach Carolina ziehen. Ich würde sie gewiss schrecklich vermissen.

»Miss Benton.« Rebecca nickte der Schneiderin zu. »Und Mary, meine Liebe.« Miss Benton wich steif beiseite, als wir uns umarmten. Becca trat mit einem Lächeln zurück. »Bitte, fahren Sie fort, Miss Benton. Ich setze mich hier hin, wo ich Ihnen nicht im Weg bin. Dann kann ich mich mit Mary unterhalten, während Sie arbeiten.« Miss Benton begab sich wieder an die Arbeit, und ich begegnete über den gebeugten Kopf der Schneiderin hinweg Beccas fröhlichem Blick. »Das Kleid steht dir, Mary«, sagte Becca. »Du bist groß genug, um Reifröcke zu tragen, ohne darin albern auszusehen.«

Miss Benton entgegnete: »Es freut mich, dass Ihnen das Kleid gefällt, Miss Washburton.«

Ich muss wohl unsichtbar geworden sein, dachte ich, und Rebecca lächelte. Sie wusste, wie sehr ich die ewigen Anproben verabscheute, und neckte mich, indem sie mir von ihrem langen Ausritt mit Lawrence erzählte. Ich schnitt ihr eine Grimasse.

»Meine liebe Mary«, sagte sie gut gelaunt und ließ sich in einem Sessel am Fenster nieder, »du musst angemessen gekleidet sein, damit die Herzogin einen Mann für dich finden kann.« Mit einem Blick auf Miss Benton fuhr sie in demselben Tonfall fort: »Lord Campbell müsste doch jeden Tag eintreffen.« Ich warf meiner Freundin einen finsteren Blick zu, denn sie wusste ganz genau, dass ich vor Miss Benton nicht offen antworten konnte. Sie würde alles, was ich sagte, jedem weitererzählen, der es hören wollte, und solche Leute gab es in London reichlich. Außerdem wusste Becca, dass Robert nicht mein liebstes

Gesprächsthema war. »Ein Jammer«, fuhr Becca mit breitem Lächeln fort, »dass Lord Campbell wohl nicht rechtzeitig zur Gesellschaft der Herzogin zurück sein wird, aber vielleicht schon zum Dinner deiner Tante nächste Woche, oder Lady Wilmingtons Abendgesellschaft übernächste Woche.«

»Ja.« Über Miss Bentons Kopf hinweg funkelte ich sie an.

Becca ließ sich nicht einschüchtern. »Also«, sagte sie und blickte aus dem Fenster, »ich bin mit meiner Mutter gekommen. Wir möchten uns bei Louisa entschuldigen. Wir fahren am Dienstag mit Lawrences Familie nach Bath und werden ihr Fest verpassen.«

»Becca!«, rief ich aus. »Könnt ihr die Reise nicht verschieben? Nur um ein, zwei Tage? Wie soll ich den Abend ohne dich überstehen?«

Miss Benton hob den Kopf, ehe Becca antworten konnte. »Ihre Mutter ist mit Countess Randolph hier, Miss Washburton?« Sie erhob sich und steckte energisch Nadeln in das Kissen, das sie am Handgelenk trug.

»Sie sind im Salon, Miss Benton«, entgegnete Rebecca. »Möchten Sie sie sprechen?«

Miss Benton nickte. »Ich muss die Anproben für Ihr Hochzeitskleid mit ihr besprechen, und wenn Sie kommende Woche nicht in der Stadt sein werden, müssen wir einen anderen Termin finden.« Sie warf mir einen beiläufigen Blick zu, schon auf dem Weg zur Tür. »Wenn Sie mich bitte entschuldigen würden, Miss Lowell, ich bin gleich wieder bei Ihnen.« Ich nickte mit einer Miene, die Becca als meinen »königlichen Blick« bezeichnete, doch Miss Benton war bereits verschwunden, und ich wandte mich meiner Freundin zu.

»Du bist abscheulich!«, sagte ich und raffte die Röcke, um steif zu ihr hinüberzugehen. »Warum musstest du Robert erwähnen? Hast du ihr Gesicht gesehen? Sie hat sogar in ihrer Arbeit innegehalten, um unser Gespräch zu belauschen. Sie wird jedes Wort davon weitertratschen!«

Rebecca lachte. »Mary, du sprichst gerade so, als würde sie nicht ohnehin alles belauschen. Sollen die Leute doch ruhig etwas zu reden haben.«

»Warum dann nicht über dich statt über mich?« Ich ließ mich in einem Sessel nieder.

»Ich bin nichts Neues mehr«, sagte sie mit hochgezogenen Augenbrauen, »sondern bereits verlobt, und der Hochzeitstag steht auch schon fest. Das einzige Interessante, das es vor meiner Hochzeit noch über mich zu bereden gäbe, wäre, wenn Lawrence in Begleitung irgendeiner abscheulichen Person gesehen würde, oder ich plötzlich an Gewicht zunehmen sollte.«

»Du hast leicht reden«, erwiderte ich. »Bei dir hat die Wachsamkeit nachgelassen. Ich werde weiterhin jeden Augenblick streng beobachtet. Wirklich, Becca, ich beneide dich. Wenn du erst einmal verheiratet ist, wirst du viel mehr Freiheiten genießen, als wir jetzt haben.« Das stimmte. Was ich auch tat, stets wurde streng darauf geachtet, dass ich den Maßstäben von Anstand und Schicklichkeit genügte. Wenn Robert und ich zusammen waren, dann nur unter den wachsamen Blicken einer Verwandten oder meiner Zofe, und niemals durfte die Tür des Raumes, in dem wir uns befanden, geschlossen werden. Ich fragte mich oft, was meine Zofe eigentlich ausrichten sollte, falls Robert auf die Idee käme, sich unziemlich zu verhalten. Aber, so dachte ich, Robert würde sich niemals danebenbenehmen. Er sprach mich sogar sehr hochachtungsvoll an, obgleich ich nicht einmal einen Titel führte.

»Arme Mary«, neckte Rebecca mich. »Das Leben ist ja so schwierig.«

»Du musst heute Abend ja auch nicht bei den Mayfair Bartletts dinieren.«

»Das haben wir gestern getan, und wir haben es überlebt.«

»Lass mich raten. Ihr habt über Politik diskutiert.«

Rebecca nickte. »Königin Anne, König Lewis und den Krieg mit Frankreich, und über König Philip und die Frage, ob Spanien sich nächstes Mal mit uns oder mit Frankreich verbünden wird. Lawrence war fasziniert.«

Ich schüttelte den Kopf. »Ich finde das so langweilig. Endlose Diskussionen über immer wieder dieselben Dinge. Und vergiss dabei den Klatsch nicht. Lord Soundso hat auf einer Gesellschaft mit Lady Soundso gesprochen, und Miss Soundso hat sich von Mister Soundso ein Glas Punsch bringen lassen. Das muss stundenlang diskutiert werden.«

Becca lachte. »Du wirst es überleben, und morgen ist die Gesellschaft der Herzogin.«

»Auf die wir uns den ganzen Tag lang vorbereiten werden. Um dann die nächste Woche damit zuzubringen, uns auf Louisas Einladung vorzubereiten.« Ich verzog das Gesicht. »Zumindest sind Will und Betty noch in London.«

»Wie lange bleiben sie denn noch?«

»Zwei Wochen, dann kehren sie nach Mountgarden zurück. Vielleicht werde ich sie begleiten«, sagte ich, denn ich hatte plötzlich Sehnsucht nach dem Zuhause meiner Kindheit. »Aber es ist nicht dasselbe, seit meine Eltern nicht mehr sind. Ich weiß noch nicht, was ich tun werde.«

»Begleite sie. Du weißt doch, wie sehr Will deine Gesellschaft schätzt.«

Ich nickte. »Und ich die seine. Aber, Becca, das ist jetzt ihr Heim. Ich habe kein eigenes Zuhause. Ich wohne bei Louisa oder bei Will und Betty. Ich habe keinen Ort, den ich mein Heim nennen könnte, der ganz mir gehört.«

Rebecca tätschelte meine Hand. »Ich weiß«, sagte sie und wurde plötzlich ernst.

Ich zuckte mit den Schultern und lächelte meine Freundin an. »Was soll ich nur tun, wenn du nicht mehr da bist, um dir meine Klagen anzuhören? Ich bin wirklich ein verzogenes Kind, dass ich mir solche Gedanken mache, obwohl Will mir ein Heim angeboten hat, für immer, wenn ich möchte, und Louisa ebenfalls. Ich sollte dankbarer sein.« Aber im Augenblick fühlte ich keine

Dankbarkeit. Draußen schob sich eine Wolke vor die Sonne. Zweifellos würde es morgen regnen. Und ich würde mich vor dem Abendessen viermal umziehen.

Ich überlebte das Dinner bei den Bartletts tatsächlich, wenngleich meine einzige Belustigung darin bestand, die skandalösen Geschichten zu zählen, die der bissige Edmund Bartlett zum Besten gab. Zwölf, resümierte ich am Ende des Abends, sofern ich keine vergessen hatte. Als ich mit meiner Tante, Will und Betty in die Kutsche stieg, war mein Lächeln aufrichtig. Der Abend war vorüber.

Die Gesellschaft der Herzogin am folgenden Abend war ein großer Erfolg, gut besucht und fröhlich, und ich amüsierte mich wesentlich besser, als ich vorher vermutet hatte. Die lieben Freunde meiner Tante, der Duke und die Duchess of Fenster, hatten mich herzlich willkommen geheißen und das blaue Kleid mit Komplimenten überhäuft, und ich hatte mit ihnen gelacht und gescherzt. Lawrence war sehr freundlich, und Becca und ich hatten Gelegenheit, mit unseren Freundinnen Janice und Meg zu plaudern. Sogar meine Schwägerin Betty war bester Laune, weil ihr gleich mehrere Männer Komplimente gemacht hatten, und das bedeutete, dass auch Will einen schönen Abend verbrachte. Ehe ich mich versah, war das Fest vorüber. Wenn ich nur den gut aussehenden Mann gefunden hätte, von dem Becca behauptete, er hätte mich stundenlang beobachtet, wäre der Abend für mich vollkommen gewesen. Doch obwohl wir alle Salons absuchten, war er nirgends mehr zu finden, und ich warf Rebecca im Spaß vor, sie habe sich den rätselhaften Fremden für mich ausgedacht. Die einzige Wolke, die den Abend trübte, war das kühle Benehmen der wenigen anwesenden Whigs. Die Barringtons waren einflussreiche Tories – Mitglieder jener Partei, die derzeit das Parlament dominierte und energisch um Königin Annes Aufmerksamkeit warb. Man betrachtete es als sehr tolerant von ihnen, die Opposition in ihr Haus einzuladen, obgleich das in letzter Zeit viele Tories taten. Die beiden politischen Parteien steckten noch in den Kinderschuhen, aber die Tories hielten es im Allgemeinen mit der anglikanischen Kirche und wurden von den Whigs, die die Trennung von der Amtskirche und das militärische Engagement in Europa befürworteten, als provinziell betrachtet. Die Whigs verhielten sich meiner Tante und mir gegenüber zwar höflich, doch wir bekamen beide zu spüren, dass wir nur Frauen und damit kaum von Bedeutung waren. Größtenteils ignorierten sie uns, was mir nur angenehm war. Ihr Benehmen und die politischen Auswirkungen desselben würden in der Woche vor dem nächsten gesellschaftlichen Anlass endlos diskutiert werden, und ich wusste jetzt schon, dass ich mir das stundenlang würde anhören müssen. Also gab es keinen Grund, schon heute Abend darüber nachzugrübeln.

Die nächste Woche flog nur so dahin, ein bunter Reigen der Vorbereitung für Louisas Abendgesellschaft. Ich lief hinter ihr her und beobachtete ehrfürchtig wie immer ihre anscheinend mühelose Tüchtigkeit. Sie dirigierte Haushalt und Dienstboten mit der Leichtigkeit einer geborenen Kommandantin, und ich sah zu und lernte. Louisa erteilte ihrem Personal Befehle, gab im selben Atemzug mir eine Anweisung, stets ruhig und gelassen, und wir beeilten uns, unsere Aufgaben zu erfüllen. Bis zum frühen Nachmittag am Tag der Party war alles an seinem Platz. Louisa ruhte sich ein wenig aus, und ich diskutierte in meinem Schlafgemach mit meiner Zofe darüber, welches der neuen Kleider ich tragen sollte. Louisa hatte nachdrücklich das rosafarbene Kleid vorgeschlagen, und dafür entschied ich mich schließlich auch. Ich trug es mit dem schlichten Schmuck meiner Mutter und steckte mir noch eine weiße Rose aus Louisas Garten an. Becca war bereits mit Lawrence, den Pearsons und ihren Eltern nach Bath abgereist. Janice und Meg hatten London ebenfalls schon verlassen, und Robert war noch nicht aus Frankreich zurückgekehrt. Ich sah einem einsamen Abend entgegen.

Er fiel mir auf, sobald er in der Tür von Louisas Ballsaal erschien. Er wartete darauf, angekündigt zu werden, doch ich wusste sogleich, wer er war. Seinen Namen kannte ich nicht, aber das konnte nur der Mann sein, von dem Becca gesprochen hatte. Jedenfalls passte ihre Beschreibung haargenau, und er war so bemerkenswert, wie sie angedeutet hatte. Er trug die traditionelle Kleidung der schottischen Highlander, während alle anderen nach der neuesten Londoner Mode ausstaffiert waren. Er war größer als die meisten anderen Männer im Saal, schlicht zurechtgemacht und ohne Perücke; das blonde Haar war im Nacken zu einem Zopf zusammengefasst. Er trug ein blendend weißes Hemd unter einer mattgrünen Jacke und dazu einen in viele Falten gelegten Kilt. Der Rest des Plaids war über die Schulter drapiert und mit einer schlichten goldenen Brosche befestigt. Er war schlank und anmutig, mit breiten Schultern und langen Beinen, deren Muskeln unter dunklen Strümpfen unterhalb des Kilts deutlich sichtbar waren. Die anderen Männer im Saal wirkten plötzlich übertrieben herausgeputzt.

Mein Interesse wuchs, als der Earl of Kilgannon angekündigt wurde und die Treppe herunterstieg. Ich sah zu, wie meine Tante mit herzlichem Lächeln auf ihn zutrat, und bewunderte ihre mühelose Anmut. Louisa, die Countess Randolph, verheiratet mit dem Earl Randolph, war es gewohnt, Adelige zu begrüßen, denn sie bewegte sich in adeligen Kreisen. Die Herzogin, wie üblich an ihrer Seite, begrüßte den Neuankömmling ebenfalls herzlich. Hinter mir konnte ich das Gemurmel zweier Männer hören, die nicht erfreut darüber waren, dass sich ein »verdammter Schotte« unter uns befand. Ich erkannte die Stimmen, drehte mich um, und mein Verdacht wurde bestätigt: Es waren die Whigs, die mich auf der Gesellschaft der Herzogin so gründlich ignoriert hatten. Ich wandte mich wieder zu dem Schotten um.

»Nicht nur ein Schotte, sondern auch noch ein Highlander«, knurrte einer der Whigs. »Vermutlich wird er noch im Laufe des Abends jemanden erstechen. Diese Leute haben Manieren wie Schweine. Barbaren. Was denkt die Countess Randolph sich nur dabei, ihn einzuladen? Verdammt rücksichtslos von ihr.«

Sein Freund lachte. »Ich glaube, er ist ein entfernter Verwandter. Sie war mit einem Schotten verheiratet, falls du dich erinnerst. Sie sagt, er bringe sie zum Lachen.«

»Das tut mein Hund auch, trotzdem lade ich ihn nicht zu einem Dinner ein.«

Die beiden fuhren fort, doch ich lauschte nur noch mit halbem Ohr, denn ich konzentrierte mich ganz auf den blonden Mann, der sich über der Hand meiner Tante verbeugte und etwas zu ihr sagte. Sie lachte und versetzte ihm mit ihrem Fächer einen spielerischen Klaps auf den Arm. Warum hatte Louisa diesen Mann noch nie erwähnt? Er war zweifellos interessanter als alle anderen Männer, die ich in London je gesehen hatte. Nun, zumindest sah er wesentlich besser aus. Ich verlor ihn aus den Augen, als andere Gäste zwischen uns traten. Dann sah ich den Schotten allein dastehen, er ließ den Blick durch den Saal schweifen, als suchte er jemanden. Unsere Blicke trafen sich, und er lächelte. Ohne darüber nachzudenken, erwiderte ich das Lächeln. Er kam auf mich zu, doch Lady Wilmington hielt ihn auf, mit zur Seite geneigtem Kopf und einer fleischigen Hand auf seinem Arm. Er betrachtete ihre Hand, dann mich, und lächelte sie an. In diesem Augenblick sprach Will mich an, und ich wandte mich ihm zu. Als er und Betty mich gleich darauf verließen, um zu tanzen, drehte ich mich wieder nach dem Fremden um. Und sah ihn direkt vor mir stehen.

Sein Schlüsselbein war auf meiner Augenhöhe, deshalb sah ich erst silberne Knöpfe und einen Spitzenkragen, ehe ich seinem Blick begegnete. Ich war mir sehr wohl bewusst, dass man uns neugierig anstarrte. Vergeblich versuchte ich zu verhindern, dass mir die Röte in die Wangen stieg, und fragte mich, ob mein

Gesicht wohl schon dieselbe Farbe angenommen habe wie mein Kleid. Sein Haar war goldblond, kräftig und glänzend. Wangenknochen und Kiefer waren kräftig, die gerade Nase passte zu dem gut gezeichneten Mund. Seine Augen, von dunklen Wimpern umringt, waren so blau wie der Mittsommerhimmel, seine Miene sehr höflich, als er mich ansprach.

»Miss Lowell? Ich bin Alexander MacGannon aus Kilgannon. Eure Tante hat mir nahegelegt, mich Euch vorzustellen.« Sein Akzent war stark, sein Tonfall locker. Er klang nicht wie ein gefährlicher Verrückter. Ich bot ihm meine Hand dar, und er verneigte sich darüber. Als er sich wieder aufrichtete, glitt eine lange Locke aus dem Band, das sein Haar zurückhielt, und ich empfand den albernen Drang, ihm die Strähne aus dem Gesicht zu streichen. Ich wich ein wenig hektischer zurück, als ich vorgehabt hatte. Er strich sich das Haar zurück und betrachtete mich aufmerksam, doch ein Flackern in seinen Augen sagte mir, dass er mein Zurückzucken bemerkt hatte.

»Es ist üblich, Kilgannon, sich einer Dame von einer dritten Person vorstellen zu lassen«, sagte die Herzogin lachend, die plötzlich an seiner Seite erschienen war. Die kleine, rundliche Frau blickte voller Zuneigung zu ihm auf.

»Das ist allerdings weniger direkt, als mir lieb ist, Euer Gnaden«, erwiderte er und verneigte sich leicht. »Aber ich beuge mich in allen Dingen gern Euren Wünschen.«

»In allen Dingen, Sir, oder nur da, wo Ihr es selbst wünscht?«

Ich war erstaunt. Die Herzogin flirtete mit einem Schotten? Ich musterte ihn, während sie miteinander scherzten, und tat so, als sauge ich nicht jede Einzelheit über ihn in mich auf, während ich darauf wartete, dass sie ihr Spiel beendeten. Schließlich wandte die Herzogin sich mir zu. »Meine liebe Mary, darf ich Ihnen Alexander MacGannon vorstellen, den zehnten Earl of Kilgannon. Kilgannon, Miss Mary Lowell. Vor zwei Jahren hat der Herzog Kilgannon in Frankreich kennengelernt, Mary. Mein Mann berichtet mir, der Graf sei ebenso charmant wie tödlich.«

Sie legte ihm eine winzige, mit Ringen geschmückte Hand auf den Arm und blickte lächelnd zu ihm auf. »Welch eine interessante Kombination.«

Der Graf lachte. »Tja, Madam, wir Schotten sind immer charmant und tödlich. Wenn wir uns nicht gerade wie Wilde aufführen.«

»Ach, Kilgannon«, schalt sie leichthin, »begleitet doch Miss Lowell auf ihrem Spaziergang.« Sie lächelte mich an. »Er ist derzeit unverheiratet, meine Liebe.« Ich spürte meine Wangen erneut aufflammen, als sie davonwackelte, doch noch ehe ich oder er etwas sagen konnten, stand einer der Whigs plötzlich neben mir und starrte Lord Kilgannon streitlustig an. Abrupt sagte er:

»Kirkgannon, nicht wahr? Was haltet Ihr vom Vereinigungsgesetz?«

»Kilgannon, Sir.« Kilgannon verneigte sich steif und sagte kühl: »Soweit ich weiß, gilt die Union bereits seit mehreren Jahren.«

»Werdet ihr Schotten dem Gesetz denn diesmal gehorchen?«

»Wie immer, Sir. Wenn Ihr uns entschuldigen würdet, Miss Lowell hat den Wunsch nach ein wenig frischer Luft geäußert.« Ich protestierte nicht, als Kilgannon meine Hand nahm und auf seinen Arm legte. Schweigend führte er mich ans andere Ende des Ballsaals und hinaus auf die Terrasse, ohne auf die vielen neugierigen Blicke zu achten. Draußen ließ er seufzend meine Hand los und lehnte sich an die steinerne Brüstung. Die Nacht war mild, der Halbmond stand am schwarzen Himmel. Eine sanfte Brise zerzauste uns das Haar und wehte den Duft von Rosen heran, und ich beobachtete ihn im Schein der Lampen neben der Tür. Er blickte über die Schulter in die Dunkelheit, bevor er sich mir zuwandte.

»Ich bitte um Verzeihung, Miss Lowell. Ich wollte Euch nicht entführen. Ich fürchtete nur, ich könnte etwas Unverzeihliches sagen, und Eure Tante würde mich daraufhin aus ihrem Haus verbannen. Und …« Er drehte sich um, schaute in den dunklen Garten hinaus, und seine Wangen färbten sich ein wenig rosa.

»Ich bitte um Verzeihung, falls ich Euch gegenüber zu direkt gewesen sein sollte. Ich dachte nur, das wäre die einfachste Möglichkeit, Eure Bekanntschaft zu machen.« Ich betrachtete sein Profil und versuchte, die passende Antwort zu finden. Als ich stumm blieb, warf er mir einen scharfen Blick zu. »Seid Ihr zornig? Wünscht Ihr, dass ich gehe?«

Ich warf ihm einen langen Blick zu, ehe ich antwortete, und lächelte dann. Zorn empfand ich gewiss nicht. »Sollte ich zornig sein, weil Ihr meine Bekanntschaft machen wolltet, Sir?«, fragte ich. »Oder weil Ihr Euch geweigert habt, Euch von einem Rüpel in einen Streit verwickeln zu lassen? Oder sollte ich zornig sein, weil Ihr schamlos mit meiner Tante und der Herzogin geflirtet habt? Oder weil ein Schotte es wagt, eine solche Abendgesellschaft zu besuchen, obwohl wir doch wissen, dass Ihr jeden Augenblick London niederbrennen könntet?«

Er wandte sich mir zu und blickte erst überrascht drein, doch dann, als er in meiner Miene las, begann er, leise zu lachen. »Ihr seid vielleicht eine. Also schön, weshalb seid Ihr nun zornig?« Ein Lächeln umspielte seine Mundwinkel.

»Ich habe mich noch nicht entschieden. Hmmm. Ich bin nicht verärgert darüber, dass Ihr meine Bekanntschaft machen wolltet.«

»Und?«

»Und ich bin nicht verärgert, weil Ihr Euch nicht über Politik streiten möchtet. Ich bin auch nicht verärgert, weil Ihr auf dieser Gesellschaft erscheint, vorausgesetzt natürlich, Ihr wurdet eingeladen.«

»Das kann ich Euch versichern. Und?«

»Und ich bin empört darüber, dass Ihr mit meiner Tante Louisa und der Herzogin geflirtet habt.«

Er lachte laut auf und wandte sich wieder dem Garten zu. »Eure Tante hatte mir erzählt, dass Ihr ebenso klug wie schön seid.«

»Meine Tante behauptet immer, ich sei klug und schön, Sir«, entgegnete ich. »In Wahrheit bin ich keines von beiden.«

»Da muss ich Euch widersprechen, Miss Lowell. Im Gegenteil, sie hat stark untertrieben.« Er warf mir einen verstohlenen Blick zu, und seine Miene wurde weicher. »Danke, dass Ihr so freundlich zu einem Fremden wart.«

»Mylord, es fiel mir wahrlich nicht schwer, freundlich zu Euch zu sein.«

»Nicht Mylord, Mädchen. Bitte, einfach Alex.«

»Auch nicht Earl of ...« Ich konnte mich nicht genau erinnern.

»Kilgannon. Nein. Alex. Alex MacGannon. Werdet Ihr Euch an diesen Namen erinnern?«

»Alex«, sagte ich und begegnete seinem Blick.

»Da seid Ihr ja! Wir hatten uns schon gewundert, wohin Ihr Euch womöglich verlaufen habt.« Wir drehten uns um und sahen die Herzogin mit Will und Betty in der Tür stehen. Sie stellte alle einander vor und wandte sich dann lächelnd an mich. »Der Graf hat Sie auf meinem Fest vergangene Woche bemerkt, Mary«, sagte sie, »und darum gebeten, Ihnen vorgestellt zu werden, doch er musste uns verlassen, ehe ich dazu kam. Deshalb freut es mich besonders, dass er heute Abend kommen konnte.«

Ich beobachtete, wie Kilgannon mich beobachtete und Will ihn musterte. »Ich verstehe«, sagte ich. »Der Graf war sehr direkt.«

Die Herzogin lachte. »Und erfolgreich, wie mir scheint.«

Will zog die Augenbrauchen hoch, und ich machte eine Bemerkung über das Wetter, um seiner beschützenden Reaktion zuvorzukommen. Wir unterhielten uns noch ein wenig, Will und Kilgannon machten höflich Konversation, und Betty stand schmollend im Hintergrund. Die Herzogin unterbrach die Männer, als sie auf Politik zu sprechen kamen. »Nein, nein, nicht heute Abend, Gentlemen«, sagte sie mit einer abwehrenden Geste. »Kommt herein, der Tanz wird gleich wieder beginnen.« Sie ging voran, und wir folgten ihr.

Im Ballsaal stand Betty sogleich an Kilgannons Seite. »Tanzt Ihr, Sir?«, fragte sie mit ihrer affektierten, piepsenden Stimme.

Er nickte. »Ja, Mistress, aber nicht das Menuett.«

»Oh«, sagte sie und wurde gleich darauf von Will auf die Tanzfläche geführt. Ich blieb bei Kilgannon stehen und sah den Tanzenden zu. Ich war mir seiner Nähe sehr bewusst und überlegte, was ich sagen könnte, das sich nicht albern anhören würde. Jonathan Wumple blieb vor uns stehen und verneigte sich, und ich stöhnte innerlich. Jonathan, den ich schon ewig kannte, bat mich immer um einen Tanz. Heute Abend jedoch fragte er Kilgannon, ob ich tanzen dürfe. Der Schotte warf mir einen Seitenblick zu.

»Das ist ganz allein die Entscheidung der Dame, Sir. Flirtet nur lieber nicht mit ihr. Sie verabscheut Männer, die flirten«, entgegnete er mit vielsagender Miene und lachte dann über die dezente Grimasse, die ich ihm hinter Jonathans Rücken schnitt.

Ich tanzte also mit Jonathan, doch mein Blick hing an Kilgannon, der allein am Rand des Saals stand. Binnen kürzester Zeit war er von Frauen umringt, und er lachte, unterhielt sich und beugte sich vor, um ihre Worte zu verstehen, doch er widerstand allen Versuchen, ihn zum Tanzen zu bewegen. Er rührte sich auch nicht von der Stelle, nicht einmal, als eine wunderschöne Rothaarige in einem gewagten Kleid sich dazugesellte. Lady Rowena de Burghesse, die Frau des Marquis of Badwell, sah ihm mit einem wissenden Blick in die Augen, und ich spürte, wie meine Wangen heiß wurden. Wie ich Rowena verabscheute. Ich hatte sie noch nie leiden können, doch in diesem Augenblick hasste ich sie geradezu. Ich fragte mich, was sie zu ihm gesagt haben mochte, als Kilgannon ein nachdenkliches Gesicht machte und sein Blick zu mir herüberhuschte.

Als der Tanz endete, befanden wir uns auf verschiedenen Seiten des Ballsaals, und ich plauderte kurz mit Jonathan und seiner Schwester Priscilla. Dann flüsterte Priscilla hinter ihrem Fächer: »Kilgannon sieht sehr gut aus. Wo hat Ihre Tante ihn kennengelernt?«

»Auf dem Fest der Herzogin, glaube ich«, sagte ich und wandte mich nach ihm um. Doch er war fort. Die Enttäuschung, die ich empfand, überraschte mich, und ich suchte den Saal nach ihm ab, als Priscilla weiterflüsterte.

»Es heißt, er besäße ein wunderschönes Schloss an einem See. Und er soll zwei kleine Söhne haben. Seine Frau ist wohl gestorben, als der zweite Sohn noch ein Baby war. Vielleicht ist er auf der Suche nach einer neuen Ehefrau.«

»Dann wird er zweifellos rasch eine finden«, sagte ich und blickte mich erneut nach ihm um. »Die Frauen liegen ihm jetzt schon zu Füßen.«

»Ich würde nicht nein sagen«, erklärte Priscilla mit verträumtem Blick. »Aber Sie haben sich ja bereits für Robert Campbell entschieden.«

Ich schüttelte den Kopf. »Es gibt keinerlei Übereinkunft zwischen uns.«

Sie lächelte kokett. »Da habe ich etwas anderes gehört.«

»Miss Wumple«, erklärte ich brüsk, »wenn es eine Verlobung gäbe, die mich betrifft, wüsste ich gewiss davon. Es gibt keine.« Priscilla lächelte wissend, so dass die Bleischminke in ihren Mundwinkeln Risse bekam. *Ich muss hier heraus*, dachte ich und entschuldigte mich hastig. Auf dem Weg hinaus aus dem Ballsaal blieb ich des Öfteren stehen, um die vielen Menschen, die ich in der prachtvoll gekleideten Menge kannte, zu begrüßen, doch ich sah nirgends einen Schotten.

Im Flur holte ich tief Luft, drehte mich um und sah Louisa aus dem Speisezimmer kommen. Meine Tante kam lächelnd auf mich zu.

»Du hättest ruhig etwas sagen können, Louisa«, bemerkte ich. Mein eigener Tonfall erinnerte mich unangenehm an Jonathans Schwester.

»Worüber?«

»Den Earl of Kilgannon.«

Ihre Augenbrauen hoben sich. »Ich glaube, das habe ich. Aber, du meine Güte, Kind, du siehst ja aus, als hättest du ein Phantom gesehen.«

»Das habe ich auch.«

Die Augen meiner Tante wurden schmal. »Er ist ein Mann, Mary, keine Vision aus einem Traum. Du solltest in Zukunft darauf achten, dir nicht alle Gefühle so deutlich ansehen zu lassen, Liebes.« Sie lächelte, um den Tadel zu mildern. »Aber offenbar beruht der gute Eindruck auf Gegenseitigkeit. Er scheint von dir verzaubert zu sein. Er hat ganz London über dich ausgefragt.«

»Was hast du ihm gesagt?«

»Dass du ebenso klug wie schön bist, dass du einen Ehemann verdienst, der dich wirklich zu schätzen weiß, dass Schottland zu weit fort und zu gefährlich für meine Nichte ist und du viel Zeit in der Gesellschaft von Lord Campbell verbringst.« Sie sah mich mit strahlenden Augen an. »Ich dachte, Alex' Erscheinen und sein Interesse an dir könnten Robert ein Ansporn sein. Es wird höchste Zeit, dass er dir endlich einen Antrag macht. Wie bedauerlich, dass er noch nicht aus Frankreich zurückgekehrt ist.«

»Ich verstehe«, erwiderte ich spitz. »Wie reizend, dass ihr beide so ausführlich über mich gesprochen habt. Ich komme mir vor wie eine Zuchtstute.«

Sie lachte. »Du meine Güte, Mary, erlaube dem armen Mann doch zumindest, sich mit dir zu unterhalten, und sei es nur, weil er mein Cousin ist. Nun ja, ein angeheirateter Cousin. Ich glaube, du könntest ihn mögen, und es wäre gut, wenn Robert endlich feststellen würde, dass er nicht der einzige Mann auf der Welt ist, dem du aufgefallen bist.«

»All das habt ihr in die Konversation eines einzigen Abends einfließen lassen?«

»Liebes, ich kenne Alex, seit er ein kleiner Junge war. Seine Mutter war eine Keith, und dein Onkel Duncan war ebenfalls ein Keith, hast du das vergessen? Oder hast du vergessen, dass ich zwölf Jahre lang mit einem Schotten verheiratet war? Ich habe Alex oft gesehen, als er noch jung war.«

»Du hättest mir trotzdem vorher von ihm erzählen können.« Ich hörte mich an, als sei ich höchstens zehn Jahre alt.

Sie tätschelte meinen Arm. »Ich war überrascht, festzustellen, zu was für einem Mann er geworden ist. Er wird vielen Frauen in London den Kopf verdrehen. Dein Kopf war nicht der Erste, und er wird gewiss nicht der Letzte sein. Genieße seine Gegenwart, für den Augenblick. Robert wird bald zu Hause sein. Es ist doch nur ein Dinner, Mary. Ich bitte dich darum, einen Abend lang höflich zu sein. Du wirst ihn vermutlich nie wiedersehen.« Sie glitt davon, in den Ballsaal, und ließ mich allein zurück.

2

Während ich darauf wartete, dass zu Tisch gebeten wurde, suchte ich den Ballsaal nach Kilgannon ab. Ich unterhielt mich mit Freunden und Bekannten meiner Tante, und schließlich auch mit der Herzogin, die vor verschmitzter Befriedigung glühte, als sie mich von den anderen fortführte, auf die Terrassentüren zu. »Warum gehen Sie nicht ein wenig vor die Tür, meine Liebe?«, schlug sie vor und verbarg ihr Lächeln hinter dem geöffneten Fächer. »Die frische Luft wird Ihnen guttun.«

Ich erwiderte das Lächeln und trat hinaus. Da war er. Er lehnte an der Brüstung und starrte in den Garten, und seine Gesichtszüge wurden vom weichen Licht der Lampen erhellt. Er blickte über die Schulter und nickte mir zu, als ich in der Tür stehen blieb.

»Wollt Ihr mir ein wenig Gesellschaft leisten, Miss Lowell? Wir haben eine herrliche Nacht.«

»Herrlich, Lord Kilgannon.«

Er schüttelte den Kopf. »Nicht Lord Kilgannon, Mädchen. Nur Alex.« Er drehte sich zu mir um und beobachtete mit undurchdringlicher Miene meine Reaktion.

»Mary«, sagte ich in demselben Tonfall und trat zu ihm.

Er lächelte gemächlich und nickte. »Dann also Mary und Alex.«

Mary und Alex, dachte ich, Alex und Mary. »Wir brechen sämtliche Regeln, Sir«, bemerkte ich. »Wir sollten einander mit dem Titel ansprechen.«

Er nickte. »Ja, vor den anderen werden wir uns benehmen müssen.«

»Aber nicht, wenn wir unter uns sind?«

Er sah mich einen Augenblick lang an und lächelte dann. »Nein, dann nicht.«

Ich hoffte, das Licht möge zu schwach sein, als dass er die Röte bemerken könnte, die mir ins Gesicht stieg, und platzte mit den erstbesten Worten heraus, die mir einfielen. »Ihr tanzt wohl nicht gern, Sir?« Innerlich zuckte ich über die Ähnlichkeit zu Bettys Worten zusammen.

Er nickte erneut. »Doch. Aber ich kenne das Menuett nicht, und ich habe auch nicht den Wunsch, einen solch albernen Tippeltanz zu lernen. Es sieht aus, als würden alle auf Zehenspitzen umhergehen.« Ich lachte und lehnte mich an die Balustrade; der Stein unter meiner Hand fühlte sich kühl an. Ich wusste nichts mehr zu sagen. Sein Zeigefinger zeichnete das in den Stein gemeißelte Muster nach, doch er beobachtete mich unablässig. »Mary, seid Ihr mit Robert Campbell verlobt?«

Ich blickte verblüfft zu ihm auf. »Ihr seid sehr direkt, Sir.«

Er nickte. »Ja, das spart viel Zeit. Seid Ihr nun verlobt?«

»Nein.«

»Aha.« Er starrte in den Garten hinaus, und ich beobachtete sein Gesicht im Profil.

»Weshalb fragt Ihr danach?«

Er wandte sich mir mit undurchdringlicher Miene zu. »Die Damen sagten, Ihr wäret verlobt.«

»Und wenn ich es wäre?«

»Dann würde ich meine Aufmerksamkeit einer anderen jungen Frau widmen.«

»Ich verstehe.« Nun war ich an der Reihe, mit starrer Miene in den Garten zu blicken.

Er runzelte nachdenklich die Stirn. »Nein, das stimmt nicht.«

»Was stimmt nicht?«

»Ich würde meine Aufmerksamkeit niemand anderem zuwenden. Ich müsste dafür sorgen, dass Ihr es Euch anders überlegt.« Nun grinste er.

»Ich verstehe.« Ich starrte ihn einen Augenblick lang an und erwiderte dann sein Lächeln. »Habe ich in dieser Angelegenheit denn nichts zu sagen?«

»Aber ja.« Plötzlich wirkte er ernst. »Es wird so sein, wie Ihr es wünscht.«

Ich schüttelte den Kopf. »Ich weiß nicht, was Ihr meint, Sir.«

»Es wird so sein, wie Ihr wünscht, Mary Lowell. Wenn Ihr wünscht, dass ich Euch in Ruhe lasse, werde ich das tun. Wenn Ihr meine Gesellschaft wünscht, bin ich bei Euch.«

»Ihr kehrt nicht nach Schottland zurück?«

»O doch, ich muss zurück nach Kilgannon. Ich habe zwei Söhne und noch andere Verpflichtungen. Aber ich werde zurückkommen, wenn Ihr es wünscht.«

»Wie könntet Ihr das?«

»Indem ich sehr schnell reite.« Er grinste wieder, und ich musste lachen. »Wir würden einander nicht langweilig, Mary, das sehe ich schon.«

Einen Moment lang standen wir verlegen schweigend da, und dann wurde glücklicherweise verkündet, das Essen werde nun serviert. Wir wechselten einen Blick, als wir wieder in den Ballsaal traten, blieben stehen und sahen zu, wie die Paare das große Esszimmer betraten. Paare. Die Vorstellung, er könnte an der Tafel neben einer anderen sitzen, war unerträglich. Ich warf ihm einen verstohlenen Blick zu.

»Alex.« Ich hörte mich an wie ein Kind, und als er mich ansah, brachte ich kein Wort mehr heraus. Ich stand da und starrte zu ihm auf wie eine Schwachsinnige.

Er lächelte. »Ja, Mary?«

»Würdet Ihr mich zu Tisch führen?«

Er bot mir seinen Arm. »Das werde ich, danke Euch. Es ist sehr nett von Euch, so freundlich zu einem Fremden zu sein.«

Ich legte die Hand auf seinen Arm, spürte seine Kraft unter dem weichen Samt der Jacke und lächelte.

Louisas elegantes Esszimmer war üppig ausgestattet, und damit niemand vergaß, dass sie eine verheiratete Frau war, blieb der Stuhl am Kopf der Tafel dieser Tage stets leer, wenn sie Gäste hatte, als könnte mein Onkel Randolph für diesen Abend aus Frankreich heimkehren. Alex und ich saßen zusammen etwa an der Mitte der Tafel, Rowena zu seiner Rechten. Ich fragte mich, wie sie das angestellt haben mochte, oder ob das Louisas Absicht gewesen sei. Rowena tat so, als wäre ich ihr völlig unbekannt. Natürlich, so sagte ich mir, war es gut möglich, dass sie mich die vielen Male zuvor nicht bemerkt hatte. Schließlich war ich da nicht in Begleitung eines Mannes gewesen.

»Sie sind die Nichte der Gräfin Randolph«, sagte Rowena zu mir und lehnte sich fast an Alex' Schulter, um an ihm vorbeizuschauen. Ich sagte ja, doch das reichte ihr nicht. Sie erkundigte sich in allen Einzelheiten nach meinen Eltern, um genau bestimmen zu können, wo ich in der Hierarchie Londons hingehörte. Ich war versucht, ihr mit scharfen Worten den Spaß zu verderben, schluckte die Antwort jedoch herunter und blickte an Alex' Profil vorbei zu ihr hinüber. »Und Ihre Familie? Haben Sie weitere Verwandte in London, abgesehen von Ihrer Tante?«, beharrte sie.

»Mein Bruder Will und seine Frau Betty sind heute Abend hier. Sie und Tante Louisa sind die einzigen Verwandten, die ich in London habe.«

»Sie sind doch außerdem die Nichte von Sir Harry Lowell, Duke of Grafton?«

Ich nickte. Rowena warf einen Blick auf ihren Mann, der ein Stück weiter abwärts an der Tafel saß, und ich folgte ihrem Blick. Der Marquis sah aus, als müsste er fast siebzig sein. Kein Wunder, dass sie Alex musterte wie ein köstliches Häppchen. *Und mein Onkel, der Herzog, ist von höherem Rang als ihr Ehemann, der Marquis*, sagte ich zu mir, doch das war mir kein Trost.

Mein Onkel Harry, der Duke of Grafton, war kein geselliger Mensch, ganz im Gegensatz zu meinem Vater. Soweit ich wusste, war Harry seit Jahren nicht mehr in London gewesen. Er behauptete, die Menschenmengen seien ihm ein Gräuel, also blieb er lieber auf seinem Landsitz. Meines Wissens hatte er nie geheiratet oder einen Erben gezeugt. Seit dem Tod meiner Mutter hatte ich ihn nur zwei Mal gesehen.

»Weilt er ebenfalls in London?«, fragte Rowena.

»Nein. Mein Onkel lebt auf seinem Anwesen in Grafton.«

»Wie interessant«, sagte sie, verwarf mich als uninteressant und wandte sich Alex zu, mit einem lieblichen Lächeln und leicht zur Seite geneigtem Kopf. Alex lachte leise.

»Und wo, Miss Lowell«, sagte er, wobei er Rowena perfekt nachahmte, »verwahrt Euer Onkel sein Geld? In Grafton oder in London?« Rowena und ich sahen ihn überrascht an. »Und, Miss Lowell, was werdet Ihr morgen zum Frühstück essen?« Er beugte sich mit belustigt blitzenden Augen zu mir herüber. »Es ist äußerst wichtig, dass wir das erfahren.« Er zwinkerte mir zu, und ich lachte.

Rowena machte schmale Augen, lächelte aber gezwungen, als er sich ihr zuwandte. »Erzählt mir vom Krieg in Frankreich, Sir«, sagte sie, und ihr Blick hing an seinen Lippen. »War es schrecklich dort? Man hat mir erzählt, Ihr seiet verwundet worden.«

Alex' Miene war beinahe nichtssagend. »Es war nicht besonders schrecklich, Madam. Ich war nicht lange genug dort, um zu leiden.«

»Seid Ihr deshalb zurückgekehrt, obwohl der Krieg noch nicht vorüber ist?«

»Ich war nicht bei der Armee. Ich bin heimgekehrt, als meine Frau starb.«

»Oh! Wie furchtbar für Euch.«

»Ja«, sagte er und verlangte mit einer Geste mehr Wein. Er beobachtete, wie der Diener ihm einschenkte, als sei das sehr wichtig.

»Ihr armer Mann! Was ist ihr geschehen?«

»Sie ist krank geworden und am Fieber gestorben.« Alex lächelte Rowena höflich an. »Habt Ihr und der Marquis schon Kinder?«

»Nein, zu meinem größten Bedauern.«

»Nun, dann wünsche ich Euch viel Glück«, sagte er und wandte sich wieder mir zu. Rowenas Augen blitzten, doch sie unterdrückte hastig ihren Zorn, und ich musste mich beherrschen, um nicht laut zu lachen. »Wart Ihr schon jemals in Schottland, Miss Lowell?«

»In Lothian, als ich noch sehr klein war, Sir. Wir haben die Besitzungen von Louisas erstem Ehemann besucht, aber ich kann mich kaum daran erinnern.«

»Dann habt Ihr das wahre Schottland noch nie gesehen.« Seine Augen leuchteten. »Die Highlands kann man nicht mit Lothian vergleichen, so wenig wie man die Sonne mit dem Mond vergleichen könnte. Ihr müsst die Highlands besuchen. Ihr könntet dort eine wunderbare Zeit verleben.«

Ich lachte erneut. »Vielleicht nehme ich Euch beim Wort.«

»Das glaube ich gern. Ich werde mit Eurer Tante sprechen, damit wir bald einen Besuch arrangieren können.«

»Ich war auch noch nie in Schottland, Sir«, bemerkte Rowena. »Habt Ihr eine Empfehlung, was man unbedingt sehen sollte?«

In diesem Moment sprach mich der Mann zu meiner Linken an, und ich wandte mich ihm widerstrebend zu. Ich konnte weder Alex' Antwort verstehen noch das weitere Gespräch zwischen ihm und Rowena. Während des gesamten nächsten Ganges warf ich hin und wieder einen Blick auf die beiden, wenn sie lachte, was oft vorkam, und ich schäumte innerlich, als sie ihm die Hand auf den Arm legte und ihm tief in die Augen blickte. Ich wollte eine vernichtende Bemerkung machen, doch mir fiel nicht ein, was ich zu ihr sagen könnte, das an Louisas Tafel auch nur halbwegs angemessen gewesen wäre. Ich begnügte mich damit, ihr verächtliche Blicke zuzuwerfen, die sie jedoch nicht bemerkte. Beim dritten Gang fühlte ich mich gleich besser, denn nun waren Alex und ich mit den uns gegenübersitzenden Gästen in ein interessantes Gespräch über die Zukunft der Kolonien verwickelt, während Rowena sich mit dem sehr jungen Mann zu ihrer Rechten unterhielt.

Ich beobachtete, wie Alex unseren Gesprächspartnern aufmerksam zuhörte, nickte oder Argumente vorbrachte. Sein Benehmen war tadellos, seine Art gewinnend. Bald hatte er die anderen zum Lachen gebracht, und sie stimmten seinem spaßhaften Vorschlag gut gelaunt zu, während ich still dasaß, wie verzaubert von seinem Auftreten. Er fühlte sich in dieser feinen Gesellschaft sichtlich wohl und wirkte ganz und gar nicht wie der ungehobelte Schotte, der er angeblich war. Natürlich, rief ich mir ins Gedächtnis, war er ein Graf, der Zehnte seiner Linie, und hatte in seiner Erziehung zweifellos eine gewisse Verfeinerung genossen, die der gewöhnliche Schotte vielleicht vermissen ließ. Er beantwortete meine Fragen geradeheraus, aber ohne große Ausschmückungen, und ich bemühte mich, nicht so zudringlich zu sein wie Rowena. Der Herr, der uns gegenübersaß, erkundigte sich, ob es stimme, dass Alex mit dem Festland Handel treibe. Als er das bestätigte, wurden an der Tafel Blicke gewechselt, und ich beobachtete, wie die Anwesenden vermerkten, dass der Earl of Kilgannon sich als Kaufmann betätigte. In dieser vornehmen Gesellschaft gab es kaum eine schlimmere Sünde als Fleiß und Geschäftstüchtigkeit.

Als die Tafel aufgehoben wurde, schlenderten die meisten Gäste in den Ballsaal hinüber, während sich einige Herren zum Rauchen zurückzogen. Alex warf mir einen Blick zu und lehnte die Einladung der Herren, sie zu begleiten, höflich ab. Tante Louisa, die Gäste aus dem Esszimmer geleitete, blieb kurz hinter meinem Stuhl stehen. »Warum kehrst du nicht in den Ballsaal zurück?«, fragte sie und legte mir eine Hand auf die Schulter. »Die Musik beginnt gleich wieder.«

Ich nickte Louisa zu, doch als sie fort war, rührte ich mich noch immer nicht, denn ich wollte Alex nicht wieder in einem Saal voller Menschen verlieren. Rowena jedoch erhob sich, und Alex stand auf, machte die erforderlichen höflichen Bemerkungen und beugte sich über ihre Hand. Sie schwebte mit raschelnden Seidenröcken von dannen, um anderswo nach willigerer Beute zu suchen, und wir blieben allein mit den Bediensteten im Esszimmer zurück. Alex nahm mit einem Grinsen wieder neben mir Platz und stützte das Kinn auf die Hand. »Wo waren wir stehen geblieben, Mary?«, fragte er, und ich musste lachen. Ich hatte keine Ahnung.

Wir unterhielten uns, während alle anderen in den Ballsaal schlenderten und die Bediensteten mit dem Aufräumen begannen, und als wir ihnen ihm Weg waren, rückten wir an einen Teil der Tafel, der bereits abgeräumt war, denn wir waren immer noch ins Gespräch vertieft. Louisa lief immer wieder draußen im Flur an der offenen Tür vorüber, trat aber nicht zu uns. Niemand trat zu uns, und mir wurde vage bewusst, dass die Dienstboten gähnten und Kerzen löschten. Als Louisa und Betty gemeinsam in der Tür des Esszimmers erschienen, bemerkte ich erst, dass alle anderen schon gegangen waren und das Fest vorüber war. Alex blickte erschrocken zu Louisa auf, erhob sich abrupt und griff nach meiner Hand, als ich ebenfalls aufstand. Seine Hand fühlte sich warm und stark an, und ich wollte sie nicht loslassen, doch er gab sie frei, und wir warteten am Fuß der Tafel, während Louisa näher kam. Mit ihr kehrte offenbar auch meine Vernunft zurück. Ich begriff, dass wir uns ungeheuerlich schamlos benommen hatten und morgen ganz London über uns tratschen würde. Bevor einer von uns etwas sagen konnte, streckte Louisa ihm die Hand entgegen. »Gute Nacht, Alex«, sagte sie freundlich. »Ihr habt meine Nichte lange genug mit Beschlag belegt, zumal für Eure erste Begegnung mit ihr.«

»Ich bitte um Verzeihung«, begann Alex, doch sie winkte ab.

»Nicht doch, ich bin zu müde, um mir das anzuhören. Ihr

dürft mich bald besuchen, um Eure Entschuldigung vorzubringen. Gute Nacht, Alex.« Er verneigte sich, lächelte mir zu und verabschiedete sich. Will schüttelte ihm die Hand. Betty gähnte. Und dann war Alex fort. Ich wartete auf Louisas und Wills Tadel, doch keiner von beiden sagte mehr zu mir als »Gute Nacht«. Wie betäubt ging ich in mein Zimmer und spürte noch immer seine Hand in meiner.

Am nächsten Morgen empfand ich genauso, und ich dachte an Alex mit einer Aufgeregtheit, die beinahe berauschend war. Was auch immer London von uns denken mochte, ich hatte unsere Gespräche sehr genossen und ging sie im Geiste immer wieder durch. Er war der zehnte Earl of Kilgannon, hatte das jedoch mit einem Schulterzucken abgetan und erklärt, er sei für diese Aufgabe erzogen worden, wichtiger sei ihm jedoch, dass er das Oberhaupt des Clans MacGannon sei. »Das ist eine gewaltige Verantwortung bei uns zu Hause, der Laird zu sein«, hatte er erklärt. »Nicht wie in England, wo man nur elegante Kleidung trägt, seine Pacht einsammelt und viel auf seinen Titel hält. In den Highlands ein Laird zu sein, das bedeutet, dass man viele Aufgaben hat, um die man sich nur selbst kümmern kann. Es ist meine Verantwortung, dafür zu sorgen, dass alle meine Leute gut zu essen bekommen und es zu Wohlstand bringen. Wenn ich versage, werden sie verhungern.« Er war so ernst gewesen, dass ich es nicht über mich gebracht hatte, über seine Beschreibung des englischen Adels zu lachen oder seine Wahrnehmung geradezurücken.

Wie verschieden unser beider Leben war, hatte ich gedacht, während ich ihm zuhörte. Er war das älteste von vier Kindern seiner Eltern Ian und Margaret, doch zwei seiner Geschwister waren früh gestorben, nur Alex und sein Bruder Malcolm hatten überlebt. Beim Tod seines Vaters war er neunzehn Jahre alt gewesen, und er hatte die Führung des Clans übernehmen müssen. Zwei Jahre später hatte er Sorcha MacDonald geheiratet –

eine Ehe, die seine Eltern arrangiert hatten, als er noch ein Junge gewesen war. Sie hatten zwei Söhne bekommen, Ian und Jamie. Alex' Mutter war im Jahr nach Jamies Geburt gestorben, und bald danach hatte man Alex gebeten, nach Frankreich zu gehen, um die Einigkeit mit Königin Anne zu demonstrieren. Während seiner Abwesenheit war seine Frau verstorben. Ian war jetzt vier, Jamie zwei Jahre alt, und Alex für einen Clan von fünfhundert Personen verantwortlich.

Im Gegensatz dazu war mein Leben geradezu ereignislos verlaufen. Ich war in Mountgarden in Warwickshire aufgewachsen, auf dem Landsitz, den mein Vater geerbt hatte, zusammen mit Will, meinem Spielgefährten und Verbündeten. Ich war verwöhnt und gut behütet gewesen. Erst in den vergangenen paar Jahren, als mein Vater gestorben und meine Mutter krank geworden war, hatte es auch in meinem Leben Unerfreuliches gegeben, aber selbst in meiner jetzigen Lage hatte ich meine Tante und viele Freunde, die sich um mich kümmerten und mich trösteten. Meine größte Leistung bisher bestand darin, keinen der Männer geheiratet zu haben, die man mir ständig vorführte, doch das hatte keine große Schwierigkeit dargestellt, weil ich bis vor Kurzem noch in Trauer gewesen war.

Ich räkelte mich und dachte daran, wie Alex neben mir gesessen hatte, das Gesicht von seinem goldenen Haar umrahmt. Ich hatte mich gestern Abend gefragt, wie es sich anfühlen würde, dieses Haar zu berühren, oder die glatte Wange, die es streifte, und dann hatte Alex mir eine Frage gestellt, und mir war bewusst geworden, dass ich keines seiner vorherigen Worte gehört hatte. Ich begann also, besser aufzupassen. Alex würde bald nach Schottland zurückkehren, doch er würde wieder nach London kommen, um sich mit Abgeordneten des Parlaments zu treffen. Er sagte nicht, wann er kommen würde. Ich erkundigte mich, ob er selbst Abgeordneter sei, und handelte mir einen eisigen Blick ein. »Es gibt einhundertvierundfünfzig Mitglieder des Oberhauses in Schottland. Ich bin einer von fünfundsiebzig Grafen in Schottland, doch uns werden nur sechzehn Abgeordnete im House of Lords zugestanden. Ihr Engländer habt einhundertneunzig. Wir haben außerdem fünfundvierzig Abgeordnete im House of Commons, und ihr fünfhundertdreizehn. Was meint Ihr, wie gut unsere Interessen also vertreten sind? Wir müssen uns Stimmen von den englischen Abgeordneten kaufen. Deshalb bin ich in London, und deshalb besuche ich solche Abendgesellschaften. Nicht, weil es mir Spaß machen würde. Ich habe mehr als genug von der englischen Politik«, erklärte er mit grimmigem Gesicht.

»Ich verstehe«, sagte ich, und als er den Blick mir zuwandte, hellte sich seine Miene wieder auf.

»Nun ja, das entspricht nicht ganz der Wahrheit.« Er lächelte. »Heute Abend bin ich gekommen, weil ich wusste, dass Ihr hier sein würdet.«

Mir fiel keine passende Erwiderung ein, also stammelte ich schließlich: »Warum?«

»Warum?« Er zögerte, blickte zur Decke auf und sah mich dann wieder an. »Habt Ihr Euch denn noch nie im Spiegel gesehen, Mary? Man hat Euch doch gewiss schon oft genug gesagt, wie Ihr ausseht.« Ich spürte, wie meine Wangen scharlachrot wurden. Er straffte die Schultern und schaute auf seine Hände hinab, die ein eingebildetes Stäubchen von seinem Kilt fegten. »Ich habe mich selbst überrascht. Ich dachte, ich sei in geschäftlichen und politischen Angelegenheiten hier, doch als ich Euch auf dem Fest der Herzogin gesehen habe, da fand ich Euch wunderschön, und ich konnte mich gar nicht sattsehen an Euch. So etwas tue ich für gewöhnlich nicht. Ich bin ein bisschen alt dafür, meint Ihr nicht?« Er warf mir einen Blick zu und starrte dann ins Leere. Der Spitzenbesatz an seinen Ärmeln fiel auf seine Handrücken und hob sich weiß von der gebräunten Haut ab. Lange, schlanke Finger, ein Siegelring. »Ich habe das Fest verlassen und angenommen, dass ich Euch rasch wieder vergessen würde. Aber ich habe Euch nicht vergessen und bin heute Abend hierhergekommen, um mir zu beweisen, dass Ihr nicht so schön sein könnt, wie ich Euch in Erinnerung hatte.« Er fuhr sich mit der Hand durchs Haar, das ihm danach ein wenig wirr um den Kopf stand. »Aber das seid Ihr, und ich hätte nie gedacht, dass mir Eure Gesellschaft so angenehm sein könnte. Dann erzählen mir alle, Ihr wäret bereits vergeben.« Er sah mir in die Augen. »Aber Ihr verhaltet Euch nicht wie eine Frau, die einem anderen versprochen ist.«

»Das bin ich auch nicht.«

»Gut.« Er nickte und lachte. »Schaut nicht so verängstigt drein, Mary. Ich werde Euch nicht entführen, obwohl das gar kein übler Gedanke ist. Wie würde es Euch in Schottland gefallen, Mädchen?« Er stützte sich auf einen Ellbogen und lächelte mich an. Ich wusste nicht recht, ob das ein Scherz sein sollte. Ich wusste eigentlich gar nichts mehr, außer, dass ich mir wünschte, er möge sich noch lange mit mir unterhalten.

»Aber Ihr kennt mich doch gar nicht, Sir!«

»Und das müssen wir unbedingt ändern. Aber ein wenig weiß ich schon über Euch.«

»Zum Beispiel …?«

»Zum Beispiel, dass Ihr gern und sehr gut tanzt, diesen Jonathan aber nicht mögt. Ihr seid nach dem Tod Eurer Mutter und den langen Reisen erst kürzlich nach London zurückgekehrt, und alle Männer finden Euch sehr schön, doch Lord Campbell behauptet, Ihr wäret sein Mädchen, und ganz London scheint das zu glauben. Euer Bruder hat zusätzlich zu Mountgarden Land von der Familie seiner Frau geerbt, und er wird vermutlich eines Tages auch Titel und Ländereien Eures Onkels Grafton erben. Ihr lebt im Augenblick hier, bei Eurer Tante Louisa, doch wenn deren Mann aus Frankreich zurückkehrt, werdet Ihr London vermutlich verlassen. Ihr besitzt kein eigenes Land und liebt Schokolade. Soll ich fortfahren?«

»Nein. Dass ist gewiss mehr, als ich dachte.«

»Ja, und das ist noch nicht alles.«

»Ich verstehe.« Ich beobachtete ihn und fragte mich, was als Nächstes kommen mochte.

»Ja.« Er betrachtete einen Moment lang den Teppich. »Mary«, sagte er dann, hob die blauen Augen und sah mich an. »Darf ich Euch wiedersehen, oder sollte ich gehen? Sagt es mir lieber jetzt, Mädchen, ehe ich mich zum Narren mache.«

Ich war nicht sicher, ob es klug sei, sich weiterhin mit ihm zu unterhalten, doch der Gedanke, diesen Mann nie wiederzusehen, war unerträglich. Ich hätte ihm sagen sollen, er müsse gehen, denn jegliche romantische Beziehung zwischen uns sei unwahrscheinlich und unpassend. Wir waren zu verschieden, unser beider Welten nicht miteinander vereinbar. Ich beobachtete, wie er mich musterte, mit klarem, aufrichtigem Blick, und ich holte tief Luft.

»Ja, Alex, Ihr dürft mich wiedersehen.«

Er stieß den angehaltenen Atem aus und lächelte. »Schön, dann werde ich Euch wiedersehen. Und wenn uns beiden gefällt, was wir dann erleben, können wir Weiteres besprechen.«

Ich spürte, wie sich vor Überraschung meine Augenbrauen hoben. »Dann werde ich Euch wiedersehen, noch bevor Ihr nach Schottland heimkehrt?«

Nun räkelte ich mich behaglich und zog mir die Bettdecke über die Schulter. Ich wusste, dass Alex nicht so unkompliziert war, wie er auf den ersten Blick erschien, doch er faszinierte mich wie noch kein Mann vor ihm, und ganz gewiss nicht Robert. Robert war ebenfalls Schotte, doch ich hatte ihn nie als solchen betrachtet, vielleicht deshalb, weil er fast sein ganzes Leben in England verbracht hatte und er und seine Cousins hierzulande ebenso viel Grund besaßen wie in Schottland.

Lächelnd gestand ich mir ein, dass ich es herrlich fand, endlich einen Mann zu kennen, der mich so leidenschaftlich umwarb. Ich konnte nicht behaupten, dass mich das kalt ließ. Ich war mir während des vergangenen Abends unziemlich bewusst gewesen, wie lang seine ausgestreckten Beine waren, wie seine Schulter zuweilen die meine berührte, wie entwaffnend diese blauen Augen auf mich wirkten. Es stand außer Zweifel, dass seine Erscheinung ungemein anziehend und sein Humor herrlich erfrischend waren. Plötzlich stand mir ein lebhaftes Bild vor Augen, wie ich ihm diese verirrte Locke aus dem Gesicht strich, mich dann vorbeugte und ihn küsste. O nein, ich war nicht immun gegen Alex MacGannon. Und er gegen mich offenbar auch nicht. Ich lächelte bei diesem Gedanken.

Louisa verließ ihre Gemächer erst am späten Nachmittag, und bis dahin streifte ich mit Will und Betty durchs Haus. Als Betty sich nach dem Mittagsmahl zurückzog, um sich ein wenig hinzulegen, hatten Will und ich endlich Gelegenheit, uns unter vier Augen zu unterhalten, und ich betrachtete meinen Bruder voller Zuneigung. Er war oft ein Schelm, manchmal auch herrisch und schwierig, aber er war mir immer ein liebender Bruder, und nun lächelte er mich an. Ich war dankbar dafür, dass er hier war. »Dein Highlander hat mir geschrieben und um meine Erlaubnis ersucht, dich sehen zu dürfen«, sagte er mit neugieriger Miene und fischte ein Briefchen aus der Westentasche, das er mir reichte. »Louisa hat auch so ein Nachricht von ihm erhalten, also nehme ich an, dass er uns beide um dasselbe bittet. Was soll ich ihm antworten?«

»Er ist nicht mein Highlander, Will«, sagte ich knapp und las dann Alex' sehr höflich formulierten Brief, in dem er Will um Erlaubnis bat, *die Bekanntschaft mit Eurer Schwester vertiefen zu dürfen.* Er schrieb korrektes Englisch, dennoch konnte ich irgendwie den schottischen Zungenschlag heraushören. »Sag ja.«

»Und was ist mit Robert?«

Ich blickte zu meinem Bruder auf. »Was soll mit Robert sein?«

»Stell dich nicht dumm. Alle Welt geht davon aus, dass ihr heiraten werdet.«

»Nun, dann sollte Robert seinen Absichten vielleicht Ausdruck verleihen.«

Seine Augenbrauen hoben sich. »Es gibt keine Übereinkunft zwischen euch?«

»Er hat nicht um meine Hand angehalten, falls du das meinst.«

»Aber ich dachte –«

»Anscheinend denkt das ganz London. Aber eine Frau kann nicht einfach davon ausgehen, dass sie bald heiraten wird, solange sich nichts Förmlicheres ereignet.«

»Dann ist Robert ein Narr.«

»Möglich. Oder sein Interesse ist nicht so stark, wie du annimmst.«

»Wenn er nicht aufpasst, wird Kilgannon dich ihm stehlen.«

»Um Himmels willen, Will, habe ich denn in dieser Sache gar nichts zu sagen? Robert hat mich nicht gebeten, seine Frau zu werden, und, lieber Bruder, Lord Kilgannon hat das auch nicht getan. Aber wenn Kilgannon meine Gesellschaft öfter genießen möchte und das auch mein Wunsch ist, wird es so sein. Und augenblicklich ist das mein Wunsch.«

Nach kurzem Zögern warf Will den Kopf in den Nacken und lachte. »Tatsächlich? Ich mochte ihn auch, was mich ein wenig überrascht. Ich hatte ganz andere Dinge über ihn gehört, die gar nicht zu dem Mann passen, der er zu sein scheint. Louisa gibt offen zu, dass er auch für sie eine Überraschung ist. Allerdings hat sie ihn ja seit vielen Jahren nicht mehr gesehen. Ich würde meinen, auch wir beide haben uns seit Kindertagen ein wenig verändert.«

»Du nicht«, erwiderte ich lachend.

»Nun, vielleicht hast du recht.« Er lachte mit mir. »Aber, Mary« – er beugte sich vertraulich vor – »soll ich Kilgannon wirklich meine Erlaubnis geben?«

»Ich habe nicht vor, ihn nach einem einzigen Abend gleich zu heiraten. Du meine Güte, Will, ich habe ihn gestern erst kennengelernt.« Ich seufzte. »Aber er ist ein faszinierender Mann.«

»Du hast den ganzen Abend mit ihm allein im Esszimmer verbracht.«

»Das stimmt nicht ganz«, entgegnete ich trocken.

»Alle haben darüber geredet.«

»Natürlich.« Ich zuckte mit den Schultern und tat so, als kümmerte mich das nicht. »Und morgen werden sie über jemand anderen reden.«

»Vermutlich.« Er nickte, gähnte und erhob sich dann, als Louisa hereingeeilt kam. Sie umrundete die Tafel und blieb ein wenig brüsk vor Will stehen, die Hände vor der Taille gefaltet.

»Mary und ich machen einen Spaziergang im Garten«, sagte sie.

Will lachte. »Ich glaube, man hat mich soeben entlassen«, sagte er, verneigte sich und verließ den Raum. Louisa bedeutete mir, ihr zu folgen.

Doch im Garten schwieg sie. Ich spazierte mit ihr zwischen den Rosen hindurch und ließ mich neben ihr auf einer Bank nieder. Noch immer sagte sie nichts, und ich machte mir allmählich Sorgen. Als sie endlich sprach, klang sie belustigt. »Ich weiß nicht recht, was ich dir sagen soll, Mary.«

»Du bist gewiss zornig auf mich, Louisa …«

»Nein, Liebes, ich bin nicht zornig.« Sie sah mich an. Ihre schönen Augen blickten ernst, ihre Stimme klang ruhig. »Ich fürchte um dich. Als ich euch beide nebeneinander platziert habe, dachte ich, Alex MacGannon würde für dich eine interessante Ablenkung an der Tafel sein, eine Abwechslung von den Londoner Herren. Ich dachte, du würdest ihn für ein paar Stunden ganz amüsant finden, so lange Robert noch nicht zurück ist. Ich hatte nicht erwartet, zu sehen, wie tief du ihm nach wenigen Minuten der Bekanntschaft in die Augen blicken würdest. Ich habe seinen Charme unterschätzt, so scheint mir.« Stirnrunzelnd ließ sie den Blick über den Garten schweifen. »Und deine Reize ebenfalls. Ich hätte es besser wissen müssen.«

Ich errötete ob ihrer Beschreibung unseres Verhaltens. Ich konnte mich nicht daran erinnern, ihm tief in die Augen geblickt zu haben. Oder vielleicht doch, dachte ich, als ich plötzlich Alex’

Gesicht vor mir sah, mit diesen strahlend blauen Augen. Ich seufzte. »Er ist faszinierend.«

»Offensichtlich.« Sie warf mir einen Blick zu. »Aber er ist Schotte.«

»Louisa, du hast einen Schotten geheiratet und warst sehr glücklich mit ihm.«

Ihr Blick wirkte entrückt. »Ich war sehr glücklich«, sagte sie nickend. »Aber, Liebes, Schottland ist nicht England, und Alex ist nicht dein Onkel Duncan. Ich habe nicht gescherzt, als ich Alex gesagt habe, Schottland sei zu gefährlich und zu weit fort.« Sie seufzte. »Ich kenne Alex, seit er ein kleiner Junge war, und er scheint sich kein bisschen verändert zu haben. Er war mit zehn Jahren ebenso offen und aufrichtig wie jetzt, doch er hat mir erst letzte Woche anvertraut, dass er nicht vorhabe, sich bald wieder zu verheiraten, und ich glaube ihm.«

»Vielleicht hat er das auch gar nicht vor, Louisa. Wir haben nichts weiter getan, als uns zu unterhalten. Er bietet mir nicht die Ehe an, noch hätte ich eingewilligt.«

Sie seufzte erneut. »Als ich heute seine Nachricht erhielt, erkannte ich, dass er tatsächlich in Erwägung zieht, um dich zu werben. Ich weiß nicht, was ich tun soll.«

»Da gibt es nichts zu tun.«

»Du meinst, man kann ohnehin nichts dagegen tun.«

»Louisa, du sorgst dich viel zu sehr. Ich habe ihn doch erst einmal gesehen.«

»Warum ist Robert nicht hier, dieser Narr? Ich hätte nicht auf die Herzogin hören dürfen. Jetzt fürchte ich, ich könnte dich an Schottland verlieren.«

Ich schüttelte den Kopf. »Ich habe im Augenblick nicht die Absicht, irgendjemanden zu heiraten. Außerdem könnte ich auch in Schottland leben, wenn ich Robert heiraten würde.«

»Nein, Liebes, wenn du Robert heiraten würdest, würdet ihr in London leben oder auf seinem Landsitz, und ihr würdet Schottland einmal im Jahr besuchen, so wie ich es getan habe. Aber ganz gleich, was in diesem seltsamen Land geschehen mag, du wärest sicher in England. Wenn du Alex heiratest, wirst du am Ende der Welt leben, und ich werde dich vielleicht nie wiedersehen. Es ist allgemein bekannt, wie sehr er an seinen Söhnen hängt. Er hat bereits eine Familie, die er in eine neue Ehe mitbringen würde, und zahlreiche Verpflichtungen. Und offenkundig – ob es ihm bewusst ist oder nicht – sucht er eine Ehefrau.« Ihre Schultern sanken herab. »Ich war ja so dumm.« Sie tippte mit den Fingern an ihre Unterlippe und richtete sich dann auf. »Ich werde ihm schreiben, dass er dich nicht wiedersehen darf. Dann wird er nach Hause gehen und irgendeine polternde Schottin heiraten, die sehr viel besser zu ihm passen wird, und du und Robert, ihr könnt euer ewiges Werben fortsetzen. Damit ist das Problem gelöst.«

Meine erste Reaktion war Ärger, doch ich hielt mich zurück. Die Tatsache, dass ich so heftig auf ihre Worte reagierte, bedeutete, dass sie sich zu Recht sorgte. Vielleicht war mein Interesse an Alex nur eine plötzliche Vernarrtheit, die verblassen würde, wenn wir einander besser kennenlernten. Vielleicht hatte ich mich einfach von einem gut aussehenden Neuankömmling in fremdländischer Kleidung blenden lassen. Aber ihn nie wiedersehen? Das würde ich nicht ertragen können. »Louisa –«, begann ich.

Sie hob die Hand. »Ich wusste, dass du damit nicht einverstanden sein würdest. Also schön. Wir sagen ihm, dass er uns besuchen darf. Aber ihr werdet keinen Augenblick allein sein, und ich werde auch noch einmal mit ihm sprechen. Mary, du weißt ja nicht, wie sein Leben auf Kilgannon aussieht. Ein Earl zu sein, das bedeutet in Schottland nicht dasselbe wie hier.«

»Wie kannst du so etwas sagen? Duncan war Schotte, und ihr wart glücklich miteinander.«

»Duncan war kein Highlander. Er war sehr zivilisiert.« Sie beugte sich mit glänzenden Augen zu mir herüber. »Mein Liebes, ich hatte mir Alex als Gefährten für dich vorgestellt, aber für einen Abend, nicht für das ganze Leben.«

Ich straffte die Schultern. »Meinst du nicht, dass all das furchtbar übertrieben ist, nachdem wir uns nur einen Abend miteinander unterhalten haben? Ein Mal. Vielleicht werde ich anders von ihm denken, wenn ich ihn wiedersehe. Aber, Louisa, ich werde ihn wiedersehen.« Unsere Blicke trafen sich, und sie seufzte.

»Ich hatte befürchtet, dass du so etwas sagen würdest. O weh, ich wünschte so sehr, dein Onkel Randolph wäre hier. Ich bin ja so dumm gewesen.«

»Nein.« Ich schüttelte den Kopf. »Ich bin für mein Verhalten selbst verantwortlich, Louisa, und Alex für das seine. Wir haben nichts weiter getan, als uns zu unterhalten. Womöglich werde ich ihn ohnehin nie wiedersehen.« Doch in meinem Kopf hörte ich ihn sagen, dass wir alles Weitere besprechen könnten, falls uns beiden unser nächstes Treffen gefiele. Und mir gefiel, was ich von ihm gesehen hatte.

Sie nickte mit gerunzelter Stirn.

Als der Tag zur Neige ging, versuchte ich, so zu tun, als kümmerte es mich nicht, dass weder Louisa noch Will mit einem Wort erwähnt hatten, ob sie Alex bereits eine Antwort geschickt hatten. Wir speisten einfach, nur wir vier, und wollten gerade vom Tisch aufstehen, als ein Dienstmädchen einen Brief für mich brachte. Louisa zog die Augenbrauen hoch, doch sie sagte nichts, als ich nach der Botschaft griff. Ich erkannte weder die Handschrift noch das Emblem auf dem Siegel. Der Brief war natürlich von Alex.

»Was denkst du, ob das wohl eine weitere Entschuldigung ist?«, bemerkte Will.

»Was meinst du damit?«, fragte ich und erbrach das Siegel.

Will lachte. »Dein Highlander hat sich wortreich bei Louisa entschuldigt, weil er dich gestern Abend so mit Beschlag belegt hat. Ich nehme an, das ist der einzige Grund dafür, dass er noch am Leben ist.« Louisa protestierte, doch ich ignorierte die beiden.

Liebe Miss Lowell, hatte Alex geschrieben. *Eure Tante und Euer Bruder waren so gütig, mir zu gestatten, Euch wiederzusehen. Ich würde Euch gern morgen Vormittag meine Aufwartung machen und Euch meine Cousins vorstellen. Bitte benachrichtigt mich, falls Euch das nicht genehm sein sollte. Ergebenst Alexander MacGannon.* Er hatte seine Adresse beigelegt. Ich las den Brief laut vor.

»Er ist weiß Gott beharrlich«, bemerkte Louisa scharf. »Wir werden ihn doch empfangen, nehme ich an?«

»Ich werde ihn empfangen«, sagte ich und wandte mich meinem Bruder zu. »Will?«

Will nickte mir zu. »Natürlich. Wann soll Robert zurück sein?«

»Morgen, glaube ich«, antwortete ich in ebenso beiläufigem Tonfall wie er. »Vielleicht besucht er uns ja.«

»Vielleicht.« Er lächelte mit blitzenden Augen.

Ich entschuldigte mich, verfasste rasch eine Antwort und übergab sie dem groß gewachsenen jungen Mann, der geduldig im Foyer gewartet hatte. Er hatte sehr helles Haar und sah sehr gut aus, und er ähnelte Alex dermaßen, dass ich wusste, er musste ein Verwandter von ihm sein. Ich fragte ihn danach, als ich ihm meine Botschaft brachte, zum Entsetzen von Louisas Butler Bronson, der die Ansicht vertrat, junge Damen sollten niemals direkt mit Fremden sprechen, und ganz gewiss nicht mit den Botenjungen von Fremden. Bronson hielt mich ohnehin für übermäßig kühn. Ich ignorierte ihn, so gut es ging, und er mich ebenfalls.

»Jawohl, Miss«, sagte der Junge, als ich mich nach ihm erkundigte. »Ich bin Matthew MacGannon, Kilgannons Cousin. Alex ist draußen und wartet auf Eure Antwort.« Er war jünger, als ich auf den ersten Blick vermutet hatte, und furchtbar ernst. Ich lächelte ihn an und widerstand dem Impuls, die Tür aufzureißen und Alex selbst zu sehen. Ellen, eines der Dienstmädchen, die sich im Foyer herumdrückten, kicherte hinter vorgehaltenen Händen, als sie meinen Blick auffing.

»Richte ihm aus, dass ich ihm einen angenehmen Abend wünsche und wir uns morgen Vormittag sehen«, sagte ich zu Matthew und versuchte, Ellens Gelächter würdevoll zu ignorieren.

»Jawohl, Miss. Guten Abend, Miss«, sagte Matthew, verbeugte sich linkisch und machte auf dem Absatz kehrt. Ich blieb noch einen Augenblick stehen und sah ihm nach, dann wechselten Ellen und ich ein heimliches Lächeln.

3

Der Sommermorgen zog sonnig und warm herauf, und ich kleidete mich noch vor dem Frühstück viermal um. Das weiße Kleid, das ich zuerst angelegt hatte, war doch nicht richtig, also vertauschte ich es gegen das Lavendelfarbene. Als ich mich im Spiegel im Salon darin sah, wusste ich, dass das Lavendelfarbene ganz falsch war, zog stattdessen das Grüne an, eilte aber bald wieder zurück auf mein Zimmer. Endlich im Esszimmer angekommen, befand ich, das Rosafarbene sei dem Kleid zu ähnlich, das ich an jenem Abend mit Alex getragen hatte. Meine Zofe seufzte, während ich ein Kleid nach dem anderen aus meinem Schrank nahm und darüber brütete. Warum hatte ich mich nur so gegen Miss Bentons Bemühungen gesträubt? Im Augenblick hätte ich zehn weitere Kleider zur Auswahl gebrauchen können. Ich versuchte gerade, mich zwischen dem Hellblauen und dem Geblümten zu entscheiden, als Ellen an meine Tür klopfte. Meine Zofe bat sie herein, und Ellen platzte in mein Gemach und eilte an mir vorbei zum Fenster.

»Miss Mary«, sagte sie atemlos. »Sie sind da.« Ich trat zu ihr, und gemeinsam spähten wir durch den Spitzenvorhang. Matthew stand neben seinem Pferd, und Alex' Pferd tänzelte im Kreis herum, während er die Fenster im oberen Stock beobachtete. Ein dritter Mann stieg gerade aus dem Sattel. Ich wich zurück, ehe Alex mich entdecken konnte, und begegnete Ellens fröhlichem Blick.

»Das Geblümte«, sagte sie. »Es ist genau richtig für einen Spaziergang im Garten, Miss Mary.« Wir lächelten einander an.

Ich hatte mich noch nie so rasch angekleidet. Meine Zofe hüllte mich hastig in Mieder und Rock, während Ellen letzte Hand an mein Haar legte und meine Erscheinung dann für perfekt erklärte. Selbst meine säuerliche Zofe stimmte zu.

»Aber Ihr solltet doch Schuhe tragen«, sagte Ellen lachend, als ich auf Strümpfen zur Tür ging.

Ich hastete die zwei Treppen ins Erdgeschoss hinunter und hielt im Flur inne, um zu Atem zu kommen. Bronson stand im Flur gegenüber, und ich bemerkte, dass sich im Foyer zwischen uns jemand befand. Ich errötete vor Zorn, als ich feststellte, dass Bronson Alex und seine Cousins in der Eingangshalle warten ließ und sich um die Ecke im Flur postiert hatte, um sie zu belauschen. Zweifellos glaubte der abscheuliche Mann, dem abwesenden Randolph seine Loyalität zu beweisen, indem er den Besuch der Männer hinauszögerte. Womöglich glaubte er, wenn er sie nur lange genug warten ließ, würden sie wieder gehen. Und offenbar war Alex' Cousin derselben Meinung. Ich stand da wie angewurzelt und starrte Bronson feindselig an.

»Alex«, knurrte eine Stimme, die ich nicht kannte, »wie lange sollen wir denn noch warten? Wenn diese wunderbare Miss Lowell dich sehen wollte, wären wir bereits bei ihr.« Stiefel klapperten über den Marmorboden. »Ich verstehe nicht, weshalb wir überhaupt hier sind. Wir haben anderswo genug zu tun.«

Alex' Tonfall war gelassen. »Wir sind hier, Angus, weil ich dir Mary Lowell vorstellen möchte. Und genau das werde ich auch tun.«

»Was erwartest du dir nur davon?«

»Muss ich denn etwas erwarten? Ich genieße ihre Gesellschaft.«

»Man wird dich ohnehin abweisen, das weißt du doch. Selbst wenn sie dich mag, wird ihre Familie dir nie erlauben, um sie zu werben. Warum tust du das? Wenn du dich nach der Gesellschaft einer Frau sehnst, reite nach Hause und geh zu Morag. Sie würde dich jederzeit heiraten.«

»Ja, und Murdoch das Herz brechen«, entgegnete Alex gelassen. »Wenn du gehen möchtest, bitte. Und, Angus: Wenn ich davon ausgehen müsste, abgewiesen zu werden, wären wir nicht hier.«

Angus brummte unwillig. »Und wie lange sollen wir noch warten?«

»Bis ich Mary Lowell gesehen habe.« Nun herrschte Schweigen, und Bronson und ich traten im selben Augenblick vor, doch ich kam vor ihm um die Ecke. Alex begrüßte mich mit einem Lächeln, und Matthew, der mit einem älteren Mann in der Mitte des Foyers stand, war sichtlich erleichtert.

»Lord Kilgannon«, sagte ich fröhlich, »hier seid Ihr also. Ich verstehe gar nicht, weshalb Ihr immer noch im Foyer steht. Wie unhöflich von Ihnen, Bronson, unsere Gäste hier warten zu lassen. Wo ist meine Tante Louisa?«

Bronson verneigte sich steif, nur sein Blick gab zu erkennen, was er von meiner offenen Attacke hielt. »Ich bitte vielmals um Verzeihung, Gentlemen«, sagte er glatt. »Die Gräfin Randolph erwartet Euch im Garten. Wenn Ihr mir bitte folgen wollt.«

»Ich habe Euch ebenfalls erwartet«, sagte ich und reichte Alex die Hand, der sich darüber verneigte. An diesem Morgen trug er einen Kilt und ein Hemd, einen Plaid über der Schulter, einen Hut mit Federn und ein Schmuckstück mit einem Symbol darauf an der Schulter. Ich fand, dass er prachtvoll aussah, und schenkte ihm ein weiteres Lächeln.

»Miss Lowell«, sagte er deutlich, und dann so leise, dass nur ich ihn hören konnte: »Mary, Ihr seht bezaubernd aus. Wie geht es Euch an diesem herrlichen Morgen?«

»Wunderbar«, sagte ich. Und das stimmte. Es ging mir wunderbar.

Alex wies auf die anderen Männer und stellte mir seinen Cousin Angus vor. »Und Angus' Sohn Matthew habt Ihr bereits kennengelernt«, sagte er. Die beiden Männer verneigten sich, Angus mit höflicher Miene, Matthew mit einem herzlichen Lächeln.

Angus MacGannon war älter und größer als Alex, ein Riese von einem Mann mit seidigem, goldblondem Haar, das nicht recht zu dem hünenhaften Körper passen wollte. Der Mann war kräftig gebaut, seine Brust glich einem Fass. Er war nach Art der Highlander gekleidet und wirkte gewaltig und Furcht einflößend. Seinen blauen Augen entging keine noch so kleine Einzelheit, während er sich über meiner Hand verneigte. Er begrüßte mich höflich, aber ein wenig reserviert. Sein Sohn hatte eine gewisse Ähnlichkeit mit ihm, aber Matthew war noch sehr jung – fünfzehn Jahre, schätzte ich –, und erst die nächsten Jahre würden zeigen, ob er so groß werden würde wie sein Vater. Matthews Begrüßung war herzlich, und ich spürte, wie mein Lächeln breiter wurde. Zumindest er freute sich, mich zu sehen.

Bronson führte uns auf die Terrasse, wo Louisa und Will uns erwarteten. Alex beugte sich über Louisas Hand, und seine Cousins taten es ihm gleich, während Alex sie vorstellte. Matthew wirkte unbeholfen und ernst, Angus verhalten und wachsam. Louisa nickte steif, als Angus und dann Matthew sich verbeugten, und Alex wandte sich mir mit blitzenden Augen zu und grinste, als sei uns etwas Bemerkenswertes gelungen.

»Nun, das hätten wir«, sagte er lachend, bevor er sich Will zuwandte und sich erkundigte, wo dessen schöne Ehefrau sei. Will erklärte, Betty hätte über Kopfschmerzen geklagt und sich zurückgezogen, und Alex ließ ihr ausrichten, dass er ihr baldige Genesung wünsche. Lächelnd entgegnete Will, Betty werde es gewiss bald besser gehen. Ich bezweifelte, dass Betty sich je bessern würde, doch das behielt ich für mich. Als Bronson mit einem Tablett erschien, nahmen wir Platz und plauderten über Belanglosigkeiten. Louisa taute so weit auf, dass sie hin und wieder lächelte, und zu meiner Überraschung waren Angus und Will bald in ein Gespräch über die Jagd vertieft, das sie sogar fortsetzten, als Louisa einen Spaziergang im Garten vorschlug.

Louisas Garten war nach Londoner Maßstäben groß, aber eigentlich recht klein und aufgeteilt in den förmlich angelegten

Teil, der das Haus umgab, und den weniger streng gestalteten Teil, durch den sie uns jetzt führte. Wenn wir länger als nur ein paar Minuten gehen wollten, mussten wir denselben Weg mehrmals beschreiten. Am Fuß der Treppe hakte sie sich bei Alex unter und zog ihn mit sich, ein Stück vor uns anderen. Gleich darauf waren sie außer Hörweite und führten offenbar ein ernstes Gespräch. Vor mir unterhielten Will und Angus sich noch immer angeregt über die Jagd, und so gingen Matthew und ich nun nebeneinander her. Wir spazierten unter einer Reihe blühender Bäume hindurch und verlangsamten unsere Schritte, um den kühlen Schatten zu genießen.

»Gefällt es dir in London, Matthew?«, erkundigte ich mich.

Matthew lächelte mich an. »O ja, Miss Lowell. Ich habe schon viele andere Städte gesehen, aber in London finde ich es sehr angenehm.« Mit stolzgeschwellter Brust bemühte er sich vergeblich, weltgewandt zu wirken. »Der Handel, wisst Ihr? Wir reisen viel.«

»Ich verstehe.« Ich versuchte, mein Lächeln zu verbergen. »Und wohin reist du?«

»Paris. Alex und mein Vater reisen in die Niederlande und nach Irland. Ich war natürlich auch schon oft in Irland.«

»Natürlich«, sagte ich. »Ist dein Vater bei diesen Reisen auch dabei?«

»Jawohl, und Malcolm – das ist Alex' Bruder – fährt auch oft mit.«

»Deine Mutter muss euch sehr vermissen, wenn du und dein Vater oft gemeinsam verreist.«

Er warf mir einen Blick zu. »Meine Mutter ist vor drei Jahren gestorben.«

»Oh, das tut mir schrecklich leid.« Ich kam mir vor wie ein Dummkopf, als ich den Jungen neben mir ansah. »Ich habe auch meine Mutter verloren. Das ist schwer.«

Die blauen Augen, Alex' Augen so ähnlich, verdüsterten sich. »Ja, das ist es. Mein Vater vermisst sie sehr.« Er warf einen Blick auf seinen Vater und sah mir dann offen in die Augen. »Mir tut es auch leid, dass Eure Mutter gestorben ist.«

Ich dankte ihm, gerührt über seine Aufrichtigkeit, und wir spazierten einen Moment lang schweigend nebeneinander her. Alex und Louisa waren noch weiter vorausgegangen, und vermutlich erläuterte Louisa gerade ausführlich, dass eine Beziehung zwischen Alex und mir nur unpassend sein könnte. Ich fragte mich, ob Alex ihrer Meinung sei. Sie traten aus dem Schatten der Bäume, und Alex' Haar fing den Sonnenschein auf und schimmerte golden unter dem scharlachroten Hut, den er heute trug. Als hätte er meinen Blick gespürt, drehte er sich um, entdeckte mich und grinste. Ich fühlte mich gleich viel besser. Nein, dachte ich, Alex MacGannon würde sich nicht einfach wegschicken lassen, nicht einmal von Louisa. Ich erwiderte das Lächeln mit wesentlich leichterem Herzen. »Matthew«, sagte ich, den Blick noch immer auf Alex gerichtet, »erzähl mir von deiner Familie. Erzähl mir alles.«

Matthew erzählte nur zu gern. Alex war ein Cousin ersten Grades seines Vaters, und die beiden waren zusammen aufgewachsen. Matthews Mutter war Mairi MacDonald von Skye gewesen, die Ehe seiner Eltern sehr glücklich. Seit Mairis Tod begleitete Matthew seinen Vater und Alex auf deren Handelsreisen, und es machte ihm Spaß, aber er freute sich stets, wieder nach Hause zu kommen. »Wohnt ihr alle auf Kilgannon?«, fragte ich.

»Das ist die Heimat der MacGannons. Wo sollten wir sonst wohnen?«

»Natürlich«, sagte ich lachend. »Wo sonst?«

Matthew erzählte mir, dass Alex' Söhne sehr lebhaft und lustig seien, aber nicht mit ihrem Vater reisten. Ich erkundigte mich nach Alex' Bruder und hoffte inzwischen, dass ich mich nicht wie Rowena anhörte. Matthew erklärte unbekümmert, Alex' Bruder James und seine Schwester Katrine seien verstorben, und Malcolm lebe ebenfalls auf Kilgannon.

»Ist er auch mit nach London gekommen?«, fragte ich, doch ich bekam keine Antwort mehr, denn Alex kam mit breitem Lächeln auf uns zu.

»Eure Tante möchte Euch einen Augenblick sprechen, Mary«, sagte Alex, als er mich erreicht hatte. Ich warf Louisa einen nervösen Blick zu, und Alex lachte. »Ich habe ihr versichert, dass ich nur die ehrenhaftesten Absichten hege. Wir sind für übermorgen zum Dinner eingeladen, Angus und ich, mit Euch und Eurem Robert Campbell.« Als er meine verblüffte Miene sah, nickte er. »Wir kennen uns. Ich handle mit Argyll, und Robert ist auch oft dort.« Alex grinste mich an und wies auf Louisa. »Nun geht und sprecht mit Eurer Tante, und dann seid so freundlich und kommt zu mir zurück. Ich wünsche den Tag mit Euch zu verbringen, nicht mit Eurer gesamten Verwandtschaft, und wir hatten noch keinen Augenblick für uns.«

Ich nickte und schloss zu Louisa auf, die mich mit einem Lächeln empfing und sogleich abwinkte. »Ich werde nicht gegen das Unvermeidliche kämpfen, Mary. Du darfst den Mann wiedersehen, wenn du möchtest. Wusstest du übrigens, dass Robert zurückgekehrt ist?«

»Nein, ich habe noch nichts von ihm gehört«, erwiderte ich, mit einem Blick zurück zu Alex.

»Ich auch nicht, doch er ist gestern Abend heimgekehrt. Ich habe ihm heute Morgen eine Nachricht geschickt. Ich weiß nicht recht, ob er dein Verhalten billigen wird.«

»Ich bin nicht an ihn gebunden, Louisa. Wenn ich mit Robert verlobt wäre, dann wäre Alex jetzt nicht hier.«

»Das verstehe ich, aber Robert könnte es dennoch missbilligen.« Sie betrachtete die vier Männer, die gerade über irgendetwas lachten. »Alex Mac Gannon ist ein Mann, der weiß, was er will, und im Augenblick will er anscheinend dich. Sei vorsichtig, Mary. Wir wissen, wer Robert ist, aber Alex ist in vielerlei Hinsicht ein Unbekannter. Lass dich nicht von seinem guten Aussehen und seinem Charme täuschen.«

»Ich bin keine Närrin, Louisa«, entgegnete ich, »und Alex ist kein Unbekannter. Er ist dein Cousin, wenn auch nur angeheiratet.«

»Liebes, du wirst feststellen, dass in Schottland praktisch jeder mit jedem verwandt ist.« Sie seufzte. »Geh und unterhalte dich mit ihm, Mary. Ich sehe dir an, dass du ungeduldig darauf wartest. Aber, um Himmels willen, gebrauche deinen Kopf.«

Will und Angus gesellten sich zu Louisa, als diese sich von mir abwandte, und Matthew trottete hinter ihnen drein. Ich blieb einen Augenblick lang stehen und beobachtete Alex. Das grüne Blätterdach der Bäume umrahmte seine Gestalt vor dem weißen Haus. Sein Blick war in die Ferne gerichtet, und ich genoss die Gelegenheit, ihn unbemerkt zu studieren. Ließ ich mich nur vom prachtvollen Äußeren dieses Mannes hinreißen? Gewiss würde es vielen Frauen so ergehen. Er war ein Mann, dessen Erscheinung Frauenherzen schneller schlagen ließ, doch was war mit dem Menschen dahinter? Irgendwie kam er mir gar nicht fremd vor, und doch hatte Louisa recht – er war ein Fremder. Ich beschloss, meine Handlungsweise in Zukunft besser zu bedenken, doch dann sah er mich an, mit einem Lächeln, das sein ganzes Gesicht erstrahlen ließ, und ich ging ihm ohne einen weiteren Gedanken entgegen.

Wir spazierten fast eine Stunde lang im Garten umher, und Louisa bestand darauf, dass die Herren zum Mittagessen blieben, das auf der Terrasse serviert wurde. Betty kam ebenfalls zu Tisch, und ihre Kopfschmerzen schienen verflogen zu sein. Die Luft im Schatten war kühl und duftete nach Blumen, und wir unterhielten uns angeregt, sogar Louisa lachte oft. Ich saß zwischen Alex und Matthew, und irgendwie kam es mir ganz natürlich vor, über den Tisch zu blicken und ein Lächeln mit meiner Tante zu teilen, während wir gemeinsam mit den MacGannons aßen. Angus hatte sie mühelos in ein längeres Gespräch über die Vorzüge der Highlands und der Lowlands verwickelt. Alex' Cousin hatte die Manieren eines wahren Gentleman und versicherte Louisa in höflichen Worten, dass die Lowlands sich niemals mit seiner Heimat vergleichen könnten. Doch meine Aufmerksamkeit galt vor allem Alex. Er hatte den Vormittag über entspannt und lebhaft geplaudert, doch nun hörte er nur den anderen zu. Dann beugte er sich zu mir herüber und sprach mit leiser Stimme.

»Es scheint, als hätten wir das schon oft getan, nicht wahr, Mary? Ein seltsamer Gedanke, dass ich Euch vor einer Woche noch nie gesehen hatte.«

»Ich habe Euch vor drei Tagen zum ersten Mal gesehen, Alex.«

»Ach ja, richtig. Auf der Gesellschaft der Herzogin war ich unsichtbar.«

»Ich habe Euch wirklich nicht gesehen, Alex. Daran würde ich mich gewiss erinnern.«

»Ja?«

»Ja. Ihr seid recht bemerkenswert.«

»Tja nun, das gilt auch für Euch. Ich habe all die hübschen Mädchen beobachtet, und da wart Ihr, auf der anderen Seite des Saals.« Unsere Blicke trafen sich, und er lächelte. »Die schönste Frau, die ich je gesehen hatte. Ihr habt gelacht und die anderen umarmt, und ich fand es sehr nett, eine schöne Frau zu sehen, die Menschen so mochte, also habe ich Euch beobachtet.« Ich spürte, wie meine Wangen glühten. »Und dann trat ein Mann zu Euch, und Ihr und Eure Freundin Rebecca seid mit ihm in einen anderen Raum gegangen.«

»Das muss Lawrence gewesen sein.«

»Ja, das habe ich auch festgestellt. Die Herzogin war ein sprudelnder Quell von Informationen.«

»Sie mag Euch sehr. Ich glaube, Ihr habt eine Eroberung gemacht.«

»Das hoffe ich doch«, entgegnete er lachend. »Ach, Ihr meint die Herzogin? Sie ein sehr netter Mensch, aber ich schenke den Ehefrauen anderer Männer selten große Aufmerksamkeit.« Er lächelte erneut, und ich musste lachen.

Viel früher, als mir lieb war, brachen Alex und seine Cousins wieder auf, und Louisa und ich verabschiedeten uns im Foyer von ihnen. Als die Türglocke klingelte, wandten wir uns um und sahen zu, wie Bronson öffnete. Robert stand in der Tür, den Hut in der einen Hand, Blumen in der anderen. Alex neben mir versteifte sich, und Angus warf ihm einen Blick zu. Ich schaute zwischen Alex und Robert hin und her, als Robert das Foyer betrat. Er erwiderte ruhig Louisas Begrüßung, doch der Blick seiner braunen Augen huschte immer wieder zu den MacGannons herüber.

»Willkommen zu Hause, Lord Campbell«, wiederholte ich Louisas Worte.

Robert überreichte mir die Blumen. »Für Euch, Miss Lowell.« Er nahm meinen Dank nickend entgegen. Louisa begann, Robert den MacGannons vorzustellen, doch Alex trat vor und streckte die Hand aus.

»Wir kennen uns bereits, Louisa«, erklärte Alex mit fröhlicher Stimme. »Wie geht es Euch, Lord Campbell? Ihr seid eben erst aus Frankreich zurückgekehrt?«

»Ja.« Robert gab Alex die Hand. »Und Ihr, Kilgannon? Was führt Euch hierher?« Beide warfen einen Blick auf mich und musterten einander dann.

Alex lachte. »Nach London? Mein Schiff. Kennt Ihr meine Cousins Angus und Matthew?« Angus trat vor und reichte Robert die Hand; Robert schüttelte sie und nickte dann Matthew zu.

»Wir brechen gerade auf, Campbell«, sagte Alex, »also muss ich das Feld vorerst Euch überlassen. Aber ich komme zurück.« Er wandte sich meiner Tante zu. »Louisa, ich danke Euch erneut für Eure Gastfreundschaft, Eure Nachsicht und Geduld.«

Louisa lachte ihn an. »Alex MacGannon, Ihr stellt sie wahrlich auf die Probe.«

»Jawohl, Gräfin, und Ihr besteht die Probe jedes Mal mit Bravour.« Alex grinste sie mit blitzenden blauen Augen an und wandte sich dann mir zu. »Miss Lowell, lebt wohl, für eine Weile.«

»Lord Kilgannon«, sagte ich und beobachtete ihn, während er sich über meine Hand beugte.

»Wir sehen uns übermorgen Abend«, sagte er so laut, dass alle ihn hören konnten, und fügte dann leiser hinzu: »Ich werde die Stunden zählen, Mary. Lasst Euch in meiner Abwesenheit ja nicht von dem Campbell entführen. Bewacht Euer Herz streng, Mädchen.«

Er warf mir noch ein schiefes Lächeln zu und ging dann durch die Tür, die Bronson ihm aufhielt. Angus und Matthew verabschiedeten sich und folgten ihm. Ich blickte ihnen nach, bis Bronson die Tür schloss, wandte mich dann um und begegnete Roberts Blick; viele Fragen standen in seinen dunklen Augen. Ich lächelte.

Louisa führte uns in den Salon, wo wir über Roberts Reise sprachen. Der Krieg mit Frankreich war offenbar tatsächlich fast vorüber, es wurde über einen Friedensvertrag verhandelt. Robert war erfreut darüber, sorgte sich jedoch wegen der Lage in Spanien, und ich beobachtete ihn, während er und Louisa sich unterhielten. Er war groß und athletisch, ein gut aussehender Mann, dessen ebenmäßige Gesichtszüge auch jetzt, wie meistens, einen angenehmen Ausdruck hatten. Viele Frauen würden seine Nähe suchen – und viele hatten das bereits getan. Er trug das Haar schlicht zurückgebunden, seine Kleidung, modisch ohne übertriebenen Firlefanz, war makellos geschneidert, die Farben so ausgewählt, dass sie sein dunkles Haar und die tief liegenden braunen Augen zur Geltung brachten. Er streckte ein in gelbbraunes Wildleder gehülltes Bein vor sich aus, und ich bewunderte seinen Wuchs. Mir wurde wieder einmal bewusst, dass ich ihn mochte. *Mochte.* Nicht atemberaubend fand. Mit einem vielsagenden Blick zu mir ließ Louisa uns schließlich allein. Zum ersten Mal, seit wir uns näher kannten, war es mir unangenehm, mit Robert allein zu sein. Wir spazierten in unbehaglichem Schweigen durch den akkurat angelegten Garten.

»Wie ist es Euch ergangen, Mary?«

Ich wandte mich ihm mit aufgesetztem Lächeln zu. »Gut, Robert. Und Euch? Es ist schön, Euch wieder hier in London zu haben. Erzählt mir von Eurer Reise. Was habt Ihr in Frankreich gemacht, wenn Ihr nicht auf dem Schlachtfeld wart?«

»Das würde Euch nicht interessieren, Mary«, sagte er wegwerfend.

Ich reckte das Kinn vor und dachte daran, wie Alex an dem Abend, als wir uns kennengelernt hatten, mit mir über schottische Politik diskutiert hatte. »Ich werde Euch sagen, wenn es mich langweilt, Robert«, erwiderte ich leichthin. »Was habt Ihr also gemacht?«

Er lächelte. »Das würde Euch wirklich langweilen.« Er sprach milde, doch sein durchdringender Blick strafte seinen Tonfall Lügen. »Ich freue mich auch, wieder hier zu sein, doch ich war etwas überrascht, Euch in Gesellschaft eines Mannes wie Lord Kilgannon zu sehen.«

»Ich habe Kilgannon auf Louisas Fest kennengelernt.« Ich zögerte und beobachtete seine Reaktion. »Ihr habt ihn mir gegenüber noch nie erwähnt.«

Robert zuckte mit den Schultern. »Dazu hatte ich bisher keinen Anlass. Wir verkehren selten in den gleichen Kreisen. Er ist kaum jemals in London.«

»Seht Ihr ihn denn in Schottland?«

Er lachte. »Die MacGannons sind ein unbedeutender Clan, aber sie sind Verbündete der MacDonalds. Ich bin ein Campbell. Hier in London sind wir höflich zueinander, wenn es sein muss, doch in Schottland sind wir Feinde.«

Verblüfft starrte ich ihn an. »Das ist gewiss ein allzu starkes Wort.«

»Schottland ist nicht England, Mary. Solche Feindseligkeiten herrschen dort seit Jahrhunderten. Sie werden nicht einfach vergessen, weil Schottland nun zu Britannien gehört. Der Hass lebt fort, vor allem in den Highlands, und am schlimmsten ist es in den katholischen Landesteilen. Was uns zur Frage der Religion führt. Ich nehme doch an, MacGannon ist Papist.« Er zögerte. »Er ist nicht so, wie er in London zu sein scheint.«

»Ich verstehe.«

»Nein, Mary, das versteht Ihr nicht. Der Mann mag Euch interessant erscheinen, weil er nicht wie die anderen Männer ist, deren Gesellschaft Ihr gewohnt seid. Ich zweifle nicht daran, dass er sich hier korrekt verhält, doch zu Hause ist er ganz anders. Ihr habt ja keine Ahnung davon, wie es in den westlichen Highlands zugeht. Heidnische Analphabeten, die nicht einmal Englisch sprechen. Sie bekriegen jeden, der nicht denselben Namen trägt wie sie. Es ist barbarisch. Und Kilgannon ist ihr Anführer. Er führt ein Leben, das Ihr Euch nicht vorstellen könnt, geprägt von Gewalt und überkommenen Traditionen. Er ist kein Engländer und schlicht nicht Euresgleichen.«

Ich verbiss mir die zornigen Worte zu Alex' Verteidigung, die mir auf der Zunge lagen, als mir plötzlich bewusst wurde, dass dies die erste starke Gefühlsregung war, die ich je bei Robert gesehen hatte – und was sie bedeutete. *Er ist eifersüchtig*, dachte ich. *Auf Alex. So, so. Er hat also doch Gefühle für mich, die er nur noch nicht offen ausgesprochen hat.* »Robert«, entgegnete ich milde, »Ihr seid Schotte. Und ein Highlander.«

»Das bin ich«, sagte er und hob das Kinn. »Aber ich bin ein Campbell.«

»Was Euch allen anderen überlegen macht.«

Er besaß den Anstand, darüber zu lachen. »Natürlich.« Ich lachte mit ihm.

»Genug, Robert. Erzählt mir von Eurer Reise.« Ich versuchte, Robert aufmerksam zuzuhören, während wir weiter spazieren gingen und er mir von der französischen Mode erzählte, doch ich konnte die Gedanken an Alex nicht verdrängen. *Ich muss ihn nach seiner Heimat fragen*, dachte ich. Es fiel mir schwer, zu glauben, ein Mann wie Alex MacGannon könnte zulassen, dass seine Leute in Unwissenheit und Armut lebten. Oder doch? Ich hatte den Mann ja erst zweimal gesehen. Vielleicht hatte Louisa doch recht.

Robert blieb zwei Stunden und wäre noch länger geblieben, wenn Louisa nicht nach uns gesucht hätte, um mich daran zu erinnern, dass wir bei der Herzogin zum Dinner eingeladen waren. Sie streckte ihm die Hand hin, als er den Besuch beendete, und ich verabschiedete mich von Robert in einem Zustand größter Verwirrung. Nach seinem kurzen Ausbruch hatte Robert wieder das angenehme Verhalten an den Tag gelegt, das ich inzwischen von ihm gewohnt war, und wir hatten nicht mehr über Alex gesprochen, und auch nicht über Roberts Aufgaben in Frankreich. Oder sonst irgendetwas von Bedeutung. Wie üblich.

Ich folgte Louisa langsam die Treppe hinauf, um mich für den Abend vorzubereiten. »Es ist herrlich, Robert wieder hier zu haben«, bemerkte sie mit einem scharfen Blick zu mir. »Und es freut mich, dass er zu unserem Dinner mit den MacGannons kommen wird.« Ich stimmte zu, und sie seufzte. »Obwohl ich es besser wissen müsste, fand ich die MacGannons sehr sympathisch. Gott allein mag wissen, was daraus entstehen wird, aber es ist einfach unmöglich, sie nicht zu mögen.«

»Louisa«, sagte ich, als wäre mir das eben erst eingefallen, »worüber hast du eigentlich mit Alex gesprochen, als wir im Garten spazieren gegangen sind?«

Louisa lachte und ließ sich keinen Augenblick täuschen. »Über dich. Er hat sich erneut entschuldigt, und ich habe ihn getadelt, weil er mir erzählt hatte, er sei nicht auf der Suche nach einer Ehefrau, um dich dann so unübersehbar zu umwerben, dass ganz London darüber tratscht. Er war ausgesprochen entwaffnend. Entweder ist er ein wahrhaft aufrichtiger Mann oder der überzeugendste Lügner, den ich je erlebt habe. Das wird sich mit der Zeit herausstellen.« Sie fegte meinen Protest mit einer Handbewegung beiseite, als wir uns meinem Zimmer näherten. »Trag heute Abend das Lavendelfarbene, Liebes«, sagte sie und verschwand um die Ecke.

Am Abend drehte sich die Unterhaltung um Politik und den neuesten Klatsch. Die Herzogin nahm mich jedoch nach dem Essen beiseite und erzählte mir, wie sehr sie sich freue, dass ich Alex kennengelernt hätte. »Er war heute Nachmittag hier, meine Liebe«, erklärte sie strahlend, »und ich konnte ihm entlocken, dass er Sie heute Vormittag besucht hat. Er ist ein ganz besonderer Mann, und ich schätze ihn sehr. Und ich stehe in seiner Schuld. Wenn der Earl of Kilgannon nicht gewesen wäre, wäre mein geliebter Herzog tot. Lord Kilgannon hat ihm das Leben gerettet, und dafür werde ich ihm ewig dankbar sein.«

Ich blinzelte sie verständnislos an. »Wie meint Ihr das, Euer Gnaden?«

»Sie kennen die Geschichte nicht?« Die Herzogin machte es sich bequem, um mir alles zu erzählen. »Also. Der Herzog war in Paris, und eines Tages, nach Verhandlungen mit den Franzosen, wurde er auf dem Rückweg zu seiner Unterkunft von drei Männern angegriffen. Seine Diener lösten sich in Luft auf, und mein geliebter Herzog dachte schon, er sei verloren. Doch wie aus dem Nichts tauchte plötzlich Kilgannon auf, und gemeinsam konnten sie die Männer zurückschlagen. Der Graf hat dem Herzog das Leben gerettet, meine Liebe. Der Herzog steht für immer in der Schuld des Grafen, und ich ebenfalls. Deshalb habe ich ihn ja so gern. Ich kann mir ein Leben ohne meinen Herzog nicht vorstellen.« Sie lächelte ihren Mann an, der eben auf uns zutrat, und ich überlegte. Ich hatte diese Geschichte schon oft gehört, aber noch nie auf den Namen des Retters geachtet. *Alex*, dachte ich nun und lächelte in mich hinein. *Alex*.

»Was sagst du da, meine Liebe?«, fragte Herzog John. Sie reckte ihm die Wange entgegen, und er küsste sie gehorsam.

»Ich erzähle Mary gerade davon, wie Kilgannon dich in Paris

gerettet hat, und wie dankbar wir ihm dafür sind«, sagte die Herzogin zu ihrem Mann.

»Das sind wir in der Tat, Mary«, stimmte Herzog John zu. »Aber spiele bitte nicht die Ehestifterin, Eloise. Du weißt doch, wie das immer ausgeht.« Er sah mich mit schalkhaft blitzenden Augen an. »Edmund Bartlett spricht derzeit nicht mit uns, weil meine Frau versucht hat, ihn mit Lady Wilmington zu verheiraten.«

»Sie wäre perfekt für ihn gewesen«, protestierte die Herzogin. »Diese vielen Ländereien ...« Sie seufzte. »Es wäre eine ideale Verbindung gewesen. Die beiden konnten über alle Welt miteinander schwatzen! Wer sonst würde ihn je heiraten?« Ich lachte mit ihr.

Den nächsten Tag verbrachte ich ganz ruhig mit Will und Betty zu Hause, wo wir alle zusahen, wie Louisa ihr Dinner plante. Ich hatte nur wenige Gäste erwartet, doch nun erfuhr ich, dass wir insgesamt achtzehn Personen sein würden. Louisa hatte natürlich den Herzog und die Herzogin eingeladen, außerdem Alex, Angus und Robert, zwei unserer Fairhaven-Cousins und Beccas Eltern, die soeben nach London zurückgekehrt waren. Drei weitere Bekannte von Louisa und, ausgerechnet, der Marquis und Rowena würden ebenfalls dabei sein. *Wenn doch nur Becca und Lawrence nicht mit seinen Eltern in Bath geblieben wären*, dachte ich. Ich brauchte meine Freundin jetzt hier. Ich vermutete, dass Louisa Rowena eingeladen hatte, um den Abend interessanter zu machen, und machte ihr das auch zum Vorwurf. Sie lachte.

»Mary, wenn Alex sich so leicht den Kopf verdrehen lässt, dann solltest du das so früh wie möglich erfahren. Und Robert wird ja da sein, um dir Gesellschaft zu leisten.«

Betty fuhr sich mit den Fingern durchs Haar und runzelte die Stirn. »Ich finde es unklug, Lord Campbell und Lord Kilgannon zugleich hier zu haben.«

»Wenn sie sich in meinem Haus nicht wie Gentlemen benehmen können, werde ich sie bitten, zu gehen«, entgegnete Louisa knapp. »Meine Dinner-Abende waren niemals irgendetwas anderes als ein voller Erfolg, und heute wird es nicht anders sein. Robert benimmt sich stets tadellos, und ich kann mir nicht vorstellen, dass wir von Alex weniger erwarten dürfen. Denkt daran, dass er mein Cousin ist, wenn auch nur angeheiratet.«

Ich verkniff mir ein Lächeln und dachte, dass Alex wohl auch Louisa bezaubert hatte. Doch im Grunde gab ich Betty recht. Ich zweifelte nicht daran, dass Robert sich ordentlich benehmen würde, und von Alex nahm ich dasselbe an, aber lieber hätte ich die beiden nicht an derselben Tafel gehabt, und Rowena nicht in demselben Land. Ich hoffte, dass Alex' Bemerkung, er schenke den Ehefrauen anderer Männer keine große Aufmerksamkeit, der Wahrheit entsprach. Dann fragte ich mich, ob ich mich anständig würde betragen können, falls Rowena wieder so mit ihm flirten sollte wie beim letzten Mal. Und dann rief ich mich zur Ordnung. *Er. Ihm.* Als gäbe es keine anderen Männer auf der Welt. Ich war der Wirklichkeit in Gedanken wohl schon ein ganzes Stück vorausgeeilt.

Der Tag zog sich hin, ohne ein Wort von Alex. An diesem Abend konnte ich nicht einschlafen und setzte mich allein in die Bibliothek, nachdem alle anderen sich bereits zur Ruhe begeben hatten. Ich suchte nach jedem bisschen Information über Schottland, dessen ich habhaft werden konnte. Ich fand mehrere Abhandlungen, die sich bestürzt über die Barbarei der Schotten und ihr abscheuliches Land äußerten. Ich hatte die Hoffnung schon beinahe aufgegeben, als ich einen Atlas fand. Nun brütete ich über Landkarten und fand Lothian, wo ich Duncan und Louisa einmal besucht hatte. Die allgemeinen Umrisse Schottlands kannte ich natürlich, ich wusste, dass es das Hochland und das Tiefland gab, die Grenzlande und den Norden, viele Buchten und Meerwasserseen, und Glen Mohr. Ich fand Roberts Argyllshire und Alex' westliche Highlands. Sie lagen nicht so weit auseinander, wie ich sie aus meinem Unterricht in Erinnerung hatte, zumindest nicht auf der Karte. Wie weit waren sie in Wirklichkeit voneinander entfernt? Ich starrte auf das Blatt. Wie konnte ein so kleines Land so schwer zu beherrschen sein? Seit Jahrhunderten versuchte stets die eine oder andere Gruppe, dieses Stückchen Erde und seine Menschen zu dominieren. Ich fand Skye und die Hebriden vor der Küste der westlichen Highlands, doch Kilgannon war auf der Karte nicht verzeichnet. In dieser Gegend war so gut wie gar nichts verzeichnet, und ich fragte mich, wo in diesem abgelegenen, rauen Landstrich Alex' Heimat liegen mochte.

Am darauffolgenden Abend ging ich, in blaue Seide gehüllt, im Esszimmer auf und ab, so aufgeregt wie seit Monaten nicht mehr. Ich versuchte, mir einzureden, als sei dies nur einer von vielen eleganten Dinner-Abenden in Louisas Haus, doch ich wusste, dass das nicht stimmte. Was, wenn Robert und Alex einander unhöflich begegnen sollten? *In Schottland sind wir Feinde*, klang es mir noch in den Ohren. Und Rowena. Neben ihr kam ich mir zu groß, hässlich und ungelenk vor, die Cousine vom Lande, die nie so recht in die feineren Kreise passen mochte. Louisa fand mich schließlich in diesem Zustand und lachte nachsichtig.

»Du bist wunderhübsch, Mary«, sagte sie und schloss mich in die Arme. »Sei einfach du selbst. Falls Robert oder Alex sich von der Gegenwart des anderen stören lässt, nun, so sei es. Robert hätte dir schon vor Monaten einen Heiratsantrag machen sollen. Vielleicht wird es ihm ein Ansporn sein, Alex heute Abend hier zu sehen. Und was Alex angeht: Ich vermute, dass ein Mann, der so gut aussieht, an leichte Eroberungen gewöhnt ist. Lass ihn ruhig merken, dass er einen Rivalen hat.« Sie lächelte. »Mary, einer dieser Männer könnte eines Tages dein Ehemann sein. Beobachte sie aufmerksam. Wie sich ein Mann in vornehmer Gesellschaft verhält, wenn er unter Druck steht, gewährt dir einen Blick in seine Seele. Wenn sich einer von beiden unpassend benimmt, wirst du es sehen, und mit diesem Wissen gewappnet sein. Einen Ehemann auszuwählen ist ein kompliziertes Unterfangen, Liebes, aber du musst mit den Konsequenzen deiner Entscheidung leben. Sieh zu, dass du so viel wie möglich für deinen Einsatz bekommst.«

Ellen platzte herein und verkündete, die ersten Gäste seien eingetroffen. Alex, Angus und Robert waren gemeinsam angekommen.

4

Wir hörten Gelächter, als wir uns dem Salon näherten, und in der Tür wechselten Louisa und ich einen überraschten Blick. Alex deutete auf Robert und sagte etwas, und die anderen lachten. Es war leicht zu erkennen, was diesen Tumult verursacht hatte. Alex trug englische Kleidung, einen Gehrock und Hosen, während Robert im Gewand der Highlands erschienen war, einem blauen Plaid mit einer wunderschönen Granatfibel an der Schulter. Alex kam auf mich zu, mit ausgestreckten Händen und breitem Grinsen.

»Ich werde Eure Wirkung auf die Männer niemals anzweifeln, Miss Lowell«, verkündete er. »Ihr habt uns beide dazu gebracht, uns zum Narren zu machen. Aber Ihr müsst zugeben, dass ich besser aussehe als der Campbell, nicht wahr?«

»Keineswegs, Kilgannon«, sagte Robert lachend und kam ebenfalls auf mich zu. »Ich trage den Plaid viel besser als Ihr.«

Ich blieb stehen, erstaunt darüber, die beiden miteinander scherzen zu sehen, und ergriff lächelnd Alex' Hände. »Ihr seht beide großartig aus«, sagte ich lachend und bemerkte, wie warm und stark sich seine Hände in meinen anfühlten. Er lächelte mir in die Augen und drückte sacht meine Finger, ehe er mich losließ. Bevor einer von uns noch etwas sagen konnte, trafen der Herzog und die Herzogin ein, man begrüßte sich unter weiterem Gelächter. So hatte ich mir den Abend nicht vorgestellt, doch er setzte sich in derselben Stimmung fort. Alex und Robert versuchten, einander mit Scherzen zu übertreffen, und wurden dabei immer frecher, zu unser aller Vergnügen. Will spielte begeistert mit, und sogar Angus benahm sich albern. Die Stunden verflogen, und ehe ich mich versah, war es Zeit, sich zu verabschieden. Robert brach als Erster auf, noch immer jovial und gut gelaunt, und Alex an meiner Seite rief ihm nach: »Eure Knie sind entzückend, Campbell.«

Robert verbeugte sich lachend und winkte. Alex und Angus verließen uns gleich darauf, nachdem sie Louisa für den schönen Abend gedankt hatten. Alex drückte meine Hand, als er mir eine gute Nacht wünschte. Angus lächelte breit und bedankte sich bei uns beiden, und dann waren sie fort. Rowena, die fast den ganzen Abend lang ignoriert worden war, obgleich sie zwischen Alex und Robert gesessen hatte, umarmte mich leicht und flüsterte: »Ich würde Robert heiraten und Alex heimlich treffen.« Ihr Gelächter trieb hinter ihr her zur Tür hinaus. Ich schüttelte den Kopf und richtete meine Gedanken auf eine andere Frage.

Ich würde die Männer nie verstehen, dachte ich. Man hätte meinen können, Alex und Robert seien seit Jahren die besten Freunde. Ich lächelte in mich hinein, als ich an ihre unbekümmerten Späße dachte. Es war ein herrlicher Abend gewesen. Wie albern von mir, dass ich mir solche Sorgen gemacht hatte.

Als ich am nächsten Morgen erwachte, regnete es, doch ich weigerte mich, mir davon die Laune verderben zu lassen. Louisa und ich brachen nach dem Frühstück zu Besuchen auf und kehrten erst am Nachmittag zurück. Ellen erwartete uns mit der Neuigkeit, dass der Earl of Kilgannon in der Bibliothek sitze. »Er ist schon so lange hier, Miss Mary, aber er hat gesagt, er würde gern warten«, erklärte sie. »Und er hat Euch Blumen mitgebracht, Madam«, fügte sie, an Louisa gewandt, hinzu und zeigte auf den Strauß, den ich nicht einmal bemerkt hatte.

Louisa nickte und fragte, ob Alex denn zum Mittagessen eingeladen worden sei. Als Ellen berichtete, er habe mit Will und Betty gegessen, erklärte Louisa, er könne noch ein wenig länger warten, und eilte in Richtung Esszimmer davon, ohne einen Blick zurückzuwerfen. Will und Betty seien oben, bemerkte Ellen mit einem Augenzwinkern. Ich ging in die Bibliothek.

Alex war auf einem der Sofas ausgestreckt, seine langen Beine reichten weit über die Armlehne hinaus. Er hatte die Nase in ein Buch gesteckt, und eine von Louisas Katzen lag auf seiner Brust. Ich schloss die Tür hinter mir, obgleich ich sehr wohl wusste, dass ich sie offen lassen sollte. Alex blickte über die Schulter und sprang so hastig auf, dass das Buch und die Katze durch die Luft flogen. Ich lachte, während ich zusah, wie er erschrocken versuchte, die Katze aufzufangen, was ihm auch gelang, um sie dann rasch loszulassen, als sie sich in seinem Griff wand. Sie landete auf dem Sofa, warf uns beiden verächtliche Blicke zu und begann dann, sich zu putzen. Alex blickte lächelnd auf, als ich näher kam.

»Alex, was für eine Überraschung!«, sagte ich. »Wie lange wartet Ihr schon hier?«

»Nicht besonders lange. Guten Tag, Mary.« Er verneigte sich, seine Verlegenheit war bereits überwunden. Er trug wieder seine Highlander-Kleidung, und das Dunkelblau seiner Weste ließ seine Augen noch außergewöhnlicher erscheinen.

Ich trat ans Sofa und hob das Buch auf, in dem er gelesen hatte. »*Le Misanthrope*«, las ich laut den Titel. »Molière? Auf Französisch?« Ich zog eine Augenbraue hoch. »Ihr überrascht mich.«

»Ich dachte, Ihr hättet gewiss nichts dagegen, wenn ich ein wenig lese, während ich warte.«

»Ganz und gar nicht«, sagte ich und legte das Buch beiseite. »Ihr lest Französisch?« Er zuckte nickend mit den Schultern. »Was für Überraschungen habt Ihr noch für mich?«

»Hm, lasst mich nachdenken.« Er schwieg und rieb sich das Kinn, als überlege er reiflich. »Nun, ich kann Euch Verse vortragen.«

»Auf Französisch?«

»Oder Gälisch. Oder Englisch, sofern Euch mein Akzent nicht stört.«

»Euer Akzent ist entzückend«, protestierte ich.

»Sehr freundlich von Euch. Manche Leute behaupten, ich spräche wie ein Barbar.«

»Ich nicht«, sagte ich und ging auf die andere Seite des Raumes.

»Gut.« Grinsend sah er mir nach.

»Habt Ihr Euch gestern Abend gut amüsiert?«, fragte ich.

Er nickte. »Ja, Mary, ich habe mich ganz prächtig amüsiert. Und Ihr?«

»Ich auch.« Ich trat an den Kamin und spielte mit einem Kerzenhalter herum. »Warum habt Ihr Euch wie ein Engländer angezogen?«

»Um Euch zu zeigen, dass ich das kann. Ich habe festgestellt, dass ich anders behandelt werde, wenn ich Eure Kleidung trage.«

»Wenn Ihr meine Kleidung tragen würdet, würde man Euch ganz gewiss anders behandeln.«

Wir beide lachten. »Ihr wisst, was ich damit meinte, Mary.«

»Robert hat Highland-Kleidung getragen. Ich frage mich, wo er sie gefunden haben mag.«

Alex zuckte mit den Schultern und kam näher. »In seiner Kleidertruhe, zweifellos. Er ist schließlich ein Campbell. Und obwohl wir das nicht gern zugeben, liegt Argyll doch in den Highlands. Natürlich nicht in den richtigen Highlands, versteht sich.«

»Aber sein Kilt sah anders aus als Eurer. Und der Plaid, den Ihr heute tragt, ist anders als die, in denen ich Euch bisher gesehen habe.« Ich wies auf seine Gewänder. Er blickte auf seinen Kilt hinab und dann wieder zu mir. Ich fragte mich, ob schon jemals ein anderer Mensch so blaue Augen oder so lange Beine gehabt hatte.

»Nun, jeder *breacan* ist anders«, erklärte er. »Das ist das Webmuster. Jeder Clan und jede Großfamilie hat ihre eigenen Farben, doch der *breacan*, das Karomuster, hängt vom Weber ab. Alle meine Plaids stammen von Kilgannon-Webern. Sie benutzen immer wieder die gleichen Muster. Das nennt man ein *sett*, wenn das Muster immer dasselbe ist. Die Campbells haben andere *setts*, und so eines hat Robert getragen. Es gibt viele, die den Namen eines Mannes am Muster seiner Kleidung erkennen können. Und jeder Clan trägt ein anderes Wappen an der Mütze.«

»Ich habe Euer Abzeichen gestern an Eurem Hut gesehen. Und Federn.«

»Ja, jeder Clan hat sein Wappen und eine Pflanze, die für den Clan steht, aber nur das Clanoberhaupt und seine Familie dürfen die Adlerfedern tragen.«

»Das ist sehr anders als in England«, bemerkte ich und dachte wieder einmal, wie fremd seine Welt mir doch erschien. Er schüttelte den Kopf und hob die Katze hoch, die sich an seinen Beinen rieb. Geistesabwesend streichelte er sie.

»Nein, es ist ganz ähnlich. Ein Bauer aus Kent kleidet sich nicht wie ein Seemann aus Portsmouth. Jeder trägt die Kennzeichen seiner Heimat und seines Ranges. In Schottland ist es genauso.«

»Habt Ihr Euch in der englischen Kleidung wohlgefühlt?« Ich beobachtete seine Hand, die die Katze streichelte. Er runzelte nachdenklich die Stirn.

»Ob ich mich wohlgefühlt habe? Ihr meint, ob ich mir seltsam vorkam, so, als trüge ich eine Kostümierung?« Ich nickte. »Nein, Mädchen, ich trage auf meinen Reisen oft englische Kleidung. Ich finde meine eigene Kleidung nur bequemer, und manch mal glaube ich, es macht gar keinen Unterschied, was ich trage. Mein Aussehen allein brandmarkt mich als Fremden.«

»Ihr seht aus wie ein Schotte.«

»Ich sehe aus wie ein Gäle«, korrigierte er mich. »Wie ein Highlander. Die Leute aus dem Tiefland sind für gewöhnlich nicht so groß.«

»Sind denn alle Highlander groß?«

»Nein, aber viele. Mehr als die Tiefländer, die von den Pikten, Bretonen und Normannen abstammen. Wir sind größer. Das liegt an unserem keltischen und nordischen Blut. Daher haben wir auch die hellen Haare und Augen.« Die Katze räkelte sich seiner Berührung entgegen. »Ist das Eure Katze?«

»Nein, sie gehört Louisa. Meine Katze ist in Warwickshire.«

»Ach ja, Warwickshire.« Er nickte mir zu. »Da liegen Kenilworth und Warwick? Und Euer Anwesen heißt Mountgarden?«

»Ja. Mein Zuhause ist nicht weit von Kenilworth entfernt.«

»Normannisches Land, aber sehr hübsch. Und sehr flach.«

»Eigentlich nicht«, sagte ich, sogleich bereit, meine Heimat zu verteidigen. »Es gibt viele Hügel. Mountgarden liegt auf einem Hügel.«

»Hm. Wenn Ihr nach Schottland kommt, werdet Ihr Berge sehen. England hat keine, soweit ich bisher gesehen habe.« Er betrachtete die Katze.

»Alex«, sagte ich gleich darauf, »seid Ihr hergekommen, um über Kilts und Katzen und Berge zu sprechen?« Er hielt die Katze mit einer Hand und strich sich mit der anderen ein paar Haarsträhnen zurück, die ihm ins Gesicht gefallen waren. Ich konnte die Katze schnurren hören, als er sie wieder streichelte.

»Ich bin gekommen, um Euch zu sehen, Mary. Wir werden uns über jedes Thema unterhalten, das Ihr wünscht.«

Ich spürte, wie sich meine Wangen röteten. »Ihr seid sehr direkt, Sir«, sagte ich und bemühte mich, nonchalant zu klingen.

»Ja«, sagte er gedehnt und lächelte beinahe. »Das wart Ihr auch. Wie ich Euch schon sagte, Mädchen: Das spart Zeit.« Er setzte die Katze auf das Sofa und wischte sich die Hände an den Oberschenkeln ab. »Mary, ich hatte gestern Abend keine Gelegenheit, mich allein mit Euch zu unterhalten, deshalb wollte ich Euch heute gern sehen. Störe ich Euch? Habt Ihr bereits andere Pläne?«

»Ich habe für heute keine Pläne.«

»Gut. Außerdem hoffte ich, wenn ich heute käme, hätte ich eine Chance, Eurem Robert Campbell zuvorzukommen.«

»Er ist nicht mein Robert Campbell, Alex.«

»O doch, das ist er. Ich verstehe zwar nicht, warum der Mann zögert, aber mir soll es recht sein. Also, worüber möchtet Ihr Euch denn unterhalten, außer über Kilts, Katzen und Berge?« Ich ging zum Sofa und setzte mich. Alex gesellte sich zu mir, und die Katze sprang sofort auf seinen Schoß.

»Ihr habt eine Eroberung gemacht«, sagte ich und streichelte die Katze auf seinem Schoß.

»Schon wieder? Erst die Herzogin, und nun Euch? Oder meint Ihr etwa die Katze?«

»Die Katze. Ich nehme an, Ihr macht eine Menge Eroberungen.«

Er nickte. »Ja. Katzen mögen mich. Hunde auch.«

»Das meinte ich damit nicht.«

Er grinste. »Herzoginnen sind verrückt nach mir.«

»Ja, und sie hat mir auch erzählt, warum. Ihr habt dem Herzog das Leben gerettet. Es war sehr mutig von Euch, ihm zu Hilfe zu kommen, wahrlich heldenhaft. Erzählt Ihr mir, was damals geschehen ist?«

Er zuckte mit den Schultern. »Das ist Jahre her und kaum der Rede wert. Ich bin zufällig auf drei Männer gestoßen, die einen Einzelnen angegriffen haben, da habe ich ihm beigestanden. Das war keine Heldentat. Eher eine Höflichkeit.«

»Ich finde Euch großartig. Der Herzog und die Herzogin übrigens auch.«

Er lachte. »Das bin ich. Aber, Mary, was ich getan habe, war das Einzige, was ein anständiger Mann hätte tun können. Wer würde einen so bedrängten Mann seinem Schicksal überlassen?«

»Eine Menge Männer würden das tun.«

»Dann hoffe ich, dass die nicht gerade vorbeispazieren, wenn ich Hilfe brauche. Würdet Ihr mich zum passenden Zeitpunkt daran erinnern, das zu hoffen?«

»Das werde ich. Aber ich bin sicher, dass die Herzogin Euch weiterhin dafür verehren wird.«

»Ja, aber ich schenke den Ehefrauen anderer Männer nicht viel Aufmerksamkeit.«

»Nicht einmal Ehefrauen wie Rowena? Sie ist sehr schön.«

»Ja.« Er grinste, und auf einmal kam ich mir furchtbar hässlich vor, wenn ich daran dachte, wie die reizende Rowena ihm in die Augen blickte. Ich versuchte zu lächeln. Sein Grinsen erlosch, er beobachtete mich einen Augenblick und beugte sich dann vor, einen Arm auf der Rückenlehne des Sofas ausgestreckt. »Mary«, sagte er leise, »Ihr seid zehnmal schöner als Rowena. Gestern Abend habt Ihr wunderschön ausgesehen. Ihr habt ausgesehen wie eine Göttin. Ihr seht auch heute wie eine aus.« Ich starrte ihn an. Er lehnte sich in die Polster zurück und lächelte dann breit. »Aber eine Frau muss mehr als nur Schönheit vorweisen können. Worin seid Ihr begabt?«

»Begabt?« Ich sah ihn verständnislos an, während meine Gedanken durcheinanderwirbelten.

Er nickte. »Ja. Könnt Ihr kochen?«

»Nein.«

»Könnt Ihr fischen?«

»Nein.« Ich lachte, denn er schüttelte den Kopf, als sei das ein schwerer Makel.

»Könnt Ihr Vieh hüten?«

»Nein«, sagte ich und lachte noch lauter.

»Könnt Ihr nähen?«

»Ja. Und sticken. Alle Handarbeiten beherrsche ich perfekt.«

»Tja nun, ich kann mir Rowena schwerlich mit einer Nadel in der Hand vorstellen. Seht Ihr, auch auf diesem Gebiet seid Ihr ihr voraus.«

»Und was sind Eure Begabungen?«, fragte ich und fühlte mich gleich viel besser. »Abgesehen davon, Französisch zu lesen und Herzoginnen und Katzen zu bezaubern?«

»Ich kann einen Stein siebenmal auf dem Wasser hüpfen lassen.«

»Das ist sehr wichtig.«

»Ist es, wenn Ihr zehn Jahre alt seid und Euer Cousin fünfzehn, und er es nicht kann.«

»Angus?«

»Ja. Zweifellos nagt das immer noch an ihm. Beschämt ihn nur nicht, indem Ihr ihn danach fragt.« Er schüttelte den Kopf, als sei das eine sehr traurige Sache, doch seine Augen lachten. »Mir fallen keine weiteren Begabungen ein.«

»Könnt Ihr kochen?«

»Ja.« Sein Blick hing an meinen Lippen.

»Ach ja? Was könnt Ihr denn kochen?«

»Was auch immer ich fangen kann. Wenn ich Hunger habe, finde ich schon eine Möglichkeit, es zu kochen.«

»Geben sie Euch denn zu Hause nichts zu essen?«

»Ich spreche nicht von Zeiten, da ich zu Hause bin.«

»Oh. Nun denn, könnt Ihr nähen?«

»Nein, aber bei einem Plaid ist das auch nicht nötig. Man muss nur wissen, wie man das Tuch faltet. Das kann ich.«

»Könnt Ihr fischen?«

»Ja. Man wächst nicht auf dem Wasser auf, ohne das Fischen zu lernen.«

»Könnt Ihr Vieh hüten?«

Er lachte wehmütig. »Ich habe das schon getan, aber ich bin nicht besonders gut darin. Mir wird so schnell langweilig.«

»Dann habt Ihr doch einige weibliche Talente vorzuweisen.«

»Ach, das waren weibliche Vorzüge?«

»Das waren sie, als Ihr mich danach gefragt habt.«

»Nein, genau genommen«, sagte er, und seine Stimme wurde rauchig, »habe ich mich gefragt, ob ich Euch für Kilgannon anheuern könnte. Ihr habt etwas von einem Fischer an Euch.« Er setzte die Katze auf den Boden.

»Ich bin nicht zu mieten«, erklärte ich spröde und strich mir den Rock glatt.

»Ja.« Er beugte sich erneut zu mir vor, und seine Augen wirkten dunkel. »Ich nehme an, ich würde Euch heiraten müssen.« Sein Gesicht berührte schon beinahe das meine, als die Tür aufflog und Ellen mit einem Tablett eintrat. Alex sprang auf und blieb einen Schritt vom Sofa entfernt stehen.

»Ich bringe Euch Tee. Die Madam schickt mich, ich soll Euch stören«, erklärte Ellen fröhlich, doch ihrem Blick entging nichts. Sie stellte das Tablett auf dem Tisch vor dem Sofa ab, während Alex sich ans Fenster zurückzog.

»Es regnet nicht mehr«, sagte er.

»O nein, Sir, schon lange nicht mehr«, erwiderte Ellen und durchquerte kichernd den Raum. »Aber Ihr habt vermutlich lange nicht mehr aus dem Fenster geschaut.« Sie schloss die Tür hinter sich. Alex wandte sich lächelnd vom Fenster ab, und ich erwiderte das Lächeln, während er auf mich zukam. Wenn er mich in diesem Augenblick gebeten hätte, mit ihm davonzureiten, dann hätte ich ja gesagt.

»Es sind drei Tassen«, sagte er und deutete auf das Tablett. »Was bedeutet, dass Louisa bald hier sein wird. Wir sollten uns also schicklich präsentieren.« Er setzte sich auf einen Sessel neben dem Sofa, sprang jedoch gleich wieder auf, kam zu mir und setzte sich dorthin, wo er eben gesessen hatte. Er legte eine Hand an meinen Rücken, schlang die andere in mein Haar und zog mich zu sich heran. »Bevor wir wieder gestört werden, Mädchen«, sagte er und küsste mich zärtlich, dann drängender. Ich war schon zuvor geküsst worden, aber nicht so. Seine Lippen waren weich, und ich gab mich ihm hin wie noch keinem anderen. Was hatte dieser Mann an sich, das mich so fesselte? Mir drehte sich der Kopf, doch irgendwo in einem Winkel meines Geistes jubelte eine leise Stimme, als hätte sie einen Sieg errungen. Er hielt inne und lächelte, und ich blickte in seine Augen und wünschte, er möge mich noch einmal küssen.

»Das wollte ich schon tun, seit ich Euch zum ersten Mal gesehen habe«, sagte er leise, zog eine Strähne meines Haars über meine Schulter und rieb sie zwischen den Fingern. »Euer Haar ist wie Seide. Ich wusste, dass es sich so anfühlen würde.« Er küsste mich erneut. Ich hob die Arme zu seinen Schultern, um ihn an mich zu ziehen, doch er wich bereits zurück. Ich konnte nur zusehen, wie er aufstand und zum Fenster ging, und mich fragen, was schiefgegangen sein mochte. Endlich drehte er sich mit zaghaftem Lächeln zu mir um. »Mary, verzeiht mir. Ich bin zu weit gegangen.«

Ich zögerte und schüttelte dann den Kopf. »Nein, Alex, das seid Ihr nicht.«

Er sah mich lange an. »Ihr seid mir vielleicht eine, Mary Lowell«, flüsterte er. »Was soll ich nur mit Euch machen?«

»Euch wird schon etwas einfallen«, sagte ich, und sein Lächeln wurde strahlend. *Lieber Gott*, dachte ich, *er erhellt den ganzen Raum.*

Die Tür ging auf, Louisa trat ein und blickte zwischen uns hin und her. Während der nächsten halben Stunde diskutierten wir beim Tee über englische und schottische Politik. Ich hörte zu, dachte an seine Küsse und das Gefühl seiner Schultern unter meinen Händen, daran, wie er die Augen geschlossen hatte, als er sich zu mir vorgebeugt hatte. Am liebsten hätte ich ihn an mich gezogen und ihn einfach geküsst. Ich starrte auf seine Lippen, während er sprach, und versuchte, mich auf die Unterhaltung zu konzentrieren. Bald gesellten sich Will und Betty zu uns, und die Unterhaltung wurde noch allgemeiner. Betty schmollte still vor sich hin, wenn niemand direkt mit ihr sprach. Alex wirkte ein wenig gedämpft, benahm sich jedoch wie ein wahrer Gentleman. Ich benahm mich wie eine alberne Gans. Ich konnte mich nicht konzentrieren und beantwortete ständig die falschen Fragen. Alex beobachtete mich und kämpfte sichtlich mit einem Lächeln. Schließlich erklärte er, er habe noch Geschäftliches zu erledigen, und entschuldigte sich. Will begleitete ihn hinaus, um gleich darauf zurückzukehren und uns Bescheid zu geben, dass er Alex zum Hafen begleiten und sich dessen Brigg ansehen wolle. Er lief so aufgeregt wieder hinaus wie ein kleiner Junge.

Ich blieb lustlos sitzen, während Louisa und Betty sich über Kleider unterhielten, und entschuldigte mich schließlich, um im

Garten spazieren zu gehen. Die frische Luft half nichts. Ich konnte nicht klar denken, oder vielmehr, an nichts anderes mehr denken als an diese Küsse. Ich fühlte mich wie eine Fünfzehnjährige. Ich schalt mich selbst eine alberne Närrin, aber ich dachte immerzu an seine Küsse.

Der Tag schleppte sich dahin, und gegen Abend kehrte Will endlich zurück, glühend vor Begeisterung über Alex' Schiff. Offenbar war die Brigg eine von mehreren, aus denen Alex' kleine Handelsflotte bestand.

»Er segelt übermorgen gen Niederlande«, erzählte mein Bruder strahlend. »Er hat gesagt, er würde dir Schokolade mitbringen.«

Ich hörte nicht, was Will sonst noch zu sagen hatte. Alex würde übermorgen ablegen. Ich konnte es nicht fassen, dass er mir das nicht gesagt hatte. Robert, so berichtete Louisa gerade, hatte geschrieben und uns für übermorgen zum Dinner mit seiner Mutter eingeladen. Übermorgen, dachte ich, würde Alex fort sein. Vor einer Woche hatte ich ihn noch nicht gekannt, und nun fühlte ich mich schon beim Gedanken an seine Abreise einsam. Ich hielt mir vor, wie lächerlich das sei, und bemühte mich, der Unterhaltung der anderen zu folgen.

Der nächste Tag zog sich endlos hin. Louisa, Betty und ich hatten viel zu tun, vormittags besuchten wir Freunde, und nachmittags den Landschaftsgärtner, den Louisa für ihren neuen Garten beauftragt hatte. Ich fand den Garten wunderschön, so wie er war, doch Louisa wollte ihn zu Randolphs Rückkehr neu gestalten. Dabei würde Randolph das vermutlich nicht einmal bemerken. Ich gab mir alle Mühe, den Unterhaltungen um mich her zu lauschen, doch wohin ich mich auch wandte, überall sah ich einen großen, blonden Mann mit strahlendem Lächeln. Konnte er wahrhaftig abreisen, ohne sich zu verabschieden? Ich musste die größte Närrin sein, die je das Licht der Welt erblickt hatte, oder, schlimmer noch, ich war nur ein weiterer Name auf seiner Liste von Eroberungen. Ich würde ihn vergessen, entschied ich, und falls ich ihm je wieder begegnen sollte, würde ich so tun, als könnte ich mich nicht einmal an seinen Namen erinnern.

Ich hatte die endlosen Blumendiskussionen satt und wartete auf der Treppe vor dem Bureau des Landschaftsgärtners auf Louisas Kutsche. Louisa und Betty waren noch im Haus, und ich wusste, dass mir noch ein wenig Zeit blieb, ehe sie herauskommen würden. Gelangweilt blickte ich die Straße entlang. Und sah Alex. Zunächst glaubte ich, ich hätte ihn mir nur eingebildet, doch bald kam ich zu dem Schluss, dass er wirklich da war. Er kam auf das Bureau zu, seine Schultern wiegten sich im Takt seiner ausgreifenden Schritte. Heute trug er den Hut mit den Federn, und sein offenes Haar schimmerte wie eine Flamme vor der grauen Mauer hinter ihm. Er sah nicht aus wie ein Engländer. Er bewegte sich locker durch das Gedränge auf der Straße. Viele Leute warfen dem großen, fremdartig gewandeten Mann neugierige Blicke zu, doch er schien das Interesse gar nicht zu bemerken. Und dann, als hätte er meinen Blick gespürt, entdeckte er mich und grinste. Er blieb auf der untersten Stufe stehen, zog den Hut und verbeugte sich. »Ich wünsche Euch einen guten Tag, Mary. Wie geht es Euch heute?« Er schien sehr erfreut, mich zu sehen.

Bleib gefasst, ermahnte ich mich. *Das ist nur eine zufällige Begegnung.* »Es geht mir gut, danke, Sir. Und Euch?«

»Ich bin sehr erfreut, zu sehen, dass Ihr auf der Treppe auf mich wartet.«

»Ich warte nicht auf Euch, Alex«, erwiderte ich kühl. »Was führt Euch hierher?«

»Ich habe Euch gesucht, Mädchen.« Er grinste zu mir empor.

»Woher wusstet Ihr, wo wir zu finden sind?«

»Euer Bruder. Er ist eine großartige Informationsquelle.« Alex trat auf die Stufe, auf der ich stand. Mein grünes Kleid hatte genau denselben Farbton wie sein Kilt, und er roch nach Seife.

Ich holte tief Luft. So viel zu meiner Contenance. Ehe ich einen klaren Gedanken fassen konnte, öffnete er die Tür, sprach kurz mit jemandem, kehrte dann zu mir zurück, nahm mich beim Ellbogen und führte mich die Treppe hinunter.

»Was tut Ihr denn?«, fragte ich, obgleich das offensichtlich war.

»Euch für ein, zwei Stunden ausleihen. Ich habe dem Mädchen gerade aufgetragen, Louisa Bescheid zu geben. Dass Ihr schon auf der Treppe gewartet habt, hat es mir sehr viel leichter gemacht, Euch kurzzeitig zu entführen, und ich bin Euch sehr dankbar für Euer Entgegenkommen.«

Ich blieb stehen. »Alex, das geht nicht. Louisa wird furchtbar wütend sein. Sie wird sagen, Ihr hättet mich kompromittiert. Und das stimmt, mein guter Ruf würde Schaden nehmen.«

»Unsinn«, protestierte er. »Ein Spaziergang am helllichten Tag in einer belebten Stadt ist doch nichts Verwerfliches. Wie könnte ich Euch vor so vielen Menschen etwas antun? Vergesst Euren guten Ruf. Was Ihr selbst von Euch denkt, ist viel wichtiger als das, was andere von Euch denken.« Ich schüttelte den Kopf. »Mary«, sagte er, nun in sehr ernstem Ton, »hört mich an. Ich breche morgen in die Niederlande auf. Ich konnte nicht ablegen, ohne noch einmal mit Euch zu sprechen. Das ist alles, worum ich Euch bitte, ein harmloser Spaziergang im hellen Tageslicht. Ich werde Euch schon nicht meine Keule über den Kopf ziehen und Euch in meinen Gasthof verschleppen.«

»Louisa …«

»Louisa kennt mich gut genug. Kommt, Mädchen, ich wünsche mir doch nur eine Stunde mit Euch.« Er sah mich an und grinste dann. »Ihr habt die Wahl: Mein Zimmer, freiwillig oder nicht, oder ein ruhiger Spaziergang durch die Straßen Londons vor zahllosen Zeugen.« Er lachte, und gleich darauf fiel ich ein. *Zum Teufel mit den Konsequenzen*, dachte ich und nahm seinen Arm.

5

Während wir gingen, erkundigte sich Alex nach meinem Tag und hörte aufmerksam zu, obwohl ich wusste, dass ihn das unmöglich interessieren konnte. Dennoch war seine Höflichkeit charmant. Als wir an einem Park vorbeikamen, führte er mich hinein, blieb unter einem Baum stehen und deutete lächelnd hinauf in die Krone. »Wie gefällt Euch meine Unterkunft?«, fragte er grinsend.

Ich lachte. »Ihr wohnt auf einem Baum?«

»Nein, aber ich dachte, wenn ich Euch an einen Ort locke, der nicht von Wänden umgeben ist, würdet Ihr weniger misstrauisch sein.« Sein Gesichtsausdruck war plötzlich nicht mehr fröhlich, sondern undurchdringlich, und als er weitersprach, klang seine Stimm leise. »Ich werde Euch nichts zuleide tun, Mary Lowell, noch würde ich Euch je zu etwas zwingen. Ihr könnt mir vertrauen.« Er seufzte und verschränkte die Arme vor der Brust. »Natürlich würde ich genau das sagen, wenn ich finstere Absichten hätte, nicht wahr? Wie soll ich Euch beweisen, dass ich Eures Vertrauens würdig bin?« Ich betrachtete seine besorgte Miene, sein Haar, das auf der weichen Wolle des Plaids ruhte.

»Wenn ich Euch nicht für vertrauenswürdig hielte, Alex MacGannon«, sagte ich sanft, »wäre ich jetzt nicht mit Euch hier, obwohl ich damit meinem guten Ruf schade.«

Alex lächelte. »Tja, so kann man es sehen.« Er ließ die Arme sinken und straffte die Schultern. »Nun, da Euer Ruf ohnehin unwiderruflich ruiniert ist – was meint Ihr, wozu ich Euch noch bringen kann, Miss Lowell?«, fragte er, nun wieder so lebhaft wie zuvor.

»Ich denke doch, das genügt, Lord Kilgannon.«

»Ja, vermutlich«, sagte er und nickte. »Ein Glück für mich, denn sonst müsste ich Euch eingestehen, dass ich gar kein Zimmer in einem Gasthaus habe.«

»Wo wohnt Ihr?« Ich wies fragend auf den Baum. Er schüttelte den Kopf. »Wo seid Ihr dann untergekommen?«

»Auf meiner Brigg.«

»Auf Eurem Schiff?«

»Ja«, sagte er, und seine Augen leuchteten. »Würdet Ihr es gern sehen?«

»Wird mich das noch mehr kompromittieren?«

»Nicht, wenn ich Euch nicht unter Deck bringe. Abgesehen davon sind Angus und Matthew auch dort. Die können Eure Anstandsdamen spielen.«

Ich lachte und wedelte tadelnd mit dem Zeigefinger. »O ja, Alex, das wäre wunderbar. Es wird gewiss ein Leichtes sein, Louisa zu erklären, dass ich es nicht für schicklich hielt, mit einem Mann allein zu sein, und deshalb mit dreien allein war. Sie wird mir sicher zustimmen, dass das sehr klug von mir war.«

»Da sind viel mehr als drei Männer. Die ganze Mannschaft müsste sich inzwischen an Bord einfinden.«

»Das wird ja immer schöner. Welch passendere Kulisse könnte es für meinen guten Ruf geben als ein Schiff voller Männer?«

Er runzelte die Stirn, und die Enttäuschung war ihm deutlich anzusehen. »Ihr habt recht. Ich kann Euch unmöglich dorthin bringen.« Er blickte sich um. »Nun denn, ich habe Hunger. Gewiss gibt es irgendeinen Ort, wo wir etwas essen können, ohne dass ich Euch vorher heiraten muss.«

»Das wollen wir natürlich auf gar keinen Fall.«

»Nicht, ehe ich gegessen habe.«

»Gehen wir in Richtung Westminster«, schlug ich vor. »Im schlimmsten Fall könnt Ihr Euch dort von einem der Straßenhändler etwas zu essen kaufen.«

Er grinste, als wir losgingen. »Ja, das sollte Euch wahrlich beeindrucken, nicht wahr? Wir können uns an den Straßenrand stellen und mit den Händen essen. Euer vornehmer Robert Campbell würde zweifellos dasselbe tun.«

»Alex, er ist nicht mein Robert Campbell, und es ist nicht nötig, mich weiter zu beeindrucken. Ihr seid ohnehin beeindruckend genug.«

»Ach ja? Oh …« Zum ersten Mal erlebte ich ihn sprachlos, und ich lachte, während wir uns durch die belebten Straßen drängten.

»Es ist mir gelungen«, sagte ich.

»Was? Was ist Euch gelungen?«

»Euch sprachlos zu machen. Das tut Ihr ständig mit mir.«

Er grinste. »Das macht Spaß, nicht wahr? Es gefällt mir, zu sehen, wie Ihr große Augen macht, den Mund öffnet und dann hübsch rot werdet.«

»Das klingt ja nach einer reizenden jungen Dame.«

»Das seid Ihr, Mary. Bei Eurem dunklen Haar und Eurer blassen Haut sieht es wirklich reizend aus, wenn Ihr errötet. Ich könnte Euch den ganzen Tag lang dabei zusehen.« Er kämpfte gegen ein Lächeln an. »Oder die ganze Nacht lang.« Ich spürte, wie meine Wangen flammend rot wurden, und er brüllte vor Lachen. Ich schüttelte nur lächelnd den Kopf.

Wir streiften ziellos durch die Straßen. Ich konnte mir nicht vorstellen, dass ich in Gegenwart eines anderen Mannes so entspannt gewesen wäre. Mit Will natürlich, aber der war mein Bruder. Einmal kam uns eine Kutsche gefährlich nahe, und Alex packte mich am Arm und zog mich neben sich in einen Hauseingang. Bis auf dieses eine Mal berührte er mich nicht, doch wir fühlten uns miteinander wohl. Die Schokoladen- und Teehäuser, in denen mich jemand erkennen könnte, ließen wir links liegen und fanden schließlich ein kleines Gasthaus, das respektabel aussah. Alex bekam endlich etwas zu essen, und ich trank Tee. Ich sah dem Mädchen beim Einschenken zu und beobachtete ihn durch die Dampfwolke hindurch.

»Wie genau soll ich das hier Louisa erklären?«

»Nun«, sagte er und riss ein Stück von dem Laib Brot ab, der zwischen uns auf dem Tisch lag, »mit ein wenig Glück werdet Ihr kaum etwas zu erklären haben.«

»Was soll das bedeuten?«

»Es bedeutet, dass Will Euch angeblich mitgenommen hat und dass Ihr gemeinsam mit ihm nach Hause zurückkehren werdet. Er wird Betty wesentlich mehr erklären müssen, als Ihr Louisa.«

»Und Will war damit einverstanden?«

»Offensichtlich.« Er sah mich über den Rand seines Bechers hinweg an und trank einen Schluck. »Selbstverständlich hat er damit gedroht, mich zu töten, falls ich Euch anrühren sollte, also seid so gut und berichtet ihm, dass ich mich nicht ungehörig verhalten habe.« Ich versuchte, nicht zu lächeln. Doch ich konnte es nicht unterdrücken. »Ja. Lacht Ihr nur, aber ich respektiere seine Haltung. Ich würde mit jedem Mann, der es auf meine Schwester abgesehen hat, genauso verfahren.«

»Ich verstehe.« Ich lachte ihm ins Gesicht.

»Das bezweifle ich, aber das spielt jetzt keine Rolle. Ich habe mir für ein, zwei Stunden Eure Gesellschaft erschlichen, und damit bin ich zufrieden.«

»Und ich mit Eurer.«

Er lehnte sich auf seinem Stuhl zurück und musterte mich. »Ist das gut?«

»Alex, ich habe für zwei Stunden mit Euch meinen guten Ruf geopfert.«

»Ich bin das Opfer wert.« Er grinste, und ich musste wieder lachen.

»Das behauptet Ihr. Und jetzt sagt: Als Ihr den Kopf in das

Bureau des Gärtners gesteckt habt, habt Ihr da behauptet, Ihr wäret mein Bruder?«

»Nein, ich habe dem Mädchen gesagt, ihr wolltet mit Eurem Bruder fortgehen, und sie solle es bitte der Gräfin ausrichten.« Er nahm sich noch ein Stück Brot.

»Ihr habt Euch für Will ausgegeben?«

»Nein.« Er schüttelte den Kopf. »Ich bezweifle, dass irgendjemand mich für Euren Bruder halten würde. Ich habe mich als Botenjunge Eures Bruders ausgegeben.«

»Und wenn Louisa erfährt, dass der Bote ein Mann mit Adlerfedern am Hut war, wird sie natürlich keine Ahnung haben, wer das gewesen sein könnte.«

»Das Mädchen hat mich kaum zur Kenntnis genommen.«

»O nein. Große, blonde Schotten in Highland-Gewandung sind ein ganz alltäglicher Anblick im Bureau eines Londoner Landschaftsgärtners.«

Er runzelte die Stirn. »Unauffällige Einzelheiten. Und das ist kein Hut. Das ist eine Mütze.«

»Es ist ein Hut.« Ich hob ihn von dem Stuhl zwischen uns auf.

»Mütze«, sagte er und biss von seinem Brot ab.

»Er passt zu Eurem Plaid«, bemerkte ich.

»Das ist ein *feileadh beag*«, sagte er.

»Das ist doch dasselbe.«

»Nein, da bestehen neun Fuß Unterschied.« Als er meinen Gesichtsausdruck sah, lachte er. »Ein *feileadh moh* ist ein Plaid. Achtzehn Fuß lang. Man legt ihn um die Hüfte in Falten und wirft sich den Rest über die Schulter. Und wenn es kalt ist oder regnet, zieht man ihn sich über den Kopf oder wickelt sich darin ein.«

»Und was tragt Ihr dann?«

»Einen *feileadh beag*. Einen Kilt. Das Oberteil ist separat. So ist es einfacher anzuziehen. Und ich kann das Oberteil ablegen und bin immer noch züchtig bedeckt.«

»Nun«, sagte ich und trank meinen letzten Schluck Tee, »es

gefällt mir an Euch. Ihr habt entzückende Knie«, neckte ich ihn, wobei ich seinen Akzent nachahmte. Er lachte und streckte ein langes Bein seitlich unter dem Tisch heraus.

»Ja, die gehören auf jeden Fall zu meinen Vorzügen.« Er wies mit einem Nicken zur Tür. »Es regnet. Wir werden Eure Geschichte ein wenig umarbeiten müssen.«

Ich drehte mich um und schaute in den Regen. »Wo soll ich Will eigentlich treffen?«

»Matthew wird ihn zu uns bringen. Doch wegen des Regens müssen wir uns überlegen, wie Ihr nach Hause kommen sollt. Wir haben«, sagte er und fischte eine Taschenuhr aus dem Beutel an seinem Gürtel, »noch eine Stunde.«

Ich lehnte mich auf meinem Stuhl zurück. Eine Stunde. »Wie lange werdet Ihr fort sein?«

»Etwa zehn Tage, dann bin ich zwei Tage hier, ehe ich wieder aufbreche.«

»Ich verstehe.«

Er begegnete meinem Blick. »Ich bin nicht glücklich darüber, Mädchen«, sagte er leise, »doch diese Reise ist schon lange beschlossene Sache.«

Wie schwiegen eine Weile, während er aß. Sosehr ich mir wünschte, ich könnte ihn anflehen, noch zu bleiben, brachte ich es doch nicht über mich. Also suchte ich nach einem anderen Gesprächsthema. »Alex«, sagte ich schließlich, »wo habt Ihr eigentlich Englisch gelernt?«

Er zuckte mit den Schultern. »Ich bin mit Gälisch und Englisch aufgewachsen. Einige – nun ja, die meisten – Leute in den Highlands sprechen nur Gälisch, doch Englisch ist die Sprache der Mächtigen. Wir haben zu Hause Englisch gesprochen.«

»Und Französisch? Wo habt Ihr das gelernt?«

»Von einem Tutor. Und auf Reisen. Es war eine Notwendigkeit. Ich habe ein Jahr in Paris verbracht, als ich sechzehn war. Und ich treibe Handel mit Frankreich.«

»Wir führen Krieg gegen Frankreich.«

Er zögerte und sagte dann: »England führt Krieg gegen Frankreich.«

»Aber unser beider Länder sind jetzt vereinigt. Schon seit fünf Jahren.«

»Vereinigt, ja, aber wir sind nicht ein und dasselbe Land.« Er zögerte, blickte auf sein Essen hinab und sah mich dann mit reservierter Miene wieder an. »Die Union gefällt den meisten Schotten gar nicht, Mädchen. Viele sind der Ansicht, dass Schottland an die Engländer verkauft wurde, und ich denke das auch. Als die Vereinigung beschlossen wurde, hat man uns zugesagt, dass es keine Zölle auf Malz, Tuche und Salz geben würde, doch nun gibt es sie, zusätzlich zu Steuern auf mein Land und alles, was ich verkaufe. Ich muss Steuern bezahlen, damit ich behalten darf, was bereits mir gehört. Wir haben harte Jahre hinter uns, denn die Zölle beschränken mich in dem, was ich verkaufen darf, und die Steuern fressen die Gewinne auf. Wenn man noch dazu bedenkt, dass wir keinerlei politischen Einfluss haben, ist das keine schöne Lage. Wenn man einem Volk die Lebensgrundlage und die Stimme in der Regierung wegnimmt, ist es nicht sehr klug, das den Leuten dann auch noch hämisch unter die Nase zu reiben.« Er trank einen Schluck aus seinem Becher.

»Was wird also geschehen?«

Er lehnte sich zurück und sah mich gelassen an. »Kurzfristig weiß ich es nicht. Langfristig wird England gewinnen.«

»Warum?«

»Nun, studiert Eure Geschichte. Seht Euch die Römer an, und das, was in Irland geschehen ist. Die Engländer sind Genies der Kolonialisierung. Wie die Römer. Was tut Ihr, wenn Ihr das Land wollt, und die Leute, die für Euch arbeiten, aber die Anführer dieses Landes gegen Euch sind? Ihr kauft so viele Anführer wie möglich. Die, die Ihr nicht kaufen könnt, schaltet Ihr aus. Wenn sich neue Anführer erheben, schaltet Ihr sie ebenfalls aus, doch diesmal geht Ihr wesentlich brutaler vor und erschwert die Absprache zwischen einzelnen Gruppen, indem Ihr Eure Armee dazwischen postiert. Dann nehmt Ihr den Leuten die Möglichkeit, sich selbst zu versorgen. Zugleich hindert Ihr sie daran, ihren Kindern Bildung zu vermitteln, damit sie arm und unwissend aufwachsen. Irgendwann gewinnt Ihr. Wenn nicht in dieser Generation, dann in der nächsten. Natürlich braucht Ihr eine gewaltige Militärpräsenz, damit das funktioniert. Wenn Ihr Glück habt, bekämpfen die Anführer sich gegenseitig. Genau das ist in Irland geschehen. Wenn die Iren sich vereint hätten, wäre der Krieg möglicherweise anders ausgegangen. Für Schottland gilt das Gleiche. Wenn die Clans sich nicht verbünden, werden wir irgendwann besiegt sein.«

»Aber die Römer haben Schottland nie eingenommen«, sagte ich, während ich noch versuchte, mich an meine Geschichtslektionen zu erinnern.

»Sie haben die Highlands nie eingenommen«, knurrte er. »Im Tiefland waren sie überall. Aber Ihr habt recht, die Schotten haben sie zurückgeschlagen, und vor vierhundert Jahren unter Wallace und Robert the Bruce haben sie dasselbe mit den Engländern getan. Aber ich glaube nicht, dass wir so etwas noch einmal sehen werden.«

»Was werdet Ihr tun?«

»Überleben. Deshalb bin ich in London – ich suche eine Möglichkeit, zu überleben. England ist zu mächtig, um es als Handelspartner auszuschließen. Ich weiß nicht, was geschehen wird. Wie wir bisher mit England umgegangen sind, war für Schottland nicht immer erfolgreich. Doch das könnte sich ändern. Wer weiß, vielleicht geschieht noch irgendein Wunder.«

Ich spürte, wie meine Augen sich weiteten. »Ihr glaubt, James Stewart könnte zurückkehren«, sagte ich.

Er starrte mich an, die Gabel auf halbem Wege zum Mund. »Ich habe den Mann mit keinem Wort erwähnt.«

»Aber Ihr glaubt daran, dass er zurückkehren wird.«

Sein Tonfall war vorsichtig. »Solange er nicht tot ist, besteht die Möglichkeit.«

»Werdet Ihr Euch ihm anschließen?«

Stirnrunzelnd schüttelte er den Kopf. »Ich mag den Mann nicht. Um ehrlich zu sein, Mary, ich mag keinen in der Regierung, ganz gleich, in welcher.« Er winkte das Serviermädchen herbei. »Genug von solch ernsten Themen. Ich würde gern die Westminster Abbey sehen, und wir sollen uns ganz in der Nähe mit Will treffen. Wäret Ihr damit einverstanden?« Als ich zögerte, beugte er sich vor. »Ich werde Euch beschützen, Mary«, versprach er ernst. »Wollt Ihr mit mir dorthin gehen, oder sollen wir hierbleiben, bis unsere Stunde verstrichen ist?«

Ich sah ihm in die Augen und lächelte dann. »Da mein Ruf ohnehin schon in Fetzen hängt – warum nicht? Jetzt brauchen wir nur noch jemandem zu begegnen, den ich kenne.«

»Sagt das nicht. Ich müsste Euch auf der Stelle heiraten.«

»Das wollen wir natürlich auf keinen Fall«, sagte ich kopfschüttelnd.

»O nein.« Er lachte, beugte sich vor und flüsterte: »Dann müsste ich Euer wunderschönes Gesicht jeden Tag sehen. Es wäre das Erste, was ich sehe, wenn ich die Augen aufschlage.« Er sah zu, wie ich errötete, und lachte laut. »Ich habe Euch doch gesagt, dass es Spaß macht, Euch erröten zu sehen.«

»Alex …«, begann ich verlegen.

»Findet Ihr die Vorstellung denn so abstoßend?«

Die Antwort blieb mir erspart, weil das Serviermädchen an den Tisch trat. Alex holte erneut seine Uhr hervor und schaute darauf hinab. »Ein sehr schönes Stück«, sagte ich, und er reichte sie mir mit erfreutem Lächeln.

»Ich habe sie heute Morgen gekauft.« Die Uhr war aus leuchtendem Gold, der Deckel mit Intarsien in einem Eichblattmuster verziert, das Ziffernblatt weiß, mit römischen Ziffern darauf. Das heutige Datum war innen im Deckel eingraviert.

»Trenchant and Son«, las ich und warf ihm einen Blick zu.

Die Uhrmacher waren für ihre hervorragende Arbeit bekannt. Ich gab ihm die Uhr zurück. »Sie ist wunderhübsch, Alex«, sagte ich. »Ihr habt einen ausgezeichneten Geschmack.«

Er nickte. »Ja, den habe ich. Übrigens auch, was Uhren angeht.« Er nahm die Uhr, steckte sie in seinen Beutel, und ich sah ihn erröten. »Mir war nach Feiern zumute«, sagte er und blickte wieder zu mir auf.

»Danach wäre mir auch zumute«, sagte ich leise und spürte, wie sich meine Wangen röteten.

»Gut«, sagte er, erhob sich und wickelte mich lächelnd in seinen halben Plaid. »Dann ist alles so, wie es sein sollte.«

In der Abtei von Westminster war es still, nur wenige Menschen saßen in der Kirche. Ich führte Alex herum, und er war ein wissbegieriger Schüler, der viele Fragen stellte und sich überall umsah. Er wirkte merklich gedämpft, als wir durch die Lady Chapel spazierten, wo die Königinnen Elizabeth und Mary Tudor beigesetzt worden waren und wo Mary Stuart ruhte. Als wir die Dichterecke erreichten, hielten wir inne, und ich zeigte ihm verschiedene Poeten. Dabei merkte ich an, dass einer meiner Lieblingsdichter John Donne sei, dessen Grabmal sich aber in der Saint Paul's Cathedral befand.

»O ja«, sagte Alex. »*Kein Mensch ist eine Insel* ... Gute Worte, nach denen man sich richten sollte.« Er blickte auf die Steine hinab, als wir weitergingen. »Mein Lieblingsdichter ist auch nicht hier begraben. Andrew Marvell. Seid Ihr mit seinem Werk vertraut?« Ich schüttelte den Kopf. »Dann werde ich Euch eine Strophe daraus vortragen, Mädchen.« Er umkreiste mich langsam mit einem leichten Lächeln und dunklen Augen, und seine Stimme war eine Liebkosung. Ich starrte ins Leere, während seine Worte mich einhüllten, und spürte seinen Blick auf jedem Teil von mir, während er sprach. Ich war mir meines eigenen Körpers noch nie so bewusst gewesen, noch hatte er je so machtvoll auf einen Mann reagiert. Ich schloss die Augen und genoss die Empfindung.

Hätten wir Welt genug, und Zeit,
So liebt' ich deine Sprödigkeit.
Wir könnten ruhig darüber sinnen,
Wie wir der Liebe Tage verbringen.
Einhundert Jahr' widmete ich
Den Augen und der Brauen Strich.
Zweihundert schenkt' ich jeder Brust –
Dem Rest vieltausend Jahr' der Lust.
Ein Zeitalter all deinen Teilen,
Und ewig wollt' ich beim Herzen verweilen.
Nicht weniger gebührte dir,
Noch läge die Beschränkung mir.
Doch hör' ich hinter mir, nicht weit,
Den hast'gen Flügelschlag der Zeit …

»Das ist der Anfang«, sagte er mit rauer Stimme, und dann schwieg er so lange, dass ich die Augen öffnete und den Blick über die dunklen Mauern schweifen ließ, bis ich ihn im Schatten entdeckte. »Ich fand schon immer, dass das großartige Worte an ein Mädchen sind, vor allem, falls man im Sinn hätte, es zu verführen.«

»Habt Ihr das im Sinn?«, flüsterte ich.

»Nun, ich würde nicht nein sagen.« Er trat langsam ins Licht und blieb mit angespannter Miene vor mir stehen. Die Bögen oberhalb der Nische schienen zu wanken, und er griff nach meinem Arm, als ich schwankte. Ich schloss die Augen, und er zog mich an sich. »*Einhundert Jahr' widmete ich den Augen*«, sagte er und küsste sacht meine Augenlider. »*Und der Brauen Strich.*« Er küsste meine Schläfen und ließ seine Lippen einen Augenblick lang zart auf meiner Haut ruhen. »*Zweihundert schenkt' ich jeder Brust …*« Er strich mit den Händen über meine Schultern und die Arme hinab, zog mich dann noch dichter an sich und küsste mein Haar. Ich konnte die unverkennbare Reaktion seines Körpers auf meinen spüren und erbebte. »*Nicht weniger gebührte dir*«, flüsterte er. »Ach, Mary, ich darf nicht ... aber täuscht Euch nicht, ich begehre Euch.« Er küsste mich mit einer Leidenschaft, die ich noch nie erlebt hatte, und die Welt verschwamm im Hintergrund. Ein paar Augenblicke lang erkundeten wir einander und drehten uns dann gemeinsam um, als hinter uns ein diskretes Hüsteln zu hören war. Wir sahen niemanden, traten aber widerstrebend einen Schritt auseinander.

Alex lächelte gemächlich. »Wusste ich es doch, Mary. Wir würden uns niemals langweilen.«

Ich schüttelte den Kopf, brachte aber kein Wort heraus. Noch nie hatte ein Mann so zu mir gesprochen oder mich so geküsst, und ich war mir meiner eigenen Reaktion nicht sicher. Ich wies auf die Seitentür, und er folgte mir wortlos durch den Kreuzgang und hinaus auf die Straße. Meine Gedanken schwirrten wild durcheinander, und ich presste die geschwollenen Lippen zusammen. Ich hätte ihn daran hindern müssen, mich so ungehörig zu berühren. Ich wusste das, hatte mich aber dagegen entschieden.

Es regnete nicht mehr, und ich sah zu, wie zarte Dampfschwaden von der Straße aufstiegen, während er auf seine Taschenuhr schaute. »Wir müssen uns beeilen«, sagte er und ging voran. »Die Geduld Eures Bruders wird Grenzen haben, denke ich. Ich habe mich doch tadellos benommen, da müsst Ihr mir zustimmen.«

»Euer Benehmen war empörend«, erwiderte ich leise.

»Ihr kennt meine Gedanken nicht, Mädchen. Ich habe mich sehr zurückhaltend benommen.«

Ich ignorierte die Hitze in meinen Wangen, berührte mit den Fingern meine Lippen und erinnerte mich. Alex beobachtete mich mit ernster Miene, und ich suchte nach einer Möglichkeit, diese Gedanken aus unser beider Köpfe zu vertreiben. »Ihr werdet nur für zwei Tage zurückkehren? Und dann gleich wieder abreisen?«

»Ja, so ist es geplant, aber ich werde sehen, was ich tun kann. Ich habe Malcolm bereits nach« – er runzelte die Stirn – »nach

Holland vorausgeschickt, statt selbst hinzureisen, deshalb habt Ihr ihn noch nicht kennengelernt. Das werden wir bald nachholen. Aber jetzt muss ich selbst dorthin.«

»Ihr reist nach Frankreich.«

Er zog die Augenbrauen in die Höhe. »Ach ja?«

Ich nickte. »Ja. Ihr sagt zwar, dass Ihr nach Holland wollt, was ja stimmen mag, aber Ihr reist auch nach Frankreich.«

Er funkelte mich düster an. »Seid Ihr immer so verdammt schlau, Mädchen?«

»Manchmal bin ich sogar sehr dumm.« *Und manchmal sehr töricht*, dachte ich und lachte dann laut. Mir war tollkühn zumute. Und ich war sehr glücklich.

»Das glaube ich nicht. Ihr seid eine kluge Frau, Mary, und Ihr bringt mich zum Lachen, mehr als jede andere Frau, die mir je begegnet ist. Das genieße ich sehr.«

»Lenkt nicht vom Thema ab. Ihr reist nach Frankreich. Weshalb?«

Er lachte trocken. »Ihr seid außerdem die starrköpfigste Frau, die mir je begegnet ist.«

»Ja, Alex, und Ihr weicht mir aus«, erwiderte ich.

Er zögerte, und seine dunkelblauen Augen wirkten plötzlich gefährlich. »Wenn wir nicht in der Öffentlichkeit wären, Mary Lowell ...«, sagte er und ging weiter.

»Warum reist Ihr nach Frankreich?« Ich eilte neben ihm her.

»Wein.«

»Wein?«

»Ja. Die Engländer lieben ihren Bordeaux, obgleich sie ihn wegen des Krieges nicht mehr kaufen sollten. Ich bringe ihnen ihren Rotwein. Und Schokolade aus den Niederlanden. Euch bringe ich auch Schokolade mit, Mädchen.«

»Ich werde Euch also wiedersehen?«

Er blieb stehen und wandte sich zu mir um. »Das entscheidet Ihr allein, Mary. Ein Wort von Euch, und ich werde an Eurer Seite sein, sobald wir anlegen. Wenn Ihr nein sagt, werde ich

Euch nie wieder belästigen. Ihr wart bereits mehr als gütig zu mir.«

»Ich war ganz und gar nicht gütig, Alex. Ich habe jeden Augenblick genossen«, entgegnete ich und schüttelte dann den Kopf. »Nun ja, vielleicht nicht jeden Augenblick.«

Er blickte besorgt drein. »Was hat Euch denn nicht gefallen?«

»Wenn Ihr Euch erinnern wollt, Sir, verabscheue ich das Flirten, vor allem mit Rowena.«

Er lächelte. »Daran werde ich denken.«

»Wisst Ihr, was sie zu mir gesagt hat?« Er schüttelte den Kopf. »Sie hat gesagt, ich solle Robert heiraten und Euch nebenher sehen.«

Seine Augenbrauen wölbten sich. »Was haltet Ihr von diesem Vorschlag?«

»Ich könnte meinem Ehemann niemals untreu sein.«

»Euer Campbell wird hocherfreut sein, das zu hören.«

»Oder auch nicht.« Ich hielt seinem Blick stand. »Aber mein Ehemann vielleicht.«

Er blinzelte. Wir gingen schweigend nebeneinander her.

»Alex?«

»Ja?« Er klang geistesabwesend.

»Ihr habt recht. Es macht tatsächlich Spaß.« Als er mich verwirrt ansah, lächelte ich zu ihm auf. »Sprachlos.«

Er schüttelte langsam den Kopf. »Ihr seid mir vielleicht eine, Mary Lowell.«

»Alex, Ihr habt meine Frage noch nicht beantwortet. Werde ich Euch wiedersehen?«

Er blieb stehen. »Wie ich schon sagte, ist das Eure Entscheidung. Wünscht Ihr, mich wiederzusehen, oder soll ich fortgehen und nie wiederkommen?« Das Haar wurde ihm um die Schultern geweht, und der schwächliche Sonnenschein schimmerte auf den winzigen goldenen Bartstoppeln auf seinen Wangen. Ich sah, wie seine Brust sich mit jedem Atemzug hob und senkte und eine Ader an seinem Hals pulsierte. Wie konnten seine Augen so blau sein? Ich wollte seine Wange streicheln, diese Lippen küssen, ihn an mich ziehen. Hatte es je einen solchen Mann gegeben?

»Sobald Ihr angelegt habt, Alex, erwarte ich Euch an meiner Tür.«

»Mary, Ihr …« Ich hatte Alex noch nie nervös gesehen, doch das schien er jetzt zu sein. »Ich …« Er starrte auf die Häuser um uns herum und holte tief Luft. »Sobald ich angelegt habe, Mary.«

Ich lächelte und zuckte dann zusammen, als hinter mir eine schrille Stimme ertönte.

»Miss Lowell, wie schön, Sie zu treffen! Wer ist denn Ihr Freund?«

Ich drehte mich um und erblicke Madeline Shearson, eine furchtbare Klatschbase, und ihre Tochter Katherine. Ich stellte Alex als den Earl of Kilgannon vor, und Madeline nahm ihn sofort näher in Augenschein. Katherine wartete kaum ab, bis sie vorgestellt war, da streckte sie ihm schon mit affektiertem Lächeln die Hand entgegen. Er verneigte sich höflich. Die Götter standen uns an jenem Tag bei, denn nun hätte ich erklären müssen, was ich ganz allein mit einem schottischen Grafen in den Straßen von London verloren hatte, doch da erschien Will an meiner Seite.

»Da bin ich wieder, Mary«, sagte er fröhlich. »Welch angenehme Überraschung, Sie wiederzusehen, Madam Shearson, und die entzückende Miss Shearson. Kennen Sie meinen Freund Kilgannon? Er ist aus Schottland zu Besuch gekommen.«

Ich schenkte Will ein breites Lächeln und beobachtete, wie er die beiden geschickt abwimmelte. Gleich darauf hatte er mich in eine Kutsche verfrachtet, die wie aus dem Nichts aufgetaucht war, und Alex ebenfalls hineingeschoben. Wir winkten den Shearsons nach, und dann erklärte Will rasch, wir würden Alex an der nächsten Ecke absetzen und schleunigst nach Hause zurückkehren. »Wir unterhalten uns später, Mary«, sagte er und versuchte, mir einen finsteren Blick zuzuwerfen. Ich lachte, und er sah Alex an. »Kilgannon?«

Alex hob die Hände. »Ich war ein Engel, Lowell. Fragt Eure Schwester. Und bis zuletzt hatten wir ungeheures Glück. Ich stehe in Eurer Schuld, Sir.«

Als die Kutsche erneut am Straßenrand hielt, sprang Alex hinaus. »Sobald ich anlege, Mary«, sagte er und schloss lächelnd die Tür.

Will sah mich mit hochgezogener Augenbraue an. »Ich hoffe sehr, dass ich das hier nicht bereuen muss.«

»Ich bereue es nicht, Will«, sagte ich und seufzte zufrieden. »Ich danke dir.«

Mein Bruder runzelte die Stirn.

6

Die Götter standen uns an jenem Tag wahrhaftig bei. Louisa und Betty verloren kaum ein Wort darüber, dass wir fort gewesen waren. Randolph würde bald heimkehren, und das ganze Haus stand Kopf. Ich schwor mir, dass ich für diesen Tag zehn gute Taten verrichten würde. Erst als ich allein in meinem Zimmer stand, fiel mir auf, dass ich noch immer den halben Plaid trug. An jedem anderen Tag wäre er Louisa sofort aufgefallen, dachte ich und schlang ihn noch fester um mich. Der Stoff roch nach Alex, ein maskuliner Duft, der mich an Seife und das Meer erinnerte. Zweifellos war das reine Einbildung, doch mir gefiel die Vorstellung. Und es gefiel mir, dass Alex mit mir sprach, als hätte ich Verstand. Ich hatte es so satt, dass mir ständig gesagt wurde, ich solle mir über die Dinge, die Männer diskutierten, nicht den Kopf zerbrechen. Kein anderer Mann, den ich kannte, ließ mich so an seinen Gedanken teilhaben wie Alex. Keiner.

Zu meiner Überraschung verflogen die folgenden Tage im Nu. Randolph kehrte sicher heim, und Louisa wich nicht von seiner Seite. Er betete sie an, wie eh und je, was mich schon immer überrascht hatte, denn dem Rest der Welt begegnete Randolph oft recht brüsk. Obgleich er und Louisa seit über acht Jahren verheiratet waren, kannte ich ihn nicht sehr gut. Anfangs war ich zu jung gewesen, und während der Krankheit meiner Mutter war ich auf Mountgarden geblieben. In jenen ersten Jahren hatte ich von Randolph auch nichts wissen wollen. Er war nicht mein Onkel

Duncan, und das nahm ich ihm übel. Nun erkannte ich, dass meine Zuneigung zu Duncan vermutlich einen nicht geringen Anteil daran hatte, dass ich bereit war, einen Schotten als möglichen Ehemann in Betracht zu ziehen.

Ich entging Randolphs Aufmerksamkeit aber nicht. Irgendjemand hatte getratscht, und Randolph nahm seine Pflichten als mein Beschützer sehr ernst. Wir hatten eine lange Unterhaltung, während derer ich vorbrachte, dass ich auf Louisas Gesellschaft nichts Ungehöriges getan hatte. *All das nur wegen etwas Konversation im Esszimmer*, dachte ich. Was würde er erst sagen, wenn er erführe, dass ich Alex wiedergesehen und allein mit ihm durch die Stadt spaziert war? Randolph stolperte durch die tadelnde Predigt, die er offenbar für notwendig hielt, weichte sie aber am Ende mit einem entschuldigenden Lächeln wieder auf. Meine Abneigung gegen ihn verblasste, während ich seine ungeschickten Versuche beobachtete, mir ein guter Onkel zu sein. Der Mann meinte es gut, das wusste ich, doch er brauchte nicht zu wissen, was mein Herz bewegte. Es reichte vollauf, dass ich das wusste.

Später, wieder allein, ermahnte ich mich, vernünftig zu sein und auf Randolphs Warnung zu hören. Ich kannte Alex tatsächlich kaum. Ich wusste, wie unglaublich blau seine Augen waren, wie golden sein Haar leuchtete und wie ansteckend sein Lachen sein konnte. Er war ein sehr angenehmer Gesellschafter. *Aber sei bitte realistisch*, schalt ich mich selbst. *Es ist gut möglich, dass er nie wieder vor deiner Tür erscheint. Und das wäre vielleicht auch besser so.*

Das Dinner mit Robert und seiner Mutter war nett, aber ich hörte stets das Echo von Alex' Lachen, und selbst Robert schien eine Veränderung an mir zu bemerken. Er gab sich Mühe, lebhaft und geistreich zu sein, was Robert gar nicht ähnlich sah, doch er hatte keinen Mitspieler. Unter anderen Umständen, so dachte ich, hätten er und Alex sehr gute Freunde werden können.

Endlich kehrte Rebecca aus Bath zurück, und ich dinierte zweimal mit ihrer und Lawrences Familie. Louisa hatte natürlich mit Beccas Mutter Sarah, ihrer engsten Freundin, über Alex gesprochen. Sarah war eine willensstarke Frau, der die Vorurteile der Londoner Gesellschaft nicht fremd waren. Sarahs Schwiegervater hatte sich sehr dagegen gewehrt, dass sein Sohn »eine Außenstehende« heiraten wollte, wie er Sarah bezeichnete, doch Rebeccas Vater hatte Sarah trotz aller Widrigkeiten geheiratet, und sie waren sehr glücklich. Sarah war während all der Jahre freundlich zu mir gewesen und begrüßte mich an diesem Abend sehr herzlich. Wie ich geahnt hatte, wartete sie ab, bis die Männer sich zurückzogen, und erkundigte sich sogleich nach Alex. Ich sprach nur zu gern über ihn, und wir unterhielten uns lange. Später sprach ich wieder von ihm, als ich endlich mit Becca allein war.

Sie lachte mich aus. »Ich habe dir zwar gesagt, er sei bemerkenswert, Mary, aber wirklich! Ich hätte dich nicht allein hier zurücklassen dürfen. Du solltest nur einmal dein Gesicht sehen, wenn du von ihm sprichst. Du alberne Gans! Was wirst du jetzt tun?«

»Warten.«

Beccas Miene nahm einen besorgten Ausdruck an. »Mary, ihr kommt aus verschiedenen Welten. Er ist Schotte. Wenn er tatsächlich zurückkehrt, bist du dann bereit für das, was auf dich zukommen wird?«

»Was auf mich zukommen wird?« Ich lachte, doch sie blieb ernst.

»Du weißt, was dann kommen muss. Louisa wird nicht erfreut sein. Alle erwarten, dass du Robert heiratest. Bist du bereit, einen Fremden zu heiraten, nach Schottland zu ziehen und den Rest deines Lebens dort zu verbringen?«

»Becca, ich kenne ihn ja kaum! Alex hat mir keinen Heiratsantrag gemacht. Wir haben uns ein paarmal unterhalten, das ist alles. Außerdem würde ich gar nicht alles zurücklassen, was ich kenne, so wie du es tun wirst. Das ist überhaupt nicht dasselbe. Deine Entscheidung hat wesentlich größere Konsequenzen. Machst du dir deshalb gar keine Sorgen?«

Rebecca schüttelte den Kopf. »Ich kann ohne Lawrence nicht leben, und ich werde dorthin gehen, wo sein Zuhause ist.« Sie seufzte. »Ich freue mich darauf, ihn zu heiraten, aber ich bin nicht glücklich darüber, dass ich alles und jeden, den ich kenne, zurücklassen muss. Mary, wer hätte so etwas gedacht? Dass ich einmal den Atlantik überqueren würde? Ich habe immer geglaubt, wir beide würden den Rest unseres Lebens gemeinsam in London verbringen. Ich dachte, wir würden so sein wie deine Tante und meine Mutter, beste Freundinnen und Nachbarinnen. Ich dachte, wir könnten drei Häuser entfernt voneinander wohnen. Werden wir uns jemals wiedersehen, wenn ich von hier fortgehe? Werden wir immer noch Freundinnen sein, wenn wir so alt sind wie die beiden? Versprich mir, dass wir für immer Freundinnen bleiben.«

»Becca«, sagte ich und schloss sie in die Arme. »Aber natürlich. Wir werden immer Freundinnen sein«, sagte ich, doch ich fragte mich, wie das möglich sein sollte, wenn uns Tausende von Meilen trennten.

Während der nächsten Tage besuchten wir andere Freundinnen, und alle erkundigten sich nach Alex. Als ich sagte, er sei der bestaussehende Mann, der mir je begegnet sei, schnaubte Janice verächtlich und verkündete, er sei zu groß und sein Kinn zu spitz. »Und es ist unzivilisiert von ihm, keine Perücke zu tragen. Er kleidet sich geradezu lächerlich, und er hat Kinder. Und« – sie machte eine dramatische Pause – »er treibt Handel mit anderen Ländern.«

»Allerdings«, sagte ich lachend. »Allein deshalb habe ich ihn nicht bereits geheiratet.« Doch Janice fand das nicht komisch. Ich seufzte, saß still daneben und träumte von Westminster Abbey, während sie mir einen weiteren Grund erläuterte, warum Alex als Ehemann völlig unpassend sei.

Neun Tage verflogen schneller, als ich es mir hätte träumen lassen. Will und Betty kehrten wie geplant nach Warwickshire zurück. Ich hätte eigentlich mit ihnen reisen sollen, bettelte aber darum, noch eine weitere Woche in London bleiben zu dürfen. Am zehnten Tag lehnte ich sämtliche Einladungen ab, blieb zu Hause und tat so, als lese ich. Niemand kam zu Besuch, niemand brachte eine Nachricht, und ich sagte mir, dass Alex' Reise schließlich zehn Tage hatte dauern sollen. Ich konnte wirklich nicht erwarten, vor dem elften Tag von ihm zu hören. Am elften Tag redete ich mir ein, ich würde gewiss jeden Augenblick von ihm hören. Am zwölften brach ich immer wieder unerwartet in Tränen aus, hielt mir selbst im Stillen lange Vorträge und schalt mich die größte Närrin der Welt. Ich war froh, dass Will schon auf Mountgarden war, denn er hätte gewiss einiges zu meinem Zustand zu sagen gehabt. Am späten Nachmittag waren Louisa und Randolph außer Haus, und ich spazierte gerade ziellos im Garten umher, als ich Schuhe auf dem Kies knirschen hörte. Ich drehte mich um und sah Bronson auf mich zukommen. Wortlos und mit nicht zu übersehender Missbilligung reichte er mir einen Brief. Ich erkannte die Handschrift nicht, doch das Siegel trug das Wappen der MacGannons, und sobald Bronson sich abgewandt hatte, riss ich es auf.

Der Brief war nicht von Alex. Angus hatte mir an seiner Stelle geschrieben und entschuldigte sich. Alex, schrieb er, sei krank und könne mich nicht besuchen. Er werde ein andermal kommen, wenn er wieder in London sei. Ich las die kurze Nachricht viermal, dann brach ich in Tränen aus, und danach brauchte ich eine Stunde, um zu entscheiden, was ich tun sollte. Ich kam zu dem Schluss, dass es nur zwei Möglichkeiten gab. Entweder war Alex tatsächlich krank, oder er wollte mich nicht sehen. Wie auch immer, ich entschied, ihn aufzusuchen und es herauszufinden.

Ich rannte drei Häuser weiter zu Becca und hämmerte an die Tür. Wenn ich bei klarem Verstand gewesen wäre, hätte ich mich gewiss unauffälliger verhalten, doch das war im Augenblick nicht möglich. Ihre Eltern waren mit Louisa und Randolph ausgegangen, Lawrence mit seiner Familie, also war sie allein. Als ich ihr erklärte, was geschehen war und welchen Plan ich gefasst hatte, widersprach sie mir. Ich brach in Tränen aus. Binnen weniger Minuten machten wir uns auf den Weg zum Hafen. Ich hatte darauf bestanden, dass sie zurückbleiben müsse, doch sie hatte sich geweigert und entschlossen erklärt, dass sie entweder mitkommen oder ich keine Kutsche haben werde. Ich wusste, dass mein Ruf endgültig ruiniert sein würde, falls man uns entdeckte, und ich war bereit, das Risiko für mich selbst einzugehen, aber ich wollte nicht, dass Becca unter meiner Torheit litt. Wir stritten uns auch noch unterwegs.

Rebeccas Diener begab sich widerstrebend auf die Suche und entdeckte die *Gannon's Lady*, die das richtige Schiff sein musste. Ich rannte am Dock entlang, ohne auf die neugierigen Blicke der Seeleute zu achten, und wollte gerade die Planke zum Schiff hinaufstürmen, als mich eine herrische Stimme fragte, was wir hier täten. Becca, dicht hinter mir, prallte gegen meinen Rücken, und bis wir uns wieder sortiert hatten, erklang über uns ein vertrautes Lachen. Ich erstarrte: Alex lachte uns aus. Lieber Himmel, es ging ihm gut, und ich war tatsächlich der größte Dummkopf auf der Welt. Ich blickte in ein Paar blaue Augen auf, doch es waren nicht seine, und ich sprach im Stillen ein Dankgebet, während ich den Mann musterte. Er ähnelte Alex, sah aber doch völlig anders aus. Alex war groß und schlank, mit breiten Schultern und schlanker Taille, während dieser Mann groß und stämmig war. Seine Brust war breit, sein Gesicht ähnelte Alex', war aber voller. Das war eine interessante Mischung. Wenn ich Alex nicht so gut gekannt hätte, hätte ich ihn mit diesem Mann verwechseln können.

»Ihr müsst Malcolm sein«, sagte ich, und meine Stimme klang viel ruhiger, als ich mich fühlte. Seine Überraschung war offenkundig.

»Und Ihr könnt nur die Miss Lowell sein, von der mein Bruder den lieben langen Tag spricht.« Er grinste hämisch. Und war mir auf der Stelle unsympathisch. Irgendetwas an der Art, wie er das gesagt hatte – voller Verachtung für Alex – und wie er Rebecca und mich ansah, weckte sofort mein Misstrauen.

Ich straffte die Schultern und sagte mit meiner vornehmsten Stimme: »Die bin ich. Bitte bringt mich zu Kilgannon. Augenblicklich.« Ich stellte einen Fuß auf die Planke, und er rief jemandem hinter ihm etwas zu.

Während ich emporkletterte, was mit langen Röcken auf dem schmalen, schwankenden Brett nicht leicht war, erschien Angus' Gesicht über der Reling. Er sagte etwas auf Gälisch, was sich wie ein Fluch anhörte, und ich war froh, dass ich ihn nicht verstand. Er trat an den Kopf der Planke und starrte mich von oben herab finster an. »Mary Lowell, was tut Ihr hier? Habt Ihr den Verstand verloren, Mädchen?«

»Noch nicht ganz, Angus«, erwiderte ich, als ich endlich das Deck erreichte. Becca blieb neben mir stehen. Angus funkelte uns unter gerunzelten Brauen hervor an, während Malcolm neben ihm uns gründlich musterte. Hinter ihnen konnte ich ihre Leute sehen, von denen einige besorgt dreinblickten und manche lachten. Sie sahen aus wie gewöhnliche Männer, die meisten von ihnen trugen Highlander-Kleidung. Sie wirkten nicht bedrohlich. Die beiden Männer vor uns jedoch waren ein anderes Kaliber.

Angus runzelte die Stirn. »Habt Ihr meinen Brief denn nicht bekommen, Mary?«

»Doch, Angus, selbstverständlich«, sagte ich. »Wie hätte ich sonst auf die Idee kommen können, Euch hier zu suchen?« Ich blickte hinter ihn. »Und jetzt möchte ich bitte Alex sehen.«

»Ihr könnt nicht zu ihm. Geht nach Hause. Sofort.«

»Das werde ich nicht tun. Ich bin hierhergekommen, um Alex zu sehen, und das werde ich auch.«

Angus wandte sich an Becca, die seinem Blick mit ängstlicher

Miene begegnete. Ihre ohnehin schwache Begeisterung für dieses Abenteuer schwand offensichtlich rasch. »Miss, könnt Ihr Eure Freundin nicht nach Hause bringen, wo sie hingehört? Ihr macht eine große Dummheit. Geht nach Hause.«

Ich antwortete, ehe Rebecca etwas sagen konnte. Mein Herz hämmerte, und ich war ebenso unsicher wie sie, aber das sollten die Männer mir nicht anmerken. »Ich werde nicht nach Hause gehen, Angus. Wenn Alex krank ist, möchte ich ihn besuchen.«

Angus schüttelte den Kopf. »Er ist zu krank, um Euch zu empfangen, Mädchen.« Er wandte sich wieder an Becca. »Sie ist unvernünftig. Bringt sie nach Hause.«

»Ich gehe nicht«, sagte ich. »Und wenn Ihr mir nicht zeigt, welche Kabine Alex' ist, werde ich das Schiff absuchen, bis ich sie finde.« Ich ging zu der Treppe, die unter Deck führte, doch Angus baute sich vor mir auf. Hinter mir hörte ich Malcolm lachen.

»Könnt Ihr denn gar nichts tun?«, fragte Angus Rebecca.

»Wie Ihr vielleicht bemerkt habt, Sir«, sagte Becca, die wesentlich gelassener klang, als sie aussah, »ist Miss Lowell ebenso eigensinnig wie störrisch.«

Ich warf ihr einen verärgerten Blick zu. »Entschlossen«, sagte ich.

»Töricht«, erwiderte Angus zornig. »Mary, wisst Ihr denn nicht, dass dies kein Ort für eine Dame wie Euch ist?«

»Angus.« Ich senkte die Stimme, so dass nur er mich hören konnte. »Wenn Alex krank ist, will ich ihn sehen. Wenn er nicht krank ist und mich nicht sehen möchte, dann will ich das wissen. Ich muss es wissen.«

Seine Augen weiteten sich überrascht, doch er antwortete leise: »Wie könnt Ihr so etwas denken, Mädchen? Alex würde Euch niemals belügen, und ich auch nicht. Ich habe Euch die Wahrheit geschrieben. Er ist sehr krank.«

»Dann habe ich umso mehr Grund, hier zu sein. Ich möchte ihn sehen. Bitte.«

Er nickte. »Also schön, Mädchen. Aber Ihr werdet ihm dafür

Rechenschaft ablegen, nicht ich. Alex wird hierüber nicht erfreut sein.«

Ich antwortete nicht, sondern folgte ihm unter Deck, obgleich mein Herz hämmerte, und wechselte stumm einen Blick mit Becca, die große Augen machte. Sie lief wortlos hinter uns her, doch ich vermutete, dass sie mir später einiges zu sagen haben würde. Das Schiff schwankte mit den sachten Wellen, als wir hinabstiegen, und ich hielt mich an dem als Geländer gespannten Seil fest. Unter Deck war es dämmrig, doch die Brigg wirkte sauber und ordentlich, und Küchendüfte trieben durch die Luft. Angus führte mich einen kurzen Gang entlang, blieb dann stehen und klopfte an eine Tür. Malcolm gesellte sich zu uns und blieb hinter Rebecca stehen. Auf Angus' Klopfen hin kam keine Antwort, und er öffnete die Tür, streckte aber den Arm aus, um mich am Eintreten zu hindern.

»Wartet einen Augenblick, Mädchen. Wahrscheinlich schläft er.« Er verschwand in der dunklen Kabine und schloss die Tür hinter sich. Wir warteten schweigend, bis er wieder erschien, mit einer entzündeten Lampe in der Hand. »Er schläft. Ihr dürft hereinkommen, um Euch selbst davon zu überzeugen, dass er krank ist, doch dann müsst Ihr gehen.«

Ich folgte ihm in die Kabine. Sie war klein, mit drei Schlafkojen an den Wänden. Angus hängte die Lampe an einen Haken, und der winzige Raum wurde in ein warmes Leuchten getaucht. In der Mitte der Kabine stand ein Tisch mit ausgebreiteten Karten darauf, davor ein Stuhl. An der gegenüberliegenden Wand, in der mittleren Koje, schlief Alex. Er lag auf dem Rücken, Brust und Schultern waren nackt, denn die Decke reichte nur bis über den Bauch. Hinter mir schnappte Rebecca nach Luft, doch ich hatte nur Augen für Alex. Er war tatsächlich krank. Seine Haut war grau, und ein schaler Geruch hing in der Kabine. Ich kniete mich neben ihn nieder und befühlte seine Stirn. Sie war viel zu warm. Mir wurde ein wenig schwindlig, als ich ihm das Haar aus dem Gesicht strich. Bartstoppeln breiteten sich über seine eingefallenen Wangen aus, sein Atem ging flach, und die Haut fühlte sich klamm an. »Wie lange geht es ihm schon so schlecht?«, fragte ich Angus, als er neben mich trat.

»Seit drei Tagen«, sagte er. »Er verschläft die meiste Zeit, doch wenn er wach ist, erbricht er sich. Mädchen, Ihr müsst jetzt gehen.«

»Habt Ihr einen Arzt gerufen?«

»Nein. In ein, zwei Tagen geht es ihm wieder gut.«

Ich zog die Decke über Alex' Schultern hoch, und er regte sich unter meiner Berührung und öffnete erst ein Auge, dann das andere. Er sah mich an, schloss die Augen und öffnete sie wieder. »Mary?«, fragte er mit schwacher Stimme. Er versuchte, sich aufzurichten, die Bettdecke rutschte ihm bis zur Taille hinab und entblößte eine golden behaarte Brust und einen straffen Bauch. Ich erhob mich und blieb neben der Koje stehen, obgleich mir plötzlich die Knie zitterten. Obwohl er so krank war, war er einfach umwerfend. Alex blickte hinter mich. »Was, zum Teufel ...?« Er klang sehr müde.

»Ich konnte sie nicht daran hindern, Alex«, sagte Angus über meine Schulter hinweg. »Sie ist ein starrköpfiges Mädchen ohne jede Vernunft.« Er fügte etwas auf Gälisch hinzu. Alex blickte von Angus zu mir und runzelte die Stirn.

»Ich wollte sehen, ob ich Euch helfen kann«, sagte ich.

Alex seufzte. »Ich werde es überleben, Mary, aber Ihr solltet nicht hier sein.«

»Ihr braucht einen Arzt.«

Er schüttelte langsam den Kopf. »Nein, nein. Es geht mir bald besser. Wenn ich nur endlich aufhören könnte, Lateinisch zu reden.« Er zog sich die Bettdecke enger um die Taille und musterte uns. »Eine seltsame Gruppe hat mich da geweckt, meine ich«, sagte er und rieb sich die Stirn. »Angus, könntest du mir wohl meinen Kittel suchen?« Angus ging ein Stück nach rechts und reichte Alex den Kittel, der auf einem Wandbord gelegen hatte. Wir alle sahen zu, wie er mühsam hineinschlüpfte.

»Alex«, sagte ich, »Ihr habt Fieber. Ihr seid seit Tagen krank und redet Unsinn.«

»Mary«, sagte er schwach, »ich bin gerade aufgewacht, und offenbar gebe ich hier eine kleine Gesellschaft. Ich denke, ich bin ganz klar im Kopf.«

»Ihr sprecht Lateinisch?«

Seine Mundwinkel zuckten, und er winkte Angus und Malcolm zu. »Nun, Mädchen, wisst Ihr, was Julius Caesar stets sagte, wenn es ihm irgendwo nicht gefiel?«

»Ich habe keine Ahnung«, erklärte ich brüsk. »Alex –«

Die drei Männer hoben gleichzeitig an: »Veni vidi vomiti.«

Malcolm und Angus lachten, und Alex lächelte, während Becca und ich erstaunte Blicke wechselten. Ich schüttelte den Kopf über diese Albernheit, beugte mich über Alex und öffnete das kleine Fenster über der Koje. »Sehr geistreich. Wir holen jetzt einen Arzt. Am besten für Euch alle. Becca«, sagte ich und drehte mich zu ihr um, »schick bitte deinen Diener nach Dr. Sutter. Er ist der einzige Arzt, der mir einfällt, der wohl bereit wäre, hierherzukommen.« Sie sah Alex' Bruder an. »Malcolm, Ihr begleitet ihn und führt den Arzt hierher.«

»Jawohl, Euer Hoheit«, sagte Malcolm, folgte jedoch Rebecca, die hastig die Kabine verließ.

Alex beobachtete mich mit schmalen Augen und rieb sich dann langsam die Stirn. »Mary, Ihr duftet nach Rosen. Aber was tut Ihr hier? Angus, was tut sie hier?«

Ich kam ihm zuvor. »Ich wollte nachsehen, ob Ihr krank seid.

»Meint Ihr denn, dass ich krank aussehe?«

»Ja, allerdings. Was ist geschehen?«

»Ich weiß es nicht«, sagte er. »Muss wohl etwas Schlechtes gegessen haben, oder ...« Er zuckte mit den Schultern. Angus hinter mir hatte eine abrupte Bewegung gemacht, die ich aus dem Augenwinkel wahrgenommen hatte. Alex, sichtlich erschöpft, schloss die Augen. Ich sah mich nach Angus um, der sehr grimmig dreinschaute. Irgendetwas stimmte hier nicht. Sie sagten mir nicht alles, und ich war sehr froh, dass der Arzt bald kommen würde. Becca kehrte gleich darauf zurück und erklärte, ihr Diener sei mit Malcolm zu Dr. Sutter gegangen. Ich dankte ihr lächelnd, schob Alex' Kleidung beiseite, um mich auf das Bord neben dem Bett zu setzen, während Angus sich hinter mir herumdrückte, offensichtlich gar nicht glücklich. Alex öffnete die Augen und sah mich an. »Mary, Mädchen, Ihr müsst gehen. Euer Ruf wird wahrhaftig ruiniert sein, falls man Euch hier entdeckt.«

»Psst, Alex«, sagte ich. »Ich gehe erst, wenn ich weiß, dass Ihr gut versorgt seid. Und keinen Augenblick früher.« Er nickte und schlummerte ein. Ich drehte mich um und sah, wie Angus mich mit ernstem Blick beobachtete. Ich reckte das Kinn. Wir warteten schweigend. Ich betrachtete den dösenden Alex und bemerkte erneut, wie flach er atmete. Er muss sehr geschwächt sein, wenn er so leicht einschläft, dachte ich, und er war viel zu krank, als dass die Ursache eine einzige verdorbene Mahlzeit gewesen sein könnte. Er regte sich wieder, öffnete die Augen und rieb sich die Stirn.

»Habt Ihr Kopfschmerzen?«, fragte ich und strich ihm das Haar zurück.

»Ja, ein wenig. Ich bin nur müde, Mary, weiter nichts.«

»Wann habt Ihr zuletzt etwas gegessen?«

Er sah mich mit halb geschlossenen Augen an. »Ich kann nichts essen. Ich kann nichts bei mir behalten. Ich schlafe einfach, bis es besser wird. Mary, sprechen wir jetzt lieber nicht vom Essen.«

»Oh! Entschuldigung«, sagte ich beschämt. »Wie gedankenlos von mir.«

Er schüttelte den Kopf. »Nein, ich bin es, der sich entschuldigen sollte. Ich wollte Euch keine Sorgen bereiten. Ich wollte Euch besuchen, sobald wir angelegt haben. Wisst Ihr noch, dass wir das ausgemacht hatten?«

»Ja.« Das war ein klein wenig untertrieben.

»Mein Magen hatte andere Pläne. Frankreich ist mir nicht gut bekommen.«

»Seht Ihr, Ihr hättet in London bleiben sollen.« Ich versuchte, nicht zu ernst zu klingen. Er lachte leise.

»Ja, das muss es sein«, sagte Alex, und im nächsten Augenblick war er wieder eingeschlafen. Ich musterte sein graues Gesicht, die Wimpern, die sich dunkel von seinen blassen Wangen abhoben, und betete für ihn. Doch ich wurde von Angus unterbrochen, der mich am Arm nahm und mich und Rebecca hinaus in den Gang schob.

»Nun, Miss Mary Lowell«, sagte Angus und schloss die Tür zur Kabine, »seid Ihr jetzt zufrieden? Ist er krank genug?«

»Ihr hättet schon vor zwei Tagen einen Arzt rufen sollen.«

»Alex wollte nichts davon hören.« Er wies auf die Treppe. »Wartet bitte oben, bis der Arzt kommt. Ich dulde keine Widerrede mehr, Mädchen.«

Wir warteten also an Deck. Rebecca und ich drängten uns schweigend zusammen und ignorierten die neugierigen Blicke der Mannschaft. Niemand sprach mit uns. Endlich kam Dr. Sutter mit Malcolm, der recht gereizt aussah. Wir blieben sitzen, wo wir waren, während Angus und Malcolm mit dem Arzt nach unten gingen. Nach einer scheinbaren Ewigkeit kehrte Dr. Sutter an Deck zurück, Angus ihm dicht auf den Fersen. »Wie geht es ihm?«, fragte ich.

»Er wird es überleben«, sagte Dr. Sutter. »Ich habe ihm etwas gegeben, das seinen Magen beruhigen wird, aber ich wüsste gern, was wirklich –« Er warf Angus einen Blick zu. »Behalten Sie ihn gut im Auge, MacGannon. Falls es ihm morgen nicht besser geht, lassen Sie mich holen. Und falls noch jemand erkrankt, werde ich gern zugeben, dass ich mich getäuscht habe.«

»Haben Sie nicht«, sagte Angus grimmig, und die beiden Männer wechselten einen Blick.

Ehe ich fragen konnte, was sie damit meinten, wandte Dr. Sutter sich an Rebecca und mich. »Was tun zwei junge Damen hier?«

»Ich war besorgt um Lord Kilgannon«, antwortete ich.

Der Arzt sprach sehr leise. »Sind Sie etwa schon länger auf diesem Schiff?«

»Nein«, brüllte Angus.

»O nein«, rief Rebecca aus. »Dr. Sutter, wir sind kurz vor Ihnen hier angekommen. Es hat keinerlei Unschicklichkeiten gegeben.«

Der Arzt nickte. »Das hat mir auch der Gentleman dort unten versichert, und ich habe ihm im Gegenzug versichert, dass ich Sie jetzt mit von Bord nehmen werde. Auf der Stelle.«

Wir gehorchten. Er hielt uns den ganzen Heimweg lang einen strengen Vortrag.

Das war nun wirklich zu viel, als dass ich damit hätte durchkommen können. Ich verbrachte Stunden in eindringlichen Gesprächen mit Louisa und Randolph und weitere Stunden mit ihnen und Rebeccas Eltern. Sogar Dr. Sutter wurde geholt, um Zeugnis abzulegen. Die Inquisition war gewiss angenehmer. Louisa weinte, und ich fühlte mich schrecklich, weil ich eine solche Aufregung verursacht hatte. Dennoch beharrte ich standhaft darauf, dass ich nichts Böses getan hatte. Ich betonte von Anfang an, dass alles allein meine Schuld war, dass Becca mich nur widerwillig und aus Sorge um mich begleitet hatte und wir uns nicht unschicklich verhalten hatten. Doch ich wusste, dass ich sie alle schockiert hatte. Anständige junge Damen taten nicht, was ich getan hatte, und ich konnte keine vernünftige Erklärung dafür vorbringen. Wie konnte ich ihnen sagen, dass ich Alex unbedingt hatte wiedersehen müssen, dass ich mich genug zu ihm hingezogen fühlte, um meinen Ruf und meine Zukunft für eine weitere Stunde mit ihm aufs Spiel zu setzen, dass ich einfach hatte wissen müssen, ob er mich täuschte oder nicht? Ich verstand meine Gefühle ja selbst kaum und wusste, wenn ich davon sprach, würde ich in den Augen dieser Menschen nur noch tiefer sinken. Wenn ich mit Alex zusammen war, erschien es mir so richtig, bei ihm zu sein, und Angus war zwar nicht erfreut, hatte mich aber dennoch nicht wie eine Närrin behandelt. Die Schotten waren sehr höflich zu mir gewesen, und ich musste mir reumütig eingestehen, dass ich mich auf diese Höflichkeit verlassen hatte. Wären sie nicht die Gentlemen, für die ich sie gehalten hatte, dann hätte die Sache sehr viel böser ausgehen können. Doch ich hatte mich vergewissern müssen, wie es Alex ging. Ich hatte es unbedingt wissen müssen.

Nach einem interessanten Gespräch kamen die Männer zu dem Schluss, dass ich meine Tugend und Unschuld nicht verloren habe. Ich versuchte, mich zu beherrschen. *Das wäre wesentlich schneller gegangen*, dachte ich, *wenn sie mich gefragt hätten.* Sie entschieden, dass ich nur eine irregeleitete junge Frau sei. Beccas Mutter Sarah beobachtete mich und sagte kaum etwas, und ich fragte mich, wie viel von meinen wahren Motiven sie erahnte. Nach jenem Tag verlor sie mir gegenüber nie wieder ein Wort über diesen Zwischenfall, doch irgendetwas an ihrer Art gab mir zu erkennen, dass sie wesentlich mehr über meine Gedanken und Gefühle wusste, als ich offen ausgesprochen hatte.

Bis zum Morgen war das Urteil verkündet. Ich wurde auf der Stelle zu Will und Betty nach Mountgarden geschickt. Das war mir nur recht. Alex würde bald wieder abreisen, weshalb sollte ich also noch länger in London bleiben? Ich hatte keine Gelegenheit mehr, persönlich mit Becca zu sprechen, aber ich schrieb ihr, um mich zu bedanken und mich für all die Aufregung zu entschuldigen. Lawrence besuchte mich am Tag meiner Abreise, um mir Grüße auszurichten. Er verhielt sich sehr distanziert und gab mir deutlich zu verstehen, dass er mich für töricht und starrsinnig hielt. Natürlich erfuhr ich erst Monate später, dass er zusammen mit Randolph und Beccas Vater noch in der Nacht darauf zur Brigg gegangen war und darauf bestanden hatte, mit Alex und Angus zu sprechen. Anscheinend besänftigten Alex' Zustand und die Erklärungen der Männer seine Empörung doch ein wenig.

Warwickshire war wunderschön im Sommer, alles blühte und duftete. Mountgarden hatte unserem Vater gehört und gehörte nun Will, doch er schwor, dass es mein Heim sein werde, solange ich lebte. Wie sehr ich dieses Haus liebte, dachte ich, als wir vorfuhren. Seine eleganten Linien waren anmutig und ohne übertriebene Ausschmückung. Das Anwesen war symmetrisch und rechteckig auf einem kleinen Hügel angelegt, von dem sich der Name ableitete und von dem aus das Haus die Wälder und Weiden darum herum dominierte. Behaglichkeit war der Leitgedanke bei Bau und Einrichtung gewesen, und das Haus schien mich zu umarmen, als ich die Halle betrat. Ich seufzte. Zu Hause. Nicht mein Zuhause, aber ein Zuhause. Kein übler Ort für eine Verbannung ins Exil.

Will war wegen meiner Handlungsweise furchtbar zornig gewesen, und wir saßen im Bureau meines Vaters und stritten hitzig. Er war wütend, weil ich so töricht gewesen war und meine Zukunft aufs Spiel gesetzt hatte, und hielt mir eine erbitterte Strafpredigt. Ich erwiderte, dass ich nichts getan habe, was mich oder ihn in Verlegenheit gebracht hätte, und dass ich Alex unbedingt habe sehen müssen, ob ihm das vernünftig erschiene oder nicht. Ich erklärte ihm, dass ich mir ernsthaft Sorgen um Alex gemacht hatte, und gestand ihm meine Angst, Alex hätte mich nur abwimmeln wollen. Da wurde er überraschend verständnisvoll, als habe er seine Rolle als mein gestrenger Beschützer nun lange genug gespielt und könne jetzt einfach wieder mein Bruder sein. Er hielt meine Handlungsweise immer noch für unklug, hatte aber Verständnis für meine Gründe. Schließlich seufzte er und lächelte, und er war wieder ganz der Will, mit dem ich aufgewachsen war.

»Mary«, sagte er, »seit ich Betty kennengelernt habe, gab es auf der ganzen Welt keine andere Frau mehr für mich. Du und ich, wir wissen beide, dass sie dümmlich und eitel und manchmal unglaublich beschränkt ist, aber meistens gibt sie mir das Gefühl, unglaublich wichtig zu sein und sehr geliebt zu werden.

Ich würde keine andere Frau haben wollen, deshalb verstehe ich, dass du ihn sehen musstest. Dennoch war das falsch von dir.« Er nickte weise, als sei er sechzig Jahre älter als ich, statt nur zwei. »Du warst sehr töricht.«

Ich nickte, und er strahlte mich an. *Lieber Will*, dachte ich, *lieber, guter, ewig unterschätzter Will.* Alle Welt sorgte sich um Geld oder Machtpositionen, doch Will wollte nur eine dümmliche Frau, die ihm ein gutes Gefühl gab, und er hatte sie. Wer konnte sagen, was klüger war?

Während der folgenden Wochen hatte ich reichlich Zeit zum Nachdenken. Ich musste mir eingestehen, dass ich sehr dumm gewesen war und großes Glück gehabt hatte. Es war vermutlich nicht meine klügste Idee gewesen, einen Mann, den ich kaum kannte, auf seinem Schiff aufzusuchen und mein Wohl und das meiner besten Freundin vollständig in seine Hände zu legen. Dennoch war ich froh, dass ich dorthin gegangen war, allein schon deshalb, weil ich davon überzeugt war, dass Dr. Sutter Alex das Leben gerettet habe. Ohne meinen Besuch wäre Dr. Sutter niemals gerufen worden. Selbst wenn ich Alex niemals wiedersehen sollte, blieben mir doch die Erinnerungen, wenngleich ich jedes Mal errötete, sobald ich sie in mir wachrief. Ich kam zu dem Schluss, dass sich in meine angeblich so noble Blutlinie ziemlich gewöhnliches Blut gemischt haben musste. Immerhin hatte ich ihn ohne jede Scham geküsst, und als ich Alex halb nackt in dieser Koje hatte liegen sehen, da wäre ich am liebten zu ihm hineingestiegen. Eine wahrhaft vornehme Dame hätte gewiss niemals solche Gedanken. Begann so die Laufbahn von verrufenen Frauen? Ich würde meine Tugendhaftigkeit besser hüten müssen.

Zumindest hatte mein närrischer Ausflug mir bewiesen, dass Alex mich nicht an der Nase herumführte. Was als Nächstes geschehen würde, konnte ich nicht einmal erraten.

Aber es geschah gar nichts.

7

Vier Wochen vergingen, und Mountgarden lullte mich mit seinem trägen Leben ein. Will und Betty hielten sich in ihrer eigenen Welt auf, verbrachten fast den gesamten Tag zusammen und zogen sich am Abend häufig zurück. Ich war zwar neidisch, freute mich aber auch, dass Will in seiner Ehe so glücklich war. Ich brachte meine Tage damit zu, die Bücher in Ordnung zu bringen – ich war froh über die Ablenkung, und diese Arbeit tat ich gern. Will und ich hüteten das Geheimnis, dass ich die Bücher führte, und er heimste die Lorbeeren dafür ein. Mit dieser Übereinkunft waren wir beide zufrieden.

Louisa und Randolph kamen oft zu Besuch, und ich freute mich, sie zu sehen, selbst wenn Louisa mir wieder einmal erklärte, falls die Geschichte meines unschicklichen Ausflugs durchsickern sollte, würde mich kein Mann mehr heiraten und man würde mich auf ewig als gefallene Frau meiden. Ich wies sie darauf hin, dass es noch mehr Gerede geben würde, weil ich so unvermittelt aufs Land geschickt worden war. Louisa hielt dagegen, dass Sommer sei. Nur noch wenige unserer Bekannten waren in London, und niemand habe bemerkt, dass ich fort war. Sie hielt mir vor, dass ich eine ungeheuerliche Dummheit begangen hätte, und verkündete, ich werde auf dem Lande bleiben, bis ich die Tragweite meiner Torheit voll und ganz verstanden habe.

Rebecca und ihre Familie, mit Lawrence im Schlepptau, kamen uns ebenfalls besuchen. Zunächst beobachtete Lawrence mich, als könnte ich Becca vor seiner Nase ins Verderben führen. Er taute schließlich auf, als ich ihm sagte, ich wisse, wie unklug das von mir gewesen sei, doch meine Sorge um Alex sei stärker gewesen. Er glaubte nur zu gern, dass ich einfach töricht und naiv sei. Wesentlich weniger wohl hätte er sich bei dem Gedanken gefühlt, dass ich mir der gesellschaftlichen Regeln sehr wohl bewusst gewesen war, während ich sie gebrochen hatte. Also sagte ich ihm das nicht. Becca war wunderbar, und mir wurde einmal mehr bewusst, wie sehr ich sie vermissen würde. Ihr Hochzeitstag rückte rasch näher, und Louisa sagte mir schließlich, ich dürfe zur Hochzeit nach London zurückkehren. Zu meiner Belustigung war es Randolph gewesen, der sich in dieser Sache für mich eingesetzt hatte. Nachdem Randolph mir einen ausführlichen Vortrag gehalten hatte, über das Böse im Manne und andere schreckliche Gefahren für junge Frauen, die so töricht waren, sich ihnen allein auszuliefern, erklärte er, ich sei eben ein lebhaftes Mädchen. Von Alex sprach er nur als »dieser Schotte«. Als ich darauf hinwies, dass Robert ebenfalls Schotte war, erstaunte Randolph mich mit der Bemerkung, er hielte Robert für übervorsichtig. Ich fiel ihm um den Hals und entlockte ihm damit ein überraschtes Grinsen. Nach diesem Abend standen die Dinge zwischen uns viel besser, und ich lernte meinen Onkel endlich richtig kennen.

Robert kam und war charmant, aber wieder sehr förmlich. Ich erfuhr nie, ob man ihm von meinem Besuch auf Alex' Schiff erzählt hatte, und ich sagte ihm nichts davon, doch ich fragte mich – und kam mir dabei treulos vor –, ob er jemals etwas Impulsives tun würde. Ich glaubte eher nicht. Ich vermisste Alex sehr. Wie konnte ein fast Fremder sich so oft in meine Gedanken drängen? Ich streifte durch den Garten und die Ländereien, hörte sein Lachen in meinem Kopf widerhallen und spürte die Leere an meiner Seite. In Gedanken durchlebte ich jeden unserer gemeinsamen Augenblicke immer wieder und wieder. Ich schlief mit dem halben Plaid über meiner Bettdecke und träumte von einem blonden Mann, der sich über mich beugte, um mich zu küssen.

In der sechsten Woche stellte ich mich widerstrebend der Tatsache, dass ich Alex nie wiedersehen würde. Zweifellos hatte mein dreistes Verhalten ihn vergrault. Ich schalt mich die größte Närrin, die je auf die Welt gekommen war. Ich stürzte mich in die Arbeit an den Büchern, fiel über die Rosen meiner Mutter her und beschäftigte mich mit Nachbarn und dem Dorf. Das Wetter, das wochenlang sehr angenehm gewesen war, wurde nun von Tag zu Tag kühler. Der Sommer starb endgültig, und mit ihm auch ein Teil von mir. Ich verbrachte viel Zeit allein im Garten, und da war ich auch, als Alex' Brief eintraf.

Er war an Louisas Haus in London adressiert, und ich konnte nur erahnen, wie lange er gebraucht hatte, um mich hier zu erreichen. Louisa und Randolph waren bei Randolphs Schwester in Berkshire, also hatte irgendjemand anderes aus dem Londoner Haushalt ihn an mich weitergeschickt. Ganz gewiss nicht der abscheuliche Bronson. Es musste Ellen gewesen sein. Ich hielt den Brief mit zitternden Händen vor mich hin, ehe ich ihn öffnete. Alex würde mir zweifellos mitteilen, dass es ihm eine Freude gewesen sei, mich kennengelernt zu haben – ach, und ob er schon erwähnt hätte, dass er nächste Woche heiraten würde? Ich faltete den Brief auf. Dem Datum nach war er zwei Wochen nach meinem Besuch auf dem Schiff verfasst worden, und ich holte tief Luft. *Meine liebe Mary*, hatte er geschrieben. Selbstverständlich, sagte ich mir, ein höflicher Gruß. Ich durfte nicht mehr hineinlesen. Er schrieb ja nicht, dass er mich liebte.

Ich schreibe Euch von Kilgannon. Ich habe mich von meiner Krankheit erholt, bis auf einen sehr seltsamen Traum, der mich immer wieder heimsucht, in dem sich eine wunderschöne Frau über meine Koje beugt, mir befiehlt, etwas zu essen, und Ärzte rufen lässt. Mary, was habt Ihr Euch nur dabei gedacht, auf die Brigg zu kommen? Ich fürchte um Euren Ruf, und ich fürchte, ich könnte tatsächlich der Barbar sein, für den alle Welt mich hält, denn ich bin sehr dankbar dafür, dass Ihr gekommen seid.

Ich danke Euch für Eure Sorge, und bitte dankt Eurem Dr. Sutter für seine Hilfe. Wie ist es Euch seither ergangen? Hatte Euer Besuch irgendwelche Folgen für Euch? Ich wünschte, ich hätte Euch begleiten und Eurer Tante und Eurem Onkel die Situation erklären können. Ich bedauere sehr, dass ich nicht bei Euch sein konnte und Ihr Euch ihnen allein stellen musstet.

Wir haben London am Tag nach Eurem Besuch verlassen, um erst nach Irland und dann nach Hause zu segeln. Es tut gut, Kilgannon wiederzusehen, und meine Söhne, die in meiner Abwesenheit beträchtlich gewachsen sind. Hier steht alles zum Besten, und der Spätsommer ist herrlich, aber ich vermisse Euch sehr. Denkt Ihr noch je an mich? Wenn ja, bitte schreibt mir und erzählt mir, wie es Euch geht. Wenn nicht, bitte verzeiht, dass ich mit diesem direkten Brief wieder einmal zu weit gegangen bin. Immer der Eure, Alexander MacGannon.

Ich drückte den Brief an meine Brust und drehte mich um mich selbst. Noch am selben Abend schrieb ich zurück und versuchte, denselben Tonfall zu treffen – ich hielt meine Bemerkungen über die Inquisition bewusst leicht und harmlos und fügte hinzu, dass ich nun auf Mountgarden sei. Ich sang vor mich hin, als ich den Brief versiegelte.

Wir schrieben einander drei Monate lang. Anscheinend verfasste er seine Antwort stets sofort, denn die Abstände zwischen den Briefen wurden immer kürzer. Ebenso die Tage. Im November kehrte ich zu Louisa und Randolph nach London zurück und stand offenbar wieder in jedermanns Gunst. Rebeccas Hochzeit war herrlich gewesen. Als Becca und Lawrence abfuhren, um ihre Hochzeitsreise anzutreten, stand ich neben ihrer Mutter in der kalten Luft, wie sie mit tränennassem Gesicht, und fragte mich, wie ich ohne Becca und ihr frohes Lachen in London leben sollte. Ich würde sie entsetzlich vermissen. Doch selbst wenn sie geblieben wäre – wir hatten einen Meilenstein erreicht, von dem an unsere Freundschaft nicht mehr dieselbe sein konnte, das wusste ich. Sie war jetzt Lawrence' Ehefrau, und ich freute mich zwar für sie, litt aber sehr unter dem Verlust meiner liebsten Freundin.

Alex' Briefe halfen, diese Lücke zu füllen. Er sandte mir Zeichnungen von seinen Söhnen, die Miniaturausgaben ihres Vaters zu sein schienen, und Skizzen von Kilgannon. Es sah bezaubernd aus, das Schloss umgeben von blauem Wasser und violetten Bergen, doch es war schwierig, sich vorzustellen, wie es aussehen mochte, wenn man es mit eigenen Augen sah. Seine Briefe waren erfüllt von seinem Leben dort, und ich erfuhr viel über die Menschen, die ihn umgaben. Alex lebte mir seinen zwei Söhnen Ian und Jamie zusammen, und mit Angus und Matthew und Angus' Mutter Deirdre, Malcolm, und diversen Cousins und Cousinen aller möglichen Verwandtschaftsgrade. Die übrigen Clanmitglieder arbeiteten zum Teil im Haushalt auf Kilgannon, andere waren als Bauern Alex' Pächter, wieder andere arbeiteten als Viehhirten, Fischer oder Seeleute. Wenn man noch die erforderlichen Schmiede, Zimmerleute und anderen Handwerker hinzuzählte, ergab sich eine bunte Mischung.

Ich meinerseits erzählte von meiner Kindheit mit den Eltern und Will auf Mountgarden, vom Tod meiner Eltern, den Reisen mit Louisa, meinem Leben in London, ehe wir uns kennengelernt hatten, und von meinen Freunden und politischen Ansichten. Robert erwähnte ich nie.

Alex versicherte mir in jedem Brief, wie sehr er mich vermisse und dass er immerzu an mich denke, doch das Wort Liebe erwähnte er nie. Er schrieb, dass er nicht vorhabe, in nächster Zeit nach London zurückzukehren, obgleich er viel herumreiste. Ich holte tief Luft, als ich das las. Er spielte auf geschäftliche Schwierigkeiten an, aus denen ich Geldmangel herauslas. Ich blieb eine treue Briefeschreiberin, doch die Wochen und Monate schleppten sich dahin, und ich fragte mich allmählich, weshalb wir einander noch schrieben, wenn ich ihn doch nie wiedersah. Er schrieb auch an Louisa und Randolph, und obgleich mir der Inhalt dieser Briefe nicht enthüllt wurde, hoben sie offenbar die Meinung, die Tante und Onkel von ihm hatten, beträchtlich.

Zugleich wurde Robert immer beharrlicher. Er schien zuversichtlich zu sein, dass Alex kein Rivale mehr war, und obwohl ich ihm sagte, dass Alex und ich einander schrieben, störte ihn das offenbar nicht im Geringsten. Er erstaunte mich, indem er Abende voller Lachen und kleinen Überraschungen arrangierte, und mehr als einmal bemerkte ich, dass ich mich in seiner Gegenwart völlig entspannte. Vielleicht hatte Louisa recht, und Robert hatte lediglich des Anstoßes durch einen Rivalen bedurft. All das wäre sehr schön gewesen, wenn ich nicht noch immer so fasziniert von Alex gewesen wäre. Ich fürchtete, ich könnte Robert unabsichtlich täuschen, und versuchte deshalb, ernsthaft mit ihm über Alex zu sprechen, doch er wechselte jedes Mal das Thema, und ich gab es schließlich auf.

Und dann, ohne Vorwarnung, eines Abends im späten November, wurde eine Kiste Bordeaux vor Louisas Tür abgeliefert, und ich wusste augenblicklich, von wem sie kam. Dem Wein lag ein sehr höflicher Brief bei, in dem stand, dass Alex wieder in London sei und um Erlaubnis bitte, mich sehen zu dürfen. Louisa und Randolph wechselten vielsagende Blicke und zogen sich zurück, um die Frage zu diskutieren, doch ganz gleich, wie ihre Entscheidung ausfallen mochte, ich war fest entschlossen, ihn wiederzusehen.

Am nächsten Vormittag saß ich allein beim Frühstück und blickte aus dem Fenster in den dritten verregneten Tag in Folge hinaus. Ich genoss eine letzte Tasse Tee und die Freude darüber, dass Alex in London war und ich ihn gewiss bald sehen würde. Am Morgen war ein Brief von Robert gekommen, den ich nun in der Hand hielt, doch seine Einladung – die auch Will und Betty galt – zum alljährlichen Julfest interessierte mich wenig. Roberts Familie würde sich über die Feiertage in Kent versammeln, und sie gaben stets vorher ein großes Fest. Vergangenes Jahr waren wir dort gewesen, ehe wir uns über Weihnachten auf

Mountgarden zurückgezogen hatten. *Ich werde später darüber nachdenken*, beschloss ich und legte den Brief auf den Tisch.

»Mary«, sagte eine Stimme, die mir wohlvertraut war, und ich wirbelte herum. Alex füllte den Türrahmen aus, die Mütze in der Hand. Er trug einen Kilgannon-Kilt und ein breites Lächeln, und mein Herz machte einen Satz. »Mary«, sagte er wieder, und ich sprang von meinem Stuhl auf. Er kam mir entgegen, und auf halbem Wege durch den Raum schloss er mich in die Arme. »Mary, Mary«, flüsterte er in mein Haar, dann küsste er mich. Ich hatte vergessen, wie weich seine Lippen waren, und wie hart und straff der Rest seines Körpers. Ich strich mit den Händen von seinen Schultern zu seiner Taille hinab, spürte seine Festigkeit und Kraft, und als ich mich noch dichter an ihn schmiegte, fühlte ich, wie sein Körper auf meine Nähe reagierte. Sein Kuss wurde inniger, als ich den Kopf in den Nacken bog, um noch mehr zu bekommen, und er lachte tief und kehlig, bevor er sich über mich beugte. »Ich habe vergessen, wie gut es sich anfühlt, Euch zu berühren«, sagte er und trat von mir zurück. »Ich habe Euch vermisst, Mädchen.«

»Ich Euch ebenfalls, Alex«, sagte ich und drückte ihn wieder an mich. Gleich darauf zog ich mich atemlos und zerzaust zurück. »Ein herzliches Willkommen, Sir. Wie ich sehe, seid Ihr vollkommen wiederhergestellt.«

»Nein, ich leide noch an derselben Krankheit wie seit Monaten.«

»Alex«, sagte ich, plötzlich voller Sorge, »ist es Euer Magen?« Ich blickte forschend in sein Gesicht, doch er grinste mich an.

»O nein, meinem Magen geht es gut. Andere Teile von mir haben geschmerzt vor Sehnsucht.« Ich spürte, wie sich meine Wangen röteten. Er lachte, doch dann wurde er ernst und sah mich aufmerksam an. »Ich habe Euch jeden Augenblick vermisst, seit wir uns zuletzt gesehen haben, Mädchen. Ich könnte es nicht ertragen, je wieder so lange von Euch getrennt zu sein.« Er strich mir das Haar von der Wange. »Ihr seid sogar noch schöner, als ich Euch in Erinnerung hatte, Miss Lowell. Habt Ihr mich vermisst?«, fragte er mit heiserer Stimme. Zur Antwort küsste ich ihn. »Heißt das ja?«

»Ja«, sagte ich und schlang ihm die Arme um den Nacken.

Er küsste mich auf die Stirn und löste meine Arme von sich. »Wir hören jetzt lieber auf, sonst kann ich für meine Handlungen nicht mehr verantwortlich gemacht werden. Sprecht mit mir, vielleicht gelingt es mir, zuzuhören.«

»Na, vielen Dank«, erwiderte ich spitz, und er lachte. »Alex, weshalb seid Ihr hier? Warum habt Ihr mir nicht geschrieben, dass Ihr kommt? Wie lang könnt Ihr bleiben? Wie geht es Angus und Matthew? Und Euren Söhnen?«

Er grinste mich an. »Habt Ihr etwas gesagt?«

»Erzählt mir alles«, sagte ich und führte ihn zum Tisch. Wir saßen einander züchtig gegenüber, als Louisa und Randolph eintraten. Ein Glück, dass sie nicht fünf Minuten früher gekommen waren, dachte ich. Sonst wäre ich noch vor dem Mittagessen wieder auf dem Weg nach Mountgarden gewesen. Die Begrüßung fiel herzlich aus. Wir unterhielten uns eine Weile, und ich beobachtete Tante und Onkel, wobei ich mich an die Inquisition vor drei Monaten erinnerte. Welch ein Unterschied. Louisa war verabredet und verließ uns schon bald, und kurz darauf erschien Randolphs Agent, und mein Onkel zog sich zurück, um geschäftliche Angelegenheiten zu besprechen. Endlich waren Alex und ich wieder allein. Wir streiften durchs Haus und blieben im Ballsaal stehen, wo ich ihn zum ersten Mal gesehen hatte. Er öffnete eine der Türen zur Terrasse und blickte in den Regen hinaus.

»Vor fünf Monaten, Mary, stand ich da draußen und dachte, Ihr würdet mich fortschicken, weil ich zu direkt gewesen war.«

»Vor fünf Monaten, Alex, habe ich Eure Gesellschaft sehr genossen.«

»Und ich die Eure.« Sein Blick begegnete meinem. »Mädchen, wie ist es Euch ergangen? Es tut mir leid, dass ich nicht hier war, um Euch vor der Inquisition zu beschützen.«

Ich lachte. »Ich brauchte keinen Schutz, Alex. Nur ein wenig Vernunft. Es ist mir seither gut ergangen. Wirklich. Ich war nur etwas einsam.«

»Das war ich auch, Mary.« Er schloss die Tür und drehte sich zu mir um. »Ich kann es immer noch nicht glauben, dass Ihr tatsächlich auf die Brigg gekommen seid. Warum habt Ihr das getan?«

Ich sah ihm forschend ins Gesicht. »Angus hat es Euch nicht gesagt?«

»Was hat er mir nicht gesagt?«

Ich holte tief Luft und fragte mich, ob es klug wäre, ihm die Wahrheit zu sagen. *Aber, Mary*, fragte ich mich sodann, *wann hättest du je klug gehandelt?* »Als ich Angus' Nachricht erhielt, sah ich zwei Möglichkeiten. Entweder wart Ihr tatsächlich krank, dann könnte ich Euch möglicherweise helfen, oder Ihr wolltet mich nicht wiedersehen. Ich wollte wissen, woran ich bin.«

Er sah mich mit hochgezogenen Augenbrauen an. »Nein, das hat Angus mir nicht erzählt. Wie konntet Ihr glauben, ich wollte Euch nicht wiedersehen? Ich hatte Euch doch versprochen, Euch zu besuchen, sobald wir angelegt hatten.«

»Männer sagen oft Dinge ... die sie später dann doch nicht mehr ernst meinen.«

»Ich nicht.«

»Das weiß ich jetzt. Ich wollte sehen, ob Ihr ...« Ein allzu lebhaftes Bild seines halb nackten Körpers in dieser Koje stand mir vor Augen, und ich verlor den Faden. Diese Schultern und diese Brust waren jetzt unter diesem Hemd vor mir.

Das Blau seiner Augen war sehr dunkel. »Und war ich ...?«

»Sehr«, hauchte ich atemlos.

Sein Tonfall klang zärtlich: »Wenn Ihr nächstes Mal zum Bett eines Mannes geht, Mary Lowell, sucht Euch lieber einen Zeitpunkt aus, zu dem er keine lateinischen Sprüche zitiert.«

»Ich bin nicht zu Eurem Bett gegangen, Alex.«

»Doch, Mädchen, das seid Ihr. Also denkt daran.«

Meine Wangen flammten, doch ich hielt seinem Blick stand. »Das werde ich.«

Er schüttelte den Kopf. »Ihr seid mir vielleicht eine«, sagte er und streifte dann durch den Saal, während ich ihn beobachtete, seine Anmut und seine Gestalt bewunderte. Mitten im Raum drehte er sich um. »Wie könnte es möglich sein, dass ich Euch nicht würde wiedersehen wollen?«

»Alex, in Eurem Leben muss es viele Frauen geben.«

»Nein.«

»Es muss sie geben.«

»Wartet, lasst mich darüber nachdenken.« Er setzte eine nachdenkliche Miene auf, kam ein Stück auf mich zu und blieb dann stehen. »O ja, Mary, Ihr habt ja so recht, es sind Hunderte. Aber ich denke nicht an sie. Es gibt nur eine, an die ich oft denke, mit dunklem Haar und dunklen Augen, die mir zeigen, was sie denkt, und mit einem Körper, der nur darauf wartet, in neuen Lektionen unterwiesen zu werden.« Er zog eine Augenbraue hoch und grinste.

»Es muss noch andere geben, Alex.«

»Lektionen?«

»Frauen«, beharrte ich. Er schüttelte den Kopf. »Ihr wart verheiratet. Vermisst Ihr Eure Frau?«

»Sorcha?« Seine Miene wurde ernst. »Ihr versteht das nicht. Ich habe mir Sorcha nicht ausgesucht, und sie hat mich nicht ausgesucht. Die Hochzeit wurde arrangiert, als wir noch Kinder waren. Ich war sechs Jahre alt, als sie zur Welt kam und unsere Eltern uns einander versprachen, und wir beide sind in diesem Wissen aufgewachsen.«

»Habt Ihr sie geliebt?«

»Ich mochte sie. Manchmal. Manchmal mochte ich sie nicht so sehr, und manchmal hat sie mich geradezu verabscheut.«

»Habt Ihr sie geliebt?«

Er begegnete meinem Blick. »Nein.« Das eine Wort klang ruhig und emotionslos. Wir starrten einander an, bis er fortfuhr: »Ich war ihr treu. Sie mir ebenfalls. Irgendwann hätten wir vielleicht zueinander gefunden. Aber ich habe sie nie geliebt.« Er schüttelte den Kopf. »Sie hat gesagt, ich sei grob und ungeschliffen.« Mir wären viele Beschreibungen für Alex eingefallen, doch grob und ungeschliffen gehörte gewiss nicht dazu. Er war groß, und er war direkt, dabei aber anmutig, höflich und rücksichtsvoll.

»Was ist mit Euch beiden geschehen?«, fragte ich.

Er schlenderte an den Rand des Saals und befühlte die Vorhänge. »Nach Jamies Geburt sagte sie zu mir, sie habe mir nun zwei Söhne geschenkt, und ich werde nie wieder in ihr Bett kommen. Angus' Frau Mairi war kurz vorher im Kindbett verstorben, und ich dachte, Sorcha hätte Angst. Das konnte ich verstehen, also hielt ich mich von ihr fern. Meine Mutter riet mir, ihr Zeit zu lassen, dann würde sich alles wieder einrenken. Aber das geschah nie, und nach einer Weile fiel mir gar nicht mehr auf, wie sehr wir uns voneinander entfernt hatten.« Er schlenderte noch weiter fort von mir und blieb an der nächsten Tür stehen, um hinauszuschauen.

»Nach dem Tod meiner Mutter reiste ich noch mehr umher, und wenn ich zu Hause war, sorgte ich dafür, dass ich stets beschäftigt war. Manchmal vergaß ich ganz, dass Sorcha da war. Und dann kehrte die halbe Mannschaft krank von einer Reise zurück, und das Fieber breitete sich auf Kilgannon aus.« Seine Stimme wurde leiser, so dass ich nun Mühe hatte, ihn zu verstehen. »Die Mannschaft hat sich rasch erholt, ebenso die meisten anderen, aber nicht Sorcha. Sie war nicht furchtbar krank, versteht Ihr, nur nicht ganz gesund. Als die Einladung nach Frankreich kam, wollte ich zuerst nicht gehen, ihrer Gesundheit wegen, doch sie sagte, ich solle ruhig hinfahren. Sie sagte, ich hätte schon genug getan, um ihr Leben zu zerstören, und sie wäre froh, wenn ich sie verließe. Also bin ich gefahren. Und während ich fort war, ist sie gestorben.« Er sah mich mit ausdrucksloser Miene an, wandte sich dann wieder dem Fenster zu und fuhr fort: »Meine Tante Deirdre – das ist Angus' Mutter – hat mir versichert, dass ich nichts hätte tun können, selbst wenn ich zu Hause gewesen wäre. Sie konnte selbst nichts tun. Das hat mir geholfen, aber ich habe mich immer gefragt …« Er straffte die Schultern, hob das Kinn und sah mich wieder an. »Wir passten nicht gut zusammen. Sie liebte einen anderen, Ian MacDonald, und er liebte sie, aber sie konnte ihn nicht heiraten, weil unser beider Eltern dieses Versprechen gegeben hatten. Sie sagte, sie hätte ihren Vater angefleht, mich nicht heiraten zu müssen. Sie war eine treue Ehefrau und ein guter Mensch, aber sie hat mich nie geliebt.« Er schüttelte den Kopf. »Diese arrangierten Ehen sind ein System, das Vermögen mehrt, aber niemand scheint an diejenigen zu denken, die damit leben müssen. Meinen Söhnen werde ich so etwas ersparen. Und deshalb, Mary Lowell, bin ich hier. Diesmal werde ich mir meine Frau selbst wählen, und sie mich. Keine Frau soll je wieder gezwungen werden, mit mir zusammen zu sein.«

Ich trat zu ihm, und er schloss mich in die Arme. »Sie war eine dumme Frau, Alex«, murmelte ich an seiner Brust. »Ihr seid zehn Ian MacDonalds wert.«

Er küsste mein Haar. »Danke für diese Einschätzung, Mädchen, aber Ihr kennt den Mann nicht.« Er zuckte mit den Schultern und schlug einen leichteren Tonfall an. »Ich übrigens auch nicht. Ich habe ihn nur einmal gesehen. Er sieht mir nicht sonderlich ähnlich.«

»Ich brauche ihn gar nicht zu kennen.« Ich sah ihm ins Gesicht. »Ihr seid nicht ungeschliffen. Aber Ihr seid sehr direkt, Sir.«

Er streichelte meine Wange. »Ja, Mädchen, aber ich arbeite daran.«

»Tut das nicht.«

»Nicht?« Er lachte grollend, tief aus der Brust heraus. »Erst sagt Ihr ja, und dann doch lieber nein?«

»Mit Direktheit lässt es sich einfacher umgehen.«

»Ich bin also ein einfacher Mann?«

»Nein, Alex, Ihr seid ein liebenswerter Mann.«

»Das bin ich.« Er küsste mich erneut auf den Kopf und ließ

mich dann los. »Und nun muss dieser liebenswerte Mann gehen. Ich habe ebenfalls einen Termin mit meinem Agenten. Eine der Briggs ist überfällig, und ich muss so viel wie möglich über sie in Erfahrung bringen.« Wir durchquerten den Saal und blieben an der Tür stehen. »Darf ich annehmen, dass Ihr später in meiner Unterkunft auftauchen werdet?« Er grinste mich an und legte beide Hände an die Brust. »Ich fühle mich furchtbar krank.«

Ich lachte. »Nein, Alex, ich werde nicht in Eurer Unterkunft erscheinen.«

»Ich bin am Boden zerstört, Mary.« Er grinste und war verschwunden.

Am nächsten Tag kam ein kurzer Brief von ihm, in dem stand, er müsse sich um geschäftliche Angelegenheiten kümmern und werde sich bald wieder mit mir in Verbindung setzen. Zwei Tage verstrichen, doch Louisa und ich waren mit den Weihnachtsvorbereitungen beschäftigt, und die Stunden vergingen wie im Fluge. Wir speisten bei unseren Fairhaven-Cousins, wo über Politik und den neuesten Klatsch gesprochen wurde, und bei der Herzogin und dem Herzog, wo wir dasselbe beredeten. Aber da war noch mehr. Bei jeder Gesellschaft erzählte mir irgendjemand eindringlich, dass man Alex beim Glücksspiel gesehen habe und dass er mit einer ganzen Reihe schöner Frauen herumpoussiere, darunter auch Rowena. Natürlich hatte keine dieser Klatschbasen ihn selbst gesehen, doch alle hatten sie es aus sehr zuverlässiger Quelle erfahren.

»Und ich habe gehört, er wolle wieder heiraten«, erzählte meine Fairhaven-Cousine Matilda, ohne jede boshafte Absicht. »Er ist wohl schon länger irgendeiner Schottin mit einem seltsamen Namen verbunden, Morgan oder Morna –«

»Morag«, sagte ich und erinnerte mich daran, wie Angus in Louisas Foyer auf und ab gegangen war und Alex gedrängt hatte, sich an Morag zu halten. Matilda nickte.

Der dritte Vormittag kam und ging, schön, aber kalt, mit glitzerndem Sonnenschein. Ich streifte allein durchs Haus und fragte mich, warum ich noch nichts von ihm gehört hatte. Wir würden bald aufbrechen, um Weihnachten in Warwickshire zu verbringen. Wo blieb er nur? Ich wusste, dass er meine Gesellschaft schätzte, doch er hatte nie von Liebe gesprochen. Wenn ich ihm gleichgültig war, weshalb war er dann überhaupt zurückgekehrt? Warum hatte er mir monatelang geschrieben? Er empfand vielleicht nicht dasselbe für mich wie ich für ihn, doch was er im Ballsaal gesagt hatte, hatte sich beinahe so angehört. Was, wenn ich seine Worte falsch interpretiert hatte? Mochte er mich nur, so wie ich Robert, fühlte aber nicht mehr für mich? Waren seine Gefühle vielleicht von Mitleid mit diesem Mädchen geprägt, das so offensichtlich hingerissen von ihm war? Und was für eine Rolle spielte Morag bei alledem? Es wurde ein langer Tag, und ich brachte ihn damit zu, über meine Zukunft nachzugrübeln.

Langsam bereitete ich mich für das Dinner mit den Mayfair-Bartletts vor, doch meine Laune schleifte praktisch am Boden. Ich hatte nachgeforscht und Alex' Dichter Andrew Marvell und sein »An seine spröde Herrin« gefunden, das tatsächlich ein Gedicht der Verführung war. Ich überlegte, ob Alex mir damit indirekt etwas sagen wollte. Oder, in diesem Fall, sogar ziemlich direkt. Nun, entschied ich, davon wollte ich nichts mehr wissen. Ich war lang genug die törichte Jungfrau gewesen. Alex MacGannon würde sich anderswo nach einer Geliebten umsehen müssen. Ich würde jedenfalls nicht mehr die Närrin spielen. Aber natürlich tat ich es trotzdem.

8

Das Dinner war schlimmer, als ich es mir hätte ausmalen können. Ich fühlte mich an diesem Abend einfach nicht in der Lage, mit dem Klatsch und den politischen Disputen mitzuhalten, und saß steif da, während die Gäste um mich herum lebhaft schwatzten. Rowena war auch da, nur um den Abend vollkommen zu machen, und Janice ebenfalls, doch sie war mir keine Hilfe. Es war eine Katastrophe. Vor dem Essen sprach Edmund Bartlett mich auf seine übliche, ölige Art an.

»Ah, Miss Lowell«, sagte er, verneigte sich über meiner Hand und betrachtete mein Kleid. »Welch eine Überraschung, Sie ohne Begleitung hier anzutreffen.«

»Ich bin mit meiner Tante und meinem Onkel hier, Sir«, entgegnete ich, entzog ihm meine Hand und widerstand dem Drang, sie mir am Rock abzuwischen.

»Ich meinte selbstverständlich Ihren Schotten, oder sollte ich sagen, einen Ihrer Schotten? Sie scheinen eine starke Vorliebe für unsere nördlichen Nachbarn zu hegen.« Ich zwang mich, zu lächeln. Von allen denkbaren Themen war dies das eine, über das ich am allerwenigsten sprechen mochte. »Wie ich höre, war Lord Campbell alles andere als erfreut«, fuhr Edmund fort und neigte neugierig den Kopf zur Seite.

»Ach ja?« Ich lächelte, doch es muss wie eine scheußliche Fratze gewirkt haben.

»Das habe ich jedenfalls gehört. Aber Sie wissen das natürlich besser.«

»Was weiß sie besser?«, fragte eine Stimme hinter mir. Es war Rowena, schöner denn eh und je.

Edmund lächelte und trat beiseite, damit Rowena sich zu uns gesellen konnte. »Sie weiß sicher, wie wenig erfreut Lord Campbell darüber ist, dass der Earl of Kilgannon Miss Lowell so viel Aufmerksamkeit schenkt.«

»Oder« – Rowena lächelte wie eine Katze – »eher, dass Miss Lowell Kilgannon so viel Aufmerksamkeit schenkt? Kein Wunder, dass Campbell verärgert ist.«

»Ja«, sagte Edmund, und die beiden lächelten sich an. *Der Abend kann ja nicht ewig dauern*, sagte ich mir. *Es wird mir nur so vorkommen.*

»Allerdings«, sagte Rowena lachend und beobachtete mich unter halb gesenkten Lidern hervor, »schenken viele Frauen ihm mehr Aufmerksamkeit, als schicklich wäre. Sie hätten sie heute in den Läden sehen sollen.« Sie winkte hochtrabend mit der Hand. »Sie haben durch die Fenster hinausgespäht, um ihn zu beobachten. Und sie sehen so klein aus neben ihm. Es war charmant, ihn unter so vielen Frauen zu sehen.« *Charmant*, dachte ich und überlegte, ob die beiden diese Unterhaltung vorher geprobt haben mochten. »Und er genießt diese Aufmerksamkeit ja so sehr.«

»Meinen Sie?«, fragte Edmund und beobachtete mich dabei genau.

»Aber natürlich«, sagte Rowena, drehte sich um, blickte über ihre Schulter und senkte dann die Stimme, als wollte sie uns in ein Geheimnis einweihen. »Er schenkt den Ladenbesitzerinnen dieses ganz besondere Lächeln, und sie überschlagen sich förmlich, um ihm zu bringen, was er will. Heute hat er sich ein Nachtgewand mit passendem Morgenrock aus weißer Seide angesehen.« Sie machte eine effektvolle Pause. »So dünn, dass man das Licht hindurchschimmern sah. Sehr schön. Ich habe ihm übrigens bei der Suche geholfen. Es war ganz reizend.« Sie lächelte kokett und fächelte sich Luft zu, als sei sie von dem Erlebnis noch ganz überwältigt. Edmund lachte, und sie tauschten ein verschwörerisches Grinsen. Ich hasste sie alle beide.

Es wurde zu Tisch gebeten, und ich atmete auf, doch meine Erleichterung währte nicht lange. Ich konnte mich weder auf das Essen noch auf die Unterhaltung um mich herum konzentrieren. Ich verschüttete meinen Wein und ließ eine Gabel zu Boden fallen. Bis zum Dessert war ich erschöpft und setzte mich schweigend zu den Frauen, als die Tafel aufgehoben wurde. Alles nur Lügen, sagte ich mir immer wieder. Aber ich zweifelte daran. Ich schlief nicht gut und fragte mich ständig, wie ich mich in Alex so hatte täuschen können. Er war offensichtlich nichts weiter als ein gut aussehender Frauenheld, und ich sein williges Dummchen.

Am nächsten Morgen war ich immer noch in dieser Verfassung und saß allein mit meiner üblen Laune in der Bibliothek, als Ellen hereinplatzte, mir einen verschwörerischen Blick zuwarf und verkündete, der Earl of Kilgannon sei hier. Einen Augenblick später stand Alex mit zwei Päckchen in den Händen in der Tür, und Randolph, der bereits mit ihm über Pferde sprach, folgte ihm nach.

»Alex«, sagte ich, bot ihm meine Hand dar und bemühte mich, meine Verärgerung zu beherrschen.

»Mary.« Grinsend und mit blitzenden Augen beugte Alex sich über meine Hand. Offensichtlich fand er nichts Schlechtes an seinem Benehmen. »Mir ist eingefallen, dass ich Euch die Schokolade noch gar nicht gebracht habe, die ich Euch vor meiner Abreise in die Niederlande versprochen hatte. Ich trage sie schon die ganze Zeit über mit mir herum.« Er reichte mir das kleinere Päckchen. »Und ich habe etwas für Euch anfertigen lassen«, fügte er hinzu und überreichte mir das größere Paket. »Ich kann es kaum erwarten, Euch darin zu sehen.« Ehe ich etwas sagen konnte, schlüpfte Ellen wieder herein und bestellte Alex, da sei jemand an der Tür, der ihn sprechen wolle. Mit überrascht hochgezogenen Brauen ging er hinaus, um nachzusehen. Ich betrachtete die Päckchen in meinem Schoß, während Randolph im Zimmer umherging und mit mir schwatzte. Das kleinere Päckchen hatte die vertraute Form einer Schachtel mit Schokolade, und ich stellte es neben mich auf den Tisch, um das zweite Paket zu betrachten. Ich war sicher, dass es ein weißseidenes Nachtgewand samt passendem Morgenrock enthielt. Offenbar hatte er tatsächlich nur Verführung im Sinn. *Hätten wir Welt genug, und Zeit* – allerdings. Seine Arroganz war grenzenlos.

Ich saß steif auf meinem Stuhl, starrte ins Feuer und hörte meinem Onkel nur mit halbem Ohr zu, als Alex zurückkehrte. Er trat vor mich hin, nun nicht mehr fröhlich, sondern mit blassem Gesicht. »Ich muss sofort aufbrechen, Mary«, erklärte er heiser.

»Allerdings, Lord Kilgannon, das wäre das Beste. Vielleicht kennen wir einander doch nicht so gut, wie Ihr dachtet.« Ich schüttelte das Paket ein wenig in der Luft. »Oder so gut, wie Ihr plant. Wie konntet Ihr mir so etwas schenken? Haltet Ihr ein seidenes Nachtgewand wirklich für ein angemessenes Präsent?«

Er blickte verwirrt drein. »Mary, das ist kein –«

»Ach, ist es nicht? Und warum nicht? Ist es das falsche Geschenk für mich, oder nur der falsche Zeitpunkt, um es mir zu verehren?« Ich stand auf und wurde von Sekunde zu Sekunde wütender. »Wolltet Ihr eigentlich noch damit warten, bis es Euch gelungen wäre, mich zu verführen, Alex? Oder ist das Nachtgewand ein Geschenk für eine andere Frau?«

»Weder noch, Mary. Bitte hört mir –«

Ich schleuderte ihm das Paket entgegen, durchquerte den Raum und drehte mich an der Tür noch einmal um. Alex hielt das Paket in Händen und starrte mich mit aufgerissenen Augen an. Randolph war so schockiert, dass er mit offenem Mund stehen geblieben war. »Ich lasse mich nicht verführen, Alex MacGannon. Falls es das war, was Ihr im Sinn hattet, solltet Ihr Euch etwas anderes überlegen. Und falls es für eine andere Frau ist, dann … dann sollt Ihr verdammt sein.« Ich brach in Tränen aus und hastete blindlings aus der Bibliothek. Im Flur stieß ich gegen Bronson, der schnaubte und zurücktrat. »Sie abscheulicher Mensch«, fauchte ich ihn an. »Suchen Sie sich eine andere Tür zum Lauschen!« Ich rannte nach oben.

Irgendwann weinte ich mich in den Schlaf. Als ich erwachte, war früher Nachmittag. Ich hatte keine Tränen mehr, war aber immer noch zornig. Ich ging nach unten und suchte nach Louisa, doch sie und Randolph waren fort. Als ich im Foyer stand und überlegte, was ich nun tun sollte, entdeckte ich die Päckchen auf einem Tisch in der Nähe der Tür. Ein zusammengefalteter Brief lugte darunter hervor.

Miss Lowell, hatte Alex geschrieben. *Ich lasse Euch meine Päckchen hier, da ich keine Verwendung dafür habe. Eines enthält die Schokolade, die ich bereits erwähnte, das andere ein Geschenk, das ich für Euch habe anfertigen lassen. Behaltet es oder nicht, wie Ihr wünscht. Alex'r MacGannon.*

»Bronson«, rief ich, ohne mich umzudrehen. Er war sogleich bei mir, und ich wusste, dass er mich heimlich beobachtet hatte. Ich schob ihm die Pakete in die Arme. »Lassen Sie die auf der Stelle zu Kilgannons Schiff liefern. Es heißt *Gannon's Lady.*«

»Habt Ihr eine Nachricht dazu, Miss?«, fragte er.

»Nein.«

Zwei Stunden später, mit einem Buch in der Bibliothek vergraben, erschrak ich über ein Hämmern an der Haustür und laute Stimmen im Haus. Ellen platzte herein, gefolgt von Bronson. Und Alex. Alle drei sprachen gleichzeitig, Ellen versuchte, mich zu warnen, dass Alex hier sei, Bronson erklärte, er habe ja versucht, ihn aufzuhalten, und ein sichtlich erzürnter Alex sagte, er wolle mich sprechen. Ich erhob mich, legte langsam das Buch beiseite und drehte mich zu den dreien um. Ich legte Ellen eine Hand auf den Arm, um sie zu beruhigen, und erklärte ihr und Bronson, ich hätte vollstes Verständnis, es sei alles in Ordnung. Ich würde, so sagte ich, mit Lord Kilgannon allein sprechen, und dankte den beiden Dienstboten für ihre Besorgnis. Sie nickten und gingen zur Tür, doch auf der Schwelle drehte Bronson sich noch einmal um.

»Miss Lowell?«, fragte er leise. »Ich bleibe gern bei Euch, wenn Ihr es wünscht.« Ich begegnete quer durch den Raum seinem Blick, und dieses eine Mal las ich in seinen Augen weder Verachtung noch Missbilligung, sondern aufrichtige Sorge. Ellen spähte mit blassem Gesicht über seine Schulter.

»Das ist sehr freundlich von Ihnen, Bronson«, sagte ich. »Aber ich zweifle nicht daran, dass Lord Kilgannon sich wie ein Gentleman benehmen wird.« Ich wandte mich zu Alex um und sah ihm in die Augen. »Das werdet Ihr doch, Sir?«, fragte ich frostig.

Er starrte mich einen Augenblick lang an und wandte sich dann an Bronson. »Lassen Sie uns allein. Das geht Sie nichts an. Miss Lowell wird Sie rufen, falls sie Sie brauchen sollte.« Auf mein Nicken hin verließ Bronson den Raum, und ich stand Alex gegenüber. Er starrte mich mit steinerner Miene an und verschränkte die Arme vor der Brust. Er sah sehr groß aus. Und sehr zornig. Und sehr gut. Das Schweigen wurde unerträglich, und als ich die Spannung zwischen uns nicht mehr aushielt, ging ich zum Kamin und blieb dort, den Rücken ihm zugewandt, steif stehen. Es war schwierig, sich daran zu erinnern, dass ich ihn hasste, wenn er so gut aussah. Ich seufzte und bemühte mich, meine Distanziertheit und Disziplin zu wahren.

»Mary«, sagte er mit mühsam beherrschter Stimme. Ich drehte mich nicht um, und er sagte kein Wort mehr. Schließlich blickte ich über meine Schulter zurück und sah ihn stirnrunzelnd auf seine Taschenuhr hinabschauen.

»Falls Ihr anderswo erwartet werdet, Sir, bitte, lasst Euch nicht aufhalten«, sagte ich und drehte mich ganz um. Er sah mich mit undurchdringlicher Miene an und ließ die Hände sinken.

»Ich muss dringend fort, Mary, mein Schiffsagent erwartet

mich. Er sagt, er hätte Neuigkeiten, und ich soll in einer halben Stunde bei ihm sein. Ich habe nicht gemerkt, dass es schon so spät ist.«

»Dann bitte ich Euch, Alex, geht doch endlich. Eine Besprechung mit Eurem Schiffsagenten ist viel wichtiger, als mit mir zu sprechen.«

»Nein, aber dicht dran.« Er holte tief Luft, und ich tat es ihm gleich. »Mädchen, die Nachricht, die ich vorhin hier erhalten habe, war ebenfalls von ihm. Habe ich Euch von der Brigg erzählt, die vermisst wird, und um die ich mir solche Sorgen gemacht habe?« Ich nickte und war wider Willen bereits dabei, nachzugeben. Er wirkte erschöpft. »Nun, sie ist vor Cornwall gesunken, mit der gesamten Mannschaft und voll beladen. Die Männer waren nicht von Kilgannon, aber ich muss herausfinden, was geschehen ist. Und das bedeutet, dass ich so bald wie möglich aufbrechen muss. Ich muss mich mit dem Agenten besprechen und dann nach Cornwall reisen.« Ich nickte, und er runzelte erneut die Stirn. »Aber ich konnte nicht abreisen, ohne herauszufinden, was Euch so zornig gemacht hat. Ich verstehe nicht, was heute Vormittag geschehen ist, Mary. Warum seid Ihr so zornig auf mich?«

Ich fragte mich, ob es schon jemals einen so unmöglichen Mann gegeben hatte. »Warum ich so zornig bin? Nur eine Heilige könnte in meiner Lage nicht zornig sein. Ihr habt vor, Morag zu heiraten, Alexander MacGannon, und man hat Euch überall in London mit Frauen gesehen, darunter auch Rowena, und Ihr besitzt die Dreistigkeit, mit ihr durch die Läden zu ziehen und ein Nachthemd zu kaufen, um es mir zu schenken, und dann sagt Ihr mir auch noch ins Gesicht, Ihr könntet es gar nicht erwarten, mich darin zu sehen. Warum also sollte ich nicht zornig sein?« Ich verschränkte die Arme vor der Brust und funkelte ihn böse an. »Sagt mir, weshalb ich nicht zornig sein sollte.«

Er blinzelte und lachte dann. Ich sah zu, wie seine Müdigkeit schwand, als er den Kopf schüttelte und erneut laut lachte. »Falls irgendetwas davon der Wahrheit entspräche, müsste ich Euch recht geben und mit Euch gemeinsam wütend auf mich sein. Aber es ist nicht wahr. Nichts davon.«

»Ihr habt nicht vor, Morag zu heiraten?«

»Nein. Das ist nicht mein Wunsch.«

»Wer ist sie?«

»Morag MacLeod. Von Skye. Mein Freund Murdoch Maclean ist in sie verliebt. Schon seit wir Jungen waren.«

»Und Ihr seid es nicht? Und wart es auch nie?«

Er zögerte. »Ich war in sie verliebt. Aber das ist lange her.«

»Ihr wart in sie verliebt?« Meine Stimme klang schrill, und ich zuckte innerlich zusammen.

Er nickte und trat von einem Fuß auf den anderen. »Als ich sechzehn war, redete ich mir ein, dass ich sie liebte und dass ich Sorcha nicht heiraten würde.«

»Und was hat Morag dazu gesagt?

Er wirkte nervös. »Sie war einverstanden.«

»Ich verstehe«, sagte ich und setzte mich schwer aufs Sofa. Das lief alles ganz falsch. Er sollte den Vorwurf hitzig abstreiten und mich beruhigen. Ich wollte nicht noch mehr hören. »Es ist also wahr.«

Er schüttelte den Kopf. »Nein. Ich wurde für ein Jahr nach Frankreich geschickt, und Morag wurde auf Skye weggesperrt. Weder mein Vater noch ihrer wollte etwas davon hören. Und als ich sie wiedersah, erschien sie mir nicht mehr so wunderbar. Und dann fand ich heraus, was Murdoch für sie empfand, und ich musste Sorcha heiraten, also ...« Er zuckte mit den Schultern. »Das war nichts als eine kindische Schwärmerei, Mary, mehr nicht. Ich habe sie schon länger nicht mehr gesehen. Sie bedeutet mir nichts.«

»Aber ich habe gehört –«

Er machte eine scharfe Handbewegung. »Dann habt Ihr etwas Falsches gehört. Morag MacLeod bedeutet mir nichts, Mädchen. Gar nichts. Wer auch immer Euch das erzählt hat, hat Euren

Kopf mit Unsinn gefüllt. Ich werde Morag nicht heiraten, jetzt nicht und auch nicht in Zukunft, und ich habe mich nicht mit irgendwelchen Frauen in London herumgetrieben. Ich habe Rowena gesehen, als ich etwas gekauft habe, ja, und sie war dabei, als ich mir das Nachtgewand angesehen habe. Ich bin ein Narr, weil ich nicht gleich erkannt habe, dass sie es Euch erzählen und aus einer zufälligen Begegnung eine große Sache machen würde. Ich habe überhaupt keine Zeit mit ihr verbracht. Es ist nicht ihre Gesellschaft, die ich mir wünsche.«

»Ich verstehe«, sagte ich.

»Nein, tut Ihr nicht.« Er holte tief Luft. »Mary, Ihr könnt nicht immer glauben, was Ihr hört. Ich habe nichts Falsches getan, und ich habe mich keineswegs mit Rowena getroffen. Wisst Ihr denn nicht, dass sie nur eifersüchtig auf Euch ist?«

Ich sah ihn überrascht an. »Eifersüchtig?«

»Ja, weil Ihr schön seid, und viel jünger als sie.«

»Ich bin jünger, Alex, aber gewiss nicht schöner.«

»Doch, Mary, das seid Ihr. Ihr gewinnt jeden Wettstreit mit ihr, glaubt mir. Ich habe schon viele Rowenas gesehen. Wenn ich eine Frau wie sie haben wollte, dann hätte ich eine. Ich will aber nicht.« Ich spürte, wie meine Wangen rot wurden, und sah, dass er es bemerkte. Seine Miene wurde weicher. »Mary, ist es das, was Euch so verstört hat? Ihr dachtet, ich würde Euch umwerben und Euch zugleich mit anderen betrügen?«

»Werbt Ihr denn um mich?«

»Mädchen, wie könnt Ihr daran zweifeln? Glaubt Ihr, ich würde ständig eure Gesellschaft suchen, weil ich Euch nicht leiden kann? Was dachtet Ihr denn, was ich hier tue, außer, Euch zu umwerben?«

»Mich verführen.«

»Euch verführen.« Er sah mich lange an.

»Ich wusste, dass Ihr mich mögt, aber ich dachte, ich hätte Euch vergrault, indem ich Euch auf der Brigg aufgesucht habe, oder ich hätte Euch durch dieses Verhalten glauben machen, ein

Versuch, mich zu verführen, wäre mir willkommen. Da war dieses Gedicht. Und das Nachtgewand.«

Seine Augen weiteten sich, und er ging kopfschüttelnd auf und ab. »Ich werde nie verstehen, wie Frauen denken. Haltet Ihr mich für so dumm oder so schamlos, dass ich versuchen würde, Euch mit dem Segen der Duchess of Fenster vor den Augen Eurer Tante und Eures Onkels zu verführen?« Er blieb stehen und wandte sich mir zu. »Mary Lowell, Ihr traut mir eine Verschlagenheit zu, derer ich niemals fähig wäre. Ich habe es Euch so oft gesagt: Ich bin direkt. Ihr seid es, um die ich werbe, und Ihr seid es, die ich besuche.« Er zog seine Taschenuhr hervor und blickte finster darauf hinab. »Aber nicht mehr lange.« Er sah mich einen Augenblick lang an und streckte dann die Hand aus. »Mary, würdet Ihr mich zu dem Agenten begleiten? Ich muss gehen, Mädchen, aber wir könnten uns in der Kutsche weiter unterhalten. Bitte.«

Wieder einmal schlug ich alle Konventionen in den Wind.

Alex' Agent war nicht in seinem Bureau in der Nähe der Docks, sondern in seinem Privathaus, gar nicht weit von Louisa entfernt. Bronson und Ellen hatten uns mit besorgten Blicken nachgeschaut. Ellen hatte mir wortlos einen Umhang gereicht, und Bronson hatte meine Erklärung, ich werde bald zurück sein, mit einem Nicken zur Kenntnis genommen. Mich schauderte bei der Vorstellung, was Louisa und Randolph zu alledem sagen würden, doch ich konnte Alex' Bitte nicht abschlagen.

Wir führten unser Gespräch in der angemieteten Kutsche fort, und ich war bald vollkommen überzeugt davon, dass Rowena Alex nur hatte schlechtmachen wollen – immerhin hatte sie Zugang zu all jenen, die mitgeholfen hatten, diese Geschichten über ihn zu verbreiten. Zwar glaubte ich, die Londoner Gesellschaft gut zu kennen, doch offenbar hatte ich über die Kriege der Liebe noch viel zu lernen.

Vor dem Haus des Agenten bat ich Alex, ohne mich hineinzugehen. Es reichte schon, dass ich erneut ohne Anstandsdame mit ihm zusammen war. Falls der Agent mich erkannte oder meinen Namen erführe, würde sich das im Nu herumsprechen. Eine Zeit lang wartete ich geduldig, die Arme um den Oberkörper geschlungen, während ich mir unser Gespräch durch den Kopf gehen ließ. Alex warb um mich. Er hatte noch immer nicht von Liebe oder Heirat gesprochen, doch ich war vorerst zufrieden. Welch einen Unterschied ein paar Stunden ausmachen konnten, dachte ich, und ignorierte die Bewegungen des Kutschers. Er schien auf seinem Bock unruhig herumzurutschen und gab seltsame Laute von sich. *Deshalb besteht Louisa darauf, eigene Kutschen zu unterhalten*, dachte ich. *Bei gemieteten Kutschen weiß man nie, was einen erwartet.*

Als die Tür der Kutsche aufflog, war ich überrascht, dass Alex es so eilig hatte. Aber das war nicht Alex. Zwei Männer standen in der Dämmerung vor mir, Silhouetten vor der Lampe außen an der Kutsche. Sie trugen Kilts und Plaids, und ich überwand meinen Schreck, denn ich dachte, das müssten Alex' Männer sein.

»Er hat eine Frau da drin«, sagte der Mann, der die Hand noch auf dem Türgriff liegen hatte. »Kilgannon hat uns eine Frau gebracht.« Er lachte, und mir gefror das Blut in den Adern, während ich mich verängstigt in die Polster drückte. Keiner von Alex' Männern würde so etwas sagen oder mich so lüstern anstarren. Der zweite Mann hinter ihm reckte den Hals, um mich zu sehen, und dann sprang ein dritter vom Dach, zerrte den blutigen Körper des Kutschers hinter sich herab und zeigte ihn seinen Gefährten. Er warf den Kutscher auf die Straße. Die drei Männer lachten und beförderten die reglose Gestalt mit Fußtritten in den Rinnstein. Und dann drehten sie sich zu mir um. Ich kreischte.

Der erste Mann stürzte sich auf mich, ich schrie noch einmal, steckte den Kopf zum Fenster hinaus und kreischte um Hilfe. Eine raue Hand verschloss mir den Mund, und ich biss hinein.

Fluchend riss der Mann mich zurück und schmetterte dabei meinen Kopf gegen den Fensterrahmen. Ich schlug um mich, und er fluchte erneut. Hinter mir hörte ich einen zweiten Mann in die Kutsche steigen und die Tür zuschlagen. Dann setzte die Kutsche sich in Bewegung. Niemand würde mich jemals finden, wenn sie mit mir davonfuhren, dachte ich. *Alex, oh, bitte.* Oder hatten sie sich schon um Alex gekümmert? Lag er dort im Haus des Agenten, verletzt, oder Schlimmeres? Sie hatten seinen Namen gekannt, also war dies kein beliebiger Überfall. Ich schrie und schlug nach dem Mann vor mir.

Sie brauchten nur eine Minute, um mich zu unterwerfen. Ein harter Schlag ins Gesicht machte mich benommen, ich blutete und hörte bald auf, mich zu wehren. Ich lag auf dem Boden der Kutsche, der erste Mann lag schwer auf mir, er keuchte, während der zweite auf der Sitzbank über uns hockte. Ich blickte zum offenen Fenster auf und bemerkte, dass wir uns nicht mehr fortbewegten. Wir konnten nicht weit gekommen sein, dachte ich. Vielleicht würde ich ihnen doch noch entrinnen.

Kaum hatte ich diesen Gedanken gefasst, da lachte der Mann, der auf mich gefallen war, und stemmte sich hoch. »Wir könnten uns ebenso gut ein bisschen amüsieren, nicht?«, sagte er zu seinem Gefährten, der grinste. Mit einer Hand drückte er mir die Kehle zu, mit der anderen packte er den Ausschnitt meines Mieders und riss es einfach entzwei. Als die Luft meine Haut berührte, begann ich wieder zu kämpfen. Ich trug noch mein Korsett und das Hemd, doch das würde die Männer nicht lange aufhalten. Ich schrie, und der Mann schlug mir die Faust gegen die Schläfe. Dann spürte ich, wie der zweite Mann meinen linken Knöchel packte und lachend auf den Sitz zog. Der erste Mann fummelte an meinen Röcken herum, und ich wand mich, um ihm zu entkommen. Es konnte keinen Zweifel daran geben, was er vorhatte, und ich konnte es womöglich nicht verhindern, doch ich würde mich nicht einfach so in mein Schicksal ergeben.

»Nein, nein, nein!«, schrie ich und schlug mit beiden Armen

nach ihm. Er drückte mir die Kehle fester zu. Ich bekam keine Luft mehr. Ich sah ein helles Licht über seinem Kopf und hatte das Gefühl, zu fallen. Ich glaubte, Alex' Stimme zu hören, doch das erschien mir unmöglich. Dennoch war es ein tröstlicher Gedanke, dass seine Stimme das Letzte sein würde, was ich in diesem Leben hörte. Eine Männerhand kroch an meinem nackten Bein aufwärts, doch ich konnte mich nicht länger wehren. Ich schloss die Augen.

9

Ich lebte. Ich schluckte, was schmerzhaft war, stöhnte, hob die Hand an die Kehle und schlug die Augen auf. Der Mann auf mir drehte sich gerade zu seinem Gefährten um und hatte endlich die Hand von meinem Hals genommen. Hinter ihm, in der offenen Tür der Kutsche, stand ein großer Mann, von einer Laterne schattenhaft beleuchtet. Der zweite Mann auf dem Sitz fluchte und hob ein Messer, um denjenigen in der Tür anzugreifen. Es war Alex. Ich versuchte, zu schreien und ihn zu warnen, doch kein Laut kam aus meiner Kehle, und ich nutzte den Augenblick, da mein Angreifer abgelenkt war, um mich aufzusetzen. Mit einem Stoß spießte Alex den zweiten Mann an die Wand der Kutsche, und sein Schwert blieb zitternd in der Luft stehen. Im nächsten Augenblick zerrte er den anderen Mann von mir herunter und schleifte ihn nach draußen.

Alex warf mir einen scharfen Blick zu. »Mary, geht es Euch gut?«, fragte er mit rauer Stimme. Ich nickte, und er wandte sich von mir ab, um sich um den ersten Mann zu kümmern, der ihm zu entkommen versuchte. Grausige Stille herrschte in der Kutsche, und dann begann der Mann auf dem Sitz zu röcheln und um sich zu schlagen, bevor er über Alex' Schwertklinge zusammenbrach. Ich starrte ihn entsetzt an und wandte dann den Blick ab. Doch was ich nun sah, war auch nicht besser. Der Mann, der mich attackiert hatte, lag sterbend am Boden, Blut strömte aus einer Wunde an seinem Hals. Alex stand keuchend über ihm, Wange und Arm mit Blut verschmiert. Ich musste irgendeine

Bewegung gemacht haben, denn Alex fuhr blitzartig herum, das Messer in der erhobenen Hand. Als er sah, dass ich es war, ließ er den Arm sinken. Doch was ich in seinem Gesicht gesehen hatte, schockierte mich, und ich wich zurück. Hinter Alex entstand hektische Bewegung, als die Laterne näher kam. Ich sah mehrere Männer in ihrem Lichtschein, und weitere liefen herbei. Fenster wurden aufgestoßen, Nachbarn riefen Fragen auf die Straße. Nun, da die Gefahr vorbei war, wimmelte es plötzlich von Menschen. Alex streckte mir die Hand entgegen und ignorierte die Fragen, die auf ihn einprasselten. Seine Miene wurde weicher, als er sich zu mir in die Kutsche beugte.

»Gott sei Dank, Mary, dass Ihr noch lebt. Hat er ... hat er ...« Ich schüttelte den Kopf. »Fehlt Euch wirklich nichts, Mädchen? Ich dachte, ich würde es nicht mehr rechtzeitig schaffen. Drei Männer waren doch mehr Gegner, als ich zunächst dachte, und der Kutscher war am schwierigsten.« *Der Kutscher*, dachte ich. Alex hatte drei Männer getötet. Mein Blick huschte zu dem Mann auf dem Sitz, und Alex sah ebenfalls in diese Richtung. Er sagte etwas auf Gälisch und starrte den Mann verächtlich an. »Abschaum«, sagte er und griff nach seinem Schwert, überlegte es sich jedoch anders, als er sah, wie ich zusammenzuckte. »Kommt, Mädchen, raus da.«

Ich stieg langsam und zitternd aus, und bei meinem Erscheinen schnappten die Zuschauer nach Luft. Überall waren Laternen, und Stimmen stellten mir alle möglichen Fragen, die ich nicht verstand. Ich spürte die kalte Luft an meinen nackten Schultern und presste die Arme auf meine Brüste. Alex griff hinter mich, holte meinen Umhang aus der Kutsche, wickelte mich hastig darin ein und zog mich dann sanft an sich. »Sagt mir, Mädchen, geht es Euch gut? Haben sie Euch irgendwo verletzt, wo ich es nicht sehen kann?«

»Ihr habt sie getötet«, krächzte ich.

Alex nickte. »Ja«, sagte er, »und das würde ich wieder tun, wenn sie Euch angreifen würden.«

Ich antwortete nicht, sondern lehnte mich an ihn, als ich noch stärker zu zittern begann. Sein Herz hämmerte, doch er wirkte nun ruhiger. Er hielt mich sacht umschlungen und küsste mein Haar. *Wie kann ein Mann einen anderen töten und so ruhig sprechen?*, wunderte ich mich. »Gott sei Dank, dass Ihr geschrien und nicht damit aufgehört habt, Mary. So habe ich Euch gefunden. Sie waren noch nicht weit gekommen.« Er drehte sich um, als ein gut gekleideter Mann ihn am Arm berührte.

»Kilgannon«, sagte der Mann, »die Wachen kommen. Wir müssen uns vorher diese Männer ansehen. Wisst Ihr, wer sie sind?«

Alex lockerte seine Umarmung und beugte sich mit dem Gentleman über den Leichnam meines Angreifers. Ein Diener brachte eine Laterne, und zwei weitere schleiften den dritten Toten herbei. Alle drei Angreifer trugen Kilts und Plaids. Alex ließ mich los, beugte sich hinab, berührte einen der Kilts und brummte. Er richtete sich wieder auf und wischte sich die Hand am Oberschenkel ab.

»Sind das Eure Männer?«, fragte der fein gekleidete Herr.

Alex schüttelte den Kopf und sah mich an, als er sprach. »Nein. Das ist ein Campbell-Plaid.« Er beugte sich erneut über die Toten und schnitt mit dem Messer ein großes Stück von dem Plaid ab, den einer der Männer über die Schulter geworfen hatte. Er faltete das Stück Stoff zusammen, steckte es in seinen Gürtel und wandte sich mit grimmiger Miene der Kutsche zu. Ich sah nicht hin, als er sich hineinbeugte, um sein Schwert zu lösen, doch ich hörte den schweren Körper auf den Sitz und dann auf den Boden sacken. Alex wischte die Klinge an der Kleidung des Mannes ab.

»Ich bin William Burton, Miss«, sagte der Gentleman zu mir, »Kilgannons Agent. Möchtet Ihr nicht ins Haus kommen und dort warten, während wir mit der Wache sprechen? Ich denke, Ihr solltet lieber nicht so lange hier herumstehen.«

»Ja«, sagte Alex und führte mich durch die Menschenmenge. Er blickte mir tief in die Augen und strich zärtlich mit den Fingerknöcheln über meine Wange, ehe er mich allein ließ.

Die nächste Stunde nahm ich nur verschwommen wahr. Ich hielt meinen Umhang fest umklammert und saß stumm mit der Ehefrau des Agenten, die große Augen machte, in dessen Salon, während Alex mit ihrem Mann und den Wachen sprach, zunächst draußen, dann im Haus. Mrs. Burton brachte mir ein warmes, feuchtes Tuch, mit dem ich mir wortlos Gesicht und Hände wusch. Und dann wollten die Wachen mir Fragen stellen. Ich blickte zu Alex auf und gab ihm mit einem Nicken zu verstehen, dass ich bereit war, mit den Leuten zu sprechen. Er kniete sich neben meinen Stuhl und hielt meine Hand.

»Ich wünsche, dass der Name dieser jungen Dame in Ihrem Bericht nicht erwähnt wird«, sagte er zu den beiden Stadtwachen, die einen Blick wechselten. »Es ist nicht ihre Schuld, dass sie angegriffen wurde, und ich will nicht, dass ganz London ihren Namen erfährt. Sehen Sie das auch so?« Die Männer nickten, und einer von ihnen fragte mich höflich, was geschehen sei.

Meine Stimme war ein heiseres Flüstern, und das Sprechen tat weh. Ich schluckte schwer, und meine Stimme brach. »Lord Kilgannon hat mir das Leben gerettet«, sagte ich und erzählte ihnen knapp, dass ich auf Alex gewartet hatte, als die drei Männer mich angegriffen hatten. Ich wurde nicht danach gefragt und berichtete auch nicht von mir aus, dass die drei Männer gewusst hatten, wessen Kutsche das war, und dass es sich also nicht um einen willkürlichen Überfall gehandelt hatte. Ich sagte nur, dass ihre Kleidung zwar schottisch war, sie jedoch mit englischem Akzent gesprochen hatten – mit Londoner Akzent. Alex fuhr zusammen, als er das hörte. Die Wachen befragten mich gnädigerweise nur sehr oberflächlich, was die Einzelheiten des Überfalls anging, und dann waren sie wieder fort.

Als sich die Tür hinter ihnen schloss, half Alex mir auf. Meine Knie zitterten, doch ich konnte stehen. »Mr. Burton, Mrs. Burton, ich danke Euch für Eure Güte und verlasse mich auf Eure Diskretion. Ich hoffe, Miss – diese junge Dame braucht nicht zu fürchten, dass Ihr ihre Identität enthüllt.«

Der Agent beteuerte seine Verschwiegenheit und bot uns seine Kutsche an. Alex nahm an, dankte ihm noch einmal, und wir brachen sofort auf.

Schweigend fuhren wir durch London. Ich beobachtete Alex' Profil und erkannte, dass es stimmte, was ich vorhin zu den Wachen gesagt hatte. Er hatte meine Ehre und vermutlich auch mein Leben gerettet, doch er schien das nicht für sonderlich bemerkenswert zu halten. Für mich war es das allerdings. Die Männer, die mich angegriffen hatten, waren brutal gewesen, ihre Absicht unmissverständlich. Ich zweifelte nicht daran, dass sie sich meiner ebenso leicht entledigt hätten, wie sie es mit dem Kutscher gemacht hatten.

»Alex«, sagte ich, »Ihr habt mir das Leben gerettet. Ich danke Euch.«

Er wandte sich mir zu. »Ich danke Gott, dass ich noch rechtzeitig da war. Wie fühlt Ihr Euch?«

»Mein Kopf tut weh, und mein Hals, und ich fürchte, meine Wange schwillt bereits an. Aber das ist nichts, wenn man bedenkt, was hätte geschehen können«, erwiderte ich. Er musterte im trüben Lichtschein mein Gesicht und nickte.

»Ja, Ihr werdet blaue Flecken davontragen. Sie haben Euch geschlagen?«

»Ja. Ich war ... nicht kooperativ.«

Er lächelte grimmig. »Ich konnte Euch deutlich hören, Mädchen. Ich habe Euch sogar im Haus gehört. Als wir dann aus dem Fenster schauten, sahen sie uns und fuhren davon. Draußen waren es Eure Schreie und Eure Tritte gegen die Tür, die mir geholfen haben, Euch zu finden. Wenn Ihr Euch still verhalten hättet, hätten sie Euch verschleppt, und ich hätte Euch nie gefunden. Jeder Augenblick zählte.«

»Sie wussten, dass Ihr diese Kutsche gemietet hattet«, sagte ich. »Ich glaube, sie wollten sich darin verstecken und Euch überfallen, sobald Ihr wieder eingestiegen wäret. Doch stattdessen saß ich darin. Dieser Angriff galt Euch, Alex.«

Er wandte sich mir mit undurchdringlicher Miene zu. »Möglich.«

»Sie haben Euren Namen genannt«, sagte ich und berichtete ihm, was die Männer gesagt hatten.

Er schwieg eine Weile und sprach dann mit ruhiger Stimme. »Sie alle wissen, wer Ihr seid, Mary. Alle, die da waren – die Burtons, die Wachen, die Nachbarn. Ich habe es ihnen nicht gesagt, doch sie wussten es, und nun wird ganz London von dieser Sache erfahren. Wer auch immer diese Campbells geschickt hat, könnte es ebenfalls hören.«

»Robert kann es nicht gewesen sein«, sagte ich. »Das ist unmöglich. Das könnt Ihr nicht von ihm denken. Weshalb sollte er Euch angreifen?«

Alex öffnete den Mund, sagte aber nichts. Als er sprach, war seine Stimme leise. »Mir fallen einige Gründe ein, weshalb Campbell mich vielleicht aus dem Weg schaffen möchte.«

»Die Männer waren Engländer.«

»Sie trugen Campbell-Plaids.«

»Aber sie waren aus London.«

»Wo Campbell ein Anwesen und Bedienstete hat.«

»Ihr könnt doch nicht ernsthaft glauben, dass Robert so etwas tun würde!«

Alex sah mir in die Augen. »Interessant, dass Ihr ihn so entschlossen verteidigt. Ich weiß nur, dass die Männer, die Euch angefallen haben, Campbell-Plaids trugen und dass der Mann, der Euch seit zwei Jahren umwirbt, ein Campbell ist. Muss ich noch mehr sagen?«

»Ich glaube nicht, dass Robert jemandem befehlen würde, Euch zu überfallen!«

Alex brummte. »Ja, Ihr denkt gewiss, dass das sehr dumm

von ihm wäre, und wenn ich eines über Robert Campbell weiß, dann, dass er nicht dumm ist. Aber ich kenne ihn nicht so gut wie Ihr, Mary.«

Ich wandte mich ihm rasch zu, um eine scharfe Erwiderung vorzubringen, erstarrte jedoch, als stechende Schmerzen durch meinen Körper schossen. Mein Hals protestierte gegen diese plötzliche Bewegung, und Tränen traten mir in die Augen. Auf der Stelle verlor ich den letzten Rest meiner Fassung, ich lehnte mich zurück und schloss die Augen. Als Alex sich über mich beugte und sanft fragte, ob ich mich nicht wohlfühle, begann ich zu schluchzen.

Ich achtete nicht darauf, wo die Kutsche hielt, sah nicht hin, als die Tür geöffnet wurde, und fand es in meinem verwirrten Zustand nicht einmal seltsam, dass Matthew uns begrüßte und nicht Louisa. Ich klammerte mich an Alex, als er mich aus der Kutsche trug, und schluchzte an seiner Schulter, während er mich an Bord seines Schiffes und die Treppe hinunter in seine Kabine brachte, wobei er die aufgeregten Fragen seiner Mannschaft abschmetterte. Angus blickte von dem Tisch in der Mitte der Kabine auf, wo er über Seekarten gesessen hatte, und stand auf. Alex sagte etwas auf Gälisch zu ihm, und Angus antwortete in derselben Sprache, während Alex mich auf sein Lager bettete und in eine Decke wickelte. Ich wischte mir Augen und Nase mit meinem Taschentuch trocken, nippte an dem Cognac, den Matthew mir reichte, und leerte gehorsam auch das zweite Glas. Dann schloss ich die Augen und lauschte den Stimmen der Männer. Ich würde bald nach Hause fahren, dachte ich, aber im Augenblick fühlte es sich einfach gut an, hier in Sicherheit zu sein.

Ich erwachte, als Alex versuchte, mich ordentlich zurechtzulegen, blickte auf und sah ihn lächeln. Der Schnitt an seiner Wange war versorgt worden, und er trug ein frisches Hemd. Er roch nach Seife und Whisky. »Ihr müsst Euch ausruhen, Mädchen, also schlaft ruhig weiter. Lasst Euren Körper heilen. Und Eure

Seele.« Die Kabine hinter ihm war trübe beleuchtet, von Angus oder Matthew war nichts zu sehen. Alex küsste mich auf die Stirn, und ich streckte die Arme nach ihm aus. Er legte sich neben mich in die Koje und streichelte mein Haar. »Ihr müsst ruhen, Mary«, sagte er, als ich ihn an mich zog.

»Ich danke Euch, Alex«, sagte ich, den Tränen erneut gefährlich nahe. »Ihr habt mir das Leben gerettet. Ich werde nie vergessen, wie ich aufgeblickt habe und Euch dort in der Tür stehen sah und erkannt habe, dass Ihr mich retten würdet.«

»Und ich werde nie den Anblick vergessen, wie dieses Schwein auf Euch lag, Mary.« Er befühlte mein zerrissenes Mieder. »Ihr werdet ein neues Kleid brauchen, fürchte ich, und Euer Umhang ist voller Blutflecken.«

»Ja«, sagte ich und seufzte. Wir lagen still nebeneinander, bis er mich wieder auf die Stirn küsste. »Meinen Lippen ist nichts geschehen«, bemerkte ich. Er lachte, beugte sich vor und küsste mich auf den Mund. Dann noch einmal, länger. Ich ignorierte den Protest meines schmerzenden Nackens und lachte, als er zärtlich meine geschundene Wange küsste und sagte, das würde es rasch besser machen. Ich konzentrierte mich auf seine Lippen, als er meinen Hals und meine Schultern küsste und sich dann tiefer zum Ansatz meiner Brüste verirrte. Ich öffnete die Augen, als er die Fetzen meines Korsetts zur Seite zog und sich darüber beugte, um mich zwischen den Brüsten zu liebkosen. Er umfing mit der Hand meine Brust, die fast an seinem Kopf ruhte, und ich erschauerte. Seine Berührung war leicht, aber selbstsicher, und ich spürte trotz meines aufgewühlten Zustands und des leichten Cognac-Nebels, wie mein Körper darauf antwortete. Ich schmiegte mich an ihn und fuhr mit der Hand durch sein Haar, so dass es sich aus seinem Band löste und wir in einen Vorhang aus blonder Seite gehüllt waren. Mein eigenes Haar, das sich längst aus seiner züchtig festgesteckten Frisur befreit hatte, glitt mir über die Schulter, als er sich stöhnend umdrehte und mit der Hand meine Hüfte rieb. Unser Haar, Schwarz mit Gold vermengt, strich über meine nackte Schulter und fiel über meine Brüste.

Alex rückte ein wenig von mir ab und starrte mir in die Augen. »Wir können das jetzt nicht tun, Mary. Wir werden warten, bis Ihr weder verletzt noch angetrunken seid oder glaubt, mir Dankbarkeit zu schulden. Was Ihr jetzt empfindet, ist die Freude darüber, noch am Leben zu sein, nachdem Ihr dem sicheren Tod ins Auge geblickt habt.«

»Nein, Alex«, sagte ich und zog ihn zu mir herab, um ihn innig zu küssen. »Was ich empfinde, ist die Freude daran, Euch zu berühren. Küsst mich noch einmal.« Er küsste mich und löste sich dann sanft aus meinem Griff, um sich auf die Kante der Koje zu setzen. Er holte tief Luft und schüttelte den Kopf.

»Mädchen, ich will Euch niemals sagen hören, dass Euch gar nicht bewusst war, was hier geschehen ist. Es ist der Schock dieses Überfalls in Verbindung mit dem Cognac, der Euch so reden lässt.«

Ich stützte mich auf einen Ellbogen. »Ja«, sagte ich und sprach jedes Wort sorgfältig aus, denn wenn ich mich bewegte, spürte ich, wie der Cognac mir zu Kopf stieg. »Aber, Alex, was ich jetzt empfinde, ist keine Dankbarkeit.«

»Ihr habt einen bösen Schrecken bekommen«, sagte er und rückte Kilt und Gürtel zurecht.

»Ja. Und jetzt brauche ich Trost.« Ich lachte, und gleich darauf fiel er ein, wenn auch ein wenig reumütig.

»Ihr seid mir vielleicht eine. Nein, Mädchen, wenn wir … wenn wir … weiter gehen als bisher, dann möchte ich daraus eine besondere Gelegenheit machen, romantischer als eine Schiffskoje im Winter auf dem Weg nach Cornwall.«

»Wie meint Ihr das?«, fragte ich und richtete mich auf.

»Ich meine ein richtiges Bett –«

»Nein, Alex. Was soll das heißen, ›auf dem Weg nach Cornwall‹?« Ich wandte mich zu dem kleinen Fenster um und zog den Vorhang beiseite. Er hatte recht. Wir bewegten uns fort.

»Alex! Wir segeln ja!« Die Lichter am Ufer glitten nach rechts an mir vorbei. Wir mussten noch auf der Themse sein, vermutete ich, doch die Lichter waren viel zu spärlich, als dass dies noch London sein könnte. »Wir verlassen London? Wir reisen nach Cornwall?«

Er nickte. »Ich habe Euch doch gesagt, dass ich abreisen würde, sobald ich den Agenten aufgesucht hatte. Der Überfall hat daran nichts geändert, im Gegenteil. Denn möglicherweise wollte jemand verhindern, dass ich diese Reise unternehme.«

»Wo sind wir?«

»Fast schon an der Themsemündung. Die Fahrt wird bald rauer, wenn wir die offene See erreichen, deshalb wollte ich mich vergewissern, dass Ihr es hier bequem habt. Ich wollte Euch nicht wecken.«

Ich starrte ihn entsetzt an. »Das kann nicht Euer Ernst sein«, sagte ich. »Ihr habt doch hoffentlich nicht vor, mich nach Cornwall mitzunehmen?«

»Ich konnte Euch doch nicht zurücklassen.«

»Das hättet Ihr allerdings tun können.«

»Mary«, sagte er, als spreche er mit einem Kind, »ich habe es Euch in der Kutsche erklärt. Wer auch immer diesen Überfall geplant hat, weiß jetzt, dass Ihr darin verwickelt wart. Ich konnte Euch nicht schutzlos in London zurücklassen, während ich nach Cornwall segle. Also musste ich Euch mitnehmen.«

»Nein, Alex, musstet Ihr nicht«, erwiderte ich spröde. »Ihr hättet mich zu meiner Tante bringen können. Dort hätte man mich sehr gut beschützen können. Was habt Ihr Euch dabei gedacht, mich auf Eure Brigg zu bringen?«

Seine Stimme klang kalt. »Ich habe an Eure Sicherheit gedacht.«

»Und was ist mit meinem Ruf?«

»Ihr habt Euch nicht beklagt, als ich Euch an Bord gebracht habe, Mary.«

»In meinem Zustand konnte ich nicht klar denken.«

»Und Ihr habt Euch auch nicht beklagt, als Ihr den Lärm und das Durcheinander beim Ablegen gehört habt.«

»Da hatte ich bereits zwei Gläser Cognac getrunken. Ich dachte, dieser Lärm wäre auf Eurem Schiff ganz normal. Ich habe nicht darauf geachtet, was die anderen getan haben. Alex, wie konntet Ihr mich einfach … einfach entführen? Wie konntet Ihr nur? Was habt Ihr Euch dabei gedacht?«

»Dass ich Euch beschützen muss, Mary.«

»Alex, Ihr wisst doch, was die Leute denken werden. Wie konntet Ihr mir das antun?« Ich spürte, wie neue Tränen in mir aufstiegen. »Wie konntet Ihr es wagen?«

Sein Gesicht nahm einen distanzierten Ausdruck an. »Ich habe an Euer Leben gedacht, Mary, nicht an Euren verdammten Ruf. Warum ist Eure eigene gute Meinung von Euch selbst eigentlich nicht genug? Warum müsst Ihr immer tun, was die Gesellschaft für anständig hält, statt so zu handeln, wie Euer Herz es Euch rät? Ich habe bereits bewiesen, dass ich nicht die Absicht habe, Eure Situation auszunutzen. Ich hätte Euch gerade eben nehmen und zu meiner eigenen Befriedigung benutzen können, wie es mir gefiel. Und zu Eurer Befriedigung, könnte ich noch hinzufügen. Ihr wart mehr als willig.« Ich wandte das Gesicht ab, als ich spürte, wie mir die Röte in die Wangen stieg. »Aber das habe ich nicht getan, also haltet mir keine Moralpredigten.«

Ein Augenblick peinlichen Schweigens entstand, während ich versuchte, meine Gedanken zu ordnen. Der Cognac-Nebel schien sich rasch verflüchtigt zu haben. Alex hatte recht, ich hatte nicht protestiert, als er mich an Bord gebracht hatte. Und ich war es gewesen, die unser Liebesspiel vorangetrieben hatte. Er, nicht ich, hatte dem Einhalt geboten. Doch wie konnte er nicht begreifen, dass der letzte Rest eines guten Rufes, den ich vielleicht noch besaß, unwiderruflich dahin sein würde, wenn er mich für Tage oder gar Wochen aus London fortbrachte? Ob es mir gefiel oder nicht, London war die Welt, in der ich lebte, und falls entdeckt würde, was er getan hatte, würde ich auf ewig gebrandmarkt sein.

Ich sah ihn an. »Alex, Ihr müsst mich zurückbringen. Louisa wird verzweifelt sein. Sie wird glauben, ich sei tot.«

Er schüttelte den Kopf und sagte brüsk: »Ich habe sie benachrichtigt, ehe wir ablegten, dass Ihr bei mir seid. Sie wissen also, dass Ihr in Sicherheit seid. Inzwischen wird sich die Geschichte von dem Überfall herumgesprochen haben. Ich hatte keine Zeit mehr, Euch dorthin zurückzubringen. Ich habe ohnehin schon zu viel Zeit verloren. Ihr werdet jetzt mit uns kommen und heimkehren, wenn wir nach London zurücksegeln.«

»Ihr habt kein Recht, mich zu entführen, Alex. Bringt mich nach Hause!«

»Euch entführen! Mary, ich habe Euch nicht entführt. Ich habe Euch gerettet!«

»Und jetzt verschleppt Ihr mich gegen meinen Willen. Ist das keine Entführung? Wenn nicht, Sir, dann sagt mir doch bitte, wie Ihr das nennt.«

»Vor einer Weile habe ich noch keinerlei Protest gehört.«

»Wechselt nicht das Thema, Alex. Ihr müsst mich nach Hause bringen.«

»Nein, Mary, das muss ich nicht. Ihr habt in dieser Angelegenheit nichts zu sagen!«

»Nichts zu sagen! Falls hier irgendjemand etwas zu sagen hat, dann bin ich es! Bringt mich nach Hause, Lord Kilgannon. Auf der Stelle. Und das, Sir, ist keine Bitte.«

Ehe er antworten konnte, klopfte es an der Tür, Angus schob den Kopf in die Kabine, trat dann ein und schloss die Tür hinter sich. »Man kann euch beide auf dem Gang deutlich verstehen«, sagte er, verschränkte die Arme vor der Brust und sah uns grimmig an. Ich zog mir die Decke bis zum Kinn hoch und funkelte Alex an, der in dem engen Raum auf und ab ging, sich dann mit fahrigen Bewegungen das Haar zurückstrich und es fest zusammenband, ehe er sprach. Dabei deutete er auf mich.

»Mary ist zornig auf mich, weil ich sie mitgenommen habe.«

»Das habe ich dir doch gesagt«, erwiderte Angus, und Alex starrte ihn wütend an. »Du hättest sie nach Hause bringen sollen. Ihre Familie wird sich schon um sie kümmern.«

»Nicht so, wie wir es können«, fuhr Alex ihn an.

Angus zuckte mit den Schultern. »Vielleicht nicht; vielleicht könnten sie es aber auch viel besser als wir. Sie könnten sie in aller Stille nach Mountgarden oder Grafton bringen, und dort könnte ihr niemand etwas tun. Das habe ich dir vorhin gesagt.«

»Ihr müsst mich sofort nach Hause bringen, Alex«, mischte ich mich ein.

Alex blickte zwischen Angus und mir hin und her, und als Angus nickte, stürmte Alex zur Tür hinaus. Ich konnte hören, wie er Calum, dem Kapitän, zubrüllte, er solle wenden und nach London zurückkehren.

Angus musterte mich mit ausdrucksloser Miene. »Jetzt ist er sehr wütend, Mädchen. Seid Ihr sicher, dass es das ist, was Ihr wollt?«

»Ich muss nach Hause, Angus. Meine Abwesenheit wird ohnehin schon großen Wirbel verursacht haben. Meine Tante ist gewiss krank vor Sorge.«

»Wir haben Eure Tante benachrichtigt.«

»Dass ich auf einem Schiff voller fremder Männer bin. Habt Ihr überhaupt eine Vorstellung davon, welche Schwierigkeiten ich bekommen habe, nachdem ich Euch nur kurz besucht hatte, um nachzusehen, was Alex fehlt? Stellt Euch vor, was mit mir geschehen würde, wenn ich jetzt mit Euch bis Cornwall reise und dann erst nach London zurückkehre. Ich wäre ruiniert.«

»Was macht das schon? Ihr wisst, dass Alex gut für Euch sorgen würde. Ihr habt ihn beleidigt und seine Gefühle verletzt. Offenbar ist Euch die Meinung der Leute wichtiger als Eure eigene Sicherheit.«

»Ich war es nicht, auf die sie es abgesehen hatten, Angus. Sondern Alex.«

Er nickte. »Das glaube ich auch.«

»Und Alex hätte mich vorher fragen müssen.«

Angus zuckte mit den Schultern. »Alex ist es gewohnt, selbst Entscheidungen zu treffen, Mary.«

»Und ich bin es gewohnt, dass man zumindest mit mir darüber spricht, wohin ich reise oder auch nicht.«

»Wie Ihr wünscht, Mädchen. Ich hoffe, Ihr werdet mit Eurer Entscheidung glücklich.«

Er ließ mich allein, und ich begann zu weinen, denn das Echo seiner letzten Worte ging mir nicht mehr aus dem Kopf. Wie ich wünschte. Hatte Alex nicht genau das zu mir gesagt, als wir uns kennengelernt hatten – dass es so sein würde, wie ich es wünschte? Ich trocknete meine Tränen und reckte das Kinn.

Ich stand an Deck, als wir am frühen Morgen London erreichten, nachdem wir während der ganzen Reise in Richtung Westen gegen die Morgenflut hatten ansegeln müssen. Die Lichter der Stadt schimmerten still, als wir vorüberglitten. Sie sahen aus wie an Land gefangene Sterne, und ich konzentrierte mich lieber auf sie als auf den großen Mann, der schweigend hinter mir stand. Als wir anlegten, ging Alex voran, und es war Angus, der mir schließlich über die Planke hinunterhalf. Am Ende des Docks stand Matthew mit einem Pferd, und Alex wartete vor ihm.

»Es tut mir leid, Miss Mary«, sagte Matthew. »Um diese Stunde war keine Kutsche zu bekommen. Nur ein Pferd.« Ich fragte mich, ob sie ernsthaft von mir erwarteten, allein auf einem fremden Pferd durch halb London nach Hause zu finden.

»Das wird genügen«, knurrte Alex und drehte sich um, um mir in den Sattel zu helfen. Ich stieg auf und schnappte nach Luft, als Alex mit einem Satz vor mich aufs Pferd sprang. »Gut festhalten, Miss Lowell«, sagte er, ließ das Pferd herumwirbeln, und wir sprengten davon.

Ich schlang die Arme um seine Taille und wandte den Kopf,

um zu Matthew und Angus zurückzublicken, die uns mit offenen Mündern nachstarrten, während sich die Männer auf der *Gannon's Lady* an der Reling drängten, um uns nachzuschauen. Dann musste ich mich darauf konzentrieren, nicht vom Pferd zu fallen, während Alex das Tier durch die Straßen Londons galoppieren ließ, so schnell, dass der Wind ihm den Kilt auf die Oberschenkel hochwehte. Als wir viel zu schnell um eine Ecke bogen, drückte ich den Kopf an seinen Rücken und schloss die Augen. Nach diesem Ritt würde ich Alex nie wiedersehen, das wurde mir nun bewusst, und ich schlang die Arme noch fester um ihn. Und vielleicht, dachte ich, war es auch besser so. Ich öffnete die Augen, als er tief und zitternd Atem holte. Nein, nicht besser. Aber vielleicht war es unvermeidlich gewesen. Unser beider Welten waren einfach zu verschieden.

London erwachte, während wir durch die Stadt ritten, und Alex musste das Pferd zügeln, weil immer mehr Karren und Buden die Straßen füllten. Ich versuchte, den neugierigen Blicken auszuweichen, die wir auf uns lenkten, und bemühte mich, nicht daran zu denken, wie ich aussehen musste. Ich hatte mir das Haar nicht wieder hochgesteckt, es fiel offen über meinen Rücken, und die Decke, in die ich immer noch gehüllt war, rutschte mir immer wieder von der Schulter und enthüllte das zerrissene Mieder und meinen nackten Arm. Bis wir Louisas Haus erreichten, ging das Pferd nur mehr im Schritt, und Alex und ich hatten noch immer kein Wort gewechselt.

Die Haustür war offen, und Bronson stand auf der Vordertreppe. Als wir näher kamen, rollte Randolphs Kutsche von den Stallungen vor das Haus und blieb vor den Stufen stehen. Robert, Randolph und Louisa eilten aus dem Haus. Sie bemerkten uns und beobachteten mit schockierten Gesichtern und erleichterten Ausrufen, wie wir näher kamen. Als wir hielten, war es Robert, der mir aus dem Sattel half, während Alex noch abstieg, und es war Robert, der neben mir stehen blieb, als Alex sich mir zuwandte. Alex reckte das Kinn, nickte Louisa und Randolph zu und wies auf mich.

»Hier ist sie«, sagte er mit brüchiger Stimme zu allen, die sich versammelt hatten. »Sie ist unverletzt, bis auf ein paar Blutergüsse und Schrammen. Sie wird Euch selbst berichten, was geschehen ist. Ich habe sie auf meinem Schiff in Sicherheit gebracht und sie versorgt, und sie wollte unbedingt zu Euch zurück, also habe ich sie Euch gebracht.« Er verneigte sich vor mir. »Miss Lowell, ich werde mich jetzt verabschieden.«

Tränen traten mir in die Augen. »Alex, ich danke Euch. Ich danke Euch vielmals.«

»Weil ich Euch das Leben gerettet habe, oder Euren guten Ruf, Miss Lowell?« Er sah Robert an. »Sie wird eine wunderbare Ehefrau für Euch abgeben, Campbell. Ich habe sie geküsst, aber mehr nicht. Sie hat ihre Tugend nicht verloren.« Alex zog das Stück Stoff von dem Campbell-Plaid aus seinem Gürtel und reichte es Robert, der verwirrt darauf hinabblickte. »Eure Männer haben den Überfall verpfuscht. Mich haben sie nicht bekommen, aber sie hätten Euch beinahe um Eure Braut gebracht.« Seine Stimme wurde weicher, als er mich ansah, dann wieder Robert. »Gebt gut auf sie acht, Mann. Sie ist jede Mühe wert.« Er streckte die Hand aus und streichelte zärtlich meine unverletzte Wange. »Es ist vermutlich besser so, Mary«, sagte er und ging zu dem Pferd zurück.

»MacGannon«, sagte Robert. »Ich habe keine Männer geschickt, die Euch überfallen sollten.«

Alex sah Robert über den Rücken des Pferdes hinweg an. »Aber Ihr wisst von dem Überfall, wie ich sehe«, entgegnete er mit barscher Stimme.

Robert nickte. »Ganz London weiß davon, Alex. Das waren nicht meine Männer. So etwas hätte ich nie getan:« Die beiden Schotten starrten einander an, und schließlich nickte Alex.

»Ich will verdammt sein, wenn ich weiß, warum, aber ich glaube Euch, Robert«, sagte er und sprang in den Sattel. Ich rannte zu ihm.

»Alex«, sagte ich. »So könnt Ihr nicht aufbrechen.«

»Es ist zu weit, um zu Fuß zu gehen, Mary«, sagte er barsch, doch als ich das Pferd erreichte, lächelte er beinahe. »Ich habe Euch doch gesagt, Mädchen«, flüsterte er traurig, »dass alles so sein würde, wie Ihr es wünscht. Und dies« – er wies auf das Grüppchen hinter mir – »war Euer Wunsch. Ich hoffe, es ist das, was Ihr wolltet.«

»Alex, werdet Ihr mich besuchen kommen?«

Nun lächelte er. »Ich denke nicht, Miss Lowell. Wie ich Euch bereits sagte, widme ich meine Aufmerksamkeit nicht den Ehefrauen anderer Männer.«

Ich wich zurück, als hätte er mich geschlagen, dann reckte ich das Kinn. Wenn er es so haben wollte – das konnte ich auch. »Danke, dass Ihr mich nach Hause gebracht habt, Lord Kilgannon«, sagte ich laut und deutlich. »Ich weiß Eure Bemühungen zu schätzen. Und Ihr habt sicher recht, es ist vermutlich besser so.«

Alex nickte. »Ja. Ich habe erkannt, dass Ihr nicht das Rückgrat für ein Leben mit einem Mann wie mir besitzt.«

»Und ich habe erkannt, dass Ihr dem Leben mit einer Frau wie mir nicht gewachsen seid. Ihr solltet Euch eine Frau suchen, die es angenehm findet, in ihrem eigenen Leben nichts zu sagen zu haben. Ihr werdet gewiss eine finden.«

»Und was soll das heißen?«

»Ich dachte, Ihr wäret anders, Alex, doch Ihr habt bewiesen, dass ihr im Grunde genau so seid wie all die anderen Männer. Ihr behauptet, alles würde so sein, wie ich es wünsche, aber Ihr entscheidet einfach, was das Beste für mich ist. Das war sehr erhellend. Und in Eurer Arroganz versteht Ihr nicht einmal, weshalb ich zornig auf Euch sein sollte.«

Er sah mich lange an und beugte sich dann zu mir herab. »Dann nehme ich jetzt meine Arroganz und lasse Euch in Ruhe, Mary«, sagte er, doch ich sah ihm an, wie verletzt er war, und ich zauderte, denn so konnte ich nicht weitermachen.

»Ach, Alex«, sagte ich leise, »dass wir uns auf diese Weise trennen müssen.«

Er nickte langsam. »Ja«, sagte er.

»Gute Reise«, flüsterte ich. »Gott schütze Euch, Alex MacGannon.«

»Und Euch, Mary Lowell«, sagte er. Und verließ mich. Wir starrten ihm nach, als er davonritt. Dann raffte ich die Röcke, um mich meiner Familie und Robert zu stellen.

10

Viel später, am Ende jenes furchtbar langen Tages, klopfte Ellen schüchtern an meine Schlafzimmertür und schob den Kopf durch den Türspalt. »Miss Mary«, sagte sie. »Ich dachte, die hättet Ihr vielleicht gern. Eure Tante sagte, ich solle sie rufen, wenn Ihr sie öffnen möchtet.« Sie reichte mir die Päckchen, die Alex gestern gebracht hatte. Das schien eine Ewigkeit her zu sein. Ich legte sie in meinen Schoß und versuchte, nicht zu weinen. Ich hatte Louisa, Randolph und Robert erklärt, was geschehen war, und dann auch dem Herzog und der Herzogin, die hinzugekommen waren, und später noch Beccas Eltern. Dabei war ich zu der Erkenntnis gelangt, dass Alex so gehandelt hatte, wie er es nicht nur für richtig und angemessen, sondern sogar für notwendig gehalten hatte. Zu meiner Überraschung stimmte Robert mir zu und erklärte, er hätte genau dasselbe getan. Ich verließ die anderen, damit sie offen sprechen konnten, und zog mich in mein Zimmer zurück. Nun sagte Ellen mir, alle Gäste seien gegangen, und Randolph sei in seinem Sessel eingeschlafen.

»Bitte geh und hole Louisa, Ellen«, sagte ich leise. »Ich werde sie öffnen.« Ich drehte die Päckchen hin und her, während ich wartete, und fragte mich, ob der Inhalt des Größeren tatsächlich so beleidigend sein konnte, wie ich es mir vorgestellt hatte.

Als Louisa kam, sah sie zu, wie ich das kleinere Päckchen öffnete und darin die versprochene Schokolade fand. Aus dem Größeren, von dem ich geglaubt hatte, es enthalte ein seidenes Nachtgewand und einen Morgenmantel, kam stattdessen ein samtener Umhang zum Vorschein. Er war mattgrün, dieselbe Farbe wie die der Jacke, die Alex am Abend unserer ersten Begegnung getragen hatte, und mit einem Kilgannon-Tartan gefüttert. Der rote Hintergrund zog sofort den Blick auf sich; das Grün hatte denselben Farbton wie der Samt. Der karierte Stoff war sehr schön, der Umhang fein verarbeitet, und ich erinnerte mich daran, dass er gesagt hatte: *Ich habe etwas für Euch anfertigen lassen. Ich kann es kaum erwarten, Euch darin zu sehen.* Selbstverständlich hätte ich an diesem Geschenk keinerlei Anstoß genommen. Ich spürte, wie mir erneut die Tränen in die Augen stiegen, und schniefte leise.

»Er ist wunderhübsch«, seufzte Louisa. Ich nickte und drückte die weiche Wolle an meine Wange. »Was steht in seinem Brief?«, fragte sie und wies auf die Nachricht, die aus den Falten des Umhangs herausgefallen war.

»*Liebe Mary*«, las ich laut vor, »*dies habe ich zu Hause für Euch anfertigen lassen. Das Muster ist ein Kilgannon-breacan und eines meiner liebsten. Ich hoffe, dass der Umhang Euch gefällt und dass Ihr an mich denken werdet, wenn Ihr ihn tragt. Euer Alexander MacGannon.*«

Ich blickte zu meiner Tante auf und las den Brief noch einmal. Alex hatte ihn geschrieben, ehe wir uns gestritten hatten, vor dem Überfall, dachte ich. Bevor ich ihn so erzürnt hatte. Ich wusste, dass ich jedes Mal an ihn denken würde, wenn ich den Umhang trug. Und auch sonst jeden Tag, ob ich ihn trug oder nicht. Die Zukunft breitete sich als düsteres Tal vor mir aus. Ich begann wieder zu weinen. »Ich hätte mit ihm nach Cornwall reisen sollen. Ich war nicht mutig genug und nicht frei genug. Mein Ruf war mir wichtiger als seine Gefühle für mich. Und ich war so wütend, weil er diese Entscheidung für mich getroffen hatte, ohne mich auch nur zu fragen, ohne daran zu denken, was das für mich bedeuten würde. Jetzt werde ich ihn nie wiedersehen!

Ach, Louisa, ich verstehe das alles nicht! Ich weiß, dass er mich liebt. Er hat es mir nicht gesagt, aber ich weiß es. Er hat mir das Leben gerettet; um meinetwillen hat er diese Männer getötet. Warum hat er mir keinen Heiratsantrag gemacht?«

Louisa biss sich auf die Lippe. »Das hätte er beinahe getan«, sagte sie. »Randolph und ich haben ihm gesagt, es sei zu früh, als er vor Monaten bei uns um deine Hand angehalten hat. Vermutlich ist er davon ausgegangen, dass dir seine Absicht bekannt war oder dass wir dir gesagt hätten, worüber wir mit ihm gesprochen haben.«

»Warum hat er mich nicht gefragt? Warum hat er es mir nicht selbst gesagt?«

»Wir haben ihn gewarnt, es sei zu früh, doch er hatte es vor. Und später hat er uns geschrieben, dass er dich heiraten wolle, sobald du das Gefühl hättest, ihn gut genug zu kennen. Das hat er auch Randolph gesagt, als die Männer ihn auf seinem Schiff aufgesucht haben, nachdem du dort warst, weil er so krank war.«

Und so kam die ganze Geschichte heraus. Alex hatte ihnen damals gesagt, er habe vor, mich zu heiraten, und die Männer hatten es Louisa und Sarah berichtet, als sie zurückgekehrt waren. Ich lächelte. *Alex will mich heiraten*, dachte ich, doch dann musste ich mich korrigieren, und das Lächeln erlosch. *Alex wollte mich heiraten.* Ich blickte auf das Briefchen in meiner Hand hinab. Vielleicht hatte ich ihn nun wahrhaftig verloren. Ich hätte es auch nicht anders verdient. »Louisa«, sagte ich, »ich war ja so dumm.«

Meine Tante schüttelte den Kopf. »Du bist nicht dumm, Mary. Alex ist der Dummkopf. Wenn ein Mann dir keinen Heiratsantrag gemacht hat, kannst du dir seiner Absichten nicht sicher sein. Ich verstehe nicht, warum er es dir nicht gesagt hat. Es war vollkommen richtig von dir, dass du dich geweigert hast, mit nach Cornwall zu segeln. Du hast tatsächlich das Recht, den Kurs deines eigenen Lebens selbst zu bestimmen. Er hat sehr überheblich gehandelt, ganz gleich, wie gut seine Gründe dafür gewesen sein mögen.« Sie seufzte. »Du musst mit ihm sprechen.«

»Ja«, sagte ich. »Aber wie? Er ist fort.«

»Dann schreibe ihm«, sagte sie geduldig.

»O ja, das werde ich tun!« Ich umarmte sie. Ich würde ihm einfach schreiben.

Wie sich herausstellte, war es doch nicht so einfach. Jedes Mal, wenn ich endlich etwas zu Papier gebracht hatte, knüllte ich das Blatt doch zusammen und warf es weg. Schließlich schrieb ich ihm nur einen kurzen Brief, in dem ich mich für den Umhang bedankte, mich entschuldigte und ihm mitteilte, dass ich ihn gern wiedersehen würde. Ich schickte den Brief nach Kilgannon. Es kam keine Antwort.

Wie ich geahnt hatte, summte ganz London von falschen Versionen des Überfalls und Alex' Rolle bei der Geschichte, doch da meine Familie und Robert mir zur Seite standen, wagte niemand, mich anzugreifen. Ich fühlte mich gut beschützt. Und einsam. Ich vermisste Alex in jedem Augenblick. Oft hörte ich eine Stimme mit demselben Timbre und drehte mich danach um, um doch enttäuscht zu werden, oder ich sah einen Mann seiner Größe mit blondem Haar und bemühte mich, das Gesicht zu erkennen, um doch nur in die Augen eines Fremden zu blicken.

Wir beschlossen, wie geplant Roberts Einladung anzunehmen und uns nach den Weihnachtsfeierlichkeiten auf Mountgarden zurückzuziehen. Louisa erklärte, bis wir im neuen Jahr zurückkehrten, würde London schon wieder mit anderen Themen beschäftigt sein. Mir war es nicht weiter wichtig, was über mich getratscht wurde. Die Ironie war, dass ich, indem ich meinen guten Ruf gerettet hatte, das Bedürfnis danach verloren hatte. Wie sehr ich mir wünschte, ich könnte zu diesem Augenblick auf Alex' Schiff zurückkehren, als ich von ihm verlangt hatte, mich nach Hause zu bringen. Jetzt wäre meine Entscheidung ganz anders ausgefallen. Doch ich konnte die Zeit nicht zurückdrehen und stellte mich widerstrebend der unmittelbaren Zukunft.

Robert. So gütig er auch gewesen war, er war immer noch Robert. Ich war ihm sehr dankbar dafür, dass er sowohl Alex' als auch meinen Beteuerungen glaubte, und das sagte ich ihm auch. Doch ich empfand nicht, was ich empfunden hatte, wenn Alex in der Nähe gewesen war. Ich fühlte mich wohl mit Robert, doch das galt auch für Will. Es war nicht genug. Und er musste das auch gespürt haben, denn so höflich er sich stets verhielt, hatte er mir doch noch immer keinen Heiratsantrag gemacht. Ich fürchtete, dass ich als viel geschmähte Jungfrau ins Grab sinken würde.

Wir waren unter den Ersten, die auf Roberts Anwesen in Kent eintrafen, und halfen bald Robert und seiner Mutter dabei, die Ankommenden zu begrüßen. *Ich muss aufhören, an Alex zu denken*, sagte ich mir. *Er hat meinen Brief gewiss längst bekommen.* Ich seufzte. Wenn er mich hatte heiraten wollen, warum hatte dieser Mann, der sonst so direkt war, mich nicht einfach gefragt? Ich dachte daran, wie weit Kilgannon entfernt lag, und tröstete mich mit dem Gedanken, dass mein Brief ihn vielleicht doch noch nicht erreicht hatte. Ich versuchte, meine Sorgen beiseitezuschieben, während ich durch das Haus streifte, Roberts prächtige Räume bewunderte und mich fragte, ob ich hier eines Tages die Herrin sein würde. Vielleicht, falls Alex tatsächlich nicht zurückkehrte. Was wahrscheinlich war. Und falls Robert mich darum bat, seine Frau zu werden. Was mir immer unwahrscheinlicher erschien.

Das Wetter war kalt, aber klar, und wir unternahmen viel, was die Tage schneller vergehen ließ. Robert wich mir selten von der Seite und ließ mich bei jeder Mahlzeit an der riesigen Tafel zu seiner Rechten platzieren. Jeden Abend, meist während des zweiten Ganges, griff er unter dem Tisch nach meiner Hand. Ich hatte das Gefühl, ihm diese einfache Geste nicht verwehren zu dürfen, doch innerlich war ich zerrissen. Ich schätzte ihn, ich achtete ihn, ja. Aber ich liebte ihn nicht.

Am letzten Abend unseres Besuchs, als sich alle Gäste vor dem Essen im roten Salon versammelten, ließ Robert mich allein, bat die Anwesenden um ihre Aufmerksamkeit und stellte sich mit breitem Lächeln und leicht gerötetem Gesicht vor uns hin. Das sah Robert so gar nicht ähnlich, und mehrere seiner Freunde neckten ihn wegen seiner großen »Überraschung«. Ich lächelte ebenfalls, doch schreckliche Angst breitete sich in mir aus, während ich zusah, wie die Gäste sich um ihn scharten und schließlich verstummten.

»Ich habe heute Abend eine Überraschung für die Dame meines Herzens«, sagte Robert und wies mit großer Geste auf die Tür. Zwei Diener öffneten die Türflügel zum Foyer, blieben stehen und warteten auf Roberts Signal. Links von Robert stand seine Mutter, sie lächelte und nickte mir mit blitzenden Augen zu. Louisa trat an meine Linke und warf mir einen scharfen Blick zu. »Diese Dame«, fuhr Robert fort, »hat viele Jahre lang meine Tage bereichert, und nun wird sie bald auch dieses Haus zieren.«

Die Blicke vieler Anwesender waren auf mich gerichtet, und Robert lächelte mir zu. Ich holte zittrig Atem. *Du lieber Himmel*, dachte ich, *er will mich vor all diesen Leuten bitten, seine Frau zu werden. Das darf nicht wahr sein.* Robert gab seinen Dienern einen Wink, und wir alle wandten uns zur Tür um.

Vier Diener wankten unter der Last eines großen, rechteckigen Objektes, unter goldenem Samt verborgen, das sie hereintrugen und vor Robert abstellten. Es war offensichtlich so etwas wie ein Gemälde, und Robert wartete lächelnd, bis sich die versammelten Gäste wieder beruhigt hatten. Er nahm die Hand seiner Mutter und bedeutete den Dienern, das Tuch fortzuziehen, und das Gemälde wurde enthüllt. Roberts Gäste klatschten. Das Bild zeigte Roberts Mutter in ihrem Lieblingssessel hier in diesem Raum, vor demselben Kamin, über dem das Gemälde fortan hängen sollte. Roberts Mutter strahlte und küsste ihren Sohn auf die Wange, während wir alle klatschten, und ich am lautesten von allen.

»Ich dachte schon, du wolltest um Miss Lowells Hand anhalten«, rief Jonathan Wumple, und die Gäste drehten sich nach mir um. Robert lächelte, ging durch die Menge, blieb vor mir stehen, verneigte sich und nahm meine Hand. *Lieber Gott, bitte nicht*, dachte ich verzweifelt.

Robert küsste meine Hand und hielt sie fest, während er sich zu den anderen umdrehte. »Heute Abend feiern wir meine Mutter«, sagte er, und der Augenblick der Anspannung verflog. Ich hörte Randolph erleichtert seufzen.

Falls ich mir über meine Gefühle noch nicht ganz im Klaren gewesen sein sollte, so zeigte mir dieser Abend, wem mein Herz gehörte. Ich konnte nicht mehr länger so tun als ob. Ich konnte nicht einmal mehr daran denken, Robert zu heiraten. Und das bedeutete, dass ich ihm nicht länger den Eindruck vermitteln durfte, als würde ich das in Betracht ziehen. Ich kam mir sehr undankbar vor. Als ganz London mich verurteilt hatte, war Robert mir beigestanden. Auf seine Art war er sehr mutig und scherte sich ebenso wenig um die Konventionen wie Alex. Ich konnte weder seine Großzügigkeit noch seine Standhaftigkeit anzweifeln. Doch ich durfte diesen guten Mann nicht anlügen und so tun, als liebte ich ihn. Es geschah mir ganz recht, dass ich so arrogant gewesen war, zu glauben, ich bedeute Robert dermaßen viel.

Am nächsten Morgen brachen wir gemeinsam mit den anderen Gästen auf. Ich hatte sorgsam darauf geachtet, nicht mit Robert allein zu sein, doch er schien das gar nicht zu bemerken. Als er mir in unsere Kutsche half, küsste er mir lächelnd die Hand und erklärte, er werde uns kommende Woche auf Mountgarden besuchen. Dann wandte er sich ab, um Louisa beim Einsteigen zu helfen, noch ehe ich ihm antworten konnte.

Weihnachten kam und ging, und am Tag danach brachen Louisa und Randolph zu seiner Schwester auf. Will, Betty und ich genossen drei ruhige Tage, und dann kam Robert. Ich begrüßte ihn ein wenig furchtsam, doch meine Sorgen waren unbegründet. Robert hielt vor dem Kamin im Bureau meines Vaters meine Hand, sah mir tief in die Augen und erklärte, er habe seiner Mutter versprochen, mit seinem Heiratsantrag mindestens sechs Monate lang zu warten. Ich starrte ihn mit offenem Munde an, während Robert errötete und eine Erklärung stammelte, die mehr als deutlich war. Seine Mutter mochte mich zwar und hatte an sich nichts gegen unsere Verbindung einzuwenden, bestand jedoch darauf, dass aller Welt gut sichtbar bewiesen wurde, dass ich kein Kind von Alex trug. Bis zum Juni, druckste Robert herum, würden wir alle Klarheit haben, und dann würden er und ich über unsere Zukunft sprechen.

Ich errötete vor Zorn, und Robert missverstand die Farbe als Schamesröte. »Ich habe nie an Eurer Geschichte gezweifelt, Mary«, erklärte er ernst. »Aber so gäbe es immer Gerede ...«

»Ob ein Kind, das ich vielleicht bekäme, auch wirklich von Euch ist?«, beendete ich kalt den Satz. Robert nickte, sichtlich unglücklich. »Das dachte ich mir. Ich danke Euch, Robert«, sagte ich und streckte ihm die Hand hin, »für Eure Aufrichtigkeit. Ich weiß sie sehr zu schätzen. Doch ich muss Euch sagen, dass keinerlei Möglichkeit besteht, ich könnte irgendeines Mannes Kind unter dem Herzen tragen. Kein Mann hat je bei mir gelegen, weder der Angreifer, der Mann in dem Campbell-Plaid« – er zuckte zusammen, sowohl meines Tonfalls als auch meiner Worte wegen – »noch«, fuhr ich fort, »Alex MacGannon. Er hat mich nicht angerührt.«

»Alex hat selbst gesagt, er hätte Euch geküsst«, fuhr Robert ein wenig zornig auf.

»Ja«, sagte ich und entzog ihm meine Hand. »Das hat er.« Ich verließ den Raum. Und Robert verließ bald darauf Mountgarden. Will war furchtbar wütend.

Der Januar schleppte sich dahin. Ich blieb auf Mountgarden, obwohl alle versuchten, mich nach London zu locken. Randolph kam sogar selbst, um mir nahezulegen, ich müsse den Löwen von Klatsch und Tratsch in ihrer eigenen Grube entgegentreten. Auf dem Lande zu bleiben, sagte er, verstärke nur den Eindruck, ich hätte etwas zu verbergen. Ich dankte ihm lächelnd, blieb aber, wo ich war. Die Herzogin kam ebenfalls, freundlich und mit vielen Neuigkeiten von allen möglichen Leuten. Und von Alex. Er war offenbar wieder in London gewesen und hatte sie besucht. Als sie mich erwähnt hatte, hatte er erwidert, über Mary Lowell habe er nichts mehr zu sagen. Ich lehnte ihre Einladung ab, mit nach London zurückzukehren, und dankte ihr für die Neuigkeiten. Sie tätschelte seufzend meine Hand. An diesem Abend faltete ich Alex' halben Plaid zusammen und vergrub ihn am Boden einer Truhe.

Robert kam nicht mehr zu Besuch. Er schickte Blumen aus seinem Gewächshaus und nette Kleinigkeiten von seinem Anwesen. Ich schrieb seiner Mutter, um mich für die schönen Tage vor Weihnachten zu bedanken, und erhielt eine höfliche, aber kühle Antwort von ihr.

Ich blieb den ganzen Februar und bis in den März hinein auf dem Land, rang mit meiner Wut und meinem Schmerz und fand mich schließlich damit ab, dass ich Alex nie wiedersehen würde. Zweifellos hatte er inzwischen Morag geheiratet. Ich dachte daran, ins Kloster zu gehen, und entschied, nie wieder einen Mann zu lieben. Ich würde Robert nicht heiraten. Ich würde Wills und Bettys Kindern eine liebevolle Tante sein. Das würde genügen müssen.

Louisa, die Herzogin und Beccas Mutter besuchten uns Mitte März und sagten, wie schon Randolph vor ihnen, ich müsse mich wieder in der Gesellschaft sehen lassen, um meinen Rang wiederherzustellen. »Zeigen Sie ihnen, dass Sie nichts zu verbergen haben«, sagte die Herzogin. »Wir alle werden Ihnen beistehen.« Ich gab ihr recht. Also ging es zurück nach London, zurück zu den endlosen Dinner-Parties und Bällen und Theaterabenden, dem Gerede über Politik und Klatsch. Randolph tätschelte meine Schulter und erklärte, ich sei sehr tapfer. Ich fühlte mich gar nicht tapfer, aber ich war wieder da. Ich wurde zunächst neugierig betrachtet, meine Taille unverhohlen gemustert, doch dann, viel schneller, als ich es für möglich gehalten hätte, gehörte ich einfach wieder dazu. Der Klatsch hatte sich anderen Leuten zugewandt, die Zeit lief weiter.

Der Frühling kam zeitig, mild und nass, und ich füllte meine Tage so mit Aktivitäten an, dass ich jeden Abend einschlief, sobald ich ins Bett ging. Doch meine Träume konnte ich nicht kontrollieren. In meinen Träumen spazierte ich mit Alex durch die Straßen von London, lachte vor der Westminster Abbey oder tanzte in Louisas Ballsaal mit ihm, während ihre Gäste uns lächelnd zusahen. Noch verstörender war es, wenn ich davon träumte, mit einem blonden Mann in einem Bett zu liegen, von seinen Armen umfangen, während ich spürte, wie mir das Haar über die nackten Schultern glitt, wenn ich mich vorbeugte, um seinen Schenkel zu liebkosen. Und meine Albträume, die nach dem Überfall begonnen hatten und allmählich abgeklungen waren, kehrten mit Macht zurück. In diesen Träumen lag ich auf dem Boden einer Kutsche, und zwei Männer fielen über mich her. Doch Alex kam nicht.

Während der März voranschritt, stellte ich mich der Zukunft. Ich hatte es mit der Londoner Gesellschaft aufgenommen und überlebt, doch das bedeutete mir nichts. Ich hatte Robert bei mehreren Anlässen gesehen und mich ihm gegenüber, zu seiner Erleichterung, fröhlich und offen gegeben. Doch ansonsten hatte ich mich geweigert, ihn zu treffen, und Louisa hatte ihn nicht zu uns eingeladen. Die Herzogin, entgegenkommend wie immer, arrangierte einen Abend nach dem anderen für mich und konsultierte mich stets, was die Gästeliste anging. Meg heiratete einen Mann, der dreißig Jahre älter war als sie, und auf ihrer Hochzeit tanzte ich mit Robert, was für neuen Tratsch sorgte.

Janice war nun mit einem Mann des niederen Adels aus Hampshire verlobt. Jedermanns Leben änderte sich, nur meines nicht.

Am ersten April stand Robert vor Louisas Tür, mit einem Blumenstrauß und einer Einladung auf sein Anwesen in Kent über die Osterwoche. Außerdem brachte er einen Brief von seiner Mutter, sehr freundlich verfasst, in dem sie uns eigens noch einmal bat, nach Kent zu kommen. Ich hielt mir Roberts Blumen vors Gesicht und tat so, als rieche ich daran, während ich überlegte. Was blieb mir für eine Wahl? Kein anderer Mann hatte Interesse an mir gezeigt, und Robert verhielt sich wieder sehr aufmerksam mir gegenüber. Ich wäre eine Närrin, wenn ich ihn fortschickte. Ich konnte entweder unverheiratet bleiben und allein alt werden, auf die Mildtätigkeit meiner Familie angewiesen, oder ich entschied mich für eine höfliche, wenn auch leidenschaftslose Ehe. Ich liebte Robert nicht und glaubte, dass ich ihn niemals lieben würde, aber vielleicht konnten wir einen Weg finden, uns ein gemeinsames Leben zu schaffen. Sein Reichtum würde uns gewiss dabei helfen. Ich lächelte Robert an und streckte ihm die Hand hin. Seine Augen leuchteten auf.

Louisa, Randolph, Will und Betty hatten mich auf Roberts Anwesen begleitet. Weder Randolph noch Louisa waren sonderlich davon angetan, dass Robert wieder um mich warb. Beide hegten noch einen gewissen Groll gegen ihn und seine Mutter, doch das hätte niemand vermutet, der beobachtet hätte, wie sie Robert und seine Mutter mit der Herzlichkeit alter Freunde begrüßten. Was, so dachte ich bei mir, sie ja auch waren. Will war derjenige, der eisig blieb und erst ein wenig auftaute, als ich ihn daran erinnerte, dass Robert, trotz all seiner Fehler, ein guter Mann war. Nur eben nicht der Mann, den ich wollte. Will presste die Lippen zusammen und nickte. Ich wusste, dass er noch mehr sagen wollte, doch vorerst schwieg er.

Wir blieben eine Woche lang und beschäftigten uns mit Ausritten, Spielen, und Abend für Abend mit einem üppigen Dinner. Am dritten Tag streifte ich mit den anderen Gästen durch Roberts Gärten und blieb stehen, als mir etwas Unerwartetes auffiel. Ein einsamer Rosenbusch voll leuchtend rosa Blüten forderte meine Beachtung, und ich beugte mich darüber und sog genüsslich den köstlichen Duft ein. Als stünde er hinter mir, hörte ich plötzlich Alex' Stimme: *Mary, Ihr duftet nach Rosen.* Ich drehte mich um, doch kein großer blonder Mann war zu sehen, und ich schüttelte den Kopf, um die Erinnerung zu vertreiben. Alex gehörte der Vergangenheit an, ermahnte ich mich, und bat die Dame, mit der ich mich gerade unterhalten hatte, zu wiederholen, was sie eben gesagt hatte.

Am letzten Tag unseres Besuches kehrten Will, ich und einige andere Gäste gerade von einem Ausritt zurück, als wir zwei vertraute Gestalten zu Pferde vor Roberts Tür erblickten, und daneben ein drittes Pferd mit leerem Sattel. Angus und Matthew, sichtlich erzürnt, beobachteten uns.

»Das sind Kilgannons Cousins«, sagte Will.

»Wo ist Alex?«, fragte ich, als könnte Will das wissen. Er zuckte mit den Schultern, und wir ritten auf die beiden zu. Die Schotten waren schweigsam und blass. Angus erwiderte immerhin meine Begrüßung. »Angus, wo ist Alex?«, fragte ich, während mein Pferd tänzelnd vor seinem zurückwich. »Was tut Ihr hier?«

Angus' Tonfall war kühl. »Euer Campbell will uns nicht einlassen. Er behauptet, Ihr wolltet nicht mit Alex sprechen.«

»Das ist absurd! Ich wusste ja nicht einmal, dass er hier ist.«

»Wir haben Euch gestern eine Nachricht geschickt, dass wir heute eintreffen würden. Matthew hat sie selbst abgeliefert.«

Ich blickte von Angus zu Matthew. »Wem habt Ihr sie gegeben?«

»Dem Butler, Miss Mary«, sagte Matthew, offensichtlich unglücklich.

»Ich habe sie nicht bekommen. Ich werde gleich feststellen,

was geschehen ist.« Ich blickte zwischen den beiden hin und her. »Aber wo ist Alex?«

Angus lächelte angespannt. »Alex ist über die Gartenmauer geklettert.«

»Er ist über die Mauer geklettert? Und ist jetzt im Garten?«

»Oder sonst irgendwo. Er wollte nach Euch suchen, bis er Euch findet.« Ich wartete nicht ab, was er noch zu sagen hatte. Ich sprang vom Pferd und rannte zur Tür. »Miss Mary«, rief Angus mir nach, und ich wandte mich um. »Seid vorsichtig, Mädchen. Alex ist sehr zornig.« Ich blieb stehen und sah Angus an. Die übrigen Reiter erreichten eben erst die Schotten und beobachteten uns. Will saß ab.

»Auf mich, Angus?«, fragte ich. »Ist Alex zornig auf mich?«

Angus schüttelte betrübt den Kopf. »Alex kann nicht länger als eine Minute zornig auf Euch sein, Mary Lowell. Nein, es ist Robert Campbell, der ihn so in Rage gebracht hat. Zweifellos ist Robert ebenso verärgert über Alex. Ich weiß nicht, was Ihr da drin vorfinden werdet. Seid vorsichtig.«

Ich nickte Angus zu, rannte, zwei Stufen auf einmal nehmend, die Treppe hinauf und stieß die riesige Flügeltür auf, zum großen Erstaunen der Dienerschaft im Foyer. Ich ignorierte die Leute, lief durchs Haus zum Garten und hörte Wills schwere Schritte hinter mir. Alex sah ich nicht, doch mehrere von Roberts Gästen drängten sich um mich und berichteten begierig, ein wahnsinniger Schotte mit mehreren Schwertern sei in den Garten gesprungen und habe mich zu sprechen verlangt. Er hatte sie gefragt, wo ich sei, doch sie waren schreiend vor ihm davongelaufen. Robert hatte Alex befohlen, auf der Stelle zu gehen, doch Alex hatte ihn ignoriert, das Haus durchsucht und alle gefragt, wo Miss Lowell sei, während Robert ihm brüllend nachgelaufen war. Schließlich hatte irgendjemand Alex gesagt, dass ich mit anderen Gästen ausgeritten sei. Alex und Robert, die einander wütend anstarrten, waren daraufhin nach oben gegangen. Ich rannte zurück ins Haus, fand einen Pagen, der sagte, er wisse, wo die beiden seien, und mich hinführen wollte.

Will hielt mich am Arm zurück. »Mary, lass mich mit dir gehen«, sagte er.

»Das ist nicht nötig, Will. Wirklich nicht.« Ich tätschelte seine Hand. »Keiner von beiden wird mir etwas antun.« Erneut tätschelte ich die Hand auf meinem Arm, um meine Zurückweisung abzumildern. »Will, ich muss allein gehen. Bitte.« Widerstrebend nickte er.

Roberts Haus war gegen Ende des 16. Jahrhunderts erbaut worden. Die Mauern waren so dick, dass die Türdurchgänge eher kurzen Fluren glichen, an deren beiden Enden sich jeweils eine Tür befand. Ich nickte dem Pagen dankbar zu und trat durch die erste Tür. Die zweite stand einen Spalt breit offen, und ich blieb stehen, ehe ich sie erreicht hatte, denn ich konnte Robert und Alex dahinter streiten hören. Alex' Stimme wurde mal lauter, mal leiser, als ginge er in dem Raum umher, doch Roberts Stimme klang deutlich und sehr nahe. Ich trat einen Schritt vor und lauschte. Robert sprach gerade.

»... Weise kann es nicht weitergehen, Alex. Ihr seid eine aussterbende Art. Die Highlands können nicht so weitermachen wie bisher. Die Welt wird Euch erreichen, und das wird Euch zerstören. Mein Cousin Argyll sieht das ein, doch Ihr weigert Euch. Ihr könnt doch nicht ernsthaft vorhaben, Mary dorthin zu bringen. Sie gehört nicht zu Euch.«

Alex' Stimme klang kalt. »Das habt Ihr nicht zu entscheiden.«

»Irgendjemand muss Euch aber Vernunft beibringen. Ihr seid nicht der geeignete Ehemann für sie. Mary ist unter Ihresgleichen im Luxus aufgewachsen. Kilgannon ist kein Ort für eine Frau wie sie. Ich kann mir nicht vorstellen, dass Ihr Mary in einem Bauernhaus unterbringen würdet, doch Ihr könnt ihr nicht den Luxus bieten, den sie verdient. Ihr habt kein Geld.«

»Ihr kennt mein Heim nicht«, erwiderte Alex zornig. »Kilgannon ist kein Bauernhaus.« Nach kurzem Schweigen fuhr Alex fort, nun ruhig und beherrscht: »Ich muss feststellen, dass Ihr Euch Eurem eigenen Volk gegenüber nicht loyal verhaltet, Robert. Euer Cousin Argyll hat Euer Land an die Engländer verkauft. Deshalb besitzt Ihr Geld.«

Roberts Tonfall war eisig. »Schottland wurde nicht verkauft, MacGannon.«

»Doch, Campbell, das wurde es. Von Eurer Familie, unter anderem, und jetzt werdet Ihr immer reicher, während der Rest von uns verhungert.«

»Dann wacht auf und begreift, was um Euch herum geschieht. Die Engländer haben die Macht. Deshalb haben wir der Union zugestimmt. Schließt Euch den Engländern an, und auch Ihr werdet Macht erlangen.«

Alex schnaubte. »Ihr meint, ich soll mich verkaufen.«

»Nein«, sagte Robert. »Aber die alten Traditionen sterben aus. Schließt Euch uns an.«

»Niemals. Das macht mich zu einem Schotten, statt zu einem Lakaien der Engländer.« Wieder herrschte langes Schweigen, das schließlich Robert brach.

»Ihr seid Papisten«, sagte er. »Sie wird Euren Glauben niemals annehmen.«

»Das muss sie gar nicht«, erwiderte Alex.

»Was, wenn Ihr Kinder hättet? In welchem Glauben würdet Ihr sie dann erziehen?«

»Das ist nicht Eure Angelegenheit. Das geht nur Mary und mich etwas an.«

»Ihr denkt nur an Eure eigenen Wünsche!«, rief Robert.

»Wie Ihr auch! Tut nicht so, als wolltet Ihr sie nur beschützen.«

Eine Pause entstand, dann sagte Robert ruhiger: »Denkt nach, Alex. Euer Reichtum liegt in Eurem Land und Euren Schiffen, von denen Ihr nun eines weniger besitzt. Falls Ihr rasch Geld brauchen solltet, habt Ihr keines. Aber ich. Ich kann ihr Sicherheit bieten. Sie kann mitten unter ihren eigenen Leuten in England bleiben. Ich kann ihr alles geben, was sie je brauchen wird. Ich werde sie beschützen. Wenn Euch wirklich an ihr liegt, zieht Eure Werbung zurück. Brecht sofort auf, und sie wird nie erfahren, dass Ihr hier wart.«

Alex' Stimme klang müde, jedes Wort schwer. »Ich werde nicht mehr mit Euch darüber sprechen, Robert. Mary wird entscheiden, was ihren Wünschen entspricht, nicht Ihr und auch nicht ich. Wenn sie sich für mich entscheidet, werdet Ihr das hinnehmen müssen.«

»Und wenn sie mich wählt?«

»Dann werde ich das hinnehmen. Aber ich will es von Mary selbst hören, nicht von Euch – und schon gar nicht von Eurem verdammten Butler –, falls sie mich nicht mehr zu sehen wünscht. Mit Euch werde ich nicht mehr darüber sprechen. Ich gehe sie jetzt suchen.«

Ich stieß die innere Tür auf. »Das wird nicht nötig sein«, sagte ich. Die beiden Männer wandten sich mir zu. Der Raum war groß und schön, mit hoher Decke, vertäfelten Wänden in Walnussholz und Teppichen auf dem Boden. Robert lehnte an einem Tisch, der sich über die gesamte Länge des Zimmers erstreckte, während Alex ihm gegenüber vor dem Kamin stand, flankiert von hohen Fenstern. Da das Licht hinter ihm durch die Fenster fiel, konnte ich Alex' Gesicht nicht gut erkennen. Robert war bei meinem Eintreten blass geworden.

»Mary«, sagte Robert und trat auf mich zu. Alex blieb reglos stehen.

»Robert«, fragte ich, »habt Ihr den MacGannons gesagt, ich wolle Alex nicht empfangen?«

Robert reckte das Kinn vor und wirkte kein bisschen schuldbewusst. »Ja.«

»Und«, fuhr ich fort, »wurde gestern eine Nachricht für mich abgegeben, in der stand, dass Alex heute kommen würde?«

»Ich hielt es nicht für klug, dass Ihr ihn empfangt.«

»Ich verstehe«, sagte ich. »Und Ihr wart nicht der Meinung, dass ich an dieser Entscheidung beteiligt sein sollte?«

Robert wies mit einer Geste auf Alex. »Er reist ab und kehrt nach Kilgannon zurück. Was macht es also für einen Unterschied, ob Ihr ihn jetzt seht?«

Ich wandte mich Alex zu, konnte seinen Gesichtsausdruck aber immer noch nicht erkennen. »Ist das wahr?«, fragte ich ihn.

»Ja«, sagte Alex, »ich muss nach Hause.«

»Ich verstehe.« Ich zögerte einen Augenblick. »Weshalb seid Ihr hier?«

Alex warf Robert einen Blick zu und sah dann mich an. »Um mit Euch zu sprechen.«

Robert sah so elend aus, wie Alex sich anhörte. »Robert«, sagte ich, »ich möchte mit Alex allein sprechen.« Mit einem Nicken ging Robert steif an mir vorbei und schloss die Tür hinter mir. Ich hörte, wie sich auch die zweite Tür schloss, öffnete aber dennoch die innere Tür und warf einen Blick hinaus. Der kurze Gang war leer. Als ich mich umdrehte, stand Alex vor mir.

11

Dies war ein Alex, den ich noch nie gesehen hatte, bleich und erschöpft, mit niedergeschlagenem Blick. Er sah aus, als hätte er seit Tagen nicht geschlafen. »Mary«, fragte er, »wie viel habt Ihr gehört?«

»Genug.« Ich trat an den Kamin und blickte zu ihm hinüber. »Ich möchte Euch für den Umhang danken, Alex. Etwas so Schönes habe ich selten gesehen.«

»Gern geschehen.« Er schaute zum Fenster hinaus und sah mich dann an. »Mary, ich ... Es ist schön, Euch zu sehen.«

Ich spürte, wie mir die Röte in die Wangen stieg. »Ich freue mich auch, Euch zu sehen, Alex. Wie ist es Euch ergangen?«

»Gut.« Er schüttelte den Kopf. »Nein, Mädchen, das ist nicht wahr.« Er begegnete kurz meinem Blick und wandte sich dann abrupt ab. *Wir finden keinen Weg zueinander*, dachte ich. *Wir wünschen es uns beide, aber es geht nicht.*

»Wie war Euer Weihnachtsfest?«, fragte ich leise.

Er stand am Fenster und blickte hinaus. »Einsam.«

»Meines ebenfalls«, sagte ich und holte tief Luft. »Alex, ich bedauere sehr, wie ich mich bei unserer letzten Begegnung verhalten habe.« Er wandte sich überrascht zu mir um. »Ich hoffe, Ihr werdet mir verzeihen.« Ich beobachtete, wie sein Gesichtsausdruck wärmer und weicher wurde.

»Euch verzeihen, Mädchen? Ihr seid es, die ich um Verzeihung bitten muss.«

»Ihr habt nichts getan, wofür Ihr Euch entschuldigen müsstet. Es war allein meine Schuld. Ihr habt mir das Leben gerettet, Alex, und Ihr dachtet, ich bedürfte weiterhin Eures Schutzes. Das verstehe ich jetzt.«

Er nickte. »Mary«, sagte er, trat einen Schritt auf mich zu und blieb dann stehen. »Ich bedauere die Dinge, die ich zu Euch gesagt habe. Es ist richtig, dass ich nicht daran gedacht habe, in welch unangenehme Lage ich Euch brachte, indem ich Euch mitnahm. Ich wollte Euch nicht zur Zielscheibe für ganz London machen. Das müsst Ihr doch wissen, Mary. Ich hätte Euch nie allein zurückgelassen, um Euch dem zu stellen, wenn mir das bewusst gewesen wäre.«

»Wer hat Euch gesagt, dass ich mich dem gestellt habe?«

»Euer Bruder hat mir oft geschrieben. Er hat dafür gesorgt, dass ich stets wusste, wie ... was mit Euch geschieht.«

»Ich verstehe«, sagte ich und dachte an Wills verändertes Verhalten in letzter Zeit. Sein Zorn auf Robert hatte sich nicht einfach so verflüchtigt, wie ich geglaubt hatte. »Ich habe Euch auch geschrieben«, sagte ich. »Vor Monaten. Habt Ihr meinen Brief erhalten?«

»Ja.« Er wollte noch etwas sagen, presste aber dann die Lippen zusammen. Anscheinend gab es für ihn nichts mehr zu sagen. Er hatte meinen Brief erhalten und es vorgezogen, ihn zu ignorieren. Ich nickte. »Mädchen«, sagte er mit sanfter Stimme, »ich dachte, ich täte das einzig Richtige, indem ich Euch nicht antwortete. Ich dachte, Ihr wolltet mich nicht mehr in Eurem Leben haben, und so sei es besser für Euch.«

»Ich habe Euch also geschrieben, weil ich wollte, dass Ihr aus meinem Leben verschwindet?«

Er machte eine hilflose Geste. »Damals erschien es mir so.«

»Ihr wart sehr verletzt.«

Er begegnete meinem Blick und nickte. »Ja, und auch sehr zornig.«

»Und jetzt?«

Er blickte über meinen Kopf hinweg. Die eine Hälfte seines

Gesichts hob sich als Relief von dem dunklen Fensterladen hinter ihm ab. »Ich bin schon lange nicht mehr zornig, Mary.«

»Alex, warum seid Ihr hier?«, flüsterte ich beinahe.

»Warum ich hier bin?« Blaue Augen suchten meinen Blick. »Will hat mir geschrieben, dass Ihr Euch wieder Robert zugewandt habt und daran denkt, ihn zu heiraten. Und er hat mir geschrieben, dass Roberts Mutter ihren Sohn gebeten hat, bis Juni zu warten.« Er zögerte, und seine Wangen röteten sich. »Um sicherzustellen, dass Ihr kein Kind von mir bekommt. Ich kann Euch gar nicht sagen, wie wütend ich war, und ... da habe ich aufgehört, mich selbst zu belügen. Also dachte ich, ich komme hierher und stelle selbst fest, wie es um uns steht. Wir haben uns nicht im Guten getrennt, Mädchen, falls Ihr Euch daran erinnert. Aber ich habe schon in London und Grafton und Mountgarden nach Euch gesucht und all meine Zeit aufgebraucht. Jetzt muss ich nach Hause.« Meine Augen füllten sich mit Tränen, und ich brachte kein Wort heraus. Er trat näher und sagte zärtlich: »Mary, warum weint Ihr? Habe ich Euch wieder verärgert? Ich wollte Euch nicht zum Weinen bringen.«

»Nein.« Ich schüttelte den Kopf. »Nein, ich bin nicht verärgert. Ach, Alex, ich habe Euch so vermisst.« Ich konnte nichts mehr sagen, denn er schloss mich in die Arme. Ich klammerte mich an ihm fest und begrub das Gesicht an seiner Schulter.

»Mary, Mary«, murmelte er in mein Haar. »Ich musste Euch noch ein letztes Mal sehen. Wir müssen miteinander sprechen. Ich konnte es nicht glauben, als Roberts Butler behauptet hat, Ihr wolltet mich nicht sehen.« Er richtete sich auf, um in mein Gesicht zu blicken, und strich mir das Haar aus der Wange.

»Ich würde mich niemals weigern, Euch zu empfangen«, sagte ich. »Ich wusste nicht, dass Ihr hierher unterwegs wart. Ich habe Angus und Matthew vor dem Haus gesehen und Euch überall gesucht.«

Er küsste mich sacht auf die Stirn. »Kommt, Mädchen, setzt Euch zu mir.« Er führte mich zu den Sesseln vor dem leeren

Kamin. »Ich wusste, dass Ihr noch mehrere Tage hierbleiben würdet, doch ich hätte abreisen müssen, ehe Ihr nach London zurückgekehrt wäret, also musste ich hierherkommen, um mit Euch zu sprechen, Campbell hin oder her.« Er blickte zur Tür. »Ihr habt gehört, wie Robert und ich uns gestritten haben?« Ich nickte. Er lehnte sich zurück, und sein Gesicht nahm wieder diesen verlorenen Ausdruck an. »Trotz allem, was ich zu ihm gesagt habe, hat er durchaus recht. Ich weiß nicht, was ich jetzt tun soll«, sagte er leise. Nachdenklich starrte er zu Boden, und ich beobachtete ihn mehrere schweigsame Minuten lang.

»Alex?«, fragte ich schließlich. »Bedeute ich Euch denn etwas?«

Er hob den Kopf. »Ob Ihr mir etwas bedeutet? Mary, habe ich Euch nicht vom ersten Abend an mit jeder Geste zu verstehen gegeben, dass ich Euch heiraten will? Habe ich mir nicht die größte Mühe geben müssen, die Finger von Euch zu lassen? Habe ich Euch nicht gesagt, wie sehr ich Euch liebe?« Ich schüttelte den Kopf, denn ich traute meiner Stimme nicht. »Nein? Habe ich nicht? Nein? Wirklich? Nun, so ist es aber.« Er kniete sich vor meinen Sessel und nahm meine Hände in seine. »Mary Lowell, ich liebe dich, und ich werde dich wohl immer lieben. Wie kann es sein, dass du das nicht weißt? Habe ich es dir nicht auf jede nur denkbare Weise zu verstehen gegeben? Ich muss ein verdammter Narr sein, wenn ich es dir nicht deutlich genug gezeigt habe.«

»Und ich liebe dich, Alex. Vom ersten Abend an, aber ich kannte deine Absichten nicht. Du hast mir nie gesagt, dass du mich liebst. Du hast mir nie einen Heiratsantrag gemacht.«

»Ich habe das Heiraten etwa fünfzigmal erwähnt. Du bist nie darauf eingegangen, und es wurde mir allmählich langweilig. Ich habe dir gesagt, dass ich um dich werbe. Ich dachte, du wüsstest, was ich empfinde. Was glaubst du denn, was ich im Sinn hatte, außer dich zu heiraten?«

»Du hast von Heirat gesprochen, ja. Aber mir keinen Antrag gemacht.«

»Wie konntest du nicht wissen, was ich für dich empfinde? Ich fühle mich seit Monaten sterbenselend, weil ich an dich und Robert denken musste und dachte, das sei es, was du dir für dein Leben wünschst. Ich konnte dich einfach nicht vergessen.«

»Ich dich auch nicht.« Ich presste eine Hand auf den Mund und versuchte, die Tränen zurückzuhalten. »Alex, ich habe dich so vermisst –«

Er schlang die Arme um mich, stand auf und zog mich mit sich hoch. »Mary«, sagte er an meinem Hals, »ich konnte nicht aufhören, an dich zu denken, an deinen wunderschönen Körper und …« Er hob den Kopf und musterte mich. »Und daran, wie du auf mich reagiert hast.« Ich spürte, wie meine Wangen flammend rot wurden. »Nein, Mädchen«, sagte er kopfschüttelnd, »denk deshalb nicht schlecht von dir. Das ist gut. Ich glaube, das ist ein gutes Zeichen für unsere Zukunft. Aber, Mary, ich habe von dir geträumt, davon, dich ins Bett zu holen und zu beenden, was wir auf der Brigg begonnen haben.« Er küsste mich, tief und fordernd, und ich erwiderte seinen Kuss. »Mary«, knurrte er beinahe, presste mich an sich, schüttelte dann den Kopf und trat zurück. »Ich kann das nicht tun.« Er wandte sich von mir ab, rückte seine Kleidung zurecht und atmete tief durch.

»Du kannst mich nicht küssen, Alex?«

»Ich kann nicht aufhören, Mary. Wenn wir weitermachen, kann ich mich nicht mehr beherrschen. Für den Augenblick lassen wir das lieber sein.« Er fuhr sich mit der Hand durchs Haar und starrte in den Kamin. Ich richtete mein eigenes Haar, dann mein Kleid, wobei ich immer noch den warmen, erregenden Empfindungen nachspürte, die Alex' zärtliche Berührungen in mir wachgerufen hatten. Ich drückte die Hände an die Wangen und stellte fest, dass sie glühten. Mein ganzer Körper fühlte sich heiß an, und ich riss das Fenster auf. Hinter mir lachte Alex ironisch.

»Es gibt nur eine Lösung für diese Situation, Mary, und dies ist weder der rechte Zeitpunkt noch der passende Ort.« Er trat näher. »Doch zumindest wissen wir, dass du eine eifrige Schülerin sein wirst.«

»Ich muss doch sehr bitten«, sagte ich prüde, und er lachte erneut. Ich sah, wie die Last seiner Sorgen für einen Augenblick von ihm wich und dachte: *Dieser Mann liebt mich. Er hat für mich getötet, und im Augenblick würde ich sogar für ihn töten.* Das war ein ernüchternder Gedanke. Offenbar hatte ich Teile von mir bisher gar nicht gekannt. »Alex«, sagte ich, »musst du wirklich schon gehen?«

Er nickte. »Mir bleibt keine andere Wahl, Mädchen. Ich muss nach Hause. Aber ich werde wiederkommen, wenn du es wünschst. Das weißt du.«

»Ich weiß gar nichts«, sagte ich und ergriff seine Hände.

»Mary, habe ich dir das nicht vom ersten Tag an gesagt? Es wird so sein, wie du es wünschst. Wenn du möchtest, dass ich zurückkehre, werde ich es tun. Wenn nicht, dann nicht.«

»Wie kannst du behaupten, dass du mich liebst, wenn du mich so leicht aufgeben könntest?«

Er schüttelte den Kopf. »Du bist mir vielleicht eine. Ich habe nicht gesagt, dass es leicht wäre, dich für immer zu verlassen. Ich habe nur gesagt, dass ich das tun würde, wenn es dein Wunsch ist. Ich werde dich nicht anflehen, mich zu lieben, wenn du es nicht tust, Mary. Ich bettle niemals. Aber ich werde dich lieben, so lange ich lebe. So einfach ist das. Warum weinst du denn jetzt?«

»Ich bin glücklich.« Ich versuchte zu lächeln.

Er schüttelte erstaunt den Kopf. »Du bist glücklich.«

Ich nickte. »Ach, Alex, warum musst du wieder fort? Warum kannst du nicht bleiben, wenigstens noch ein paar Tage?«

»Im Haus von Robert Campbell? Ich bezweifle, dass er mich dazu einladen wird.«

»Nein«, sagte ich. »In London. Nein, nicht in London«, korrigierte ich mich und sah ihm in die Augen. »In London gibt es jemanden, der dir Böses will. Bleib bei uns, auf Mountgarden.«

Er schüttelte den Kopf. »Das kann ich nicht, so gern ich auch bleiben würde. Wenn es nach mir ginge, würde ich dich einfach entführen und mit nach Schottland nehmen, aber das kann ich auch nicht. Es scheint dir letztes Mal nicht sonderlich gefallen zu haben.« Er lächelte schief. »Ich muss nach Hause. Ich muss einiges in Ordnung bringen.« Er runzelte nachdenklich die Stirn. »Du weißt ja, dass wir es in letzter Zeit nicht leicht hatten. Es sind weitere seltsame Dinge geschehen.«

»Was für Dinge?«

»Nun, findest du es nicht merkwürdig, dass das erste Schiff, das ich einem anderen Kapitän verpachte, spurlos verschwindet? Wir haben Wochen in Cornwall verbracht, um herauszufinden, was geschehen ist, und wir sind der Wahrheit kein Stück nähergekommen. Wir konnten nichts finden, bis auf die drei Mann von der Besatzung, die schworen, das Schiff sei gesunken, doch sie erzählen alle drei unterschiedliche Geschichten. Wie soll ich sicher sein, dass das Schiff überhaupt gesunken ist? Nach allem, was ich weiß, könnte es irgendwo auf dem Mittelmeer sein. Ich versuche immer noch, Genaueres herauszufinden.«

»Jemand muss es wissen.«

»Ja. Irgendjemand weiß es. Und ich werde es irgendwann in Erfahrung bringen.«

»Deshalb musst du fort?«

»Es ist nicht nur das.« Er seufzte und blickte erneut über meinen Kopf hinweg. »Es gab Schwierigkeiten zu Hause. Ärger innerhalb des Clans, Mary.«

»Erst dein Schiff, und nun das. Du hast einen schwierigen Monat hinter dir.«

»Ja.« Er seufzte. »Die vergangenen Wochen möchte ich nicht noch einmal erleben. Aber« – er straffte die Schultern – »mir bleibt keine andere Wahl. Ich muss da sein. Ich hätte schon vor einer Woche aufbrechen sollen.«

»Was ist denn geschehen, Alex? Es ist gewiss nicht so schlimm, wie du denkst. Erzähl es mir, dann werde ich mir selbst ein Urteil bilden.«

Er schüttelte den Kopf und sah mich mit leuchtend blauen Augen an. »Es ist vermutlich dumm von mir, dir das zu erzählen, Mary Lowell. Ich habe Angst, dich dadurch zu verlieren. Du sollst wissen, dass ich dich liebe, Mädchen, und trotz allem, was Robert Campbell behauptet, leite ich keinen Clan von Wilden.«

»Was ist denn geschehen, Alex?«

»Ein Mann des Clans wurde in seinem eigenen Haus ermordet.«

»Nein! Wie schrecklich. Wer –«

»Ich weiß es nicht, deshalb muss ich so rasch wie möglich nach Hause. Ich werde die Mörder finden.«

Ich starrte ihn entsetzt an. »Du lieber Himmel! Das ist ja grauenhaft.«

»Ja.« Er beobachtete meine Reaktion genau.

»Was wirst du jetzt tun?«

»Ich muss nach Hause und die Angelegenheit regeln. Darauf freue ich mich nicht gerade, aber nur ich kann das in Ordnung bringen. Deshalb kann ich nicht bleiben. Ich werde die Wahrheit herausfinden und jene bestrafen, die das getan haben.«

»Wie wirst du sie bestrafen?«

»Wir verhandeln über sie, und wenn sie schuldig sind, hängen wir sie.«

Ich starrte ihn an. »Du würdest sie hinrichten?«

»Möglich.« Er sah mir fest in die Augen.

»Du kannst das? Du hast die Macht, das zu tun?«

»Die Macht und die Verantwortung, Mary. Wenn ein Mitglied meines Clans getötet wird, muss ich handeln. Ich kann auf meinem Land keine Gesetzlosigkeit dulden. Wir wären in der Tat Wilde, wenn solche Verbrecher ungestraft davonkämen.« Ich schüttelte den Kopf, um meine Gedanken zu klären. Wenn ich

Alex heiraten sollte, in was für eine Art von Leben würde ich dann hineingeraten? Hatte Robert doch recht? Alex' Leben war sehr viel mehr von Gewalt geprägt, als ich geahnt hatte, dachte ich. Dann erinnerte ich mich daran, wie er die Männer in der Kutsche getötet hatte. Er kam mit ausgestreckten Händen auf mich zu. Ich nahm sie und blickte zu ihm auf, als er sprach. »Mary, es ist nicht immer so. Aber allein in den vergangenen paar Monaten ist so viel geschehen, dass ich ... Mary, es ist nicht immer so«, wiederholte er kläglich.

»Ich verstehe.« Ich betrachtete ihn, sah den gequälten Ausdruck in seinen Augen. »Unser beider Leben sind sehr verschieden verlaufen, Alex.«

»Das sind sie.«

Seine Miene wirkte zurückhaltend, und er stand abwartend da und beobachtete mich. Äußerlich erschien er ruhig, doch ich war sicher, er wusste ebenso gut wie ich, dass die nächsten paar Augenblicke unsere Beziehung für immer verändern konnten. Ich beobachtete eine pulsierende Ader an seinem Hals, während ich nachdachte. Gab ich mich nur so tapfer, oder war ich bereit, sein ganzes Leben anzunehmen, nicht nur die Teile davon, die ich verstand? War ich willens, seinem Urteilsvermögen zu vertrauen? War er wirklich der Mann, für den ich ihn hielt? Ich wusste, dass er ein guter Mann war, und wenn ich ihn darum bat, würde er mich auf der Stelle verlassen, und ich würde ihn nie wiedersehen. Ich würde Robert heiraten und ein sehr sicheres Leben mit wenigen Überraschungen führen. Ein Leben in Komfort und Reichtum, umgeben von meinen Freunden und meiner Familie. Ein Leben ohne Alex. Ich hob das Kinn.

»Ich liebe dich, Alex«, sagte ich und sah, wie sich seine Miene aufhellte. »Kannst du nicht Angus hinschicken, damit er sich um die Sache kümmert?«

Alex zuckte mit den Schultern und lächelte beinahe. »Angus will mich nicht allein lassen. Er glaubt, er müsse stets an meiner Seite sein.«

»Behütet er dich denn immer so?«

Alex schüttelte den Kopf. »Er glaubt, dass ich in Frankreich vergiftet wurde.«

Ich starrte ihn an. »Als du so krank warst?«

»Ja.« Stirnrunzelnd blickte er auf unsere Hände hinab.

»Das glaube ich auch.« Sein Kopf fuhr hoch, und er sah mich an. »Niemand ist tagelang so krank, nur weil er etwas Schlechtes gegessen hat. Deine Haut war grau, Alex. Du warst schwer krank, und außer dir ging es niemandem schlecht.«

»Ja, aber das kann auch von verdorbenem Essen kommen.«

»Angus hat recht.«

»Davon bin ich nicht überzeugt.«

»Wer würde so etwas tun?«

Er sah mich ausdruckslos an. »Hass und alte Fehden sind in den Highlands schwer auszurotten, Mädchen. Die MacGannons haben Feinde, wie jeder Clan.«

»Wie viele davon befinden sich in Frankreich, Alex? Nur die Stewarts.«

»Ich kann nicht glauben, dass einer von ihnen versucht haben soll, mir etwas anzutun«, sagte er, hob den Kopf und begegnete meinem Blick. »Ich will das nicht glauben.«

»Hätten es denn die Stewarts sein können?«

Er lachte. »Warum sollten sie das tun? So wichtig bin ich nicht. Die wissen ja nicht einmal, dass es mich gibt. Nein, die Stewarts haben gewiss nicht versucht, mich umzubringen.«

»Wer dann?«

»Ich weiß es nicht. Aber sei versichert, dass ich es herausfinden werde. Mary, es ist nicht immer so. Ich weiß, das habe ich dir bereits gesagt, und du verstehst es trotzdem nicht. Du hast ganz recht damit, mir mit Misstrauen zu begegnen, denke ich.« Er seufzte. »Soll ich wiederkommen und dich besuchen, Mary, oder soll ich dir jetzt Lebewohl sagen?«

Ich starrte ihn an. »Alex, ich will nicht, dass du diesen Raum verlässt, geschweige denn das Land! Ich habe Angst davor, dich gehen zu lassen; ich habe Angst, ich könnte dich nie wiedersehen. Ich liebe dich, Alex MacGannon«, sagte ich. »Wir werden gemeinsam einen Weg finden.«

Er lächelte zärtlich. »Ich hatte gehofft, dass du das sagen würdest.«

»Ich liebe dich.« Ich hob die Hand und streichelte seine Wange. »Und, Alex, wenn ich deine Frau werden soll, muss ich wissen, was dich beschäftigt. Es war richtig, dass du es mir gesagt hast. Lass mich deine Verbündete sein.«

»Ich wollte nicht, dass du dir Sorgen machst. Bestimmt wird sich das alles regeln. Es kam nur so viel auf einmal zusammen, und das war seltsam. Vermutlich ist es nichts weiter.« Er versuchte zu lächeln und zog mich an sich. »Mary, ich verspreche dir, dass es nicht so sein wird, wenn du mich heiratest. Vertrau mir, Mädchen, ich verschleppe dich nicht in eine Wildnis voller Barbaren.« Er küsste meine Hand. »Mein Herz gehört bereits dir, und ich gebe dir auch meinen Namen, wenn du ihn haben willst.« Ich wollte antworten, doch er legte mir den Zeigefinger an die Lippen und schüttelte den Kopf. »Gib mir jetzt noch keine Antwort. Überlege es dir gut. Es gibt viel zu bedenken. Ich habe schon Söhne, und du musst entscheiden, ob es das ist, was du willst. Mich gibt es nur mit ihnen, mit dem Clan und Kilgannon. Und dann ist da natürlich noch die Religion. Ich habe kaum einen Gedanken daran verschwendet, aber der Campbell hat recht. Du musst wissen, dass es heutzutage nicht einfach ist, in Schottland Katholik zu sein. Dort sind im Namen Gottes viele Grausamkeiten verübt worden. Also überlege es dir gut, Mary. Ich will nicht, dass du dich später fragst, ob wir vielleicht übereilte Entscheidungen getroffen haben. Denk über alles gründlich nach, solange ich fort bin. Wenn ich zurückkehre, sprechen wir darüber.« Er küsste mich zärtlich und trat dann mit traurigem Lächeln zurück. »Ich muss jetzt gehen, ehe ich uns beiden Schande mache. Überleg es dir, Mädchen. Wenn du ja sagst, bringe ich dich nach Kilgannon. Du wirst in einem Schloss wohnen, Mary, nicht in einer Bauernkate. Aber ich will dich nicht belügen: Dein Campbell hat recht, ich bin nur dann ein reicher Mann, wenn ich mich auf meinem Land befinde. Oder auf meinen Schiffen, von denen ich gerade eines verloren habe.« Er strich mir über die Wange. »Aber ich liebe dich, Mary. Wenn du dich für mich entscheiden würdest, wäre ich sehr glücklich, und ich würde mein Bestes geben, um dir ein guter Ehemann zu sein. Ich weiß nicht, was ich noch dazu sagen soll. Wenn du nein sagst, werde ich das verstehen und dich nie wieder belästigen.« Er wandte sich ab.

»Alex, ich brauche keine Zeit für meine Antwort«, sagte ich.

Er wirbelte zu mir herum, so dass ihm der Kilt um die Knie schwang, und lächelte. »Mädchen, wenn die Antwort ja lautet, werde ich bald genug glücklich sein. Du musst Zeit haben, dir alles durch den Kopf gehen zu lassen, was ich dir gesagt habe. Es gibt kein Zurück. Wie auch immer deine Antwort ausfällt, es gibt kein Zurück.« Er lächelte, trat zu mir und hob mich mühelos hoch. »Ich liebe dich, Mary Lowell. Es wird so sein, wie du es wünschst«, sagte er. »Aber wisse eines, Mädchen. Du wirst niemals einen Mann finden, der dich, deinen Körper *und* deinen Geist, so sehr will wie ich. Niemals.« Er bog mich über seinen Arm zurück und küsste mich, bis ich nach Luft schnappte. Dann richtete er mich wieder auf und ging lächelnd zur Tür.

Und dann war er fort.

Die Luft zwischen Robert und mir knisterte förmlich. Als er zu mir kam, nachdem Alex uns verlassen hatte, sagte ich ihm, wie schockiert ich über seine Machenschaften war. Ich hatte ihn noch nie bei einer Lüge ertappt. Er entschuldigte sich, doch ich fragte immer wieder, was geschehen wäre, wenn ihm seine Täuschung gelungen wäre? Womöglich hätte ich Alex nie wiedergesehen.

»Hat er Euch einen Heiratsantrag gemacht?«, fragte Robert erzürnt, und ich nickte und beobachtete, wie er errötete, während er vor dem Kamin auf und ab ging. »In meinem Haus?«, brüllte er. »Der Mann platzt hier herein wie der Barbar, der er ist, und trägt Euch in meinem Haus die Ehe an? Während ich hier bin? Und Ihr nehmt an?«

»Ja«, sagte ich und sah den nackten Schmerz in seinen Augen. Ich wollte Robert nicht leiden lassen, doch er litt, und mein Herz flog ihm zu. Er stapfte im Zimmer hin und her und ließ sich lautstark über Alex' mangelnde Manieren aus. Ich hörte ihm eine Weile zu und setzte mich dann auf einen Stuhl. »Robert«, sagte ich. »Ihr habt nie um meine Hand angehalten. Ihr habt abgewartet, um zu prüfen, ob ich gut genug wäre, um Eure Frau zu werden. Ihr habt mir nie einen Antrag gemacht.«

Er starrte mich an. Ich hielt seinem Blick ruhig stand, und er schaute als Erster weg. Schweigend ging er auf und ab, und nach einer Weile seufzte er. »Ihr habt recht, Mary«, sagte er und setzte sich mir gegenüber. »Ich habe keinen Anspruch auf Euch erhoben.« *Anspruch erhoben*, dachte ich, *wie auf ein Stück Land oder ein gutes Pferd.* »Wenn ich Euch jetzt fragte, ob Ihr mich heiraten wollt, was würdet Ihr dann sagen?«

»Ich würde nein sagen.« Ich beobachtete, wie sein Zorn wieder aufflammte.

»Kilgannon stürmt also einfach herein und stiehlt Euch mir.«

»Zehn Monate kann man kaum als ›Hereinstürmen‹ bezeichnen, Robert. Ihr hattet zwei Jahre.«

»Ich habe auf den richtigen Augenblick gewartet.«

»Ihr habt noch überlegt. Und Ihr wolltet sicher sein, dass kein anderer Mann Euren Platz in meinem Bett bereits eingenommen hatte.«

Wir sahen einander lange an, bis er schließlich nickte.

»Kein Mann hat das Bett mit mir geteilt, Robert«, sagte ich leise. »Aber Alex brauchte nicht so lange zu überlegen wie Ihr. Und auch nicht so gründlich.«

»Aber ich liebe Euch, Mary.« Es war ihm ernst. Dass zwei Männer mir das an ein und demselben Tag sagten, war absurd.

»Dann hättet Ihr mir das viel früher sagen müssen, Robert. Ihr hättet mich nur fragen müssen, und ich wäre Eure Frau geworden.«

Er lehnte sich auf dem Stuhl zurück, um sich gleich wieder aufzurichten. »Ihr werdet mit ihm nicht glücklich werden. Er ist ein Barbar.«

»Er ist kein Barbar. Er ist ein Gentleman. Und ich liebe ihn.«

Er schnaubte verächtlich. »Kilgannon trampelt also wie ein lautes, unerzogenes Kind hier herein, und Ihr verliebt Euch in ihn?«

Ich lächelte beim Gedanken an Alex. »Ja, er ist recht laut, nicht wahr?«

Robert fand das nicht komisch. »Verflucht, Mary, das ist nicht lustig. Ihr habt keine Ahnung, für was Ihr Euch da entscheidet.«

»Ich entscheide mich für einen Mann, der mich liebt, Robert, einen Mann, der die ganze Welt wissen lassen wird, wie sehr er mich liebt, ohne sich um die Konsequenzen zu scheren.«

»Dann entscheidet Euch für mich. Ich habe Euch beigestanden, Mary. Wenige Männer hätten das getan.«

Tränen traten mir in die Augen. »Ja«, sagte ich, »das habt Ihr. Und dafür bin ich sehr dankbar. Aber ich kann mich nicht für Euch entscheiden.«

»Ihr meint, Ihr wollt nicht.«

»Wenn ich mit dem Kopf wählen würde, Robert, dann würde ich mich für Euch entscheiden. Aber das tue ich nicht. Ich wähle mit dem Herzen. Es ist zu spät.«

Wir schwiegen lange. Schließlich seufzte er und sagte traurig: »Hättet Ihr Euch denn je für mich entschieden, Mary?«

»Wenn Ihr um meine Hand angehalten hättet, bevor ich Alex kennenlernte, dann wäre ich jetzt Eure Ehefrau.«

»Und wenn Ihr meine Frau gewesen wäret und ihn dann kennengelernt hättet? Wäret Ihr mir untreu geworden?«

Ich holte tief Luft und beschloss, es ihm nicht übel zu nehmen. »Nein, selbstverständlich nicht. Ich wäre Euch treu geblieben.«

Er starrte auf seine Hände hinab und blickte dann wieder zu mir auf. »Meine Vorsicht und Zurückhaltung haben mich also meine zukünftige Frau gekostet?«

»Ja.«

Er schloss kurz die Augen, öffnete sie dann und erhob sich. »So sei es. So sei es. Mary … falls Ihr es Euch anders überlegt, falls Ihr jemals Hilfe braucht … ganz gleich, worum es geht, solange Ihr lebt, wendet Euch an mich. Selbst wenn Ihr ihn heiratet, werde ich immer für Euch da sein. Ihr braucht es nur zu sagen.«

Meine Augen füllten sich erneut mit Tränen. »Ich danke Euch, Robert.«

Er ließ mich allein.

12

Wir kehrten nach Mountgarden zurück, und Louisa und Randolph brachen am folgenden Tag nach London auf. Ich fuhr nicht mit, denn London hatte mir jetzt nichts mehr zu bieten. Louisa schrieb, dass ihnen der Klatsch vorausgeeilt sei und Alex und ich wieder einmal das Lieblingsthema der Londoner Gesellschaft seien. Das galt auch in Warwickshire. Ich hörte ungerührt zu, wenn Alex' Besuch auf Roberts Anwesen endlos diskutiert wurde, wo auch immer Will, Betty und ich hingingen. Ich bewahrte äußerlich Ruhe, freute mich aber noch immer darüber, dass Alex nach mir gesucht hatte. Die Tatsache, dass er seine eigene Handlungsweise nicht einmal außergewöhnlich fand, machte sie umso bemerkenswerter. Ich lächelte oft in mich hinein. Alex liebte mich. Was sonst konnte von Bedeutung sein?

Eine Woche verging, dann eine zweite, ohne dass ich von Alex hörte. Ich dachte über alles nach, was er und Robert gesagt hatten, doch im Grunde hatte ich meine Entscheidung längst gefällt. Ich wollte mit Alex zusammen sein.

Das Wetter wurde kalt und dann noch kälter. Es hatte nicht geregnet, doch die Kälte bedrohte die frische Saat, und alle Gespräche drehten sich nur noch um das Wetter. Ich bekam kaum etwas davon mit, so sehr ging ich in meinen Träumen von Alex und unserer gemeinsamen Zukunft auf. An einem kalten, düsteren Morgen Ende April wurde mir ein Brief mit dem vertrauten Wappen gebracht. Ich erbrach das Siegel und faltete den Brief auf.

Meine liebste Mary, schrieb Alex. *Wie sehr ich Dich vermisse. Ich bin in London und werde diesem Brief in ein oder zwei Tagen nachfolgen. Wir haben viel zu besprechen. Da Dein Vater verstorben und Dein Bruder jünger ist als ich, habe ich Deinen Onkel um die Erlaubnis gebeten, Dich heiraten zu dürfen. Dein Onkel Randolph hat bereitwillig zugestimmt, und gestern habe ich noch Deinen Onkel Grafton aufgesucht. Er ist ein seltsamer Mann, wie Du mir ja erzählt hast, aber er nahm mich freundlich auf, und ich mag ihn sehr. Er hat gesagt, Du seiest diejenige, die entscheidet, wen Du heiraten möchtest, nicht er, doch er hat mir geraten, auch Will zu fragen. Ich denke, ich sollte Dich fragen. Bitte halte Deine Antwort bereit. Wenn sie nein lautet, werde ich sofort aufbrechen. Wenn Du mich lieber gar nicht zu sehen wünschst* – ein großer Tintenfleck verbarg die nächsten Worte, dann ging es in offensichtlich hastiger Handschrift weiter – *Mary, ich werde bald bei Dir sein. Dein Alex*. Ich drückte den Brief an meine Brust, und ein warmes Glühen breitete sich in mir aus. Alex war auf dem Weg hierher. Mit der Welt stand alles zum Besten.

Es hatte zu schneien begonnen, und ich sah zu, wie die Flocken herabwirbelten, während ich wartete. Und wartete. Es schneite den ganzen Nachmittag und den ganzen Abend lang. Alle beklagten sich laut über Schnee im April und sorgten sich, welchen Schaden der späte Kälteeinbruch anrichten mochte. Am Morgen schien die Sonne ein, zwei Stunden lang schwächlich, ehe sie im Nebel verschwand, und zu Mittag schneite es wieder. *Bei diesem Wetter wird er nicht reisen können*, sagte ich mir. *Er wird in London bleiben*. Dann begann ich mir Sorgen zu machen, weil ich an den Überfall auf die Kutsche dachte. *Er wird wegen des Wetters in London bleiben*, dachte ich. *Und jemand, der ihm übel gesinnt ist, könnte das erfahren*. Oder er würde versuchen, durch den Schneesturm zu reiten. Ich wusste nicht, was mir mehr Sorgen machte. Ich kam nicht zur Ruhe. Die Geschäftsbücher blieben unberührt, die Romane ungelesen, meine Näharbeit unerledigt. Will und Betty zogen sich am späten Nachmittag nach oben zurück, und ich saß im Bureau meines Vaters und sah beiläufig einige Unterlagen durch, als ein Dienstmädchen den Kopf durch den Türspalt schob und sagte, Lord Kilgannon sei hier und wolle mich sehen. Ich flog an ihr vorbei.

»Wir haben ihn gebeten, im Foyer zu warten, Miss Mary«, rief sie mir nach. »Er sieht sehr wild aus.«

Ich rannte ins Foyer und sah ihn mit dem Rücken zu mir stehen und die Gemälde betrachten. Er trug einen Umhang, der ihn fast vollständig bedeckte. Schmelzender Schnee tropfte auf den Marmorboden, und das Haar hing ihm patschnass auf dem Rücken. Mehrere Diener drückten sich nervös in der Halle herum, doch keiner von ihnen hatte Alex willkommen geheißen, und ich beeilte mich, das nachzuholen.

»Alex«, sagte ich, und er drehte sich um. Seine Lippen waren blau, seine Wangen vom Wind gerötet, doch seine Augen leuchteten auf, als er mich sah. Er breitete die Arme aus. Ohne einen Gedanken an die Dienerschaft warf ich mich hinein.

»Mary«, flüsterte er in mein Haar. Ich drückte das Gesicht an seine Schulter und klammerte mich einen Augenblick lang an ihm fest, und dann küsste er mich. Seine Lippen waren kalt, seine Hände wie Eis, und als ich die Arme um ihn schlang, merkte ich, dass seine Kleidung völlig durchnässt war. Ich zog ihm den Umhang von den Schultern und verursachte einen kleinen Wirbel, während ich Umhang, Hut und Handschuhe hastig wartenden Händen reichte.

»Bring eine Jacke von meinem Bruder, Jack«, sagte ich zu einem der Burschen. »Und warme Socken«, fügte ich mit einem Blick auf Alex' Füße hinzu. »Die Stiefel musst du auch ausziehen.« Er protestierte, doch ich bestand darauf, und bald führte ich einen barfüßigen Schotten ins Arbeitszimmer meines Vaters, und eine warme Mahlzeit wurde zubereitet. Ich schloss entschieden die Tür hinter mir und musterte ihn, während er sich die Hände am Kaminfeuer wärmte. Er trug eine Art eng anliegender Hose aus kariertem, gestricktem Wollstoff, darüber ein sehr langes wollenes Hemd. Darunter befand sich noch ein Kittel aus graubeiger Wolle, der ihm bis zu den Oberschenkeln reichte, und ich überredete ihn, das obere Hemd auszuziehen, damit es trocknen konnte. Ich hängte es über eine Stuhllehne. Er legte sein Kurzschwert auf dem Kaminsims ab und griff nach mir.

»Mary, ich habe dich schrecklich vermisst«, sagte er und zog mich an sich.

»Alex«, japste ich zwischen zwei Küssen. »Du bist wunderschön.«

Ich spürte sein Lachen. »O ja, das finde ich auch. Vor allem im Augenblick. Du bist albern, Mädchen.«

»Nein«, sagte ich, als er mich wieder küsste. Ich strich mit den Händen seinen Rücken hinauf und ertastete die muskulösen Schultern. Ich verlor mich in unserer Umarmung, bis ein Klopfen an der Tür uns auseinanderfahren ließ. Das Essen wurde hereingebracht, und ich half dem Mädchen, das Alex verstohlene Blicke zuwarf, beim Auftragen. Sein Haar trocknete allmählich, und er strich es sich mit der Geste, die sich mir eingeprägt hatte, aus dem Gesicht. Als das Mädchen weg war, lachte er.

»Jetzt schockieren wir auch hier alle, Mary. Ich glaube, wir haben ein besonderes Talent dazu.«

»Das liegt allein an dir, Alex. Mich kennen sie schon mein ganzes Leben lang. Sie fanden, du sähest sehr wild aus.« Ich lud ihn mit einer Geste an den Tisch ein.

»O ja, wild. Ich bin nicht wild. Ich bin durchgefroren und furchtbar hungrig«, sagte er, als er vor seinem Teller Platz nahm. Ich fragte ihn, ob er etwas Stärkeres als Tee trinken wolle. »Ja, gern«, sagte er und begann zu essen. Ich wusste, dass irgendwo im Schreibtisch eine Flasche aufbewahrt wurde, und hatte sie gerade gefunden, als der Bursche Jack mit den Kleidungsstücken hereinplatzte. Ich war froh, dass wir nicht von einem Achtjährigen bei einer lüsternen Umarmung ertappt worden waren. Jack starrte Alex an, als sei er ein Geschöpf aus einer anderen Welt. Was er für Jack vermutlich auch war.

»Eure Kleider, Sir«, sagte Jack und schob sie Alex hin, der sich bedankte und die Sachen auf einen Stuhl legte. Jack starrte ihn weiterhin an. Ich schenkte ein Glas ein – Cognac, nicht Whisky –, und Alex nahm es dankbar an. Während er trank, betrachtete er den Jungen.

»Heraus damit, mein Kleiner«, sagte Alex. »Was möchtest du wissen?«

Jack stammelte: »Seid Ihr der Schotte, der Miss Mary heiraten wird? Seid Ihr wirklich über die Mauer des Tower geklettert? Habt Ihr ein Schwert?«

»Ja. Nein. Ja.« Alex lachte. »Ich werde deine Miss Mary heiraten, wenn sie mich haben will. Aber ich bin nicht über die Mauer des Tower geklettert, sondern nur über Lord Campbells Gartenmauer. Du hättest an meiner Stelle dasselbe getan, nicht wahr?« Jack nickte. »Und ja, ich habe ein Schwert. Möchtest du es sehen?« Jack nickte erneut und machte große Augen. Alex zeigte ihm das Schwert, erklärte die einzelnen Merkmale, während er langsam weiteraß, und beantwortete geduldig die Fragen des Jungen. *So muss er mit seinen eigenen Söhnen umgehen*, dachte ich und fragte mich, was für Jungen sie wohl sein mochten. Wenn ich mein Leben mit diesem Mann verbringen sollte, würde ich es auch mit seinen Söhnen verbringen. Ich würde ihre Stiefmutter sein. Ich hatte bisher nur an mein Leben mit Alex gedacht, und nun überlief mich ein ängstlicher Schauer. Würden sie mich mögen? Würde ich sie mögen? Ich dachte an die beiden kleinen Gesichter auf den Zeichnungen, die er mir geschickt hatte. Würde die Erinnerung an Sorcha stets zwischen uns stehen? Ich würde mein Bestes tun, um ihnen eine gute Mutter zu sein, entschloss ich mich. Aber würde das genügen? Auf was ließ ich mich da nur ein? Ich war so in meine Gedanken versunken, dass ich ein wenig erschrak, als Jack sich vor mir verbeugte und hinausrannte. Auf Alex' Lachen hin blickte ich auf.

»Zweifellos wird er jetzt in der Küche wüste Geschichten erzählen«, sagte er. »Ehe der Tag zu Ende ist, werde ich jemanden mit einem Claymore, dem typischen schottisches Schwert, entzweigehauen haben.« Alex' Stimme wurde zärtlich. »Mary, wie ist es dir ergangen?«

»Gut, Alex«, sagte ich nur, denn meine Gedanken von gerade eben hatten mich plötzlich schüchtern gemacht. »Gibt es Neuigkeiten von deinem Schiff?«

»Nein«, sagte er.

»Und was ist mit dem Mord?«

Seine Miene wurde grimmig. »Wir haben die Schuldigen gefunden, und ich habe sie gehängt, Mary«, sagte er ausdruckslos. Ich wandte den Blick ab, und ein unangenehmes Schweigen breitete sich zwischen uns aus. Gleich darauf seufzte er und nahm sein Hemd von dem Stuhl neben ihm. »Mary«, sagte er, »ich danke dir für das Essen und das Feuer.« Er sah mich nicht an, als er in sein immer noch feuchtes Hemd schlüpfte, und ich erschrak, als ich erkannte, dass er aufbrechen wollte. Ich sagte seinen Namen, doch er sah mich nicht an. Er bückte sich, um das Schwert aufzuheben.

»Alex –«, versuchte ich es erneut, doch er unterbrach mich, ehe ich fortfahren konnte; er hob das Kinn und sah mich mit leuchtend blauen Augen an.

»Mary, du brauchst es nicht auszusprechen. Ich war ein Narr.«

Ich erhob mich und blieb vor ihm stehen. »Alex, willst du etwa aufbrechen?«

»Ja.«

Ich legte die Hand auf seinen Arm. »Ich dachte, du liebst mich.«

»Das tue ich, Mädchen«, sagte er.

»Dann, um Himmels willen, frage mich endlich, ob ich deine Frau werden will.«

Sein Blick war plötzlich zornig. »Spiele nicht mit mir, Mary.«

»Ich spiele nicht mit dir.«

Schließlich nickte er. »Mary, hast du darüber nachgedacht, ob du mich heiraten möchtest?«

»Ich habe kaum an etwas anderes gedacht. Und ja, Alex, ich werde dich heiraten. Aber du musst mich richtig fragen.«

Er blinzelte. »Richtig? Ich habe bisher falsch gefragt?«

»Ja.« Ich lachte. »Genau genommen hast du mich überhaupt nicht gefragt.«

»Aha. So.« Er musterte mich einen Augenblick lang. »Mary, du weißt, dass ich jetzt noch weniger besitze?« Ich nickte. »Und dass die MacGannons Katholiken sind.« Ich nickte erneut. »Und dass wir auf Kilgannon leben werden?«

»Ja, und ich weiß auch, dass deine Söhne dazugehören. Ich weiß, dass sie ihren Vater brauchen. Ich werde mein Bestes tun, um deinen Söhnen eine gute Mutter zu sein.« Ich nahm ihm das Schwert ab und legte es wieder auf den Kaminsims. »Ich brauche ihren Vater auch. Wir werden dich eben teilen müssen. Ich liebe dich, Alex. Ich vertraue deinem Urteilsvermögen und glaube, dass du die Strafe für diese Mörder zu Recht verhängt hast. Ich werde dich heiraten und mit dir nach Kilgannon ziehen. Wir werden teilen, was du besitzt, und das, was ich mit in die Ehe bringe, wird auch dir gehören, wenn du mich willst.«

»Ach, Mädchen«, sagte er, und seine Augen glänzten. »Ich will dich, sehr sogar.« Er lachte, als ich die Arme um ihn schlang.

»Das meinte ich damit nicht.«

»Aber ich«, knurrte er an meinem Hals.

»Dann müsst Ihr mich richtig darum bitten, Sir.«

»Richtig?«

»Ja.«

»Ich muss richtig bitten, damit ich dich haben darf?«

»Du musst mich richtig darum bitten, dich zu heiraten.«

Er nickte, stellte sich vor mich hin und nahm meine beiden Hände in seine. Sein Blick war zärtlich, seine Stimme jedoch ernst.

»Mary Lowell, willst du mich zu deinem Ehemann nehmen? Willst du mich heiraten und meine Frau sein?«

»Ja, Alex.« Ich sah ihm in die Augen und lächelte. »Ja.«

Er küsste mich sanft. »Ach, Mädchen, damit hast du mich sehr glücklich gemacht.«

»Und du mich«, flüsterte ich an seiner Kehle.

Er lachte, herzlich und volltönend, hob mich hoch und wirbelte mit mir durch den Raum. »Ha!«, brüllte er. »Sie hat ja gesagt!« Er küsste mich innig, und wir hörten langsam auf, uns zu drehen, und blickten einander an. »Sie hat ja gesagt«, wiederholte er leise, und seine Augen wurden dunkler, als er mit dem Zeigefinger über meine Wange bis zu meinen Lippen strich und denselben Weg dann mit den Lippen nachzeichnete. Schließlich legten wir eine Atempause ein, und ich musterte ihn kopfschüttelnd.

»Wie konntest du daran zweifeln, dass ich ja sagen würde, Alex?«, fragte ich. »Wie konntest du dir meiner nicht sicher sein? Ich habe seit Monaten nichts anderes getan, als mich dir an den Hals zu werfen.«

Seine Miene wurde ernst. »Ich kann mir nicht vorstellen, dass du mich genug lieben könntest, um all das hier aufzugeben.« Er wies vage auf das schöne Zimmer. »Ich liebe dich, Mädchen, aber es ist sehr viel, worum ich dich da bitte, und ich wusste nicht recht, ob du das wirklich wollen würdest, wenn du erst einmal gründlich darüber nachgedacht hättest.«

»Alex«, sagte ich und streckte die Arme nach ihm aus. »Du wirst nie eine Frau finden, die dich, deinen Körper *und* deinen Geist, so sehr will wie ich. Niemals.« Er lachte wieder tief aus dem Bauch heraus, und ich lächelte ihn triumphierend an. Dann schob ich eine Hand unter seinen Kittel und streichelte seinen Rücken. Seine Haut war glatt, und am liebsten hätte ich ihm das Hemd ausgezogen, um ihn zu sehen. Ich schob auch die andere Hand unter den Kittel, und er zog mich an sich. Ich fühlte, wie sein Körper sich zu regen begann. In diesem Moment betrat Will das Zimmer. Ich ließ die Hände sinken und begrub das Gesicht an Alex' Schulter. Seine Arme umschlossen mich immer noch kraftvoll, und ich hörte, wie er über meinen Kopf hinweg sprach.

»Wir sind verlobt, Will«, sagte Alex ruhig. Die darauffolgende Pause war so lang, dass ich schließlich den Kopf hob, um Wills Reaktion zu sehen. Seine Miene war unergründlich, doch er sah mich an, als er entgegnete: »Ihr habt lang genug gebraucht, Kilgannon.«

Es schneite während der gesamten drei Tage, die Alex bei uns verbrachte. Wir unterhielten uns über die Ehe und Kinder, Bücher und Politik, London und Schottland. Jack folgte Alex überallhin wie ein Hündchen. Er hielt Alex für erstaunlich. Nun ja, die meisten Bediensteten hielten ihn für erstaunlich. Er konnte mehrere von ihnen für sich gewinnen, vor allem die Köchin, als er darauf bestand, selbst in die Küche zu gehen und sich für ein besonders gutes Essen zu bedanken. Danach war Alex über jegliche Kritik erhaben, und sie übertraf sich selbst, während er bei uns war.

Wir spazierten durch die Galerie, als ich ihn nach den Bemerkungen fragte, die ich aufgeschnappt hatte – es hieß, seine Familie gehöre zu den Jakobiten und hielte es mit dem im Exil lebenden König James Stewart. Der katholische James oder *Jacobus*, wie er auf Lateinisch hieß, war aus England vertrieben und vom protestantischen William von Oranien ersetzt worden. William war ein holländischer Prinz, dessen Anspruch auf den englischen Thron sich doppelt begründen ließ: Er war der Enkel des geköpften König Charles I., ein Stewart, und außerdem der Gemahl von Mary, Tochter des Stewart-Königs James II. William fiel 1688 in England ein und forderte den Thron von König James, der mit seinem Sohn nach Frankreich floh. Da niemand William Einhalt gebot, riss er auch noch den Thron von Schottland an sich. Einige Schotten, die man nun Jakobiten nannte, hatten sich erhoben, um James' Rechte zu verteidigen, und waren 1689 in der Schlacht von Killicrankie geschlagen worden. Alex' Vater war einer von ihnen gewesen. Ich beobachtete seine Reaktion auf meine Frage. Seufzend blickte er zu den Porträts meiner Vorfahren auf.

»Warum nur«, sagte er und deutete auf die Bilder, »scheinen sie ein so einfaches, wenig ereignisreiches Leben geführt zu haben, während unser Leben von Sorgen geprägt ist?« Er ging weiter und blickte über die Schulter zu mir zurück. »Was du gehört hast, ist, dass mein Vater im Jahre achtundachtzig Stellung bezogen hat, nicht wahr? Und dass ich schon oft in Frankreich war. Nun ja, es stimmt.«

»Was stimmt?« Ich lief ihm nach.

»Dass mein Vater achtundachtzig Stellung bezogen hat.« Er lächelte über meine verwirrte Miene. »Ich meine damit, dass mein Vater sich den Anhängern der Stewarts angeschlossen hat, die sich dagegen wehrten, dass König William den Thron von England und Schottland an sich gerissen hatte.« Er lächelte traurig. »Sie haben die Schlacht von Killicrankie verloren, und damit war der Aufstand niedergeschlagen. Mein Vater hat König William die Treue geschworen, und die MacGannons haben sein Wort gehalten. Es stimmt auch, dass ich in Frankreich war und James Stewart kennengelernt habe. Ich habe einen Cousin in Paris, den ich auch während des Krieges besucht habe. Er hat eine Französin geheiratet, und er ist kein Jakobit.« Er wandte sich mir zu. »Ich habe nicht die Absicht, mich irgendeiner Rebellion anzuschließen, Mary, und ganz gewiss nicht zugunsten der Stewarts. Die haben Schottland den Rücken gekehrt, und ich persönlich habe ihnen das nie vergeben, obwohl ich der Meinung bin, dass James von Rechts wegen unser König sein sollte. Aber er ist Katholik, und England wird nie wieder einen katholischen König akzeptieren, denke ich. James Stewart stellt für uns keine Bedrohung dar, Mädchen. Vergiss das alles«, sagte er und zog mich in seine Arme.

Alex war sehr stolz auf Kilgannon und erzählte mir viel davon. Er zeichnete mir Pläne und Skizzen der Burganlage und der

Umgebung, erklärte mir, welche Teile wann gebaut worden waren und was jede Generation getan hatte, um das Ganze noch zu verbessern. Er gestand, dass er die Skizzen, die er mir geschickt hatte, selbst gezeichnet hatte, und da fiel ihm ein, dass seine Söhne Briefe und Bilder für mich geschickt hatten. »Matthew hat Ian ein wenig beim Schreiben geholfen«, sagte er und reichte sie mir, »aber Jamie wollte es ganz allein schaffen, wie du gleich sehen wirst.«

Liebe Miss Lowell, hatte Ian in krakeligen, unterschiedlich großen Buchstaben geschrieben, *mein Vater sagt, dass Ihr vielleicht hierherkommt und bei uns wohnt. Das wäre schön. Kommt bald.* Ich blickte lächelnd zu Alex auf. Zumindest einer seiner Söhne würde mich willkommen heißen. Jamie hatte etwas gemalt, das ich nicht identifizieren konnte, und jemand hatte seinen Namen daruntergesetzt. Alex schüttelte den Kopf.

»Ich konnte darin auch nichts erkennen, Mary, aber er wollte dir unbedingt etwas schicken, also habe ich ihm versprochen, es dir mitzubringen.«

»Ich lasse es mir von ihm erklären, wenn ich ihn sehe. Aber wann wird das sein, Alex? Wann werden wir heiraten?«

Er lächelte. »Nun, wenn du einverstanden bist, würde ich gern nach Hause reiten und dich in einem Monat hier abholen. Ich muss einiges vorbereiten lassen und das Aufgebot bestellen, und ich wusste nicht, was du dir für eine Hochzeit wünschst. Möchtest du hier heiraten und dann nach Kilgannon gehen, oder möchtest du dort heiraten? Wenn wir auf Kilgannon heiraten, wird es eine katholische Zeremonie. Wird deine Familie Einwände dagegen haben? Hast du Einwände? Ich wusste nicht, was du willst.«

Ich lächelte. »Ich will dich, Alex.«

Er sah mich verblüfft an und erwiderte dann langsam mein Lächeln. »Ihr seid sehr direkt, Miss.«

»Ja, Alex, ich sagte doch schon – das spart Zeit.« Er lachte mit mir. »Was wünschst du dir, mein Liebster? Wie möchtest du heiraten?«

»Nun«, sagte er und rieb sich das Kinn. »Wenn wir in einer englischen Kirche heiraten, würde sich deine Familie freuen, aber einige aus dem Clan wären verärgert. Wenn wir es umgekehrt machen, freut sich der Clan, und wir verärgern deine Familie. Ich weiß keine Lösung.« Er lehnte sich entmutigt zurück. »Ich habe das doch nicht ganz durchdacht. Ich hatte keine Ahnung, dass es so kompliziert sein würde. Ganz gleich, was wir tun, irgendjemanden beleidigen wir in jedem Fall.«

Ich lächelte wieder. »Das ist ganz einfach, Alex.«

»Nein, Mary, ist es nicht.«

»Doch, Alex, es ist sehr einfach.« Ich küsste ihn auf die Wange, als er die Stirn runzelte.

»Wie soll das einfach sein, Mädchen? Ich sehe daran nichts Einfaches.«

»Wenn du nach England zurückkommst, heiraten wir in einer englischen Kirche, damit meine Familie dabei sein kann. Dann gehen wir nach Kilgannon und lassen uns von deinem Priester trauen. Dann kann niemand beleidigt sein. Wir heiraten in Anwesenheit beider Familien, und beide Religionen sind repräsentiert.«

Er sah mich verblüfft an. »Du wärst bereit, das zu tun?«

»Ja. Und du?«

»Ich habe nichts dagegen. Die Priester werden vielleicht Einwände erheben, aber das ist ein guter Plan. Ja.« Er richtete sich auf. »Nun, dann werden wir noch einen Monat warten müssen. Außer, du –« Mein Protest wurde von einem Kuss erstickt.

Alex brach am folgenden Nachmittag auf, und in der Nacht fand ich keinen Schlaf. Ich dachte an meine wunderschöne Mutter, die so herrlich gesungen hatte, an Vaters zärtliche Miene, wenn er sie angesehen hatte, und daran, wie Mutter die Anprobe meines ersten Ballkleids überwacht hatte. All das war verloren, und ich würde allein neu anfangen. Ich hatte meine Eltern noch nie so sehr vermisst. Vater hätte mit Alex gesprochen und uns seinen Segen gegeben, und Mutter wäre überall zugleich gewesen. Tränen liefen mir über die Wangen, und ich wischte sie seufzend weg. Nun erwartete mich ein neues Leben mit Alex. Ich würde seine Ehefrau sein und in einem fremden Land bei einem fremden Volk leben. War ich der Aufgabe gewachsen, Ehefrau, Mutter und Gräfin zu werden? Ein Teil von mir wollte am liebsten wieder ein kleines Mädchen sein, sicher auf Mountgarden mit meinen Eltern, ohne schwierige Entscheidungen treffen zu müssen. Ich seufzte und dachte an Alex, der auf den Straßen Londons lachte, in einem Gasthaus saß und sich um die Zukunft seines Landes sorgte, krank auf seinem Schiff lag, über eine Mauer kletterte, um mich zu finden, durch den Schneesturm ritt, um mich zu sehen, und mir das Leben rettete. Alex, der allein in einem Ballsaal voller Menschen stand. Plötzlich erkannte ich, dass er manchmal ebenso ängstlich war wie ich, und ebenso verletzlich. Aber er war mutiger. Er hatte mich offen und aufrichtig umworben, all die Nachteile seines Lebens dargelegt und seine Vorzüge nicht einmal erwähnt. Er stellte sich immer wieder der Missbilligung und Verachtung der englischen Gesellschaft und lachte darüber. Indem ich seine Frau wurde und mich an seine Seite stellte, würde ich in England auf ewig zur Außenseiterin werden. Ja, er war ein Graf, und ich würde seine Gräfin sein, doch in den Augen vieler Engländer würde er immer weniger wert sein, einfach deshalb, weil er Schotte war. Und was würde ich dann sein? Eine Engländerin, die einen Schotten heiratete, war weder ganz Engländerin noch ganz Schottin. Würde sein Clan mich akzeptieren? Auf was hatte ich mich da nur eingelassen? Ich schüttelte den Kopf. Es war zu spät, ich konnte es mir nicht noch einmal anders überlegen. Ich brauchte nur daran zu denken, dass ich ihn andernfalls nie wiedersehen würde, und sämtliche Zweifel verblassten. Ich dachte an seine blauen Augen, die tief in meine blickten, und schlang die Arme um mich, ein trauriger Ersatz für seine Umarmung. Solange Alex mich liebte, konnte ich mich allem stellen.

13

Wir hatten eine einfache Trauung auf Mountgarden geplant, doch Louisa wollte nichts davon hören, und obgleich die Zeit so knapp war, bereitete sie eine prunkvolle Zeremonie in St. Rosemary's vor, gefolgt von einem rauschenden Fest in ihrem Haus. Zu meiner Überraschung stürzte auch Randolph sich kopfüber in die Vorbereitungen und strahlte mich an, wann immer er mich sah. Als ich mich für seine Großzügigkeit bedanken wollte, winkte er ab und erklärte, da weder er noch Louisa Kinder hätten, sei ich für ihn wie eine eigene Tochter, und er schätze Alex sehr. Ich küsste ihn auf die Wange und fiel ihm um den Hals und tat so, als merkte ich nicht, dass seine Augen verdächtig feucht wurden. Ich dankte ihm. Er tätschelte mir den Rücken und eilte davon.

Louisa war in ihrem Element und plante jede Einzelheit mühelos und unendlich geschickt, während ich hinter ihr hertapste. Wir unterhielten uns viel, und manchmal ertappte ich auch sie mit feuchten Augen, und ich erkannte, wie sehr ich sie vermissen würde. Und wie sehr wir beide meine Mutter vermissten. Will war wunderbar und sprang überall ein, wo er gebraucht wurde. Betty war uns natürlich keine Hilfe, sie spazierte von einem Zimmer zum nächsten und überließ die Arbeit uns anderen, doch das machte mir nichts aus, denn wir erhielten reichlich Unterstützung. Beccas Mutter kam oft herüber, um Louisa zu helfen, und ließ alle wissen, sie habe das Gute in Alex vor allen anderen erkannt. Die Herzogin, die ebenfalls ständig bei uns war, behauptete, sie habe als Einzige in ganz London gesehen, was für ein wunderbarer Mann der Earl of Kilgannon sei. Die beiden lagen in ständigem Wettstreit.

Eine Woche vor der Hochzeit trafen Alex und seine Familie ein. Malcolm, Angus, Matthew und neun weitere Männer begleiteten Alex. Seine Tante Deirdre war zu Hause geblieben, um unsere zweite Hochzeit vorzubereiten, doch sie hatte einen Brief mitgeschickt, in dem sie mich herzlich in der Familie MacGannon willkommen hieß. Alex hatte auch seine Söhne nicht mitgebracht. Als ich ihn fragte, warum, sagte er, dass dies die einzige Zeit sein würde, die wir ganz für uns hätten, und dass er die Hochzeitsnacht kaum erwarten könne. Meine Wangen flammten, als er mich damit neckte. »Es ist nicht mehr lange hin, Mädchen«, sagte er, »es kommt nur darauf an, welche unserer Vermählungen du als unsere richtige Hochzeit ansiehst.«

»Wir werden zusammen sein, sobald wir hier geheiratet haben, nicht wahr?«

Er missverstand mich absichtlich. »Nein, das wäre sehr unhöflich«, sagte er. »Wir sollten doch bis nach dem Festessen warten. Deine Tante und dein Onkel haben keine Kosten und Mühen gescheut, weißt du? Wir müssen ihnen und den Gästen schon ein wenig Zeit widmen.« Er ignorierte meinen empörten Ausruf. »Doch, Mary, das müssen wir. Das gebietet die Höflichkeit.« Ich lachte.

Die letzten Einzelheiten wurden geklärt. Nach der Hochzeit würden wir London verlassen. Die MacGannons würden nach Bristol segeln und uns dort erwarten, während wir fünf Tage im Witwenhaus eines der Anwesen der Herzogin verbringen würden, in Wiltshire. Sie und der Herzog bestanden darauf, dass wir das Haus nutzten, als Teil ihres Hochzeitsgeschenks, und wir nahmen dankbar an. Von Wiltshire aus würden wir nach Bristol reisen und dort meine Familie treffen, um gemeinsam auf der *Gannon's Lady* gen Norden zu segeln. Die Hochzeit auf Kilgannon würde schon am Tag nach unserer Ankunft stattfinden, an einem Mittwoch, weil das Glück bringen sollte.

Matthew war begeistert und half so tatkräftig mit, dass wir alle uns bald sehr auf ihn verließen. Er und Will scherzten zusammen, als wären sie seit Jahren befreundet, und er hörte sich Randolphs Geschichten so respektvoll an, dass Louisa ihn bald ins Herz schloss. Malcolm beobachtete das alles herablassend und trug ständig eine leicht gelangweilte Miene zur Schau. Er hatte nicht eine einzige angenehme oder ermunternde Bemerkung über die Lippen gebracht. Ich ignorierte ihn meistens und behielt meine Gedanken für mich. Angus weigerte sich ebenfalls, sich in die Vorbereitungen und Pläne miteinbeziehen zu lassen, doch er war sehr höflich. Ab und an ertappte ich ihn allerdings dabei, wie er mich nachdenklich beobachtete. Er begleitete Alex überall hin wie ein Schatten, und es machte ihm anscheinend nichts aus, stundenlang zu warten. Wenn er nicht bei uns war, übernahm Matthew. Die übrigen MacGannons waren stets sehr höflich, wichen aber kaum von Alex' Seite und drückten sich oft in der Nähe herum, wenn wir uns unterhielten. Als meine Familie Alex danach fragte, zuckte er mit den Schultern und erklärte lachend, er sei eben ein sehr bedeutender Mann.

Unser Hochzeitstag zog klar und strahlend herauf. Am Morgen nahmen Louisa und ich uns Zeit für ein letztes inniges Gespräch, und wir weinten, als wir über meine Mutter sprachen. Sie schenkte mir eine Brosche, die meine Großmutter an ihrem Hochzeitstag getragen hatte, und ich dankte ihr für die Güte, die sie mir all die Jahre hindurch erwiesen hatte. Sie wollte nichts davon hören, doch ich wusste, dass sie sich über meinen aufrichtigen Dank freute. Ich zog das Hochzeitskleid meiner Mutter an, Seide und Spitze. Wir hatten die Röcke verlängern müssen, weil ich viel größer war als meine Mutter, doch es war ein wunderschönes Kleid, und es bedeutete mir viel, dass ein Stück von ihr mich bei meiner Hochzeit begleitete. Ich musste daran glauben, dass sie dieser Verbindung ihren Segen gegeben hätte, und ich hoffte, unsere Ehe würde ebenso glücklich sein wie die meiner Eltern. Und, offensichtlich, Beccas Ehe. Sie und Lawrence waren erst kürzlich vom Kontinent zurückgekehrt und strahlten vor Glück und Zufriedenheit. Ich war dankbar für Beccas Gesellschaft, denn sie war fröhlich und ermutigte mich unablässig. Sie versicherte mir, dass mir das Eheleben sehr gefallen würde, und lachte über meine Ängste, ich könnte mich als unzulängliche Ehefrau erweisen.

In der Kirche wurden wir in die Brautgemächer gebracht, von denen aus man auf die Straße hinausblickte. Ich war viel ruhiger, als ich erwartet hatte, zumindest glaubte ich das, während letzte Hand an mein Kleid und meine Frisur gelegt wurde und sämtliche Frauen im Raum mir gute Ratschläge erteilten. Doch als Becca, die am Fenster saß, mich herbeiwinkte, weil sie mir etwas zeigen wollte, wäre ich beinahe über den Saum meines Kleides gestolpert, und meine Contenance geriet noch mehr aus den Fugen, als ich sah, was sie mir zeigen wollte. Alex, inmitten seines Dutzend MacGannons, marschierte auf die Kirche zu. Er trug als einziger englische Kleidung, hatte aber einen MacGannon-Plaid über die Schulter drapiert, und auf dem Kopf saß seine Schottenmütze. Wir hatten ausführlich darüber diskutiert, was er anziehen sollte. Alex sagte, ihm sei es gleichgültig. Ich wollte ihn in Highlander-Tracht sehen, doch Randolph und Louisa waren der Meinung, er solle englische Kleidung tragen. Schließlich war es Matthew, der die Angelegenheit entschieden hatte. »Andere Länder …«, hatte er schulterzuckend gesagt, und das hatte den Anstoß gegeben. Alex stand nun dort unten und war im Begriff, mein Ehemann zu werden. Er trug einen grausamtenen Gehrock und Hosen und ein schneeweißes Hemd. Ich konnte die Dudelsäcke deutlich hören und stand da wie gebannt, während die Schotten sich der Kirche näherten und direkt unter uns stehen blieben. Alex stand inmitten seiner Männer und lachte. Mit Rebecca an meiner Seite beobachtete ich die

Schotten, die von einer neugierigen, aber höflichen Menschenmenge umringt waren. Becca seufzte.

»Er sieht so gut aus, Mary«, flüsterte sie und blickte sich über die Schulter nach ihrer Mutter und meiner Tante um. Ich stimmte ihr zu und dachte an Lawrence, der ein wunderbarer Mann, aber eher unscheinbar war. An Alex war ganz und gar nichts Unscheinbares. »Du liebst doch den Menschen, und nicht nur das angenehme Äußere?« Diese Frage hatte sie mir schon tausend Mal gestellt, und ich antwortete, wie schon tausendmal zuvor, dass ich alles an ihm liebte.

Die Kirche war von Kerzen hell erleuchtet, und ich ging an Randolphs Arm wie im Traum den Mittelgang entlang. Ich sah nur Alex, der auf mich wartete, und meinen gut aussehenden Bruder neben ihm. *Lieber Will*, dachte ich. Er hatte darauf bestanden, ebenfalls neben Alex zu stehen, um ganz London zu zeigen, dass meine Familie diese Heirat guthieß. Das war eine Geste, die Alex sehr zu schätzen wusste, und für mich machte sie die Tatsache erträglicher, dass Malcolm an Alex' anderer Seite stand. Alex ließ mich nicht aus den Augen, während ich auf ihn zukam, nahm mit einem Nicken zu Randolph hin meine Hand, und die Zeremonie begann. Während ich neben ihm vor dem Altar stand, war ich überwältigt von dem Schritt, den ich hier tat. Ich erinnere mich nicht an ein einziges Detail unserer Hochzeit, nur an eine überfüllte Kirche und an Alex an meiner Seite. Ich warf einen verstohlenen Blick auf ihn und fragte mich, ob er genauso nervös war wie ich. *Ich werde den Rest meines Lebens mit diesem Fremden verbringen*, dachte ich, während er die Fragen des Geistlichen mit lauter, klarer Stimme beantwortete. Mit ernster Miene wandte er sich mir zu und sah mich an, und als sich unsere Blicke trafen, lächelte er und drückte sacht meine Hand. Ich spürte, wie der Knoten in meinem Inneren sich löste, erwiderte das Lächeln und konnte die Fragen des Geistlichen beantworten, ohne einmal ins Stocken zu geraten. Alex steckte den Ring, der seiner Mutter und Großmutter gehört hatte, an meinen Finger und küsste mich. Ich war eine verheiratete Frau.

Der Empfang in Louisas Haus war von Lachen geprägt. Ich freute mich, dass so viele aus der feinen Londoner Gesellschaft gekommen waren, um uns Glück zu wünschen. Sogar mein Onkel Harry kam und schien sich prächtig zu amüsieren. Entspannt mischte er sich unter die Leute, und sein Lachen übertönte noch das der anderen. Er verbrachte viel Zeit mit Alex' Familie, und ich fragte mich, wie ich diesen liebenswerten Mann jemals hatte seltsam finden können. Harry bemerkte, London scheine mit unserer Verbindung einverstanden zu sein, und in der Tat sah es so aus. Louisas Einladungen wurden selten abgelehnt, und viele kamen zu unserer Hochzeitsfeier, weil meine Tante so beliebt war. Die Neugierigen kamen, um die Zeremonie, mein Kleid und Benehmen zu beurteilen oder um Alex und seine Familie zu begaffen, und sie wurden nicht enttäuscht. Die zwölf Schotten, größer als die meisten anderen Männer, zogen viele Blicke auf sich. Alex sah bei weitem am besten aus, doch Meg, nun selbst verheiratet, war sehr angetan von Donald, Alex' Cousin weiß Gott welchen Grades – ein riesiger Mann, sogar noch größer als Angus. Folglich nannte man ihn den »kleinen Donald«.

Der Nachmittag war ein Reigen miteinander verschwimmender Gesichter. Selbst jene, die nur kamen, um später darüber tratschen zu können, benahmen sich mustergültig. Als es endlich so weit war, dass wir aufbrechen sollten, nahm Alex sich einen Augenblick Zeit für seine Familie, dann für meine, und ich tat es ihm gleich. Dann sahen wir einander lächelnd in die Augen und bestiegen Randolphs Kutsche. Wir erreichten das ländliche Anwesen der Herzogin ohne Zwischenfälle und wurden von ihrer tüchtigen Dienerschaft in Empfang genommen. Während man uns das kleine Witwenhaus zeigte, wechselten wir verstohlene

Blicke. Bald würden wir allein sein. Zumindest in diesem Haus. Ich hatte auf Alex' Bitte hin keine Zofe mitgebracht, er hatte weder einen Kammerdiener noch sonst einen persönlichen Bediensteten, doch Angus, Matthew und der kleine Donald nächtigten in der Scheune. Ich hatte protestiert, weil wir hier auch so völlig sicher sein würden, doch Alex hatte darauf bestanden.

»Man kann nie wissen, Mary. Ich kann auch nicht glauben, dass irgendjemand versuchen würde, einen von uns beiden hier anzugreifen, aber Angus wird mich nicht allein lassen, wenn meine Aufmerksamkeit ganz gewiss nicht meiner Sicherheit gilt. Und ich werde mit anderen Dingen beschäftigt sein.« Als er mich geküsst hatte, hatte ich meinen Widerspruch aufgegeben.

Die Dienerschaft der Herzogin war sehr gründlich, und ich dachte, die Leute würden nie gehen. Doch bald darauf, als wir endlich allein im Schlafzimmer waren, wurde ich auf einmal schüchtern und räumte langsam unser Gepäck auf, während Alex mich beobachtete. Ich faltete meine Handschuhe säuberlich zusammen, drehte mich um, und er stand plötzlich vor mir. Er hatte sich Schuhe und Socken ausgezogen und den Plaid abgelegt, den er über der Schulter getragen hatte. Nun zog er den Gehrock aus, warf ihn hinter sich und lockerte den Spitzenkragen seines Hemdes.

»Mary«, sagte er, schlang einen Arm um meine Taille und zog mich an sich. »Ich habe mich lange genug anständig benommen.« Er küsste mich und richtete sich dann auf, um mich anzusehen. »Hast du etwa Angst, Mädchen?«

»Ja. Nein. Ich meine ...« Ich holte tief Luft. »Ich habe entsetzliche Angst, Alex. Aber wie könnte ich dir das sagen?«

Er lachte leise. »Das hast du doch gerade getan. Komm«, sagte er, nahm meine Hand und führte mich zum Kamin. »Ich verspreche dir, dass ich nichts tun werde, das du nicht willst. Ich bin gewillt, zu warten, Mary, bis du bereit bist. Wir haben unser ganzes restliches Leben Zeit.« Ich beobachtete, wie das Licht der Flammen auf seiner Wange tanzte, und nickte stumm. Er zog mich an sich, so dass meine Wange an seiner Brust ruhte, streichelte meinen Rücken und stützte das Kinn leicht auf meinen Kopf. Er roch nach Seife. »Fürchte dich nicht, Mädchen. Wir nehmen uns so viel Zeit, wie du willst. Was wir jetzt tun werden, ist eine gute Sache. Hör auf deinen Körper. Dein Körper weiß, was zu tun ist. Denk nicht nach.« Ich lauschte seinem Herzschlag, und meine Angst ließ nach. Dies war Alex, mein Ehemann. In den Augen der Welt waren wir nun eins.

»Und werden die zwei ein Fleisch sein«, flüsterte ich, hob das Gesicht, um ihn zu küssen, und genoss wie immer das Gefühl seiner Lippen auf meinen.

»Ich liebe dich, Mary.« Er küsste mich zärtlich, dann fordernd, und hob die Hände, um mir die Nadeln aus dem Haar zu ziehen. Als es mir offen über die Schultern fiel, stöhnte er und zog mich fester an sich. Ich spürte, wie bereit sein Körper war, und darauf reagierte auch ich. Wortlos zog er sich das Hemd aus der Hose und schob meine Hand unter den Stoff. Ich strich mit den Fingern über die glatte Haut seiner Seite, dann über den Rücken. Nun wurde ich mutiger, legte beide Hände an seine Brust und ließ die Finger über die Härchen streifen. Blonde Härchen, das wusste ich, und bald begann ich, sein Hemd zu öffnen. Sein Atem ging schneller.

»Mary«, sagte er heiser, als ich die Verschlüsse gelöst hatte und ihm das Hemd von den Schultern schob. Er ließ es hinter sich zu Boden fallen und betrachtete mein Gesicht, während ich mit beiden Händen über seine Brust strich und zusah, wie die Schatten meiner Finger über seine Haut tanzten. Ich beugte mich vor und küsste seinen Hals, dann seine Schultern. Er schloss die Augen, öffnete sie aber sogleich wieder, als ich zurücktrat, um ihn zu mustern.

»Du bist prachtvoll, Alex«, sagte ich, »einfach prachtvoll.« Er schüttelte lächelnd den Kopf, beugte sich dann vor und küsste mich, während er die Spitze von meinem Mieder löste. Ich schlang die Arme um ihn und spürte seine Haut am Ansatz meiner Brüste. *Himmlisch*, dachte ich. Er öffnete die Bänder des Mieders mit langsamen, sicheren Handgriffen. Ich hielt ihn nicht auf und ließ ihn konzentriert die Bänder losen, bis er das Oberteil meines Kleides von meinen Schultern streifen konnte. Dann trat er zurück und neigte den Kopf zur Seite, um mich zu betrachten. Das Korsett kam mir auf einmal zu eng vor, und ich holte zittrig Luft. Er lächelte und griff nach den Schnüren.

»Alex«, sagte ich mit bebender Stimme, als er langsam eine Schnur zu lösen begann.

»Sieh dich nur an, Mary«, sagte er. »Sieh, wie deine Haut im Feuerschein schimmert.« Er strich mit dem Zeigefinger über den Ansatz meiner Brüste. »Du bist so wunderschön, Mary MacGannon. Mein Weib.« Er küsste mich erneut und trat dann zurück. »Darauf habe ich so lange gewartet. Lass mich dich anschauen, Mädchen.« Er zog die zweite Schnur aus meinem Korsett, und es sprang auf. Ich schloss die Augen, als erst seine Hände, dann seine Lippen meine Brüste liebkosten. Ich erinnere mich nicht daran, wie mir das Hemd abhanden kam, doch plötzlich war es weg, und seine Hände erforschten meine Brüste, meinen Rücken, meinen Hals, und ich zog ihn noch fester an mich. Das Gefühl seiner Brust an meiner ließ mich schließlich nach Luft schnappen und die Augen öffnen. Ich strich mit den Händen über seinen Rücken, löste sein Haar und ließ es über seine Schultern und meine Hände fallen.

Als er nach der Taille meines Kleides griff, zeigte ich ihm, wie er die Schnüre öffnen konnte, und ich musste lachen, als er mit einem schiefen Blick meine zahlreichen Unterröcke musterte. »Dafür brauche ich womöglich die ganzen fünf Tage«, knurrte er, und ich lachte und merkte, dass ich mich nicht mehr fürchtete. Ich trat einzeln aus jedem Unterrock, den er zu Boden zog, und sah dann mit angehaltenem Atem zu, wie er langsam meine Strumpfbänder löste und die Strümpfe an meinen Beinen hinabrollte, wobei er die Hände auf meinen Oberschenkeln ruhen ließ, ehe er meine Waden streichelte. Ich errötete, als er zurücktrat, um mich zu betrachten, die ich zum ersten Mal nackt vor einem Mann stand.

»Mädchen«, sagte er und hielt meine Arme seitlich hoch. »Du bist die schönste Frau, die je gelebt hat. Ich habe noch nie eine so bezaubernde Frau gesehen. Nein, Mary, nicht erröten und wieder schüchtern werden. Schau«, sagte er und strich mit der Hand an der Seite meiner Brust, über Taille und Hüfte hinab, wobei er mich im Feuerschein leicht drehte. »Schau nur, welch schöne Kurven du hast. Du bist vollkommen, Mary Lowell.«

Ich schüttelte den Kopf. »Ich bin nicht mehr Mary Lowell, Alex. Ich bin jetzt Mary MacGannon. Die Countess of Kilgannon. Alex' Frau.«

»Ja«, sagte er, »Mary. Meine Frau.«

Ich holte tief Luft und nahm all meinen Mut zusammen. »Alex«, sagte ich, »ich möchte dich sehen.«

»Das sollst du.« Er stieg so schnell aus seiner Hose, dass ich kichern musste. »Das bringt dich zum Lachen?«, fragte er in gespielter Empörung, als er nackt vor mir stand. Ich schüttelte den Kopf. Genau genommen schüttelte es mich vor Nervosität am ganzen Körper.

»Nein. Du bist göttlich«, sagte ich und schnappte nach Luft. Das war er wirklich. Sein Körper war groß, schlank und makellos. Seine Schultern, die Arme und die Brust waren muskulös, die Taille straff, seine Beine lang und schlank. Ich bestaunte ihn. Hatte es schon jemals einen so schönen Mann gegeben? *Mein Ehemann*, sagte ich mir. Seine Haut, an Armen und Beinen gebräunt, war weich und rein. Ich strich mit den Händen an seinen Seiten hinab zu seinen Beinen und erkundete die Oberschenkel, die zu berühren ich mir schon so lange wünschte. Er war sehr bereit für mich, und ich errötete wieder, unsicher, was ich jetzt tun sollte.

Er lächelte. »Nicht nachdenken, Mary«, sagte er, zog mich an sich, umfing eine Brust mit der Hand, beugte sich darüber und küsste sie. Ich streichelte seine Schultern und lehnte mich zurück, als seine Hände über meinen Körper glitten, meine Beine, meinen Bauch, meinen Rücken und mehr liebkosten. *Es fühlt sich richtig an*, dachte ich. *Es fühlt sich richtig an, dass er mich so berührt.* Ich griff nach ihm, und er lächelte.

Ich protestierte nicht, als er mich zum Bett führte und mich sacht rücklings darauf niederlegte. Er beugte sich vor und lächelte. »Mary, du hast keine Ahnung, wie wunderschön du aussiehst, wenn dein Haar so über die Laken gebreitet ist, dunkel vor dem weißen Leinen, und mit deiner Haut wie Milch. Wahrscheinlich bist du die schönste Frau, die je gelebt hat. Und du bist mein.« Langsam ließ er sich neben mir nieder. »Meine Frau«, seufzte er und küsste mich. »Meine Mary.«

»Und werden zwei ein Fleisch sein«, sagte ich und zog ihn zu mir herab.

»Und werden zwei eins sein«, sagte er. Danach sprachen wir lange kein Wort mehr.

Es war wundervoll. Er war zärtlich und rücksichtsvoll und geduldig, und nach den ersten Augenblicken entspannte ich mich und gab mich ihm ganz hin. Sein Körper war wunderbar männlich, und ich erkundete ihn genüsslich. Jetzt wusste ich, was die Frauen meinten, wenn sie über Männer sprachen, und warum Rowena ihn so begierig gemustert hatte. Ich würde ihn fortan auch mit anderen Augen sehen. Ich ruhte in seinen Armen, während er schlief, und entschied, ich müsse die glücklichste Frau auf der Welt sein. *Dies ist mein Ehemann*, dachte ich, *für den Rest meines Lebens. Nichts wird uns je wieder trennen.* Ich lächelte in mich hinein. Wir würden uns gemeinsam der Zukunft stellen. Zwei waren eins geworden. Und er hatte recht gehabt. Sobald ich aufgehört hatte, mich einzumischen, hatte mein Körper gewusst, was zu tun war. Alles Übrige hatte Alex mich gelehrt. Ich strich mit den Fingerspitzen über seinen Rücken und spürte, wie seine Arme sich fester um mich schlossen. Ich drehte mich auf die Seite, schmiegte mich in seine Wärme und schlief ein.

Ich erwachte am frühen Morgen und begriff erst allmählich, dass ich nicht allein war. Dann kehrten alle Erinnerungen auf einmal zurück, ich öffnete die Augen, und er war da, auf einen Ellbogen gestützt, so dass ihm das Haar ums Gesicht fiel, und sah mich zärtlich an. »Guten Morgen, Mädchen.« Er küsste mich auf die Stirn und rutschte dann im Bett herunter, bis seine Augen auf einer Höhe mit meinen waren. »Das Erste, was ich gesehen habe, als ich heute die Augen aufschlug, war dein Gesicht, Mary.«

»Das tut mir leid«, sagte ich.

Er lachte leise und streichelte meine Wange. »Mir nicht. Ich habe monatelang darauf gewartet. Ich wollte dich schon an dem Abend, an dem wir uns kennenlernten, in mein Bett holen, dachte aber, das sei vielleicht etwas unhöflich. Wie fühlst du dich heute Morgen?«

»Alex, es war unglaublich«, sagte ich und seufzte behaglich.

Er lachte wieder und zog mich an sich. Ich konnte sein Herz schlagen hören und seufzte erneut. Ich wurde schläfrig, doch gleich darauf flüsterte er meinen Namen. »Mary, bist du wach?«

»Ja.« Ich streckte den Arm aus und gähnte. Er nahm meine Hand und verglich unsere Hände, wie Liebende es wohl auf der ganzen Welt tun; seine war braun und viel größer. »Wir sind gleich groß.«

»Nicht ganz, Mädchen. Du reichst mir ungefähr bis zur Taille.«

»Ich bin fast genauso groß wie du.« Ich stützte mich auf einen Ellbogen und starrte ihm ins Gesicht. Er lachte mich aus.

»Ja, das ist mir als Erstes an dir aufgefallen. Von oben ist dein Kopf sehr hübsch.«

»Das ist nicht wahr.«

»Nein, ist es nicht«, sagte er, und seine Hände begannen wieder, mich zu erobern. »Es waren andere Dinge, die mir als Erstes aufgefallen sind.«

Ich lächelte, streichelte seine Brust und ließ die Hand über seinen Bauch gleiten. »Ich glaube, ich bin dazu geboren, mit dir im Bett zu liegen.«

»Ach, Mary, ich bin so froh, dass du davor keine Angst hast. Ich hatte schon befürchtet ...« Er sog scharf den Atem ein, als ich die Hand noch tiefer schob.

»Dass?«

»Dass es dir nicht gefallen könnte«, krächzte er.

Ich lachte. »Es gefällt mir gut.«

14

Als ich wieder erwachte, war es Mittag, es regnete, und ich war allein. Ich fand Alex unten, lesend vor dem Kain, und er sah so zufrieden aus, dass ich lächelte und die friedvolle Szene genoss.

»Wie geht es dir, Mädchen?«, fragte er und blickte lächelnd auf.

»Ich fühle mich sehr ausgeruht«, sagte ich lachend. »Und ich habe Hunger.«

Er lachte ebenfalls. »Die Ehe hat ja eine seltsame Wirkung auf dich.« Ich schnitt ihm eine Grimasse und ging voran in die Küche, wo wir uns am Tisch niederließen und eine kalte Mahlzeit verzehrten.

»Alex?«, begann ich. Wir hatten ein paar Minuten lang schweigend beieinander gesessen, und ich hatte zugesehen, wie er mit nachdenklicher Miene aß. »Alex, ich möchte etwas mit dir besprechen.«

»O nein, wusste ich es doch. Wir sind erst einen Tag verheiratet, und schon geht es los.«

»Du machst es mir nicht leichter.«

»Allerdings.« Er nickte lachend. *Sieh nur, wie schön er ist,* dachte ich. *Mein Ehemann. Ich habe das Recht, ihn zu berühren, mit ihm zu sprechen, mit ihm allein zu sein. Wann immer ich will, Tag und Nacht. Und niemand kann mir deshalb Vorhaltungen machen oder mir das Gefühl geben, unmoralisch und gewöhnlich zu sein, weil ich nicht aufhören kann, ihn anzuschauen. Meinen Ehemann.*

»Alex …«, sagte ich und reckte das Kinn.

»Du bist eine sehr hartnäckige Frau, Mary MacGannon.«

»Ja.« Ich funkelte ihn an. »Sehr. Also hör mir zu.«

»Ich werde kein Wort mehr sagen.«

»Schön. Und jetzt hör zu. Ich habe nachgedacht.«

»Hm«, sagte er, und seine Mundwinkel zuckten.

»Alex!« Wieder grinste er mich an. »Ich will, dass du mit meiner Aussteuer ein Schiff kaufst. Um das zu ersetzen, das gesunken ist.«

Er blinzelte. Seine Arme sanken herab, und er legte die Hände auf den Tisch. Ich lehnte mich zurück und genoss sein Staunen. Er sah mich lange an und schaute dann zu Boden, ehe er meinem Blick wieder begegnete.

»Ich weiß nicht, was ich sagen soll. Das ist ein sehr großzügiges Angebot.«

Ich lächelte selbstzufrieden. »Sprachlos. Wirklich ein amüsanter Zustand.«

Er ignorierte meine Bemerkung und fuhr langsam und leise fort: »Sehr großzügig, Mädchen, aber ich glaube, ich kann es nicht annehmen. Das Geld soll doch für dich sein.«

»Du musst es annehmen, Alex. Du kannst nicht nein sagen!«

Seine Augen blitzten schalkhaft. »Ach ja? Muss ich das?«

»Ja«, fauchte ich und verschränkte die Arme vor der Brust.

»Ich verstehe«, sagte er, wobei er mich perfekt nachahmte. »Und warum?«

Ich beugte mich vor. »Alex, als du mich gebeten hast, deine Frau zu werden, hast du mir geschworen, alles mit mir zu teilen, was du besitzt, und ich habe geschworen, alles mit dir zu teilen, was ich besitze. Jetzt sind wir verheiratet, und ich möchte, dass du das Geld von meiner Aussteuer sinnvoll nutzt. Bau deine Flotte wieder auf.« Er sah mich nachdenklich an. »Ich werde mich in dieser Angelegenheit durchsetzen, mein Liebster.«

»So, wirst du das?« Er schüttelte grinsend den Kopf. »Ich glaube nicht, aber wenn du dir die Zeit damit vertreiben möchtest …«

Ich stand so abrupt auf, dass mein Stuhl hintenüberkippte. Er rührte sich nicht, doch seine Miene wurde ernst.

»Dann kannst du dir deine Zeit allein vertreiben.« Ich war den Tränen gefährlich nahe, als ich zur Tür ging. Er erreichte sie noch vor mir und verstellte mir den Weg. Als ich ihn beiseiteschieben wollte, packte er meine Handgelenke und drehte mich herum, so dass ich mit dem Rücken an der Wand stand. Ich blickte ihm in die Augen, als er mir die Handgelenke über den Kopf hochdrückte.

»Ich liebe dich, Mary MacGannon, und ich nehme dein Angebot an. Vielen Dank.« Er küsste mich auf die Stirn und die Wange. Ich drehte den Kopf weg, und er lachte leise. »Sei nicht zornig, Mädchen. Du hast gewonnen«, flüsterte er mir ins Ohr, ließ meine Hände los und zog mich an sich. »Du hast gewonnen. Unter einer Bedingung.«

Ich wandte mich ihm zu, und er küsste mich auf den Mund. »Und die wäre?«

»Dass das Schiff auf deinen Namen eingetragen wird, nicht auf meinen. Es wird immer dein Eigentum bleiben. Du kannst damit machen, was du möchtest. Du brauchst es nur zu sagen.«

»Nein. Es soll dir gehören.«

»Mary, es wird dir gehören, und dir allein, sonst nehme ich das Geld nicht an. Darüber lasse ich nicht mit mir reden.« Er küsste mich wieder.

»Alex«, sagte ich schließlich, denn seine Aufmerksamkeit galt inzwischen ganz seinen Händen, die sich mit meinem Mieder befassten. »Du wirst das Boot also kaufen?«

Er hielt inne und lachte ein wenig traurig. »Schiff, Mädchen, und, ja, ich werde es kaufen. Du kennst deine Macht sehr genau, Mary. Es ist so, wie ich es dir von Anfang an gesagt habe – alles wird so sein, wie du es wünschst. Ich fühle mich nicht wohl dabei, dein Geld auf diese Weise zu benutzen, aber wenn es wirklich dein Wunsch ist, werde ich es tun, und ich danke dir dafür.« Ich schlang die Arme um seinen Nacken und küsste ihn.

»Unser Geld, Alex. Unser Geld. Und es ist wirklich mein Wunsch.«

»Dann wirst du deinen Willen bekommen. Sofern meine Bedingung erfüllt wird.« Er küsste mich auf die Stirn, und seine Hände waren bereits wieder sehr geschäftig.

»Du wirst es also bauen lassen? In London?«

»Nein. Dein Geld geben wir in Schottland aus«, sagte er und beugte sich tief hinab, um einen störrischen Haken zu lösen.

»Und du wirst das tun, sobald wir dort angekommen sind?«

»Nach der Hochzeit, Mädchen. Ich werde jeden Penny deiner Aussteuer ausgeben, wenn es das ist, was du willst.« Seine Hände hielten inne, und er blickte auf. »Mary, sag mir eines, Mädchen. Hat dir jemals irgendjemand etwas verweigert?«

»Ja.« Ich strich ihm über die Wange. »Auf dich musste ich monatelang warten.«

Die fünf Tage verflogen nur allzu rasch, und dann war es Zeit zum Aufbruch. Die Bediensteten hatten uns in Ruhe gelassen, aber gut für uns gesorgt. Wir hatten die Abgeschiedenheit und Rücksichtnahme sehr genossen und schrieben am Abend vor unserer Abreise dem Herzog und der Herzogin, um uns zu bedanken. Alex war still, als sich unser Gepäck im Foyer stapelte und alles für den Aufbruch am Morgen vorbereitet wurde, und ich fragte ihn, woran er denke.

»Ich denke, dass Kilgannon ein Schock für dich sein wird. Dies hier war die Ruhe vor dem Sturm. Wir hatten Zeit füreinander, wir beide, und das wird von jetzt an sehr selten vorkommen. Wir werden von einem ganzen Clan umgeben sein, und mich hat das zwar nie gestört, aber ich fürchte, das ist ein völlig anderes Leben als jenes, das du bisher kanntest. Bereust es, mich geheiratet zu haben?«

Seine Miene war besorgt, und ich umarmte und küsste ihn. »Das wird sich alles finden, Alex. Wenn wir auf Mountgarden leben würden, wäre es doch dasselbe. Ich bin in einem Haus voll Bediensteter großgeworden.«

»Das waren nicht deine Verwandten.«

»Das wird sich alles finden, Alex. Da wäre nur eine Sache ...«

»Ja?«

»Ellen. Dürfte ich vielleicht Ellen mitnehmen?«

»Ellen?«

»Eines von Louisas Hausmädchen. Ich habe sie sehr lieb gewonnen. Ich würde ihre Gesellschaft sehr schätzen.«

Er zuckte mit den Schultern. »Natürlich, alles, was du möchtest. Aber glaubst du denn, das Mädchen würde so weit fort von London leben wollen?«

»Sie sagte ja.« Und das hatte sie, kurz vor unserer Hochzeit. In der Aufregung hatte ich ihre Bitte, sie mitzunehmen, ganz vergessen.

»Dann ist es abgemacht. Wenn sie es scheußlich findet, packe ich sie auf ein Schiff zurück nach Hause.«

»Wie soll ich sie benachrichtigen? Wir treffen doch morgen die anderen. Das hätte ich mir wirklich früher überlegen sollen.«

»Uns bleibt genug Zeit«, sagte er und rückte eine meiner Truhen gerade. »Einer der Jungen kann sofort aufbrechen und sie holen. Wir legen erst morgen Abend ab.« Stirnrunzelnd betrachtete er das Gepäck. »Wie viel willst du denn noch mitnehmen, Mädchen? Womöglich werden wir zwei Schiffe brauchen.«

Wir erreichten meine Familie ohne Zwischenfall und legten am kühlen, klaren Abend mit der Flut ab. Der kleine Donald hatte sich bereit erklärt, nach London zurückzukehren und Ellen zu holen, und sie freute sich sehr darüber, dass ich sie nicht vergessen hatte. Sie stand neben mir, als wir meiner Familie zum Abschied winkten, und hüpfte aufgeregt auf und ab. Ich beobachtete sie voller Zuneigung und fragte mich, ob ihre Begeisterung wohl abkühlen würde, wenn wir gen Norden ins

Unbekannte segelten. Abschied zu nehmen war mir viel schwerer gefallen, als ich geahnt hatte. Ich war noch nie länger ohne Louisa oder Will gewesen und bereute es nun, dass ich unsere letzten gemeinsamen Wochen nicht bewusster ausgekostet hatte. Randolph gab sich schroff, hatte aber Tränen in den Augen, als ich ihn umarmte. Ich weinte ebenfalls, und er wischte mir die Tränen mit einer unerwartet zärtlichen Geste fort.

»Gebt ja gut auf mein Mädchen acht, Kilgannon«, knurrte Randolph.

Alex grinste ihn an. »Das werde ich, Sir. Und Ihr kommt uns doch in der Wildnis im Norden besuchen, nicht wahr?«

Randolph wandte sich abrupt ab, und Louisa tätschelte seinen Arm, ehe sie mich an sich zog. Wir versprachen einander, oft zu schreiben. Ich wusste, dass sie ihr geschäftiges Leben in London wieder aufnehmen würde, doch ich wusste auch, dass sie mich vermissen würde, so wie ich sie. Ich war noch nie diejenige gewesen, die andere verlassen hatte. Ich versuchte erneut, ihr für all ihre Güte zu danken, doch sie fegte meine Worte beiseite.

»Mary, wenn du uns brauchst, sind wir immer für dich da.« Sie umfasste mein Gesicht mit beiden Händen und brachte ein schwaches Lächeln zustande. »Immer, mein Liebes.« Ich brachte kein Wort heraus, also nickte ich nur und umarmte sie erneut.

Will versuchte gar nicht erst, seine Gefühle zu verbergen, als er mich an sich zog und leise sagte: »Gib auf dich acht, kleine Mary. Sei glücklich. Und wenn er nicht gut zu dir ist, dann komm nach Hause, und ich werde ihm bei lebendigem Leibe das Herz herausreißen.«

»Ach, Will …«, sagte ich, kämpfte mit den Tränen und verlor.

Er lächelte. »Werde glücklich, Mary.« Ich nickte und umarmte ihn. Selbst Betty ließ sich von der Abschiedsstimmung anstecken, schlang die Arme um mich und wünschte uns alles Gute. Ein letztes Mal umarmte ich alle, dann wurde ich an Bord geleitet und winkte ihnen zu, als wir in den Abend davonsegelten.

Unsere Reise verlief ereignislos, und ich war froh, dass ich mich einmal mehr als seetauglich erwies. Als wir Schottland erreichten, waren die Wellen hoch und bedrohlich, doch kein Regen behinderte uns. Am letzten Tag segelten wir zwischen Inseln hindurch, und die See beruhigte sich ein wenig. Alex zeigte mir markante Punkte, erklärte mir die Orte, an denen wir vorbeisegelten, und zu wessen Land sie gehörten, und an diesem Tag hörte ich viele der Namen, die mir später so viel bedeuten sollten, zum ersten Mal. Wir standen gemeinsam an Deck, als die *Gannon's Lady* dem Meer endlich den Rücken zukehrte und durch eine Felsspalte auf einen Meerwassersee glitt. Alex trug seine beste Kleidung und hatte mich gebeten, den Umhang anzulegen, den er mir geschenkt hatte. Er flatterte um mich wie ein Segel, als wir den Kurs änderten und der Wind nun von hinten kam.

»Loch Gannon«, sagte Alex und lächelte breit, während er mein erstauntes Gesicht nickend zur Kenntnis nahm und mir das Haar aus dem Gesicht strich. »Ja, der Mann hat allem seinen Namen aufgeprägt. Als Angus und ich klein waren, nannten wir alles ›Gannon‹. Der Gannon-Baum, der Gannon-Felsen, das Boot Gannon. Wir fanden das sehr witzig. Gannon offenbar auch.« Er lächelte wieder. »Wir sind schon fast zu Hause.«

Die Ufer des Meerwassersees bestanden aus Felsklippen, die grau und leblos über uns aufragten. Ich schaute mich um und fragte mich, in was für ein Land ich da gekommen war. Konnte irgendjemand es hier tatsächlich schön finden? Wie konnte diese Gegend überhaupt Menschen ernähren? Wir segelten um eine Biegung, und hier fielen die Klippen auf der einen Seite zu kahlen Hügeln hin ab, doch ich sah noch immer keine Häuser, keine Menschen, und mir sank der Mut. Es wurde nicht besser.

Warum hatte er mir sein Zuhause als so schön beschrieben? Und seine Skizzen. Wo hatte er die gezeichnet?

»Hörst du die Dudelsäcke, Mädchen?« Alex lächelte in sich hinein. »Gleich, warte nur. Sie bereiten uns einen ordentlichen Empfang. Und wenn du zur Spitze dieser Landzunge da hinaufschaust« – er zeigte auf eine Klippe, die weit in die nächste Biegung hineinragte – »wirst du einen Jungen winken sehen. Das ist der Wächter, der uns entdeckt und den anderen gemeldet hat, dass wir kommen.« Ich schirmte die Augen ab, und tatsächlich, dort oben sprang ein Junge von einem Fuß auf den anderen und winkte wie verrückt. Alex winkte zurück. »Du kannst sicher sein, dass wir jeden sehen, der hier ankommt. Auf Kilgannon weiß man immer, wer über das Meer kommt, lange bevor er anlegt.« Seine Augen leuchteten, er lauschte aufmerksam, und bald konnte auch ich die Dudelsäcke hören. Als wir die letzte Landspitze umrundet hatten, wurde die Musik lauter und breitete sich über ein weites Tal hin aus.

Und was für ein Tal. Grün, üppig, fruchtbar und voller Bäume lag es vor uns wie der Garten Eden. Kein Wunder, dass er sein Zuhause so außergewöhnlich schön fand. Nichts hätte mich hierauf vorbereiten können. Es war sogar noch schöner, als er es mir beschrieben hatte. O ja, dachte ich, hier konnte ich leben. Das Tal lag im nachmittäglichen Sonnenschein, doch um die Berge darüber hing dichter Nebel, bereit, sich auf uns herabzusenken. Dudelsackspieler standen an einem breiten Landungssteg aufgereiht, dahinter drängte sich eine Menschenmenge, und noch mehr Leute liefen herbei, während wir uns näherten. Vom flachen Land um den Steg herum reichte das Tal bis zum Ende des Sees und ging dort in weite, von Bäumen gesäumte Wiesen über, die zu den Bergen hinaufführten.

»Kilgannon«, sagte Alex neben mir leise und streckte den Arm aus. Ich folgte seinem Fingerzeig und blickte nach rechts übers Wasser. Es war tatsächlich ein Schloss. Es schien aus dem Fels selbst emporzuwachsen und beherrschte das Tal und den See von einem steilen Hügel aus, der sich in ummauerten Terrassen hoch über den Boden des Tales erhob. Oberhalb der Terrassen standen uralte Mauern, offenkundig immer wieder verbessert, die eine prachtvolle Festung aus grauem Stein bildeten. Das Schloss lag noch weiter oberhalb, weitere Mauern umschlossen den ursprünglichen Wehrturm und die späteren Bauten. Es war eine edel anmutende Burg, elegant trotz ihrer Größe und der nicht zu übersehenden Wehranlagen. Neun Generationen von MacGannons hatten hier gelebt und waren hier gestorben, dachte ich, und nun würde ich die Herrin dieses Schlosses sein. Die grauen Mauern hoben sich vor dem Nebel darüber ab. *Nimm mich mit offenem Herzen auf, Kilgannon*, bat ich stumm. *Ich werde mein Bestes tun, um mich deiner würdig zu erweisen.*

Dann zogen die Leute meine Aufmerksamkeit auf sich, denn sie jubelten laut, als wir uns dem Steg näherten. Sie riefen nach Alex, als wir anlegten, und ich staunte über die zwanglosen Begrüßungen. Viele sprachen ihn mit »Laird« oder »Sir« an, doch die meisten nannten ihn schlicht »Alex«. Bis auf die beiden kleinen Jungen, die an Bord kletterten, noch ehe wir sicher vertäut waren. »Vater! Vater!«, riefen sie, als sie über die Reling krabbelten und sich auf ihn stürzten. Er drückte sie fest an sich, und ich trat zurück, um zuzusehen, wie sie ihren Vater begrüßten. So wie der Ältere musste Alex in diesem Alter ausgesehen haben, und der Jüngere war ebenfalls eine Miniaturausgabe seines Vaters bis auf das rötlichere Haar. Beide hatten die langen Glieder ihres Vaters geerbt, das wild gelockte Haar und die blauen Augen. Und seine ungestüme Art, Zuneigung zu bekunden. Nach ein paar Augenblicken stellte Alex die beiden lachend wieder auf das Deck.

»Mary, das sind meine Söhne«, sagte er, je eine Hand auf einem zerzausten Kopf. Drei blaue Augenpaare beobachteten mich gespannt.

Ich knickste tief und lächelte. »Ich bin Mary«, sagte ich. *Lieber Gott*, betete ich im Stillen, *lass sie mich akzeptieren. Ich werde mich nach Kräften bemühen, ihnen eine gute Mutter zu sein.* »Du musst Ian sein«, sagte ich zu dem älteren Jungen, »und du bist sicher Jamie.« Die beiden nickten, plötzlich still und schüchtern. »Ich freue mich sehr, euch kennenzulernen.« Ich blickte in ihre unendlich blauen Augen, doch sie sagten noch immer nichts. Als wir über die Planke auf das Dock hinabgingen, folgten sie uns auf dem Fuße, und sie blieben stumm, während Alex von seinen Verwandten umringt wurde. Angus betrat nach uns den Steg, Matthew an seiner Seite, und nun erwachten die Jungen wieder zum Leben und stürmten auf die beiden los. Matthew warf sich Jamie über die Schulter und rannte den Hügel hinauf, Ian ihnen dicht auf den Fersen. Ich fühlte mich sehr verloren im Gedränge der Schotten und sah den davonlaufenden Jungen nach.

Alex legte mir einen Arm um die Schultern, und es begann ein scheinbar endloser Reigen von Vorstellungen. Alle hießen Mairi oder Morag oder Duncan oder Donald, so schien es mir, aber es mussten auch mindestens zehn Alexe darunter sein. Und alle waren miteinander verwandt. MacDies und MacDas, so ging es gewiss zehn Minuten lang, bis mir der Kopf schwirrte. Die Leute waren nach Art der Highlands gekleidet, die Männer trugen Kilts und Mützen, die Frauen schlichte Kleider. Viele hatten sich in Umhänge gehüllt, doch nicht wenige standen ohne solche in der kalten Luft herum, und es schien ihnen nichts auszumachen. Manche waren groß und blond oder rothaarig, und ich sah viele Gesichter, die ihre MacGannon-Abstammung verrieten. Aber es gab auch viele, die anders aussahen, dunkles Haar hatten oder kleiner waren.

Wir gingen mit den vielen Leuten die Terrassen zum Schloss hinauf, und die Dudelsackpfeifer folgten uns. Ich drehte mich um, bevor wir das äußerste Tor durchschritten, und blickte hinter mich. Von der Burg aus genoss man den Blick über den See und das Tal, bis dorthin, wo es an seinem Ende in Wälder und dann Berge überging. Der See reichte noch eine gute halbe Meile weiter; still und kühl spiegelte er das üppige Grün des Tales unter mir und die Berge, die über allem aufragten. Das Wasser war leuchtend blau, während die Berge sich dunkelgrau vor dem Nebel abzeichneten. Alles glitzerte in der Sonne.

»Was für ein wunderschöner Ort«, sagte ich, doch ich merkte nicht, dass ich laut gesprochen hatte, bis Angus neben mir zustimmend nickte.

»Ja, Mädchen«, sagte er, und seine Stimme klang heiser vor Rührung. »Es ist gut, wieder zu Hause zu sein. Und es ist gut, dich hier bei uns zu haben.«

Dann nahm Alex meine Hand und führte mich in mein neues Zuhause.

TEIL ZWEI

Liebten wir uns nicht so herzlich,
schieden wir uns nicht so schmerzlich;
Hätten wir uns nie gesprochen,
Wär’ uns nie das Herz gebrochen.
Lebe wohl, du süße Eine,
Lebe wohl, du einzig Meine!

Robert Burns: *Fond Kiss*
Übersetzt von Karl Bartsch

15

Ich fühlte mich sehr herzlich aufgenommen. MacDonalds, Macleans, MacKinnons, MacLeods, MacNeills, Frasers und noch mehr MacGannons wurden mir vorgestellt, bis mir der Kopf wehtat. Es reichte offenbar nicht, nur jemandes Namen zu kennen; man musste auch seine Abstammung über zehn Generationen zurückverfolgen können. Zum ersten Mal begriff ich tatsächlich, dass ich ein Clanoberhaupt geheiratet hatte, nicht nur einen Earl. Obwohl sie so vertraut mit ihm umgingen, war offensichtlich, dass die Clanmitglieder Alex respektierten und deshalb auch mich als seine Frau annahmen.

Alle waren fröhlich und höflich, bis auf Malcolm, der abseits stand und den festlichen Empfang mit säuerlicher Miene beobachtete. Sein Blick folgte Alex überall hin, und einmal, kurz bevor sich unsere Blicke trafen und er mit sarkastischer Geste den Becher in meine Richtung erhob, hätte ich schwören können, dass er Alex finster anstarrte. Es war nicht zu übersehen, wie wenig es ihm gefiel, dass Alex im Zentrum der Aufmerksamkeit stand. *Damit wird er sich wohl abfinden müssen*, dachte ich, denn aller Aufmerksamkeit *war* auf Alex gerichtet, vor allem, als er auf eine Tafel am Ende der riesigen Halle sprang, mit erhobenen Armen Ruhe einforderte und mir dann die Hand entgegenstreckte, um mir hinaufzuhelfen. Gemeinsam blickten wir in die Menge. Er sprach auf Gälisch, deutete auf mich, nahm meine Hand und küsste sie. Ein Jubelgeschrei, wie ich es noch nie gehört hatte, erhob sich in dem großen Raum, und Alex grinste mich an.

»Ich habe dich soeben vorgestellt, Mädchen. Hast du etwas zu sagen?«

»Sag ihnen, dass ich mich sehr freue, endlich hier zu sein, und ihnen für den herzlichen Empfang danke«, sagte ich, was mutiger klang, als ich mich fühlte.

Er nickte erfreut. »Warum sagst du es ihnen nicht selbst?« Das tat ich, und ich wurde mit weiterem Jubel belohnt, der noch lauter wurde, als Alex übersetzte. Er sagte wieder etwas, und die Leute brüllten. Dann lächelte er mich an, ehe er vom Tisch sprang und mir hinunterhalf. »Ich habe sie gerade eingeladen, das Haus leer zu trinken und zu essen, und sie haben die Einladung angenommen.« Er lachte, doch ehe ich etwas sagen konnte, trat ein riesiger Mann zu ihm, der ihn grob umarmte und ihm mit breitem Grinsen mehrmals heftig auf die Schulter schlug. »Mein Cousin Dougall«, erklärte Alex über die Schulter hinweg, während Dougall schnell und hitzig auf Gälisch auf ihn einredete. Ich nutzte den Augenblick, um mich umzusehen. Der Raum, so typisch für die alten großen Hallen, war mit massivem Holz getäfelt und mit Schnitzereien und einer erstaunlichen Ansammlung von Geweihen und Schilden geschmückt. Gobelins zierten einige der größeren vertäfelten Flächen. Über dem gewaltigen Kamin hingen gekreuzte Schwerter und Lanzen, Wappen und Wahlspruch der MacGannons – EHRE UND MUT. Ich drehte mich langsam um mich selbst, um alles zu betrachten, als ich plötzlich in die sehr blauen Augen einer großen, blonden, vollbusigen Frau direkt vor mir schaute.

»Willkommen auf Kilgannon«, sagte sie. »Ich bin Alex' Tante Deirdre.«

»Madam«, sagte ich und umarmte sie kurz. »Mistress MacGannon, ich danke Euch für Euren Brief. Das war sehr freundlich von Euch.«

Angus' Mutter lächelte. »Deirdre, bitte. Ihr habt bereits die Herzen meines Sohnes, Enkels und Neffens erobert, Mary. Ihr seid auf Kilgannon sehr willkommen.«

»Ich danke Euch. Angus war sehr freundlich zu mir, und Matthew ist wunderbar.«

Ihre Freude war nicht zu übersehen. »Ja, er ist ein guter Junge. Ich bin sehr stolz auf die beiden. Nun, denke ich, werdet Ihr Eure Gemächer sehen wollen.« Ich warf einen Blick zu Alex hinüber, der ins Gespräch mit Dougall vertieft war. »Die werden ihn schon beschäftigen«, sagte sie, denn sie war meinem Blick gefolgt. »Wenn Dougall einmal zu reden anfängt, hört er lange nicht mehr auf. Kommt auf ein Weilchen mit mir.«

Ich folgte ihr durch das Gedränge und eine Treppe an der Seite der Halle hinauf, die ich zuvor gar nicht bemerkt hatte. Als wir oben ankamen, drehte sie sich um, schaute auf die fröhliche Menge unter uns hinab und lächelte mich an. »Sie sind laut, nicht? Es ist schön, dass hier zur Abwechslung einmal gefeiert wird. Zu lange ist es her, seit im Hause MacGannon so viel gelacht wurde.« Sie warf einen letzten Blick auf die Feiernden und führte mich dann zu einem Flur, der die Halle mit einem neueren Flügel verband. Alex hatte mir erzählt, dass man die Halle an ein Ende des ursprünglichen Wehrturms angebaut hatte, und den neuen Flügel ans andere Ende. Die beiden waren durch einen Gang verbunden, der an dem ältesten Gebäude vorbeiführte. Wir befanden uns im gotischen Teil von Kilgannon, mit Spitzbögen und Steinfußböden. Kerzen brannten in Haltern, die ursprünglich für Fackeln gedacht gewesen waren. Beinahe fühlte ich mich zwei Jahrhunderte zurückversetzt. »Angus' und Alex' Großmutter Diana hat ›das Haus‹, wie wir es nennen, selbst entworfen«, erklärte Deirdre. »Dorthin gehen wir jetzt.«

»Alex hat mir viel von Kilgannon erzählt, aber er hat mir nicht gesagt, dass seine Großmutter Diana hieß«, bemerkte ich, während ich hinter ihr her lief.

Sie lachte. »Ja, seine Urgroßmutter hat allen ihren Kindern klassische Namen gegeben. Dianas Schwestern hießen Juno und Minerva. Sie konnte sich noch glücklich schätzen! So, hier sind wir im Haus.« Sie wies nach vorn, als sie in einen weiteren Flur einbog, der wesentlich moderner war, mit verputzten und getäfelten Wänden und Holzböden, auf denen Teppiche lagen. Wir erklommen eine Treppe aus schimmerndem dunklen Holz, die von einem Kronleuchter erhellt wurde. Danach ging es einen breiten Flur entlang, flankiert von hohen Türen, bis sie schließlich vor einer Tür stehen blieb. »Ich habe Euch Margarets Zimmer gegeben«, sagte sie über die Schulter zu mir und öffnete die Tür. »Margaret war Alex' Mutter. Ich weiß, dass Ihr in England bereits geheiratet habt, aber Ihr könnt Euch kein Zimmer mit Alex teilen, ehe Ihr hier getraut wurdet.«

»Das ist schon recht«, sagte ich und lächelte in mich hinein. Auf der *Gannon's Lady* hatte Alex bei den Männern geschlafen, und Ellen und ich hatten die große Kabine bekommen. Er hatte mir erklärt, dass einige Clanmitglieder die anglikanische Zeremonie nicht anerkennen und der Meinung sein würden, wir lebten in Sünde, und dass das auch dann noch gelten würde, wenn wir wieder an Land seien. Ich hatte ihm nicht widersprochen.

»Nach der Hochzeit«, sagte Deirdre und ging mir voran in Margarets Gemach, »werdet ihr beide nach nebenan ins Schlafzimmer von Alex' Vater ziehen.« Drinnen erwartete mich Ellen, die mit zwei sehr jungen Mädchen meine Truhen auspackte. Die beiden knicksten unbeholfen, als sie vorgestellt wurden. Ellen lächelte mich voller Freude an.

»Alex hat mir gesagt, dass er Euch noch nicht erklärt hätte, was Euch in den nächsten Tagen erwartet, Mary«, sagte Deirdre. »Also werde ich es tun.« Ich nickte erfreut und setzte mich auf die Kante des großen Bettes, während Deirdre sprach. Die Hochzeitszeremonie würde in der Halle stattfinden, weil die Kapelle zu klein war für die vielen Leute. Davor würde es einen kurzen Segen für die Familie und enge Freunde in der Kapelle geben. Nach der Trauung würden die Feierlichkeiten beginnen und vermutlich die ganze Nacht lang dauern. Während der nächsten zwei Tage würden dann Spiele stattfinden, draußen, wenn es das Wetter erlaubte, drinnen, falls das nicht ging.

»Dann werden die Gäste aufbrechen, zumindest die meisten, und wir kehren zu unserem alltäglichen Leben zurück«, fuhr Deirdre fort. »Ihr werdet Euren Mann in den kommenden zwei Tagen selten sehen. Als Clanoberhaupt wird von ihm erwartet, dass er alle Spiele leitet und in einem fort mitfeiert, und die anderen, die zu diesem Anlass hierher gereist sind, werden ihn sprechen wollen, solange sie hier sind, also erschreckt bitte nicht. Es wird nicht immer so sein.« Ich nickte. »Nun zu Euren Pflichten«, sagte sie. »Ihr müsst hübsch aussehen und immer lächeln. Versucht, Euch möglichst viele Namen zu merken, aber niemand erwartet, dass Ihr jetzt schon alle kennt. Schafft Ihr das?«

»Ich werde es versuchen«, antwortete ich lachend.

»Gut.« Sie rieb sich die Hände und erhob sich von dem Stuhl. »Seid Ihr müde von der Reise, oder seid Ihr bereit, Euch noch einmal ins Getümmel zu stürzen?«

»Ich möchte mir nur das Gesicht waschen, dann stürze ich mich wieder hinein.«

Sie nickte, offenbar erfreut über meine Antwort, scheuchte die beiden Mädchen hinaus und sagte Ellen, sie werde ihr jetzt ihr Zimmer zeigen. Endlich war ich allein. Ich holte tief Luft, genoss ein paar Minuten lang die Stille, wusch mir dann das Gesicht und kämmte mir das Haar. Schließlich wandte ich mich meinem Zimmer zu. Dies war nicht das, was ich auf Kilgannon erwartet hatte. Margarets Bett war ein Himmelbett mit Vorhängen aus weißer Spitze und einem Federbett. Wenn Robert dieses Zimmer sehen könnte, würde er seine Meinung über Alex' Zuhause wohl ändern, dachte ich, beinahe schwindlig vor Freude. *Robert.* Ich hatte seit einer Ewigkeit nicht an ihn gedacht und ihn nicht mehr gesehen, seit wir seinen Landsitz verlassen hatten. Weder er noch seine Mutter waren zur Hochzeit gekommen, aber beide hatten sehr höfliche Briefe mit den besten Wünschen geschickt. Janice hatte mir erzählt, er sei nicht nach London zurückgekehrt und man habe ihn auf keiner Gesellschaft mehr gesehen. Ich hatte ein schlechtes Gewissen, in das sich allerdings auch Zorn mischte. Trotzdem hoffte ich für ihn, dass er irgendwann heiraten und sehr glücklich sein würde. Ich nahm mein Gemach näher in Augenschein.

Es gab je eine Tür in den Seitenwänden, und ich öffnete eine davon. Sie führte zu einer kleinen, privaten Garderobe, und ich lachte laut über diesen Luxus. Die andere Tür führte zu einem weiteren Schlafzimmer, viel größer, in dem sich die Reste meines Gepäcks stapelten. Dies musste das Zimmer von Alex' Vater sein. Das Bett war riesig, die Überdecke aus mattgrünem Samt, die Bettvorhänge aus demselben weißen Spitzenstoff wie bei Margarets Bett. Das Zimmer war offenbar schon für seinen Bewohner vorbereitet worden, Feuerholz war im Kamin aufgeschichtet, die Leintücher waren frisch. Ich holte tief Luft und freute mich. Morgen Abend würde ich mich hier mit Alex schlafen legen. Ich eilte zurück in Margarets Zimmer, als es dort an der Tür klopfte, und fand Deirdre davor.

Gleich darauf ging ich zurück in die große Halle. Die Leute drängten sich immer noch um Alex, aber er begrüßte mich mit einem Lächeln, als ich oben an der Treppe erschien, und ich merkte, dass er nach mir gesucht haben musste. Ich ging mit einem Lächeln auf ihn zu. *Mein Mann*, dachte ich, als ich ihn erreichte. Er stand inmitten einer Gruppe von Männern, die meisten in seinem Alter, und empfing mich mit einem Lächeln und einem Arm, der sich um meine Taille schlang. In der anderen Hand hielt er ein Glas Whisky, mit dem er nun gestikulierte, während er auf Gälisch weitererzählte. Er sagte noch etwas zu den Männern, stellte das Glas ab und nahm meine Hand. Sie lachten gutmütig, und wir entschuldigten uns.

»Ich dachte schon, du wärst weggelaufen, Mädchen.« Er führte mich hinter die Tafel, auf der wir vorhin gestanden hatten, und durch eine niedrige Tür in der vertäfelten Wand dahinter.

»Deirdre hat mir mein Zimmer gezeigt«, sagte ich. »Sie ist sehr nett.«

»Ja«, sagte er abwesend und betrat einen kurzen, ebenfalls vertäfelten Gang. »Ich hatte gehofft, dass ihr beide euch mögen würdet. Sie ist wie Angus – es ist gut, sie im Rücken zu haben.« Er trat beiseite, und ich folgte ihm ins Erdgeschoss des alten Wehrturms. Der Raum war voller Fässer. Eine schmale Treppe führte in einer Ecke nach oben.

Ich wies auf die Fässer. »Was ist darin?«

»Vorräte. Für den Fall einer Belagerung.« Er lachte über meinen Gesichtsausdruck und entzündete eine Kerze, die neben dem Eingang auf dem Boden gestanden hatte. »Unwahrscheinlich, aber es ist immer besser, gut vorbereitet zu sein, nicht?« Er wies auf eine hölzerne Tür in der gegenüberliegenden Ecke. »Und natürlich haben wir für den Notfall auch einen unterirdischen Tunnel zum Meer.«

»Alex, ist es hier wirklich so gefährlich?«

»Nur, wenn die Engländer uns angreifen.« Er lachte und zog dramatisch die Augenbrauen in die Höhe. »Hast du denn vor, mich anzugreifen?«

»Ja«, sagte ich und lachte jetzt auch. »Allerdings.«

»Nun, damit musst du noch ein wenig warten. Komm mit.« Er führte mich die Treppe hinauf, die Kerze hoch erhoben. Das war ein typischer Wehrturm, und die Wendeltreppe war so gebaut, dass sie leicht zu verteidigen, aber nicht leicht zu erklimmen war. In jedem Stockwerk gab es Zimmer, in denen früher die große Familie untergebracht worden war. Alex stieg mühelos die Treppe hinauf. »Wir wohnen seit Generationen nicht mehr im Burgfried«, sagte er, und seine Stimme hallte von den steinernen Mauern wider. »Du siehst ja, warum. Er ist nicht besonders komfortabel.« Ich folgte ihm atemlos. Endlich kamen wir ganz oben an, und Alex trat in einen kleinen Raum und stellte die Kerze auf den Boden. Er ging zu einer Tür auf der anderen Seite und winkte mich zu sich. Die Tür führte nach draußen auf einen Wehrgang, der sich einmal um den Turm zog und ursprünglich der Verteidigung gedient hatte. Hohe Pfeiler trugen das steinerne Dach über uns. Die Aussicht war bezaubernd, und ich betrachtete das Schloss unter uns, die innere Burgmauer, den Hof und die äußere Mauer, und schließlich das Tal, den See und die Berge, die von der untergehenden Sonne seitlich angeleuchtet wurden.

Ich schnappte nach Luft. »Das ist wunderschön, Alex.«

»Ja, aber komm hier herüber.« Er ging um den Turm herum zur anderen Seite und streckte den Arm aus. »Das wollte ich dir zeigen.« Der Turm war so hoch, dass man über die Landspitze hinausblicken konnte, und vor mir lag das Meer, mit Inseln gesprenkelt, hinter denen gerade die Sonne unterging. Der Anblick war atemberaubend. Der Himmel leuchtete in verschiedenen Schattierungen von Rosa und Rot, wild und prachtvoll, wie der Mann, der so still neben mir stand. Ich warf ihm einen verstohlenen Blick zu, und er lächelte. »Ich wollte, dass du dies an deinem ersten Abend siehst.«

Ich hielt mich an seinem Arm fest. »Wie herrlich das ist«, sagte ich, als die Sonne hinter einer blauen Insel verschwand und flammende Farben an den Himmel malte. »Es ist erstaunlich. Wirklich wunderschön.«

»Beinahe so schön, wie dich hier bei mir zu haben und es gemeinsam mit dir zu betrachten.« Sein Tonfall klang zärtlich. »Mary, ich danke dir, dass du mich geheiratet hast. Du ahnst ja nicht, wie oft ich hier gestanden und an dich gedacht habe. Ich kann immer noch nicht ganz glauben, dass du jetzt bei mir bist.« Er schlang einen Arm um mich und drückte mich an sich.

»Ich liebe dich, Alex«, sagte ich und küsste ihn.

»Und ich liebe dich, Mädchen.« Er hob den Kopf und lauschte. »Wir bekommen Gesellschaft«, sagte er und ging um den Turm herum zur Tür.

»Vater! Vater! Bist du hier?«, rief Ian, als er und zwei weitere kleine Jungen vor uns durch die Tür stolperten, und dann grinste er triumphierend. »Wir haben dich gefunden!«

»Das habt ihr«, sagte Alex und nahm den Jungen auf die Arme. »Aber ihr sollt nicht allein in den Burgfried gehen, Jungs, nicht wahr?«

»Wir sind nicht allein, Vater, du bist doch da«, erwiderte Ian lachend.

Alex zog eine Augenbraue hoch, lächelte aber. »Ja, aber trotzdem kommt ihr jetzt mit. Wir gehen wieder hinunter«, sagte er und küsste mich ein letztes Mal. Wir fünf stiegen im Halbdunkel die Treppe hinunter, und Ian und die anderen Jungen redeten pausenlos auf Alex ein. Sie wechselten von Englisch zu Gälisch und zurück, manchmal innerhalb eines Satzes, offenbar ohne es zu bemerken. *Ich werde die Sprache lernen müssen*, dachte ich, *so unmöglich mir das auch erscheint.*

Der Abend schien kein Ende nehmen zu wollen. Sobald wir die Halle betraten, war Alex wieder umringt. Ich wurde mit Glückwünschen und Willkommensgrüßen überschüttet und gab mir alle Mühe, mir die Namen zu den Gesichtern zu merken. Während des fröhlichen Mahls saß Jamie auf Alex' Schoß und Ian zwischen uns, während Deirdre mir sagte, wer hier wer war. Sie hatte mir schon fast die Namen aller Anwesenden genannt, als ich fragte, wer die dunkle Schönheit sei, die Alex offenbar nicht aus den Augen ließ.

Deirdre lachte. »Man müsst dumm und blind sein, um sie nicht zu bemerken, nicht wahr? Sie ist gar nicht glücklich darüber, dass Ihr hier seid. Sie wollte Alex für sich selbst haben. Alex hat sie seit Jahren kaum mehr eines Blickes gewürdigt, was mir persönlich nur recht ist. Ich brauche keine zweite Sorcha in diesem Haus. Ach, ich tue es schon wieder.« Sie zog die Augenbrauen hoch und lachte. »Ich habe geschworen, nicht schlecht von Sorcha zu sprechen, aber das vergesse ich immer wieder. Nun ja.« Sie blickte durch die Halle. »Das ist Morag, die Nichte des MacLeod von MacLeod.«

Morag MacLeod, dachte ich. Das Mädchen, in das Alex sich mit sechzehn verliebt hatte und das für sein Exil in Frankreich verantwortlich war. Nun, viele Jahre später, die Frau, in die Alex' Freund Murdoch verliebt war. Morag war mit ihrem dunklen, schimmernden Haar und den strahlenden Augen sehr schön. Sie beobachtete Alex ununterbrochen, nur manchmal huschte ihr Blick zu mir herüber, so wie jetzt. Unsere Blicke trafen sich über den großen Raum hinweg, und ich dachte daran, wie Angus in Louisas Haus zu Alex gesagt hatte, wenn er eine Frau an seiner Seite wolle, würde Morag ihn auf der Stelle heiraten. Sie nickte mir zu und lächelte, und ich tat es ihr gleich, straffte dann die Schultern und reckte das Kinn. Ich war diejenige, für die Alex sich entschieden hatte, sagte ich mir. Dennoch, diese Frau würde ich im Auge behalten müssen. Ich wandte mich wieder Deirdre zu. »Alex und Morag waren einst ... sie ...« Ich fand nicht die passenden Worte, doch Deirdre lachte nur.

»O ja, das waren sie allerdings. Sie war fünfzehn, er sechzehn, und wir mussten beinahe in den Krieg ziehen, weil Alex entschieden hatte, dass er Sorcha MacDonald doch nicht heiraten wollte. Sie haben Alex nach Frankreich geschickt, damit er sie sich aus dem Kopf schlägt.« Sie lachte erneut und sah mich dann wissend an. »Ich glaube nicht, dass Ihr Euch ihretwegen Sorgen machen müsst, Mädchen. Alex verschwendet keinen Gedanken mehr an Morag. Ihr seid es, die er umworben und geheiratet hat, Mary.« Wir beide betrachteten Morag, diese dunkle, schimmernde Schönheit. »Aber ich würde ihn dennoch nicht lange aus den Augen lassen, wenn sie in der Nähe ist. Vorsichtshalber.«

Ich dachte immer noch über ihre Worte nach, als Malcolm meine Gedanken unterbrach, indem er sich über den Tisch beugte. »Alex hat dir also seinen Sonnenuntergang gezeigt?«

»Ja«, sagte ich. »Er war wunderschön.«

Malcolm nickte. »Das ist er. Ganz Kilgannon ist wunderschön. Und nun gehört es auch dir.« Seine Stimme klang tonlos.

Ich war nicht sicher, was ich dazu sagen sollte. »Ja, ich kann mich wirklich glücklich schätzen.«

»Glücklich. Ja, schätz dich glücklich.« Er ließ sich plump zurücksinken und sah mich mit verschleiertem Blick an, und ich erkannte, dass er betrunken war.

»Zeit, die Kinder ins Bett zu bringen«, sagte Alex lachend, und ich versuchte, mit einzustimmen. Die Frauen in der Halle taten genau das, stellte ich fest, als ich aufblickte. Deirdre stand auf und nahm Alex den schläfrigen Jamie ab, und Ian griff lächelnd nach meiner Hand.

»Ich kümmere mich immer selbst um die Jungen, Mary«, sagte Deirdre. »Möchtet Ihr mitkommen?« Das tat ich, denn ich war froh, Malcolm zu entkommen.

Die Jungen verhielten sich ganz so, als hätten wir das schon tausendmal getan. Oben angekommen, sprachen wir über den heutigen Tag und über morgen, und Ian blickte zu mir auf und lächelte ein Lächeln, das vollkommen Alex war. Als wir das Zimmer der Jungen erreichten, kümmerte Deirdre sich um Jamie, während Ian selbst aus seinem Kilt schlüpfte, sich die Schuhe über den Kopf schleuderte, mich dabei angrinste und auf meine Reaktion wartete. *Das ist ganz eindeutig Alex' Sohn*, dachte ich und erfüllte seine Erwartung, indem ich lachte.

»Ich wusste, wer du bist«, sagte Ian. »Als du hier angekommen bist, habe ich dich gleich erkannt.«

»Wie denn?«, fragte ich. Ohne zu antworten, führte Ian mich zu einer Truhe in der Ecke, öffnete sie und holte drei Zeichnungen heraus. Alle zeigten mich, und alle drei waren sehr gut.

»Vater hat uns Bilder von dir geschickt, damit wir dich anschauen konnten.« Er blickte in mein Gesicht, als wollte er Alex' Zeichnungen mit dem Original vergleichen.

»Euer Vater hat mir auch Bilder von euch gezeigt«, sagte ich.

Er nickte und zog sich die Socken aus. »Das hat er uns erzählt.«

»Danke für deinen Brief«, sagte ich. »Er hat mir sehr gefallen.« Ian nickte und wandte sich der wartenden Deirdre zu, die ihn ins Bett steckte und küsste, während ich unbeholfen danebenstand. Doch Ian streckte die Ärmchen nach mir aus, und als ich ihn umarmte, erkannte ich, dass ich mein Herz ein zweites Mal an einen MacGannon verloren hatte.

Er kuschelte sich unter die Decke. »Ich bin froh, dass du endlich hier bist.«

»Ich auch«, sagte ich und küsste ihn auf die Stirn.

Jamie schlief schon, und ich strich ihm das Haar zurück und küsste ihn auf die Wange, ehe ich Deirdre hinaus auf den Flur folgte.

»Sie sind gute Jungen«, bemerkte sie, »aber sie brauchen eine Mutter.«

Ich lächelte Alex' Tante an. »Von jetzt an haben sie eine«, sagte ich.

An die zweite Trauung erinnere ich mich genauso wenig wie an die erste. Sie verschwamm in einem Nebel aus Kerzen und Schotten, bis auf Alex' lächelndes Gesicht. Ich hatte erwartet, dass ich bei dieser zweiten Hochzeit gelassener sein würde, doch als ich am Kopf der Treppe stand und in die ganze Halle voll erwartungsvoll erhobener Gesichter blickte, verlor ich beinahe die Fassung. Ich erinnere mich nur daran, dass Alex' Familie lächelte, als wir an ihnen vorbei in die Kapelle gingen, um den Segen zu empfangen, und ich weiß noch, wie ich mit Alex durch die gewaltige Menschenmenge zurück in die Halle ging. Als wir zum zweiten Mal getraut waren, küsste Alex mich innig, während die Zuschauer jubelten, und dann endete jegliche Förmlichkeit. Musik hob an, es wurde getanzt, und viel später auch gegessen. Wir tanzten und redeten und lachten stundenlang, und im Lauf des Abends wurden die Zungen schwerer und das Englisch seltener.

Kurz nachdem wir uns zu Tisch gesetzt hatten, erhob ein schlanker Mann mit dunklen Locken den Becher und brachte einen Toast auf Englisch aus, erst auf die Braut, dann auf den Bräutigam, und die Leute jubelten. Von seinem Erfolg beflügelt, wandte er sich uns zu, sagte etwas auf Gälisch und hob trotzig den Becher, während er Alex anfunkelte. Es wurde still in der Halle, und alle Blicke richteten sich auf uns. Alex neben mir erstarrte und wechselte einen Blick mit Angus, dann stand er auf und hob seinen Becher. Alex sprach laut in die Stille hinein, und nach einem Augenblick des Schweigens lachten oder nickten viele Gäste und tranken mit ihm. Alex sagte noch etwas, und die Anwesenden brüllten zustimmend. Ich spürte, wie alle am Tisch sich entspannten, als sie ihre Unterhaltung wieder aufnahmen. Verwirrt wandte ich mich Alex zu, als er sich setzte, doch ehe ich etwas sagen konnte, lächelte er und bat: »Ich werde es dir später erklären. Lächle mich bitte einfach an.« Zorn funkelte in seinen Augen, und ich lächelte steif und nippte an meinem Wein, während ich den Blick über die Menge vor uns schweifen ließ. Die Spannung war abgeklungen. Angus sagte etwas auf Gälisch, und Alex nickte knapp, dann machte Malcolm eine Bemerkung, und Alex lächelte erneut, diesmal ein echtes Lächeln. Die drei sahen einander an und grinsten, und der schwierige Moment schien überstanden.

Stunden später, als schon lange getanzt wurde, beugte Alex sich zu mir herüber. »Hast du genug vom Feiern, Mädchen?«

»Ja«, sagte ich. »Ich würde jetzt gern mit dir allein feiern.«

»Gut.« Er führte mich durch das Gedränge zur Treppe, wobei uns Rufe und Gejohle folgten. Alex scherzte mit den Leuten, an denen wir vorbeigingen, und ich spürte, wie meine Wangen brannten. Am Kopf der Treppe zog er mich in seine Arme und sprach zu den Leuten dort unten. Seine Worte wurden mit Gebrüll und Lachen quittiert. »Ich habe ihnen gesagt, sie könnten ruhig weiterfeiern, bis wir morgen früh wieder herunterkommen«, sagte er und trug mich um die Ecke. »Ein paar werden das auch tun.«

»Und? Was hast du ihnen noch gesagt?«

Er grinste mich an. »Ich habe gesagt, ich hätte mich jetzt um meine eigenen Feierlichkeiten zu kümmern.«

Ich nickte und war im Nachhinein froh, dass ich das nicht

verstanden hatte. Er küsste mich, und ich schlang die Arme um seinen Nacken und erwiderte den Kuss. Die Lippen immer noch auf meine gepresst, wirbelte er den Flur entlang, hob dann den Kopf, rannte laut jubelnd den nächsten Treppenabsatz hinauf und stellte mich erst oben ab. Als ich die Spitze an seinem Kragen löste, packte er mich an der Taille, hob mich hoch, drückte mich an die Wand und küsste mich, bis ich nach Luft schnappte. Keuchend und lachend löste ich seinen Plaid und schnürte sein Hemd auf. Er lachte und trug mich, während ich immer noch an den Schnüren herumnestelte, den Flur entlang zu unserem Zimmer und knallte die Tür hinter uns zu.

Kaum befanden wir uns hinter der geschlossenen Tür, da fielen wir auch schon übereinander her. Ich schälte ihm die Kleider vom Leib, warf sie achtlos beiseite und strich mit den Händen über seinen ganzen Körper, von den Schultern bis zu den Füßen. Er sah zu, seine Augen wurden dunkler, und dann sagte er mir, wo er meine Hände und Lippen spüren wollte. Ich folgte seiner Bitte ohne Zögern. Als er stöhnte und mich unterbrach, um die Verschlüsse meines Kleides zu öffnen, half ich ihm, ohne darüber nachzudenken. Ich schleuderte die Einzelteile meines Hochzeitsgewandes achtlos von mir, in meiner Hast, ihn endlich haben zu können. Wir fanden nur noch den Boden, erst später eine Decke, und viel später die Matratze.

Endlich vollkommen befriedigt, lagen wir eng umschlungen da, erschöpft und still. Alex küsste mich auf die Stirn und seufzte. »Willkommen in Schottland, Mary«, sagte er. »Ich glaube, jetzt sind wir endgültig verheiratet.«

»Zweimal«, sagte ich und lachte.

»Zweimal«, stimmte er zu und hob den Kopf, um sich umzusehen. Sein Hemd war vor dem Kamin gelandet, sein Plaid lag halb auf einer Truhe, meine Strümpfe und Unterröcke waren über den Boden verstreut, und der Ärmel meines Mieders hing über dem Fußende des Bettes. »Es sieht aus, als sei ein Sturm hier durchgefegt. Ich wusste ja, dass du eine gelehrige Schülerin sein würdest, aber, Mädchen, du hast wahrlich Talent dazu.« Er lachte und küsste mich, und ich spürte, wie ich errötete. »Mary«, sagte er zärtlich, »das sollte dir nicht peinlich sein. Was wir getan haben, war gut, Mädchen. Was wir getan haben, war richtig.«

»Was wir getan haben, war wundervoll, Alex«, sagte ich und sah ihn lächeln. *Es war unglaublich*, sagte ich zu mir selbst und seufzte zufrieden.

»Ja«, sagte er. »Was wir getan haben, war wundervoll. Und sehr befriedigend, Weib. Ich denke, wir passen gut zusammen.« Er schwang die Beine über die Bettkante. »Irgendwo gibt es hier Whisky und Wein«, sagte er über die Schulter, schnappte sich seinen Plaid und wickelte sich darin ein. »Feiern wir, dass wir kein drittes Mal heiraten müssen.«

»Das wäre schrecklich«, sagte ich, setzte mich auf und sah zu, wie er durchs Zimmer ging. Er nahm die Karaffen, goss sich Whisky und mir ein Glas Wein ein und setzte sich dann auf die Bettkante.

Er stieß sein Glas sacht gegen meines. »Auf uns.« Ich wiederholte seine Worte.

»Alex«, sagte ich und wies auf das Schlafzimmer. »Hast du das schon einmal getan?«

Er nippte an seinem Whisky und sah mich über den Rand des Glases hinweg an. »Whisky getrunken? Ja, schon oft. Oder meinst du, ob ich schon einmal die Frau, die ich liebe, wild geliebt habe? Oder glaubst du, ich bin noch Jungfrau?«

Ich lachte. »Du hast zwei Söhne. Ich weiß, dass du schon zuvor Frauen geliebt hast. Nein, ich meine –«

»Du meinst, ob du eifersüchtig auf das sein müsstest, was vor dir war, und die Antwort lautet: Nein, da ist niemand, auf den du eifersüchtig sein müsstest. Und um deine nächste Frage zu beantworten: Nein, so war es mit Sorcha nie. Es war noch mit niemandem so schön, Mary.«

»Hast du mit Morag geschlafen?«

Er nippte erneut an seinem Whisky und sah mich an, und mir gefror schier das Herz. »Wir waren noch sehr jung, Mary«, sagte er. Ich öffnete den Mund, um etwas zu sagen, brachte er kein Wort heraus. Alex hatte mit Morag geschlafen. »Das ist sehr lange her«, sagte er leise.

»Ich verstehe«, sagte ich und bemühte mich, ruhig zu klingen. Er streichelte meine Wange.

»Mary, du bist es, dich ich mir ausgesucht habe. Dich habe ich geheiratet.«

»Aber du denkst immer noch an sie.«

Er verzog das Gesicht, offensichtlich unglücklich über dieses Gesprächsthema. »Es ist nicht ungewöhnlich, dass ein Mann sich an seine erste –« Ich schnappte nach Luft, und er runzelte die Stirn. »Verdammt, Mädchen, das ist wirklich kein Thema, über das wir uns unterhalten sollten.«

»Ich will es wissen. Sag es mir.«

Er schüttelte den Kopf. »Mary«, erklärte er bestimmt, »ich werde mit dir weder über Morag noch über die anderen Frauen sprechen, mit denen ich je –«

Ich starrte ihn entsetzt an. »Es gab noch mehr?«

Er errötete, richtete sich auf und stellte sein Glas auf den Tisch. »Mary«, sagte er, »ich werde darüber nicht sprechen. Ich habe dir gesagt, dass ich Sorcha niemals untreu war, und auch dir werde ich treu sein. Morag ist für mich keine Versuchung, denn sonst wäre sie jetzt an deiner Stelle hier bei mir. Du bist es, die ich geheiratet habe. Schon zum zweiten Mal. Komm her, Mädchen«, sagte er, zog mich an sich und küsste mich. »Du, Mary, du bist es, die ich will, keine andere Frau auf Erden. Mit dir zusammen zu sein ist so, als hätte ich den Himmel gefunden. Die anderen waren eine angenehme Erfahrung und rasch vergessen. Dich habe ich geheiratet, und zwar gleich in zwei Ländern.«

Ich ließ mich von seinen Liebkosungen einlullen, vergaß aber nie, dass Morag seine erste Geliebte gewesen war. Aber er hatte mich geheiratet. Zweimal. Ich suchte nach einem anderen

Thema. »Wissen die Leute da unten, dass wir auch in England getraut wurden?«, fragte ich.

Er zuckte mit den Schultern. »Einige wissen es zweifellos. Ich habe mir keine besondere Mühe gegeben, es zu verheimlichen. Manche dieser Leute sind Anglikaner, andere Presbyterianer, wieder andere Katholiken. Für die meisten von ihnen war dies heute nicht mehr als eine Formalität.« Er sah mich an. »Wie für mich auch.«

»Ich dachte, es sei dir wichtig, hier zu heiraten.«

»Ist es auch«, sagte er. »Dich zu heiraten, damit alle sehen, dass du zu mir gehörst, das war wichtig. Deshalb wollte ich es so. Sie werden noch in Jahren davon sprechen, dass sie auf unserer Hochzeit waren.« Er trank einen Schluck. »Niemand kann je behaupten, wir wären nicht rechtmäßig verheiratet. Ich würde dich nicht hierher bringen, wenn die anderen dich nicht als meine Frau anerkennen würden.«

»Ich verstehe.«

»Nein.« Er schüttelte den Kopf. »Das stimmt nicht. Du verstehst nicht, dass viele Leute dort unten die Engländer hassen, alle Engländer, ob das nun gerechtfertigt ist oder nicht. Aber die Countess of Kilgannon ist eine geschützte Persönlichkeit. Lass niemals zu, dass sie dir gegenüber unhöflich auftreten.«

»Ich weiß mich durchaus zu benehmen.« Ich konnte den scharfen Unterton in meiner eigenen Stimme hören.

Er nickte und ließ sich von meiner Reaktion nicht stören. »Ja, aber ein paar von ihnen werden dich auf die Probe stellen. Beharre darauf, dass sie höflich zu dir sind.«

»Und wie soll ich das machen? Darauf beharren, dass sie höflich zu mir sind?«

Er lächelte mit blitzenden Augen. »Mary, du siehst aus wie eine Göttin. Im Augenblick wie eine zornige Göttin. Wenn sie grob zu dir sind, wirf ihnen einen Göttinnen-Blick zu und lass sie stehen.«

»Einen Göttinnen-Blick?«

»Ja«, sagte er. »Wie der, den du Morag entgegengeschleudert hast. Du hast sie mit deinem Blick beinahe eingefroren.« Ich dachte darüber nach. Seine Mundwinkel zuckten, und dann lachte er. Ich wollte ihn etwas fragen, schüttelte aber nur den Kopf. »Was denn noch?«, fragte er barsch, und ich funkelte ihn mit schmalen Augen an. »Sehr gut«, sagte er. »Der Göttinnen-Blick.«

»Alex«, sagte ich, »Morag ist sehr schön.«

Er zuckte mit den Schultern, und seine Augen funkelten schelmisch. »Ist sie das?«

»Das finden alle. Und sie beobachtet dich. Ständig.«

»Jeder hat uns heute Abend beobachtet, Mary. Und sie werden weitere drei Tage lang nichts anderes tun.« Er grinste. »Komm, Mädchen, ich kann dich beruhigen, was Morag angeht. Du weißt doch, dass Murdoch sie liebt?«

»Wer ist Murdoch?«

»Du hast ihn heute Abend kennengelernt. Er ist groß und hässlich. Derjenige, der Morag überallhin folgt.« Er schmiegte die Hand an meine Wange. »Mary MacGannon, Countess of Kilgannon, noch nie hat es in diesem Zimmer eine Frau gegeben, die so schön war wie du.« Er strich mit dem Zeigefinger über mein Kinn, meinen Hals hinab und zum Ansatz meiner Brust. »Keine, Mädchen, könnte dir auch nur annähernd das Wasser reichen. Zerbrich dir nicht den Kopf über Morag MacLeod.«

»Ich glaube nicht, dass wir Freundinnen werden könnten«, sagte ich. Er lachte wieder, winkte ab, und damit war das Thema erledigt. »Alex, was war das mit diesem Trinkspruch? Wer war dieser Mann?«

Seine Miene wurde ernst, und er blickte durch sein Glas ins Feuer. »Ein MacDonald. Ein Laird, aber recht unbedeutend. Er wollte, dass ich auf König James von Schottland und England anstoße.«

»Was hast du gesagt?«

»Ich habe gesagt, dass ich mit Freuden auf James Stewart trinken würde, dass ich ihm eine gute Reise wünsche und unserem Stewart auf dem Thron ein langes Leben.«

»Was bedeutet das?«

Er zuckte mit den Schultern. »Nichts. Deshalb habe ich es ja gesagt. Das könnte sich auf König James beziehen, aber auch auf Königin Anne.«

»Ich verstehe. Dieser Trinkspruch war also eine Falle.«

»Nicht direkt«, sagte er, sah mich aber nickend an. »Er wollte, dass ich offen Stellung beziehe. Das habe ich nicht getan.«

»Und das hat diesen Jubel hervorgerufen?«

»Nein, das war ein alter Trinkspruch: ›Auf das Land der bens und glens‹. Das heißt Berge und Täler. Aber genug davon.« Er stellte sein Glas ab, warf den Plaid beiseite, stieg zu mir ins Bett und küsste mich mit überraschendem Appetit. Wir verloren eine weitere Stunde.

»Mary«, sagte er viel später, als wir uns befriedigt aneinanderschmiegten, mit sanfter Stimme. »Verstehst du, was ich dir zu sagen versuche?«

»Worüber?«

»Du bist mit einem Gälen verheiratet, und du bist Engländerin. Ich weiß, dass du stolz auf dein Volk bist, aber genauso, wie es in England Leute gibt, die mich verachten, nur weil ich Gäle bin, gibt es hier Leute, die dasselbe mit dir tun werden, nur weil du Engländerin bist.« Er zog mit dem Finger eine Spur über meinen Rücken.

Ich lächelte. »Alex, ich bin sehr stolz darauf, deine Frau zu sein. Aber du hast recht, ich bin auch stolz darauf, wer ich bin. Wenn sie mich wegen meiner Herkunft ablehnen, ist das ihr Schaden. Ich werde sie mit dem Göttinnen-Blick bedenken, und sie werden zusammenschrumpfen.«

»Ja«, sagte er lachend, »das werden sie gewiss.«

16

Das Frühstück war hektisch, aber unterhaltsam, und die Spiele begannen gleich danach. Ich amüsierte mich den ganzen Tag lang damit, den Wettkämpfen zuzuschauen. Alex nahm selbst an mehreren Disziplinen teil und gewann zwei. Er weigerte sich, seinen Preis in Empfang zu nehmen, sondern stolzierte stattdessen zu mir herüber und verkündete donnernd: »Ich habe bereits den schönsten Preis gewonnen«, was Lachen und zotige Bemerkungen hervorrief. Er küsste mich herzhaft, und die Leute jubelten. Ich beobachtete, wie Morag uns mit einem höflichen Lächeln zusah. Der Tag war kurz, der Abend lang; bei Tisch wurde viel gelacht. Und es wurden keine politischen Trinksprüche mehr ausgebracht. Als ich die Augen nicht mehr offenhalten konnte, erhob ich mich, um ins Bett zu gehen, und Alex begleitete mich. Unsere Gäste neckten uns den ganzen Weg die Treppe hinauf, doch Alex ließ sich nicht aus der Ruhe bringen. Oben angekommen, hob er mich hoch und küsste mich. »Ihr braucht mit dem Frühstück nicht auf uns zu warten«, sagte er, und das Lachen der Leute folgte uns den Flur entlang.

Der zweite Tag der Spiele war ebenso klar, doch eine steife Brise war aufgekommen, und viele blieben lieber drinnen. Ian und Jamie verbrachten fast den ganzen Tag mit mir, und am Abend saß Jamie auf meinem Schoß. Ich hatte die meisten unserer Nachbarn besser kennengelernt, und alle, sogar Morag, begegneten mir sehr höflich und nett. Zumindest, wenn sie mir gegenüberstanden. Doch ich war mir der Blicke und geflüsterten Bemerkungen bewusst, die mir überallhin folgten. Ich wusste, dass die Leute sich fragten, warum Alex mich geheiratet hatte, warum er den weiten Weg nach England auf sich genommen hatte, um eine ganz gewöhnliche Frau zu finden. Ich reckte das Kinn und nutzte die Fähigkeiten, die ich mir in London angeeignet hatte. Schließlich war dies nicht das erste Mal, dass über mich geklatscht und geurteilt wurde.

Viele unserer Gäste, zu meiner großen Erleichterung auch die MacLeods, reisten an diesem Nachmittag ab, und am Abend war es beim Essen ruhiger als zuvor. Draußen war es stürmisch geworden, doch niemand achtete darauf. Heute Abend debattierten die verbliebenen Gäste laut über schottische Politik und die Union und verdammten die Campbells. Murdoch Maclean und sein Bruder Duncan drückten sich mit am deutlichsten aus, milderten das jedoch mit Lachen und Scherzen, und ich sah zu, wie Alex mit ihnen lachten. Diese großen Männer fühlten sich miteinander sichtlich wohl, während sie überlegten, wie man am besten mit jenen umspringen sollte, die diesen Vereinigungsvertrag mit England geschlossen hatten. Als ich allzu müde wurde, verließ ich Alex, der sich immer noch unterhielt, und ging allein zu Bett. Und lauschte dem Heulen des Windes. Drei Tage gutes Wetter hintereinander im schottischen Frühling durfte man eben nicht erwarten. Ich war erschöpft, fand aber keinen Schlaf und betrachtete die Schatten, die das Kaminfeuer warf.

Ich war nun seit drei Tagen auf Kilgannon. Ich war eine Ehefrau und Stiefmutter, und zum ersten Mal an diesem Abend fragte ich mich plötzlich, wie es den Jungen gehen mochte. Ich hatte ihnen heute keine gute Nacht gewünscht und sie auch seit dem Abendessen nicht mehr gesehen. Deirdre hatte mir gesagt, dass eines der jüngeren Mädchen heute Abend auf sie aufpasste, denn sie selbst saß unten bei den anderen. Die Minuten zogen sich hin, ich fand keinen Schlaf und entschied, dass ich eher Ruhe finden würde, wenn ich mich davon überzeugt hatte, dass sie in ihrem kleinen Zimmer oben behaglich schliefen.

Zum ersten Mal, seit ich verheiratet war, warf ich mir ein Nachtgewand über, wickelte mich in einen Umhang und stahl mich aus dem Schlafzimmer. Niemand sah mich den Flur entlang- und die Treppe hinaufschleichen. Vor dem Zimmer der Jungen zögerte ich und überlegte, ob ich klopfen sollte. Ein lauter Donnerschlag ließ mich zusammenzucken, und als ich daraufhin einen Schrei von drinnen hörte, öffnete ich die Tür. Die Jungen saßen zusammengekauert auf Jamies Bett und starrten mir mit weit aufgerissenen Augen entgegen. Wut – auf mich selbst, weil ich so gedankenlos gewesen war, und auf das Mädchen, das sich um diese Kleinen hätte kümmern sollen – beflügelte meine Schritte, als ich zu ihnen eilte. Mit dem Mädchen würde ich mich morgen früh befassen. »Was für ein furchtbarer Lärm«, sagte ich mit fröhlicher Stimme. »Ich wollte euch beiden gute Nacht sagen.«

»Jamie mag keinen Donner«, bemerkte Ian, der den Arm um Jamie geschlungen hatte.

»Donner mag niemand«, sagte ich, holte die Decke von Ians Bett und wickelte den Jungen darin ein. »Er ist nicht so schlimm an einem Sommernachmittag, wenn man am Fenster sitzen und in den Regen hinausschauen kann, aber in einer Nacht wie heute ist er scheußlich.« Ich zog Ian auf die Füße und steckte die Decke hoch, damit er nicht darüber stolperte. Dann nahm ich Jamie mitsamt seiner Bettdecke auf die Arme. Er schlang mit einem Seufzen die Ärmchen um meinen Hals, und ich verlor mein Herz gleich noch einmal. *An den dritten MacGannon*, dachte ich und drückte ihn an mich.

»Wenn es ein Gewitter gibt, glaubt Jamie, der böse Mann kommt und zündet uns alle an«, sagte Ian und blickte sich um.

Ich begegnete seinem besorgten Blick. »Was für ein böser Mann?«

»Es gibt einen bösen Mann, der nur nachts kommt«, erklärte Jamie aufgeregt. »Er kommt in dein Haus und zündet die Leute an.«

»Nun, hier kann er nicht herein«, erwiderte ich leichthin. »Die Burg ist gut bewacht, und niemand käme an eurem Vater vorbei. Kommt mit.«

»Wo gehen wir denn hin?«, fragte Ian, der auf einmal sehr klein aussah.

»In mein Zimmer. Kannst du so gehen, oder soll ich dir helfen?«

»Ich kann gehen«, sagte er und führte es mir vor.

»Gut. Jetzt blas die Kerze aus und kommt mit mir.« Gleich darauf erreichten wir drei mein und Alex' Schlafzimmer, und die beiden Jungen blieben neben mir stehen, während ich das Feuer schürte. Ich zog sie an mich, wickelte die beiden Decken um uns alle drei und drückte die Kleinen. Sie kuschelten sich an mich, und ich blickte auf ihre blonden Köpfe hinab. Wenn jemals zwei kleine Jungen eine Mutter gebraucht hatten, dann diese beiden. Und ich brauchte sie auch. »Als ich noch ein kleines Mädchen war, habe ich Gewitter geliebt«, sagte ich.

»Als ich noch klein war, habe ich sie auch gemocht«, verkündete Ian, und ich lächelte über seinen Kopf hinweg. Ganze fünf Jahre und schon so alt.

»Ich mag sie nicht«, murrte Jamie.

»Nun, jetzt mag ich sie auch nicht mehr besonders«, sagte ich. »Vor allem nachts. Deshalb dachte ich, wir könnten einander Gesellschaft leisten. Seid ihr müde?«

»Nein«, sagte Ian und unterdrückte ein Gähnen. »Wo ist Vater?«

»Er ist noch unten und unterhält sich mit den Gästen.«

Jamie nickte und gähnte. »Er redet viel.«

»Ja, das tut er.« Ich lachte. »Möchtet ihr gern eine Geschichte hören?«

»Ja«, sagten sie, also erzählte ich ihnen eine lange, ausführliche Geschichte, die ich mir erst während des Erzählens ausdachte. Mein Publikum war nicht besonders kritisch und nach nicht allzu langer Zeit eingeschlafen. Ich legte sie in unser Bett und schlüpfte zu ihnen hinein. Als Alex spät in der Nacht hereinkam, schob er Ian beiseite, damit er sich neben mich legen konnte. Ich murmelte eine schläfrige Begrüßung.

»Wie ich sehe, haben sie dich gefunden«, sagte er und nestelte an meinem Nachthemd herum.

»Ich habe sie gefunden. Sie hatten Angst vor dem Gewitter.«

»Ach ja«, sagte er, und es klang zerknirscht. »Daran hätte ich denken müssen. Jamie hasst Donner. Es tut mir leid, dass ich nicht bei dir war.«

»Ich bin sicher, du hast dich prächtig amüsiert bei deinen politischen Debatten.« Ich gähnte. »Ich hoffe, ihr habt alles zufriedenstellend entschieden.« Ich zog ihn an mich.

»Ich wäre lieber hier bei euch gewesen«, sagte er und küsste mich.

Endlich reisten die letzten Hochzeitsgäste ab, und wir waren allein, oder zumindest so allein, wie wir es hier je sein würden. Ganz Kilgannon atmete erleichtert auf. Ich war damit beschäftigt, mein neues Zuhause kennenzulernen. Inzwischen fand ich mich innerhalb der Mauern gut zurecht, obgleich ich mich manchmal noch verirrte. Alex spielte den Führer, und wir erkundeten den Rest der Anlage, die Jungen und Matthew im Schlepptau, die Alex' Erklärungen blumig ausschmückten. Die Küche war groß, sauber und gut bestückt mit Vorräten. Sie wurde von einer Frau geleitet, deren Namen ich nie richtig auszusprechen lernte. Ich nannte sie Mrs. M. Die jungen Mädchen, die ihr unterstanden, knicksten und kicherten, als wir die Küche betraten, und warfen Matthew verstohlene Blicke zu. Genau wie Alex, so schien auch er nie zu bemerken, welche Aufmerksamkeit er bei den Frauen erregte. Alex scherzte mit den Mädchen, und sie lachten, als er sich eigenmächtig am Essen bediente. Sie riefen uns ihre Abschiedsgrüße nach, während Mrs. M. uns in den Küchengarten begleitete. Es war zu kalt und zu windig, um sich lange dort aufzuhalten, doch sie zeigte uns alles und strahlte, als wir ihre Arbeit lobten. Sie war eine sehr gute Köchin, ihre Mahlzeiten schmeckten köstlich, obwohl sie wenig einfallsreich waren, und ich war froh, dass ich mich um diesen Bereich des Haushalts nicht zu sorgen brauchte. Als Nächstes erforschten wir die Keller und Lagerräume, alle sehr sauber und ordentlich.

Was mich an Kilgannon am meisten überraschte, war die Waffenkammer. Der riesige Raum, aus dem Fels des Hügels herausgehauen, erstreckte sich wie die Keller tief unter die Oberfläche, doch zwei Stockwerke über dem Boden lief eine Galerie rundherum, von der aus man die Waffenübungen beobachten konnte. Fenster waren oben in die Wände eingelassen, und der Raum roch nach schalem Schweiß. *Hier werde ich wohl nicht viel Zeit verbringen*, dachte ich und rümpfte die Nase. Ich hatte immer angenommen, in einer Waffenkammer würden nur Waffen aufbewahrt, doch diese hier bot auch einen eigenen Übungsraum. Während wir auf der Galerie standen und die Männer beobachteten, die sich unten im Schwertkampf übten, erklärte Alex mir, die Männer von Kilgannon achteten darauf, stets gut trainiert zu sein. Ich fragte ihn, warum, denn ich fand es seltsam, dass irgendjemand das heutzutage noch für nötig hielt.

Er zuckte mit den Schultern. »Jetzt leben wir mit den meisten unserer Nachbarn in Frieden, und ich versuche, dafür zu sorgen, dass das so bleibt, aber es ist immer besser, gut vorbereitet zu sein. Außerdem sind Männer, die gut trainierte Krieger sind, auch stärkere Arbeiter, und müde Männer streiten sich nicht so leicht mit ihren Nachbarn oder Ehefrauen wie gelangweilte Müßiggänger.«

»Und James Stewart hat erst vor fünf Jahren versucht, in Schottland anzulanden. Wenn ihr nicht die Absicht habt, zu kämpfen, weshalb trainiert ihr dann dafür?«

Er unterdrückte ein Lächeln, als er die Männer unten beobachtete. Angus war mittendrin, und zum ersten Mal wurde mir bewusst, was es bedeutete, dass Angus der Kriegsherr des Clans war – der Lehrer und Ausbilder in den Kriegskünsten. Alex antwortete in mildem Tonfall: »Denk doch einmal darüber nach, Mary. Wenn du ein Mann wärst, der vorhätte, einem anderen etwas wegzunehmen, wen würdest du dann angreifen? Denjenigen, der am stärksten, am besten vorbereitet und am klügsten ist, oder den Schwächsten, am wenigsten Wachsamen? Man muss nicht sonderlich klug sein, um sich das auszurechnen. Wir waren hier auf Kilgannon immer recht wenige Männer, aber wir stehen in dem Ruf, großartige Kämpfer zu sein, und niemand soll behaupten können, dass Alex MacGannon die MacGannons unter seiner Führung zu Schwächlingen hat verkommen lassen. Also trainieren wir.«

Ich nickte und beobachtete die Männer. Neben uns hielten Ian und Jamie sich an der Balustrade fest und bückten sich, um durch die Lücken nach unten schauen zu können. Angus und Malcolm zeigten gerade zwei jüngeren Männern Angriffstechniken und Paraden, und ich beobachtete sie gedankenverloren. Dabei fiel mir auf, dass Angus jede Bewegung, jede Pause genau beachtete. Welch ein Unterschied zu dem, was ich früher bei Will und seinem Fechtlehrer gesehen hatte. Diese Männer benutzten keine Galadegen, und sie übten nicht Formen ein, die besonders gut aussahen. Sie lernten, wie man tötete, ohne selbst getötet zu werden.

Die Männer unter uns formierten sich zu anderen Paaren. Malcolm und ein Partner wehrten Angus und einen viel jüngeren Mann ab. Angus drängte seinen Gegner an die Wand, trat dann zurück und sprach ernst mit ihm. Er trat noch weiter zurück und stürzte schwer über das Bein, das Malcolm ihm absichtlich gestellt hatte. Malcolm sah lachend zu, wie Angus mit einem dumpfen Aufprall und einem lauten Fluch auf dem Rücken landete. Alex fluchte ebenfalls, beugte sich über die Balustrade und brüllte etwas. Angus rappelte sich hoch, packte Malcolm am Hemd, schleuderte ihn gegen die Wand, beugte sich dicht zu ihm vor und sprach leise mit ihm. Malcolm lachte nicht mehr, als

Angus ihm noch einen Stoß versetzte und davonging. Die jüngeren Männer wandten sich ab, und einige folgten Angus nach draußen. Alex sagte zornig etwas zu Malcolm, der seine Antwort förmlich ausspie. Was immer er erwidert hatte, versetzte Alex in Rage, und er schrie seinen Bruder an. Ich verstand kein Wort, doch Alex' Wut und Abscheu waren offensichtlich, und Malcolms verächtliche Art verflog unter der Tirade seines Bruders. Als Alex den wenigen verbliebenen Männern einen Befehl erteilte, blickte Malcolm noch einmal zu seinem Bruder auf und sah die Jungen und mich an der Balustrade stehen. Er begegnete meinem Blick, zögerte kurz und verbeugte sich dann voller Verachtung. Ich wandte mich ab. Nein, ich hatte mich nicht geirrt. Er war tatsächlich so unangenehm, wie ich ihn nach unserer ersten Begegnung eingeschätzt hatte. Alex streckte die Hand nach mir aus, und ich ergriff sie. Als wir uns abwandten, warf ich einen letzten Blick nach unten und sah Malcolm allein in dem großen Raum stehen, in einem Sonnenstrahl, der von oben durch die Fenster fiel. Staub tanzte in dem hellen Licht um ihn herum, und er starrte uns boshaft an. Diesen Augenblick habe ich nie vergessen. Wir sprachen aber nie darüber.

Lange dachte ich allerdings nicht über Malcolm nach, denn ich hatte zu viel zu tun. Und ich war zu glücklich. Alex zeigte mir die Ländereien, darunter auch ein schöner Garten und der ummauerte Obstgarten, den seine Großeltern angelegt hatten. Außerdem nutzte er die Zeit, um mit meinem Gälisch-Unterricht zu beginnen. Wenn ich etwas sagte, übersetzte er es ins Gälische. Angus beobachtete uns gutmütig, wenngleich er über diese Bemühungen nur den Kopf schüttelte, doch Matthew und die Jungen machten das neue Spiel begeistert mit, und bald hatte ich vier Lehrer, die mich unablässig korrigierten. *Ich werde diese absurde Sprache lernen*, schwor ich mir, *allein schon, damit sie endlich aufhören, mich zu verbessern.*

Ich lernte mich auch im Tal zurechtzufinden. Es war ungewöhnlich fruchtbar für seine Lage in den Highlands und hatte viel zum Wohlstand der MacGannons beigetragen. Ich verstand, was Robert gemeint hatte. Wenn Alex zu Hause war, war er ein reicher Mann, doch eine alte Burg oder fruchtbare Felder, die nur ihre Bewohner gut ernährten, waren keine Münze, die man ausgeben konnte. Das Leben auf Kilgannon war angenehm, das war offensichtlich, doch es herrschte kein Überfluss. Wenn das Wetter schön war, ritten wir aus, bis ich jeden Gefolgsmann, jeden Pächter und jedes Mitglied des MacGannon-Clans besucht hatte. Das Land, das zu Kilgannon gehörte, erstreckte sich weit über Berge und Täler und an der Küste entlang, und wir legten viele Meilen zurück. Alex erklärte mir, dass es zwei Klassen von Bauern auf seinem Land gab: Grundherren, sogenannte Tacksmen, die ihr Stück Land oft selbst besaßen und auch an andere verpachteten, und die einfachen Bauern, die am untersten Ende der gesellschaftlichen Skala standen. Die Grundherren waren oft ihrerseits untergeordnete Lairds, je nach familiärer Beziehung und Stellung. Wir besuchten jeden Einzelnen von ihnen.

Alex zeigte mir alles auf seinem Land und wies mich sogar grimmig auf die beiden Leichen hin, die immer noch an einem Baum nicht weit von der Burg im Wind hin und her schwangen. »Mörder«, spie er aus und warf mir einen scharfen Blick zu. »Sie haben einen guten Mann ermordet, wegen ein paar Stück Vieh.« Seine Stimme wurde leiser. »Und noch mehr angerichtet. Also haben wir sie gehängt. Und das, Mädchen, ist ebenfalls ein Teil dieses Landes.« Ich starrte die Leichen an und nickte und bemühte mich, all das aufzunehmen.

Ich kannte inzwischen viele Leute beim Namen und bemerkte Alex gegenüber, wie erstaunlich ich es fand, dass all diese Leute mit ihm verwandt seien. Er schüttelte den Kopf und drehte sich im Sattel nach mir um. »Sie tragen vielleicht den Namen MacGannon, aber nicht alle haben unser Blut.«

»Sie sind nicht alle MacGannons?«

»Doch, das sind sie. Aber Familien ziehen um, und viele ändern ihren Namen, wenn sie unter einem neuen Herrn leben. Sie werden MacGannons und geben ihren früheren Namen und ihre vorherigen Treuepflichten auf, wenn sie hierher ziehen. Den Namen können sie einfach annehmen, die Blutlinie natürlich nicht. Wie dieser Abschaum, der den Bauern ermordet hat. Diese Leute waren noch vor zwei Generationen keine MacGannons. Viele behalten natürlich auch ihren Namen.« Er wies auf Thomas, der hinter uns herritt. »Thomas heißt Thomas MacNeill, und die Dudelsackpfeifer werden von Seamus MacCrimmon angeführt. Beides sind zu stolze Namen, als dass man sie ablegen würde. Wie auch MacGannon. Glaubst du vielleicht, wenn ich auf dein Anwesen in England zöge, würde ich mich Alex Lowell nennen?«

»Ich verstehe. Aber es ist völlig in Ordnung, wenn ich zu Mary MacGannon werde?«

»O ja.« Er grinste. »Mary MacGannon. Das ist ein guter Name. Er passt sogar besser zu dir als dein alter.« Ich lachte ihn aus. Er winkte einer Frau zu, die uns entgegenkam, als wir auf ihren Hof einritten. »Ah, sieh mal«, sagte er. »Da ist das jüngste Kind von Duncan of the Glen. Sehen sie nicht alle gleich aus? Der Kleine heißt Alexander.« Er grinste. »Ist nach mir benannt. Bist du angemessen beeindruckt?« Er beugte sich hinab und nahm den kleinen Jungen aus den Armen seiner lächelnden Mutter entgegen. Wir waren im abgelegensten, nördlichsten Teil des Kilgannon-Landes, in der Nähe eines Dorfes namens Glendevin. Der Hof war matschig, das Bauernhaus ein langgezogenes, zweistöckiges Gebäude aus Stein, sauber und gepflegt. Hof und Haus schienen von blonden Kindern nur so zu wimmeln, die alle aussahen wie der Jüngste, nur größer. Duncan MacGannon, genannt Duncan of the Glen, war der stolze Vater, und er stand grinsend vor seiner riesigen Familie. Er nahm Alex den Jungen wieder ab, als wir vor ihm hielten.

»Wir heißen Euch in unserem Haus willkommen, Laird Alex«,

sagte Duncan. »Und Eure neue Frau ebenfalls. Wollt Ihr nicht hereinkommen und einen Bissen oder ein Glas mit mir teilen?«

»Whisky wäre großartig, Duncan. Ich danke Euch«, sagte Alex, stieg ab und wandte sich mir zu, um mir vom Pferd zu helfen. Ich glitt hinab in seine Arme und dann in den Matsch, der augenblicklich meine samtenen Schuhe durchweichte. Ich würde mir für diese Besuche passenderes Schuhwerk suchen müssen. Oder auf dem Pferd sitzen bleiben.

»Meine Frau spricht kein Englisch, Lady Mary, aber sie heißt Euch ebenfalls herzlich willkommen«, sagte Duncan und verneigte sich vor mir.

»Sagt ihr, dass ich mich sehr bedanke«, bat ich Duncan. »Nein, lasst es mich versuchen.« Ich brachte einen einfachen Gruß heraus und erkannte an ihren Gesichtern, dass mein Versuch erfolgreich gewesen war. Die Frau antwortete, und ich begriff immerhin, dass sie mich einlud, etwas zu essen oder zu trinken. Zunächst wusste ich nicht, wie ich antworten sollte, doch dann fielen mir die Worte wieder ein. Ich wollte sagen, dass es mir eine Freude sein würde, ihre Haferkuchen zu essen, und glaubte, das hätte ich auch so gesagt. Offensichtlich stimmte das nicht. Duncans Frau schlug sich die Hände vor den Mund, ihre Augen blitzten, und die Kinder hinter ihr kicherten. Ich drehte mich um und sah, dass jeder auf diesem Hof sich das Lachen verbiss und Alex breit grinste. »Was habe ich gesagt?«, flüsterte ich ihm zu.

»Du hast gesagt, es wäre dir eine Freude, ihren Fuß zu essen.« Er lachte laut und küsste mein Haar, während die anderen laut herausplatzten.

»Wie habe ich das gesagt?«

»Laut und deutlich.«

Ich betrachtete ihre Füße, die in groben, mit Matsch verkrusteten Lederschuhen steckten, und wandte mich wieder zu Alex um. »Sag ihr bitte, ich hätte es mir anders überlegt«, sagte ich. »Ich möchte nur etwas trinken.« Er brüllte vor Lachen und übersetzte, und der peinliche Augenblick war überstanden. Gott sei Dank hatte ich etwas Komisches gesagt und nicht etwas, das sie hätte beleidigen können, dachte ich. Sonst würden diese Leute mit den lächelnden Gesichtern womöglich bereits zu den Waffen greifen. Ich unterdrückte ein Seufzen und sehnte mich von ganzem Herzen nach Louisas Salon in London.

Zweifellos werden sie mich als dumme Gans in Erinnerung behalten, dachte ich später, als wir davonritten. Ich winkte ihnen noch einmal zu, und ein kleiner Junge rannte uns nach und streckte mir mit breitem Grinsen seinen Fuß hin. Ich lachte, und er reichte mir eine Blume, schlapp und ein wenig zerdrückt, weil sie so lange in der schmuddeligen kleinen Hand gelegen hatte. Wir lächelten einander an, und er winkte, als wir den Pfad einschlugen, der uns hoch über das Tal führen würde. Ich blickte zu ihm zurück und dann auf die Blume in meiner Hand. Es war eine Rose, klein und blass, eine Sorte, die ich noch nie gesehen hatte.

»Was für eine Rose ist das?«, fragte ich Alex, als wir endlich an einem Bach hielten, um die Pferde zu tränken.

Er sah sie mit schmalen Augen an. »Eine weiße?«

»Nein, im Ernst, Alex«, sagte ich. »Einer von Duncans Jungen hat sie mir geschenkt, also muss sie hier in der Gegend wachsen. Wie nennt man sie?«

»Ich habe keine Ahnung, Mädchen.«

»Ich bitte um Verzeihung, Madam«, sagte Thomas und beugte sich zu mir vor. »Das ist eine wilde Rose.«

»Wild? Und so zart?«

Thomas nickte. »Ja, Madam. Sie ist klein und empfindlich, aber sie treibt immer wieder aus. Wenn sie einmal Wurzeln geschlagen hat, kommt man nicht gegen sie an, ganz gleich, was man auch versucht.«

Wir blickten auf die kleine Blüte hinab, und ich hielt sie mir unter die Nase. »Sie ist wunderhübsch. Und sie duftet herrlich«, sagte ich erfreut.

»Ja.« Thomas nickte. »Aber unter dieser Zartheit ist sie sehr zäh.«

»Wir sollten dieser Rose einen ganz besonderen Namen geben, Thomas«, sagte Alex lächelnd und mit schelmisch blitzenden Augen.

»Habt Ihr denn einen bestimmten Namen im Sinn?«, fragte Thomas milde.

»Ja, allerdings. Und ein anderer Name kommt gar nicht in Frage.«

»Oh, bitte nennt ihn uns, Alex«, bat Thomas lachend.

Alex wandte sich zu seinen Männern um. »Wen kennen wir, der klein und wunderschön und sehr empfindlich ist?« Die Blicke der Männer richteten sich auf mich. »Und«, fuhr er fort, »ebenso blass wie diese Blütenblätter? Wer hat so viele Dornen?« Er lachte herzhaft über seinen eigenen Witz. »Und ist die zäheste Blume in ganz Schottland?« Sie beobachteten belustigt meine Reaktion. Ich schüttelte den Kopf und hob in gespielter Ratlosigkeit die Hände.

»Ich wüsste niemanden, Alex. Meinst du vielleicht dich selbst?«

»O ja, Mädchen. Ich bin sehr klein und wunderhübsch.«

Ich blickte in die Gesichter, die mich beobachteten. *Also schön, Alex*, sagte ich zu mir und lächelte boshaft. »Du bist nicht klein, Alex«, erklärte ich bescheiden, »aber du bist wunderhübsch.« Ich ignorierte das schnaubende Gelächter und wartete ab. Alex lachte mit.

»Tja, da hast du wohl recht«, sagte er, zügelte sein tänzelndes Pferd und sah mir in die Augen. »Wir nennen sie Marys Rose.«

»Ja«, sagte Thomas neben ihm, »sehr gut, Alex.«

»Natürlich«, sagte mein Mann und führte uns von dem Bach aus weiter.

Als wir uns an diesem Abend bettfertig machten, fand ich die Rose wieder – Ellen hatte sie in einer Tasse mit Wasser in unser Zimmer gestellt. Alex nahm sie und hielt die winzige Blume in der Hand. »Marys Rose«, sagte er und lächelte zärtlich. »Mary, die Rose. Das passt zu dir, Mädchen.«

»Alberner Mann«, sagte ich und schlug die Bettdecke zurück.

»Nicht albern, Mary, meine Rose«, sagte er und stellte das Röschen wieder ins Wasser. »Klug genug, nicht nur deine Schönheit zu bemerken, sondern auch die Kraft darunter.«

Ich drehte mich zu ihm um. »Die du in einem fort auf die Probe stellst.«

»Ja, aber ich vermute, du bist zäher als wir alle, meine Rose.« Er schlang einen Arm um meine Taille, küsste mich in den Nacken, zog mir dann das Nachtgewand von den Schultern und strich mit den Lippen über meine Schulter und den Arm. »Die zäheste Rose in ganz Schottland.«

»Ich bin nicht zäh«, protestierte ich.

»O doch, Mädchen. Dein Verstand ist es.« Er hielt inne und küsste mich auf den Mund. »Aber dein Körper ist sehr zart, Mary, meine Rose.«

17

Der späte Frühling brachte eine ungeheure Blütenpracht. Die Heide strahlte in Blau- und Violettschattierungen, die ich mir nie hätte ausmalen können. Das Tal war ein Meer von Blumen, die Bäume in hellgrünes Laub gehüllt, das von Tag zu Tag dunkler wurde. Ich fühlte mich schon heimischer. Mein Gälisch wurde besser, und ich konnte mich mit vielen Leuten aus dem Clan nun selbst unterhalten. Ich vermisste London und meine Familie, doch Louisa schrieb mir oft, und ihre Briefe enthielten stets Neuigkeiten und den interessantesten Klatsch. Sie versprach, uns im Herbst zu besuchen. Will schrieb mir ebenfalls und erzählte von Betty, unseren Freunden und Mountgarden. Ich berichtete ihnen von meinem Leben hier und bemühte mich, alles wunderbar klingen zu lassen. Es war wunderbar. Aber es gab Tage, wenn Alex fort war, da ich mich fragte, was ich hier am Ende der Welt bei diesen seltsamen Leuten verloren hatte. Ellen war mein alltägliches Stückchen Heimat, doch sie veränderte sich ebenso wie ich und verbrachte immer mehr Zeit mit Alex' Söhnen oder den anderen jungen Frauen. Oder mit dem kleinen Donald, der von ihr hingerissen war, seit er sie nach Bristol begleitet hatte.

Die Jungen halfen mir auch. Wir hatten jetzt eine eigene Tradition – die Gutenachtgeschichte. Ich saß jeden Abend in ihrem Zimmer und dachte mir alberne oder fantastische Geschichten aus. Sein Vater setzte sich oft zu uns, oder die Kleinen kamen zu uns in die Bibliothek. Diesen Raum liebte ich im ganzen Schloss am meisten. Alex' Großmutter Diana hatte die Bibliothek entworfen, ebenso wie das ganze Haus, und dieser Raum war ihr Meisterwerk. Hohe Fenster mit Fensterläden führten auf den Obstgarten hinaus und erstreckten sich von tiefen Fensterbänken, auf denen man wunderbar sitzen konnte, bis hinauf zur Decke, umschlossen von Reihen von Bücherregalen. Das Holz der Wandtäfelung und der Bücherborde schimmerte tiefrot. Ein riesiger Kamin nahm eine Wand ein, und davor standen Sessel in fröhlicher Unordnung. Der Schreibtisch von Alex' Großvater prägte die andere Seite des Zimmers, und hier saß ich oft, nachdem die Jungen zu Bett gegangen waren, oder an einem kalten Nachmittag oder einem stillen Morgen, und arbeitete an den Wirtschaftsbüchern von Kilgannon. Ich war überrascht, wie plötzlich sich das ergeben hatte, aber ich freute mich sehr darüber. Der Verwalter, Thomas MacNeill, kümmerte sich sehr tüchtig um die vielen Einzelheiten und Menschen, so dass auf Kilgannon alles glattlief, doch Thomas schätzte die Buchhaltung ebenso wenig wie Alex, und die Bücher waren stark vernachlässigt worden. Als ich mich einmal bei Alex beklagte, weil er den ganzen Tag über fort gewesen war und nun den Abend am Schreibtisch verbringen musste, zeigte er mir, was er da tat. Er erklärte mir die Wirtschaftsbücher, und ich stellte Fragen.

»Du könntest das besser, nicht wahr, Mädchen? Will hat mir erzählt, dass du jahrelang die Bücher auf dem Anwesen eurer Eltern geführt hast.« Seufzend betrachtete er die Papiere, die über den Tisch verstreut lagen. »Würdest du darüber nachdenken, ob du das auch hier tun möchtest, Mary? Ich weiß, dass du Erfahrung damit hast, und du kannst jederzeit mich oder Thomas fragen, falls du Hilfe brauchst. Mary, ich wäre dir wirklich dankbar, wenn ich das nie wieder machen müsste.« Ich dachte darüber nach. Deirdre leitete den Haushalt hervorragend, und obwohl die Jungen viel Zeit mit mir verbrachten, waren doch viele Menschen da, die sich um sie kümmern konnten. Ich wollte hier nichts überstürzen und um jeden Preis vermeiden, jemandem auf die

Zehen zu treten. Aber die Bücher konnte ich übernehmen, ohne jemanden von seinem angestammten Platz zu vertreiben. Während ich noch überlegte, lehnte Alex sich zurück und warf seufzend ein Stück Papier auf den Stapel.

»Meinst du nicht, dass du erst mit Thomas darüber sprechen solltest? Oder mit Angus?«

Alex schüttelte den Kopf. »Nein, ich meine, ich sollte das mit dir besprechen. Thomas und ich haben bereits darüber geredet, um ehrlich zu sein. Er verabscheut die Bücher ebenso sehr wie ich. Er ist lieber draußen und leitet die Leute bei der Arbeit an. Und Angus hat mich ja erst daran erinnert, dass du auf Mountgarden die Bücher geführt hast. Sag es mir nur ganz ehrlich, Mädchen. Wenn du es nicht machen möchtest, brauchst du nur nein zu sagen, und ich werde dich nie wieder darum bitten.« Er verschränkte die Arme vor der Brust und musterte mich. *Ich kann das*, dachte ich. *Ich werde es tun.* Ich nickte. »Gut«, sagte Alex erleichtert. »Dann gehören die Bücher ab sofort dir. Und ich danke dir, Mary, denn ich habe wirklich nichts für diese Arbeit übrig.«

Aber ich. Ordnung zu schaffen machte mir Freude, und obgleich die Aufgabe ein wenig überwältigend war, weil sie so lange vernachlässigt worden war, kam ich bald gut voran. Abends saßen wir meist noch in der Bibliothek, nachdem die Jungen zu Bett gegangen waren. Alex las ein Buch oder spielte Schach mit Angus oder Matthew, Deirdre saß über ihrer Näharbeit und ich am Schreibtisch. Malcolm gesellte sich oft dazu, spielte mit einem der anderen Schach oder unterhielt sich. Mit mir sprach er selten. Eines Abends, während Alex und die Jungen in einem der großen Sessel saßen, über einem Atlas brüteten und sich über Seeungeheuer unterhielten, streifte Malcolm rastlos im Zimmer umher. Deirdre blickte von ihrer Näharbeit auf, sagte jedoch nichts. Angus und Matthew waren in ihr Schachspiel vertieft und hatten uns andere völlig vergessen. Ich beobachtete Malcolm aus den Augenwinkeln, während ich arbeitete und er an den Regalen entlangstrich. Als ich die Feder niederlegte und ihn unverhohlen ansah, wandte er sich mir mit einem Lächeln zu und wies auf meine ruhende Feder. »Dir ist wohl nicht mehr nach Arbeiten zumute, Mary. Komm, sieh dir an, was ich gefunden habe.«

»Was denn?« Ich versuchte, meine Stimme fröhlich zu halten. Er lächelte, ein charmantes Lächeln, das ihn sehr jung aussehen ließ, und lockte mich mit dem gekrümmten Zeigefinger herbei. Deirdre blickte vage lächelnd auf, als ich mich erhob. Er holte ein Holzkästchen von einem Regal, trug es unter viel Aufhebens zum Tisch und stellte es mit großer Geste vor mich hin. Der Deckel des Kastens war mit Schnitzereien verziert, einer Umrandung aus verschlungenen Zweigen und dem Profil eines königlichen Löwen in der Mitte, das rechte Vorderbein erhoben, den Schwanz stolz hochgereckt. Ich erkannte das Wappen der MacGannons, doch darunter war anstelle des MacGannon-Wahlspruchs in großen Lettern *Alexander MacGannon* eingraviert. Malcolm grinste mich an.

»Öffne es«, sagte Malcolm und warf einen Blick zu seinem Bruder hinüber, der immer noch damit beschäftigt war, seinen Söhnen zu erklären, dass es, ganz gleich, was Thomas auch behaupten mochte, im Loch Gannon keine Wasserdrachen oder Seeungeheuer gab. Jamie ließ sich nur schwer überzeugen. Ian wartete wohl noch ab, wen er für glaubwürdiger halten wollte.

»Alex«, rief Malcolm, »sieh nur, was ich gefunden habe.« Er wies auf das Kästchen, und Alex blickte auf, zuerst vage, dann aufmerksam, und erwiderte das Lächeln seines Bruders.

»Das habe ich ja seit Jahren nicht mehr gesehen«, sagte Alex, erhob sich und kam zum Schreibtisch, und die Jungen folgten ihm. Die Brüder lächelten einander zu, während Deirdre uns von ihrem Sessel aus beobachtete. »Ich kann mich nicht einmal erinnern, was alles darin ist«, sagte Alex und drehte den Kasten zu sich herum. »Seht her, Jungs«, sagte er und zeigte ihn seinen Söhnen, »dieses Kästchen hat der MacDonald mir zur Taufe geschenkt.«

»Hat es dir da gefallen?«, fragte Jamie und blickte zu seinem Vater auf.

Alex lachte. »Ich glaube nicht, dass ich das damals beurteilen konnte. Ich war noch ein ganz kleines Kind, weißt du?« Jamie betrachtete seinen Vater mit zweifelnder Miene. »Das ist wahr, Jamie«, sagte Alex und fuhr seinem Sohn durch die Haare. »Ich war auch einmal ein Baby. Und dies war ein Geschenk für dieses Baby.«

»Was ist da drin?« Ian beugte sich über das Kästchen und zeichnete mit dem Finger die Buchstaben nach. »Babysachen?«

»Nein, die Zeichnungen deines Vaters«, sagte Malcolm, und Alex öffnete das Kästchen. »So lange ich zurückdenken kann«, fuhr Malcolm fort, »hat euer Vater gemalt, und seine besten Bilder hat er hier drin aufbewahrt.« Der Kasten war voll vergilbter Blätter; das Papier war zum Teil recht brüchig, und Alex nahm die einzelnen Seiten vorsichtig heraus. Es waren Zeichnungen, manche von Kilgannon oder Loch Gannon, doch die meisten waren Skizzen von Menschen. Alex breitete sie nacheinander vor uns aus. »Sieh, da ist Vater, Alex«, sagte Malcolm, und nun erhoben sich auch Angus und Matthew von ihrem Spiel und gesellten sich zu uns. Malcolm hielt eine Zeichnung von einem Mann hoch, der ihm bemerkenswert ähnlich sah, mit breiter Brust und kräftigem Hals, doch das Gesicht sah beiden Brüdern so ähnlich, dass ich nach Luft schnappte und Alex anstarrte.

»Ja, das ist mein Vater.« Alex sprach mit ausdrucksloser Stimme. »Ich war zwölf, als ich das gezeichnet habe. Nach ihm bist du benannt«, sagte er zu Ian.

»Sehr gut getroffen«, sagte Angus und hob ein weiteres Blatt hoch. »Und da bist du, Mutter.« Er zeigte Deirdre die Skizze.

Sie lächelte, kam herüber und stellte sich neben ihren Sohn. »Ich erinnere mich genau an den Tag, als du das gezeichnet hast, Alex«, sagte sie und nahm Angus die Skizze ab. »Du hast so hart daran gearbeitet, dass ich mich davor gefürchtet habe, mir das Ergebnis anzusehen.«

»Du siehst jetzt genauso aus wie damals«, sagte Angus. Und das stimmte. Alex hatte ihre Gesichtszüge eingefangen, die sich nicht verändert hatten. Nur die Wangen waren weniger weich, und die Augen wirkten müder. Sie betrachtete die Zeichnung mit zärtlichem Lächeln.

Alex nahm eine weitere Zeichnung aus dem Kästchen. »Hier ist meine Großmutter, Mädchen«, sagte er und reichte mir das Blatt. Das Porträt zeigte eine Frau, die nicht mehr jung war. Ihr Gesicht glich Alex', nur in femininer Ausprägung, aber die gerade Nase, der gut geschnittene Mund, die langen Wimpern und ebenmäßigen Züge waren dieselben. Ihre Kieferpartie wirkte weicher, und trotz des furchtlosen Blicks war das Gesicht sehr fraulich. Alex lächelte, als er sah, wie ich von dem Bild zu ihm aufblickte. »Ja«, sagte er. »Wir sehen ihr ähnlich.« Er hatte recht; sie ähnelten ihr alle. Angus, Malcolm, Matthew, sogar Ian und Jamie sahen aus wie Diana – aber bei Alex und Matthew war die Ähnlichkeit am stärksten ausgeprägt.

»Sie hat ja immer gesagt, dass sie die MacGannons prägen würde«, bemerkte Deirdre lachend, und ich begriff plötzlich, dass Diana ihre Schwiegermutter gewesen war. Eine Ehrfurcht gebietende Schwiegermutter, zweifellos. Ich reichte ihr die Skizze. »Das Bild ist kurz vor ihrem Tod entstanden«, sagte Deirdre, »aber Diana wollte nie zugeben, dass sie krank war.« Ich sah mir die Zeichnung noch einmal näher an, und nun waren die Falten um ihren Mund und der angestrengte Ausdruck um die Augen nicht mehr zu übersehen. Diana war älter gewesen, und krank, als sie für dieses Porträt Modell gesessen hatte, doch sie war eine der schönsten Frauen, die ich je gesehen hatte. Alex lächelte ein wenig traurig.

»Sie hat mich mehrere Bilder zeichnen lassen, bis sie endlich zufrieden war.«

Malcolm fand eine Skizze seines Großvaters und reichte sie mit schmalen Lippen Angus. »Ah, Großvater«, sagte Angus lachend und hielt die Zeichnung hoch, so dass wir sie alle sehen konnten. »Das ist er, wie er leibte und lebte.« Alex und Angus lachten.

»Alexander war ein guter Mann«, sagte Deirdre und blickte auf die Jungen hinab. »Mein Schwiegervater. Euer Urgroßvater. Er starb lange vor eurer Geburt, aber so hat er ausgesehen.« Die Jungen betrachteten die Skizze eines Mannes, der darauf sehr lebendig wirkte, mit wenig Interesse. Alexander hatte Angus' und Malcolms kräftigen Körperbau und ein Gesicht, das ich überall hier im Tal schon gesehen hatte. Seine Enkelsöhne hatten dasselbe helle Haar und das kräftige Kinn, und der Ausdruck, mit dem Alexander mir aus dem Porträt entgegenblickte, entlockte mir ein Lächeln. Diesen Blick hatte ich schon oft gesehen. Alex betrachtete das Bild seines Großvaters voller Zuneigung und blickte dann auf, als Malcolm aufschrie.

»Da ist Jamie«, sagte Malcolm und reichte Alex eine Zeichnung.

»Dieses Bild hatte ich ganz vergessen«, sagte Alex leise und zeigte mir das Porträt eines Jungen mit sanftem Blick und einem lieblichen Lächeln. »Mein Bruder Jamie.« Alex betrachtete die Zeichnung liebevoll, bevor er sie seinen Söhnen zeigte. »Nach ihm bist du benannt. Er war acht Jahre alt, als ich das gezeichnet habe. Mein süßer kleiner Bruder.«

»Ja«, sagte Malcolm, und zum ersten Mal hörte ich einen zärtlichen Ton in seiner Stimme. »Das war er, Alex.« Die Brüder lächelten sich traurig an.

Manche Abende waren laut und musikalisch, wenn Alex einen *ceilidh* ausrief, eine Art spontanen, geselligen Abend mit Musik. Wir sangen und tanzten, und wenn fahrende Musikanten zu Gast waren, füllte sich die Halle mit lächelnden Menschen, die sich auf abendliche Unterhaltung freuten. Doch wir hatten so viele Talente auf Kilgannon, dass wir die Spielleute kaum brauchten. Thomas' Frau Murreal sang sehr gern und unterhielt uns oft allein oder mit ihrem Mann. Ihre Stimmen passten wunderbar zueinander, und ich liebte diese Abende, wenn ihre Lieder zur Decke hinaufschwebten und ich neben meinem Mann saß und mich von dem Gesang rühren ließ.

Doch manchmal war ich unruhig, und ich fühlte mich immer weniger wohl, je mehr Zeit ich über den Büchern verbrachte. Die Pachteinnahmen und die Ausgaben von Kilgannon selbst waren bis auf geringfügige Abweichungen in Ordnung. Thomas hatte in letzter Zeit ungenau gearbeitet, aber seine früheren Aufzeichnungen waren korrekt und präzise und deshalb leicht auf den neuesten Stand zu bringen. Die Einnahmen und Ausgaben für jedes von Alex' Schiffen wurden einzeln und getrennt aufgezeichnet, und so war alles leicht nachzuvollziehen. Die *Gannon's Lady* unter Kapitän Calum MacGannon wies für jede Seereise einen Profit aus, ebenso die *Katrine*. Die *Margaret* wurde fast ausschließlich für Reisen und Erledigungen der Bewohner von Kilgannon benutzt und brachte deshalb wenig ein. Aber die *Diana* hatte Geld verloren, und es war die *Diana*, die vor Cornwall gesunken war. Die Ausgaben für Reparaturen waren bei ihr doppelt so hoch wie bei den anderen Schiffen, und vor zwei Jahren hatten die Erträge begonnen, merklich nachzulassen. Nicht plötzlich, aber stetig. Ich fragte mich, ob da Faktoren im Spiel waren, die ich nicht kannte und die meinen Verdacht widerlegen würden. Alex hatte die Bücher vernachlässigt; vielleicht fehlten Aufzeichnungen, die ich noch nicht bekommen hatte. Ich brauchte mehr Informationen, doch Alex war zum ersten Mal seit unserer Hochzeit zu einer Handelsfahrt aufgebrochen. Er würde drei Wochen unterwegs sein und hatte auch Angus mitgenommen. Wir hatten uns lange vor seiner Abreise darüber unterhalten, und ich hatte ihm versichert, dass ich gut zurechtkommen würde, doch nun fand ich mich allein auf Kilgannon, allein mit Malcolm und meinem Verdacht. Ich stellte meine Notizen zusammen und wartete auf seine Rückkehr.

Thomas erkundigte sich of, ob ich Hilfe brauchte, und eines schönen Abends, kurz bevor Alex zurückerwartet wurde, bat ich ihn, mit den Jungen und mir einen Spaziergang am Ufer des Sees zu machen. Die Jungen rannten voraus, und Thomas und ich folgten ihnen. Zunächst unterhielten wir uns über unbedeutende Dinge, doch dann wandte Thomas sich mir lächelnd zu. »Madam, bitte verzeiht die Frage, aber weshalb habt Ihr mich gebeten, Euch zu begleiten?« Seine braunen Augen wirkten bekümmert, doch er hatte sehr höflich gesprochen, und ich wurde wieder einmal daran erinnert, wie neu ich auf Kilgannon war.

»Thomas«, sagte ich, unsicher, wo ich beginnen sollte. »Ihr wisst ja, dass ich Alex mit den Wirtschaftsbüchern helfe. Als sein Verwalter wisst Ihr über alles Bescheid, was hier vor sich geht. Ich möchte Euch bitten, mir zu erklären, was ganz gewöhnlich ist, und was ungewöhnlich.« Er blickte nachdenklich auf den See hinaus, während ich mich fragte, was in ihm vorgehen mochte. Ich hatte keinerlei Grund, an seiner Loyalität Alex gegenüber oder an seiner Ehrlichkeit zu zweifeln. Sämtliche Abrechnungen, für die er verantwortlich zeichnete, waren in Ordnung, und die Schiffe verwaltete Alex selbst. Es war offensichtlich, dass er überlegte, wie viel er mir sagen sollte. Ich setzte mich auf einen Felsen und behielt die Jungen im Auge, die mit einem Stock im Wasser herumstocherten. Der See war heute Abend ruhig und leer, die Wellen so klein, dass sie kaum einen Laut machten, und ich genoss die Stille und die Schönheit. Die Berge spiegelten sich im glatten Wasser, hoch und violett, die Gipfel vom letzten Abendschein erleuchtet. Hinter mir stieß ein Vogel seinen klagenden Ruf aus. Schließlich erwachte Thomas aus seiner Nachdenklichkeit. Worum auch immer es bei diesem inneren Kampf gegangen sein mochte, nun sah man ihm nichts mehr davon an.

»Madam, ich werde gern sämtliche Aufzeichnungen mit Euch durchgehen, alle, mit denen ich mich auskenne. Ich weiß alles über die *Margaret*, doch falls Ihr Fragen zu den anderen Schiffen habt, müsstet Ihr Euch an den jeweiligen Kapitän wenden, oder an Angus und Malcolm. Oder Alex, natürlich.«

Ich sah ihn überrascht an. »Was haben Angus und Malcolm denn mit den Schiffen zu tun?«

»Nun, Ihr wisst doch, dass Alex ihnen die Schiffe übergeben hat, nicht wahr? Ihr wisst es nicht. Das sehe ich Euch an.« Er seufzte und trat von einem Fuß auf den anderen. »Vor etwa drei Jahren war Alex sehr beschäftigt, denn Sorcha ging es nicht gut. Seine Mutter und Angus' Mairi waren eben erst verstorben. Also hat er Angus gesagt, er solle sich um die *Katrine* kümmern und Malcolm um die *Diana*, und Alex hat die *Gannon's Lady* selbst übernommen, und ich die *Margaret*, da sie ein Teil meiner Arbeit ist. Das sind also die Männer, mit denen Ihr sprechen solltet.« Er trat nach einem Stein. »Was für Fragen habt Ihr denn bisher?«

Ich bemühte mich, meine Stimme ruhig klingen zu lassen. »Noch nichts Bestimmtes, danke, Thomas. Ich finde mich ja eben erst hinein.«

»Aha. Nun, es tut mir leid, dass Ihr auf Alex und Angus werdet warten müssen, aber Malcolm ist ja hier, er wird Euch gewiss gern helfen, wenn Ihr Unterstützung braucht.«

»Gewiss«, sagte ich.

Ich versuchte, die schlimmen Gedanken vorerst zu vergessen, und verbrachte viel Zeit mit Deirdre, die ich inzwischen sehr gut kannte, um mehr über den Haushalt und die Hausverwalterin Berta zu erfahren. »Sie ist sehr tüchtig«, sagte Deirdre, als wir die Treppe hinaufgingen. »Auf sie kannst du dich verlassen.«

»Das wird nicht nötig sein. Du bist doch hier und kümmerst dich sehr gut um alles.«

Sie warf mir einen Seitenblick zu. »Ich werde nicht für immer hier sein. Ah, das war Alex' Zimmer. Ich möchte wetten, dass er es dir nicht gezeigt hat. Er ist hier eingezogen, nachdem sein Bruder gestorben war.« Sie führte mich in ein Kämmerchen, kahl bis auf eine Truhe an der Tür und eine Bettstatt in der Ecke. Ich blickte mich neugierig in dem Raum um, in dem Alex so viele Jahre gewohnt hatte. Nichts in diesem leeren Gemach wies auf den Jungen hin, der er einst gewesen war, nichts von seinen Träumen hatte sich an dem kahlen Stein erhalten. Ich trat zum Fenster, öffnete es und beugte mich hinaus. Ich blickte über das Tal und auf den See tief unter mir, dessen Oberfläche von der nachmittäglichen Brise leicht gekräuselt wurde. Ich holte tief Luft. Wie oft hatte der kleine Junge hier gestanden und davon geträumt, was hinter den Bergen liegen mochte?

»Du solltest die Führung des Haushalts bald selbst übernehmen«, bemerkte Deirdre. »Ich würde gern einmal nach meinen Töchtern sehen, und mein Angus braucht mich nicht mehr so sehr. Ich bin lange genug geblieben, um mitzuerleben, wie Alex dich geheiratet hat, und ich habe keinerlei Bedenken, ihn jetzt zu verlassen. Nein, Mädchen, ich werde bald gehen, also musst du alles lernen.«

Ich drehte mich verwundert um und sah sie im Türrahmen stehen. »Deirdre, das kann nicht dein Ernst sein. Du willst uns doch nicht wirklich verlassen?«

Sie nickte mit einem leichten Lächeln. »Doch, Mädchen, es ist an der Zeit, dass du hier die Herrin wirst. Meine Arbeit auf Kilgannon ist getan.«

Ich schloss das Fenster und kehrte zu ihr zurück. »Deirdre, dies ist dein Zuhause. Ich überlasse dir gern den Haushalt, und ich werde mich auch in Zukunft niemals einmischen. Ich will dich nicht von hier vertreiben!«

»Ach, Mary, du bist ein gutes Mädchen«, sagte sie sanft. »Das Leben geht weiter, Liebes. Du vertreibst mich nicht von hier, wirklich nicht.«

»Dann geh nicht.« Ich klang, als sei ich höchstens zehn Jahre alt.

Sie lächelte. »Es wird Zeit, Mary. Du bist in der Lage, dieses Haus zu führen, und wirst trotzdem noch Zeit für deinen Mann und seine Söhne und deine Bücher haben. Ich möchte jetzt nach meinen eigenen Mädchen sehen. Sie brauchen ihre Mutter auch, nicht nur Angus, weißt du?« Ich versuchte zu lächeln. »Mädchen, ich muss mich auch einmal ausruhen können, nicht? Ich habe mich für Alex um das Haus und die Jungen gekümmert und dafür gesorgt, dass Angus und Matthew nach Mairis Tod zurechtkommen. Jetzt brauchen meine Mädchen ihre Mutter. Meine Catriona erwartet wieder ein Kind und hatte es die letzten Male nicht leicht, und Edannas Mann ist zurzeit viel auf Reisen. Es ist also nicht so, dass ich von hier vertrieben würde. Wenn du mich hier brauchst, komme ich zurück. Du musst mich nur rufen.« Ich nickte, und sie beantwortete meine unausgesprochene Frage. »Ich möchte noch vor dem Herbst bei ihnen sein, also werde ich bald aufbrechen. Ich bleibe noch bis zu den Spielen, dann reise ich mit Edanna ab. Alex hat dir doch von den Spielen erzählt?«

Ich schüttelte den Kopf, und sie seufzte. »Männer! Nun ja, im August wirst du es selbst herausfinden. Highland-Spiele, Mary, das bedeutet, dass die Männer spielen und die Frauen sie füttern!« Sie blickte sich in dem winzigen Zimmer um. »Bis dahin werden wir viel zu tun haben, nicht wahr?«

»Hast du es Alex schon gesagt?«

Sie schüttelte den Kopf. »Nein, noch nicht. Ich dachte, ich spreche lieber erst mit dir, da du ja nun hier die Herrin bist, nicht wahr?« Sie lächelte. »Schau nicht so verängstigt drein. Alex wird nichts dagegen haben, solange wir beide damit zufrieden sind. Und Angus weiß es schon. Nun, da ich das sage, fällt mir auf, dass Angus es Alex vermutlich bereits erzählt hat. So sind die beiden eben.« Sie blickte sich noch einmal um. »Manche Dinge gehören der Vergangenheit an, Mary, und ich verlasse diesen Ort, bevor das auch für mich gilt.«

Ganz gleich, wie fleißig ich tagsüber war, jeden Abend saß ich wieder am Schreibtisch und ging die Zahlen noch einmal durch, und noch einmal. Malcolm verbrachte vor Alex' Rückkehr nun viele Abende mit mir und überraschte mich, indem er sich als charmanter und freundlicher Gesellschafter erwies. Ich fragte mich, ob Thomas unsere Unterhaltung ihm gegenüber erwähnt hatte, doch ich würde Malcolm nicht befragen, solange Alex fort war. Das konnte warten.

18

Alex kehrte endlich heim. Früh am Nachmittag eines strahlend schönen Tages segelte sein Schiff in Loch Gannon ein. Ich schirmte meine Augen gegen die Sonne ab, die auf dem Wasser tanzte und die winzigen Wellen mit Diamanten krönte, und winkte ihm zu, als die Brigg näher kam. Mir war sogleich viel leichter ums Herz. Es dauerte Stunden, bis die viele Arbeit am Ende einer solchen Handelsfahrt erledigt war und die Mannschaft entlassen werden konnte. Dann saßen Alex, Angus und Calum in der Halle zusammen, tranken Whisky und gingen die letzten Einzelheiten durch. Ich spürte eine unterschwellige Spannung zwischen den Männern, die ich nicht verstand. Ich saß neben Alex und wartete, zusammen mit den Jungen, und als die Unterhaltung beendet war, schlug er vor, dass wir vier einen Spaziergang auf die Landspitze hinter der Burg machten.

Wir stiegen still bergan, während die Jungen mal vor uns, dann hinter uns herumrannten. Meine Hand lag in seiner, doch mit den Gedanken war er anderswo. Wir erreichten den Kamm, blieben stehen und blickten auf den äußeren See und das Meer hinaus. Der Wind zerrte an unseren Kleidern und Haaren. Ich war nicht die Einzige, die Alex' seltsame Stimmung bemerkt hatte. Sogar die Jungen waren ausnahmsweise etwas ruhiger und warfen ihrem Vater nervöse Blicke zu. Alex seufzte, ließ meine Hand los und zog Jamie vom Rand der Klippe zurück. »Geh nicht so dicht dran, Jamie«, sagte er ruhig.

»War es eine schlechte Reise, Vater?« Ian blickte zu ihm auf. Alex lächelte ihn an und zerzauste ihm das Haar.

»Nein, mein Junge, die Reise war gut. Ich will hören, was ihr in meiner Abwesenheit angestellt habt.« Er setzte sich Jamie auf die Schultern und klemmte sich Ian seitlich unter den anderen Arm. Die beiden Jungen kicherten, als er sie vom Rand der Klippe forttrug und auf einen Felsen setzte. Ich folgte ihm und hörte zu, während die Jungen ihm erzählten, was sie in den vergangenen drei Wochen getan hatten – vor allem ging es um kindliche Abenteuer mit Insekten, Höhlen und Tieren. »Ich sehe schon, ihr wart ebenso geschäftig wie ich«, sagte er. »Und dafür verdient ihr eine Belohnung. Unten wartet auf jeden von euch eine große Überraschung.« Er grinste über ihre aufgeregten Gesichter. »Murdoch hat mir geholfen, sie auszusuchen.«

»Was denn, Vater?« Sie standen vor ihm und machten große Augen.

Er grinste und stupste sie mit dem Zeigefinger an. »Welpen. Geht und schaut sie euch an, wenn ihr möchtet.« Sie kreischten vor Freude und rannten davon. Alex sah ihnen nach und warf mir dann einen Blick zu. »Irische Wolfshunde«, sagte er. »Ich habe Murdoch um zwei seiner Welpen gebeten. Die Jungen werden sich sehr freuen.«

»Zweifellos«, sagte ich und fragte mich, wie wir zwei weitere Hunde im Zaum halten sollten, Wolfshunde obendrein. Schweigend saßen wir nebeneinander und blickten aufs Meer. Er schlang einen Arm um mich und starrte aufs Wasser hinaus. Ich betrachtete sein Profil. *Er wird es mir bald genug erzählen*, dachte ich und wandte mich ebenfalls der Aussicht zu. Blaues Wasser, blauer Himmel, blaue Inseln, blaue Berge; es mussten mindestens zwanzig verschiedene Blauschattierungen sein, die ich mit einem einzigen Blick erfassen konnte. Ich drehte den Kopf und sah ihm direkt in die Augen. *Einundzwanzig*, korrigierte ich mich und hob das Gesicht, um seinen Kuss zu empfangen.

Drei Wochen lang hatte ich diesen Mann nicht berührt. Wir begannen sofort, das Versäumte nachzuholen.

»Mary«, sagte er nach einer Weile. »Es tut mir leid, dass ich so lange fort war.«

»Mir auch«, sagte ich und sah zu, wie der Wind mit seinem Haar und dem Plaid über seiner Schulter spielte. Hinter ihm war der Himmel ganz klar, bis auf ein paar Wolkenfetzen, die das tiefe Blau von Himmel und Wasser nur noch betonten. Seufzend lehnte er sich an den Felsen und streckte die Beine vor sich aus. »Was hast du?«, fragte ich. Er sah mich überrascht an.

»Ich sollte dich besser kennen, Mädchen. Dir entgeht auch gar nichts.«

»Ich weiß, dass dir etwas zu schaffen macht, Alex, aber ich weiß nicht, was es ist.«

Er nickte und blickte wieder aufs Wasser hinaus. »Ich habe auf dem Heimweg bei den Macleans haltgemacht«, sagte er tonlos. »Murdoch sagt, dass Malcolm seit Monaten überall herumerzählt, ich sei ein Hitzkopf und stecke in finanziellen Schwierigkeiten. Er behauptet, ich würde Kilgannon ruinieren, und er gäbe sich alle Mühe, das zu verhindern.« Er sah mich an.

»Wo behauptet er das?«

»In Edinburgh, in Glasgow. In Clonmor, wenn er dorthin segelt. Das ist sein Land, in den östlichen Highlands. Es gehörte unserer Mutter.«

»Ich weiß. Was wirst du tun?«

»Ich werde mit ihm sprechen müssen. Ich werde ihm sagen, dass er aufhören soll, sich als den großzügigen Bruder hinzustellen, der den dummen Bruder zu retten versucht. Ich werde ihm befehlen, den Leuten die Wahrheit zu sagen.«

»Warum sprichst du ihn nicht darauf an, wie illoyal das ist?«

»Ach, weißt du, so würde er das nicht betrachten. Ich glaube nicht, dass er mich schlechtmachen will, er will nur selbst gut dastehen. Es ist schwer, der Sohn zu sein, der nicht geerbt hat.«

»Mein Vater war glücklich und zufrieden, obwohl er ein jüngerer Sohn war.«

»Dein Vater war aber kein Schotte.«

»Dein Volk ist nicht das einzige, das seinen Stolz hat«, erwiderte ich scharf.

Er lachte. »Da hast du recht, Mädchen, und ich entschuldige mich bei dir. Ich wollte dich nicht beleidigen.« Er zog mich an sich. »Weißt du eigentlich, wie gut du für mich bist?«

Ich gab nach. »Ja, Alex, das weiß ich. Du kannst dich wirklich glücklich schätzen.«

»Das tue ich.« Er grinste und küsste mich in den Nacken. »Ach, Mädchen, ich bin glücklich.« Ich dachte, wir würden nun aufbrechen und zur Burg zurückkehren, doch er rührte sich nicht, und ich blieb bei ihm sitzen und fragte mich, was wohl als Nächstes kommen würde.

»Alex«, sagte ich, als er erneut schwer seufzte. »Was ist es noch?«

»Ach, ich bin gewiss nur melancholisch, aber ich muss immer wieder daran denken, was dein Robert Campbell gesagt hat. Ich gehöre einer aussterbenden Art an, Mädchen, und ich weiß es. Ich weiß aber nicht, was ich dagegen tun könnte.« Darauf wusste ich keine Antwort, ich nahm nur seine Hände in meine und betrachtete ihn, während die Nachmittagssonne über uns leuchtete. Er kniff die Augen gegen das blendende Licht zusammen, und sein Haar schimmerte um seinen Kopf wie ein goldener Heiligenschein. Die meisten Mitglieder seines Clans ahnten nicht einmal, wie sehr er sich für ihre Zukunft verantwortlich fühlte, und zweifelten keinen Augenblick lang daran, dass das Leben, wie sie es kannten, ewig so bleiben würde. Und es war seine Pflicht, genau dafür zu sorgen. Doch ich wusste ebenso gut wie er, dass Robert recht hatte, dass die Welt bis vor unsere Tür rücken und gewaltige Veränderungen nach Kilgannon bringen würde. Ich wollte nur nicht, dass Malcolm derjenige war, der diese Umwälzung in Gang setzte. Oder von ihr profitierte. Ich seufzte, angesteckt von seiner ernsten Stimmung, doch gleich darauf lächelte er.

»Nun, wir tun einfach unser Bestes, nicht wahr? Ich weiß keine bessere Lösung, und es ist kein besserer Mann da, der meine Aufgaben übernehmen könnte.« Er lachte, und auch sein Grinsen wirkte ansteckend. »Ich kann mich wirklich glücklich schätzen, meine Rose.«

»O ja, Mylord«, sagte ich und schob die Hand unter seinen Kilt und seinen Oberschenkel empor. »Sehr glücklich«, sagte ich. »Sehr, sehr glücklich.«

»Das tue ich«, sagte er, küsste mich und lachte. Dann schob er meine Hand dorthin, wo er sie haben wollte. »Aber ich bin gern bereit, mein Glück mit dir zu teilen.«

Als es kühl wurde, verließen wir unseren Aussichtspunkt und kehrten zur Burg zurück. Auf dem Hügel davor hielt er inne und drehte sich zu mir um.

»Ich werde ein interessantes Gespräch mit Malcolm führen.«

»Ach?«, sagte ich und hörte selbst, wie besorgt ich klang.

Er lachte. »Sorg dich nicht, Mädchen. Mit Malcolm werde ich fertig.«

An diesem Abend gab es Musik und Tanz. Alex sprach nicht mit Malcolm, doch er beobachtete ihn. Malcolm seinerseits blieb mit seinen Freunden in einer Ecke, was mir nur recht war. Aber ich dachte nicht lange über Malcolm nach. Wir waren zu beschäftigt mit den Welpen. Die Jungen waren wie verzaubert, überlegten lange und angestrengt, welche Namen sie ihnen geben sollten, und kamen endlich zu einer Entscheidung. Alex zog die Augenbrauen hoch und neckte sie: »Was, nach Tiefländern wollt ihr sie benennen?« Doch die Jungen waren mit ihrer Entscheidung sehr zufrieden und ebenso hartnäckig wie ihr Vater, und so kam es, dass Robert the Bruce und William Wallace bei uns einzogen.

Später, allein in unserem Zimmer, gab Alex mir einen Kuss

und ging baden. Ich schlief ein, während er fort war, doch als er ins Bett stieg und sich alle Mühe gab, leise zu sein, hob ich den Kopf und hieß ihn willkommen.

»Ah«, sagte er, »du bist noch wach. Ich hatte mich eben gefragt, ob es sehr unhöflich wäre, dich zu wecken, damit ich über dich herfallen kann. Drei Wochen, Mädchen. Ich glaube nicht, dass ich noch viele solche Handelsreisen unternehmen werde, Mary, meine Rose. Ich habe dich allzu sehr vermisst«, murmelte er in mein Haar.

»Ich habe dich auch schrecklich vermisst«, sagte ich und unterdrückte ein Gähnen.

»Langweile ich dich?« Er lachte im Dunkeln.

»Nein, aber ich musste dich heute Abend mit dem ganzen Clan teilen. Offensichtlich besitze ich nicht dieselben Reize wie sie.«

»Tja, das hast du richtig erkannt«, sagte er und küsste mich erneut. »Und darüber bin ich sehr froh.« Er küsste meinen Hals und meine Schulter und ließ die Hände an meiner Seite abwärts und wieder nach oben gleiten. »Jetzt bin ich da, und, meine Rose, da man hier nie wissen kann, wann die nächste Gelegenheit kommt, mit dir allein zu sein, sollten wir diese hier nicht verpassen, oder?«

Das taten wir nicht.

Am nächsten Morgen war Alex noch vor mir unten. Die Halle war voller Menschen, doch Malcolm war nirgends zu sehen. Ich seufzte zufrieden. Ich hatte herrlich geschlafen. Alex saß auf einer Bank, still und nachdenklich, mit dem Rücken an die Tafel gelehnt, ein langes Bein über das andere geschlagen, und die Jungen spielten vor seinen Füßen. Er betrachtete durch die offene Flügeltür den Regen draußen und empfing mich mit einem Lächeln. »Guten Morgen. Wie geht es dir?«

»Ich habe sehr gut geschlafen«, sagte ich lächelnd. Er nickte.

»Da bin ich sicher, Mary, meine Rose. Du hast fürchterlich geschnarcht.« Ich lachte und setzte mich zu ihm. Er wies auf seine Söhne. »Ich glaube, es ist an der Zeit, ihnen einen Tutor zu besorgen. Ich weiß, dass du ihnen das Lesen und Rechnen beigebracht hast, und ich habe es auch versucht, aber Ian ist schon fast sechs, er wird mehr Unterricht brauchen. Hast du etwas dagegen?« Ich schüttelte den Kopf. Das Thema überraschte mich, und ich folgte seinem Blick zu den Jungen, die mit den Hunden auf dem Boden herumlümmelten.

»Woher willst du einen Tutor bekommen?«, fragte ich und sah zu, wie Ian seinen Hund zärtlich streichelte.

»Ich schreibe an St. Andrew's, vielleicht können sie mir jemanden empfehlen. Ich habe meine Ausbildung dort nicht beendet, weil mein Vater starb und ich nach Hause kommen musste, aber ich korrespondiere immer noch mit einigen meiner Lehrer. Einer von ihnen kennt gewiss jemanden, der hierher passt. Und Angus und ich meinen, es ist an der Zeit, dass Matthew die Universität besucht.«

»Ihr wollt ihn fortschicken?«, fragte ich erschrocken.

Er warf mir einen Blick zu. »Wir schicken ihn nicht fort, Mary, wir lassen ihn gehen, damit er etwas lernt. Er wird St. Andrew's besuchen, wie sein Vater und ich, und eine gute Ausbildung bekommen. Aber er wird sie abschließen wie sein Vater, und dann sind die beiden gebildeter als ihr Clanoberhaupt. Mädchen, der Junge ist so weit. Es ist Zeit, ihn gehen zu lassen.« Als er nach einer kurzen Pause wieder sprach, war sein Tonfall nachdenklich und das Thema ein ganz anderes. »Mary, du und ich, wir wissen beide, wie es ist, Menschen zu verlieren. Besser als die meisten, nicht so gut wie einige andere, aber wir beide haben unsere Eltern und Großeltern verloren, und ich einen Bruder und eine Schwester.« Er begegnete meinem Blick. »Ich möchte den Bruder, der mir geblieben ist, gern behalten.« Ich nickte und schluckte meine unguten Gedanken über Malcolm hinunter. Dies war offensichtlich nicht der passende Zeitpunkt, um die Verluste der *Diana* zu erwähnen. Ich fragte mich, ob ich das je tun würde.

Der Nachmittag brachte uns Sonnenschein und den halben Clan. Jeder Mann hatte eine Geschichte oder irgendwelche Schwierigkeiten, die er Alex mitteilen wollte. Bis zum Abend hatte er endlich mit allen gesprochen, doch sie blieben noch, und die Halle war erfüllt von Musik und Tanz. Ich hatte es aufgegeben, ihn einen Augenblick lang für mich zu haben, saß still da und sah den anderen beim Tanzen zu, als ich eine Hand auf meiner Schulter spürte. Ich blickte auf, direkt in Alex' Augen, der sich über mich beugte. »Ich dachte, wir könnten uns einen Augenblick davonstehlen, meine Rose«, sagte er und führte mich lächelnd aus der Halle. In der Bibliothek schürte er das Feuer, durchquerte dann den Raum und schenkte sich Whisky ein. »Ich habe mit Malcolm gesprochen«, sagte er und ließ sich in einem Sessel nieder.

»Ach?« Ich beobachtete, wie der Feuerschein auf seinen Gesichtszügen spielte.

Er nippte an seinem Whisky. »Ja. So etwas wird nicht wieder vorkommen.«

»Gut«, entgegnete ich nur, denn ich traute mich nicht, mehr zu sagen.

Wir saßen schweigend beisammen, bis er durch das erhobene Glas in die Flammen schaute. »Mary, was hast du für Kummer mit den Büchern?« Ich starrte ihn an. Woher konnte er das wissen? Diese Frage beantwortete ich mir gleich selbst. Von Thomas natürlich. Ich holte tief Luft, nahm all meinen Mut zusammen und erklärte ihm meine Schwierigkeiten mit den Kosten und Erträgen der *Diana*. Er hörte zu und lachte dann. »Sieh mich nicht so argwöhnisch an, Mädchen, ich bin kein Narr. Ich wusste, dass wir Geld verloren haben, ich wusste nur nicht, wie viel. Deshalb habe ich Malcolm die *Diana* abgenommen und diesen Kapitän angeheuert, der sie für uns segeln sollte. Du weißt ja, was daraus geworden ist. Erst hatten wir ein Schiff, das uns kein Geld eingebracht hat, und dann hatten wir kein Schiff mehr. Von jetzt an segeln wir wieder selbst.«

»Aber die Reparaturen –«, begann ich.

»Ja«, unterbrach er mich. »Ich weiß von den Reparaturen.« Stirnrunzelnd starrte er in sein Glas und blickte dann zu mir auf. »Die Kosten waren außerordentlich hoch, ja, sogar für ein altes Schiff, und sie ist das Älteste von allen. Ich habe Malcolm danach gefragt. Sie hat schneller mehr Geld verloren als irgendein anderes Schiff, das ich je erlebt habe. Ausgaben und Einnahmen stimmen nicht ganz, aber er ist jung und unerfahren. So etwas lernt man nur, indem man es tut, verstehst du? Als es mir zu viel wurde, habe ich ihm die *Diana* weggenommen, und wir haben sie ganz verloren. Also bin ich jetzt viel besser dran, was?« Er grinste schief und leerte sein Glas. »Du weißt, dass ich kein großartiger Geschäftsmann bin, Mary«, sagte er, »aber wir kommen gut zurecht.«

»Warum treibst du überhaupt Handel?«

Er sah mich verständnislos an, richtete sich dann auf und musterte mich. »Haben wir darüber noch nie gesprochen?«

Ich schüttelte den Kopf. »Nein.«

»Nun, das ist kein großes Geheimnis. Mit der Pacht von meinen Leuten kann ich nicht einmal die Steuern auf diese alte Burg hier bezahlen, ganz zu schweigen von den Kosten, um sie in Schuss zu halten. Reparaturen und so weiter werden zum Teil von Pächtern verrichtet, die damit ihre Pacht abarbeiten, aber ich brauche Geld, um die Steuern zu bezahlen.« Er seufzte. »Ich kann die Pacht nicht weiter erhöhen, und ich will auch nicht, dass die Grundherren das tun. Aber die Steuern können nicht warten. Die Engländer brauchen mein Geld, um die Schotten zu unterwerfen. Das Geld für die Steuern und alles andere muss irgendwoher kommen, also sind wir losgezogen und haben es verdient. Ich bezahle die Engländer mit dem Geld, das sie mir dafür geben, dass ich ihnen französischen Wein verkaufe. Das erscheint mir nur gerecht. Und dann« – er zuckte mit den Schultern – »macht es natürlich auch Spaß, andere Teile der Welt zu sehen. Es läuft gut.« Sein Blick glitt forschend über mein Gesicht, und seine Augen verdunkelten sich. »Aber jetzt glaube ich, ich werde in Zukunft eher zu Hause bleiben wollen.« Ich lächelte und küsste ihn.

Ein Klopfen unterbrach uns, und Alex sah mich mit hochgezogenen Brauen an, während er den Besucher hereinbat. Thomas öffnete die Tür. »Ich bitte um Verzeihung, Alex, aber Ihr werdet in der Halle gebraucht. Duncan of the Glen ist eben eingetroffen, und er muss Euch dringend sprechen.«

»Zu dieser Stunde?«, knurrte Alex. »Kann er nicht einfach ein, zwei Becher trinken, und wir unterhalten uns morgen?«

Thomas schüttelte den Kopf. »Er sagt, es sei wichtig, er müsse Euch so schnell wie möglich sprechen, und er werde warten, bis Ihr Zeit für ihn habt.«

Alex seufzte und sah mich schulterzuckend an. »Was denn nun?«, fragte er und erhob sich.

»Was denn nun« entpuppte sich als empörter Duncan. Er beklagte sich darüber, dass ein MacDonald ein MacGannon-Mädchen geschwängert habe, und stieß das Mädchen vorwärts. Die Kleine war nicht älter als sechzehn, groß, hübsch und blond mit strahlend blauen Augen, die nun vor Angst und Entsetzen weit aufgerissen waren. Duncan stand hinter ihr, und vor seinem Zorn wirkte sie noch kleiner. Alex setzte sich auf den Tisch, stützte die Ellbogen auf die Knie und lauschte Duncans Tirade über sämtliche Erniedrigungen der MacDonalds, welche die MacGannons über dreihundert Jahre hinweg hatten ertragen müssen. Ich erkannte, dass Alex das alles schon gehört hatte, vermutlich des Öfteren. Das Mädchen stand mitten in einem Kreis wütender Männer und starrte zu Boden, während Tränen ungehindert auf den Stein tropften. Als Duncan endlich stammelnd zum Ende kam, richtete Alex sich auf und fragte milde: »Das ist Eure Nichte, Duncan? Ist das die kleine Lorna? Und Ihr wollt, dass ich sie bestrafe?«

Duncan schüttelte aufgeregt den Kopf. »Nein, nein, ganz

und gar nicht. Ich will, dass Ihr den Bastard zwingt, sie zu heiraten.«

Die Angelegenheit war bald geregelt. Lorna und der Mann, den sie liebte, Seamus MacDonald von der Insel Skye, wollten beide heiraten, obwohl ihre Eltern damit nicht einverstanden waren. Alex beruhigte das weinende Mädchen und versprach, dem MacDonald zu schreiben. Duncan nickte befriedigt.

Später, als wir wieder allein in unserem Zimmer waren, saßen wir vor dem Feuer, ich still und Alex nachdenklich. »Was wirst du tun, wenn der MacDonald mit der Hochzeit nicht einverstanden ist?«, fragte ich schließlich. »Wirst du nach Skye segeln?« Morag, das wusste ich, wohnte am anderen Ende von Skye, und ich versuchte, mich daran zu erinnern, wie groß die Insel war.

Doch Alex schüttelte den Kopf. »Wenn der MacDonald nein sagt, werde ich nicht nach Skye segeln.« Er sah mich mit müdem Lächeln an und griff nach meiner Hand. »Nein, Mary, wir segeln nach Skye.«

Doch das war nicht nötig. Die MacDonalds kamen zu uns.

Eine Woche nachdem Alex dem MacDonald geschrieben hatte, traf das Clanoberhaupt selbst auf Kilgannon ein. Er kam an einem wolkigen, windigen Tag mit einigen seiner Männer. Und zwei Frauen. Alex und ich begrüßten sie am Dock. Das Oberhaupt der MacDonalds, bekannt als »Sir Donald MacDonald aus dem Clan gleichen Namens«, war ein großer Mann, aber sehr flink, sowohl im Denken wie auch mit Worten. Der gut aussehende Mann neben Donald musste Seamus selbst sein, vermutete ich. Dieser junge Mann war lebhaft, seine grauen Augen blitzten, sein dunkles Haar war säuberlich zurückgebunden, die Kleidung gepflegt. Die beiden Frauen standen hinter dem MacDonald; eine war im mittleren Alter, und das Haar um ihr hübsches Gesicht färbte sich bereits grau. Die andere war viel jünger, mit braunem Haar und braunen Augen, die auf Malcolm fixiert waren. Deirdre, die beide Frauen kannte, hieß sie herzlich willkommen, und die Ältere lächelte sie dankbar an.

»Kilgannon«, brüllte der MacDonald auf Gälisch, »ich bin gekommen, um wieder Euer hervorragendes Essen zu genießen und Euch zu einer Hochzeit einzuladen.«

Alex grinste ihn an. »Dann habt Ihr mir eine Reise erspart, Sir Donald, und dafür danke ich Euch. Vom Paradies nach Skye zu segeln, ist immer schwer, aber die Heimreise ist dann die Mühe wert.«

Der MacDonald lachte herzhaft und klopfte Alex auf die Schulter. Dann wandte er sich mir zu und sagte herzlich auf Englisch: »Mistress Mary, wie geht es Euch? Die schönste Frau, die ich seit einer ganzen Weile gesehen habe. Wie findet Ihr Euch im Leben unter den Heiden zurecht?«

Ich lachte. »Sehr gut, Sir, ich danke Euch.«

»Schön«, sagte er laut, »denn jetzt bleibt Euch gar nichts anderes übrig, wisst Ihr? Es ist geschehen, Ihr seid verheiratet, und nach allem, was ich so höre, könnt Ihr die Ehe auch nicht mehr annullieren lassen, da Ihr sie ja wohl vollzogen habt!« Er lachte, und ich errötete. »Nicht dass Ihr Euch das wünschen würdet, was?« Er sah Alex voller Zuneigung an. »Er ist kein übler Mann, obwohl er so hässlich ist.« Die beiden lachten, und ich lächelte. »Alex, ich habe die Tochter meines Cousins mitgebracht, Sibeal«, sagte der MacDonald und zog das Mädchen näher heran. »Ich dachte, Ihr würdet Eure neue Schwägerin gern kennenlernen.« Alex sah den älteren Mann überrascht an. Hinter mir trat Malcolm nervös von einem Bein aufs andere, und jemand begann zu lachen. Deirdre, die neben dem MacDonald stand, blickte auf einmal argwöhnisch drein.

»Ja. Da seid Ihr überrascht«, sagte Donald MacDonald und nickte. »Stellt Euch vor, wie es mir erst ging, als ich Euren empörten Brief bekam, Alex. Wir können einen Tausch aushandeln, nicht? Ich nehme Eure Lorna MacGannon, und Ihr nehmt unsere Sibeal MacDonald, obwohl ich sagen muss, dass Ihr das bessere Geschäft macht. Ich musste meine ganze Überredungskunst aufbringen, damit Eamon sich an den Gedanken gewöhnt. Trotzdem bin ich der Meinung, dass Kinder am besten im Haus ihres Vaters aufwachsen.« Er richtete den durchdringenden Blick an uns vorbei. »Nicht wahr, Malcolm?«

Alex und der MacDonald verschwanden mit Malcolm, Angus, Thomas und einigen MacDonalds in der Bibliothek, und wir Übrigen blieben uns selbst überlassen. Ich sprach mit den Frauen und stellte rasch fest, dass die ältere Frau, Edina, Sibeals Mutter war. Sibeal sprach wenig und wirkte abwechselnd selig und bekümmert. Sie war ein wunderhübsches Mädchen, und es überraschte mich nicht, dass sie Malcolm aufgefallen war.

Edina sprach sehr offen über ihren Besuch. »Wir waren nicht sicher, wie Ihr uns empfangen würdet«, sagte sie, während sie vor dem Kamin einen Becher Wein trank. »Kilgannons Brief klang wenig erfreut, wie ich gehört habe, und dann kam Sibeal zu mir und sagte mir, dass sie« – sie warf einen Blick auf ihre Tochter – »in derselben Lage und dass das Kind von Malcolm sei. Sir Donald fand das sehr amüsant, und ich habe ihr gesagt, wir würden Euch einen Besuch abstatten und alles in Ordnung bringen.« Edina sah mir in die Augen. »Ich will, dass meine Tochter glücklich ist, und sie sagt, Malcolm mache sie glücklich.«

»Ich würde mir auch wünschen, dass meine Tochter glücklich wird«, entgegnete ich leise, obgleich ich ernsthaft bezweifelte, dass Malcolm irgendjemanden glücklich machen könnte. Ich fragte mich, wie es Alex ergehen mochte, und wie zur Antwort verließen die Männer gerade eilig die Bibliothek.

Alex kam sogleich zu mir und flüsterte mir ins Ohr: »Mach dir keine Sorgen, Mary. Alles ist gut. Ich werde wohl graue Haare haben, wenn dieses Jahr um ist, aber es ist alles in Ordnung.«

Ich tätschelte seine Hand und lächelte ihn an. Er richtete sich auf und rief nach Musik und Whisky.

Die MacDonalds würden drei Tage bleiben. Man hatte beschlossen, dass Malcolm und Sibeal in zwei Monaten auf Skye heiraten sollten, und Lorna und Seamus noch vorher in Glendevin. Lorna wurde benachrichtigt, und da ich den jungen Mann nirgends mehr sah, nahm ich an, dass Seamus selbst den Boten spielte und den Brief ablieferte, den Alex an Lornas Mutter geschrieben hatte. Sibeal, offensichtlich sehr erfreut, klammerte sich an ihren zukünftigen Bräutigam. Malcolm war so störrisch wie immer und zuckte nur mit den Schultern, wenn jemand die Hochzeit erwähnte. Was er davon hielt, habe ich nie erfahren, und es war mir auch gleichgültig, doch er schenkte Sibeal kaum Beachtung, und ihr Zustand schien ihm nicht im Mindesten peinlich zu sein.

Alex war ein wenig reserviert, hielt aber unter dem Tisch meine Hand, während er den Ansichten des MacDonald lauschte. Der Mann hatte eine Menge Ansichten. Alex erhob sich auf der Stelle, als ich hinter vorgehaltener Hand gähnte, und wir verabschiedeten uns, luden die anderen aber ein, doch bitte weiterzufeiern. Alex nahm ganz offen meine Hand, und der MacDonald rief uns Bemerkungen nach, als wir die Halle verließen, doch Alex ging nicht auf seine Scherze ein, wie er es sonst getan hätte. Oben eilten die Dienstmädchen unter Bertas Anleitung hin und her, um Zimmer für die unerwarteten Gäste vorzubereiten, und ich war dankbar, dass sie hier war und sich um alles kümmerte, denn jetzt wollte ich mit meinem Mann allein sein.

Alex schloss die Tür zu unserem Schlafzimmer, lehnte sich dagegen und seufzte. Ich blieb abwartend mitten im Raum stehen, denn ich hatte beschlossen, nichts gegen Malcolm vorzubringen, ehe ich Alex' seltsame Stimmung besser einschätzen konnte, obwohl mir so vieles durch den Kopf ging. Alex stieß sich endlich von der Tür ab und begann, sich auszuziehen, doch dann blieb er vor der Truhe stehen, in der er seine Kleidung verwahrte, und starrte auf die Wand vor sich. Ich wartete eine scheinbare Ewigkeit lang, dann trat ich zu ihm.

»Alex«, sagte ich, und er wandte sich mir langsam zu. »Geht es dir nicht gut? Was ist noch geschehen, wovon ich nichts weiß? Was haben sie gesagt? Was hast du gesagt? Was hat Malcolm gesagt?«

Er zuckte mit den Schultern. »Nicht viel, Mädchen«, sagte er, doch er lächelte.

»Alex«, begann ich mit tiefer Stimme, die drohend klingen sollte, doch er zog mich plötzlich an sich, und ich brachte nur noch ein Quietschen heraus. Er küsste mich, tief und ausgiebig, und blickte dann selbstzufrieden auf mich herab.

»Sprachlos. Ich kann es immer noch.« Er grinste.

»Ich bin nicht sprachlos«, fuhr ich ihn an. »Aber du wirst heute Nacht auf dem Fußboden schlafen, wenn du mir nicht sofort alles erzählt.«

»Das glaube ich nicht. Wenn ich in deinem Bett liegen will, werde ich dort liegen. Bleck nicht die Zähne, wenn du nicht beißen kannst.« Er blickte in mein verwundertes Gesicht, warf den Kopf zurück und lachte. »Ich liebe dich, Mary.«

»Alex«, sagte ich und führte ihn zu den Sesseln vor dem Kamin, »erzähle es mir, ehe ich vor Neugier platze. Was ist geschehen? Was ist los?«

Er setzte sich und zog mich auf seinen Schoß. »Ich bin nur müde, Mädchen. Ich habe genug von Malcolm, und es kostet mich zu viel Kraft, jedes Mal, wenn er etwas anstellt, alles wieder in Ordnung bringen zu müssen. Diesmal ist es gut gegangen, und wir haben uns den MacDonald nicht zum Feind gemacht, aber das hat etliche Mühen gekostet.«

»Was ist in der Bibliothek geschehen?«

Seufzend strich er mit der Hand über meinen Oberschenkel, schob sie dann unter meinen Rock und unter dem Stoff wieder an meinem Bein empor. »Die Geschichte ist es nicht wert, erzählt zu werden. Wir haben festgestellt, dass Lorna und Sibeal schwanger sind. Niemand bestreitet, dass Seamus und Malcolm dafür verantwortlich sind, und keines der Mädchen behauptet, ihr sei Gewalt angetan worden. Beide wollen heiraten. Seamus kann es kaum erwarten, Lorna zu heiraten, das war also einfach, aber der MacDonald war sehr zornig wegen Sibeal und hat Malcolm in die Ecke getrieben. Ich glaube nicht, dass Malcolm sie heiraten will, aber er wird es tun.«

»Was meinst du damit?«

»Ich meine, dass Malcolm nicht vor alle hingetreten ist und seine Liebe zu dem Mädchen erklärt hat, so wie Seamus es getan hat, deshalb wirkte er im Vergleich recht widerwillig. Sir Donald war nicht begeistert über einen widerwilligen Bräutigam und eine schwangere Braut, und wie Sir Donald nun einmal ist, war er sehr ... überzeugend.«

»Hast du versucht, Malcolm zu verteidigen?«

Alex schüttelte den Kopf. »Nein. Er hat sich selbst in diese missliche Lage gebracht, und er kann zusehen, wie er allein wieder herauskommt. Außerdem konnte ich wohl kaum Sir Donald ins Gesicht schauen und sagen: Ja, mein Bruder hat dieses Mädchen geschwängert, aber ihm ist im Augenblick nicht nach Heiraten zumute. Würdet Ihr also bitte wieder nach Hause fahren, und wir reden später darüber? Kannst du dir Donalds Gesicht vorstellen, falls ich das gesagt hätte?«

»Nein.« Ich lachte leise und strich ihm das Haar aus dem Gesicht. »Alex, hättest du mich auch geheiratet?«

»Ich habe dich geheiratet. Nein, lass mich überlegen.« Er blickte zur Decke auf und sah mir dann in die Augen. »Doch, das habe ich. Zweimal.« Er küsste mich und liebkoste mein Bein. »Ich hätte dich auch fünfzigmal geheiratet, Mary, meine Rose.«

Lorna und Seamus wurden in einer stillen Zeremonie in Glendevin getraut. Alex hatte ihnen angeboten, auf Kilgannon zu heiraten, aber Lorna wünschte sich eine Hochzeit in der kleinen Kapelle in der Nähe ihres Elternhauses. Ein strahlender

Duncan führte die Braut zum Altar, und seine Familie hieß mich herzlich willkommen. Diesmal schlug ich nicht vor, irgendjemandes Fuß zu essen, doch sie neckten mich und boten mir mehrere Füße an. Ich lachte mit ihnen und freute mich darüber, dass sie mich genug mochten, um mit mir zu scherzen. Dennoch war ich am Abend froh, nach Hause zu kommen. Es war schon fast dunkel, als wir durch den Felsspalt segelten und am Ende von Loch Gannon herauskamen. Mir stockte der Atem, als Kilgannon hell erleuchtet vor uns aufragte. Das Spiegelbild schimmerte im Wasser unter der Burg. Der Burgfried ragte weit in die Höhe, die Spitze war mit Fackeln beleuchtet. Fackeln brannten auch an jeder Ecke der äußeren Mauer, und mir fiel auf, dass ich Kilgannon bei Nacht noch nie von außerhalb der Mauern gesehen hatte.

»Wie wunderschön«, sagte ich ehrfürchtig. Alex, den schläfrigen Jamie auf dem Arm, wandte sich mit zärtlichem Lächeln zu mir um.

»Ja, Mädchen«, sagte er, »das Paradies. Ich habe dem MacDonald gegenüber nicht übertrieben. Dies ist der schönste Fleck auf Erden. Jetzt siehst du, warum ich nicht einfach irgendeine Frau heiraten konnte. Ich musste eine finden, die meinem Zuhause zur Ehre gereicht.« Ich lächelte und sah dann Malcolm und seinen Freund hinter Alex' Rücken einen Blick wechseln. Die beiden schauten einander mit hochgezogenen Augenbrauen an, und ich war sicher, dass sie sich später über Alex lustig machen würden. Alex folgte meinem Blick und starrte die beiden abschätzend an. »Natürlich«, sagte Alex, eher zu den beiden als zu mir, »habe ich meine Wahl auch mit dem Verstand getroffen, nicht nur mit dem Körper.« Er fügte auf Gälisch etwas hinzu, das Malcolm die Stirn runzeln ließ, während sein Freund lachte. Diese Worte hatten sie mir nicht beigebracht, aber ich bat nicht um eine Übersetzung.

Was für ein herrlicher Tag das gewesen war, dachte ich. Lornas Hochzeit war herrlich gewesen, Braut und Bräutigam vollkommen glücklich. Und bald würde Malcolm heiraten und nach Clonmor ziehen. Es versprach ein schöner Sommer zu werden.

Der Friede hielt einen ganzen Tag. Es war Thomas' Liam, der am nächsten Nachmittag angerannt kam, mit rudernden Armen und weit aufgerissenen Augen. »Sir«, japste er, als er schlitternd vor Alex zum Stehen kam. »Bitte kommt, mein Vater –« Er blickte hinter sich, als sei ihm jemand auf den Fersen. »Mein Vater lässt Euch ausrichten, dass sie den verfluchten Bastard gefunden haben, der das Vieh gestohlen hat.«

Als ich nach Luft schnappte, errötete Liam. »Genau das sollte ich Laird Alex sagen, Madam. Es tut mir leid.« Ich nickte und versuchte, mein Lächeln zu verbergen, dann sah ich Alex an und erwartete, auch bei ihm Belustigung zu sehen. Doch Alex, mit schmalen Augen und vorgerecktem Kinn, starrte zornig auf Liam hinab.

»Er hat wirklich gesagt ›der verfluchte Bastard‹?«

Liam nickte. »Ja, Sir, und er hat mir eingeschärft, das Wort für Wort so zu sagen. Vater sagt, Dougall wolle ihn hierher bringen.«

»Mo Dia«, sagte Alex zu sich selbst und starrte über den Kopf des Jungen hinweg. »Damit habe ich nicht gerechnet. Wo ist er, mein Junge?«

»Glengannon, Sir, aber sie kommen hierher.«

»Na schön, dann sag deinem Vater, dass ich ihn erwarte.« Liam nickte und rannte los. »Liam«, rief Alex ihm nach, und der Junge drehte sich um. »Such meine Söhne. Sie sollen in der Halle auf mich warten.«

Wir sahen zu, wie der Junge davonrannte, und dann wandte ich mich Alex zu. »Wer ist der ›verfluchte Bastard‹?« Zur Antwort bekam ich nur einen eisigen Blick. Alex presste die Lippen zusammen. »Alex?«

»Allen MacGannon, aber der ist weiß Gott kein echter MacGannon. Seine Eltern kamen vor zwanzig Jahren von

MacDonnells Land hierher, und mein Vater erlaubte ihnen, zu bleiben. Das war ein Fehler. Allens Vater war ein betrunkener Rüpel, und seine Söhne sind nicht besser.« Er begegnete meinem Blick. »Es waren Allens Brüder, um die ich mich kümmern wollte, als ich auf Robert Campbells Landsitz nach dir gesucht habe. Erinnerst du dich, was ich dir damals erzählt habe?«

»Die Männer, die einen Mann aus deinem Clan überfallen hatten?«

»Ja. Und ich hätte es damals gleich zu Ende bringen sollen.« Er seufzte schwer und sah mich von der Seite an. »Nun ja, jetzt werde ich es tun«, sagte er, ging davon, und ich konnte ihm nur nachstarren.

19

In der Halle herrschte unruhiges Gedränge, und jeden Augenblick kamen noch mehr Leute dazu. Ich stand an der Seite und sah zu, wie Alex, stets gefolgt von Angus, vor dem Kamin auf und ab ging. Als Liam mit Ian und Jamie eintraf, blieben die drei Jungen vor Alex stehen, während er zu ihnen sprach und seine Worte mit scharfen Gesten unterstrich. Ich wollte gerade zu ihm gehen und ihn fragen, was vor sich ging, als ein Tumult draußen im Hof aller Aufmerksamkeit auf sich zog. Ich folgte den anderen hinaus und blieb mit Ellen und den Jungen in der Nähe der Tür stehen, während der Lärm um uns herum anschwoll.

Dougall ritt als Erster durchs innere Tor, mit zornig gerötetem Gesicht. Hinter ihm kam ein junger Mann mit ängstlicher Miene und gefesselten Händen. Alex und Angus rannten die Stufen hinab und sprachen mit Dougall, während ihr Cousin abstieg. Dougall wies zornig auf Allen, und dann erschien Malcolm an Alex' Seite, und Dougall begann seine Geschichte offenbar noch einmal von vorn. Alle vier Männer drehten sich um, als Thomas aus dem Stall herbeigerannt kam und sich mit einem heiseren Schrei auf Allen stürzte.

Entsetzt beobachtete ich, wie Thomas, für gewöhnlich die Ruhe selbst, Allen vom Pferd zerrte und ihn über den Hof schleifte, wobei er auf Gälisch Worte brüllte, die ich nicht verstand. Niemand schritt ein, als er Allen immer wieder gegen die Mauer des Burgfrieds schleuderte. Alex und Angus wechselten einen

Blick, und schließlich bedeutete Alex Malcolm und Dougall, ihm Einhalt zu gebieten. Sie hatten ihre liebe Mühe, Thomas von Allen loszureißen. Nun stand er keuchend und immer noch brüllend zwischen den beiden, während Allen zu Boden sank. Alex beobachtete das alles mit ernster Miene und sprang dann, zwei Stufen auf einmal nehmend, die Treppe herauf zu mir. Als er meinem Blick begegnete, sah ich die rasende Wut in seinen Augen. Er zog die Hände der Jungen aus meinen und nahm sie mit in die Halle. Die Leute folgten, und Ellen und ich waren schließlich die Einzigen, die sahen, wie Angus Allen vom Boden hochriss, ihn anknurrte und an uns vorbei in die Halle schleifte. Allen, dessen junges Gesicht verängstigt und blutverschmiert war, konnte kaum aus eigener Kraft stehen. Malcolm und Dougall folgten den beiden, ohne uns eines Blickes zu würdigen, dann kam Thomas, der immer noch keuchte, und schließlich gingen auch Ellen und ich hinein.

Wir suchten uns einen Platz in einer Ecke bei Matthew, und ich wandte mich ihm zu, während sich die Leute beruhigten und ihre Plätze einnahmen, als wüssten sie genau, was zu tun war. *Eine Anhörung*, dachte ich. »Was hat Allen getan?«, fragte ich.

Matthew warf mir einen scharfen Blick zu. »Er hat Vieh gestohlen, Mary.«

»Warum ist Thomas so zornig? War es sein Vieh?« Matthew schüttelte den Kopf, stand abrupt auf und ließ mich sitzen. Ich konnte ihm nur nachstarren. Alex saß am Tisch auf dem erhobenen Podium, derselbe Tisch, auf den wir an meinem ersten Abend auf Kilgannon geklettert waren. Ian und Jamie saßen links und rechts von ihm, mit großen Augen und in der Luft baumelnden Beinen. Ich schob mich bis zu ihnen durch und blieb vor Alex stehen, der meinem Blick mit einem ebenso durchdringenden Starren erwiderte.

»Was soll das, Alex?«, fragte ich. »Willst du eine Anhörung veranstalten?«

Er wich meinem Blick aus. »Dies ist ein Gericht, Mary«,

sagte er kühl. »Geh und setz dich hinten hin. Oder« – er zögerte und überblickte seinen versammelten Clan – »oder sieh am besten gar nicht zu. Du solltest das nicht unbedingt mit ansehen.«

»Was ist mit den Jungen? Wenn ich das nicht sehen sollte, sollten sie es auch nicht.« Er wandte den Kopf und sah seine beiden Söhne an, doch sein Gesichtsausdruck wurde nicht weicher wie sonst, wenn er sie betrachtete. Er wandte sich wieder mir zu. »Sie müssen dabei sein«, sagte er knapp.

»Alex, wenn das hier hässlich wird, lass mich sie fortbringen.«

»Sie bleiben bei mir, Mary. Geh und setz dich.«

»Alex –«

»Mary, geh jetzt. Wir reden später. Geh.«

Ich blinzelte und starrte ihn an, fassungslos darüber, dass er mich so behandelte. Doch er sah mich nicht mehr an, sondern beobachtete über meinen Kopf hinweg die Menschen in der Halle. Schließlich nahm ich alles zusammen, was ich noch an Würde hatte, ging durch die Halle ganz nach hinten, blieb neben Ellen stehen und fühlte mich plötzlich sehr fremd. Die Stimmung in der Halle war gefährlich, und ich beobachtete, wie Dougall die kleine Prozession durch die Mitte der Halle mit einer Miene anführte, die ich bei ihm noch nie gesehen hatte. Dougall, sonst so unverblümt und fröhlich, wirkte geradezu mörderisch, und als ich von ihm zu Alex blickte, sank mir der Mut. Was auch immer hier geschah, war sehr ernst und bewirkte eine Veränderung in diesen Leuten, die wahrlich erschreckend war. Ich blickte über das Meer von Gesichtern hinweg und spürte einen ängstlichen Schauer. Dann beobachtete ich, wie Allen langsam von Angus weg und zu auf Alex geführt wurde. Allen, jung genug, um ihn noch als Jungen zu bezeichnen, ging langsam, und sein Gesichtsausdruck wirkte nun distanziert und irgendwie trotzig, als fände er das hier beinahe belustigend. Als ich von Allen zu Alex blickte, überlief mich ein weiterer Schauer. Dieser Alex war ein Mann, den ich nicht kannte. Selbst wenn er entspannt war, war er groß und Ehrfurcht gebietend, doch als er sich nun erhob, kam er mir gewaltig und sehr bedrohlich vor.

Dann wandten sich aller Augen wieder der Tür zu, als ein zorniges Kreischen durch den Raum hallte. Murreal flog förmlich die Gasse zwischen den Leuten entlang und blieb vor Alex stehen, dicht gefolgt von Thomas. Thomas war nun nicht mehr so zornesrot wie auf dem Hof, sondern sehr blass, und er stand hinter seiner Frau, berührte sie jedoch nicht. Ich wusste, wie wunderschön ihre Stimme klang und wie herrlich sie sich mit Thomas' Stimme vereinte, wenn die beiden abends sangen; wie natürlich es mir erschien, sie von ihrer fröhlichen und zahlreichen Brut umgeben zu sehen. Ich hatte Murreal stets für eine liebevolle, ordentliche Frau gehalten. Ich hätte sie mir niemals so vorstellen können, wie sie jetzt da stand. Sie wirkte wie besessen, ihr Kleid war verrutscht, das Haar stand ihr wirr vom Kopf ab, das Gesicht war vor Qual verzerrt. Ich konnte nicht verstehen, was sie auf Gälisch kreischte, und ich war froh darüber, denn ihre Stimme klang hasserfüllt. Ian und Jamie wechselten einen ängstlichen Blick, und ich musste mich zwingen, zu bleiben, wo ich war, und nicht zu ihnen zu eilen. Murreal zeigte auf Allen, spuckte ihn an und brach dann zusammen, von Schluchzen geschüttelt. Alex' Blick huschte von Allen zu Thomas und Murreal, dann ganz kurz zu mir, ohne eine Regung zu zeigen, und ich erschauerte. Ich war unsichtbar, so schien es, und Kilgannon von Fremden bevölkert.

Verschiedene Clanmitglieder traten nun vor, zeigten mit dem Finger auf Allen und redeten hitzig auf Alex ein. Alex sprach wenig und stellte kalt und angespannt kurze Fragen. Dann richtete er eine Frage an Allen, und alle wurden still, um die Antwort zu hören. Allen funkelte Alex an.

»Schwein«, schrie Allen auf Gälisch. »Ihr seid ein Schwein und ein Mörder. Ihr habt meine Brüder getötet, und dafür würde ich Euch töten, wenn ich könnte.«

Die Leute drängten nach vorn, doch Alex hielt sie mit einer

herrischen Geste auf und hob dann die Hände. »Euer Urteil«, sagte er.

Das Gebrüll, das sich daraufhin erhob, war ohrenbetäubend und unmissverständlich. Allens Schicksal war besiegelt. Ich verlor Alex aus den Augen, als der Clan sich zusammendrängte und zur Tür strömte, wobei die Ersten Allen vor sich her trugen wie eine Trophäe. Entsetzt sah ich zu, wie Alex seine Söhne fest an den Händen hielt und mit ihnen hinausging. Am Kopf der Treppe blieb ich stehen, holte zittrig Luft und drehte mich um, als ein Mann neben mir stehen blieb. Ich blickte in Angus' Augen und schüttelte den Kopf. »Ich verstehe nicht, was hier geschieht«, sagte ich.

Angus nickte. »Gerechtigkeit, Mary. Brutal, aber gerecht.«

»Er soll sterben, weil er Vieh gestohlen hat, Angus.«

Er sah mir ungerührt in die Augen. »Er wird nicht der Erste sein, der wegen Viehdiebstahls stirbt. Vieh ist unsere Währung, Mary.«

»Angus, das ist Irrsinn.«

Er schüttelte den Kopf, und wir beobachteten gemeinsam, wie die Menge sich durch das Tor drängte. »Nein, Mary, dies ist Gerechtigkeit«, sagte er und ließ mich stehen, um den anderen zu folgen.

Ich lief ihnen ebenfalls nach und bereute das später sehr. Wir liefen bis zum Ende des Sees, wo die Wiese in Wald überging, wo die beiden Leichen, Allens Brüder, noch immer im Wind schaukelten. Ich blieb etwas abseits stehen und sah zu, wie Dougall und Thomas ein Seil über einen hohen Ast warfen. Allen wurde auf den Rücken eines Pferdes gesetzt und wimmerte, als sie ihm die Schlinge um den Hals legten, doch niemand achtete auf ihn. Und auch nicht auf mich, als ich mich nach vorn durchdrängte und neben Alex stehen blieb. Mein Mann, mit steifem Rücken und kaltem Blick, hielt noch immer seine Söhne bei den Händen und sah schweigend zu, während Dougall etwas zu Allen sagte. Allen, der jetzt schluchzte, schüttelte den Kopf, und der

Priester trat vor, um ihm die letzte Ölung zu geben. Das alles hatte mich schon zuvor angewidert, doch zusehen zu müssen, wie die Kirche dies sanktionierte, war zu viel. Ich wandte mich an Alex, um zu protestieren, aber er warf mir einen Blick zu, der keinen Widerspruch duldete. Der Wind frischte auf, und ich schaute von den Blättern über uns zu Ian und Jamie, die Allen sichtlich verängstigt beobachteten. Und dann wandten sich alle nach Murreal um, die nun, mit trockenen Augen und recht gefasst, kurz zu Allen sprach, sich dann steif abwandte und ihren Mann ansah. Thomas warf Alex einen Blick zu, trat auf dessen Nicken hin hinter das Pferd – und versetzte ihm einen harten Schlag auf die Kruppe. Das Pferd schoss davon, reiterlos, durch die Menge zur Wiese dahinter. Ich schloss die Augen, als Allen kreischte, öffnete sie wieder und sah ihn am Ende des Stricks baumeln. Ich handelte ohne jede Überlegung. Ich entriss Alex seine Söhne und zerrte sie mit mir durch die Menge. Ich drückte sie an mich, und sie klammerten sich weinend an mir fest. Ich schluchzte nun selbst und beging den Fehler, zurückzublicken. Ich sah Allen, der noch lebte, krampfhaft zucken, und dann bewegte er sich nicht mehr. Und Alex nickte.

Ich brauchte lange, um die Jungen zu beruhigen. Ich konnte ihre Fragen nicht beantworten und versuchte, sie mit Zärtlichkeit und leisen Worten zu besänftigen, während mein eigener Zorn wuchs. Bis die Leute zurückkehrten und Alex uns aufsuchte, kochte ich vor Zorn und wandte den Kopf ab, als er mich ansprach. Also ignorierte er mich, hob seine Söhne hoch und trug sie von mir fort, während ich nur zusehen konnte. Ich suchte Zuflucht in unserem Schlafzimmer, doch meine Wut steigerte sich nur, sobald ich allein war. Ich hatte einen Fremden geheiratet. Und plötzlich hallten Roberts Worte ungebeten durch meinen Kopf: *Er führt ein Leben, das Ihr Euch nicht vorstellen können, geprägt von Gewalt und überkommenen Traditionen. Er ist kein Engländer und schlicht nicht Euresgleichen.*

Robert, dachte ich, *das war noch stark untertrieben*. Was tat ich hier, unter solchen Leuten? Ich schloss die Augen und erlaubte meiner Sehnsucht nach London zu wachsen.

Nach einer Stunde wurde mir klar, dass ich nicht in unserem Zimmer bleiben konnte. Ich konnte nicht mit Alex in einem Bett schlafen, konnte seine Berührung nicht ertragen. Ich brachte mein Nachtgewand und eine Kerze in Margarets Zimmer und schloss fest die Verbindungstür hinter mir. Dann verriegelte ich sie, ebenso wie die Tür zum Flur. Eigentlich hatte ich das große Himmelbett, das den halben Raum einnahm, entfernen lassen wollen, weil ohnehin niemand hier schlief, doch jetzt war ich froh darum und schlüpfte schluchzend unter die Decke. *Wie kann ich hier bleiben?*, fragte ich mich. *Meine Ehe ist eine einzige Lüge.* Alles, was ich je über die barbarischen Schotten gehört hatte, fiel mir nun wieder ein, und ich klammerte mich an mein Elend. Ich wollte nach Hause.

Ich war eingenickt und fuhr erschrocken hoch, als ich Alex in unserem Zimmer nebenan hörte. Er bewegte sich leise, als schliefe ich dort drüben, dann rief er nach mir. Er versuchte, die Tür zu Margarets Zimmer zu öffnen. Kurz herrschte Stille, dann versuchte er erneut, die Tür zu öffnen, rief meinen Namen und rüttelte an der Tür. Ich drehte mich auf die Seite, zog die Bettdecke über die Ohren und sagte mir, er werde schon weggehen. Da irrte ich mich.

Mit einem lauten Splittern und Krachen flog die Tür auf, und ich fuhr hoch. Die Bettvorhänge nahmen mir die Sicht, aber nicht lange. Mit einer hastigen Bewegung zog Alex den Vorhang am Fußende beiseite und starrte mich an. »Mary, was tust du hier?«

»Ich werde heute Nacht hier schlafen, Alex«, erwiderte ich kalt.

»Den Teufel wirst du tun«, knurrte er und trat an die Seite des Bettes. Ich hatte keine Zeit, etwas zu unternehmen oder auch nur nachzudenken, denn er riss die Vorhänge beiseite, packte mich und zerrte mich aus dem Bett. »Ich habe heute keine Geduld mehr für so etwas, Mary. Komm mit.«

Ich entriss ihm meinen Arm und wich vor ihm zurück. »Ich gehe nicht mit dir«, sagte ich und reckte das Kinn. »Nicht heute Nacht.«

Er musterte mich mit schmalen Augen, dem Kiefer angespannt. »Schön«, sagte er schließlich, »dann schlafe ich eben hier.«

»Nein«, sagte ich. »Ich brauche Zeit zum Nachdenken. Ich brauche Zeit für mich allein.«

»Mädchen, das war für keinen von uns angenehm.«

Ich schüttelte den Kopf. »Nein, Alex. Ich bleibe hier. Allein.«

»Du willst nicht mit mir in einem Bett schlafen?«

»Nein.«

»Warum nicht?«, fragte er leise, dann hob er die Stimme. »Warum nicht, Mary?«

»Ich weiß nicht, wer du bist!«

»Das ist albern, Mary. Natürlich weißt du, wer ich bin.« Ich schüttelte den Kopf. »Mary, du kennst mich doch.«

»Nein. Ich kenne dich nicht, und ich weiß nicht, warum ich überhaupt hier bin.«

Er stieß einen Fluch aus und hob mich kurzerhand auf die Arme. »Du kommst mit mir, Mädchen. Du bist meine Frau, und wir schlafen jetzt, und morgen reden wir darüber. Du bist nur verstört, weiter nichts.«

Ich wand mich in seinem Griff, konnte mich aber nicht befreien. Er trug mich durch die Tür und legte mich sacht auf unser Bett. Ich rappelte mich auf die Knie hoch, starrte ihn finster an und sah dann erstaunt zu, wie er sich abwandte, mich ignorierte und seelenruhig begann, sich auszuziehen. Als er nur noch im Hemd dastand, stieg ich auf der anderen Seite aus dem Bett und rannte zu Margarets Zimmer. Er war vor mir an der Tür und jetzt nicht mehr ruhig.

»Du wirst hier bei mir schlafen, Mary«, sagte er. Ich schüttelte den Kopf. »Das reicht!«, brüllte er und ragte über mir auf.

»Das reicht, Mary. Geh ins Bett. Ich habe weiß Gott genug für heute.«

»O ja, Alex, du musst völlig erschöpft sein. Es ist ja so anstrengend, einen Mann zu töten.« Er betrachtete mich mit kalter Miene. »Hättest du ihn nicht verschonen können? Er war doch fast noch ein Junge. Gewiss hättest du eine andere Möglichkeit finden können, ihn zu bestrafen. Wie konntest du das tun, ohne dass es dich im Geringsten beeindruckt? Was bist du nur für ein Mensch?«

»Wir haben ein Gericht abgehalten.«

Ich gestikulierte zornig. »Ein Gericht, Alex? Das war kaum ein ordentliches Gericht. Das war ein Hohn. Lynchjustiz.«

»Es war Gerechtigkeit«, sagte er und hob zornig die Stimme.

»Nicht, wie ich sie je erlebt habe.«

»Was war es dann, Mary? Wie würdest du das bezeichnen?«

»Als blanken Hohn.«

»Du weißt nicht, wovon du sprichst.«

»Dann erkläre es mir, Alex. Erkläre es mir so, dass ich es verstehen kann. Was ich heute gesehen habe, war ein Clan, der nach dem Tod eines Jungen gebrüllt hat.«

»Eines Jungen –«, stammelte er. »Eines Jungen. Jesus, Maria und Josef, Mädchen, du hast ja keine Ahnung. Halt mir keine Predigten.«

»Wer deine Handlungsweise in Frage stellt, predigt also?«

»Du weißt überhaupt nichts von der Sache.«

»Dann erkläre sie mir, Alex. Sag es mir.« Er schüttelte den Kopf. »Ich verstehe deine Handlungsweise nicht. Sie erscheint mir sehr fremdartig.«

»Fremdartig«, sagte er leise. »Barbarisch, meinst du wohl.«

Ich hielt seinem Blick stand. »Ja. Fremdartig. Barbarisch. Wild. Was ich gesehen habe, war Blutlust, Alex. Wegen eines Viehdiebstahls. Wegen ein paar Kühen.«

»Vieh ist –«

»O ja«, unterbrach ich ihn. »Angus hat mir das schon gesagt.

Vieh ist eure Währung. Dennoch setzt du wohl kaum ein paar Stück Vieh mit dem Leben eines Jungen gleich.«

»In diesem Fall doch.«

»Dann weiß ich nicht, wer du bist. Oder was du bist. Und du hast sogar deine Söhne zuschauen lassen. Eine prächtige Lektion für die beiden, Alex. In ihrem zarten Alter mussten sie miterleben, wie ihr Vater einen Mann zum Tode verurteilt, und dann aus nächster Nähe zusehen, wie er starb. Was für eine wunderbare Lektion.«

»Du weißt also nicht, wer ich bin«, entgegnete er tonlos. »Dann sage ich es dir. Ein Barbar, Mary. Der Anführer eines blutrünstigen Stammes. Ich bin ein gälischer Wilder. Oder ist das an sich schon eine Verdoppelung? Möchtest du zu deinem eigenen Volk zurückkehren, ist es das? Wünschst du, du wärest nie hierhergekommen?«

»Ich verstehe das nicht, Alex. Ihr kommt mir alle so –«

»Ja, barbarisch kommen wir dir vor. Wie Wilde. Vielleicht nicht ganz menschlich.«

»Mach dich nicht über mich lustig, Alex.«

»Du nennst mich einen Barbar und einen Wilden, aber ich mache mich über dich lustig?« Wir funkelten einander an, dann wandte er sich ab. Er ging zu seiner Seite des Bettes, zog sich das Hemd über den Kopf und schlüpfte nackt unter die Decke, während ich noch dastand und zusah. »Komm ins Bett, Mary«, sagte er ruhig und rückte die Decken zurecht.

»Nein.«

Er setzte sich auf und sah mir fest in die Augen. »Mary, meine Rose«, sagte er. »Steig jetzt in dieses Bett. Wenn du in das andere Schlafzimmer hinübergehst, komme ich dir nach und hole dich wieder zurück. Komm ins Bett.«

»Alex«, begann ich, doch er schnitt mir das Wort ab.

»Ich habe genug für heute, Mädchen.« Er drehte sich langsam um und blies die Kerze auf dem Nachttisch aus. »Komm, Mary. Komm ins Bett«, sagte er in die Dunkelheit hinein.

Ich kletterte ins Bett. Doch ich wies seine Berührung ab, als er nach mir griff, und ignorierte seine Zärtlichkeiten. Er strich mit den Fingern über meinen Nacken und meine Schulter, dann an meiner Seite hinab bis zur Taille, zögerte dann und zog sich zurück. Ich lag steif neben ihm und hielt im Geiste flammende Reden, die sich nur noch steigerten, als ich seine gleichmäßigen Atemzüge hörte und erkannte, dass er eingeschlafen war. Wie konnte er schlafen, nachdem er heute einen Mann gehängt hatte? Ich starrte in die Dunkelheit und dachte an London. Ich war immer noch wach, als es hinter dem Fenster heller wurde und die ersten Strahlen der Morgensonne das Zimmer erleuchteten. Ich streckte meine Beine aus, die völlig verkrampft waren, schlich leise aus dem Bett und in Margarets Zimmer, wo ich mich hastig ankleidete. Ich blieb in der Tür stehen und betrachtete meinen schlafenden Mann, ehe ich ging. Wie konnte jemand, der so engelsgleich aussah, so eiskalt sein?, fragte ich mich. Wen hatte ich da geheiratet? Ich stellte mir noch immer dieselben Fragen, als ich den Stallburschen weckte und ihn bat, meine Stute zu satteln, und ich dachte an nichts anderes, als ich nach Süden von Kilgannon fortritt.

Das verlassene Bauernhaus, das ich auf unseren Ausritten bemerkt hatte, stand genau an der Stelle, die ich in Erinnerung hatte. Die grauen Wände ohne Dach zeichneten sich vor dem blauen Meer dahinter ab. Ich band das Pferd an, blieb am Rand der Klippe stehen und versuchte, mich vom frischen Seewind heilen zu lassen. Später, als der Regen einsetzte und der Wind um uns herumpeitschte, führte ich die Stute in das einzig verbliebene Nebengebäude, wo wir Schutz vor dem Sturm fanden. Am späten Nachmittag klarte es auf, und ich brachte sie hinaus in den schwachen Sonnenschein und ließ sie weiden, während ich auf einem großen Felsbrocken saß und aufs Meer starrte. Wollte ich diese Ehe beenden, nach London zurückkehren und mir mein Leben dort wieder aufbauen? Wollte ich mich mit einer gescheiterten Ehe im Rücken der Scham stellen, um wieder in die Gesellschaft der Mayfair-Bartletts oder einer Rowena aufgenommen zu werden? Wollte ich für den Rest meines Lebens auf die Mildtätigkeit meines Bruders und meiner Tante angewiesen sein? Nein, aber das war nicht unbedingt nötig. Ich konnte mich in ein bescheidenes Cottage irgendwo auf dem Land zurückziehen und von den mageren Einkünften leben, die mir aus den Pachteinnahmen von Mountgarden zustanden. Ich konnte wieder ein neues Leben beginnen. Das war zu schaffen. Ich holte tief Luft. Doch all das war nicht das eigentliche Thema, der eigentliche Grund dafür, ob ich ging oder blieb. Wenn ich ging, würde ich Alex nie wiedersehen. Wollte ich das wirklich?

Ich drehte mich um, als ich Geräusche hörte, die ich zunächst nicht zuordnen konnte, und sah einen Reiter und sein Pferd als Silhouette vor dem Horizont auftauchen. Als der große Mann auf mich zugaloppierte, erhob ich mich von dem Felsen und wandte mich ihm zu. Alex kam vor dem alten Haus zum Stehen und musterte mich von oben bis unten.

»Mary«, sagte er.

»Alex«, sagte ich ebenso kalt.

Mit einem anmutigen Schwung seines Beins, der seinen Oberschenkel und noch mehr entblößte, glitt er vom Pferd und blieb vor mir stehen. »Dir fehlt nichts?«

»Nein.«

»Dann gehen wir nach Hause.« Er griff nach mir, doch ich wich zurück und sah Zorn in seinen Augen aufflackern. Offensichtlich war seine Wut auf mich noch nicht verraucht. Ebenso wie meine Wut auf ihn.

»Nein«, sagte ich.

»Nein?«

»Nein, Alex, ich will nicht mit dir gehen. Nicht jetzt.«

»Du bist meine Frau, Mary. Gehen wir nach Hause.« Ich schüttelte den Kopf. Er ging ein paar Schritte weg von mir und drehte sich dann mit einer zornigen Geste wieder um. »Wie konntest du das tun, Mary? Wie konntest du dich einfach aus unserem Bett stehlen und mich verlassen? Ich lasse den halben Clan nach dir suchen. Ich dachte, du wärest auf der Burg und würdest dich vor mir verstecken.«

»Woher wusstest du dann, dass ich nicht dort bin?«

»Der Stallbursche hat es mir gesagt, als ich dich in den Stallungen gesucht habe. Ich kam mir schön dumm vor, als er mir erzählt hat, dass meine Frau schon vor dem Morgengrauen davongeritten sei. Ich dachte, du hättest dich allein auf dem Weg nach London gemacht.«

»Offensichtlich nicht.«

»Nein, du bist hierhergekommen!«, brüllte er. »Ausgerechnet hierher! Versuchst du absichtlich, mich wütend zu machen, Mary? Was tust du hier?«

Zorn stieg in mir hoch, so feurig wie seine Wut. »Was ich tue? Ich versuche, nicht den Verstand zu verlieren, Alex. Ich versuche, mich mit der Tatsache abzufinden, dass ich einen Mann geheiratet habe und glaubte, ihn zu kennen, um dann festzustellen, dass ich einen Fremden geheiratet habe, dessen Werte ich nicht teilen kann.«

»Und was für Werte sind das, die wir nicht teilen? Hältst du es für richtig, dass ein dreckiger Mörder frei herumläuft, damit nur niemand einen unangenehmen Tag hat? Dass Verbrechen nicht gesühnt werden, damit meine Söhne nur ja niemals sehen, was für Folgen ein so abscheuliches, unmenschliches Verhalten hat?«

»Nein, aber ich glaube, dass ein Mann, der über Leben und Tod seiner Untergebenen entscheidet, die moralische Verpflichtung hat, sich nicht von seiner Rachsucht leiten zu lassen.«

»Rachsucht! Rachsucht! *Mo Dia*, Mary, du hast mich noch nicht rachsüchtig erlebt.« Er wirbelte herum, zog sein Schwert und kam auf mich zu. Er schwang die Waffe über den Kopf, starrte mich finster an, und ich schloss die Augen. Ich war wie gelähmt vor Angst, konnte nicht denken, war zu betäubt, um tatsächlich zu glauben, dass er mich schlagen würde, doch unbewusst muss ich das wohl erwartet haben, denn als ich ihn wütend schreien und Holz splittern hörte, öffnete ich überrascht die Augen. Alex stürmte durch das Bauernhaus, schlug alles, was noch darin war, kurz und klein und attackierte dann den kleinen Stall, in dem ich Zuflucht vor dem Regen gesucht hatte. Er trat die Stützpfeiler ein und sprang zur Seite, als das Dach in einer Wolke aus Staub und Holzsplittern zu Boden krachte. Als nichts mehr übrig war, was er zerstören könnte, schob er langsam sein Schwert zurück in die Scheide.

»Fühlst du dich jetzt besser?«, fragte ich kühl.

Er schüttelte keuchend den Kopf. »Nein. Nein, ich fühle mich nicht besser. Ich fühle mich grauenhaft. Ich will nicht mit dir streiten. Ich will nur, dass du nach Hause kommst. Ich bin müde, Mary.«

»Ich auch, Alex. Ich habe in der vergangenen Nacht nicht geschlafen. Du schon. Du hast einen Mann gehängt und dann friedlich geschlafen.«

Er blinzelte, drehte dann den Kopf und schaute an mir vorbei. Er starrte so lange aufs Meer, dass ich mich fragte, woran er denken mochte. Sein fliegender Atem beruhigte sich, und er wurde still. Als er mich schließlich ansah, glitzerten Tränen in seinen Augen, und das schnürte mir das Herz zusammen. Ich streckte ihm die Hand entgegen. Er schaute darauf hinab und wandte den Blick ab. »Alex«, sagte ich, doch er starrte wieder aufs Wasser hinaus, und das Echo meiner Stimme hing zwischen uns in der Luft. Ich zog meine Hand zurück.

»Ich bringe dich nach Hause«, sagte er und begegnete eisig meinem Blick. Sein Kiefer spannte sich, und er reckte das Kinn.

Ich schüttelte den Kopf. »Ich bin noch nicht bereit dazu. Ich werde noch ein wenig hierbleiben.«

»Ich meinte, ich bringe dich nach London.«

Nun war ich es, die ihn blinzelnd anstarrte. Er hielt meinem

Blick stand, ohne mit der Wimper zu zucken. »Du würdest mich nach London bringen?«, fragte ich beinahe flüsternd.

Er nickte. »Ja. Ich habe es dir schon einmal gesagt, Mary. Ich bettle nicht. Wenn du sagst, dass es mit dieser Ehe aus und vorbei ist, nun, so sei es. Dann ist es eben vorbei.«

»Einfach so.«

»Einfach so.«

»Ich verstehe.«

»Das dachte ich mir. Komm, bringen wir es hinter uns. Dann bin ich wieder zu Hause, bis alles für den Winter vorbereitet werden muss.«

»Eine weitere Aufgabe, die erledigt werden muss. Erst mich nach Hause bringen, dann alles für den Winter vorbereiten.«

»Ja.«

»Ein Winter, den du ohne deine englische Ehefrau verbringen würdest.«

»Ja.«

»Du kannst ja Morag holen lassen.«

»Und du kannst wieder mit Robert zusammen sein.«

»Ich werde nie mit Robert zusammen sein.«

»Und ich werde nie Morag holen lassen.«

»Aber du hättest keine Bedenken, diese Ehe zu beenden.«

»Ich beende sie nicht.«

»Doch, das tust du.«

»Nein, Mary. Du beendest unsere Ehe. Ich bringe dich nur zu deinem Volk zurück.«

»Ich habe nie gesagt, diese Ehe sei vorbei.«

Er warf mir einen Blick zu und fragte dann mit einer scharfen Geste: »Was soll das dann, Mädchen? Was tun wir hier? Wenn dies hier nicht bedeutet, dass du mich verlässt, was bedeutet es dann?«

»Ich bin verstört, Alex. Und ich verstehe so vieles nicht.«

»Das weiß ich. Aber du hast mich verlassen, Mary. Wie konntest du mich verlassen?«

»Ich bin durcheinander, weil der Mann, den ich liebe, einen anderen, der ein paar Kühe gestohlen hat, zum Tode verurteilen und ihn aufhängen kann. Und auch noch darauf besteht, dass seine beiden kleinen Söhne dabei zusehen. Und dann eine Nacht friedlich durchschläft. Ich begreife nicht, wie der Mann, den ich zu kennen glaubte, solche Dinge tun kann. Ich verstehe weder dich noch dein Volk noch dieses seltsame Land. Wie konnten sie so gierig seinen Tod fordern? Wie konnten sie noch darüber jubeln? Wie kannst du so etwas tun, ohne dass es dich berührt? Wie, Alex?«

Er schüttelte den Kopf, blickte sich um und setzte sich dann schwer auf den Felsen, der mir vorhin als Sitzgelegenheit gedient hatte. Er ließ die Hände sinken, blickte zu Boden und sah dann mich an. »Weißt du, wo wir sind, Mary?«

»Bei einem verlassenen Bauernhaus.«

Er nickte. »Dem einzigen leeren Bauernhaus auf dem ganzen Kilgannon-Land.«

»Und?«

»Und findest du es nicht ein wenig seltsam, dass niemand hier wohnt, dass niemand diesen herrlichen Ausblick jeden Tag genießen möchte?«

Wir beide wandten uns der prächtigen Aussicht zu. Die Wellen brachen sich krachend unter uns, und die See streckte sich in zahllosen Blauschattierungen vor uns aus.

»Es ist wunderschön hier«, sagte ich.

Alex nickte. »Ja. Und es ist ein grauenhafter Ort. Dies war das Haus von Murreals Schwester. Fionas Haus. Sie hat hier mit ihrem Mann Tavis und ihrer Tochter Nola gelebt. Hier auf dem Hof« – er wies vage auf den Flecken kahler Erde – »ist es geschehen. Allen kam eines Nachts, sehr spät, mit seinen Brüdern, um Tavis' Vieh zu stehlen. Aber Tavis hörte es und verfolgte sie. Der Kampf war nicht fair, drei gegen einen, und er dauerte nicht lange. Allen und seine Brüder fesselten Tavis und zwangen ihn, zuzusehen, während sie Fiona und Nola nach draußen schleiften und das Haus in Brand steckten.« Alex' Stimme klang rau vor Schmerz. »Allen hat dafür gesorgt, dass Tavis nicht entkommen konnte, und die beiden älteren Brüder haben Fiona und das Mädchen gefesselt und sie abwechselnd vergewaltigt. Nola war zwölf, Mary.« Er sah mich an und blickte dann wieder übers Wasser hinaus. Seine Stimme sank zu einem tonlosen Flüstern herab. »Und als sie fertig waren, haben sie Tavis angezündet. Fiona und Nola mussten es mit ansehen. Dann sind sie davongeritten.«

Er schwieg lange, während ich wartete und dem Pochen meines Herzens lauschte. »Fiona konnte sich schließlich befreien«, fuhr er nach einer Weile fort, »und zu den Nachbarn laufen, und die haben Alarm geschlagen. Dougall hat die Brüder noch am selben Abend erwischt, als sie Tavis' Vieh nach Osten getrieben haben. Er hat sie nach Kilgannon gebracht. Und dann auf mich gewartet.« Alex warf mir einen langen, abschätzenden Blick zu.

»Ich war in England, Mary, und habe nach dir gesucht. Ich bin kreuz und quer durchs Land gereist, von London über Mountgarden nach Grafton, als Tavis starb. Wenn ich hier gewesen wäre, oder Angus, hätten sie das niemals gewagt. Aber ich war so viel unterwegs – nach dem Verlust der *Diana*, und um dich zu umwerben –, dass sie dachten, ich sei keine Gefahr mehr. Und damit hatten sie recht.« Er seufzte schwer und blickte auf seine Hände hinab. »Ich habe an den Verlust des Schiffes gedacht. Und daran, dass ich dich verlieren könnte. Ich habe meine Leute nicht beschützt.« Als ich protestieren wollte, winkte er ab. »Ich habe mich damit abgefunden, meine Rose. Ich sage mir, dass es wohl unvermeidlich war, dass sie grausame, habgierige Menschen waren, die zuschlugen, als ich gerade nicht hier war, und manchmal glaube ich das, und dann kann ich mit mir selbst leben. Aber jedes Mal, wenn ich Murreal sehe, denke ich an ihre Schwester, die durch die Nacht humpelt, um Hilfe zu holen, währen dich Hunderte von Meilen weit entfernt bin und mir Sorgen um Geld mache.«

»Oder um mich.«

Er nickte und begegnete meinem Blick. »Ja. Meine eigenen, egoistischen Wünsche.«

»Alex, warum hast du mir das nicht früher erzählt?«

»Du hast deine Albträume endlich überwunden. Du weißt schon, die mit den Männern in der Kutsche. Ich musste oft daran denken, wie du mir erzählt hast, dass du davon träumst, wie dieses Schwein dein Bein begrabscht.« Er schüttelte den Kopf. »Ich wollte nicht, dass du diese Geschichte hörst. Sie ist grässlich genug, wenn man ein Mann ist, aber ich dachte, ich sollte dich nicht daran erinnern, wie knapp du demselben Schicksal entronnen bist.«

»Du wolltest mich beschützen.«

»Das habe ich versucht.«

»Ich verstehe.«

»Und, Mary, ich wollte das auch vergessen. Wenn ich daran denke, fühle ich mich schuldig.«

»Ich wusste nicht –«

Er winkte ab. »Ich weiß«, sagte er schwermütig. »Und kurz vor dem Gericht dachte ich noch, ich sollte es dir besser erklären, aber ich wollte die Erinnerung daran nicht wecken. Und dann ...« Er zuckte mit den Schultern. »Ach, Mädchen, ich habe nicht daran gedacht, wie du auf dieses Gericht reagieren würdest. Ich habe an meine Jungen gedacht. Und du hast recht, ich wollte Rache.«

»Warum hast du darauf bestanden, dass sie zusehen?«

Er seufzte. »Das ist eine weitere hässliche Geschichte. Du weißt ja, dass Thomas' Sohn Liam und meine Jungen sehr gute Freunde sind?« Ich nickte. »Nun, während ich fort war, haben die Jungen manchmal bei Thomas und Murreal übernachtet. Als der Läufer kam, um Murreal die schlimme Nachricht zu überbringen, haben meine Jungen das mit angehört. Und als Thomas und die Männer hierherkamen, sind die Jungs ihnen gefolgt. Sie haben Tavis' Leichnam gesehen, und Fiona blutig geschlagen und misshandelt, und Nola ebenso. Und obwohl alle sich bemüht haben, sie zu schützen, haben sie die ganze Geschichte erfahren.« Er rieb sich die Stirn. »Als Allen endlich gefangen war, dachte ich, sie sollten sehen, wie das Ungeheuer vernichtet wird. Das ist ein Abschluss für sie, Mary. Das Ende eines Albtraums. Der böse Mann kann nicht zurückkommen und ihnen etwas antun. Meine beiden Jungen hatten Albträume, und sie sind oft nachts in mein Bett gekrochen, weil sie geträumt haben, dass jemand sie verfolgte, um sie anzuzünden.«

Ich dachte an Jamies Albtraum, an den bösen, bösen Mann, der Menschen in Brand steckte.

Alex hob das Kinn. »Aber du hast recht. Ich war rachsüchtig. Ich war nicht unvoreingenommen. Ich habe einen Fehler gemacht, als ich Allen zuvor laufen ließ, und ich konnte nicht riskieren, dass er die üblen Taten seiner Brüder wiederholt.«

»Warum hast du ihn vorher gehen lassen?«

»Er war siebzehn, Mary. Seine Brüder waren älter, und sie wussten genau, was sie taten. Ich wusste, dass es dumm von mir war, jemanden laufen zu lassen, der an einer so abscheulichen Tat beteiligt war, aber ich brachte es nicht über mich, ihn zu bestrafen. Er hatte weder die Frauen vergewaltigt noch Tavis angezündet. Er hatte nur zugeschaut. Ich konnte den Jungen nicht hängen.«

»Ach, Alex.«

»Ja.«

Schweigend standen wir beisammen, während ich über alles nachdachte, was er mir erzählt hatte. Welch gewaltigen Unterschied das ausmachte. »Warum hast du mir das nicht gesagt, Alex? Vor dem Gericht, nach dem Gericht, selbst letzte Nacht noch, warum hast du nichts gesagt?«

Alex schüttelte den Kopf. »Ich weiß es nicht, Mary. Ich wollte mich nicht noch einmal damit befassen, und dann warst du so zornig, und ich war noch zorniger, weil du mich für einen Barbaren hieltest, obwohl ich doch nur versuche, Männern wie Allen und seinen Brüdern Einhalt zu gebieten.« Er zuckte mit den Schultern. »Ich dachte wohl, du müsstest wissen, dass ich anständig gehandelt habe. Ich dachte wohl, du würdest gut von mir denken, ganz gleich, was auch geschieht. Ich dachte, du vertraust mir genug, um –« Seine Worte, so ruhig und leise ausgesprochen, brachen mir beinahe das Herz. Ich ging zu ihm, voller Schuldgefühle, und kniete mich neben ihn.

»Ach, Alex. Ich hätte wissen müssen, dass da noch mehr war. Es tut mir leid.«

Er zog mich auf seinen Schoß und drückte mich an sich. »Das ist nicht deine Schuld, Mary. Ich wollte dir die Geschichte nicht verheimlichen. Ich dachte nur … ach, Mädchen, ich weiß selbst nicht mehr, was ich mir dabei gedacht habe. Als Murreal von mir verlangt hat, ihre Schwester, ihre Nichte und Tavis zu rächen, da habe ich nicht lange überlegt.« Er sah mir in die Augen. »Ich bedauere, dass ich dir nicht die wahre Geschichte erzählt habe, Mary. Aber ich werde es nie bedauern, dass ich die Welt von Abschaum wie Allen befreit habe. Das war richtig, wenn ich es vielleicht auch aus den falschen Gründen getan habe.«

»Aber die Jungen zuschauen zu lassen …«

»Ja. Jetzt bin ich auch nicht mehr sicher, ob das gut war. Ich habe mit ihnen gesprochen, und ich fürchte, ich habe den alten Albtraum nur durch einen neuen ersetzt. Aber zumindest wissen sie jetzt, dass ihr Vater nicht zulassen wird, dass der böse, böse Mann kommt und sie anzündet. Und daran habe ich gedacht, Mary, ich wollte meine Jungen beschützen. Und den Clan. Und ja, ich wollte, dass Thomas und Murreal ihre Rache bekommen. Und ich meine. Als ich dich dann ausgerechnet hier gefunden habe und du mich rachsüchtig genannt hast, da …« Er schüttelte den Kopf.

»Alex, du hättest es mir sagen müssen.«

Er nickte. »Vermutlich.« Und sah mir in die Augen. »Aber das habe ich nicht, und geschehen ist geschehen.«

»Ja«, sagte ich und erhob mich langsam von seinem Schoß. »Du hast recht. Was geschehen ist, können wir nicht mehr ändern.« Er nickte und beobachtete mich, und dann wurde seine Miene kühl, als er ebenfalls aufstand. Ich blickte über das Wasser hinaus und versuchte, meine Gedanken zu ordnen.

»Dann lass uns gehen«, sagte er über die Schulter, schon auf dem Weg zu seinem Pferd.

»Alex«, rief ich hitzig aus. Er drehte sich mit argwöhnischem Gesichtsausdruck zu mir um. »Wo gehen wir hin?«

»Wohin möchtest du denn, Mary?«

»Nach Hause.«

Er nickte. »Nun, dann gibt es noch viel zu tun.«

»Was? Was gibt es da zu tun?«

»Das Schiff muss bereit gemacht –«

»Alex, du verdammter Narr! Ich will nach Kilgannon, nicht nach London.« Er rührte sich nicht, sah mich nur lange an und blickte dann über meinen Kopf hinweg aufs Wasser. »Alex«, sagte ich sanfter, »lass uns darüber sprechen. Vertrauen ist etwas, zu dem es zwei braucht, weißt du?«

Er sah mich an. »Was meinst du damit?«

»Du hast angenommen, dass ich diese Ehe beenden wolle, weil ich dein Bett für ein Weilchen verlassen habe, um in Ruhe nachzudenken. Du hast angenommen, ich würde dich hassen und wollte nach London zurückkehren. Richtig?«

Er nickte langsam. »Ja, das dachte ich.«

»Ich war verwirrt, Alex, und ich war zornig. Ich glaubte, dich und Thomas und Murreal und Angus zu kennen, doch plötzlich habt ihr euch nicht wie die Menschen verhalten, für die ich euch gehalten hatte, und ich konnte das überhaupt nicht verstehen. Ich brauchte Zeit, um darüber nachzudenken.« Ich holte tief Luft. »Alex, ich liebe dich, und ich fürchte, selbst wenn du wirklich ein blutrünstiger Wilder wärest, würde ich dich trotzdem lieben. Ich würde nicht bei dir bleiben, aber ich würde dich lieben.«

»Du dachtest, ich sei ein blutrünstiger Wilder.«

»Nein. Aber ich wusste nicht mehr, wer du bist. Ich bin hierhergekommen, um nachzudenken. Alex, sieh dich nur an.« Er warf mir einen verwunderten Blick zu. »Du bist riesengroß. Du bist wunderschön. Du bist ein sehr feuriger Mann. Du beherrschst jeden Raum, jede Gruppe, jeden Augenblick, wenn ich mit dir zusammen bin. Als du mich aus dem Bett deiner Mutter gezerrt und zu unserem hinübergetragen hast, war ich furchtbar wütend, weil du das einfach tun konntest. Ich konnte nicht klar denken, solange ich neben dir im Bett lag. Ich bin fortgegangen, um in Ruhe nachdenken zu können, ohne dass du – allein durch deine Anwesenheit – mich wieder beherrschst.« Ich wies auf den zerstörten Hof. »Und was mein Vertrauen in dich angeht, das habe ich bereits bewiesen. Verstehst du denn nicht, wie fremd das hier alles für mich ist? Ich habe dir so sehr vertraut, dass ich alles aufgegeben habe, was ich kannte, jeden, der mir lieb ist, damit ich in dieses fremde Land ziehen konnte, um mit dir zusammen zu sein. Mit dir, Alex. Nicht mit deinem Geld, deinem Aussehen, deinem Titel oder sonst irgendetwas. Mit dir. Ich weiß nicht, was ich noch tun könnte, um dir meine Liebe oder mein Vertrauen zu beweisen. Nimm also nicht einfach an, dass ich diese Ehe beenden will. Wenn sie endet, dann deshalb, weil du dich dafür entscheidest, sie zu beenden. Ich liebe dich, Alex, und ich will deine Frau sein. Aber ich will, dass du mit mir sprichst. Auch über unangenehme Dinge. Rede mit mir. Erkläre sie mir. Wenn ich dann irgendetwas immer noch nicht verstehe, werde ich es dir sagen. Aber du musst mir genug vertrauen, um mir so etwas zu erzählen.«

Sein Gesichtsausdruck hatte sich von verwundert über reserviert bis hin zu nachdenklich verändert, während ich gesprochen hatte. Nun sah er mich stumm an und nickte dann. »Ich liebe dich, Mary, meine Rose«, sagte er. »Und es tut mir leid.«

»Es tut dir leid, dass du mich liebst?«

Er lächelte und streckte mir die Hand entgegen. »Nein, Mädchen, es tut mir leid, dass ich dir die Geschichte nicht erzählt habe. Mein Schweigen hat all das verursacht, und das bereue ich.«

»Mir tut es auch leid, mein Liebster«, sagte ich und nahm seine Hand. Er zog mich an sich und schlang seufzend die Arme um mich. »Bring mich nach Hause, Alex«, sagte ich.

»Ja, meine Rose«, sagte er. »Das werde ich.« Dann küsste er mich.

Spät am Nachmittag, nachdem wir versöhnt zur Burg zurückgeritten und ohne Aufhebens von Angus und Thomas in Empfang genommen worden waren, stand ich allein auf der obersten Terrasse und starrte über die Wiese zum Ende des Sees, wo die drei Brüder noch immer hingen, hinter Bäumen verborgen. Ich fragte mich, wie ein Mann solche Taten, wie sie sie verübt hatten, vor sich rechtfertigen konnte – wie sie so brutal hatten sein können. Ich dachte immer noch darüber nach, als ich eine Hand auf meiner Schulter spürte, mich umdrehte und Murreal direkt in die Augen sah.

»Mary«, sagte sie.

»Ach, Murreal«, rief ich aus. »Ich wusste es nicht. Alex hat mir erst heute erzählt, was deiner Schwester und deiner Nichte zugestoßen ist. Ich wusste nichts davon.«

Sie nickte. »Das hat er mir gerade gesagt. Ich dachte, Ihr wüsstet es, Mary, sonst hätte ich es Euch selbst erzählt. Macht Euch keine Sorgen, Mädchen.« Sie wies auf die fernen Bäume. »Ich werde meinen Frieden damit machen, nun, da ich weiß, dass sie nicht zurückkehren können.« Ich nickte. »Meine Schwester ist gerächt. Meine Nichte ist gerächt. Und der Geist meines Bruder kann nun ruhen. Ich weiß, das muss Euch seltsam vorkommen, da Ihr ja aus England seid, aber ich habe das Gefühl, dass es nun endgültig vorbei ist.« Ich nickte erneut und versuchte, mich an ihre Stelle zu versetzen. Wenn Betty ermordet und Will und sein Kind schwer verletzt worden wären, würde ich dann dem Angreifer nach dem Leben trachten? Ein Teil von mir schrie ja, und ich wandte mich Murreal zu und begegnete demütig ihrem Blick.

»Ich finde es nicht so seltsam, wie du vielleicht denkst«, sagte ich, und Murreal lächelte mich traurig an.

20

Alex und ich gingen danach noch wochenlang sehr vorsichtig miteinander um, als könnten wir mit einem falschen Wort oder einer falschen Geste den zerbrechlichen Frieden zwischen uns zerstören. Doch obwohl wir weiterhin das Bett teilten, war von Leidenschaft kaum etwas zu spüren. Seit unserem Ausbruch pflegten wir einen höflichen Umgang miteinander, und ein Teil von mir war zwar erleichtert, doch ein anderer Teil vermisste die Leidenschaft unserer früheren Beziehung. Er achtete sorgsam darauf, mir zu erzählen, was Tag für Tag vor sich ging, und ich hielt es genauso, obwohl es wenig Wichtiges zu berichten gab.

Das Wetter blieb schön und warm, und die zweite Aussaat konnte ohne Aufschub begonnen werden. Alle im Tal halfen mit, und ich brachte den Leuten Essen, die am ganzen Loch Gannon entlang aussäten. Ackerland war rar und kostbar, und die MacGannons nutzten jedes Fleckchen Erde. Alex ließ die Pachtherren und Bauern ihre eigenen Felder so bestellen, wie sie wollten, doch über das Land, das ihm persönlich gehörte, bestimmte er selbst. Wie er mir erklärt hatte, gehörte das nicht zu seinen liebsten Pflichten, aber zu den wichtigsten, und er verbrachte Stunden am anderen Ende des Sees, wo das Land sanft anstieg, bis es dann steil in die Berge überging. Dort wurden Hafer und Gerste gesät, und dorthin ging ich, wenn ich meinen Mann sehen wollte. Und Angus, Matthew und Malcolm. Dort sah ich zum ersten Mal die Ruinen des Hauses, in dem Angus mit seiner Mairi gelebt hatte, das Haus, das er mit Alex' Hilfe eingerissen hatte, nachdem Mairi gestorben war, weil Angus nie wieder darin wohnen wollte. Und dort war es auch, an einem windigen, herrlichen Tag mit so klarer Luft, dass einem beinahe die Augen schmerzten, wenn man aufs Wasser blickte, dass Malcolm sich mir zum ersten Mal näherte.

Die Abende, die wir in der Bibliothek verbrachten, waren geselliger geworden, und wir lachten mehr als früher. Das Wissen, dass Malcolm uns bald verlassen würde, machte es uns allen leichter, ihn zu tolerieren. An diesem besagten Tag stand ich mit Ellen da und beobachtete die Männer, die, nur mit Kilts bekleidet, braune Rücken bekamen, während sie im willkommenen Sonnenschein arbeiteten, als Malcolm plötzlich neben mir stand.

»Ich möchte dich um einen Gefallen bitten, Mary«, sagte er.

»So?« Ich war höflich, hörte aber den argwöhnischen Unterton in meiner Stimme.

»Ja.« Sein Blick folgte dem meinen zu Alex, der mit einem Grüppchen Männer auf dem Hügel stand, sich mit dem Handrücken über die Stirn wischte und auf das Feld deutete, während er sprach. »Du weißt ja, dass ich bald heiraten und mit Sibeal nach Clonmor gehen werde«, sagte Malcolm und wandte den Blick wieder mir zu.

»Ja«, sagte ich und beobachtete weiterhin Alex.

»Nun ja«, druckste er herum, und er klang seinem Bruder so ähnlich, dass ich zu ihm aufblickte. Doch diesmal sah ich kein hämisches Grinsen, und er versuchte nicht, Alex nachzuäffen. *Sie sind Brüder*, ermahnte ich mich, *und wenn er manchmal wie Alex aussieht, dann kann er sich auch wie Alex anhören. Ich muss freundlicher sein.*

»Es geht um Folgendes«, sagte Malcolm in charmantem Tonfall und sah mir in die Augen. »Alex hat mir erzählt, dass du Talent für die Buchführung hast. Würdest du mir zeigen, was ich darüber lernen muss, ehe ich nach Clonmor gehe, damit ich meine Sache diesmal besser machen kann? Du weißt ja, dass ich mich nicht besonders gut angestellt habe, als ich zuletzt die

Geschäfte geführt habe?« Sein Grinsen war ansteckend, und ich spürte, wie sich meine Zurückhaltung auflöste. »Diesmal werde ich mit meinem eigenen Geld wirtschaften, verstehst du, und ich möchte nicht wieder so ein Durcheinander daraus machen.« Ich nickte, verbat mir aber eine Erwiderung. Die Bemerkungen, die mir auf der Zunge lagen, würden sämtlich bitter klingen, und ich hatte bisher nur einen Verdacht, aber keinerlei Beweis. Ich sah zu, wie er Alex beobachtete. *Dies ist dein Schwager, Mary*, sagte ich mir, *und falls es in dieser Familie Streit geben sollte, wirst du nicht der Auslöser dafür sein.* Also nickte ich lächelnd und sagte Malcolm, dass ich ihm selbstverständlich gern das Wenige beibringen würde, was ich über Buchführung wusste.

Und das tat ich. Einige Abende und viele Nachmittage brachten wir damit zu, über den Büchern von Kilgannon zu brüten, und ich zeigte ihm, wie man sämtliche Einnahmen und Ausgaben einfach und klar aufzeichnete. Er war ein gelehriger Schüler. Manchmal vergaß ich sogar, dass ich ihn nicht mochte, und wir unterhielten uns stundenlang. Alex beobachtete uns so zufrieden, als hätte er das herbeigeführt. Die Tage flogen nur so dahin, und ich konnte zwar immer noch nicht behaupten, dass ich Malcolm gern hätte, aber ich freute mich darüber, dass wir uns gut vertrugen. Ich zeigte ihm gerade, wie man die Ausgaben für jedes Schiff und jede Reise einzeln festhielt, doch er schaute nicht mehr auf das Blatt.

»Hier, Malcolm«, sagte ich und deutete auf eine Spalte.

»Wie kann ich dir aufmerksam folgen, wenn du so wunderschön aussiehst, Mary?« Er strich mir eine verirrte Locke von der Schulter und beugte sich über mich. Ich war so verblüfft, dass ich ihn stumm anstarrte. Er beugte sich noch tiefer herab und küsste mich in den Nacken, und nun sprang ich so heftig auf, dass ich dabei den Stuhl umwarf.

»Nein«, sagte ich und wich zurück, doch er ließ sich nicht beirren. Lächelnd zuckte er mit den Schultern, lehnte sich dann auf seinem Stuhl zurück und verschränkte die Arme vor der Brust.

Das war eine Geste, die typisch für Alex war, und ich starrte ihn an und wusste nicht, was ich tun sollte.

»Das ist deine Schuld, Mary«, sagte Malcolm gedehnt. »Du bist ein Prachtstück. Kein Wunder, dass Alex dich geheiratet hat.«

Ich sah ihn mit schmalen Augen an. »Mit dem Unterricht ist es vorbei«, herrschte ich ihn an, trat an den Schreibtisch und knallte das Buch zu. Malcolm stand langsam und bedächtig auf, streckte sich und verließ mich, mit einem Blick über die Schulter und einem verschlagenen Lächeln. Es dauerte Stunden, bis mir auffiel, dass er mir ausgerechnet dann Avancen gemacht hatte, als wir bei den Aufzeichnungen der *Diana* angekommen waren, und es dauerte Tage, bis ich merkte, dass dieses Buch fehlte. Ich sagte Alex nichts davon, obwohl ich mit dieser Entscheidung rang, denn indem ich schwieg, tat ich nun selbst genau das, was ich ihm vorgeworfen hatte. Aber ich konnte keinen Nutzen darin erkennen, es ihm zu sagen. Malcolm würde uns bald verlassen, und damit wäre das Problem aus der Welt. Ich gab mich nicht der Illusion hin, Malcolm habe mich so unwiderstehlich gefunden, dass er sich nicht mehr beherrschen konnte. Nein, die Sache war ganz einfach. Er hatte nicht über die *Diana* sprechen wollen. So muss er Sibeal umgarnt haben, dachte ich: ungeheuerliche Lügen und aalglattes Auftreten.

Malcolm und Sibeal heirateten sehr festlich auf Skye. Der MacDonald spielte den Gastgeber, und jeder MacDonald im Umkreis von fünfzig Meilen war eingeladen. MacDonnells und die Maclean-Brüder kamen ebenfalls. Niemand sollte je behaupten, hatte Sir Donald mir während des Hochzeitsmahls erklärt, dass MacDonald of Sleat kein großzügiger Mann sei. Ich erwiderte, das könnte nie jemand behaupten, und er brüllte vor Lachen. Doch ich hatte nur die Wahrheit gesagt. Das Festmahl war üppig, die Unterhaltung lebhaft. Alles, was fehlte, war ein liebender Bräutigam. Ich war nicht die Einzige, der auffiel, dass

Malcolm sich mehr um seine eigene Bequemlichkeit kümmerte als um die seiner Braut und dass er sie immer wieder lange allein ließ, um mit anderen Gästen zu trinken oder zu tanzen.

Alex und ich ignorierten Malcolms Benehmen und tanzten, bis wir keinen Schritt mehr tun konnten. Dann suchten wir nach einem ruhigen Plätzchen, um wieder zu Atem zu kommen. Dabei wurden wir von einem Mann in die Ecke gedrängt, der laut von James Stewart sprach. Alex hörte ihm einen Augenblick lang zu, dann entschuldigte er sich, und wir gingen weiter. »Kilgannon«, schrie der Mann. »Ihr solltet besser zuhören. Ihr wisst doch, dass Königin Anne die Kurfürstin Sophie zur Thronerbin gemacht hat, und falls der Frieden zustande kommt und die Franzosen zustimmen, wird James Stewart niemals auf den Thron kommen. Sondern eine Deutsche.«

»Das weiß ich wohl, MacDonald«, sagte Alex, der sich zu ihm umdrehte. »Das ist doch nichts Neues, Mann.«

Der Mann nickte. »Ja, aber es ist viel näher gerückt, Junge. Wollt Ihr nicht mit mir auf den König jenseits des Wassers trinken?« Er hob den Becher, und der Jakobiten-Trinkspruch hing zwischen den beiden in der Luft.

»Ich habe keinen Wein, MacDonald. Trinkt Ihr für mich.« Alex nickte und zog mich weiter. »Willkommen bei den Jakobiten, Mädchen«, murmelte er, während wir uns durch die Menge drängten und dann einen Augenblick stehen blieben, um den Feiernden zuzusehen. Sogar Angus tanzte ausgelassen, lachte und hatte gerötete Wangen. Malcolm und Sibeal führten die Paare an, und Seamus war direkt hinter ihnen, mit Lorna an seinem Arm. Alex lächelte und führte mich zu einer stillen Ecke am anderen Ende des Saals, wo er neben mir auf einen Sessel sank. »Genau wie im Salon deiner Tante in London, was, Mädchen?«

»Nun ja.« Ich lächelte und wandte mich wieder der großen Halle zu. Männer in Plaids und Samt wirbelten Frauen in Seide herum, und die leuchtenden Farben ihrer Gewänder wurden von Hunderten von Kerzen in großen Kronleuchtern zum Strahlen gebracht. Das Heim des MacDonald of Sleat war, wie so viele dieser Gebäude, einst eine Festung gewesen, und viele der ursprünglichen Elemente waren noch vorhanden, doch seine Halle war heute Abend von Musik und Licht erfüllt, und die Tänzer in ihrem Feststaat genossen den riesigen Saal, ohne einen Gedanken an seine Geschichte zu verschwenden. Ich drehte mich um und bemerkte, dass Alex mich beobachtete. Er sah heute Abend wunderbar aus, das blonde Haar schlicht zurückgebunden, und der dunkelblaue Rock brachte seine Augen zur Geltung.

»Du siehst heute Abend wie eine Göttin aus, Mary, meine Rose«, sagte er zärtlich und strich mir das Haar von der nackten Schulter. Ich versuchte, nicht an Malcolm zu denken, der mich genau so berührt hatte, doch als ich das Begehren in Alex' Augen sah, vergaß ich seinen Bruder. Dies war der Mann, den ich in Louisas Ballsaal kennengelernt hatte, der Mann, der mich damals so fasziniert hatte. Und jetzt, über ein Jahr später, war ich immer noch verzaubert. Ich spürte, wie das Begehren zwischen uns aufflammte.

»Ich bin glücklich«, sagte ich leise und ergriff hinter meinen Röcken seine Hand. Er führte sie an die Lippen.

»Das bin ich auch, und wir werden immer glücklich sein. Ich wusste es vom ersten Augenblick an.«

»Ich habe gerade an den Abend gedacht, an dem wir uns kennengelernt haben.«

Er sah mir tief in die Augen. »Ich auch.«

»Du siehst jetzt sogar noch besser aus.«

Er lachte und hob unsere ineinander verschlungenen Hände. »Ich wusste doch, dass du mit der richtigen Anleitung meiner Mühe wert sein würdest.«

»Deiner Mühe wert?« Ich starrte ihn an.

»Ja.« Er grinste mich an. »Sprachlos. Es ist ja so leicht.«

Ich betrachtete ihn, wie er sich über seinen eigenen Scherz amüsierte, lachte mit ihm und beugte mich hinab, um ihn zu küssen. Und in dieser Nacht, unter dem Vollmond, liebten wir uns auf dem geschützten Balkon vor unserem Zimmer und fanden langsam zu der Leidenschaft zurück, die wir zu Anfang miteinander erlebt hatten. Er stand da, die Arme um mich geschlungen, und sein Haar schimmerte im silbrigen Licht. Er küsste mich, ließ die Lippen auf meinen ruhen und dann tiefer wandern. Ich legte den Kopf in den Nacken, um seine Berührung zu empfangen, und erschauerte, als er mir das Mieder von den Schultern schob. Ich erwiderte seinen Kuss, schob die Hände unter sein Hemd und löste seinen Gürtel und dann den Kilt, bis er zu Boden fiel. Alex schien die Kälte nicht zu bemerken, als er sich über mich beugte und mich sacht auf die Kleidung drückte, die am Boden lag. Unser Atem beschleunigte sich, die Liebkosungen wurden hitziger. Ich zog ihn an mich und seufzte.

»Alex«, flüsterte ich, »ich liebe dich.«

»Mary, meine Rose«, hauchte er. »Ich liebe dich. Ohne dich kann ich nicht leben. Und ich habe dich so vermisst, meine süße Frau.« Er küsste mich weich auf den Mund. »Meine Frau. Mary, sag mir noch einmal, dass du mich liebst.«

Ich strich mit der Hand von seiner Schulter bis hinab zum Oberschenkel. »Alex«, sagte ich, obgleich es mir bereits schwerfiel, einen klaren Gedanken zu fassen. »Ich liebe dich. Du wirst nie eine andere Frau finden, die dich, deinen Körper und deinen Geist, so sehr will wie ich. Niemals. Und jetzt sei still und komm zu mir.« Er gehorchte.

Es war ein ruhiger Sommer. Der Friede von Utrecht war unterzeichnet worden, der Krieg zwischen England und Frankreich war vorbei. Ganz Europa erkannte die Kurfürstin Sophie von Hannover als Königin Annes Thronfolgerin an. Sophie war eine intelligente Frau, doch die meisten fanden trotzdem, sie sei nicht geeignet, Königin von England zu werden, von Schottland ganz zu schweigen, und ihren Sohn Georg betrachtete man auf beiden Seiten der Grenze voller Verachtung. Es hatte zwar überall in den Highlands Gerüchte über eine Rebellion gegeben, doch wenige bekannten sich offen zu dieser Absicht, und es fiel mir schwer, das Gebrummel der Jakobiten so ganz ernst zu nehmen. Mehr als ein Mann hatte Alex dazu aufgefordert, auf den König jenseits des Wassers zu trinken, und dabei die Hand in einer angeblich geheimen Geste über den Becher geführt, doch Alex tat das als romantischen Unsinn ab. Die Inschrift Jacobus Rex, eingraviert auf einigen Kristallgläsern, die wir als Hochzeitsgeschenke erhalten hatten, führten dazu, dass Augenbrauen in die Höhe gezogen wurden, aber keine Schwerter aus den Scheiden. Alex erklärte die Angelegenheit zum Sturm im Wasserglas, und ich zog es vor, ihm zuzustimmen, obwohl wir beide wussten, dass viel mehr daraus werden konnte. Für den Augenblick war Anne bei bester Gesundheit, und wir taten so, als gäbe es den Prätendenten gar nicht. Das Wetter war herrlich – warm und sonnig, nicht typisch für die westlichen Highlands –, und wir kosteten die schönen Tage weidlich aus und verbrachten so viel Zeit wie möglich im Freien. Alex, Angus und Matthew verschwanden ganze Tage lang mit den Jungen und der halben Kinderschar von Kilgannon und lehrten sie, zu fischen und zu jagen. Rechtzeitig zum Abendessen kehrten sie dann zurück, müde und schmutzig, aber ungeheuer zufrieden mit sich selbst. Ich hatte auch Grund zur Freude. Malcolm und Sibeal waren auf Clonmor, und auf Kilgannon herrschte Frieden.

In jenem Sommer erfuhr ich, was Alex' Bruder Jamie zugestoßen war. Er war vor der Burg im See ertrunken, vor den Augen Dutzender hilfloser Zeugen. Einige der Männer hatten versucht, ihn zu retten, doch sie kamen zu spät. Wenn Jamie sich auch nur ein paar Minuten lang hätte über Wasser halten können, wäre er heute noch am Leben gewesen, und das vergaß Alex nie. Seit Alex der Laird geworden war, so wurde mir erzählt, musste jedes Kind auf Kilgannon schwimmen lernen. Die Freudenschreie der kleinen Schülerinnen und Schüler erfüllten nun die warme Luft.

Dies war auch der Sommer, in dem ich meine ersten Kilgannon-Spiele sah. Es war Brauch, dass die westlichen Clans für eine Woche auf Kilgannon einfielen, um sich in Spielen und Wettbewerben zu messen. Das Fest fand Mitte August statt, zu Ehren von Alex' Geburtstag und dem seines Großvaters, der diese Tradition vor Jahren ins Leben gerufen hatte. Die Besucher waren mir inzwischen vertrauter, und ich erinnerte mich sogar an viele Namen. Donald MacDonald und seine Familie kannte ich natürlich, und sie waren stark vertreten. Donald neckte Alex ständig, aber stets gutmütig. Er schien Alex aufrichtig zu schätzen, und dafür mochte ich ihn. Die Macleans kamen mit ihren gewaltigen Kriegern, fest entschlossen, jedes Spiel zu gewinnen.

Ich beobachtete, wie Murdoch Morag umwarb, und wie sie jede Gelegenheit nutzte, mit Alex zu sprechen, lachend zu ihm aufzublicken und ihn gelegentlich zu berühren, länger, als es zufällig geschehen konnte. Ich beobachtete, wie sie meinen Mann berührte und dann Ausschau nach mir hielt. Morag und ich wechselten kein Wort, während sie hinter vorgehaltener Hand oft genug geflüsterte Bemerkungen über mich machte. Doch wir beide wussten, in welchen Kampf wir da verwickelt waren. Und wer den Siegespreis darstellte. Ich genoss meinen Triumph, wenn Alex zu mir kam und mich vor aller Augen unverhohlen küsste oder liebkoste. *Dieser hier gehört mir, Morag*, sagte ich mir mit der Arroganz einer jungen Frau, die sich sehr geliebt fühlt.

Und ich fühlte mich sehr geliebt. Meine Ehe mit Alex war so, wie ich es mir erträumt hatte. Ich liebte die körperliche Seite des Verheiratetseins. Oh, mit ihm das Bett zu teilen, ja, das war herrlich und ganz und gar nicht die lästige Pflicht, die wohlmeinende ältere Frauen mir angekündigt hatten, um mich dann mit ihren Geschichten von Tapferkeit und Leidensfähigkeit zu ängstigen. Doch es war noch mehr. Die Kleinigkeiten der Ehe machten mir Freude. Ich liebte es, aufzuwachen und eine Wolke goldenen Haars auf dem Kissen neben mir zu sehen, oder die Hand auszustrecken und eine nackte Schulter zu berühren, oder ein langes Bein um eine Decke geschlungen zu sehen. Ich liebte die Freiheit, seinen Anblick genießen zu dürfen, zu wissen, dass ich ihn berühren und erkunden konnte, wann immer ich wollte. Zum ersten Mal in meinem Leben wurde ich dazu aufgefordert, den Blick zu heben, statt ihn züchtig zu senken, anzufassen, statt vage zu vermuten, und das liebte ich. Diese Freiheit war es, die mich an der Ehe am meisten überraschte. Ich war, wie alle feinen jungen Damen, dazu erzogen worden, mich stets an den Maßstäben von Anstand und Sittsamkeit messen zu lassen, und ich fand es herrlich, eine verheiratete Frau auf Kilgannon zu sein. Der Ring, den ich trug, und der Name, den ich führte, gaben mir die Freiheit, meinen Ehemann zu berühren, ohne Klatsch oder Bestrafung fürchten zu müssen. Sie erlaubten es mir, mich mit den Clanmitgliedern auf Augenhöhe zu unterhalten, ohne die Angst, dafür getadelt zu werden. Ich konnte hingehen, wo ich wollte, und über die alltäglichen Einzelheiten meines Lebens selbst entscheiden. Ich liebte die Freiheiten, die ich allein schon deshalb genoss, weil ich keine heiratsfähige Jungfrau mehr war. Aber vor allem liebte ich es, Alex' Frau zu sein, besonders jetzt, da zwischen uns wieder Harmonie herrschte.

Er war so, wie ich es mir erträumt hatte, ein aufmerksamer und zärtlicher Ehemann, und wenn ich irgendetwas hätte ändern können, dann hätte ich mir gewünscht, mehr Zeit mit ihm zu verbringen. Wohin wir auch gingen, stets sprach ihn jemand an, bat um Rat oder brachte eine Beschwerde vor, und ich wurde es oft müde, abends auf ihn zu warten, wenn einige der Bauern oder Grundherren von den abgelegeneren Ländereien mit irgendeinem Problem auf der Burg erschienen. Er wies sie niemals ab, er hörte immer zu, und manchmal nahm ich ihm das übel. Dann hörte er sich meine Klagen ebenso geduldig an wie die ihren, und ich schämte mich meist dafür, ihm zu seinen vielen Pflichten eine weitere Sorge aufgeladen zu haben. Falls er mich für albern hielt oder ich ihm damit auf die Nerven ging, so verlor er nie ein Wort darüber. Ich schwor mir, unabhängiger zu werden.

Und dann war da noch das Baby. Oder vielmehr, das fehlende Baby. Ich hatte empfangen, aber eine Fehlgeburt erlitten. Ich hatte früh gemerkt, dass ich schwanger war, und es Alex sofort gesagt. Er hatte sich sehr über die Neuigkeit gefreut, und als ich ihm später hatte sagen müssen, dass ich das Kind verloren hatte, war er ebenso niedergeschlagen gewesen wie ich. Ich beschloss, nächstes Mal länger zu warten, ehe ich es ihm sagte, nur um sicherzugehen. Der gewaltige Kummer, den ich wegen dieser Fehlgeburt empfand, hatte mich erschreckt. Ich hatte mir nicht besonders sehnlich ein Kind gewünscht, doch der Verlust hatte etwas tief in meinem Inneren berührt, und ich trauerte still. Ich sagte mir, dass es nicht ungewöhnlich sei, ein Kind zu verlieren und dann ein gesundes Baby zu bekommen.

Ich dachte in jenem Sommer oft darüber nach und kam auf etwas, das mir noch nie zuvor aufgefallen war: Die Mutter meiner Mutter hatte nur zwei Kinder bekommen, meine Mutter ebenfalls nur zwei, und Louisa gar keines. Vielleicht stimmte mit den Frauen in meiner Familie irgendetwas nicht. Ich hatte mich nie auch nur gefragt, ob ich überhaupt Kinder bekommen konnte, doch nun schlichen sich Zweifel in meine Gedanken, spät in der Nacht und in seltsamen Augenblicken wie diesem, da ich von Frauen umringt war, die Kinder auf den Hüften trugen oder kleine Hände in ihren hielten. Ich stand inmitten des bestens gelaunten Clans, sah den Spielen zu und strich zufrieden den Rock über meinem Bauch glatt. Vielleicht würde ich bald wieder Neuigkeiten für Alex haben. Vielleicht würde ich diesmal erfolgreicher sein. Ich kämpfte gegen meine Angst an und sagte mir, dass ich ja schon zwei Söhne habe. Ian und Jamie waren wunderbar, und nach den ersten, vorsichtigen Wochen hatten wir alle zueinander gefunden und waren zu einer Familie geworden, wie ich es mir erhofft hatte. Die Gewitternacht und die Gutenachtgeschichten hatten dieses Zusammenwachsen beschleunigt, glaubte ich, ebenso wie die Tatsache, dass sie so dringend eine Mutter gebraucht hatten. Ich lächelte in mich hinein, als ich an den Morgen dachte, als ich die Gewissheit bekam, dass sie mich wirklich akzeptiert hatten.

Die Jungen hatten auf einer Bank im Hof gesessen und sich gestritten. Ich kam zufällig vorbei und fragte, was geschehen sei. Ian hielt mir Jamies Hand hin. »Sieh dir seine Hand an«, sagte Ian. »Er hat sich einen dicken Splitter eingezogen und will nicht, dass ich ihn raushole.«

»Nicht damit.« Jamie deutete auf den Dolch, der neben Ian auf der Bank lag, die Augen groß und dunkel vor Angst. Er sah sehr klein aus, wie er da auf der Bank saß, eine Hand schützend um die andere gelegt.

»Damit würde ich ihn doch nicht rausholen, du Dummkopf«, sagte Ian empört und stapfte davon. Wir blickten ihm nach, und dann lächelte ich Jamie an.

»Lass mich das mal ansehen«, sagte ich, setzte mich neben ihn und untersuchte die schmuddelige kleine Hand. Sein Hund, Robert the Bruce, inzwischen riesig und immer neugierig, legte seine lange Schnauze auf meinen Schoß, und ich schob ihn weg, um mich auf Jamie konzentrieren zu können. »Ian hat recht, weißt du?«, sagte ich und blickte von der Hand auf. »Der muss heraus, sonst wird sich das entzünden. Wie hast du dir nur so einen großen Splitter eingezogen?«

Er zuckte mit den Schultern, entzog mir aber nicht seine Hand. »Wird das wehtun?«

»Ganz kurz, ja. Wenn wir ihn nicht herausholen, wird er sich entzünden, und dann tut es später viel mehr weh. Was wäre dir denn lieber?« Ich blickte in seine Augen, die denen seines Vaters so ähnlich waren, wenngleich sie jetzt ängstlich dreinblickten.

»Ich will, dass es gar nicht wehtut.«

Ich lachte und nickte. »Das ist mir klar, Dummerchen, aber sieh dir deine Hand an. Willst du, dass es später viel mehr wehtut?« Er schüttelte den Kopf und betrachtete mit großen Augen seine Hand. »Dann holen wir ihn heraus«, sagte ich, und er nickte. »Ich hole meinen Nähkorb, und du gehst und wäschst dir die Hände. Mit Seife.« Er wartete auf der Bank auf mich, als ich zurückkehrte, obgleich ich halb damit gerechnet hatte, dass er verschwinden würde. Er reichte mir seine Hand und beobachtete fasziniert, was ich nun tat. »Ich werde ganz vorsichtig sein«, versprach ich ihm und betrachtete wieder seine Augen und den Kupferton, den die Sonne in seinem Haar aufleuchten ließ. Er nickte. Ich säuberte die Stelle noch einmal und zeigte ihm dann die Nadel. »Wir tun so, als sei das eine Wunde aus einer großen Schlacht«, sagte ich, und er grinste.

»Ja«, sagte er, offenbar begeistert von der Idee. »Und ich bin sehr, sehr tapfer.«

»Das bist du.« Wir lächelten einander an, doch gleich darauf runzelte ich die Stirn. »Jamie, du musst still sitzen. Ich bekomme ihn nicht heraus, wenn du die Hand bewegst.«

»Es tut weh.«

»Es wird noch viel länger wehtun, wenn du nicht stillhältst.«

Seine blauen Augen blickten trotzig, und ich überlegte, was ich nun tun sollte, als hinter mir Alex' Stimme erklang.

»Sitz still, Jamie«, sagte er und kletterte über die Lehne der Bank. »Schau, ich sitze mit dir still.« Er zog den Jungen auf seinen Schoß. »Ich sage dir, was du tun musst«, erklärte er, verzog das Gesicht und wandte es ab. »Du reichst ihr deine Hand, und dann brüllst du.« Er stieß ein fürchterliches Gebrüll aus. »Das wird ihr gefallen.« Jamie sah seinen Vater an, dann mich, und seine Augen blitzten. Er hielt mir wieder die Hand hin, und als ich mich mit der Nadel daran zu schaffen machte, tat er genau, was Alex ihm gesagt hatte. Ich ignorierte den Lärm und zog den Splitter heraus. Dann blickte ich von der kleinen Hand auf und sah direkt in die Augen meines Mannes.

»Danke sehr, Alex«, sagte ich trocken. »Ich bin ja so froh, dass du mir dabei geholfen hast.« Ich reichte Jamie das Stückchen Holz.

Alex lachte. »Gern geschehen. Jamie, bedanke dich bei Mary.«

»Danke, Mama«, sagte Jamie und rannte davon, wobei er stolz seine Wunde betrachtete. Ich spürte, wie mir Tränen in die Augen schossen, und wandte mich zu Alex um.

»Er hat mich Mama genannt.«

Alex nickte, blickte seinem Sohn nach und wandte sich dann mir zu. »Ja, so nennt er dich auch, wenn wir über dich sprechen. Ian ebenfalls. Er hat Angus gesagt, er könne sich nicht mehr erinnern, wie Sorcha ausgesehen hat.«

»Oh, Alex, das ist furchtbar traurig!«

Alex schüttelte den Kopf. »Wir können nichts daran ändern, dass ihre Mutter verstorben ist. Sie haben ein Porträt von ihr, das sie sich ansehen können, und die Zeichnungen, die ich gemacht habe. Sie wissen, dass du nicht ihre richtige Mutter bist, aber sie möchten, dass du sie bemutterst. Sorcha kann das nicht mehr, und es ist wunderbar, dass du bereit dazu bist, meine Rose.« Er küsste mich auf die Stirn, und ich trocknete meine Tränen. Wir saßen einen Augenblick lang schweigend beisammen, dann stand Alex auf. »Und jetzt ...« Er hielt mir die Hand hin, und ich ließ mir von ihm aufhelfen. »Jetzt, meine Rose, möchte ich dir etwas zeigen. Komm mit.«

Ich stellte meinen Korb auf die Bank und ließ mich von ihm über den Hof und durch das äußere Burgtor führen. Direkt dahinter blieb er stehen und zeigte auf den See, und ich blickte hinunter, in der Erwartung, er wolle mir die herrliche Aussicht an diesem wunderschönen Tag zeigen. Die Berge am anderen Ufer waren violett, die Bäume an ihren Flanken in frisches Grün gehüllt, und die sanfte Brise ließ die Blätter wie kleine Wellen schaukeln. Die Sommersonne glitzerte auf dem See, der so saphirblau leuchtete, wie nur sehr tiefes Wasser leuchten kann. Und auf dem Wasser schaukelten sacht die vier MacGannon-Schiffe. Ich blinzelte, sah genauer hin und beschirmte die Augen mit der Hand. Vier Briggs. Die *Katrine,* die *Gannon's Lady* und die *Margaret* lagen ein Stück vom Ufer entfernt vor Anker. Ein viertes

Schiff war am Steg vertäut, und eine Traube von Menschen strömte vom Dock hinauf auf das Deck. Ich spürte Alex' gespannten Blick.

»Alex? Ist das das neue Schiff?«, fragte ich und wandte mich ihm freudig zu. »So schnell? Sie ist schon hier?«

Er nickte, und die Aufregung war ihm deutlich anzusehen, als er mich über die Terrassen den Hügel hinabführte. »Ja, Mädchen, da ist sie. Calum hat sie gerade hereingebracht. Sie ist wunderschön, nicht?« Er küsste meine Finger.

»Wie wollen wir sie nennen?«

Er warf mir einen verstohlenen Blick zu. »Sie hat schon einen Namen, und einen sehr passenden, wie ich meine. Sieh sie dir nur an: schwarze Reling, schneeweiße Segel, und hier und da blinkendes Messing. Sie ist eine Schönheit!«

»Alex«, sagte ich, »du hast mir versprochen, dass ich ihr einen Namen geben darf.«

Er blieb stehen, wandte sich mir zu und sagte leise: »Ja, ich weiß, aber, Mary, als ich sie gesehen habe, fand ich, dass nur ein Name zu ihr passt.« Verärgert entzog ich ihm meine Hand und warf ihm einen scheelen Blick zu. Er ignorierte das, legte eine Hand in meinen Rücken und schob mich vorwärts. Wir standen am Ende des Stegs, blickten in die aufgeregten Gesichter der Mannschaft und der zahlreichen MacGannons, die das Schiff bewunderten. Alex wandte sich mir mit schiefem Grinsen zu.

»Mary, meine Rose, darf ich vorstellen: die *Mary Rose*.«

Ich betrachtete das prachtvolle Schiff vor mir, glänzend poliert und schimmernd. »Du hast das Schiff nach mir benannt«, flüsterte ich.

»Ja, Mädchen. Als ich sie gesehen habe, musste ich an dich denken, mit deinem dunklen Haar und der weißen Haut.«

Und hier und da blinkendes Messing«, sagte ich, als mir seine Beschreibung wieder einfiel.

Er grinste mich an und nickte. »Ja. Aber sieh sie dir nur an,

Mary. Ist sie nicht eine Pracht? Und ich weiß, dass sie uns Glück bringen wird.«

»Du hast sie nach mir benannt«, wiederholte ich und erwärmte mich allmählich für die Idee.

»Das ist doch sehr passend. Sie wurde mit deinem Geld gebaut. Sie gehört dir.«

»Uns, Alex. Unser Geld und unser Schiff.« Ich betrachtete die eleganten Linien und glänzenden Beschläge der *Mary Rose*, während Alex mich beobachtete.

»Mir gehört sie nur insofern, als ich klug genug war, dich zu heiraten, meine Rose, und die ganze Welt soll das wissen. Jetzt komm an Bord deines Schiffes.« Er zeigte mir jede Planke und jedes Detail des Schiffes, und ich war gebührend beeindruckt. Die Mannschaft war völlig aus dem Häuschen vor Aufregung und begleitete uns, um mir die Segel und den wunderbaren neuen Anker zu erläutern. Calum, der ihr Kapitän werden sollte, war sichtlich erfreut. Als ich wieder an Land ging, hatte ich das Gefühl, eine ganze Woche an Bord verbracht zu haben, doch als wir den Steg entlanggingen, drehte ich mich um und blickte zu ihr zurück. Die *Mary Rose*. Ich drehte und wendete den Namen im Geiste hin und her. Die *Mary Rose*. Ich war begeistert.

21

Der Herbst brach herein, ehe ich recht bemerkt hatte, dass der Sommer vorbei war, und als die Tage kürzer wurden, hatten alle es mit der Arbeit sehr eilig. Alex ritt weite Strecken, weil die Hirtenhütten für den Winter verrammelt und die Herden zusammengetrieben und zum Markt gebracht werden mussten. Einst hatten die MacGannons Holz und Leinen an die Engländer verkauft, doch die britischen Märkte waren nun für solche schottischen Waren geschlossen, und Alex hatte sich anderen Gütern zuwenden müssen. Vieh war ein großer und lukrativer Bestandteil der Waren, die Kilgannon über die Grenze verkaufte. Wenn sie es denn zum Verkauf bringen konnten. Um die Herden zum Markt zu schaffen, mussten sie über Land getrieben werden, das den MacDonnells und den MacGregors gehörte, und die Route führte gefährlich nah am Land der Campbells vorbei. Deshalb begleitete Alex den Viehzug, obwohl er sich brummelnd über Kühe und Viehdiebe beschwerte. Angus hörte sich die Klagen seines Cousins gelassen an, während er dafür sorgte, dass die Männer gut bewaffnet waren. Matthew war sehr aufgeregt, weil er zum ersten Mal mitreiten durfte, und Ian, jetzt sechs Jahre alt, hatte seinen Vater davon zu überzeugen versucht, dass auch er eine große Hilfe sein würde. Aber Alex schüttelte nur den Kopf und wies auf den eben eingetroffenen Tutor.

Gilbey Macintyre war gleich nach den Spielen zu uns gekommen, direkt aus Edinburgh. Er war so groß wie Alex, dünn und knochig, mit glattem Haar und zerklüftetem, ein wenig schiefem Gesicht, doch er war jung und neugierig. Er stellte unendlich viele Fragen und folgte Alex und Angus, wohin sie auch gingen, und Ian und Jamie folgten wiederum ihm. Er nahm alles in sich auf. Seine große, linkische Erscheinung verbarg einen lebhaften Geist und klugen Witz, beides stets willkommen auf Kilgannon. Ich vermutete, dass er die Stellung bei uns als großes Abenteuer betrachtete. Binnen weniger Wochen hatten wir uns an ihn gewöhnt, und er war inzwischen unentbehrlich geworden, denn er half, wo immer er gebraucht wurde.

Deirdre hatte uns zwei Wochen nach den Spielen verlassen – sie war länger geblieben als geplant, um mir zu zeigen, was vor dem Winter alles getan werden musste. Unablässig hatte sie mir alles erklärt, während sie zwischen der Küche, dem Garten und den Schlafzimmern hin und her eilte. Nichts entging ihrer Aufmerksamkeit, und obgleich ich alles aufschrieb, fürchtete ich, dass ich ohne sie kaum zurechtkommen würde. Seufzend versuchte ich, mich an alles zu erinnern, doch Berta – die wackere, verlässliche Berta – blieb unbeirrt und lächelte mich ermunternd an. »Wir schaffen das schon, Lady Mary«, war alles, was sie dazu sagte, und nach einer Weile glaubte ich ihr.

Ellen war mir, wie stets, eine willkommene Gefährtin. Sie fühlte sich hier sehr wohl, erklärte sie mir, und ich beobachtete belustigt, wie sie die Männer studierte. Ich wusste, dass sie überlegte, welcher den besten Ehemann abgeben würde. Sie war sehr beliebt, bei den Männern wie bei den Frauen, doch ganz besonders beim kleinen Donald. Calum brachte mir einen Brief von Louisa mit, die schrieb, sie müssten ihren Besuch aufschieben und hofften, zu Weihnachten kommen zu können. Das war eine große Enttäuschung für mich, denn ich vermisste meine Familie immer noch sehr. Wenn ich mich so verloren fühlte, streifte ich durch die Hallen und Flure, die Jungen und ihre infernalischen Hunde dicht auf den Fersen, und nun auch noch Gilbey. Aber manchmal war ich auch allein.

Eines Abends nach einem besonders langen Tag stieg ich die

steile Treppe des Burgfrieds hinauf, um mir den Sonnenuntergang anzusehen, und stieß auf Gilbey, der im Schneidersitz auf dem Boden eines der Räume saß, die Jungen links und rechts von ihm. Die drei waren in eine Karte vertieft, auf der Gilbey die großen Schlachten von William Wallace und Robert the Bruce nachvollzog. Sie sahen und hörten mich nicht, und ich stand in der offenen Tür, während die Jungen eine Frage nach der anderen stellten. Wenn man Gilbey so reden hörte, könnte man meinen, Wallace und Bruce seien die größten Helden aller Zeiten gewesen, die ausschließlich für die gute Sache gekämpft hatten. Ich fühlte mich sehr englisch und sehr fremd in diesem Land, schlich die Treppe wieder hinunter und ging stattdessen zum See. An dem indigoblauen Wasser blieb ich stehen und dachte darüber nach, was ich hier eigentlich tat. Doch als die Sonne unterging und ich zusah, wie die Männer ihre Arbeit beendeten und in ihre Hütten heimkehrten, während in den Fenstern von Kilgannon die ersten Lichter blinkten, überkam mich eine friedvolle Ruhe. *Ich bin glücklich hier*, sagte ich mir. *Ich fühle mich nur einsam, weil Alex fort ist.* Wenn ich in London wäre, würde ich mich gerade für eine von unzähligen Abendgesellschaften ankleiden, wo ich zweifellos auf Robert getroffen wäre, oder Rowena oder Edmund Bartlett mit seiner scharfen Zunge. Wenn Alex nie nach London gekommen wäre, wäre ich heute Abend dort. Doch ich bezweifelte, dass ich in jener Welt noch lange glücklich gewesen wäre. Ich holte tief Luft und roch das Kiefernharz von den Bäumen hinter mir. *Ich bin froh, dass ich hier bin*, sagte ich mir, drehte mich um und sah zwei kleine Gestalten am Ufer entlang auf mich zurennen, winkend und rufend, begleitet von zwei bellenden Hunden. *Ich werde hier gebraucht*, dachte ich. Jamie warf sich in meine Arme, und William Wallace sprang an mir hoch, während Ian mich johlend umkreiste und Robert the Bruce wie wild bellte.

»Du bist unsere Gefangene, Sassenach!«, brüllten sie, und Jamie drückte mir triumphierend einen nassen Kuss auf die Wange.

»Da ist dein Pfand«, rief er, und Ian zog ihn von mir herunter.

»Nein, nein, das war ganz falsch, Jamie«, sagte Ian lachend. »Du musst einen Kuss von ihr bekommen, nicht umgekehrt!«

»Oh«, sagte Jamie, und ich lachte, während ich mein Pfand gleich ein paarmal einlöste. Schließlich führte ich die vier zurück zum Haus, eine kleine Jungenhand in jeder Hand. *Zu Hause*, dachte ich. *Ich bin zu Hause.*

Als Alex zurückkehrte, starrte er vor Dreck und war furchtbar hungrig, aber sie hatten die ganze Herde zu einem guten Preis verkauft und waren sehr zufrieden. An diesem Abend, als alle wieder sauber und satt waren, folgte ich Alex nach oben und sah zu, wie er sich vor den Kamin kniete und die Kohlen zu neuem Leben erweckte. *Genau das macht er auch mit Kilgannon, wenn er zurückkehrt*, dachte ich. *Und mit mir.* »Du bist so still, Liebster«, sagte ich.

Er lächelte. »Ich hasse Kühe, Mary, meine Rose«, sagte er. »Ich wollte gar nicht erst dorthin.« Er löste die Brosche, zog sich den Plaid von der Schulter und reichte mir die Fibel. »Habe ich dir schon einmal davon erzählt, Mädchen?«

»Nein«, sagte ich und betrachtete die Fibel aus gehämmertem Gold, auf der die Werkspuren deutlich zu erkennen waren. Sie sah nicht besonders wertvoll aus.

»Sie gehörte meinem Großvater. Er hat sie mir geschenkt, als ich zehn Jahre alt war. An meinem zehnten Geburtstag, nachdem ich gerade bestraft worden war.«

»Warum?« Ich lächelte beim Gedanken an einen zehnjährigen Alex, der bestraft werden musste. »Warst du ein böser Junge?«

Sein Blick wirkte gedankenverloren. »Ich war aufsässig zu meinem Vater gewesen. Zumindest hat man mir das gesagt. Ich fand, dass ich nur die Wahrheit gesagt hatte.« Er zuckte mit den Schultern.

»Was ist passiert?«

»Es war Nachmittag, und wir haben alles für die Gäste vorbereitet, die zu den Spielen kommen würden. Wir mähten die Wiese, und ich neckte meinen Bruder Jamie damit, dass er auch seinen Teil der Arbeit übernehmen müsse. Mein Vater hörte mich und schlug mich. Das hat er oft getan, weißt du, wenn er betrunken war. Und das war er meistens.« Er seufzte und löste seinen Gürtel. »Ich habe mich bemüht, nicht zu weinen, und als mein Vater fragte, was ich jetzt dächte, habe ich ihm gesagt: ›Ich denke, dass der Whisky dich böse macht.‹ Du hättest sein Gesicht sehen sollen. Jamie kam zu mir und blieb an meiner Seite stehen, und das habe ich ihm nie vergessen. Jamie hat sich immer vor unserem Vater gefürchtet, wenn er betrunken war – nein, er hatte eigentlich immer Angst vor ihm –, doch obwohl er solche Angst hatte, stand Jamie mir bei.«

»Das war sehr mutig von ihm. Wie alt war er da?«

Alex nickte. »Fast acht. Ja. Er war mutiger als ich. Ich war nicht mutig; ich war dumm. Damals habe ich nie an die Folgen dessen gedacht, was ich tat.« Er lächelte traurig. »Kannst du dir vorstellen, dass ich Jamie immer noch vermisse? Nach so vielen Jahren fehlt er mir immer noch.« Alex zog seinen Kilt aus und fuhr tonlos fort: »Mein Vater hat mich verprügelt, bis ich nicht mehr stehen konnte, und mich dann weinend liegen lassen. Da lag ich nun und starrte in den Staub, doch dann kam mein Großvater und hob mich hoch. Er war kein junger Mann mehr, aber er nahm mich auf die Arme und trug mich in mein Zimmer. Dann nahm er die Fibel von seinem eigenen Plaid und schenkte sie mir.« Alex schmiegte seine Hand um meine und betrachtete die Brosche, die ich noch immer festhielt. »Er sagte, diese Fibel hätte Gannon gehört, dem ersten Gannon, und sie sei seitdem von einem Laird zum nächsten weitervererbt worden. Sein Vater hätte sie ihm an seinem achtzehnten Geburtstag geschenkt, und nun wolle er sie mir schenken.« Alex warf mir einen Blick zu, war aber in Gedanken bei einem kleinen Jungen und seinem

Großvater. »Ich habe ihn gefragt, warum er sie nicht meinem Vater geschenkt hätte, doch er hat nur gesagt, es sei seine Entscheidung, wem er sie schenkte, und er wolle sie dem nächsten Laird von Kilgannon weitergeben. Er hat gesagt, dass ich an meine Pflichten gegenüber dem Clan denken solle, wann immer ich die Fibel betrachtete. Das tue ich.« Er lächelte. »Und eines Tages, wenn ich die Leute nicht mehr anführen kann, werde ich sie Ian geben.« Er betrachtete die Fibel, und ich musterte sein Gesicht, die Wimpern, die sich dunkel von der weißen Haut abhoben. Ich küsste ihn auf die Wange, und er blickte lächelnd auf.

»Deshalb hast du also den Viehtrieb mitgemacht«, sagte ich.

»Ja. Nicht, weil ich so gern hinter Kühen herreite. Ich würde ein Schiff immer einem Pferd vorziehen.« Er schlang die Arme um mich.

»Ach, Alex«, murmelte ich an seiner Brust. »Ich habe dich schrecklich vermisst.«

»Und ich dich, Mädchen«, sagte er. »Am liebsten würde ich nie wieder auf Reisen gehen.« Er beugte sich zu seinem *sporran*, der Felltasche, hinab, die auf der Truhe lag, und holte ein kleines Päckchen hervor, das er mir lächelnd reichte. »Das ist längst überfällig, Mary, aber ich habe endlich genau das Richtige gefunden.«

»Was –«

Er unterbrach mich mit einer Handbewegung. »Mach es auf. Es ist bestimmt kein weißes Nachtgewand, das dich empören würde.«

Langsam wickelte ich das Päckchen aus. Darin lag ein goldener Ring in einem verschlungenen, durchbrochenen Muster. Vorn drauf war ein kleiner Kreis aus geflochtenen Goldschnüren, darin eine winzige Rose, von der Seite dargestellt, deren Stängel rechts in dem Kreis endete. Alex sah zu, wie ich das Schmuckstück auspackte.

»Das ist eine Rose, siehst du?«, sagte er und wies mich darauf hin. »Und der Stängel sitzt so, dass er direkt zu deinem Herzen führt.«

»Er ist wunderschön, Alex«, sagte ich erstaunt und drehte den Ring hin und her. »Ein solches Muster habe ich noch nie gesehen.«

»Es ist keltisch, ein sogenannter Liebesknoten«, sagte er erfreut. »Wenn du genau hinsiehst, erkennst du, dass es wie aus einem Strang gewebt ist, ein Stück, das sich immer wieder selbst kreuzt. Das Muster steht für Liebe, die niemals bricht.«

»Oh, Alex«, sagte ich, und mir versagte die Stimme, weil ich gegen Tränen ankämpfte. »Das ist so …« Ich umarmte ihn.

Seine Stimme klang zärtlich. »Gefällt er dir, meine Rose?«

»Ob er mir gefällt? Alex, er ist wunderschön! Ich danke dir, mein Liebster.«

»Ich liebe dich, Mary, meine Rose, und jetzt kannst du es jedes Mal sehen, wenn du den Ring betrachtest.«

»Alex, danke. Aber ich habe kein Geschenk für dich, mein Liebster.«

Seine Mundwinkel zuckten, dann grinste er und lehnte sich zurück. »Mir wird schon etwas einfallen«, sagte er und zog mich an sich.

Der Winter setzte früh ein, mit einem heftigen Sturm, aber wir waren gut vorbereitet. Obwohl wir innerhalb der Mauern allmählich unruhig wurden, waren wir sicher und gut versorgt. Die Männer trainierten täglich in der Waffenkammer. Ich verabscheute die Vorstellung, dass sie die erworbenen Fähigkeiten je brauchen könnten, doch inzwischen verstand ich, warum sie trotzdem übten. Abends versammelten wir uns in der großen Halle, und Murreal sang für uns, oder Thomas erzählte dem gebannten Publikum eine seiner fantastischen Geschichten. Seine Lieblingsgeschichte war die von den Feen, die ein Pferd stahlen und es in ein Wasserwesen verwandelten, das in einem See in den westlichen Highlands lebte. So viel zu Alex' Erklärungen, dachte ich, und den Schwimmstunden im Sommer. Jamie machte ein Gesicht, als wollte er nie wieder Wasser trinken, geschweige denn darin schwimmen. Sogar Matthew und Gilbey lauschten gebannt, und ich musste mir ein Lächeln verkneifen. Gilbey Macintyre war, so vermutete ich inzwischen, doch jünger, als ich zunächst gedacht hatte.

Die Jungen hatten sich an den täglichen Unterricht bei Gilbey gewöhnt, und Gilbey an seinen täglichen Unterricht bei Angus in der Waffenkammer. Während die Monate vergingen, wurde er kräftiger und muskulöser, die schlaksige, knochige Gestalt voller, und bald hätte man den jungen Mann, der im August zu uns gekommen war, nicht wiedererkannt. Als ich ihn nach seiner Familie fragte, lächelte er traurig. »Meine Familie ist tot, Lady Mary«, sagte er und hob das Kinn. »Und ich habe mir meinen eigenen Weg gesucht. Ich fürchte mich nicht vor harter Arbeit. Ich bin froh, hier zu sein, und ich werde bleiben, so lange Ihr mich hier haben möchtet. Ich bin sehr froh, dass ich bei den MacGannons gelandet bin.«

»Wir sind auch froh, Euch hier zu haben, Gilbey«, sagte ich, und wir lächelten einander an.

Ein paar Wochen später, als ich in der Halle voller Menschen saß, während die MacGannon-Männer Schlange standen, um Alex und dem Clan die Treue zu schwören, dachte ich an diese Unterhaltung zurück. Gilbey saß neben mir, Ellen an meiner anderen Seite, und wir drei Außenseiter beobachteten das Schauspiel. Gilbey war hingerissen. Der Treueschwur wurde jedes Jahr vor Allerheiligen abgelegt, und der Clan füllte die Halle und jedes Zimmer der Burg, denn die Männer reisten mit ihren Familien zu der Zeremonie an. Man hatte mir gesagt, dass dieser Anlass bei anderen Clans gefährlich sein konnte, denn die Männer besiegelten ihren Schwur, indem sie mit dem Laird tranken, und meist setzte sich das Gelage bis spät in die Nacht fort. Doch auf Kilgannon war es ein festlicher Abend. Die Männer legten ihren Eid in der Halle ab, vor dem versammelten Clan, und die einzelnen Familien jubelten, wenn ihre Männer den Treueid sprachen. Es war nicht gefährlich, aber es ging recht laut und wild dabei zu, und von dem Lärm bekam ich Kopfschmerzen. Wie

Alex so viel trinken und sich immer noch aufrecht halten konnte, war mir ein Rätsel. Er stand fest und sicher auf der Plattform am Ende der Halle, in seinen prächtigsten Gewändern, mit schimmerndem Haar, das ihm über die Schultern fiel. Er war bewaffnet – nur eine Geste, hatte er mir versichert – und sah sehr beeindruckend und königlich aus. *Jeder Zoll der Anführer*, dachte ich voller Stolz, während ich ihn beobachtete. *Das ist mein Mann*, sagte ich zu mir. *Die Welt soll es wissen, dass dieser Mann mir gehört.* Angus und Matthew standen zu seiner einen Seite, Ian und Jamie zur anderen, und er wandte sich ihnen oft zu und brachte sie mit einer Bemerkung zum Lachen. Die Schlange der Wartenden wurde länger, dann allmählich kürzer, und er sprach herzlich mit jedem Mann, der vor ihn hintrat, und entlockte jedem ein Lächeln und ein paar Worte. Lachen hallte durch den Raum, und dann waren die Schwüre geleistet, und der Tanz begann. Bänke wurden beiseitegerückt, die Musikanten spielten ein lebhaftes Stück, und die Mitte des Saals füllte sich mit eifrigen Tänzern. Alex ging durch die Menge und griff nach meiner Hand. Als ich den Arm ausstreckte, um sie ihm zu reichen, griff der kleine Donald nach Ellens Hand.

Alex gab Donald einen Klaps auf die Schulter. »Benimm dich, Mann«, mahnte er lachend. »Das ist ein feines Mädchen.«

»Ja«, stimmte Donald zu. »Das ist sie.« Er nahm Ellens Hand und führte sie zum Tanz.

»Du genießt diesen Abend, nicht, Liebster?«, bemerkte ich und sah zu Alex auf. Er drückte mich an sich und lächelte.

»Ja, im Ganzen gesehen war es gut.« Er blickte über die Halle hinweg und schaute mich dann wieder an. »Aber hast du bemerkt, wer nicht hier ist?« Sein Mund lächelte, doch nun sah ich die Traurigkeit in seinen Augen. *Malcolm*, dachte ich erschrocken. An Malcolm hatte ich gar nicht gedacht und Alex hatte ihm eigens geschrieben und ihn daran erinnert, dass er heute Abend erwartet wurde. Ich hatte den Gedanken beiseitegeschoben, weil ich lieber nicht daran erinnert werden wollte, dass Malcolm bald wieder bei uns sein würde. Doch er war nicht gekommen, und er hatte auch keine Nachricht gesandt, dass er nicht kommen könne. Der gesamte Clan hatte gesehen, dass er nicht erschienen war.

»Oh«, sagte ich und musterte sein Gesicht. »Was jetzt?«

»Nun, jetzt, Mary, meine Rose, tanze ich und lasse meinen Zorn verrauchen«, sagte Alex, zog die Augenbrauen hoch und sah mich an. »Und falls ich bis dahin nicht zu viel Whisky getrunken habe, werde ich morgen darüber nachdenken. Und mir wird die perfekte Lösung einfallen. Wie immer.«

Ich lachte, und er grinste mich an. Doch er kam nicht mehr dazu, sich eine Lösung einfallen zu lassen, denn drei Tage später traf ein Brief von seinem Cousin in Frankreich ein.

Ich bekam diesen Brief von Alex' Cousin aus Paris nie zu lesen. Angus las ihn natürlich, denn er war an ihn gerichtet. Ich war gerade mit Berta in der Waschküche und versuchte, noch mehr Platz zum Aufhängen zu finden, weil die Wäsche so furchtbar langsam trocknete, als der Brief eintraf. Wir überlegten, ob wir Wäscheleinen über den Übungsraum in der Waffenkammer spannen könnten und was wohl die Männer dazu sagen würden, als ich Angus nach Alex brüllen hörte. Angus brüllte niemals, er verlor nie die Beherrschung und zeigte überhaupt nie offen seine Gefühle. Wenn also Angus durch die Burg rannte und aus voller Kehle brüllte, dann ließ jeder in Hörweite alles stehen und liegen und starrte ihn an. Berta und ich standen wie verängstigte Kinder mit den anderen Frauen zusammen und sahen zu, wie Angus durch die Flure tobte.

»Wo steckt Alex?«, brüllte er. »Wo ist er?«

»Ich weiß es nicht, Angus«, sagte ich und sah ihm nach, als er an mir vorbeistürmte und jeweils drei Stufen auf einmal hinaufsprang. Matthew stand mit offenem Mund am Fuß der Treppe. »Was ist denn geschehen?«, fragte ich ihn.

Matthew starrte mich einen Moment lang verständnislos an.

»Ich weiß es nicht, Mary«, sagte er schließlich. »Mein Vater hat einen Brief von seinem Cousin Ewan bekommen – das ist der, der in Paris wohnt, weißt du? –, und als er ihn aufgemacht hat, hat er angefangen zu brüllen.«

»Tut er das öfter, wenn Ewan schreibt?«

Er schüttelte den Kopf. »Nein.«

Jamie kam schliddernd neben uns zum Stehen und sah uns mit ängstlicher Miene an. »Vater ist mit Thomas im Obstgarten. Soll ich ihn holen?«

»Ja, Schatz«, sagte ich und strich ihm das wirre Haar aus dem Gesicht. »Sag ihm, dass Angus sich schrecklich aufregt.« Wir konnten hören, wie Angus oben im Flur nach Alex schrie, und ich beschloss, ihm lieber gleich zu sagen, wo Alex war. Doch kaum hatte ich den Fuß auf die erste Stufe gestellt, da donnerte Angus die Treppe herunter und an mir vorbei. »Er ist im Obstgarten«, rief ich ihm nach. Angus gab einen undeutlichen Laut von sich und verschwand den Flur entlang. Ich folgte ihm. Was auch immer Angus so aufgeregt hatte, musste mit Frankreich zu tun haben. Und dort waren die Stewarts.

Ich fand die beiden, umrahmt vom Tor zum Garten, an dessen Bogen über ihnen die letzten trockenen Blätter hingen. Alex las den Brief, während Angus neben ihm stand, leise auf ihn einredete und mit der Faust in die Handfläche der anderen Hand schlug. Dann wedelte er mit dem Zeigefinger vor Alex' bleichem Gesicht herum, und ich blieb wie angewurzelt stehen. Was auch immer das für Neuigkeiten sein mochten, sie waren nicht gut, und ich wollte nichts davon wissen. Alex las den Brief ein zweites Mal, drehte ihn herum, um sich die Adresse anzusehen, und reichte ihn dann Angus. Ich sah, wie Zorn in ihm hochkochte. *Lieber Gott*, dachte ich, *was kann denn nur sein?* Alex fuhr sich mit beiden Händen durchs Haar und achtete nicht darauf, als es ihm wieder ins Gesicht fiel. Er hörte Angus zu und nickte, dann blickte er auf, und sein Gesichtsausdruck veränderte sich, als er mich entdeckte. Er sagte etwas zu Angus und kam dann langsam und mit bedrückter Miene auf mich zu. Den ganzen Tag lang hatte es so ausgesehen, als wollte es gleich regnen, und nun fiel ein leichter Nieselregen, doch Alex schien es nicht zu bemerken. Ich sagte kein Wort, als er mich bei der Hand nahm und nach drinnen führte, die Flure entlang, vorbei an den neugierigen Männern in der Halle. Er warf seinen Söhnen nur einen beiläufigen Blick zu, als sie sich auf ihn stürzten. Die Hunde waren vernünftiger und hielten Abstand. Dieses eine Mal blieben sie reglos liegen, als wir die Halle durchquerten.

Ian blieb vor seinem Vater stehen. »Vater, was ist denn?«

Alex' Stimme klang grimmig. »Ian, geh zu deinem Unterricht.« Er blickte nicht zurück zu den beiden Jungen, die dastanden und ihrem Vater nachstarrten.

Er führte mich über den Hof und durch das äußere Burgtor. Es regnete nun stärker, doch ich beklagte mich nicht, als wir zum See spazierten und auf das Wasser und die drei Briggs hinausblickten, die draußen vor Anker lagen. Ich glaube, er sah sie nicht einmal richtig. Die *Mary Rose* war heute aus London eingetroffen, mit Briefen von Louisa und Will und, offenbar, von seinem Cousin. Die Schiffe schaukelten in der Brandung, als die Flut hereinkam, und wir standen nur da und wurden immer nasser. Er ließ meine Hand los und verschränkte die Arme vor der Brust. Ich beobachtete ihn und überlegte, ob ich etwas sagen sollte. Schließlich sprach ich ihn an.

»Es wird recht nass hier draußen, Liebster«, sagte ich. Er wandte sich zu mir um, als kehrte er aus weiter Ferne zurück. Seine Augen waren hart, er biss die Zähne zusammen, doch er nickte und schlang einen Arm um mich. Ich wandte mich wieder der Burg zu.

»Nein«, sagte er heiser, »komm hier entlang.« Er führte mich hinab ans Ufer, vorbei an den Felsen, auf denen die Burg aufragte, kletterte dann, ohne zu zögern, über die großen Brocken hinweg und drehte sich um, um mir zu helfen. Auf der anderen Seite der Burg war das Land flacher und stieg dann steil an, hinauf zu der Landspitze, die Kilgannon vom offenen Meer trennte. Wir gingen um die Burg herum, und Alex hielt auf eine mit Ranken bewachsene Mauer zu. Er zog die Ranken beiseite und trat durch ein Loch dahinter. Ich folgte ihm und stellte fest, dass die Ranken einen Tunnel verbargen, aus dem Felsen gehauen und teils gemauert. Die Öffnung hier war durch einen kleinen Felseinsturz entstanden.

Der Gang führte in zwei Richtungen. Alex wies nach links. »Wenn du dort entlanggehst, gelangst du zu der Tür am Fuß des Burgfrieds«, sagte er und wandte sich dann in die andere Richtung. Der Tunnel war dunkel und sehr feucht. Ich spürte, wie das Wasser meine Schuhe durchweichte, als ich ihm den steil abfallenden Weg hinabfolgte, und von oben tropfte es auf uns herab. Alex ging schnell durch die Dunkelheit und griff hinter sich nach meiner Hand. Ich war froh, mich an ihm festhalten zu können. Bald konnte ich Licht vor uns ausmachen. Er ging um eine letzte Biegung und blieb stehen.

Wir befanden uns in einer großen Höhle in der Klippe. Das Wasser, aufgepeitscht vom Sturm und der Flut, brauste keine zehn Schritt vor uns in die Höhle, wo der Boden zum Wasser hin absank. »Bei Flut ist die ganze Höhle mit Wasser gefüllt«, sagte Alex tonlos, und seine Augen waren eisblau. »Falls du Kilgannon jemals heimlich verlassen musst, kannst du von hier aus fliehen. Ein Boot kann dich abholen und zu einem wartenden Schiff bringen, und du wärest auf und davon, ehe es jemand bemerkt.« Offenbar hatte er sich von etwas überzeugen wollen und war nun befriedigt, denn er wandte sich wieder dem Tunnel zu, doch ich entzog ihm meine Hand, legte beide Hände auf seine Brust und sprach seinen Namen. Er unterbrach mich, ehe ich mehr sagen konnte, und seine Miene wurde weicher. »Es tut mir leid, Mädchen, ich wollte dich nicht ängstigen.« Er blickte sich in der Höhle um und wies auf den Tunnel. »Mir ist nur aufgefallen, dass ich dir das hier noch nie gezeigt habe, und du solltest wissen, dass es diesen Fluchtweg gibt.«

»Warum?« Meine Stimme war nur ein Flüstern, und er legte die Hände auf meine.

»Du solltest diese Dinge wissen, Mary, weil du meine Frau bist.«

»Alex, was geht hier vor? Wirst du mich verlassen?«

Er zuckte zusammen und zog mich an sich. Ich spürte die Anspannung und Wärme seines Körpers durch meine feuchten Kleider hindurch. »Dich verlassen? Warum sollte ich dich verlassen?«, fragte er überrascht. *Schon besser*, dachte ich. *Komm zurück zu mir, Alex*. Ich holte tief Luft.

»Wegen der Stewarts. Gehst du nach Frankreich?«

»Die Stewarts? Mädchen, das hat nichts mit den Stewarts zu tun. Glaubst du denn, alles, was aus Frankreich kommt, dreht sich nur um James Stewart?«

»Nein, aber –«

Er küsste mich auf die Stirn. »Nein, meine Rose«, sagte er mit sanfterer Stimme. »Ich verlasse dich nicht wegen James Stewart. Nein. Das hat mit Politik nichts zu tun.« Er runzelte bekümmert die Stirn. »Es hat mit ... Ich weiß selbst nicht, womit es zu tun hat.« Er schwieg, und ich stand da, den Kopf an seine Brust gelehnt, bis ein großer Wassertropfen auf meinem Kopf landete und ich zurücksprang. Er blickte sich nach dem Wasser um. »Komm, wir gehen lieber, außer du möchtest schwimmen, und das ist um diese Jahreszeit wahrlich kein Spaß.« Er nahm meine Hand, und wir wandten uns zum Gehen. Ich hatte es nicht eilig, diesen Tunnel wieder zu betreten, aber ich zitterte bereits vor Kälte. Trotzdem blieb ich stehen wie angewurzelt, meine Hand immer noch in seiner.

»Alex, sag mir, was los ist. Warum ist Angus so wütend? Warum bist du so verstört?« Er ließ meine Hand los, starrte mich nachdenklich an, und als er endlich sprach, klang seine Stimme müde.

»Der Brief ist von unserem Cousin Ewan in Paris. Ewan schreibt, dass einige der Männer von der *Diana* in Paris gesehen wurden. Er hat den Partner des Kapitäns aufgespürt und mit dem Mann gesprochen.« Er seufzte und strich sich das Haar aus der Stirn. »Dieser Partner behauptet, es sei Malcolm gewesen, der mich damals vergiftet hat, als ich so krank war. Und Ewan glaubt ihm.«

Mir blieb der Mund offen stehen, doch im Grunde war ich nicht überrascht. *Sei vorsichtig*, ermahnte ich mich. *Er wird Malcolm immer noch nicht so sehen wie du.* »Warum?«

Alex verzog das Gesicht. »Oh, das ist das Beste daran. Angeblich hat Malcolm diesem Mann gesagt, er wolle verhindern, dass ich zu einem Kartenspiel gehe, zu dem ich am Abend vor der Abreise eingeladen war.«

»Er hat dich vergiftet, damit du nicht zu einem Kartenspiel gehst?«

»Nun, dieser Geschichte zufolge war das ein Unfall, ein Versehen. Angeblich wollte Malcolm mir einen Schlaftrunk verabreichen, damit ich nicht zu der Kartenrunde gehe.«

»Aber warum?«

»Tja, das ist die Frage. Warum? Ewan schreibt, der Partner des Kapitäns habe ihm Folgendes erzählt: Malcolm hätte behauptet, er mache sich Sorgen, weil ich zu viel spielte und wir es uns nicht leisten könnten, viel Geld zu verlieren«, berichtete er ärgerlich. »Das stimmt nicht. Ich spiele nie zu viel. Geld ist zu hart zu verdienen, als dass ich es beim Kartenspiel verschleudern würde. Das war nur ein geselliger Abend, bei dem auch der Handel mit den Kolonien besprochen werden sollte.«

»Warum hat er dich dann daran gehindert, dorthin zu gehen? Warum sollte er das nicht wollen? Wer wäre denn noch dort gewesen?«

»Ich habe meist mit drei Partnern gespielt. Dennis MacGannon – du kennst ihn, das ist der Kapitän der *Gannon's Lady*. Der zweite war der Kapitän der *Diana*, dem ich das Schiff verpachtet hatte. Der dritte Mann ist Schiffsagent in Frankreich. Ich kenne ihn seit vielen Jahren.«

Ich schüttelte den Kopf. »Aber warum sollte –«

»Ja«, unterbrach er mich, »das frage ich mich auch. Wenn Malcolm nicht wollte, dass ich zu diesem Spiel gehe, hätte er mich weder vergiften noch mir einen Schlaftrunk einflößen müssen. Er hätte mich nur darum zu bitten brauchen, dass ich nicht hingehe, wenn es einen guten Grund dafür gab. Aber er hat kein Wort gesagt.«

»Warum sollte Malcolm so etwas tun? Wusste er denn nicht, wie gefährlich das war?«

Er zuckte mit den Schultern. »Ich weiß es nicht, aber es wirft Fragen auf.«

»Alex«, sagte ich gedehnt, »glaubst du denn, dass Malcolm dich vergiftet hat?«

Er antwortete nicht, sondern starrte ins Leere. Dann seufzte er und fuhr sich mit einer Hand über die Stirn. »Ich weiß es nicht, Mary«, sagte er. »Ich weiß es einfach nicht. Aber es ist möglich. Wir haben uns fast während der gesamten Reise gestritten, und bis zu diesem Abend haben wir kaum mehr miteinander gesprochen.«

Ich musterte hin. Vielleicht hatte Malcolm nicht gewollt, dass Alex sich mit dem Kapitän traf, der bald darauf die *Diana* auf den Meeresboden befördern würde. Hatte er Alex vielleicht nur daran hindern wollen, mit dem Kapitän zu sprechen? Oder, obgleich ich das keine Sekunde glauben konnte, war es jemand anderes als Malcolm gewesen? »Wie oft hattest du den Kapitän der *Diana* vorher gesehen?«

»Gar nicht«, entgegnete er tonlos. »Malcolm hat alle Einzelheiten geklärt. Ich habe den Kapitän erst an jenem Abend kennengelernt, als ich zu dem Spiel gegangen bin.«

»Du bist hingegangen?«

»Ja«, sagte er. »Ich fühlte mich nicht gut, ging aber trotzdem hin. Ich dachte, ich sei nur sehr müde. Und Angus hat im letzten Moment beschlossen, auch mitzukommen. Das war ein Glück, denn er und Dennis mussten mich zum Schiff zurückt ragen. Ich bin mitten im Spiel umgekippt – ich bin aufgestanden, ohnmächtig geworden und auf den Tisch geknallt.« Er lächelte schief. »Wie man mir berichtet hat, habe ich das Spiel ruiniert. Und den Tisch. Ich kann mich nicht daran erinnern.«

»Und wo war Malcolm?«

»An Bord der *Gannon' Lady*. Mit Matthew.«

»Hat irgendjemand auf dem Schiff Gift gefunden?«

»Ich glaube nicht, dass jemand nach so etwas gesucht hat.«

»Er hätte dich umbringen können!«

Alex wandte den Blick ab, zum Wasser hin. »Ja«, sagte er, »aber ich glaube lieber, dass es ein Versehen war. Oder ein Scherz.«

»Ein Scherz.« Ich explodierte. »Ein Scherz. O ja, Alex, das ist sehr komisch.« Er schloss die Augen, und seine Miene wirkte abwesend. »Dem eigenen Bruder etwas zu geben, das ihn töten oder zumindest sehr krank machen konnte, so krank, dass er sein Schiff eine Woche lang nicht verlassen konnte, das ist sehr lustig. Wenn er mit einer Lochaber-Axt auf dich losrennen würde, fändest du das wohl auch komisch.« Alex schwieg, doch er hörte mir zu. »Das war kein Versehen. Malcolm mag alles Mögliche sein, aber dumm ist er nicht. Wenn du von einem Irrtum oder einem Scherz so furchtbar krank geworden bist, stell dir nur vor, wie es dir erginge, wenn er wirklich wütend auf dich wäre. Stell dir vor, was er tun würde, wenn du mit diesem Kapitän sprechen und dabei erfahren solltest, dass die *Diana* ›untergehen‹ würde.« Er öffnete die Augen und starrte mich an.

»Nein.« Seine Stimme klang leise, aber düster, und ich hielt inne, ohne alles auszusprechen, was mir durch den Kopf ging. Ich erinnerte mich daran, wie er einmal gesagt hatte: »Ich habe einen Bruder und eine Schwester verloren. Den Bruder, den ich noch habe, würde ich gern behalten.« *Aber Alex*, dachte ich bei mir, *um jeden Preis?*

Ich holte tief Luft. »Du bist auch nicht dumm, Alex«, sagte ich so milde, wie ich konnte. »Bestenfalls war das ein sehr gefährlicher Streich. Er hat dich in Gefahr gebracht. Er hätte dich töten können.«

»Hat er aber nicht.« Blaue Augen sahen mich durchdringend an.

»Dem Herrgott sei Dank«, flüsterte ich.

»Ja.« Ich schwieg und beobachtete ihn, während er die Wand der Höhle anstarrte. Hinter ihm rauschte das Wasser auf uns zu, doch für mich gab es im Augenblick nur die Erinnerung an einen sehr kranken Mann in einer Koje. Und sein Bruder hatte ihn dorthin gebracht. Ein Versehen. Wenn das ein Versehen gewesen war, dann war ich Jeanne d'Arc. Und ich fragte mich nicht zum ersten Mal, ob es Malcolm gewesen sein könnte, der den Überfall auf uns vor dem Haus von Alex' Agenten arrangiert hatte. Malcolm hatte nicht wissen können, dass ich dort sein würde, doch er hatte ganz sicher gewusst, wann Alex dort sein würde. Alex rieb sich das Kinn.

»Ich kann nicht anders darüber denken«, sagte er erschöpft. »Ich will nicht anders darüber denken. Es war ein dummes Versehen, weiter nichts.« Er begegnete meinem Blick. »Womöglich war es nicht einmal Malcolm. Vielleicht lügt dieser Partner. Ich will nicht glauben, dass mein Bruder mir etwas antun wollte.«

Ich wusste nicht, was ich sagen könnte, um ihn umzustimmen, also nickte ich schließlich. Er erwiderte das Nicken und führte mich durch den klammen Tunnel hügelaufwärts. Mir wurde den ganzen Abend lang nicht mehr warm. Ich konnte die Überzeugung nicht abschütteln, dass es Malcolm gewesen war, der ihn vergiftet hatte, und das nicht aus Versehen. Ich bekam keine Gelegenheit, mit Angus darüber zu sprechen. Er erschien an diesem Abend nicht zum Essen, und Matthew sagte, er habe seinen Vater seit dem Nachmittag nicht mehr gesehen. Ich beschloss, so bald wie möglich mit ihm zu sprechen. Doch am nächsten Morgen traf Malcolm ein, und schlagartig veränderte sich alles.

22

Malcolm und Sibeal trafen auf einem Schiff der MacDonalds ein, das nach Skye unterwegs war. Die Mannschaft, alle MacDonalds, blieb zum Essen, die Männer scherzten und lachten mit den MacGannons, und falls einem von ihnen auffiel, dass Alex aschfahl und schweigsam war, so verlor er kein Wort darüber. Das galt auch für Matthew, der Malcolm mit verschlossener Miene und eisigem Blick beobachtete. Er schien über Nacht reifer geworden zu sein. Dass Malcolm und Matthew sich nicht besonders mochten, war schon seit längerer Zeit offensichtlich gewesen, doch Matthew hatte mir gegenüber kein böses Wort über Malcolm geäußert, als hätten wir stillschweigend vereinbart, dieses Thema zu meiden. Die Beziehung der beiden frisch Verheirateten war mir ein Rätsel. Ich war so an die Leidenschaft gewöhnt, die ein einziger Blick von Alex in mir wachrufen konnte, dass ich nicht verstand, wie Sibeal den Mann, den sie angeblich liebte, so gleichgültig mustern konnte, und warum ich bei Malcolm keine Spur des innigen oder zärtlichen Verhaltens erkannte, das man von einem frischgebackenen Ehemann erwartete. Warum, so fragte ich mich, hatte Sibeal dann darauf bestanden, ihn zu heiraten? Ihr schlanker Körper zeigte keine Anzeichen der Schwangerschaft, und sie erwähnte auch kein Kind.

Angus verbrachte den Vormittag mit uns, nachdem er uns die Nachricht von der Ankunft eines Schiffes überbracht hatte. Er schwieg und blieb wachsam. Vor uns allen würde er Malcolm gewiss nicht auf den Brief ansprechen, doch ich konnte mir nicht einmal vorstellen, was später geschehen mochte. Malcolm tat ganz so, als sei alles in bester Ordnung, als merkte er nicht, dass sein Bruder gespenstisch blass war und seine Cousins ihm feindselige Blicke zuwarfen. Er lachte so überheblich wie immer und gab Geschichten über die rückständigen, ungebildeten Pächter von Clonmor und die Unfähigkeit seiner Frau als Haushälterin zum Besten. Sie lächelte gutmütig und versuchte, mich in ein Gespräch über Kleider zu ziehen. Ich weigerte mich, meinen Platz zu verlassen, und beobachtete weiter die Männer. Alex sprach kaum ein Wort. Ich wusste, wie müde er war. In der Nacht war ich aufgewacht und hatte ihn, in einen Plaid gewickelt, vor dem Feuer sitzen und in die Flammen starren sehen. Er war Stunden später wieder ins Bett gekrochen, hatte aber sehr unruhig geschlafen, und er war vor mir aufgestanden. Wir hatten nicht darüber gesprochen, doch er hatte nach meiner Hand gegriffen, als die Nachricht von Malcolms Ankunft uns erreichte. »Mach dir keine Sorgen«, war alles, was er gesagt hatte.

Malcolm hatte mit keinem Wort den verpassten Treueschwur erwähnt, doch als Thomas Malcolm in die Halle geführt hatte, hatte er sich Alex zugewandt.

»Hier ist Euer Bruder, Alex«, hatte Thomas tonlos gesagt, während alle in der Halle verstummt waren und zu den Männern herübergestarrt hatten. »Verspätet. Denkt Ihr, da er ja nun eine MacDonald geheiratet hat, wird er öfter zu spät zum Treueschwur kommen? Allerdings«, sagte er und wandte sich Malcolm zu, »wisst Ihr ja, was mit MacDonalds geschieht, die zu spät zu ihrem Treueschwur erscheinen.« In der Halle entstand Unruhe, doch niemand sagte etwas. Ich wusste, was er damit meinte. Wir alle wussten es, und Malcolm verstand die Anspielung ebenfalls, denn er unterdrückte rasch das zornige Blitzen seiner Augen, doch es war nicht zu übersehen gewesen. Thomas bezog sich auf Glencoe. Ich hatte die Geschichte seit meiner Ankunft auf Kilgannon oft genug gehört. Nach einer heldenhaften, aber fehlgeschlagenen Revolution gegen Wilhelm von Oranien, der König James vom Thron gestoßen hatte, hatte man den Oberhäuptern aller Highland-Clans ein Ultimatum gestellt. Sie sollten König Wilhelm bis zum ersten Januar 1692 den Treueid schwören. MacDonald of Glencoe hatte den Termin verpasst. Warum, und um wie viel genau, das wurde zwanzig Jahre später immer noch hitzig debattiert. Mit der Zustimmung König Wilhelms wies der Earl of Stair Captain Robert Campbell of Glenlyon an, die Gastfreundschaft der MacDonalds in Anspruch zu nehmen und sie dann in ihren eigenen Betten zu ermorden. Die Verschwörung war aufgedeckt worden, doch der Laird, seine Frau und viele andere waren gestorben. Sibeals Familie lebte auf Skye, nicht in Glencoe, doch der Name, wenn auch nicht die Abstammung, war derselbe. Niemand hatte sich von Thomas' Anspielung provozieren lassen, und er wandte sich schulterzuckend ab. Aber Malcolm starrte ihm nach.

Das Mahl verlief ereignislos, wenn auch zäh, und bald verabschiedeten wir uns von den MacDonalds. Die Männer begleiteten sie hinaus, während ich mit Sibeal in der Halle wartete. Ich starrte sie an, als sie fragte, ob sie jetzt auf ihr Zimmer gehen könnte. Da wir von ihrer Ankunft nicht unterrichtet worden waren, hatten wir keine Vorbereitungen treffen können, und ihre Anmaßung brachte mich ein wenig aus der Fassung. Ellen jedoch nicht.

»Miss Mary«, sagte sie, »Berta sagt, sie hätte Sorchas Zimmer für Malcolm und Sibeal richten lassen.« Sie lächelte mich schelmisch an. »Das erschien ihr sehr passend«, fügte sie hinzu, und meine Laune besserte sich ein wenig.

Ich erwiderte ihr Lächeln und bat sie, Berta meinen Dank auszurichten. »Ich begleite Sibeal selbst hinauf«, sagte ich, nun wieder gelassen. Oben kamen wir an den Jungen vorbei, die auf dem Weg zu ihrem Unterricht bei Gilbey waren und beide ungewöhnlich still wirkten. Ich blieb stehen, um sie kurz an mich zu drücken und einen albernen Scherz zu machen, und ich freute mich, als sie lachten. Sie scherzten mit mir und machten sich dann auf zu Gilbey, offenbar wieder ganz sie selbst.

»Sie sind zauberhaft«, bemerkte Sibeal überschwänglich. »Habt Ihr denn schon einmal daran gedacht, eigene Kinder zu bekommen?«

Ich warf ihr einen Blick zu und dachte an das Kind, das ich verloren hatte. »Ja, selbstverständlich«, sagte ich zurückhaltend. »Und Ihr? Wie fühlt Ihr Euch?«

»Großartig. Warum auch nicht?«, zwitscherte sie, als ich die Tür öffnete und sie mir in das Zimmer folgte, das einst Sorchas Gemach gewesen war. Diesen Raum mochte ich in der ganzen Burg am wenigsten. An sich hatte er keine besonderen Nachteile, er war auch nicht hässlich. Er war groß und behaglich und geschmackvoll eingerichtet. Aber Sorcha hatte hier gewohnt, in diesem Zimmer hatte Alex mit ihr geschlafen, hier hatte sie ihre Söhne empfangen, hier hatte sie abscheuliche Dinge zu ihm gesagt und ihm verboten, je wieder in ihr Bett zu kommen. Ich betrat es so selten wie möglich. Es war ein heimlicher Scherz zwischen Berta, Ellen und mir, dass wir Gästen, die wir nicht mochten, stets dieses Zimmer gaben. Ellen hatte mich mit dieser Botschaft aufheitern wollen, und das war ihr gelungen. Ich lächelte in mich hinein, während ich Sibeal das Zimmer zeigte und sie seine Vorzüge übertrieben lobte. Berta war vor mir hier gewesen, alles war sauber, und im Kamin brannte das Feuer.

»Ganz entzückend!«, sagte Sibeal, als sie die Bettvorhänge befühlte und dann ihre schlanke Gestalt vor dem großen Spiegel bewunderte, in dem sie sich ganz sehen konnte. »Und wie geht es dem Kind?«, fragte ich, trat ans Fenster und öffnete es einen Spalt breit. Der Regen, der sich schon den ganzen Vormittag lang angekündigt hatte, fiel nun in Strömen. Mitten auf dem Burghof standen Alex, Angus und Matthew und unterhielten sich. Ich wandte mich wieder Sibeal zu.

»Dem Kind?« Ihre Überraschung war offenkundig, doch sie fing sich rasch. »Oh, das habe ich verloren.« Sie wandte sich wieder ihrem Spiegelbild zu.

»Wie schrecklich«, sagte ich und fragte mich, ob das stimmen konnte.

»Ja, das war es. Aber, wisst Ihr, eines Nachmittags habe ich mich hingelegt, um ein wenig zu schlafen, und als ich aufwachte, lag es neben mir.« Sie warf mir einen unschuldsvollen Blick zu. »Es war schrecklich.«

Ich starrte sie mit offenem Mund an und dachte an meine eigene Fehlgeburt. Dass so etwas geschehen sein könnte, glaubte ich keinen Augenblick. So etwas gab es nicht. Keine Frau, die eine Fehlgeburt erlebt hatte, konnte so gleichgültig davon erzählen. Dann erkannte ich die Ironie der ganzen Geschichte. Sie hatte mir einen großen Gefallen getan, indem sie Malcolm aus meinem alltäglichen Leben entfernt hatte, und dabei hatte sie ihn auch noch betrogen. Malcolm, der Betrüger, war sehr geschickt in die Falle gelockt worden. Ich schüttelte erstaunt den Kopf, sagte jedoch nichts, denn nun hörten wir durch das offene Fenster laute Stimmen. Mit klopfendem Herzen beugte ich mich hinaus und sah meine Befürchtung bestätigt. Alex und Malcolm standen dort unten, mitten auf dem Hof, und stritten sich laut. Alex stand mit vor der Brust verschränkten Armen da, während Malcolm ihn umkreiste und zornig auf ihn einredete. Nun erschien Angus in meinem Blickfeld und brüllte Malcolm an, der zurückbrüllte. Alex beobachtete die beiden und ließ die Arme sinken. Er wirkte hilflos.

Bis ich den Hof erreicht hatte, war er leer, und ich rannte zum äußeren Tor. Sie waren auf der obersten Terrasse und achteten weder auf den Regen, der sich in einen wahren Guss verwandelt hatte, noch auf die Handvoll Männer, die sich nervös um sie drängten.

»Die Wahrheit«, brüllte Alex, hochrot im Gesicht; die Sehnen an seinem Hals standen hervor. Er hatte die Hände zu Fäusten geballt. »Die Wahrheit, Malcolm. Sag einfach die Wahrheit. Oder gar nichts mehr!«

»Ich sage die Wahrheit, Alex«, schrie Malcolm zurück. »Aber du hörst ja nicht zu. Du hörst mir nie zu.« Er wedelte höhnisch mit der Hand durch die Luft. »Das hast du natürlich nicht nötig. Du bist der Herr Graf, der Anführer des Clans. Du brauchst mir nicht einmal zuzuhören. Du hörst zwar auf Angus und Thomas und all die anderen, aber du tust nie, was ich sage!«

»Die Wahrheit, Malcolm«, donnerte Alex erneut. »Sag mir die Wahrheit!«

»Du willst die Wahrheit hören? Die Wahrheit ist, dass du alles hast. Alles! Ich habe nichts. Nichts! Du hast keine Ahnung, was für eine Hölle mein Leben geworden ist. Keine Ahnung. Sibeal hat mich belogen. Mich belogen! Es gab gar kein Kind. Das war eine Falle! Mein ganzes Leben ist eine einzige Hölle!«

Alex' Stimme klang angespannt. »Deshalb hast du mich also vergiftet.«

»Nein! Du hörst nicht zu! Du hörst nie zu!«

»Deshalb hast du mich also vergiftet.«

»Du wolltest mir das Schiff nicht zurückgeben! Wie hätte ich denn Geld verdienen sollen?«

»Und deshalb hast du mich vergiftet.«

»Ich habe es dir doch gesagt, Alex«, sagte Malcolm und betonte jedes Wort. »Ich werde es nicht noch einmal sagen. Das war ein Unfall.«

»Ja, das behauptest du. Ein Unfall.«

»Ja«, sagte Malcolm, »du bläst eine Kleinigkeit unnötig auf. Es war doch nichts dabei. Dir ist nichts geschehen. Du warst nur ein, zwei Tage –« Er drehte sich um, als Angus auf ihn losstürmte. Alex hielt Angus mit einer Geste zurück.

»Ich bin etwas verwirrt«, sagte Alex kalt. »Warum sollte mein eigener Bruder versuchen, mich umzubringen?«

Malcolm reckte die Hände in die Luft. »Herrgott noch mal, Alex, ich habe nicht versucht, dich umzubringen.« Er baute sich vor Alex auf und sagte ihm direkt ins Gesicht: »Wenn ich dich hätte töten wollen, lieber Bruder, dann wärst du jetzt tot.« Alex zuckte nicht mit der Wimper. Matthew stürmte vor, und Angus packte ihn am Arm.

Alex' Tonfall war derselbe, mit dem er damals in Kent mit Robert gesprochen hatte. Man sah ihm an, wie mühsam er sich beherrschte. »Sei vorsichtig, Malcolm, sehr vorsichtig. Ob es dir gefällt oder nicht, deine Handlungsweise hat mich beinahe das Leben gekostet, und ein Jahr lang habe ich versucht, diese Tat so gut wie jedem anderen anzulasten, sogar den Stewarts. Dabei warst du es.« Er senkte die Stimme noch mehr. »Du warst es.«

»Du verstehst das nicht, Alex!«, schrie Malcolm. »Du denkst nie an irgendjemanden außer an dich selbst! Hast du eigentlich eine Ahnung, wie es war, mit dir aufzuwachsen?« Seine Stimme wurde schrill, als er eine Frauenstimme nachahmte. »Alex, Alex, ach, Alex, du wirst einmal ein Graf sein. Alex, du bist ja so wunderbar!« Alex beobachtete seinen Bruder mit schmalen Augen. Malcolm wischte sich den Regen vom Gesicht und fuhr fort: »Und Großvater und Großmutter, die dich so abgöttisch geliebt haben. Alle haben sie dich abgöttisch geliebt. Dabei war ich auch noch da. Aber ich habe nichts.«

»Ich habe dir Clonmor gegeben.«

»O ja.« Malcolm nickte. »Reste. Du bist sehr großzügig mit deinen abgelegten Resten. Da fällt mir ein, ich wollte dich noch fragen, ob Sibeals Kind von dir war. Hätte dir ähnlich gesehen, mir zuvorzukommen.«

Alex packte Malcolms Hemdkragen im Nacken. Das ging so schnell, dass Malcolm völlig überrumpelt war, und Alex zerrte Malcolm zu sich heran und spie ihm die nächsten Worte förmlich ins Gesicht. »Du bist widerlich, Malcolm. Ich habe sie nie angerührt. Wenn es kein Kind gibt, geht mich das nichts an. Du hast mit ihr geschlafen. Und jetzt bist du mit ihr verheiratet.« Er ließ seinen Bruder los, stieß ihn von sich und hob die Stimme. »Geht es also in Wirklichkeit darum? Darum, dass ich der Ältere bin? Dass ich geerbt habe? Du hast mein Leben aufs Spiel gesetzt, weil dir die Reihenfolge unserer Geburt nicht passt?« Er rückte drohend vor, und Malcolm wich zurück. »Ist es das, Malcolm? Eifersucht?«

»Nein«, brüllte Malcolm zurück, ging aber weiterhin rückwärts, »es geht um Gerechtigkeit. Sieh dich doch nur an, Alex, wie du deinen Bruder im Regen herumschubst. Wäre Großvater nicht stolz auf dich?« Alex packte Malcolm erneut am Hemd und hielt ihn lange fest, während die beiden einander in die Augen starrten. Ich hielt den Atem an. Dann ließ Alex Malcolm los und stieß ihn von sich. Seine Stimme klang beherrscht, aber eisig.

»Gift ist die Waffe eines Weibes, Malcolm. Du darfst über Nacht bleiben. Aber morgen reist du mit Sibeal ab. Calum bringt euch nach Skye. Komm nicht wieder hierher, bis ich nach dir schicke.«

Sie funkelten einander an, dann wandte Alex sich ab und sah mich vor dem Tor stehen. Als er an mir vorüberkam, streckte ich die Hand aus, doch er schüttelte angespannt den Kopf und ging weiter. Malcolm wandte sich in die andere Richtung und ging ebenfalls davon, und die Männer zerstreuten sich.

Ich blieb mit Angus und Matthew im Regen stehen.

23

Der Winter war kalt und nass. Wir verbrachten mehr Zeit drinnen, als uns lieb war, und die Männer waren rastlos. Angus ließ sie täglich üben, und der ganze Flügel hallte vom Klirren der Schwerter wider. Allmählich verabscheute ich das Geräusch, mit dem ein Schwert aus der Scheide gezogen wird. Die Kinder kamen uns ständig in die Quere, und wir ertappten uns dabei, dass wir sie schalten, weil sie sich eben wie Kinder benahmen. Aber es gab auch Abende, an denen gesungen und getanzt wurde.

Und das ohne Malcolm. Er und Sibeal waren ebenso rasch verschwunden, wie sie aufgetaucht waren, und wir hatten nichts mehr von ihnen gehört, was mir recht war. Malcolm widerte mich an. Alex hingegen war nicht angewidert; er war bekümmert, und ich konnte ihn nicht von seiner Überzeugung abbringen, dass er etwas falsch gemacht hatte. Er suchte nach irgend einem Grund, der Malcolms Verhalten erklären könnte, und überlegte, ob er selbst irgendetwas hätte anders machen müssen. Für mich war die Sache ganz einfach. Schwer zu akzeptieren vielleicht, aber einfach. Neid. Eifersucht. Selbstsucht. Malcolm und der Kapitän der *Diana* hatten ihren Verlust vorgetäuscht, und Malcolm hatte wochenlang so getan, als suchte er gemeinsam mit Alex nach der Wahrheit, während er das Geld vom Verkauf des Schiffes in den Taschen trug. Wie jemand mit einer solchen Täuschung leben konnte, war mir unbegreiflich, und das sagte ich oft, doch Alex wollte seinen Bruder nicht verdammen, und wir stritten uns deswegen häufig. Ich verstand, dass er sich den Tatsachen nicht stellen wollte, doch da Malcolms Fehler für alle anderen offensichtlich waren, erschien Alex' Weigerung starrköpfig. Wir stritten uns oft wegen Malcolm, am heftigsten, als ich einmal vorgebracht hatte, Malcolm könnte die Männer bezahlt haben, die mich in London überfallen hatten. Alex hatte mich angebrüllt, doch ich war ebenso zornig gewesen.

»Du willst ihm die Schuld für alles zuschieben, Mary«, hatte er gesagt.

»Nein, Alex«, erwiderte ich. »Nur für das, wofür er auch verantwortlich ist. Betrachte es doch einmal vernünftig, Herrgott. Du wolltest nach Cornwall reisen, um nach dem Wrack zu suchen. Das Gift hatte dich nicht aufhalten können, und in Cornwall hättest du möglicherweise etwas gefunden, das Malcolm in Verdacht gebracht hätte. Findest du es nicht seltsam, dass diese Männer genau wussten, wo und wann sie dich finden konnten? Das Einzige, was Malcolm nicht wusste, war, dass ich bei dir war. Und das hat dir möglicherweise das Leben gerettet, Alex. Wenn sie in die leere Kutsche gestiegen wären und dort auf dich gewartet hätten, hätten sie dich beim Einsteigen überrascht. Sie hätten leichtes Spiel mit dir gehabt. Warum willst du das nicht sehen?«

»Nein«, brüllte er. »Nein, Mary, so einfach ist das nicht.«

»Ist es. Frag Angus. Frag Matthew. Es ist offensichtlich, für jeden, außer für dich. Alle anderen sehen es genauso. Warum willst du es nicht einsehen?«

»Möchtest du Malcolm gern als den Schuldigen hinstellen, weil wir beide wissen, dass die Männer, die dich überfallen haben, die Farben der Campbells trugen?«

Ich funkelte ihn an. »Robert hat dir selbst gesagt, dass er diese Männer nicht ausgeschickt hat, damit sie dich überfallen.«

»Und Malcolm hat mir ebenfalls gesagt, dass er es nicht war.«

»Alex, du bist doch nicht dumm. Warum stellst du dich in

dieser Sache so furchtbar stur? Du weißt, was Malcolm für ein Mensch ist. Du weißt, dass er das getan hat. Sieh den Tatsachen endlich ins Gesicht! Hör auf, Entschuldigungen für ihn zu suchen.«

»Wenn du aufhörst, Robert Campbell zu verteidigen.«

»Er hat nichts getan. Malcolm hingegen schon!«

Alex reckte die Hände in die Höhe. »Du hast dir eine Idee in den Kopf gesetzt und bist nicht bereit, etwas anderes zuzulassen. Begreifst du denn nicht, dass es nicht so einfach ist?«

»Doch, leider ist es das, Alex, und es macht mir keine Freude, recht zu haben.«

»Solange es nur Robert nicht war«, sagte er und stapfte hinaus.

Danach sprachen wir zwei Tage lang kein Wort miteinander, und dann einigten wir uns immerhin darauf, dass wir uns liebten. Wir brachten diesen Streit nie wieder zur Sprache, doch ich konnte kaum an etwas anderes denken. Ich sagte mir, dass ich Wills Verhalten nüchtern beurteilen würde, wenn ich an Alex' Stelle wäre. Doch als Wills Brief eintraf, indem er sich selbst, Betty, Louisa und Randolph zu Weihnachten ankündigte, verpuffte meine Selbstsicherheit. *Was, wenn es um Will ginge?*, fragte ich mich. Könnte ich dann tatsächlich nüchtern der Tatsache ins Auge sehen, dass Will so etwas getan hatte? Ich kam zu dem Schluss, dass ich das wohl nicht könnte. Ich sah, wie Alex litt, und ich gab nach. Mein Mann brauchte meine Unterstützung, nicht meine Kritik. Im Herzen wusste er gewiss, was wirklich geschehen war. Es war nicht so wichtig, dass er es mir eingestand. Unsere Beziehung wurde wieder besser, und ich war erleichtert, als er wieder beinahe der Alte wurde. Die Anzeichen dafür, dass die Sache mit Malcolm ihm noch immer zu schaffen machte, waren nur für diejenigen von uns sichtbar, die ihn sehr gut kannten. Mir gegenüber war Alex stets liebevoll und zärtlich. Nun ja, nicht immer. Wenn ich Malcolm auch nur erwähnte, zog er sich von mir zurück, und ich wurde zornig, und dann stritten wir uns. Schließlich lernte ich, Malcolm nicht mehr zu erwähnen, und zu meiner Überraschung begann ich bald, ihn völlig zu vergessen. Das Leben war ohne ihn besser, und unser Leben ging weiter, als hätte es ihn nie gegeben.

Meine Familie traf an einem sonnigen Dezembertag auf der *Mary Rose* ein, und meine Laune besserte sich erheblich. Alex stand neben mir, und Jamie hielt meine Hand und hüpfte aufgeregt herum, während Ian sich auf die Zehenspitzen stellte, um nachzusehen, ob Will die Päckchen dabeihatte, von denen er geschrieben hatte. Die Begrüßung fiel lautstark und fröhlich aus, und die Jungen tanzten um uns herum, als wir den Hügel hinaufstiegen. Die kostbaren Päckchen hielten sie bereits in Händen. Ich küsste meinen Bruder und Betty, dankte Will für die aufmerksame Geste und lächelte, als ich sah, wie Louisa und Randolph sich staunend umsahen.

»Ich hatte ja keine Ahnung«, sagte Louisa, die große Augen machte. »Ich wusste, dass Kilgannon eine Burg ist, aber ich habe mir einen dieser grässlichen braunen Türme vorgestellt, wie man sie an der Grenze sieht, kantig und klobig. Sie ist wunderschön.«

Alex grinste und zog in ihrem Rücken die Augenbrauen hoch. »Du dachtest doch wohl nicht, dass ich deine kostbare Nichte in einer Bauernkate unterbringen würde, oder, Louisa? Ich habe dir doch versprochen, gut für sie zu sorgen.« Er wandte sich um und wies auf die Gebäude. »Ich weiß, jetzt macht es nicht viel her, aber wir haben bereits Pläne, die Burg zu vergrößern.« Er lachte über ihre verblüfften Mienen.

»Nun ja«, sagte Randolph, »es sieht ganz so aus, als hättet Ihr das bereits getan. Und nicht zu knapp. Erzählt mir mehr über den Ausbau.«

»Die meisten Bauarbeiten habe ich nicht miterlebt, Randolph«, entgegnete Alex, und die beiden Männer verließen uns. Will eilte ihnen nach, und Angus und Matthew erschienen im äußeren

Burgtor. Die Männer brüllten sich laut alberne Begrüßungen zu, und ich lächelte, als ich sie zusammen lachen sah.

»Nun, mein Liebes, erzähle«, sagte Louisa und hakte sich bei mir unter. »Wie geht es dir?«

»Ich bin glücklich«, sagte ich lächelnd. »Sehr glücklich.«

Weihnachten kam, und alle waren fröhlich. Jeden Abend war die Halle voller MacGannons und Musik, und ich sah das alles durch die Augen meiner Familie noch einmal ganz neu. Will liebte die Fiedler, die mit den Füßen stampften und immer schneller und schneller spielten, und ich sah, wie Louisa sich Tränen von den Augen tupfte, wenn Thomas oder Murreal eine anrührende Ballade sangen. Am Weihnachtsabend versammelte sich fast der gesamte Haushalt in der Kapelle, und der Gottesdienst gehörte zu jenen, an die ich mich mein Leben lang erinnern sollte. Kerzen in ihren mit Immergrün geschmückten Haltern tauchten den Raum in ein sanftes Leuchten. Ich stand neben Alex und den Jungen, flankiert von seiner und meiner Familie, umgeben von Clanmitgliedern, und der Priester war bestens aufgelegt. Die strahlenden Farben unserer Festgewänder, die weißen Kerzen in ihrem grünen Schmuck, alles wurde eingerahmt von den grauen Mauern, und die Luft, die sich irgendwie seidig anfühlte, war voller Magie. Alex an meiner Seite, dessen Haar wie ein Heiligenschein schimmerte, sah aus wie ein besonders großer Engel.

Nach dem Gottesdienst aßen wir in der Halle und feierten in den Weihnachtstag hinein, den wir lachend begrüßten und begossen, während ich in die geliebten und vertrauten Gesichter an der Tafel blickte. Welch ein Unterschied zum vorigen Weihnachtsfest. Ich sprach ein stummes Dankgebet und beschloss, die beste Ehefrau und Mutter auf der Welt zu werden. Es gab nur einen Wehmutstropfen. Ich hatte erneut eine Fehlgeburt erlitten, kurz bevor meine Familie angekommen war. Ich hatte Alex schließlich doch von meiner Schwangerschaft erzählt, und dann hatte ich ihm auch erzählen müssen, dass ich das Baby verloren hatte. Ich erholte mich rasch und sprach nicht darüber, außer mit Louisa, Ellen und Berta, doch natürlich wusste der ganze Haushalt, vermutlich der ganze Clan, dass wir ein weiteres Kind verloren hatten.

Eine Festtagstradition gefiel Will besonders, denn er stand dabei im Mittelpunkt. Der Brauch des ersten Fußes war eine feste Gewohnheit auf Kilgannon, die wir mit Freude befolgten. Kurz nach Mitternacht am Neujahrstag statteten wir allen Häusern, die nah genug lagen, einen Besuch ab. Die Tradition besagte, dass er erste Mensch, der im neuen Jahr über die Schwelle trat, dunkelhaarig und möglichst männlich sein sollte, denn das würde dem Haus Glück bringen. Alex war jahrelang der erste Fuß gewesen, doch weil er blond war, hatte er einem weiteren Brauch zufolge immer erst ein Stück Kohle durch die Tür werfen müssen, ehe er eintrat. Einen dunkelhaarigen Mann, der zur Familie des Lairds gehörte, als ersten Fuß zu haben, verursachte große Aufregung, und Will war nur zu gern bereit, den Spaß mitzumachen. In jedem Haus reichte man ihm ein Glas Whisky, das er in einem Zug leerte, während auch den anderen ausgeschenkt wurde. Es dauerte nicht lange, bis wir gemeinsam mit den Clanmitgliedern alte Lieder schmetterten, und Will führte die Gruppe an, als täte er das seit Jahren. Wir kehrten schließlich in die Halle zurück, wo uns eine Mahlzeit erwartete, und ich beobachtete lächelnd den Trubel. Alex neben mir strahlte, wenn er in die fröhlichen Mienen blickte, und sein Gesicht war von der Wärme und dem vielen Whisky gerötet. Er küsste meine Hand, die in seiner lag.

Später, allein in unserem Zimmer, küsste er mich ausgiebig und lehnte sich dann zurück, um mich anzusehen. »Kaum zu glauben, dass wir schon wieder Neujahr haben, Mädchen. Ich kenne dich jetzt seit fast zwei Jahren. Die glücklichste Zeit meines Lebens.«

Ich lächelte ihn an, doch sein Gesicht verschwamm, weil mir Tränen in die Augen traten. »Für mich auch«, sagte ich.

»Warum weinst du dann, Mary, meine Rose?«, fragte er zärtlich.

»Ein Kind, Alex. Ich kann dir kein Kind schenken.« Er schüttelte langsam den Kopf, zog mich an sich und murmelte sacht in mein Haar: »Du hast mir das Leben geschenkt, Mädchen, und die Zukunft. Mein Leben war nicht lebenswert, bevor wir uns kennenlernten, aber jetzt ist es das. Mir ist es genug, Mary, dass ich dich habe. Weiter brauche ich nichts. Wenn es uns bestimmt ist, Kinder zu bekommen, werden wir welche bekommen. Wenn nicht, dann ist das eben so. Ich bin ein sehr glücklicher Mann.« Er ließ mich los und seufzte. »Kannst du auch mit mir glücklich sein? Selbst wenn wir nie Kinder bekommen? Hilft es dir ein kleines bisschen, dass wir Ian und Jamie haben, oder macht es das nur schlimmer für dich?«

»Nein. Doch. Sie sind wunderbar.« Ich lächelte zu ihm auf. »Und ich bin glücklich, Alex, glücklicher vielleicht, als mir zusteht. Aber ich bin auch gierig. Alles, was ich will, ist, mein Leben hier zu verbringen und Kinder von dir zu bekommen. Ich würde dir gern noch einen Sohn schenken. Oder eine Tochter.«

Er lächelte und strich mir übers Haar. »Eine Tochter wäre gewiss wie du, viel zu viel Ärger und Mühen. Es ist besser, dass wir Söhne haben. Wenn du dich erholt hast, versuchen wir es wieder. Aber wir werden Söhne bekommen, Mary. Und sie werden so angenehm und einfach zu handhaben sein wie ihr Vater.« Ich lächelte und küsste ihn, diesen prächtigen Mann, der mir gehörte. Und das Jahr 1714 begann.

Meine Familie blieb noch zwei Wochen. Will, Louisa und Randolph waren so wunderbar wie immer, und sogar Betty benahm sich. Louisa interessierte sich sehr dafür, wie man einen so großen Haushalt leitete, und sie machte mir einige Vorschläge, die ich auch umzusetzen gedachte. Wir unterhielten uns tagelang, und ich glaube, wir ließen kein Thema aus. Die überraschendste Entwicklung war die besondere Zuneigung, die zwischen

Randolph und den Jungen erblüht war. Er verblüffte mich, und vermutlich auch sich selbst, damit, dass er viel Zeit mit ihnen verbrachte, Schach oder andere Spiele mit ihnen spielte, und sie bettelten ständig darum, noch mehr Begebenheiten aus seiner aufregenden Jugend und noch mehr abenteuerliche Geschichten erzählt zu bekommen. Mehr als einmal fanden Louisa und ich ihn irgendwo bei den beiden Jungen und Matthew und Gilbey, die er mit übertriebenen Schilderungen seiner Eskapaden blendend unterhielt. Als der Morgen der Abreise schließlich kam, verabschiedeten wir uns in der Halle, ehe wir hinaus in den eisigen Wind und den Regen eilten. Kapitän Calum sollte sie auf der *Mary Rose* nach Hause bringen, und er hatte es eilig und brummelte ständig etwas von Gezeiten und Winden. Und dann waren sie fort. Ich stand am Steg, sah zu, wie die *Mary Rose* um die erste Biegung verschwand, und fragte mich, wann ich meine Familie wiedersehen würde. Alex hatte mir versprochen, im Sommer mit mir nach London zu reisen, doch wer konnte wissen, ob es je dazu kommen würde? Ich versuchte, meine Traurigkeit hinunterzuschlucken, als wir zur Burg zurückeilten, und hielt Alex' warme Hand in meiner.

Matthew brach ein paar Tage später zur Universität von St. Andrew's auf, und Angus begleitete ihn, um ihm zu helfen, sich in dieser neuen Welt zurechtzufinden. Gilbey ging auch mit, um ihm den Anfang mit jenen, die er dort noch kannte, zu erleichtern. Gilbey und Matthew waren gute Freunde geworden, und ich wusste, dass er Matthew ebenso sehr vermissen würde wie wir alle. Angus und Gilbey kehrten zwei Wochen später wieder heim und berichteten, Matthew habe sich gut eingelebt. Es war so viel stiller ohne ihn. Die Jungen zählten schon die Tage bis zum Sommer. Und ich auch.

Am späten Vormittag eines stürmischen Februartages stand ich in der Kapelle, und Alex neben mir sah sich um. »Dieser Raum ist Kilgannon, Mary. Habe ich dir das eigentlich schon gesagt?« Ich schüttelte den Kopf. »Also, *kil* bedeutet Kirche oder Kapelle, also ist das hier Gannons Kirche. Dies ist das Herz unseres Landes. Ich frage mich oft, wie viele Hochzeiten und Beerdigungen hier schon abgehalten wurden. Neun Grafen wurden von hier aus zu Grabe getragen. Zehn Generationen haben hier geheiratet, und so Gott will, wird es eines Tages auch die elfte Generation tun.« Er führte mich zur Seite der Kapelle, kniete sich hin und fuhr mit den Händen über die Wand. »Siehst du das hier, in diesem Stein? Ganz unten, da? Das kleine *A*? Mein Großvater hat es eingeritzt, als er ein kleiner Junge war, und wurde bestraft, weil er das Haus Gottes verunstaltet hatte. Und als ich neun war, habe ich den hier daneben eingeritzt.« Er zeigte auf einen zweiten Buchstaben. »Niemand hat das je entdeckt, und ich muss immer lachen, wenn ich es sehe. Ich glaube, das ist der einzige Streich, mit dem ich je ungestraft davongekommen bin. Und eines Tages wird mein Enkelsohn vielleicht noch etwas dazuritzen.« Er sah mir tief in die Augen. »Versuchen wir es noch einmal, Mädchen«, sagte er.

Der Winter verlief ohne Zwischenfälle, bis zu jenem dunklen Nachmittag, als die *Margaret* Neuigkeiten und einen unwillkommenen Brief brachte. Ich fand Alex und Angus in der Bibliothek, wo sie zornig über den Brief sprachen. Alex wedelte mit dem Brief, als ich eintrat. »Er ist von unserem Cousin Lachlan«, sagte er. »Königin Anne hat zugestimmt, dass ihre Erbin Sophie sein soll. Nicht James Stewart, nicht ihr eigener Bruder.«

Ich bemühte mich, seine Empörung zu verstehen. »Wenn also Anne stirbt, geht der englische Thron an das Haus Hannover?«

»Ja«, sagte Angus, »und das, obwohl sie eine Stewart ist.«

»Warum überrascht euch das?« Die beiden Männer sahen mich verblüfft an. »Nun, warum?«, fuhr ich fort. »Was habt ihr denn erwartet? Nach dem Frieden von Utrecht letzten Sommer hat Frankreich Sophie anerkannt. Nach der neuen Thronfolgeregelung, die einen katholischen Monarchen ausschließt – und die, wie ich bemerken möchte, schon vor dreizehn Jahren erlassen wurde –, war doch wohl nichts anderes zu erwarten? Dachtet ihr, James Stewart würde sich plötzlich zum Protestanten bekehren lassen, und damit wäre der Weg zum Thron für ihn frei?«

»Verstehst du, was das bedeutet?«, fragte Alex.

»Es bedeutet«, antwortete ich, »dass etwas, das seit Jahrhunderten immer wieder geschehen ist, auch jetzt geschehen wird. Jemand, der kein Engländer ist, wird den Thron von England besteigen. Das geht schon seit siebenhundert Jahren so. Länger, wenn man bis zu den Römern zurückblicken will.«

»Das bedeutet, Mary«, erwiderte Alex zornig, »dass jemand, der kein Schotte ist, auf dem Thron sitzen wird, der Schottland regiert.«

»Ja«, sagte ich, »aber wir wussten doch, dass das geschehen würde.« Die Männer wechselten einen weiteren Blick. »Robert the Bruce war Normanne. Mary Stuart sprach Französisch, nicht Gälisch, und änderte die Schreibweise ihres Namens, weil sie ihn nicht richtig aussprechen konnte. James der Erste hatte es eilig, Schottland den Rücken zu kehren und nach London zu gehen. Alexander der Dritte hat seinen Thron der Jungfrau von Norwegen vererbt, und Charles hat den Thron gänzlich verloren. Jetzt gibt Anne den Thron eben lieber an eine Cousine weiter als an ihren Halbbruder.« Angus lachte, Alex jedoch nicht.

»Wir haben auch vom MacDonald Nachricht erhalten«, sagte er missmutig. »Die Engländer lassen einen Brief herumgehen, den alle Clanoberhäupter in den Highlands unterschreiben sollen. Darin steht, dass wir diese Situation akzeptieren.«

»Ich verstehe«, sagte ich.

»Das glaube ich nicht«, fuhr Alex mich an. »Das ist keine Kleinigkeit, Mary.« Seine Augen blitzten empört. »Es bedeutet, dass nie wieder ein Stewart auf dem Thron von Schottland sitzen wird.«

»Außer, es gibt eine Rebellion.« Ich ließ meine Worte zwischen uns in der Luft hängen. Angus, der nun nicht mehr lächelte, blickte zwischen Alex und mir hin und her. »Plant ihr beiden vielleicht einen Aufstand? Oder haben Lachlan und der MacDonald euch dazu aufgefordert, euch einer Rebellion anzuschließen? Gewiss spricht doch jedermann in den Highlands schon seit Monaten davon.« Und das stimmte. Ich hatte mich längst daran gewöhnt, die ständigen Klagen über die englische Regierung zu hören, und die halbherzigen Pläne, sich ihrer zu entledigen. Doch niemals von Alex. Er wandte sich ab und blickte aus dem Fenster. Angus streckte die Beine vor sich aus und musterte sie angelegentlich. Mir blieb das Herz stehen. *Lieber Gott*, betete ich, *bitte lass das nicht wahr sein.* Ich beobachtete Alex' Rücken. »Alex?« Meine Stimme zitterte. Er drehte sich um.

»Keine Rebellion, Mädchen. Wir schmieden keine geheimen Pläne. Aber die Sache gefällt uns nicht. Das kannst du doch gewiss verstehen, Mary.« Ich blickte zu ihm auf. Wie hätte ich ihm sagen können, wie wenig der Rest der Welt mir bedeutete?

»Ich kann es verstehen, Alex«, sagte ich besänftigend. »Aber das kommt doch gewiss nicht überraschend? Es hat sich seit Jahren abgezeichnet, und Anne ist bei bester Gesundheit. Sie wird noch ewig leben.«

Er schüttelte den Kopf. »Da habe ich etwas anderes gehört. Sie soll schwach sein. Aber selbst wenn sie noch lange lebt, wer folgt ihr nach? Königin Sophie, und dann König Georg. Gott steh uns bei. Unter Anne ist es schlimm genug. Was wird erst mit uns geschehen, wenn ein Deutscher auf dem Thron sitzt?«

»Nichts wird sich ändern.«

»Anne umgibt sich bereits mit Whigs.«

»Oh«, sagte ich, denn mir wurde klar, dass Randolphs Einfluss darunter leiden würde; selbst der Herzog würde nun weniger Einfluss haben, und Onkel Harry ebenfalls. Sie alle waren

Tories und würden den Preis für eine solche Verschiebung der Kräfte bezahlen.

»Ja«, sagte Alex grimmig. »Wie ich sehe, beginnst du jetzt zu verstehen. Das ist keine Kleinigkeit. Noch vor zehn Jahren hatte Schottland zehnmal so viele Vertreter in der Regierung wie jetzt, und das mit einem Stewart auf dem Thron und den Tories an der Macht. Ich sage dir, Mary, uns steht Ärger bevor.« Ich blickte von ihm zu Angus und wieder zurück.

»Was haben wir für Möglichkeiten?«, fragte ich. »Wenn du unterschreibst, lassen sie uns vielleicht in Frieden. Was geschieht, wenn du es nicht tust?«

»Ich weiß es nicht«, sagte Alex.

Ich sah seinen Cousin an. »Angus?«

Angus zuckte mit den Schultern. »Ich weiß es auch nicht, Mary. Aber der MacDonald wird unterzeichnen und auch die Camerons und MacDonnell of Glengarry. Lachlan sagt, alle Clans würden es tun.«

»Dann tun wir es auch«, sagte ich und begegnete Alex' eisigem Blick.

»Ja«, knurrte Alex, wandte sich ab und starrte aus dem Fenster. »Aber gefallen muss es mir nicht.« Die Jungen und Gilbey platzten plötzlich herein, und ich überließ Alex seinen Söhnen und ihrem Lehrer, während Angus mich hinaus in den Flur begleitete.

»Wir haben keine andere Wahl, Angus«, sagte ich, und er nickte knapp. »Oder fällt dir eine bessere Lösung ein?«

Er schüttelte den Kopf. »Ich sehe keine andere Lösung. Unsere eigenen Anführer haben uns an England verkauft, und wir müssen ihnen gehorchen.«

»Das wird uns kaum betreffen. Wir leben hier so abgeschieden.«

»Nicht abgeschieden genug.« Er sah mich unter seinen buschigen Brauen hervor durchdringend an. »Wir sehen darin eine hässliche Verkettung, Mädchen. Erst haben Argyll und die anderen

Schottland verkauft und uns zu dieser gottverdammten Vereinigung mit England gezwungen; jetzt soll eine Deutsche uns regieren, und die Whigs, die für uns nichts übrighaben. Was kommt wohl als Nächstes? Sollen wir völlig niedergeworfen werden wie die Waliser? Ich hätte nie gedacht, dass ich das einmal erleben muss. Nimm es mir nicht übel, Mädchen, aber England und seine Monarchen haben Schottland selten etwas Gutes getan. Und ich wüsste nicht, was wir dagegen unternehmen könnten. Wie du sagtest, bleibt uns keine andere Wahl, doch wie Alex sagte, braucht es uns deshalb noch lange nicht zu gefallen.« Er stapfte davon, und ich sah ihm nach.

Ich vergaß Angus' Worte und Alex' Sorgen, als der Frühling kam und wir endlich wieder hinausgehen konnten. Die Tage waren mit Arbeit angefüllt, doch ich tat sie freudig, denn ich erwartete wieder ein Kind. Wenn ich es diesmal austragen konnte, würde es Ende September zur Welt kommen. Ich fragte mich, ob ich wirklich einen Monat, nachdem die Highland-Spiele stattfinden würden, ruhig ein Kind gebären konnte, entschied aber, lieber nicht so weit voraus zu denken. Wir feierten unseren ersten Hochzeitstag mit Musik und einer Halle voller Leute, aber ohne Tanz und mit dem zahmsten Liebesspiel, das wir je zustande gebracht hatten, denn Alex war fest entschlossen, diesem Kind jede Chance zu geben, gesund auf die Welt zu kommen.

Der Brief der Engländer, vor dem Lachlan uns gewarnt hatte, kam nie auf Kilgannon an, und ich war nicht sicher, ob Alex erleichtert war, oder erbost, weil man ihn übersehen hatte. In jedem Fall wurde Alexander MacGannons Unterschrift nicht eingefordert, und er erklärte sich folglich nie mit Sophie als Annes Thronfolgerin einverstanden. Ich vermutete, dass Anne nie die Absicht gehabt hatte, ihren Halbbruder James den Thron erben zu lassen. Die Tatsache, dass James Stewart männlich und der wahre Erbe war, sofern man es mit der Primogenitur hielt, wurde ausgiebig diskutiert. Ich sah zu, wie Alex dem Gerede darüber lauschte, ob immer und grundsätzlich der älteste Sohn erben sollte, und ich wusste, dass er an seinen Bruder dachte.

Wir hatten nichts von Malcolm gehört, und Alex hatte ihm nicht geschrieben. Er wurde kaum je erwähnt, und ich vergaß ihn beinahe, doch ich wusste, dass Alex oft an ihn dachte. Anfang Juni bekam Alex einen Brief von seinem Agenten in London, der andeutete, er habe Informationen, die er ihm persönlich mitteilen wolle, und Alex wurde immer angespannter. Er und Angus überlegten stundenlang hin und her, kamen zu keinem Ergebnis, konnten das Thema aber auch nicht ruhen lassen. Wir hatten unsere geplante Reise nach London wegen meiner Schwangerschaft abgesagt, doch ich schlug Alex vor, er solle ohne mich dorthin reisen und seinen Agenten besuchen, da William Burton sich offenbar nicht in der Lage sah, einfach aufzuschreiben, was er zu sagen hatte. Alex lehnte ab, und ich fragte mich manchmal, ob er diesen Brief vielleicht lieber gar nicht erst bekommen hätte. Denn ich zweifelte nicht daran, worum es sich bei dieser Information handelte. Ich war sicher, dass der Agent die Bestätigung dafür hatte, dass Malcolm und der Kapitän der *Diana* sich verschworen hatten, das Schiff zum Schein zu verlieren, es zu verkaufen und sich den Profit zu teilen. Oder dass Malcolm hinter dem Überfall auf die Kutsche steckte. Ich sprach mit niemandem über meine Vermutungen, weil ich fürchtete, wieder endlosen Streit mit Alex zu bekommen, doch ich wusste, dass sowohl Alex als auch Angus denselben Verdacht hegten.

Und dann mitten im Juni, eine Woche vor der Sommersonnenwende, verlor ich auch dieses Kind. Im Mai hatte ich mit Alex am Morgen des Beltane-Festes draußen gestanden und die Feuer auf den Hügeln brennen sehen, während er mir die Bräuche und den uralten Glauben erklärte. Damals hatte ich darüber gestaunt, dass diese Menschen solch primitive Ängste hegten und so abergläubisch geblieben waren. Doch bei Sonnenaufgang sechs Wochen später, am Tag der Sonnenwende, gestand ich mir ein: Wenn ich geglaubt hätte, dass die heimlichen Zeremonien in stillen Tälern und auf blühenden Wiesen mir hätten helfen können, das Kind zu behalten, dann hätte ich mich ohne jedes Zögern den Feiernden angeschlossen. Letztes Jahr, das wusste ich, hatten dieselben Feste stattgefunden, doch ich war noch zu neu in Schottland gewesen, zu sehr von meinem neuen Leben in Anspruch genommen, als dass ich bemerkt hätte, dass die Hälfte der Dienstboten und die meisten Clanmitglieder an diesen Abenden irgendwohin verschwanden. Und dass sie erst am Morgen erschöpft zurückkehrten und durch den Tag stolperten. Alex übersah diese Feiern geflissentlich, obgleich er, wie er mir erklärte, nichts von dem alten Aberglauben oder den heidnischen Bräuchen hielt.

»Aber, Mädchen«, sagte er, »ich habe eine Erziehung genossen und weiß, dass es eine große Welt jenseits von Kilgannon gibt. Einige dieser Menschen haben das MacGannon-Land nie verlassen und werden niemals andere Länder sehen. Ich werde ihnen nicht ihre Bräuche nehmen. Solange sie niemandem schaden, halte ich es für das Beste, sie auch ihre alten Traditionen befolgen zu lassen. Wenn sie allerdings beschließen, die Menschenopfer wieder einzuführen, müsste ich mit ihnen darüber reden.« Er hatte über mein entsetztes Gesicht gelacht und dann mit den Schultern gezuckt. »Ich habe zwei Möglichkeiten. Entweder ich lasse diese Menschen so, wie sie sind, und versuche, kleine Veränderungen zu bewirken, oder ich bringe sie gegen mich auf, dann wird sich überhaupt nichts verändern, und wir werden alles weiterhin so machen, wie es schon unsere Urgroßväter gemacht haben. Ich habe vor Jahren beschlossen, kleine Dinge zu verändern und ihnen ihren Glauben zu lassen. Das ist ein Kompromiss, aber einer, mit dem ich leben kann. Sie hören sich gern meine Ideen für neue Feldfrüchte oder Anbaumethoden an, die ich ausprobieren will, aber ich sollte lieber nicht versuchen, ihnen vorzuschreiben, was sie zu denken haben.« Er grinste mich an. »Ich selbst bin natürlich allen neuen Ideen und Vorschlägen gegenüber stets aufgeschlossen und kann ihren Widerstand dagegen gar nicht verstehen.« Ich hatte nur den Kopf geschüttelt und beschlossen, lieber nicht darüber nachzudenken, wie anders das doch alles war als in London.

London. Ich hatte meine Familie so gern besuchen wollen. Und an dem Tag, als ich dieses dritte Kind verlor, starrte ich auf die Bettvorhänge, wartete darauf, dass Alex zu mir kam, und entschied, dass es das Beste für mich sei, nach Hause zu gehen. Nein, nicht nach Hause, korrigierte ich mich, denn mein Zuhause war jetzt Kilgannon. Aber ich wollte nach London, wollte nur Englisch hören, Speisen genießen, die ich vermisst hatte, Freundinnen besuchen, ins Theater oder in die Oper gehen. Doch vor allem wollte ich Louisa sehen. Und einen Arzt aufsuchen.

Alex platzte mit erschrockener Miene ins Zimmer, und ich brach bei seinem Anblick in Tränen aus. Ich brauchte ihm nicht zu sagen, was geschehen war. Er wiegte mich in seinen Armen, und seine Tränen vermischten sich mit meinen, als wir gemeinsam diesen neuerlichen Verlust beweinten. Später bat ich ihn, mich nach London zu bringen, wie wir es ursprünglich geplant hatten. Er fragte besorgt, ob es klug sei, dass ich so bald schon reiste, doch ich erklärte ihm, dass ich einen Arzt brauche, und meine Tante. Drei Tage später brachen wir auf.

24

London. Nach der Stille und Abgeschiedenheit von Kilgannon kam mir die Stadt noch quirliger und chaotischer vor, als ich sie in Erinnerung hatte, und ich fühlte mich fehl am Platze. Nein, nicht fehl am Platze, sondern fern, entrückt. Meine Kleider waren aus der Mode, doch das war mir gleichgültig. Es wurde eifrig getratscht, und ich kannte nicht einmal die Namen. Die Gespräche über Politik fand ich meist langweilig, und ich dachte an die vielen Stunden, die ich damit zugebracht hatte, politischen Diskussionen zu lauschen und dann mit jenen beim Dinner zu sitzen, die so ausführlich diskutiert worden waren. Diese Zeiten waren vorbei. Randolphs Macht war beträchtlich geschrumpft, stellte ich fest, ebenso wie die der meisten Männer, die ich als einflussreiche Politiker gekannt hatte. Die Whigs hatten den Krieg der Überredung um die Aufmerksamkeit von Königin Anne gewonnen. Obwohl das schwer für meine Freunde und meine Familie war, nahm ich ihr das nicht übel. Jede Frau, die ihren Mann und siebzehn Kinder verloren hatte, war eine Frau, für die ich Mitgefühl empfinden konnte. Ihre Gesundheit war angeschlagen, und London zerpflückte jedes einzelne Symptom.

Die Thronfolge sorgte für hitzige Diskussionen, obwohl niemand am Ausgang der Angelegenheit zweifelte. Die designierte Thronerbin Sophie war gestorben, und man nahm an, dass ihr Sohn Georg von Hannover nach Annes Tod König werden würde. Jene in England, die fanden, der älteste Sohn solle erben, waren empört, denn nach diesem Prinzip konnte nur James Stewart der nächste König werden. Andere waren ebenso empört über die Vorstellung, einen katholischen König auf dem englischen Thron zu sehen. Da es in der englischen Geschichte so oft vorgekommen war, dass Protestanten und Katholiken sich auf dem Thron abgewechselt hatten, war es nicht überraschend, dass diese Situation starke Gefühle hervorrief. Ich sehnte mich nach einem Land, in dem die Religion das Volk nicht so spaltete. Doch während ich meinen Onkeln und ihren Freunden lauschte, erkannte ich, dass der Kampf sich im Grunde nicht um Religion drehte. Es ging dabei um Macht. Und Geld. *Was sonst?*, dachte ich.

Ich achtete wenig auf die Politik und sonnte mich in Louisas Herzlichkeit und Fürsorge. Sie trauerte mit mir, und obwohl Randolph meine Verluste nie erwähnte, setzte er sich oft zu mir und hielt meine Hand, ohne ein Wort zu sagen. Ich war den beiden sehr dankbar und sagte ihnen das auch, doch wie immer wollten sie nichts davon hören. Natürlich sahen wir auch Will und Betty oft, und Will gestand mir, dass er unsere Trauer gut nachfühlen könne, denn Betty war nie schwanger geworden. Wir fragten uns, ob Will und ich womöglich die letzten Lowells waren. Onkel Harry wollte sich kein kummervolles Wort anhören und sagte mir immer wieder, ich solle lächeln und mich glücklich schätzen für das, was ich hatte. Seine Fröhlichkeit tat mir gut, aber ich fragte mich oft, ob er überhaupt Verständnis für unseren Schmerz aufbrachte. Nein, dachte ich, als ich ihn mit Alex lachen sah, er weiß nicht, was wir durchgemacht haben. Ich sah die unterschwellige Traurigkeit in den Augen meines Mannes, als er lächelnd zu mir herüberschaute, doch Harry schien nichts davon zu bemerken.

Wir waren beschäftigt, unser Besuch mit gesellschaftlichen Verpflichtungen angefüllt. Alex und ich waren beim Herzog und der Herzogin zu Gast, die uns ebenso herzlich willkommen hießen wie immer, und wir hörten zu, wenn der Herzog den Verlust seiner politischen Macht beklagte. Wir begleiteten sie auch zu anderen Anlässen, darunter eine Abendgesellschaft bei Lady Wilmington. Auf ihre persönliche Bitte hin trug Alex an jenem Abend Highlander-Tracht, und sein Akzent war auf einmal viel stärker ausgeprägt. Als ich ihn damit neckte, er werde zu einer Parodie seiner selbst, grinste er mich an. »Ich konnte es ihr nicht verwehren, Mädchen, und die anderen müssen höflich bleiben«, sagte er. »Wenn sie glauben, sie könnten die Schotten ignorieren, dann werde ich ihnen das so schwer wie möglich machen.«

Ich schüttelte den Kopf und gesellte mich zu Louisa. *Sie ändert sich nie*, dachte ich voller Zuneigung, während ich zuhörte, wie sie geschickt Madeline Shearsons Fragen auswich. Ich beobachtete, wie Katherine Alex beäugte, und drehte mich erschrocken um, als Madeline mich ansprach.

»Wie bitte?«, sagte ich.

Sie lächelte süßlich. »Ich sagte, Lord Robert Campbell lässt sich derzeit überall in London sehen, er ist sehr einflussreich geworden. Welch ein Jammer, dass Euer Ehemann kein Abgeordneter ist so wie Lord Campbell.«

»Ich bin froh, dass er es nicht ist, Madam, denn so ist er zu Hause bei mir.«

»Ja, natürlich.« Sie nickte. »Habt Ihr Lord Campbell schon gesehen?«

»Noch nicht.« Ich bemühte mich, nicht gereizt zu klingen. Es sah ihr ähnlich, so ein Spielchen zu treiben. »Aber ich bin sicher, unsere Wege werden sich irgendwann kreuzen, solange mein Mann und ich hier zu Besuch sind.«

»Gewiss.« Sie lächelte und redete dann über irgendein unglückseliges junges Mädchen, das verdächtig plötzlich zu irgendwelchen Verwandten geschickt worden war. Während Madeline spekulierte, wer der Vater sein könnte, dachte ich an Robert. Ich erwartete nicht, ihn in London zu sehen, denn Robert war meist mit seinem Cousin Argyll zusammen, und Argyll hatte wieder einmal die Lager gewechselt. Noch vor einem Jahr hatte er gegen die Union gewettert und das Missfallen der Krone herausgefordert, und nun eiferte er um die Gunst der Whigs und hatte Erfolg damit. Nein, unsere Wege würden sich nicht kreuzen. Robert bewegte sich heutzutage nicht mehr in denselben Kreisen wie wir. Was mir nur recht war.

Der restliche Abend verlief recht angenehm, fand ich, doch als wir später, bei Louisa zu Hause, zusammensaßen und über den Abend sprachen, beklagte Randolph sich über jemanden, der Alex brüskiert hatte. Alex lachte und sagte Randolph, er solle gar nicht auf so etwas achten. »Das war sehr unhöflich, Kilgannon«, sagte mein Onkel. »Ich hätte es nicht für möglich gehalten, dass jemand sich derart abscheulich benehmen könnte. Ich war wirklich überrascht.«

»Was ist denn geschehen?« Ich blickte von Randolph zu Alex, der mit den Schultern zuckte und an seinem Whisky nippte. Alex hatte Randolph und Will mehrere Fässer Whisky mitgegeben, nachdem sie ihn an Weihnachten hochgelobt hatten, und einer der Vorteile davon war, dass er nun einen hübschen Vorrat vorfand, wenn er zu Besuch kam. Alex hielt das Glas vor sich hoch und betrachtete es.

»Irgendein ungehobelter Whig hat sich geweigert, Kilgannon die Hand zu geben«, sagte Randolph und schüttelte angewidert den Kopf. »Das war ein peinlicher Moment.«

»Warum sollte jemand so etwas tun?«, fragte ich, und diesmal war es Louisa, die seufzte.

»Ich habe dir erklärt, dass die Lage hier sehr angespannt ist, Mary«, sagte sie. »Viele Londoner glauben, die Jakobiten warteten nur auf Annes Tod und planten bereits einen Angriff auf London.«

»Das ist lächerlich«, rief ich aus, und Alex fing meinen Blick auf.

»Natürlich ist es das«, sagte Louisa besänftigend, »aber unwissende Menschen, die Angst haben, sind gefährlich.« Sie sah Alex an. »Ich schlage vor, du trägst englische Kleidung, solange ihr hier seid.«

Er richtete sich auf und begegnete ihrem Blick. »Das werde ich nicht tun. Selbst wenn ich es täte, bräuchte ich nur den Mund aufzumachen, und alle würden wissen, wer ich bin. Angus und Matthew sind stets in meiner Nähe. Und ich habe ein Schiff voller Männer nicht weit von hier.«

»Das macht wirklich keinen Unterschied, Louisa«, warf Randolph ein. »Sieh ihn dir nur an. Er sieht einfach aus wie ein Schotte.

»Ich sehe aus wie ein Gäle«, erwiderte Alex tonlos.

»Ich denke dabei ebenso an das Wohl meiner Nichte wie an deines«, sagte Louisa kühl. »Und ich finde, das ist eine kleine Bitte, Alex.« Nach kurzem Zögern lachte Alex und erklärte sich bereit, englische Kleidung zu tragen.

»Und Angus und Matthew auch, wenn sie dich begleiten«, sagte Louisa.

»Angus und Matthew auch«, echote Alex. Louisa nickte.

Später, allein in unserem Zimmer, fragte ich Alex, ob der Affront ihn verletzt habe, und er lächelte nur. »Ich lasse mich nicht von der Meinung anderer Leute über mich beeinflussen, Mädchen. Was kümmert es mich, was sie denken? Ich glaube, sie sind nur deshalb so giftig, weil sie neidisch auf mich sind. Die schönste Frau im Saal hing am Arm des Barbaren.«

»Ich liebe dich, Alex«, sagte ich, und er grinste und streckte die Hände nach mir aus.

»Ich weiß, Mary«, sagte er. »Und ich ermuntere dich gern darin.«

Der folgende Nachmittag war kalt und bewölkt, und ich stattete Janice und Meg einen Besuch ab. Wieder staunte ich über Janices ständigen, bissigen Bemerkungen und Megs herzensguten Charakter. Der Besuch verlief recht nett, doch ich erkannte wieder einmal, wie sehr ich Becca vermisste. Wir vier, die wir einst unzertrennlich gewesen waren, waren nun alle verheiratet, Rebecca und ich waren weit von zu Hause weggezogen, und Meg entfernte sich allmählich immer mehr von Janice, weil deren Art immer unangenehmer wurde. *Janice werde ich nicht vermissen*, dachte ich, *und Meg ist, nun ja, Meg ist lieb. Aber langweilig.* Ich freute mich, als Alex angekündigt wurde, und verließ mit ihm gemeinsam das Haus, in dem Gefühl, dass es in London eigentlich kaum mehr Freundinnen gab, die mich dort halten könnten.

An diesem Abend speisten wir bei den Mayfair-Bartletts. Ich hatte gehofft, sie bei diesem Besuch meiden zu können, doch das wäre wohl zu viel des Guten gewesen. Die Einladung war, wie stets, von vielen gern angenommen worden, die Gesellschaft sehr gemischt. Rowena war da – ohne ihren Marquis, dafür am Arm von Edmund Bartlett –, und sie lächelte kühl, als wir hinzutraten. Auf der anderen Seite des Salons unterhielten sich Herzog und Herzogin mit Beccas Eltern, und Louisa und Randolph waren gerade ein Stück den Flur entlanggeschlendert, als Rowena ein freudiges Quietschen ausstieß, gefolgt von einem überraschend kehligen Lachen.

»Nein, so etwas«, sagte sie zu Edmund, »sehen Sie nur, wer da ist.« Sie deutete auf die Gruppe, die eben eingetreten war und noch in der Tür stand und sich mit Edmunds Eltern unterhielt. »Ist das nicht Lord Campbell?«

Alex und ich drehten uns gleichzeitig um, als Robert und die Frau an seinem Arm sich von den Bartletts abwandten. Rowena winkte, um sie auf sich aufmerksam zu machen. Alex neben mir erstarrte, als Robert kurz etwas zu seiner Begleiterin sagte und dann auf uns zukam. Ich sprach ein stummes Gebet und verfluchte Rowena. Robert sah unverändert aus, und mit der Klarheit, die die Zeit mit sich bringt, bemerkte ich, was für ein gut aussehender Mann er doch war. Er wirkte größer und imposanter, als ich ihn in Erinnerung hatte, und war so exquisit gekleidet wie immer. Heute trug er einen schokoladenbraunen Gehrock mit leuchtend weißem Hemd, das ihm hervorragend stand. Mir wurde plötzlich bewusst, dass mein rosafarbenes Kleid, vor zwei Jahren noch so modisch, jetzt nach der Mode von gestern aussehen musste. Ich nickte, als er sich vor mir verbeugte, und begegnete zögerlich seinem Blick. Ich hätte seinen Groll nicht zu fürchten brauchen. Ich hatte Vorwürfe oder Bitterkeit erwartet, doch zu meiner Bestürzung war sein Blick gefühlvoller, als ich es je bei ihm gesehen hatte. Manche Dinge, so schien es, hatten sich während der vergangenen Monate nicht verändert. Ich spürte Alex' wachsamen Blick und errötete, während Robert höflich Edmund und Rowena begrüßte, um sich dann uns zuzuwenden.

»Kilgannon, Lady Kilgannon, darf ich Euch Miss Buchanan vorstellen?«, fragte er galant, und ich atmete tief durch. Wie hatte ich Roberts tadellose Manieren vergessen können? Er schenkte seiner Begleiterin ein stilles Lächeln. Die junge Frau – fast noch ein Mädchen – blickte ein wenig verwirrt drein.

»Lady Kilgannon war früher Miss Mary Lowell«, sagte Rowena, und ich sah das Begreifen in Miss Buchanans Augen aufblitzen. Sie war schlank und dunkelhaarig und offensichtlich sehr von Robert angetan, denn wann immer sie eine Bemerkung machte, sah sie ihn an, als brauchte sie seine Erlaubnis. Sie warf ihm sogar einen kurzen Blick zu, ehe sie artig vor uns knickste.

Alex verneigte sich, und ich nickte. »Miss Buchanan, es ist mir ein Vergnügen, Sie kennenzulernen«, sagte Alex lächelnd, und seine Stimme klang so ruhig, dass ich ihm einen scharfen Blick zuwarf, doch seine Miene verriet nichts. Ich lächelte sie an, so herzlich ich konnte, doch ich bin sicher, dass mir nur eine hässliche Karikatur eines echten Willkommens gelang. Robert stand reglos neben ihr und beobachtete mich. Ich wich seinem Blick aus.

»Robert«, sagte Alex leise und streckte die Hand aus. »Wie geht es Euch?« Als Robert Alex' Hand drückte, sahen die beiden sich fest in die Augen, dann lachte Alex und ließ seine Hand los. »Wir waren einst Rivalen um die Gunst meiner Frau, Miss Buchanan«, sagte er fröhlich. »Das kommt mir vor, als sei es sehr lange her.«

Edmund Bartlett lachte hämisch, und Rowena beobachtete die beiden aufmerksam, doch Robert lächelte freundlich und nickte. »Ja, so ist es«, sagte er und wandte sich dann mir zu. »Mary«, sagte er. »Wie geht es Euch?«

»Mir geht es gut, danke, Robert«, sagte ich mit einer Stimme, die angestrengt klang. »Und wie geht es Eurer Mutter?«

Zu meiner Überraschung lachte Robert. »Meine Mutter lässt herzlich grüßen.« Er blickte von mir zu Alex. »Was führt Euch nach London?«

Alex wies mit einem Nicken auf mich. »Mary wollte ihre Tante und ihren Onkel besuchen. Ihr wisst ja, wie gern sie die beiden hat, und sie vermissen sie auch. Und es ist doch recht lange her, seit wir zuletzt hier waren.«

»London hat sich in dieser Zeit sehr verändert, Alex«, sagte Robert.

»Lord Campbell hat sich unter dem neuen Regime sehr gut gemacht«, bemerkte Edmund lächelnd und wartete gespannt auf die Reaktionen der beiden Männer. Robert besaß den Anstand, peinlich berührt zu wirken. Alex lachte.

»Hoffen Sie auf einen Schwertkampf mitten im Salon Ihrer Eltern, Bartlett?«, fragte Alex leichthin. »Falls ja, müssen wir Sie enttäuschen. Ich wünsche Robert Campbell nur Gutes, und darüber gibt es nichts Spannendes zu berichten, nicht wahr?« Edmund musterte Alex mit leicht schief gelegtem Kopf, lachte dann und schlug ihm jovial auf die Schulter.

»Kilgannon«, begann Edmund, doch Alex unterbrach ihn.

»Das freut mich für Euch«, sagte er zu Robert. »Ich sehe es gern, dass manche Schotten auch in diesen Zeiten gedeihen. Und ich kann nicht behaupten, dass mich das überrascht.« Robert errötete, lächelte jedoch.

»Sieht Lady Kilgannon nicht gut aus?«, bemerkte Rowena, an Robert gewandt.

Robert begegnete kurz meinem Blick. »Lady Kilgannon«, sagte er dann zu Rowena, »sieht bezaubernd aus. Lady Kilgannon war schon immer bezaubernd. Manche Dinge ändern sich nie.« Er lächelte Rowena zu und wandte sich wieder an Alex. »Und wie geht es Euch, Alex?«

Alex zog mich an sich. »Großartig« sagte er. »Es war ein gutes Jahr, und wir freuen uns auf weitere hundert gemeinsame Jahre.«

»Freut mich, das zu hören«, entgegnete Robert glatt. »Aber, Alex, seid vorsichtig, solange Ihr Euch hier aufhaltet. Zweifellos habt Ihr von dem Ärger unten am Hafen gehört. Ich nehme an, Ihr seid mit einem Eurer Schiffe hier?«

Alex nickte. »Ihr meint die Puppen, die sie verbrannt haben? Ich habe davon gehört.« Robert nickte, und Alex wandte sich mir zu. »Es wurden Figuren verbrannt, die James Stewart darstellen sollten, Mary«, sagte er gelassen. Ich hatte noch nichts davon gehört.

Edmund Bartlett nickte. »Mehrere«, fügte er hinzu.

»Und ein paar Schotten wurden angegriffen«, sagte Robert. »Gebt gut auf Euch acht. Werdet Ihr länger bleiben?«

Alex' Augen wurden ein wenig schmal. »So lange, wie meine Frau wünscht. Ich danke Euch für die Warnung.« Robert nickte, und dann trat glücklicherweise Edmunds Mutter zu uns, und das Gespräch war beendet.

Als wir uns später bettfertig machten, fragte ich Alex, ob es ihm etwas ausgemacht habe, Robert wiederzusehen. Er schüttelte den Kopf. »Nein, Mädchen, damit habe ich gerechnet. Du schienst mir allerdings ein wenig erschrocken.«

»Es war unangenehm. Ich dachte, er wäre vielleicht wütend.«

»Warum sollte er wütend sein? Er hatte seine Chance, meine Rose. Er ist selbst schuld daran, dass du jetzt nicht mit ihm verheiratet bist.« Er stieg ins Bett und blies die Kerze aus. »Seine Miss Buchanan sieht dir ähnlich.«

»Findest du?«, fragte ich, als ich mich zu ihm legte und die Wärme seines nackten Körpers spürte. Ich schmiegte mich an ihn.

Er legte eine Hand auf meine Taille und zog mich dichter an sich. »Ja. Eine Mary Lowell für Arme«, sagte er, küsste meine Schulter und ließ die Hände über meinen Körper wandern. Ich wandte mich ihm zu und vergaß Robert vollkommen. Er war in dieser Nacht ein leidenschaftlicher, wilder Liebhaber, und ich begegnete ihm ebenso hitzig. Danach lagen wir still und befriedigt beisammen, und er küsste mich auf die Schulter.

»Du bist mein, Mary«, sagte er. »Robert Campbell war ein Narr, und das weiß er auch. Sag mir, dass du mich liebst, meine Rose.«

»Ich liebe dich, Alex«, sagte ich und schmiegte mich enger an ihn.

»Mein«, sagte er in die Dunkelheit hinein.

Wir waren aus drei Gründen nach London gekommen: um meine Familie zu besuchen, einen Arzt zu konsultieren und wegen der Besprechung mit Alex' Agenten. Der Arzt, einer von Dr. Sutters Kollegen, hatte mich untersucht und für gesund erklärt. Er sagte, er habe nichts gefunden, was verhindern könnte, dass ich ein Kind gebar. Er hatte sich bemüht, sehr taktvoll vorzuschlagen, dass wir uns zurückhielten, wie er es ausdrückte, und zwar drei Monate lang. Alex hatte sich darüber gefreut, dass es offenbar keine langfristigen Probleme gab, den Vorschlag aber mit einem Seufzen aufgenommen. Drei Monate waren eine lange Zeit, dachte ich und betrachtete meinen Mann. Ich fragte mich, ob ich das aushalten würde. Ich würde im Bett einigen Erfindungsreichtum beweisen müssen.

Alex' Neuigkeiten waren nicht so gut. William Burton hatte bestätigt, was ich bereits vermutet hatte. Er hatte Alex Briefe ausgehändigt, von Malcolm und dem Kapitän der *Diana*, die deren Verschwörung eindeutig bewiesen. Alex las sie immer wieder, als könnte etwas anderes darin stehen, wenn er sie nur oft genug studierte. Sowohl der Kapitän als auch die *Diana* waren derzeit in der Karibik, wurden aber irgendwann im Herbst zurückerwartet. Alex und Angus diskutierten endlos darüber, während Matthew und ich das Thema mieden und hauptsächlich über sein erstes Semester an der Universität sprachen. Ich kannte Angus' Ansichten, die sich mit meinen deckten, doch Alex wollte mit mir nicht darüber sprechen. Alles, was er sagte, war, dass er Malcolm nach den Spielen einen Besuch abstatten werde. Doch er grübelte viel.

Ich hatte mich inzwischen damit abgefunden, dass Malcolm tatsächlich das getan hatte, dessen ich ihn längst verdächtigte, und meine Verachtung für diesen Mann konnte nicht mehr größer werden. Aber es verschaffte mir keineswegs Befriedigung, dass ich die ganze Zeit über recht gehabt hatte. Was Alex dabei empfand, den schriftlichen Beweis für den abscheulichen Betrug seines Bruders in Händen zu halten, erzählte er mir nie, und ich bedrängte ihn nicht. Mir genügte es, dass die Rätsel, die uns zwei Jahre lang verfolgt hatten, nun gelöst waren. Doch ich war auch traurig, denn ich musste oft daran denken, was Malcolm für ein Mensch hätte sein können. Ich erinnerte mich an fröhliche Abende auf Kilgannon, als wir alle zusammen gewesen waren, und seufzte. Der Abend, an dem wir Alex' Zeichnungen betrachtet hatten, eine meiner liebsten Erinnerungen, wurde nun durch das getrübt, was danach geschehen war. Was musste Alex erst empfinden, dachte ich, wenn ich, die Malcolm erst so kurze Zeit gekannt hatte, darüber traurig war? Wie tragisch, den Bruder zu verlieren, obgleich er noch lebte.

Königin Annes Zustand verschlechterte sich, und London brodelte vor Besorgnis. Als ich erklärte, ich wolle ausgehen und Geschenke für die Jungen und Ellen und ein paar andere Dinge für Kilgannon kaufen, protestierten Louisa und Randolph entsetzt. Angus gab ihnen recht, doch ich blieb dabei, dass ich nicht mit leeren Händen heimkehren könne. Ich erklärte, die Gefahren würden maßlos übertrieben, und eine Engländerin mit angemessener Eskorte könne sich ja wohl in den Straßen Londons noch sicher bewegen. Louisa musste widerstrebend eingestehen, dass sie selbst nicht weniger ausging als sonst, und nach einer langwierigen Diskussion, während der Alex uns nur schweigend beobachtete, kamen wir schließlich überein, dass wir zum Einkaufen gehen würden – Alex, Angus, Matthew und ich mit zwei von Randolphs Lakaien. Ich fand das Ganze lächerlich.

Es war ein schöner Tag, und wir kamen gut voran. Ich kaufte Süßigkeiten, Tee und andere Vorräte, die ich Mrs. M. aus London mitbringen sollte, sowie Geschenke für die Jungen. Ellen kaufte ich Parfüm. Zufrieden mit meinen Einkäufen, erklärte ich den fünf Männern, die tapfer hinter mir drein durch die Geschäfte gezogen waren, dass ihre Qualen nun ein Ende hätten. Bevor wir zu Louisa zurückkehrten, machten wir bei der *Mary Rose* halt, um meine Pakete an Bord zu bringen und nach dem Schiff zu sehen. Alles war in Ordnung, doch die Männer waren nervös und erzählten von Sticheleien gegen sie. Die Schotten waren zu gut sichtbar, befanden wir, und bei der aufgeheizten Stimmung in London erschien es uns klüger, das Schiff ans andere Flussufer zu verlegen. Calum, Angus und Alex vereinbarten, an welchem Anlegeplatz wir die *Mary Rose* finden würden, und Calum, der sehr erleichtert wirkte, berichtete, dass kurz vor unserem Eintreffen ein Bote hier gewesen sei, der nach Alex gefragt habe. Offenbar war der MacDonald in London und hatte eben erfahren, dass wir auch hier waren. Er ließ Alex die Bitte ausrichten, ihn in einem nahen Gasthof zu treffen.

»Der Bote sagte, Donald lasse Euch bitten, sofort zu kommen, sobald Ihr die Nachricht erhalten hättet, weil er in ein paar Stunden aufbrechen wolle. Anscheinend haben sie versucht, Euch bei Lord Randolph zu erreichen, und dort hat man ihnen gesagt, dass Ihr hierherkommen würdet. Das Gasthaus ist nicht weit von hier, Alex«, erklärte Calum. »Der Botenjunge sagte, Ihr könntet zu Fuß dorthin gelangen. Wisst Ihr, wo es ist?«

Alex nickte. »Habt Ihr MacDonalds Männer oder seine Schiffe irgendwo gesehen?« Calum schüttelte den Kopf, und Alex blickte auf den Fluss hinter uns hinaus. »Ich frage mich, was er hier tut?« Er wechselte einen Blick mit Angus, und ich wusste, dass beide an die Gerüchte über einen Aufstand dachten. Dann sah er mich an. »Mary, meine Rose«, begann er, und ich lachte.

»Ja, ich gehe nach Hause, Alex«, sagte ich, doch er runzelte die Stirn.

»Ich denke eher, dass du mit uns kommen solltest, Mädchen. Calum und die Männer müssen das Schiff über den Fluss bringen und anlegen, ehe es dunkel wird, und ich finde, dass du nicht allein mit den beiden Dienern nach Hause gehen solltest.«

»Und er weiß sehr genau, dass wir ihn nicht allein lassen«, fügte Angus lachend hinzu.

»Das ist kein übles Gasthaus, Mary«, sagte Alex. »Wir bleiben nur lange genug, um mit Donald einen anderen Treffpunkt zu vereinbaren.« Er runzelte erneut die Stirn und warf Angus einen Blick zu.

»Was hast du?«, fragte ich.

Alex zuckte mit den Schultern und runzelte nachdenklich die Stirn. »Ich weiß es nicht. Es ist nur so ein ... es ist nichts. Wir bringen dich nach Hause und kommen dann hierher zurück.«

Ich schüttelte den Kopf. »Dann wirst du Donald verpassen. Entweder gehe ich in Begleitung der Diener nach Hause, oder ich komme mit euch. Das ist doch albern.«

»Matthew könnte Mary nach Hause bringen«, schlug Angus vor, dem Alex' offensichtliches Unbehagen zu schaffen machte. Matthew nickte eifrig.

»Alex, was hast du denn?«, fragte ich. »Ist das Gasthaus ein so gefährlicher Ort für mich?«

Alex schüttelte erneut den Kopf. »Nein, das ist ein respektables Haus, obwohl es so nah am Hafen liegt. Viel Reisende steigen dort ab.«

»Dann gehen wir. Aber du weißt, dass wir nicht lange bleiben können«, mahnte ich. »Die Herzogin erwartet uns zum Dinner.« Alex wies den Kutscher an, bei der Kutsche zu bleiben, und wir machten uns zu Fuß auf durch ein wahres Labyrinth aus Läden und Buden. Alex ging voran, dann kam Matthew, dann Angus und ich, und zuletzt die Lakaien. Wir hatten keine Schwierigkeiten, obwohl dichtes Gedränge herrschte. Zunächst.

Wir waren zwei Querstraßen weit gekommen, als ich zwei Männer aus einer Gasse treten und neben Alex hergehen sah. Sie sahen ihn nicht an, hielten aber mit ihm Schritt. Er sah erst den einen, dann den anderen an, und seine Hand glitt zum Griff seines Schwertes, als er uns einen Blick zuwarf. Angus hinter mir fluchte und schob sich nach vorn, die Diener mit ihm. Er packte Matthew und mich am Arm, wies mit einem Nicken auf die beiden Männer und flüsterte uns zu, wir sollten in der Metzgerei warten, an der wir gerade vorbeikamen. Matthew zog mich in den kleinen Laden und führte mich geduckt zwischen den Rinderhälften hindurch, wobei er die bösen Blicke des Metzgers ignorierte. Wir standen neben dem abgehangenen Fleisch und beobachteten, wie Angus Alex einholte. Und dann, wie aus dem Nichts, war die Straße voll bewaffneter Männer, die brüllten und ihre Waffen schwangen. Ich sah, wie Alex und Angus ihre Schwerter zogen. Dann verloren wir sie aus den Augen, als die Straße zum Schlachtfeld wurde.

Matthew schob mich zur Rückseite des kleinen Ladens, woraufhin der Metzger seine Gehilfen herbeirief und uns zur Hintertür hinauswarf, wobei er uns anschrie, wir sollten verschwinden. Matthew packte meine Hand, und wir rannten die Gasse entlang, fort von dem Kampfeslärm hinter uns. An der Ecke hielt ich ihn an. »Matthew, wir müssen zurück«, keuchte ich. »Wir können Alex und deinen Vater nicht einfach zurücklassen.«

Seine Augen weiteten sich. »Mary, das kann nicht dein Ernst sein. Ich muss dich von hier fortbringen«, rief er und zerrte mich am Arm weiter. Ich kam nicht gegen ihn an. Wir rannten den ganzen Weg zurück zum Schiff, wo Matthew brüllend und fluchend die Mannschaft alarmierte. Er schob mich in Calums Arme, schrie den Männern zu, sie sollten ihm helfen, und gleich darauf standen Calum und ich allein an Deck und sahen die Männer um die Ecke verschwinden, angeführt von Matthew.

Eine Viertelstunde später kehrte ein Teil der Mannschaft zurück. Der Kampf war vorüber. Ich fasste mir unwillkürlich an den Hals, als sie mir berichteten, dass sie nicht wüssten, wo Alex sei. Angus, Matthew und die Diener sowie der Rest der Kilgannon-Männer suchten nach ihm. Vier der Angreifer waren tot, und weitere waren blutend davongehumpelt, doch von Alex war nichts zu sehen gewesen. Die Ladenbesitzer hatten sie beschimpft, Dinge nach ihnen geworfen und lautstark über die Schotten und die Jakobiten geschimpft. Angus hatte einen der verwundeten Angreifer verhört, aber nur erfahren, dass sie dafür bezahlt worden seien, Alex und Angus aufzulauern. Ihr Auftraggeber, ein Engländer, habe gut bezahlt, und es sei ihm gleichgültig gewesen, ob Alex und Angus den Angriff überlebten oder nicht.

Calum brachte mich zurück zu Louisa. Mit vier Bewaffneten fuhren wir in Louisas Kutsche nach Hause. Bronson empfing uns mit entsetzter Miene und scheuchte uns ins Haus, wo ich allen erklärte, was geschehen war. Calum und einige von Randolphs Männern kehrten mit der Kutsche zum Schiff zurück, und ich wartete mit Tante und Onkel auf Neuigkeiten. Um sieben Uhr war ich außer mir vor Angst. Als es fast neun war und immer noch hell an diesem Sommerabend, kam Bronson zu uns und meldete, mein Mann sei hinten im Hof. Wir rannten zur Hintertür hinaus.

Alex stand direkt vor der Küchentür. Seine Kleidung und sein Haar starrten vor Dreck, seine Miene war grimmig. Aber er lebte. Die beiden Lakaien, die nur wenig besser aussahen, standen hinter ihm. Alex' Hemd und Jacke waren zerrissen und mit Blut befleckt, Gesicht und Arme mit getrocknetem Matsch bedeckt. Louisa und ich schrien auf, und Randolph stieß einen leisen Fluch aus.

Ich stürzte mich auf Alex. »Was ist geschehen? Bist du verletzt?«

Alex wich vor mir zurück. »Fass mich nicht an, Mary, ich bin völlig verdreckt, aber ich bin nicht verletzt. Angus und Matthew auch nicht.« Er blickte über meinen Kopf hinweg zu Randolph auf. »Ich danke Euch für diese guten Männer, Sir«, sagte er und wies auf die beiden Diener. »Sie waren mitten im Getümmel und haben keinen Augenblick gezögert. Wenn sie und Angus nicht gewesen wären, stünde ich jetzt nicht hier.« Er wandte sich den beiden Männern zu. »Ich danke Euch noch einmal, Sirs. Ich stehe in Eurer Schuld. Ich werde Euch den Whisky schicken, von dem ich Euch erzählt habe.« Die Diener nickten, erfreut und offenbar unverletzt. Alex wandte sich wieder uns zu. »Louisa, ich fürchte, deine Kutsche wird einer gründlichen Reinigung bedürfen.«

Wir alle verlangten lauthals, die Geschichte zu hören. Es war, erklärte Alex, ganz einfach. Jemand hatte einen Überfall auf uns geplant, doch der Plan war nicht aufgegangen. Er und Angus und die Lakaien hätten die Angreifer abwehren können, wenn die Menschenmenge, angelockt von dem Geschrei, sich nicht eingemischt hätte. Alex hatte gesehen, wie Matthew mich in die Metzgerei gezogen hatte, und als er sich am Rand des Getümmels fand, hatte er sich zu dem Laden durchgekämpft, um nach uns zu suchen. Doch der Metzger hatte ihn angegriffen, woraufhin er sich den Weg zur Hintertür hatte freischlagen müssen. Dort erwartete ihn ein Mob erzürnter Londoner.

»Ihr hattet recht, Sir«, sagte er zu Randolph. »Schotten sind heutzutage in London nicht eben willkommen. Sie glaubten, ich würde eine Invasion anführen.« Als wir alle durcheinander fragten, was geschehen sei, zuckte er mit den Schultern. »Sie haben mich mit Dreck beworfen und Nachttöpfe über mich ausgeleert. Aber Angus, die Mannschaft und Eure Männer hier haben mich gefunden, sonst hätte ich heute Nacht tot in der Gosse gelegen. Calum hat mir erzählt, dass er dich nach Hause gebracht hat, Mary.« Er wies auf seine Kleidung. »Ich muss aus diesen Sachen heraus, und ich brauche ein Bad. Aber in diesem Zustand werde ich dein Haus nicht betreten, Louisa.«

Schließlich wurden zwei große Zuber in den Stall gebracht, wo Alex sich schweigend aus den Kleidern schälte und barfuß wartete, während die Männer Wasser brachten. Er drehte die besudelten Kleidungsstücke von außen nach innen und reichte sie einem der Diener. »Verbrennt sie«, sagte er mit schwerem Akzent, und der Mann nickte und hielt die stinkenden Sachen weit von sich weg, als er hinausging. Alex ließ mich nicht in seine Nähe, bis er sich zweimal geschrubbt und das Haar gewaschen hatte. Schließlich trat er von dem ersten Zuber, in dem das schmutzige Wasser ihm nach vielen Güssen bis zu den Schienbeinen stand, mit einem Seufzen in den zweiten Bottich. Ich trat vor und wusch ihm noch einmal Haar und Rücken.

»Alex«, sagte ich, »sprich mit mir.«

»Es gibt nichts zu sagen.«

Ich rieb mit der Hand über seine Schultern und den Rücken, und er drückte sich meiner Berührung entgegen. »Alex, mein Liebster, was ist geschehen, während du allein warst?«

Er seufzte. »Sie haben mich mit Dreck beworfen, mich angespien und mir die Kleider zerrissen. Es war unangenehm, aber sie haben mich nicht verletzt.«

»Natürlich. Deshalb hast du diesen Bluterguss an der Seite und einen Schnitt an der Wange.«

»Sie wollten mich quälen, weiter nichts.« Er lehnte den Kopf zurück und griff nach mir. Als ich mich über ihn beugte, um ihn zu küssen, sah ich, dass seine Lippen geschwollen und aufgesprungen waren.

»Und das hier, mein Liebster?« Ich strich mit dem Zeigefinger über seine Lippen.

»Ein Zeichen der Hochachtung von irgendeinem Engländer, meine Rose«, sagte er und zog mich wieder zu sich herab. »Die können mir nämlich auch nicht widerstehen.« Ich trat zurück und musterte ihn. Er hatte Blutergüsse und Schrammen, und bis morgen früh würden einige blaue Flecken hinzukommen, aber nichts, was nicht rasch verheilen würde.

»Alex, wer war das?«

Er tat nicht so, als verstehe er nicht, was ich meinte. »Ich weiß es nicht, Mädchen«, sagte er erschöpft. »Ich weiß es nicht.«

»Du musst doch irgendeine Ahnung haben.«

»Ich habe viele Ahnungen, meine Rose«, sagte er. »Aber ich bin zu müde, um mir das heute Abend noch gründlich durch den Kopf gehen zu lassen.«

Malcolm, dachte ich. *Verflucht soll er sein.* Ich würde morgen früh mit Angus sprechen. Er würde mir mehr sagen. »Alex«, sagte ich leise, »ich weiß, du bist müde und angeschlagen, aber wir müssen miteinander reden.«

»Nein, Mädchen«, sagte er und rieb sich die Stirn. »Nicht heute Abend.«

»Alex, jemand hat diesen Überfall geplant. Jemand hat versucht, dich zu töten, und er wusste, wo du sein und dass du einem Ruf des MacDonalds folgen würdest. Er wusste, wie du aussiehst.« Er sah mich ausdruckslos an. »Was würdest du dazu sagen, wenn ich vorschlagen würde, dass wir nach Hause segeln?«

Er schüttelte den Kopf. »Ich würde nein sagen. Du wolltest einen Besuch in London, und den sollst du haben. Wir lassen uns doch nicht von diesem wild gewordenen Pack verscheuchen.« Er lächelte schief. »Die paar Kratzer werden verheilen. Jetzt komm her, Mary, meine Rose, damit ich dir sagen kann, was du als Nächstes waschen sollst.«

»Alex, wir gehen nach Hause.«

»Ja, Mädchen. Aber nicht auf der Stelle. Ich brauche einen Whisky und ein sauberes Bett. Wir sprechen morgen früh darüber. Bitte, Mary, ich bin zu müde, um heute Abend noch darüber nachzudenken. Würdest du mich damit in Ruhe lassen?«

Ich nickte.

Stunden später erwachte ich allein. Die Tür unseres Schlafzimmers stand offen, und ein Lichtschein drang von irgendwo herein. Ich fragte mich, wo Alex sein mochte, und dann hörte ich gedämpfte Männerstimmen, mindestens zwei, die leise miteinander sprachen. Ich lauschte kurz und stand dann auf. Eine dieser Stimmen war Alex', und er klang sehr ernst. Auf dem Flur fand ich ihn mit Randolph vor. Alex trug nur seinen Kilt, Randolph war in einen Morgenmantel gehüllt. Alex stand mit dem nackten Rücken zu mir, und zwar so, dass Randolph mich nicht sehen konnte, als ich mich näherte. Einer der versprochenen blauen Flecken zeigte sich bereits auf seinen Rippen.

»Was ist geschehen?«, fragte ich, und die beiden Männer drehten sich erschrocken um. Alex' Miene war ernst, Randolphs Gesicht gerötet.

»Mary ...«, sagten sie wie aus einem Mund.

»Ach, Mädchen.« Alex zog mich an sich, und ich roch die Seife auf seiner warmen Haut. »Deine Tante und dein Onkel sind sehr besorgt. Königin Anne liegt im Sterben. Randolph möchte, dass wir aufbrechen, sobald es hell wird.«

»Irgendein Hitzkopf könnte auf dumme Gedanken kommen«, erklärte Randolph und wies mit einem Nicken auf Alex. »Sieh ihn dir nur an. Sieh dir an, was heute passiert ist. Nächstes Mal könnte es noch schlimmer sein.« Wir beide betrachteten Alex' geschundenes Gesicht.

»Mary«, sagte Alex, der seinen Kummer nicht verbergen konnte. »Du hast dir einen Besuch hier gewünscht. Wenn du bleiben möchtest, werden wir eben besonders vorsichtig sein.«

»Mein Liebster«, sagte ich zärtlich, obwohl mir bewusst war, dass Randolph jedes Wort hörte, »ich bin bereit, London wieder zu verlassen. Ich wollte Randolph und Louisa sehen und diesen Arzt aufsuchen, und das habe ich getan. Hier hält mich nichts. Bring mich nach Hause.« Alex nickte und sah mir in die Augen, doch noch ehe er etwas sagen konnte, kam Louisa um die Ecke. Sie wickelte sich hastig in ihren Morgenrock und war sehr blass.

»Hast du ihn überzeugen können?«, fragte sie Randolph.

Randolph zuckte mit den Schultern. »Ich bin nicht ganz sicher.«

»Ja, das habt Ihr.« Alex nickte. »Wir werden tun, was Ihr für das Beste haltet, und was Mary wünscht. Wir können aufbrechen, sobald es hell wird.«

»Gut.« Louisa umarmte mich. »Jetzt sieh zu, dass dein Mann sich anständig bedeckt. Wenn die Dienstmädchen ihn so sehen, werden sie noch in Jahren davon sprechen.«

Mein Abschied von Louisa war hastig und von Sorge geprägt. Randolph bestand darauf, uns zum Schiff zu begleiten, bewaffnete drei seiner Männer und nahm sie ebenfalls mit. Wir waren eine seltsame Gruppe: Ein Schotte, vier Engländer und eine Dame quetschten sich in und auf eine Kutsche, die von ihrem Kutscher im vollen Galopp durch die morgendlich trüben Straßen Londons gelenkt wurde. Wir erreichten die *Mary Rose* ohne Zwischenfall, und als Randolph uns an Bord geleitete, drehte ich mich um und umarmte ihn ein letztes Mal.

»Ich danke dir für alles«, sagte ich und drückte ihn fest an mich. »Gib gut auf dich acht, Randolph. Du musst sehr vorsichtig sein, jetzt, da die Whigs die Macht übernommen haben.«

Er lachte. »Mir geschieht schon nichts, Liebes. Ich verspreche auch, in London keinen Kilt zu tragen.« Er küsste mich auf die Stirn. »Schreib uns nur bald.«

»Das werde ich«, sagte ich, und Alex reichte Randolph die Hand und dankte ihm herzlich. Als die *Mary Rose* auf den Fluss hinausglitt, drehte ich mich um, winkte der einsamen Gestalt auf dem Dock zu und spürte einen scharfen Stich des Verlustes. Wann würde ich Louisa und Randolph wiedersehen? Ich fürchtete, dass ich lange nicht nach London würde zurückkehren können. Trotz allem liebte ich diese Stadt. Und ich wusste, dass Alex' Feind nicht in London zu Hause war.

25

Wie seltsam, dachte ich, als wir an der Isle of Mull vorübersegelten, dass ich mich in so kurzer Zeit sehr daran gewöhnt hatte, auf einer der Briggs meines Mannes zu segeln, vor allem auf der, die nach mir benannt war. Die Seereise war glücklicherweise ohne Zwischenfälle verlaufen, und ich konnte es kaum erwarten, nach Hause zu kommen. Ich warf einen Blick auf Alex, der seinen Gedanken nachhing. Fünfundzwanzig Monate, seit wir uns kennengelernt hatten, die meisten davon als Ehepaar. Die Zeit zwischen unserer ersten Begegnung und unserer Hochzeit war mir damals sehr lang erschienen. Dieses junge Mädchen, so unsicher, was Alex' Gefühle anging, so von den eigenen Gefühlen überwältigt, war ich nicht mehr, und ich dachte mit einem Lächeln daran zurück. Die Frau, die ich jetzt war, hatte andere Sorgen – Kinder zu bekommen, gehörte nicht dazu.

Was in London geschehen war, dagegen schon. Angus und ich hatten lange darüber gesprochen. Er war furchtbar wütend, denn er war überzeugt davon, dass der Überfall tödlich hatte enden sollen. Außerdem war er sicher, dass er von derselben Person arrangiert worden war, die im vergangenen Jahr den Überfall auf die Kutsche geplant hatte. »Malcolm«, hatte ich gesagt, und als Angus meinem Blick begegnet war, hatte ich die Zustimmung in seinen Augen gesehen. Doch wir hatten keinen Beweis dafür. Angus hatte Männer in London zurückgelassen, die versuchen sollten, mehr darüber herauszufinden. Doch bisher waren die Erkenntnisse nicht besonders wertvoll. Malcolm, so erfuhren wir, war noch immer auf Clonmor. Man konnte sich kaum vorstellen, wie er den Überfall von dort aus arrangiert haben sollte, doch ich hielt ihn immer noch für den wahrscheinlichsten Schuldigen. Die Angreifer hatten behauptet, ein Engländer habe sie bezahlt, doch Malcolm konnte überall Verbündete haben. Angus und ich waren uns einig, dass es der Kapitän der *Diana* oder einer seiner Kumpane gewesen sein könnte, doch Alex und ich sprachen nicht darüber, obgleich ich versuchte, mit ihm zu reden.

Ich wartete ab. Den monatelangen Streit, den Alex und ich wegen Malcolm durchgemacht hatten, hatte ich nicht vergessen, deshalb widerstrebte es mir, mit ihm über meine Theorie zu sprechen. Alex hatte nichts mehr zu dem Zwischenfall gesagt, nur dies: Er finde es sehr interessant, dass Robert uns gewarnt habe, wir müssen vorsichtig sein, und wir kurz danach angegriffen worden waren. Das ergab für mich nun überhaupt keinen Sinn. Bei beiden Angriffen hätte auch ich ums Leben kommen können, nicht nur Alex, obgleich Alex in beiden Fällen das eigentliche Ziel gewesen war. Würde Robert mein Leben riskieren, um mich heiraten zu können? Das war unsinnig. Oder würde er so furchtbare Rache üben, weil ich ihn abgewiesen hatte? Robert hätte den Namen des MacDonald nicht dazu benutzt, Alex in die Falle zu locken, doch Malcolm hätte genau gewusst, dass Alex auf eine solche Nachricht von Donald reagieren würde. Und was immer Alex glaubte, ich konnte nicht glauben, dass der Robert Campbell, den ich so gut kannte, jemals so tief sinken würde. Malcolm, ja, dachte ich und erinnerte mich an den Tag in der Waffenkammer, als er Angus ein Bein gestellt hatte. Doch dass Robert mir offen in die Augen blickte, während er den Tod meines Mannes plante? Das würde ich niemals glauben.

Wir erreichten Kilgannon am Nachmittag und stellten fest, dass die Vorbereitungen für die Spiele gut vorankamen. Auf der großen Wiese mähten die Männer das Gras für die Rennen, und

Kinder hüpften zwischen einer fleißigen Gruppe und der nächsten herum. Ian, Jamie und Gilbey kamen uns entgegen, wild wie die Heiden, barfuß, in fleckigen Kilts und mit erschöpften, aber glücklichen Gesichtern. Alex warf sich einen Jungen über jede Schulter und ignorierte ihren fröhlichen Protest, während er Gilbey nach ihren Fortschritten befragte. Ich schenkte jedem Jungen eine Tüte Süßigkeiten, die Louisa mir für sie mitgegeben hatte. Sie küssten mich mit verschmierten Mündern und umarmten mich mit schmutzigen Ärmchen, und ich drückte sie an mich und lachte über ihren begeisterten Empfang. *Zuhause* dachte ich. *Heil und sicher.* Vier Tage später kam die Nachricht vom Tod der Königin Anne, überbracht von Murdoch Maclean auf dem Weg nach Skye. An diesem Abend stritten Alex und ich uns so heftig wie selten zuvor in unserer Ehe.

Ich fing den Streit an. Murdoch hatte erzählt, in London herrsche Unruhe, und nach Königin Annes Tod habe es Aufstände gegeben. Jeder Schotte oder Jakobit war nun höchst verdächtig, und viele von ihnen waren von einem aufgebrachten Mob ausgeräuchert und aus der Stadt verjagt worden. Später in unserem Schlafzimmer schüttelte Alex den Kopf und erinnerte sich an sein eigenes Erlebnis. Ich wollte mitfühlend sein, doch das änderte sich bald.

»Zumindest mussten diese armen Leute in London nicht davon ausgehen, dass ihr eigener Bruder ihnen das eingebrockt hat. Du musstest erst noch Malcolms Angriff überleben, ehe du dem Mob in die Hände fallen konntest«, sagte ich, denn ich hatte für den Augenblick vergessen, dass wir ja nicht über Malcolm sprachen. Alex sah mich mit kaltem Blick an.

»Und was soll das heißen, Mary?«

Ich hielt seinem Blick stand und wurde augenblicklich ebenso zornig wie er. Ich hatte dieses Spielchen so satt. »Das heißt, dass Malcolm versucht hat, dich umzubringen, Alex. Dreimal. Einmal mit Gift, einmal bei deinem Agenten, als sie stattdessen mich angegriffen haben, und das dritte Mal in diesem Juli.«

»Wie kannst du so etwas zu mir sagen?«

»Weil ich mir nichts vormache, Alex, so wie du es tust.«

Seine Stimme klang gefährlich ruhig. »Ich mache mir etwas vor?«

Ich nahm mir einen Augenblick Zeit, ihn zu beobachten. Wie konnte er in vielen Dingen so klug und scharfsinnig sein, und so blind in dieser Sache? »Alex«, sagte ich besänftigend, »du willst es nicht zugeben, aber du weißt, dass es wahr ist.«

»Ich mache mir also etwas vor? Ich bin wohl ein rechter Dummkopf, nehme ich an.«

»Kein Dummkopf. Aber wir alle kennen die Wahrheit, Alex. Du auch. Du willst es dir nur nicht eingestehen.«

»Du bist es, die sich etwas vormacht, Mary«, erwiderte er verächtlich. »Es ist offensichtlich, wer hinter diesen Überfällen steckt. Dein heiliger Robert Campbell. Und du bist bereit, ihn um jeden Preis zu verteidigen, was ich sehr interessant finde.«

»Alex, das ist absurd! Warum sollte Robert dich umbringen wollen?«

»Um dich zu bekommen, Mary. Wenn ich tot bin, gehörst du ihm, und das wissen wir alle.«

»Das ist lächerlich! Robert würde so etwas nie tun.«

Alex fuhr fort, als hätte ich gar nichts gesagt. »Ich frage mich oft, warum meine Frau einen anderen Mann so vehement verteidigt. Einen Mann, der um sie geworben hat und ihr nach ihrer Hochzeit immer noch sagt, wie schön sie sei, und das vor ihrem Ehemann. Während er versucht, mich aus dem Weg zu schaffen.«

»Alex, das ist nicht fair! Du weißt, dass Robert das nicht getan hat.«

»Ich weiß, dass Robert Campbell dich immer noch begehrt, Mary, das weiß ich. Und wenn ich tot wäre, würdest du zu ihm gehen, das wissen alle.«

Ich schlug ihm ins Gesicht. An den Rest will ich mich gar nicht erinnern, es war ein hässlicher Streit mit hässlichen Worten und Vorwürfen von beiden Seiten. Wir sprachen tagelang nicht miteinander und kamen zu keiner Lösung. Ich fühlte mich seiner Eifersucht hilflos ausgeliefert, denn er hatte recht. Ich würde Robert immer gegen seine Anschuldigungen in Schutz nehmen. Und offenbar hielt er es mit Malcolm genauso. Es war eine abscheuliche, ausweglose Situation.

Die Kilgannon-Spiele in der Woche darauf wurden von endlosen Diskussionen darüber beherrscht, was Annes Tod für uns bedeuten würde. Viele Clanoberhäupter hatten den Brief unterzeichnet, in dem sie Georg als Thronerben akzeptierten, doch einige waren tatsächlich überrascht, dass das Ereignis, dem sie selbst zugestimmt hatten, nun eingetroffen war. Dennoch war all das nur Gerede, nichts weiter. Sir Donald sagte, er sei nicht in London gewesen. Angus' Männer berichteten, dass Malcolm den Sommer über Clonmor nicht verlassen habe.

Malcolm und Sibeal erschienen unangekündigt und ungeladen, kurz bevor die Spiele begannen. Ich konnte nicht fassen, dass Malcolm die Dreistigkeit besaß, hierherzukommen, obwohl Alex es ihm ausdrücklich verboten hatte, und nachdem er, wie ich vermutete, eben erst einen weiteren erfolglosen Anschlag auf seinen Bruder verübt hatte. Die Clonmor-Männer, die ihn begleiteten, bestätigten, dass er seine Ländereien nicht verlassen habe, außer, um nach Kilgannon zu kommen. Ich wusste nicht mehr, was ich von all dem halten sollte.

Alex empfing Malcolm brüsk. Für den Rest der Welt wirkte die Begrüßung der Brüder vermutlich ein wenig gedämpft, aber nicht weiter bemerkenswert. Nur für den Clan MacGannon waren die angespannten Mienen und häufigen Seitenblicke offensichtlich. Die beiden kamen kurz vor dem Essen an, und wir aßen gemeinsam und unterhielten uns über unbedeutende Dinge. Ich konnte nur mit Mühe halbwegs höflich bleiben. Zu meinem Erstaunen beugte Malcolm sich während des Essens zu mir herüber und flüsterte mir ins Ohr.

»Ich war ein Narr, Mary«, sagte er in zerknirschtem Tonfall, »und ich bitte dich um Verzeihung.« Ich sah ihn an, und meine Überraschung muss offenkundig gewesen sein. Ich sah, wie Alex zwischen seinem Bruder und mir hin und her blickte. Angus beobachtete uns vom anderen Ende der Tafel aus, die Hand neben dem Glas auf dem Tisch zur Faust geballt. Ich wusste nicht, was ich antworten sollte, und starrte Malcolm an, als könnte ich nicht bis drei zählen. »Ich habe in den vergangenen Monaten viel gelernt, Mary«, fuhr Malcolm fort, »und jetzt weiß ich, was ich getan habe, und wie falsch das war. Mein Verhalten war bedauerlich. Wirst du mir verzeihen?«

Ich holte tief Luft und versuchte nachzudenken. *Ich werde diesen Mann niemals mögen*, sagte ich mir. *Ich werde ihm nie verzeihen, was er seinem Bruder angetan hat.* Doch offenbar konnte man ihn doch nicht für den Überfall in London verantwortlich machen, und angesichts dieser Tatsache musste ich einen Kompromiss finden.

»Sag, dass du versuchen wirst, mir zu vergeben, Mary. Sag mir nur, dass du darüber nachdenken wirst. Es würde mir so viel bedeuten«, flehte er.

Schließlich nickte ich, und er lächelte und sah seinem Bruder dabei so ähnlich, dass mir der Atem stockte. *Frieden*, dachte ich. *Frieden zwischen den Brüdern.*

»Dafür danke ich dir, Mary.« Malcolm blickte zu Alex hinüber. »Ich kann nur darum beten, dass er ebenso großzügig sein wird. Natürlich hat er viel mehr zu verzeihen.« Malcolm seufzte und wandte sich wieder mir zu. »Bitte hilf mir, das wieder aufzubauen, was ich beinahe zerstört hätte. Bitte.« Ich nickte erneut und spürte, wie eine Enge, die ich nicht einmal bemerkt hatte, sich in meiner Brust löste, als ich Malcolms Blick folgte. *Alex wird sich freuen*, dachte ich. *Gott sei Dank ist Malcolm zur Vernunft gekommen. Die Überfälle in London können nicht sein Werk gewesen sein. Niemand könnte so aalglatt lügen.*

Nach dem Essen beobachtete ich, wie Malcolm sich zu Alex hinüberbeugte und leise mit ihm sprach. Alex sah seinen Bruder ausdruckslos an, doch ich kannte ihn gut genug, um sein Zögern zu bemerken. Er musterte Malcolm, die Lippen ein schmaler Strich, die Finger um den Becher verkrampft. Und dann, nachdem er einen Augenblick lang in die Ferne gestarrte hatte, nickte er. Angus und Murdoch wechselten einen Blick.

Die Brüder zogen sich in die Bibliothek zurück. Zuerst war auch Angus bei ihnen, und das Gebrüll aller drei Männer war bis auf den Flur zu hören. Als es schließlich dort drin ruhiger wurde, entspannte ich mich ein wenig, doch Alex kam nicht heraus. Angus sprach kein Wort mit mir, als er die Bibliothek verließ, sondern nickte nur stumm und nahm auf der Treppe drei Stufen auf einmal. Stunden später ging ich allein ins Bett, nur getröstet von dem Gedanken, dass Alex viel früher herausgekommen wäre, wenn sie nicht irgendeine Art Übereinstimmung gefunden hätten. Als er spät in der Nacht ins Bett kroch, wachte ich auf, streckte die Hand nach ihm aus und stellte überrascht fest, dass seine Wangen nass waren. »Was ist geschehen, Liebster?«, fragte ich und schmiegte mich an seine Brust.

Er seufzte zittrig. »Ich will das nicht alles noch einmal durchgehen, Mädchen, aber meine Familie ist wieder vereint. Zumindest für den Augenblick, und ich will nicht weiter darüber nachdenken.« Er streichelte meine Schulter und küsste mich auf den Kopf. »Malcolm erschöpft mich mehr als jeder andere Mensch auf Erden. Er tut abscheuliche Dinge und fleht mich dann an, ihm zu verzeihen. Ich weiß nicht mehr, was ich glauben soll, deshalb habe ich beschlossen, das zu glauben, von dem ich mir wünsche, es möge wahr sein. Dabei werde ich es belassen.«

Ich schlang die Arme um ihn und streichelte seinen Rücken. »Wenn du zufrieden bist, Alex, dann bin ich es auch. Vielleicht können wir jetzt Frieden haben.«

»Ja. Vielleicht«, sagte er und seufzte wieder. Doch tief im Herzen wusste ich, dass ich trotz meiner guten Absichten nie vergessen oder vergeben konnte, was Malcolm getan hatte. Ich freute mich zwar für Alex, dass die Brüder sich wieder versöhnt hatten, aber ich bezweifelte, dass diese Harmonie lange anhalten würde. *Ein Mensch kann sich kaum so sehr verändern*, sagte ich mir.

Doch Malcolm benahm sich während seines Besuchs bemerkenswert gut. Matthew weigerte sich, ihm anders als mit eisiger Höflichkeit zu begegnen, und Angus ebenso. Anderen Gästen schien nichts Ungewöhnliches aufzufallen, doch Murdoch, Duncan und Sir Donald bemerkten es wohl. Alle drei beobachteten Alex und Malcolm. Ich sah, wie Malcolm ernst mit Murdoch sprach, doch ich erkannte an Murdochs angespannter Haltung, dass Malcolm sehr viel mehr würde tun müssen, um Murdoch von seiner Aufrichtigkeit zu überzeugen. Der MacDonald beobachtete alles unter seinen buschigen Augenbrauen hervor. Ihm entging nichts, nicht einmal, dass ich beobachtete, wie er die beiden beobachtete. Er zwinkerte mir einmal zu, und ich wusste, dass er viel mehr sah, als er sich anmerken ließ.

Doch in jenem Sommer 1714 gab es in den Highlands Wichtigeres als den Streit der MacGannon-Brüder. Die Stimmung der Gäste war rebellisch, der Groll gegen die Engländer frisch. Niemand sagte ein unhöfliches Wort zu mir, wofür ich dankbar war. Ich nahm an, dass der uneingeschränkte Rückhalt des Clans dafür verantwortlich sei. Die MacGannons scharten sich schützend um mich, wann immer sich das Gespräch um die Vergehen der Engländer drehte. Keiner von ihnen verteidigte mich offen, doch die Botschaft war deutlich, und zum ersten Mal verstand ich, was Alex gemeint hatte, als er gesagt hatte, die Countess of Kilgannon sei eine geschützte Person.

Dann waren die Spiele vorüber, und wir verabschiedeten uns von den Gästen, auch von Malcolm und Sibeal. Kilgannon wirkte friedvoll und abgeschieden zugleich. Matthew war bereits an die Universität zurückgekehrt, und ich wusste, dass wir ihn Tag für Tag vermissen würden. Doch wir hatten viel zu tun, denn nun war es an der Zeit, alles für den Winter vorzubereiten.

Die Männer trieben auch dieses Jahr das Vieh zum Markt, doch Alex blieb zurück. Thomas und Angus zogen stattdessen mit mehreren jüngeren Männern aus, die unbedingt mitreiten wollten. Angus hatte Alex berichtet, die Mannschaft sei vollständig, und über Alex' erleichterte Miene gelacht. Zu meiner Überraschung wurde Gilbeys Bitte, sich dem Viehtrieb anschließen zu dürfen, gern stattgegeben. Er war begeistert. Als ich Alex gegenüber bemerkte, wie erstaunlich ich diese Entscheidung fand, zuckte er mit den Schultern und erklärte, Gilbey brauche mehr Erfahrung. Er stand grinsend an meiner Seite, als wir die Männer verabschiedeten.

Während der nächsten beiden Tage regnete es, doch wir amüsierten uns prächtig, denn Alex fand, dass die Frauen viel zu melancholisch seien, seit die Männer weggeritten waren. Er war laut und albern und streifte durch die gesamte Burg, und wenn ich still dastand und lauschte, hörte ich sein Lachen durch die Flure hallen, wo immer er auch war. Bald lachten wir alle. Der dritte Morgen zog klar und sonnig herauf, wenn auch sehr kühl, und Alex weckte mich mit einem Kuss. Er trug eine uralte, eng anliegende Hose und ein warmes Hemd und riet mir, ein altes Kleid, feste Schuhe und meinen warmen Umhang anzuziehen. Dann verließ er mich lächelnd, aber ohne weitere Erklärung. Als ich nach unten kam, warf er sich gerade ein Bündel über die Schulter und erklärte mir grinsend, wir würden einen Spaziergang machen, doch er wollte mir nicht sagen, wohin. Er erklärte Ellen, sie hätte die Jungen heute ganz für sich, und ermahnte die beiden, sich gut zu benehmen. Ellen lachte, als wir hinausgingen.

Wir spazierten um den See herum, in dessen stillem Wasser sich die Berge klar und deutlich spiegelten. Auf dem dicken Teppich herabgefallener Blätter lief es sich angenehm. Der Pfad wurde steiler, doch wir gingen flott, Hand in Hand. Alex wollte mir immer noch nicht sagen, wohin wir gingen, und lachte nur, als ich danach fragte. Seine Miene, zum ersten Mal seit Monaten frei von Kummer und Sorgen, wirkte fröhlich. *Ich würde bis ans Ende der Welt mit ihm gehen, um ihn so lachen zu hören*, dachte ich. Es war viel zu lange her, dass ich meinen Mann so unbekümmert erlebt hatte.

An der Stelle, wo der Pass über die Berge begann, bog er überraschend ab und folgte einem Pfad, den ich allein nicht bemerkt hätte. Er führte steil bergan und folgte einem Bach, der unterhalb von uns in den See stürzte. Wir kletterten eine scheinbare Ewigkeit lang. Alex half mir über die großen Felsbrocken und hielt die Zweige zur Seite, dort, wo sie über den Pfad ragten. Als wir endlich den Gipfel des steilen Hügels erreichten, schnappte ich vor Freude nach Luft. Von hier aus war die Aussicht scheinbar unendlich weit. Kilgannon breitete sich vor uns aus, ich sah, wo unser See ins Meer führte und wie das Meer selbst um die nahen Inseln wogte und dann den Inseln in der Ferne zuströmte. Im Norden schimmerten die Hügel und Seen der Westküste in der blassen Herbstsonne. Die Hügel waren mit dem letzten strahlenden Heidekraut des Sommers getupft, dazwischen ruhten die silbrig glitzernden Seen. Nach Süden hin sahen wir, wie die Küste hinter unserer Halbinsel abfiel. Die blauen Berge umfingen uns im Osten, Norden und Südosten. Ich hatte das Gefühl, am Rand des Himmels zu stehen. Alex wies auf das Tal unter uns. »Deshalb hat Gannon sich hier angesiedelt, Mädchen«, sagte er leise.

»Es ist so wunderschön, Alex.«

»Ja«, sagte er, und wir standen eine Weile schweigend auf dem Hügelkamm und beobachteten das Spiel von Licht und Schatten auf der Landschaft. Er küsste mich, als der kühle Herbstwind um uns herumwirbelte, und drängte mich dann mit blitzenden Augen weiter, ohne auf meine Fragen einzugehen. Er folgte dem Pfad, und ich folgte ihm, wobei ich mich oft umdrehte, um die prächtigen Blau- und Grautöne der Landschaft, die sich unter mir ausbreitete, in mich aufzunehmen. Nach einer Weile blieb er stehen.

»Ich nehme an, du wirst dich bald weigern, weiterzugehen«, sagte er, und ich nickte. »Also schön, dann gehen wir nicht weiter.« Er grinste mich an. Ich sah ihn an und blickte mich dann um. Wir befanden uns auf einer kleinen Lichtung, einer flachen Stelle, durch die Bäume vor dem kräftigen Wind geschützt. Hinter ihm ragte ein großer Haufen Geröll und Erde auf. Nach links hatte ich eine bezaubernde Aussicht auf die Berge nördlich von Loch Gannon und bis nach Skye, umgeben vom tiefblau schimmernden Ozean. Alex wirbelte auf dem Absatz herum, und als ich ihm den Blick wieder zuwandte, marschierte er um den Geröllhaufen herum und blickte über die Schulter zu mir zurück. Ich folgte ihm und entdeckte auf der anderen Seite noch eine kleine Lichtung. Einen Felsvorsprung, um genau zu sein. Es war ein großer Felsvorsprung, ja, aber er ragte über den Pass hinaus, der deutlich zu erkennen war, als ich vorsichtig über den Rand spähte und dann kehrtmachte. Der Haufen, der aus solidem Geröll und Erde zu bestehen schien, enthielt bei näherem Hinsehen eine Höhle, etwa zwanzig Fuß tief, mit breiter, hoher Öffnung. Der Boden war mit Kiefernnadeln bedeckt und zeigte die Spuren vergangener Lagerfeuer.

»Alasdairs Höhle«, sagte er und sah mich triumphierend an, während er das Bündel zu Boden gleiten ließ. »Mein Ururgroßvater, der erste Alasdair, oder Alexander, MacGannon, hat früher hier Männer postiert, die den Pass beobachteten, so dass sich niemand unbemerkt Kilgannon nähern konnte. Jetzt ist der Pass natürlich von den Häusern von Glengannon aus leichter im Auge zu behalten.« Er wies über den Pass in Richtung des Dorfes, das nicht weit entfernt lag, von hier aus aber nicht zu sehen war. Dann schnürte er sein Bündel auf und holte gut verpacktes Essen und eine Flasche Wein aus den Falten dreier Plaids. Grinsend breitete er einen Plaid auf dem Felsvorsprung vor der Höhle auf, drapierte das Essen darauf, und breitete dann die beiden anderen Decken auf den Kiefernnadeln in der Höhle aus. Er entzündete ein Feuer, während ich ihm zusah. »Ich dachte, nach dem langen Marsch möchtest du vielleicht etwas essen. Komm, setz dich zu mir.«

»Das ist wunderbar«, seufzte ich. Der Wind rauschte in den Bäumen über uns, doch hier waren wir gut geschützt. »Warum hast du mir nicht gesagt, was du vorhattest?«

Er versuchte, sich das Lachen zu verkneifen. »Ich wollte dich überraschen. Wenn wir gegessen haben, werde ich dich verführen.« Er lehnte sich zurück, auf einen Ellbogen gestützt, und beobachtete meine Reaktion.

»Mich verführen.« Ich versuchte, mich an das Datum meines Arztbesuchs in London zu erinnern. Ich kam zu dem Schluss, dass wohl genug Zeit verstrichen sein musste.

»Ja«, sagte er. »Weißt du, was heute ist?«

»Nein.«

Er hob den Becher, als wollte er mit dem Himmel anstoßen. »Der neunzigste Tag!«

Wir lachten, doch plötzlich war ich schüchtern. Es war Monate her, seit wir uns zuletzt richtig geliebt hatten. Wir waren zärtlich und recht einfallsreich gewesen, aber mehr nicht. Er hatte das hier offensichtlich gut geplant und wünschte sich eine begeisterte Reaktion. Ich fragte mich, ob ich Leidenschaft würde vortäuschen müssen. Doch während wir uns unterhielten und aßen, entspannte ich mich, und eine Weile später erschien es mir vollkommen natürlich, unter freiem Himmel nackt ausgezogen zu werden, wo nur die Bäume Zeugen wurden, und ein ausgedehntes, langsames Erwachen meiner Sinne zu genießen, während wir einander neu erkundeten. Es war ganz natürlich, ihm Genuss zu bescheren, während ich selbst genoss, und dann zwischen Plaids auf einem Bett aus Kiefernnadeln in Alex' Armen zu liegen, während er mir zärtlich ins Ohr flüsterte. Ich küsste ihn, und wir schlossen für einen Moment die Augen.

Er weckte mich, als der Wind auffrischte und die Schatten

schon lang waren. Das Feuer war niedergebrannt, während wir geschlafen hatten, und er schob die Kohlen auseinander und half mir dann, mich anzuziehen. Wir packten die Becher und die leere Flasche ein, und er küsste mich zärtlich, als er mich in meinen Umhang hüllte. »An diesen Tag werde ich mich noch lange erinnern, Mary, meine Rose. Danke, dass du einfach mitgekommen bist, ohne eine Erklärung zu fordern, und dafür, dass du meine Herzensdame bist.«

Ich schlang die Arme um ihn und blickte zu den Baumwipfeln auf, die den Pass bewachten. »Ich werde diesen Tag auch nicht vergessen, Liebster. Ich danke dir dafür.« Ich küsste ihn noch einmal, und dann brachen wir auf.

Der Rückweg kam mir viel kürzer vor. Wir machten nur eine kurze Rast an der Stelle, wo wir vorhin innegehalten hatten, um die Aussicht zu bewundern. Alex überraschte mich, indem er vom Pfad auf einen großen Felssims hinuntersprang, etwa vier Fuß unterhalb, und plötzlich in einem leeren Adlernest stand. Er wühlte darin herum, hob schließlich etwas auf, kletterte wieder zu mir herauf und öffnete die Hand, in der ein kleiner, brauner Stein lag.

»Was ist das?«, fragte ich, nahm ihn und drehte ihn um. Er sah aus wie ein ganz gewöhnlicher Stein, mit helleren Einschlüssen gesprenkelt und vom Regen glatt geschmirgelt. Ich blickte verwundert zu ihm auf.

»Das ist ein Adlerstein, Mädchen, ein Stein aus einem Adlernest. Das ist ein alter Talisman, der gegen Fehlgeburten schützen soll.«

»Ich dachte, du glaubst nicht an die alten Bräuche.«

Er lächelte. »Ich bin Gäle, meine Rose. Wenn der Stein hilft, werde ich meine Skepsis aufrichtig bereuen. Aber wenn wir heute ein Kind gezeugt haben, dann würde ich alles nutzen, was mir nur einfällt, um es zu beschützen.« Ich küsste ihn, steckte den Stein in meine Tasche und nahm seine Hand. Wir erreichten Kilgannon, als die Sonne gerade unterging und ein kalter Abendwind aufkam, und alle begrüßten uns herzlich. Nur die Jungen fragten, wo wir gewesen seien, und Berta zupfte ein paar Kiefernnadeln aus meinem Haar und reichte sie mir wortlos, aber mit lachenden Augen.

Die Männer kehrten von dem Viehtrieb zurück, der ohne Zwischenfall verlaufen war, und brachten ihre Geschichten und Neuigkeiten mit. Im Osten sprach man überall von einem bevorstehenden Aufstand. Es gab Gerüchte, James Stewart sei sogar schon in Schottland, verberge sich in den Mooren und stelle eigene Truppen auf, doch dafür hatte Alex nur ein verächtliches Schnauben übrig. Die Geschichten, denen er und Angus am meisten Glauben schenkten, besagten, dass die Franzosen Unterstützung in Form von Männern und Gold per Schiff zu den Clans im Osten brachten, um einen Aufstand im Frühjahr vorzubereiten. Sie wechselten vielsagende Blicke, sprachen aber vor mir kaum darüber, obgleich ich sicher war, dass sie sich ausführlich beratschlagten, wenn sie allein waren. Doch die Gerüchte führten zu nichts, und wir beschäftigten uns mit den letzten Vorbereitungen für den Winter.

Das Treffen, bei dem der Treueschwur erneuert wurde, fand wie jedes Jahr kurz vor Allerheiligen statt, und dieses Jahr kam auch Malcolm, nachdem er vorher geschrieben und Alex um Erlaubnis gebeten hatte. Sein Benehmen war allzu tadellos, und ich fragte mich, was er wollte, sagte aber nichts zu Alex, denn ich wollte ihm die Versöhnung nicht verderben. Malcolm legte als Erster den Treueid ab, hob den Zinnbecher vor aller Augen hoch, kniete sich vor seinen Bruder hin und schwor ihm mit lauter, klarer Stimme die Treue. Ian und Jamie folgten, dann Angus, und ich entspannte mich zusehends und genoss das Spektakel, nun, da die Zwistigkeiten hinter uns lagen.

Gilbey gehörte zu jenen, die den Treueschwur zum ersten Mal ablegten. »Ich habe sonst niemanden, Lady Mary«, hatte er zu mir gesagt und mich durch das lange, glatte Haar hindurch angesehen, das ihm stets vor die Augen fiel. »Ich bin hier sehr glücklich. Ich wünsche mir, dass dies mein Zuhause wird.« Ich hatte ihn auf die Wange geküsst, woraufhin er heftig errötet war, und ihm gedankt.

»Ihr werdet hier immer ein Zuhause haben, Gilbey«, hatte ich gesagt und war mir dabei sicher gewesen, dass Alex ihm das genauso sagen würde, denn er hatte mir gegenüber oft dieselben Worte gebraucht. Gilbey hatte nichts von meinem Dank hören wollen, doch ich hatte ihm angesehen, dass er ebenso bewegt war wie ich. Ich erinnerte mich nun an dieses Gespräch, als Gilbey sich nach dem Schwur abwandte, meinen Blick suchte, triumphierend lächelte und zuversichtlichen Schrittes weiterging. Wie sehr ein Jahr diesen jungen Mann verändert hatte.

Nicht so Alex. Er sah genauso aus wie an dem Abend, als ich ihm begegnet war, genauso schön und selbstsicher. Heute Abend glühte er förmlich, zweifellos vom vielen Whisky, doch ich wusste, dass da noch mehr war. Er war glücklich. Und ich auch. Ellen neben mir lächelte, als der kleine Donald seinen Eid ablegte und danach etwas auf Gälisch brüllte, das die ganze Halle brüllend erwiderte. Alex grinste und versetzt ihm einen spielerischen Stoß, und der kleine Donald ging zu Ellen. Ich dachte daran, wie Louisa Roberts Verhalten bezeichnet hatte: *ewiges Werben*, hatte sie das genannt. Auf diese beiden passte der Ausdruck sehr gut. Vor einem Jahr hatte der kleine Donald begonnen, um meine Ellen zu werben, und noch immer gab es keinerlei Anzeichen dafür, dass ihre Beziehung voranschritt. Ich schüttelte den Kopf. Alex und ich waren hitzköpfiger, doch mir gefiel es so. Ich konnte es mir gar nicht anders vorstellen.

Der Winter begann, als die Clans aufbrachen, und wir richteten uns auf eine lange Zeit hinter Mauern ein. Meine Familie kam auch dieses Jahr über Weihnachten zu Besuch. Am achtzehnten trafen sie ein, mit Geschenken und Neuigkeiten. Nichts Interessantes oder Überraschendes, befanden wir, und entschieden dann, die Welt für die nächsten paar Wochen zu ignorieren und unser Beisammensein zu genießen. Matthew war über die Feiertage nach Hause gekommen und hatte viel über die unruhige Stimmung im Osten zu berichten, doch es gab noch keine Nachricht von einem Aufstand. Er genoss das Studium sehr und wirkte erwachsener und kultivierter. Als ich ihm das sagte, lachte er. »Ich bin immer noch ich, Mary«, erwiderte er.

Angus stieß ihn spielerisch an. »Als würden wir dir je erlauben, jemand anderes zu werden«, entgegnete er, und Matthew lachte mit ihm.

»*Je suis content*«, sagte Matthew, um mit seiner makellosen französischen Aussprache anzugeben. Ich lächelte, während sich die anderen über ihn lustig machten.

Genauso geht es mir auch, dachte ich. *Ich bin zufrieden.*

26

Das Jahr 1715 begann mit der Runde des ersten Fußes. Will war begeistert, diese Tradition wieder erfüllen zu dürfen, und das Clan freute sich. Er war so albern und ein so williger Teilnehmer an dem Vergnügen, dass ich die ganze Nacht lang lachte und Malcolm ganz vergaß, der sich ein wenig abseits hielt und uns wie immer ein wenig überheblich zusah. Ich freute mich nicht darüber, dass Malcolm und Sibeal uns überraschend zu Neujahr besucht hatten, und manchmal fragte ich mich, ob sie je wieder abreisen würden. Ihre Ehe war so ganz anders als meine und als die von Seamus und Lorna. Lornas Baby, ein kräftiger, gesunder Junge, war ohne Schwierigkeiten zur Welt gekommen und zur allgemeinen Belustigung auf den Namen Gannon MacDonald getauft worden. Seamus war ein kluger Mann.

Das war mein Ehemann auch. Er unterhielt sich höflich mit seinem Bruder, doch es war nicht dasselbe wie früher. Es gab keine vielsagenden Blicke und kein Lachen, obgleich Malcolm mehrfach versuchte, diese vertraute Atmosphäre wiederherzustellen. Ich fragte mich, ob Malcolm tatsächlich glaubte, wir würden einfach vergessen, was geschehen war. Hielt er die Toleranz seines Bruders für Zustimmung? Ich behielt meine Gedanken für mich oder beschäftigte sie vielmehr mit anderen Dingen, denn ich war wieder schwanger. Louisa und Berta brachten Stunden damit zu, besondere Tees und Kräutertränke für mich zu brauen. Ich wusste, dass sie sich um mich sorgten, doch ich fühlte mich gut, und obwohl ich es selbst albern fand, trug ich den Adlerstein stets bei mir.

Matthew brach bald auf, um an die Universität zurückzukehren. Wir würden ihn erst im Sommer wiedersehen. Wir alle würden ihn vermissen, doch er konnte es offensichtlich kaum erwarten, nach St. Andrew's zu kommen. Gilbey trug ihm Grüße an ihre gemeinsamen Freunde auf, und ich fragte mich, ob der junge Lehrer sich nicht wünschte, Matthew begleiten zu können. Das Leben hier, so glaubte ich, musste ihm oft langweilig erscheinen. Ich war erleichtert, als Malcolm und Sibeal uns ebenfalls verließen, denn sie wollten nach Skye, um Sibeals Familie zu besuchen. Wenn wir Glück hatten, würden sie eine ganze Weile nicht mehr herkommen. Und dann war der Monat vergangen, und auch meine Familie reiste ab. Danach war ich oft allein, denn Ellen verbrachte viel Zeit mit dem kleinen Donald, und Alex und Angus unternahmen weite Ritte über die Ländereien des Clans, um sich zu vergewissern, dass alles in Ordnung war. Ich arbeitete an den Büchern, doch sonst gab es nicht viel zu tun, also streifte ich oft mit Berta durchs Haus und stellte fest, dass sie so tüchtig und gründlich arbeitete wie immer. Die Jungen waren meist mit Gilbey zusammen, und die Wintertage wurden mir sehr lang. Ich träumte vom Sommer und von einem Baby in meinen Armen.

Doch es sollte nicht sein. Am Ostermorgen erlitt ich erneut eine Fehlgeburt, und schon der Gedanke an die Osterfeierlichkeiten war mir unerträglich. Die Nachrichten von den anderen Clans waren auch nicht gut, denn alle sprachen von Rebellion und den Truppen, die James Stewart mit französischem Gold an die Ostküste schickte. Ich verbrachte den Ostertag im Bett und weinte. Alex war hin und her gerissen zwischen seiner Verpflichtung, an den Feierlichkeiten zu Ostern teilzunehmen, und mir beizustehen, doch ich schickte ihn unter Tränen fort und versicherte ihm, es werde mir bald besser gehen. Endlich verließ er mich, mit trauriger Miene. Ich trauerte um dieses Kind und die anderen, die wir verloren hatten, und weinte, bis ich einschlief. Ich glaube, ich muss einen Monat lang geschlafen haben, denn ich kann mich kaum an jenen Frühling erinnern, nur daran, dass ich eines Tages den Adlerstein in einer Tasche fand und merkte, dass ich diesen Rock seit Februar nicht mehr angehabt hatte. Ich hielt den kleinen Stein in der Hand und fragte mich, ob er tatsächlich irgendwelche Kräfte besaß oder ob ich nur albern war. Aber ich konnte das Gefühl nicht abschütteln, dass ich, wenn ich den Stein weiter bei mir getragen hätte, auch das Kind hätte austragen können.

Eines Nachmittags, als wir auf dem Dock standen und zusahen, wie die Briggs vertäut wurden, während der Wind uns das Haar zerzauste, erzählte ich Alex davon. Er wandte sich mir zu und umfasste zärtlich mein Kinn. »Das ist nicht deine Schuld, Mary«, sagte er, und mir traten wieder Tränen in die Augen.

»Ich weiß, Alex, aber –«

»Aber nichts, Mädchen. Es ist nicht deine Schuld. Wir werden hinnehmen, was uns gegeben wird, und kein Stein in deiner Tasche wird daran etwas ändern.« Dann lachte er, ließ mein Kinn los und strich mir über die Wange. »Es sollte eigentlich genau umgekehrt sein, meine Rose. Ich bin der Gäle und du die Engländerin. Du solltest dich über meinen Aberglauben lustig machen, Mädchen, nicht ich ihn dir ausreden.« Ich fiel in sein Lachen ein und zog ihn an mich.

»Vielleicht lebe ich schon zu lange hier.«

»Ja.« Er küsste mich zärtlich und seufzte. »Oder noch nicht lange genug, wer weiß? Wir hatten noch kein langes gemeinsames Leben.«

»Nein«, sagte ich, lehnte den Kopf an seine Schulter und blickte auf den See und die blauen Berge dahinter. *Blaues Wasser, blaue Berge, blaue Augen*, dachte ich. *Nein, ich habe noch nicht lange genug hier gelebt. Eine Ewigkeit wäre nicht lange genug.*

Alex brach bald danach zu einer Reise in die Niederlande und nach Frankreich auf, und Angus begleitete ihn. Sie würden mindestens zwei Wochen unterwegs sein, vielleicht auch drei. Ich wollte nicht, dass sie gingen. Ich stand im Regen mit den Jungen und Gilbey am Dock und winkte ihnen schweren Herzens. Wir stapften zusammen hinauf zur Burg, dann verließen mich die Jungen, um zu lernen, während ich durch die Flure streifte und mich schließlich in der Bibliothek niederließ. Der Regen war immer stärker geworden, und Kilgannon kam mir heute sehr still vor. Ich hatte keine Lust, Berta oder Thomas zu suchen und sie bei der Arbeit zu stören, also setzte ich mich an den Schreibtisch, um die Bücher zu überprüfen. Doch das verstörte mich noch mehr, denn der erste Eintrag, den ich sah, besagte, dass Alex Malcolm Geld gegeben hatte. Als sei es nicht genug, dass er Alex beinahe umgebracht und ihn bestohlen hatte, besaß Malcolm die Dreistigkeit, sich auch noch Geld von Alex zu borgen. Und wie Malcolm richtig vermutet hatte, hatte Alex ihm das Geld tatsächlich gegeben. Jedes Mal, wenn ich diesen Eintrag sah, ärgerte ich mich, und das war mir heute einfach zu viel. Ich schloss das Buch mit einem lauten Klatschen und versuchte, Malcolm aus meinen Gedanken zu verdrängen. Ich holte das Kästchen mit Alex' Zeichnungen vom Regal und erwartete, die Porträts zu sehen, die wir so oft gemeinsam betrachtet hatten. Doch ganz oben lag eine Zeichnung von mir, im Eingang zu Alastairs Höhle. Der Wind wehte mir das Haar um die Schultern und zupfte an meinem Rocksaum. *Er wird bald wieder zu Hause sein*, sagte ich mir, als mir Tränen in die Augen stiegen. Ich legte die Zeichnungen beiseite. Es war an der Zeit, hinauszugehen und etwas Nützliches zu tun.

Die nächsten zwei Tage verliefen ganz ruhig, doch am dritten trafen Malcolm und Sibeal ein. Wieder einmal kamen sie ohne Ankündigung auf dem Rückweg von Skye, und ich war alles andere als erfreut. Sibeal war herzlicher als je zuvor, und sie und Malcolm schienen sich gut zu verstehen. *Alex wird bald zu Hause sein*, sagte ich mir erneut.

Mitten an einem düsteren Aprilnachmittag voller Nebel, der dicht über dem Wasser hing, ihrem dritten Tag bei uns, kehrte die *Katrine* von ihrer Fahrt nach London und Irland heim und brachte Waren und Neuigkeiten. Ich ging hinab zum Dock, als das Schiff einlief. Die Mannschaft war müde, aber fröhlich, und winkte uns entgegen. Die Familien der Männer standen mit mir auf dem Dock, und ihre Begrüßungen umgaben mich wie eine Welle von Stimmen. Der Kapitän, für gewöhnlich ein ruhiger, beherrschter Mann, war sichtlich erregt, als er über die Reling auf das Dock sprang und seine Frau, die ihm entgegeneilte, beiseiteschob. Sie und ich wechselten einen überraschten Blick.

»Ist der Laird schon zurückgekehrt, Madam?«, erkundigte der Kapitän sich aufgeregt.

»Nein«, sagte ich. »Er müsste jeden Tag kommen. Aber Malcolm ist hier.«

Er sah mir in die Augen. »Malcolm ist hier?« Ich nickte und spürte diese allzu vertraute Enge in meiner Brust. Der Kapitän wirkte einen Augenblick lang ratlos, dann straffte er die Schultern. »Ich übergebe Euch diesen Brief, Lady Mary, von Laird Alex. Ich hatte gehofft, er werde vor mir zu Hause sein, obwohl ich die *Mary Rose* nicht gesehen habe. Lest ihn erst, wenn Ihr allein seid, ja?« Er reichte mir den versiegelten Brief, als könnte er in meiner Hand explodieren. Ich sah ihn verwirrt an und wollte den Brief öffnen. »Nein, Milady«, sagte der Kapitän und legte eine Hand auf meine. »Öffnet ihn nicht hier. Und lasst niemanden wissen, dass Ihr Nachricht von Alex erhalten habt.«

»Warum?«, flüsterte ich, denn seine ängstliche Aufregung war ansteckend.

»Lest den Brief, Madam.«

»Ihr kennt den Inhalt.«

Sein besorgter Blick begegnete meinem, dann schüttelte er den Kopf. »Nicht genau, aber ich kenne meine Anweisungen. Am besten erzählt Ihr niemandem davon.«

»Ich verstehe.« Ich steckte den Brief in meine Tasche.

Sobald ich konnte, eilte ich in die Bibliothek. Der Kapitän hatte mir zwei weitere Briefe mitgebracht – einen von Louisa, der andere war von Rebecca –, doch diese legte ich erst einmal beiseite und riss Alex' Brief auf. Es waren zwei Briefe, nicht nur einer. Alex' Agent hatte an Alex geschrieben, und Alex hatte diesen Brief seinem Schreiben an mich beigelegt. William Burton schrieb, die *Diana* sei kürzlich in London gewesen und befinde sich nun im Mittelmeer, werde aber bald wieder in London erwartet. Man hatte sie umbenannt und umgestrichen, doch er war sicher, dass kein Irrtum möglich war. Es war dasselbe Schiff mit demselben Kapitän, und er erwartete Alex' Anweisungen. Alex selbst schrieb, dass sie die *Diana* suchen wollten und heimkehren würden, sobald sie sie gefunden hatten.

Es wurde ein sehr langer Abend. Ich entschuldigte mich, so früh ich konnte, indem ich behauptete, ich sei sehr müde. Das war nicht gelogen. Der anstrengende Abend hatte mich erschöpft. Doch in meinem Zimmer angekommen, konnte ich nicht schlafen, also stand ich wieder auf und ging vor dem Kamin auf und ab. *Ich muss eine Möglichkeit finden, Malcolm und Sibeal dazu zu bringen, dass sie sofort abreisen*, entschied ich. Ich schürte das Feuer und fragte mich, wie ich das bewerkstelligen sollte und wie warm es heute Abend in London sein mochte. Dann ließ ich mich in einem Sessel nieder und las die anderen Briefe.

Becca schrieb, dass sie ein Baby bekommen habe, ein gesundes Mädchen, das sie nach seinen Großmüttern Sarah Anne getauft hatte. *Ich bete darum, meine liebe Mary, dass sie einmal eine Freundin finden wird, die ihr so am Herzen liegt wie Du mir, obgleich ein großes Meer uns trennt.* Ich nippte Wein und blickte ins Feuer. *Wie sehr ich dich vermisse, Becca*, dachte ich, *und wie ich dich um deine kleine Tochter beneide.* Ich seufzte und las weiter. Sie schrieb, wie glücklich sie sei, gestand mir aber auch, dass sie manchmal von Einsamkeit überwältigt werde, dem Gefühl, schrecklich weit weg von zu Hause zu sein. *Dies ist jetzt meine Heimat*, schrieb sie, *aber manchmal, wenn es regnet und die Rosen diesen feuchten Duft verströmen, erinnere ich mich daran, wie wir als kleine Mädchen waren, und ich vermisse die Person, die ich damals war. Hast Du schon jemals so empfunden?*

»Meine liebste Becca«, flüsterte ich dem Brief zu, »ich weiß sehr genau, was du empfindest.« Ich seufzte erneut und griff nach Louisas Brief. Meine Tante erzählte von London, von politischen und romantischen Ereignissen. Viele Namen kannte ich gar nicht, und genau wie im vergangenen Juli wurde mir wieder bewusst, wie fern mir das alles nun schien. Niemand außer den Whigs war erfreut darüber, Georg zum König zu haben, und die Londoner jammerten und schimpften zwar, doch wollte wohl niemand etwas daran ändern.

Ich erwachte früh, ausnahmsweise einmal im hellen Sonnenschein, und war sogleich wieder mit den Jungen und dem Haushalt beschäftigt. Berta freute sich über die Gelegenheit, die Wäsche draußen aufhängen zu können, und Mrs. M. war überzeugt davon, dass der Talisman, den sie am Abend zuvor gefertigt hatte, uns die Sonne gebracht habe. Erst mitten am Vormittag kam ich in die Bibliothek, und dort blieb ich abrupt stehen. Malcolm durchsuchte die Schubladen des Schreibtischs.

»Was tust du da?«, fragte ich.

»Ich suche etwas«, antwortete er, richtete sich auf und lächelte jungenhaft.

»Was denn, Malcolm?«

»Ich habe gehört, dass du einen Brief von Alex erhalten hast. Ich wollte ihn gern lesen.«

»Warum?« Seine Dreistigkeit erstaunte mich, und ich spürte, wie Zorn in mir aufwallte.

Er zuckte mit den Schultern. »Ich vermisse ihn. Wer könnte Alex nicht vermissen? Ich weiß, dass ich eure private Korrespondenz vielleicht nicht lesen sollte, aber ich möchte gern wissen, wie es ihm auf dieser Reise geht. Verzeihst du mir, Mary?«

Alex, dachte ich, *ich beherberge deinen Feind.* »Nein«, sagte ich. Das Wort hing in der Luft, und seine Augen wurden schmal, ehe er hastig den Blick niederschlug. Als er aufblickte, hatte er sich wieder im Griff und lächelte träge.

»Alex wird es gewiss verstehen«, sagte er. »Mary, machst du nicht ein bisschen zu viel aus dieser Sache? Was stand denn in dem Brief von unserem Agenten?«

»Warum willst du ihn lesen? Fürchtest du, es könnte darin um dich gehen?«

Er schüttelte den Kopf. »Nein.«

»Lügner«, sagte ich und sah, wie sein Lächeln erlosch und Zorn in seinen Augen aufblitzte. Er sagte nichts darauf, und ich wandte mich zum Gehen, doch er war schneller. Als ich gerade die Tür erreichte, packte er mich am Arm, beugte sich über mich und sagte drohend: »Du schätzt unser beider Position falsch ein, Mary. Ich bin hier der MacGannon, nicht du. So kannst du nicht mit mir sprechen.«

»Du bist nicht der MacGannon, Malcolm«, erwiderte ich verächtlich. »Du bist des MacGannons jüngerer Bruder.«

»Ich meinte«, sagte er betont, »dass ich vom Blut der MacGannons bin. Du hast hier nur eingeheiratet. Mach nicht den Fehler, das gleichzusetzen.«

»Das tue ich nicht. Dich und Alex würde ich niemals gleichsetzen.«

»Eines solltest du verstehen, Schwester.« Sein Blick war feindselig und sein Griff schmerzhaft. »Ich lasse nicht zu, dass du dich noch einmal zwischen mich und meinen Bruder drängst. Nimm deine schmutzigen Verdächtigungen und bleib bei den Frauen, wo du hingehörst.«

Ich reckte das Kinn und hielt seinem Blick voller Verachtung stand. »Lass mich los«, sagte ich mit eisiger Stimme, und er lockerte den Griff, hielt mich aber immer noch fest. Er beobachtete mich mit schmalen Augen, lächelte dann und neigte den Kopf zur Seite.

»Mary«, sagte er in versöhnlichem Tonfall, »können wir denn nicht Freunde sein? Ich dachte, wir hätten unsere Differenzen geklärt.« Ich holte tief Luft und lachte dann so schrill, dass es von den Wänden widerhallte. Wo steckten nur alle? Meistens hatte ich das Gefühl, mich hier kaum bewegen zu können, ohne über andere Menschen hinwegklettern zu müssen, und nun, da ich so dringend jemanden brauchte, war niemand zu sehen. »Können wir nicht doch Freunde werden?«

»Niemals. Ich kann nicht vergessen, was du getan hast, Malcolm. Und ich werde dir nicht verzeihen. Vielleicht wird Alex dir vergeben, aber ich – niemals.« Ich bewegte meinen Arm. »Lass mich los.«

Er packte mich noch fester. »Mary, ich wollte dir doch nur mit der Buchhaltung helfen. Deshalb wollte ich wissen, was der Agent geschrieben hat.«

»Natürlich.« Ich nahm seine Ausrede kopfschüttelnd zur Kenntnis. »Für wie dumm hältst du mich eigentlich, Malcolm? Hast du einen neuen Plan ausgeheckt, vielleicht einen weiteren Anschlag auf deinen Bruder? Die letzten drei Versuche, ihn zu ermorden, sind fehlgeschlagen. Was hast du jetzt wieder getan? Was werden wir als Nächstes entdecken?« Er verdrehte grausam meinen Arm, und unsere Blicke trafen sich. Ich dachte daran, um Hilfe zu schreien, und holte tief Luft. Eine Hand fuhr zwischen uns und packte Malcolms Handgelenk. Wir beide blickten auf und sahen Gilbey hinter mir stehen, weiß vor Zorn.

»Lasst sie augenblicklich los«, knurrte Gilbey zwischen zusammengebissenen Zähnen hervor.

Malcolm lachte heiser, doch er ließ meinen Arm los. »Ihr versteht das falsch, Gilbey. Es war nichts.« Ich rieb mir den Arm und beobachtete Malcolm.

»Ich weiß genau, was ich gesehen habe, Malcolm«, sagte Gilbey wütend. »Und was ich gehört habe. Ich werde Alex berichten, dass Ihr Mary gegen ihren Willen hier festgehalten habt. Zweifellos wird er das höchst interessant finden.«

Malcolm trat neben Gilbey. Gilbey war größer, Malcolm dafür doppelt so breit. Sie funkelten einander an. »Ihr habt gar nichts gesehen, Macintyre«, sagte Malcolm.

»Ich habe gesehen, wie Ihr die Lady meines Clanoberhauptes gegen ihren Willen festgehalten habt.«

»Eures Clanoberhauptes«, spie Malcolm aus. »Eures Herrn. Gar nichts habt Ihr gesehen.«

»Ich weiß, was ich gesehen habe, und Alex wird davon erfahren«, erklärte Gilbey.

»Ja, Gilbey, lauft zu Alex.« Malcolm sah uns beide mit verächtlichem Schnauben an. »Ihr verängstigten Kaninchen. Lauft zu Alex. Pah!« Er schob sich an Gilbey vorbei und verschwand um die Ecke.

»Danke sehr, Gilbey«, sagte ich und wandte mich ihm zu. Sein Gesicht war gerötet, doch als er sprach, klang seine Stimme ruhig.

»Gern geschehen, Mary. Ich hoffe, er hat Euch nicht verletzt.«

»Nein. Er hat mich nur zornig gemacht«, sagte ich, obgleich ich wusste, dass ich einen blauen Fleck am Arm bekommen würde.

Gilbey nickte. »Mich ebenfalls. Man kann ihm nicht trauen, Mary.«

»Nein.« Ich blickte den Flur entlang, doch Malcolm war verschwunden.

»Mary.« Ein neuer Unterton schwang in Gilbeys Stimme mit, und ich drehte mich um. »Berta sagt, sie müsse Euch dringend sprechen. Deshalb habe ich Euch gesucht.«

Was denn jetzt?, fragte ich mich. »Was ist geschehen, Gilbey?«

»Ihr solltet mit Berta sprechen.«

Ich nickte. Worum es auch gehen mochte, es konnte nichts Gutes sein. Wunderbar.

Ich fand Berta in der Küche, mit Mrs. M. und einem hysterischen Küchenmädchen. Das Mädchen, Leitis, etwa fünfzehn

Jahre alt, schluchzte an Mrs. M.'s üppigem Busen, während Berta vor den beiden stand. Die beiden Frauen blickten auf, als ich eintrat, und wechselten einen Blick, der nichts Gutes verhieß. *Zweifellos erwartet sie ein Kind*, dachte ich entnervt und seufzte. Ich konnte mir nicht vorstellen, was sonst solchen Kummer hervorrufen könnte. In manchen Haushalten war es üblich, unverheiratete, schwangere Dienstmädchen hinauszuwerfen, und ich hatte keine Ahnung, wie das auf Kilgannon gehandhabt wurde. Auf Mountgarden war ich vor zwei Jahren zum ersten Mal mit dieser Situation konfrontiert worden, und ich hatte es nicht über mich gebracht, das Mädchen auf die Straße zu setzen. Ich konnte mir das auch hier nicht vorstellen, schon gar nicht bei der hübschen jungen Leitis, die uns seit Monaten stets fröhlich gedient hatte. Mein Verdacht wurde rasch bestätigt. Berta und Mrs. M. waren über Leitis' Lage bekümmert, noch mehr aber fürchteten sie meine Reaktion darauf. Ich beobachtete, wie sie das Mädchen zu trösten versuchten und mir besorgte Seitenblicke zuwarfen. Leitis putzte sich die Nase, wischte sich die Augen und nahm sich schließlich so weit zusammen, dass sie einigermaßen gefasst vor mich hintreten konnte, obgleich sie immer noch zittrig nach Luft schnappte und die Hände rang. Sie wartete auf meine Reaktion, und ich seufzte erneut, als mir klar wurde, dass ich ihr Elend nicht noch vergrößern wollte. Ich lächelte, und damit veränderte sich die Situation schlagartig. Mrs. M. und Berta fragten sich nicht mehr, was die Herrin wohl tun würde, sondern wir waren nun drei Frauen, die gemeinsam versuchten, einem törichten Mädchen zu helfen, das in der Klemme steckte.

»Setz dich, Leitis, und erzähl es mir.« Ich wies auf die Bank, und wir setzten uns. »Sag mir, wer der Vater ist.«

»Er sagt, er liebt mich«, schluchzte sie.

»Natürlich. Wir gehen zu ihm, und ich spreche mit ihm«, schlug ich vor, weil ich glaubte, dieses Problem rasch lösen zu können.

»Oh, Madam!«, kreischte sie entsetzt, und ich musste einen Augenblick warten, bis sie weitersprechen konnte. »Er kann mich nicht heiraten.«

»Warum?«, fragte ich, doch ich wusste bereits, warum. Der Mann war verheiratet. Leitis antwortete nicht, sie weinte nur, und je mehr ich sie mit der Frage nach dem Vater bedrängte, umso schlimmer wurde es. Berta schritt schließlich ein und versicherte mir, sie werde es herausfinden und mir später Bescheid sagen. Ich nickte und verließ die drei, dankbar, dieser Situation zu entkommen.

Ich ging in die Bibliothek, ließ mich in einen der Sessel sinken und starrte an die Decke. *Warum geschehen solche Dinge immer, wenn Alex nicht da ist?*, fragte ich mich. Gewiss würde Thomas jeden Moment angelaufen kommen und mir sagen, dass die Stallungen brannten oder englische Soldaten im Hof stünden. Was sollte ich jetzt tun? Das fragte ich mich eine Stunde später immer noch, als Berta an die Tür klopfte. Auf meinen Ruf hin trat sie ein und zog die schluchzende Leitis hinter sich her.

»Madam, das müsst Ihr mit eigenen Ohren hören«, sagte Berta empört. »Sag es ihr«, befahl sie dem Mädchen.

»Ich sollte Euch sagen, dass das Kind vom Laird ist, Madam, aber er war es nicht.« Leitis heulte vor Kummer, und ich schloss kurz die Augen. Ich wollte im Augenblick überall sein, nur nicht in diesem Raum.

»Warum solltest du mir erzählen, es sei von Alex?«

Leitis stöhnte. »Er hat gesagt, das würde ihm recht geschehen.«

»Wer hat das gesagt?«, fragte ich.

»Er hat mir gesagt, dass der Laird schon bei allen Mädchen gelegen hätte, und ich habe ihm geglaubt, aber dann hat Berta die anderen geholt, und die haben mir alle gesagt, dass das nicht stimmt, und ich war ja so dumm, Madam, und ich hoffe, Ihr könnt mir das je verzeihen.« Sie hatte in ihrer Aufregung ins Gälische gewechselt und sank nun weinend zu Boden. Da sie immer noch schluchzte und obendrein Schluckauf bekam, konnte ich nicht mehr alles verstehen, was sie sagte. »Und ich kann ihn nicht heiraten. Was soll ich nur tun?«

»Wir bringen das wieder in Ordnung, Leitis.«

»Oh, das kann nicht wieder in Ordnung kommen, Madam, Ihr werdet mich hinauswerfen und ich werde in den Bergen verhungern. Oh, Lady Mary, könnt Ihr mir das je verzeihen? Ich wollte Euch keine Scherereien machen.«

Ich lächelte, doch ein schrecklicher Verdacht keimte in mir auf. »Leitis, ich werde dich nicht hinauswerfen«, sagte ich freundlich. *Oh, Alex*, dachte ich. »Fangen wir ganz am Anfang an. Sag mir: Wer ist der Vater?«

Sie warf mir einen so panischen Blick zu, dass ich dachte, sie würde aus dem Zimmer flüchten, doch stattdessen warf sie sich stöhnend auf den Boden. »Lord Malcolm, Lady Mary«, heulte sie, und ich schloss die Augen.

27

Ich brach in Lachen aus. Ich wusste, dass das nicht komisch war, und ich musste mich zwingen, aufzuhören. Die Geschichte, die nun herauskam, war erbärmlich. Leitis hatte Ende Dezember empfangen. Malcolm hatte ihr gesagt, dass er sie liebte, dass Sibeal ihn nicht verstehe und er Leitis vom Fleck weg heiraten würde, wenn er nur frei wäre. Als Leitis ihm gestand, dass sie schwanger war, hatte er sie gedrängt, zu behaupten, das Kind sei von Alex. Er hatte gesagt, Alex schliefe mit allen jungen Dienstmädchen und würde sich nicht einmal daran erinnern, ob er auch mit Leitis geschlafen habe oder nicht, dass viele Kinder des Clans in Wahrheit Alex' Bastarde seien und Leitis würde bleiben dürfen, wenn sie das Kind des Clanoberhauptes unter dem Herzen trug. Wie irgendjemand so gutgläubig sein konnte, erstaunte mich zwar, aber sie war eben noch sehr jung. Berta, die gute Seele, war furchtbar wütend geworden und hatte sämtliche Dienstmädchen und Mägde aus der ganzen Burg zusammengerufen, die Leitis einmütig versichert hatten, dass keine von ihnen je bei Alex gelegen habe. Ich hörte mir diese Geschichte grimmig an. Wäre meine Ehe nicht so gut und intakt gewesen, hätte dies ihr Ende bedeuten können. *Verflucht soll er sein*, dachte ich erbost.

Noch ehe es dunkel wurde, hatte jeder auf der Burg davon gehört. Sibeal und Malcolm erschienen nicht zur nächsten Mahlzeit, und auch abends nicht, und Bertas Mädchen berichteten mir, dass man die beiden oben laut streiten hörte. *Arme*

Sibeal, dachte ich und wünschte mir zum tausendsten Mal, Alex wäre hier. Allerdings, sagte ich mir, mochte ich mir gar nicht vorstellen, wie die Dinge jetzt stünden, wenn er tatsächlich hier wäre. Er hätte diese schwere Verletzung seiner Ehre nicht einfach hingenommen, und was er zu Malcolm gesagt hätte, mochte ich mir nicht ausmalen. Da er nicht hier war, würde ich wohl mit Malcolm sprechen müssen. Nach dem Vorfall am Vormittag wollte ich ihn zwar am liebsten nie wiedersehen, doch mir würde nichts anderes übrig bleiben. Ich sagte mir, dass es bis morgen früh Zeit hatte. Die arme Sibeal. Wie bitter musste es sein, so etwas über ihren Mann zu erfahren. Ich fragte mich, wie ich reagieren würde, wenn ich erführe, dass Alex mir untreu gewesen war. Als ich mir Alex in den Armen einer anderen Frau vorstellte, wurde ich furchtbar zornig auf das Geschöpf meiner eigenen Einbildung, schüttelte den Kopf, um das Bild zu verscheuchen, und sah dann nach den Jungen.

Sie waren noch wach, und ich setzte mich eine Weile zu ihnen. Wir unterhielten uns über unbedeutende Dinge, dann küsste ich sie, und sie umarmten mich schläfrig, ganz wie immer. »Schlaft gut«, sagte ich, und als ich die Tür schloss, war mein Herz leichter als zuvor.

Doch sie schliefen nicht gut. Keiner von uns schlief gut. Nach Mitternacht klopfte es an meiner Tür, und ich kämpfte mich aus dem unruhigen Schlaf. Ian stand vor der Tür, mit weit aufgerissenen Augen und ängstlichem Gesicht. »Malcolm und Sibeal«, sagte er. »Aus ihrem Zimmer kommt ein schrecklicher Lärm. Es hört sich an …« Er verstummte, und ich ging an ihm vorbei, drehte mich aber noch einmal um.

»Wo ist dein Bruder?«, fragte ich.

»Ich habe ihm gesagt, er soll im Bett bleiben«, antwortete Ian, und ich nickte.

»Gut. Geh zu ihm, mein Schatz. Bleibt im Bett, bis ich zu euch komme.«

»Geh nicht, Mama«, sagte er zitternd. Er zögerte und schluckte. »Es hört sich an, als wäre ein Ungeheuer in dem Zimmer«, flüsterte er.

Ich blieb stehen und drückte ihn an mich. »Es ist kein Ungeheuer in dem Zimmer, Ian«, sagte ich ruhig, während mein Herz raste. »Nur Malcolm und Sibeal. Ich gehe und sehe nach dem Rechten.«

Er reckte tapfer das Kinn. »Ich gehe mit dir.«

Ich schüttelte den Kopf. »Nein. Du kümmerst dich um deinen Bruder. Bleib bei ihm. Ich komme zu euch, sobald ich kann.« Er nickte.

Die Flure waren mir noch nie so lang erschienen. Meine Kerze flackerte bei jeder Bewegung. Ich sah niemanden, bis ich um die letzte Ecke kam und auf Gilbey traf, der mit einem Dolch in der Hand im Flur stand. »Was tut Ihr hier?«, flüsterte ich, als ich an seine Seite trat.

Er sah mich mit einem wilden Ausdruck in den Augen an. »Wenn er sie noch einmal schlägt, muss ich ihn aufhalten«, erklärte er grimmig, und ich drehte mich entsetzt zu der Tür um. »Jetzt ist es still. Aber ich konnte den Lärm bis in mein Zimmer hören.«

»Die Jungen auch«, sagte ich. Seine Miene veränderte sich, wurde weicher, als er mich ansah.

»An die Jungen habe ich gar nicht gedacht.« Sein Akzent, den er an der Universität fast abgelegt hatte, schlich sich wieder ein, wenn er aufgebracht war.

»Wir kümmern uns später um sie«, sagte ich, und gemeinsam wandten wir uns der Tür zu. Dahinter war es still. Ich klopfte an und rief: »Sibeal, Malcolm, hier ist Mary. Öffnet die Tür.« Ich bekam keine Antwort. Ich klopfte erneut, doch noch immer rührte sich nichts. Ich hob den Riegel an, die Tür war von innen nicht verriegelt, und ich schob sie auf.

Sie war allein und krümmte sich schluchzend auf dem Fußboden. Das Zimmer sah aus, als hätte ein Wahnsinniger darin gewütet. Vielleicht war genau das geschehen, dachte ich und holte tief Luft, während ich langsam auf sie zuging. Sie nahm mich zunächst gar nicht zur Kenntnis und hörte auch nicht auf zu schluchzen, doch als ich mich neben sie kniete, warf sie sich in meine Arme und stammelte Worte, die ich nicht verstehen konnte. Als sie sich ein wenig beruhigt hatte, rückte ich von ihr ab und betrachtete ihr Gesicht. Ihre Wangen, noch von seinen Schlägen gerötet, würden sich morgen grün und blau färben, und am Hals hatte sie eine hässliche rote Schwellung, an der deutlich Fingerabdrücke zu erkennen waren. Ich starrte sie entsetzt an. Hinter mir stieß Gilbey einen Fluch aus, fuhr herum und stürmte aus dem Zimmer. Ich achtete nicht weiter auf ihn, sondern wandte mich wieder ihr zu.

»Mary«, krächzte sie. »Warum, Mary? Warum hat er das getan? Er sagt, es sei meine Schuld. Wohin ist er gegangen?« Sie schluchzte hysterisch.

Stunden später schien noch immer niemand zu wissen, wo Malcolm war. Niemand hatte ihn fortgehen sehen. Es fehlte kein Pferd und auch kein Boot, und es erschien allen unwahrscheinlich, dass er zu Fuß aufgebrochen sein könnte. Alle seine Sachen waren noch da, sogar sein Geld. Wohin hätte er gehen sollen ohne Geld? Ich konnte mir nur vorstellen, dass er Unterschlupf bei irgendeinem Freund gefunden hatte, vermutlich derselbe, der ihm von dem Brief erzählt hatte, dachte ich bitter. Aber niemand konnte oder wollte uns etwas über ihn sagen.

Sibeal sprach kaum ein Wort. Meistens starrte sie nur ins Leere, und Tränen rannen ihr übers Gesicht. Nach zwei Tagen holte ich sie aus ihrer Starre und nahm sie mit nach unten, wo sie blass und lustlos in der Halle saß und den Lärm der alltäglichen Verrichtungen über sich hinwegfließen ließ. Die Jungen versuchten, mit ihr zu sprechen, doch sie lächelte nur mit leerem Gesicht, und sie versuchten es nicht noch einmal. Ich muss mich wohl tausendmal gefragt haben, wo Alex nur blieb. Malcolm hätte sich niemals so benommen, wenn sein Bruder oder Angus oder auch nur Matthew zu Hause gewesen wären.

Malcolm kam eine Woche später in die Halle spaziert, an einem verregneten Morgen, als Gilbey und Thomas nach Glengannon geritten waren, um nach ihm zu suchen. Ich erhob mich, flankiert von den Jungen, und blickte ihm entgegen. Er verneigte sich und lächelte, als käme er zum Tee vorbei, und ließ den Blick durch die Halle schweifen.

»Wo ist meine Frau?« Sein Tonfall klang unbekümmert, seine Miene war gelassen, und ich spürte, wie die Wut in mir hochstieg. Einige der Männer, die ebenfalls gerade in der Halle waren, versammelten sich und beobachteten uns wachsam.

»Sibeal ist oben, Malcolm«, sagte ich. »Sie –«

Er unterbrach mich mit einer scharfen Geste. »Wir haben uns gestritten, Mary. Mehr war es nicht. Übertreibe nicht wieder alles.«

Ich versuchte, meine Stimme fest klingen zu lassen. »Ich übertreibe nicht, Malcolm. Ich habe nichts weiter gesagt, außer, dass sie oben ist. Aber du darfst nicht zu ihr.« Dougall stellte sich an meine Seite.

»Ach?« Malcolm sah mich verächtlich an. Die Jungen blickten zwischen ihm und mir hin und her, und Jamie drückte sich an meine Röcke. Die Männer standen steif da und warteten ab. »Tatsächlich? Ich möchte dir raten, dich aus meiner Ehe herauszuhalten. Es gibt Dinge, die du nicht verstehst. Gräfin.« Er machte auf dem Absatz kehrt und sprang die Treppe hinauf. Ich blieb einen Moment lang mit offenem Mund stehen und folgte ihm dann, die Jungen, Dougall und weitere Männer mir dicht auf den Fersen. Berta stand im Flur vor Sorchas Zimmer und betrachtete die geschlossene Tür. Ich zögerte keinen Augenblick, stieß die Tür auf, und da war Sibeal, die weinend im Bett saß, die Arme um Malcolm geschlungen. Beide blickten auf, als ich eintrat.

Sibeal lachte zittrig, und ihr Lächeln wirkte triumphierend. »Ich wusste, dass er zurückkommen würde«, sagte sie, und Malcolm lächelte verschlagen. Ich blickte von ihm zu Sibeal und schloss den Mund.

»Lass uns allein, Mary. Du bist hier nicht erwünscht«, sagte Malcolm.

»Erst wenn Sibeal mir sagt, dass sie das auch möchte.«

Sibeal lächelte ihren Mann an. »Ja. Ich wusste, dass er kommen würde.«

Ich nickte, verließ das Zimmer und zog die Jungen mit hinaus. Draußen auf dem Flur wechselte ich einen Blick mit Dougall, der mit den Schultern zuckte. Die Männer zerstreuten sich, und ich nahm die Jungen bei den Händen und ging ebenfalls. Ich fürchtete, ich würde es ihnen nicht recht erklären können. Wie denn auch, da ich es ja selbst nicht verstand? Da saß sie im Bett, die Blutergüsse, die er ihr zugefügt hatte, leuchteten förmlich auf ihrer Haut, und sie hatte ihn mit offenen Armen empfangen. Wir gingen am See spazieren, und ich bemühte mich, den Jungen das zu erklären, doch keiner von uns begriff so recht, was geschehen war.

Malcolm und Sibeal reisten noch am selben Nachmittag ab. Malcolm verabschiedete sich nicht einmal von mir, doch Sibeal umarmte mich, und ich sah ihr fest in die Augen und versuchte es ein letztes Mal.

»Ist das wirklich das, was du willst?«, fragte ich sie. »Du weißt, dass du hier bei uns bleiben kannst?«

Sie nickte, lächelte schwach und zuckte mit den Schultern. »Ich liebe ihn, Mary«, sagte sie. Ich gab mich geschlagen und sah ihnen nach, als sie davonritten. Später fand ich heraus, dass Malcolm die Woche bei einer Frau in Glengannon verbracht hatte, die er offenbar des Öfteren besuchte. Gilbey und Thomas hätten ihn an diesem Morgen gefunden.

Alex kam am Tag darauf nach Hause. Sie waren einen Monat lang fort gewesen. Ich stand am Dock und wartete darauf, dass die *Mary Rose* um die letzte Biegung des Sees kam, und sah sie dann mit mehr als nur Alex nach Hause segeln: Hinter ihr kam die *Diana*. Alex, Angus und die beiden Mannschaften triumphierten, der ganze Clan wollte sofort die Geschichte hören, ehe sie auch nur das Dock verlassen konnten. Ich küsste meinen Mann innig und ließ mich dann mit den anderen in der Halle nieder, um die Geschichte zu hören. Alle lauschten hingerissen, während die Reisenden abwechselnd erzählten; jeder übernahm ein Stück und hörte dann zu, während ein anderer weitersprach. In Frankreich hatten sie erfahren, dass die *Diana* bald einlaufen müsste, also hatten sie auf das Schiff gewartet, und auf den Rotwein für die *Mary Rose*. Sie traf ein paar Tage später ein, nun unter dem Namen *Goddess*, und Alex und Angus sprachen den Kapitän in einem Gasthaus an. Sie stritten sich vor vielen Zeugen und trennten sich im Streit, doch als der Kapitän am nächsten Morgen auf der *Goddess* erwachte, war seine Mannschaft über Nacht verschwunden und Kilgannons Männer hatten das Schiff übernommen. Als Alex gefragt wurde, wie das vonstatten gegangen sei, zuckte er nur mit den Schultern und erklärte, die Mannschaft habe sich überreden lassen. Wir alle lachten. Der Kapitän gab jedoch nicht so leicht auf, er verließ dass Schiff unter fürchterlichen Drohungen und beharrte darauf, dass es ihm gehörte. Er verkündete lauthals, er habe gutes Geld für sie bezahlt. Alex und Angus warteten noch einen Tag lang auf die Fracht für die *Mary Rose*, und währenddessen erschien der Kapitän mit der Wache im Schlepptau. Es dauerte eine Weile, bis alles geklärt war, doch der Schiffsagent und Cousin Ewan hatten Ruhe in die Angelegenheit bringen können. Alex verließ Frankreich, ohne einen Mann verloren zu haben, aber mit der *Diana*. Ich glaubte ihm keineswegs, dass das alles so glatt und ungefährlich verlaufen war, doch ich wollte jetzt nicht mit ihm streiten, sondern mich freuen, dass alle gesund zurückgekehrt waren.

Dann baten Gilbey, Thomas und ich Alex und Angus in die Bibliothek und erzählten ihnen, was während ihrer Abwesenheit geschehen war. Alex und Angus wurden immer zorniger, hörten aber bis zum Schluss zu. Als Gilbey noch die Szene mit mir und Malcolm in der Bibliothek hinzufügte, war es mit Alex' gezwungener Ruhe vorbei.

»Mädchen, das hättest du mir sofort sagen müssen«, sagte er und sprang auf. »Ein Pferd, Thomas«, brüllte er. Ich sprang auf und folgte ihm auf den Flur, doch er stürmte weiter.

»Alex, was hast du vor?«

»Ich hole ihn zurück.«

»Wozu denn?« Ich vertrat ihm den Weg, und er blickte in offensichtlicher Wut auf mich herab.

»Mary, ich habe endgültig genug. Malcolm hat mein Leben zum letzten Mal auf den Kopf gestellt. Kein Mann rührt meine Frau an. Ich werde ihn zurückholen.«

»Er ist gestern aufgebrochen.«

Alex nickte knapp. »Ja, aber er hat Sibeal dabei. Sie können nicht schnell reiten. Wir werden sie finden. Und dann bringen wir ihn zurück.«

»Wie denn?«

»Mit Leichtigkeit«, sagte er. »Feiglinge kämpfen nicht gegen bewaffnete Männer.«

»Und was dann?«

»Dann werde ich es dem Clan sagen«, antwortete Alex mit einer ausholenden Geste. »Ich werde seine Lügen und Intrigen öffentlich bekannt machen, Mary. Kein MacGannon hat je so etwas getan. Ich werde ihm nicht das Leben nehmen, aber ich werde ihn bis auf die Knochen beschämen.«

»Wenn du das tust, machst du ihn dir zum Feind.«

Seine eiskalten blauen Augen sahen mich an. »Und wofür hältst du ihn jetzt? Nein, ich habe lange genug Geduld mit ihm gehabt, viel zu lange. Es ist an der Zeit, die Wahrheit zu sagen. Ich werde ihn nie wieder decken. Und ich werde jetzt nicht weiter darüber sprechen.«

Er ging um mich herum. Ich sah den Männern nach.

Sie kehrten zwei Tage später zurück. Alex vorweg, dann Gilbey und Angus mit grimmigen Miene und Malcolm in der Mitte. Sibeal ritt mit den anderen hinter ihnen her, sie weinte. Der Gruppe folgten zahlreiche Familien des Clans, die auf dem Heimweg zusammengerufen worden waren. Als sie die Wiese erreichten, auf der die Spiele abgehalten wurden, sandte Alex Thomas aus, um den Rest des Clans zusammenzurufen. Er blieb auf seinem Pferd sitzen und wartete, während sich die Leute versammelten. Die anderen Männer stiegen ab, und ein immer größerer Kreis bildete sich, je mehr Menschen dazustießen. Malcolm stand allein und trotzig in der Mitte, wich allen Blicken aus, und seine Haltung drückte empörten Zorn aus. Auf einer Seite des Ringes aus Menschen schluchzte Sibeal vor sich hin, doch niemand tröstete sie. Ich stand in der Menge und beobachtete mit klopfendem Herzen Alex und seinen Bruder. Alex war nicht zu mir gekommen, er hatte mich nicht einmal gegrüßt. Sein Gesicht war gerötet, sein Zorn offenkundig, und er bemühte sich auch nicht, ihn zu verbergen. Als genug Menschen zusammengekommen waren, stieg Alex ab, umkreiste seinen Bruder und zeigte dann mit dem Finger auf ihn.

»Seht meinen Bruder Malcolm«, schrie Alex, »und ihr seht vor euch den Mann, der mich in Frankreich vergiftet und beinahe umgebracht hat. Seht den Mann, der sich gegen mich verschworen und die *Diana* gestohlen hat.« Er erzählte die Geschichte in allen Einzelheiten, und die Menge lauschte mit wachsender Bestürzung. Die Leute traten von einem Fuß auf den anderen und wechselten unbehagliche Blicke. »Also haben wir gesucht«, rief Alex, dessen Stimme heiser vor Kummer war. »Eine ganze Woche lang haben wir die Küste von Cornwall nach der Mannschaft der *Diana* oder auch nur einem Teil des Wracks abgesucht. Und Malcolm war bei uns und tat so, als helfe er bei der Suche, obwohl er sehr genau wusste, dass sie nicht gesunken war, obwohl das Geld, das er für sie bekommen hatte, noch in seinem Beutel steckte. Und Malcolm wusste alles. Er hat unter uns gelebt und geschwiegen. Und sein Geld gehortet.« Alex wandte sich wieder den Leuten zu und breitete die Arme aus. »Ich bitte euch nicht, über ihn zu Gericht zu sitzen oder ihn zu bestrafen. Ich bitte euch nur, ihn als das zu sehen, was er ist, und mit mir gemeinsam festzustellen, was er getan hat, damit der ganze Clan Malcolm MacGannon als das erkennt, was er ist: Ein Mann, der seinen Bruder betrügt, der seine Familie bestiehlt, der sein Ehegelübde bricht und seine Frau schlägt, wenn sie dagegen protestiert, ein Mann, der versucht, seinem Bruder die Folgen seiner Untreue in die Schuhe zu schieben, ein Mann, der meine Ehefrau in meiner Abwesenheit in ihrem eigenen Haus bedroht. Seht sein wahres Gesicht. Und heißt ihn hier niemals wieder willkommen.« Er holte tief Luft und sah Malcolm voller Verachtung an. »Ich habe keinen Bruder.« Alex drängte sich durch den Kreis und eilte zur Burg, ohne jemanden anzusehen. Der Clan zerstreute sich, die Leute wichen betreten den Blicken ihrer Nachbarn aus, und kaum jemand sprach ein Wort.

Malcolm stand allein auf der Wiese, bis Sibeal zu ihm lief.

Alex kam in dieser Nacht nicht in unser Bett. Ich fand ihn kurz vor dem Morgengrauen in der Kapelle auf einer der Bänke, den Kopf über die gefalteten Hände gebeugt. Ich setzte mich neben ihn und strich ihm über den Rücken, und er wandte mir sein von Kummer gezeichnetes Gesicht zu. »Mary«, sagte er mit tränennassen Wangen, »was habe ich getan?« Er blickte ins Leere. »Was habe ich nur getan?«

Ich küsste ihn auf die Wange. »Ich würde sagen, du hast die Beherrschung verloren.«

»Die Beherrschung verloren.« Er schüttelte den Kopf. »Wohl eher den Verstand, fürchte ich. Was habe ich mir nur dabei gedacht?«

»Du warst zornig.«

»Ja, das war ich.« Er lehnte sich seufzend auf der Bank zurück. »Was habe ich nur getan?«

»Du hast ihnen erzählt, was geschehen ist.«

Sein Blick begegnete dem meinen, und seine Stimme klang heiser. »Ich habe meinen Bruder verloren, Mädchen. Ich habe ihn vor dem gesamten Clan beschämt.«

Ich überlegte, ehe ich antwortete. »Du hast nichts weiter getan, als den Leuten die Wahrheit zu sagen, Alex«, entgegnete ich schließlich.

»Ja, aber, Mary, man bringt keine solche Schande über seine eigene Familie, indem man der Welt ihre Geheimnisse offenbart.«

»Der Clan ist deine Familie, Alex. Du hast es nicht der ganzen Welt erzählt.«

Er seufzte. »Ich hätte es trotzdem nicht tun sollen.«

»Vielleicht. Aber Liebster, denk daran, was er getan hat. Er hätte dich beinahe ermordet, und er empfindet keinerlei Reue. Er hätte dich umgebracht, damit du nicht herausfindest, dass er sich gegen dich verschworen und dich bestohlen hat. Mehr als einmal, Alex. Mehr als einmal. Er hat jahrelang gelogen. Er hat dir in die Augen gesehen und gelogen. Er hat versucht, dich zu töten, und er hat dir in die Augen gesehen und es geleugnet.« Ich holt tief Luft. »Allein für das, was er Sibeal angetan hat, hat er diese Strafe verdient. Wenn du sie gesehen hättest, Alex, wärst du jetzt nicht so außer dir.«

»Ich hätte das nicht tun sollen.«

Ich nickte. »Vermutlich nicht. Aber du hast es getan. Und dein Vergehen, ihn zu beschämen, kann sich mit seinen Vergehen nicht einmal ansatzweise messen.« Ich blickte auf meinen Arm hinab, der immer noch blau war und schmerzte.

»Ich habe die Beherrschung verloren. Ich war wild vor Zorn.«

»Ja.«

Er blickte auf seine Hände hinab. »Wie er es war, als er Sibeal angegriffen hat.«

Ich schüttelte den Kopf. »Das ist nicht dasselbe. Selbst auf dem Höhepunkt deiner Wut hast du dich noch zurückgehalten.

Du hast ihn nicht angerührt, und du hast es auch den anderen nicht erlaubt.«

»Ich hatte Angst, dass ich ihn sonst umbringen würde«, flüsterte er.

»Alex, Liebster, er hat auf dein Leben keine Rücksicht genommen.« Wir saßen schweigend beisammen, und ich nahm seine Hand in meine und betrachtete die beiden Hände auf meinem Rock. »Alex«, sagte ich, »Malcolm empfindet keine Reue. Er kann offenbar jede Untat rechtfertigen, ganz gleich, was es ist. Wer weiß, was als Nächstes gekommen wäre? Selbst wenn du nicht an deine eigene Sicherheit denken willst, darfst du andere nicht vergessen. Deine Söhne und der Clan, Alex, brauchen deinen Schutz. Und ich auch.« Er antwortete nicht. Ich sah ihn an, betrachtete die dunklen Schatten unter seinen Augen und die goldenen Stoppeln auf seinen Wangen, die im schwachen Lichtschein schimmerten. Er sah vollkommen erschöpft aus. *Verflucht sei Malcolm*, dachte ich erbittert. *Verflucht soll er sein.* Meine Stimme verriet jedoch nichts von meinem Zorn, als ich fortfuhr: »Liebster, du kannst ihm nicht erlauben, die Mädchen von Kilgannon zu verführen und ungestraft davonzukommen. Selbst wenn du bereit bist, zu vergessen, dass er dich fast ermordet und dich bestohlen hat – uns alle bestohlen hat –, kannst du nicht zulassen, dass er unschuldigen Mädchen nachstellt, die unter deinem Schutz stehen.«

Nach einer Weile nickte er und warf mir einen kurzen Blick zu. »Ja, ich weiß, dass du recht hast, aber ich kann mir nicht so leicht verzeihen. Ich habe die Beherrschung verloren. Seit ich zehn Jahre alt war, habe ich mich hart darauf trainiert, nachzudenken, immer erst nachzudenken, ehe ich etwas tue. Das liegt nicht in meiner Natur, Mary, aber ich habe es gelernt, und ich habe diese mir selbst auferlegte Regel kaum je gebrochen.« Er rang nach Luft. »In all diesen Jahren nur zweimal. Einmal bei dem Bauernhaus, als du weggelaufen warst, weißt du noch? Und jetzt führe ich mich auf wie ein Narr, brülle auf der Wiese herum und zeige mit dem Finger auf meinen Bruder.« Er schüttelte den Kopf. »Ich habe nicht nur Malcolm beschämt. Ich habe auch Schande über mich selbst gebracht.« Als ich ihm meine Hand entzog, rührte er sich nicht, er starrte nur ins Leere, als erwartete er eine Zurückweisung von mir. Ich strich ihm das Haar aus der Stirn und küsste ihn auf die Wange.

»Ich liebe dich, Alex«, sagte ich und griff wieder nach seiner Hand.

Langsam wandte er sich mir zu. »Wie? Wie kannst du einen solchen Mann lieben?«

»Ich liebe den wunderbarsten Mann auf der Welt«, erwiderte ich mit einem leisen Lachen. »Aber er ist auch nur ein Mensch. Und er sollte sich nach demselben Maß messen, das er bei allen anderen anlegt.«

»Das kann ich nicht«, sagte er.

»Du meinst, du willst nicht, Alex.«

»Wie du meinst, Mary. Ich habe mich sehr schlecht benommen.«

»Nein«, widersprach ich zornig, denn ich hatte seine Selbstvorwürfe satt. »Du hast ihnen die Wahrheit gesagt. Mehr hast du nicht getan, Alex. Du hast nicht gelogen; du hast die Wahrheit nicht geschönt. Du hast ihnen noch nicht einmal alles erzählt. Du hast ihn nicht geschlagen. Du hast ihn nicht bestraft. Du hast die Wahrheit über ihn gesagt und ihn dann ziehen lassen. Und es war höchste Zeit dafür, Liebster. Du hast Malcolm lange genug geschützt. Lass ihn mit den Konsequenzen seiner Taten leben.« Danach saßen wir lange schweigend beisammen.

Schließlich wandte Alex sich mir zu. »Sind sie fort?«

»Ja.« Ich nickte. »Sie sind hastig aufgebrochen.« Er nickte, sagte aber nichts. »Und ich für meinen Teil«, sagte ich, »bin froh darüber.« Ich beobachtete, wie die schwache Morgensonne Schatten auf seinem Gesicht warf und seine Wangen hervorhob. »Weißt du, was Ian gesagt hat?«

»Was denn?« Seine Stimme klang sehr leise.

»Er hat gesagt, es hörte sich an, als sei ein Ungeheuer bei Malcolm und Sibeal im Zimmer.« Alex sah mir mit unergründlichem Blick in die Augen. »Deine Söhne haben gehört, wie Malcolm Sibeal geschlagen hat, obwohl sie geschrien und ihn angefleht hat, von ihr abzulassen. Alex, wenn du diese Geschichte von deinen Söhnen gehört und nichts unternommen hättest, was müssten sie dann von dir halten? Was würde der Clan von dir halten? Sie würden glauben, alle anderen müssten sich vernünftig verhalten, aber für Malcolm gälten andere Regeln. Nur für Malcolm. Wie würde das in den Augen deiner Leute aussehen? Wünschst du dir dieses Vorbild für deine Söhne? Es ist besser, sie sehen, wie du zornig Sibeal und dich selbst verteidigst – und mich, Liebster –, als dass du darüber hinwegsiehst, wenn Malcolm anderen Menschen wehtut. Das wäre ein Verrat an allem, was du deine Söhne gelehrt hast.« Ich hielt inne und fuhr in ruhigerem Tonfall fort: »Du solltest dich nicht schämen, Liebster. Du solltest stolz auf dich sein. Du hast die Wahrheit gesagt, ohne die Folgen für dich selbst zu bedenken. Ich freue mich nicht darüber, dass es so gekommen ist, aber ich bereue es keineswegs.«

Er schwieg so lange, dass ich mich fragte, woran er wohl denken mochte, doch schließlich nickte er und drückte meine Hand. Er hob sie an die Lippen und küsste meine Finger. Als er zu mir aufschaute, wirkte sein Blick ruhig. »Ich liebe dich, Mary, meine Rose«, sagte er zärtlich.

»Ich weiß, Alex«, sagte ich und erwiderte seinen Blick. »Und ich ermuntere dich gern darin.«

28

Ich streckte mich auf der Decke aus, die wir mitgebracht hatten, zog die Röcke bis zu den Knien hoch und legte mich glücklich seufzend auf den Rücken. Dann schloss ich die Augen, genoss die Wärme und lauschte dem Tosen der Brandung auf der anderen Seite der Landzunge.

»Wann haben wir zuletzt einen Tag so verbracht?«, fragte ich.

»Wann hat die Sonne zuletzt länger als eine Stunde am Stück geschienen?«, entgegnete Alex und ließ sich neben mir nieder.

Wir hatten uns davongestohlen und waren auf den Hügel hinter Kilgannon geklettert, um die Aussicht zu bewundern, aber vor allem, um die Sonne zu genießen. Die Berge waren jeden Tag ein prachtvoller Anblick, doch die Sonne war an diesem Nachmittag im Spätsommer einfach herrlich. Der Sommer 1715 war nass und kalt gewesen, und heute war der erste strahlend klare Tag seit über einem Monat. Sogar die Kilgannon-Spiele waren fast im Regen untergegangen. Wir hatten sie trotzdem abgehalten, aber wenige waren gekommen, und die Versammlung der Clans war somit patschnass und alles andere als erfolgreich gewesen. Ich spürte Alex' Schatten auf mir, öffnete aber nicht die Augen, sondern streckte nur die Arme nach ihm aus.

»Mary«, sagte er, »meine Rose, ich liebe dich.« Seine Lippen auf meinen fühlten sich weich an, und sein Haar streifte meine Wange.

»Ich dich auch, mein wunderbarer Mann.«

»Danke, dass du mich geheiratet hast.« Er küsste mich auf die Stirn.

»Danke, dass du um mich angehalten hast.«

Er spielte mit meinem Haar, das neben ihm auf der Decke ausgebreitet lag. »Denkst du je an Robert und daran, wie dein Leben aussehen würde, wenn du ihn geheiratet hättest?« Ich schlug die Augen auf und sah ihn an. Seine Augen waren ebenso blau wie der See unter uns, und ebenso tief und undurchdringlich.

»Ja«, sagte ich und sah, wie sein Gesichtsausdruck verschlossen wurde. »Und ich gratuliere mir dazu, dem entronnen zu sein.« Ich legte die Hand in seinen Nacken, zog ihn zu mir herab und küsste ihn, bis er lächelte.

»Du bist mir vielleicht eine.« Er streckte sich neben mir aus, auf einen Ellbogen gestützt, und legte die andere Hand auf meinen Bauch. Meinen flachen Bauch. Ich streichelte seine Wange und betrachtete das Haar, das sie einrahmte.

»Ich hätte gern Kinder mit dir, Liebster«, sagte ich.

»Und ich mit dir, Mädchen«, sagte er und suchte meinen Blick. »Werde wieder gesund, und dann sehen wir, was die Zeit uns bringt.« Er blickte über den See und das Tal hinaus und sah dann wieder mich an. »Ich will, dass es dir gut geht. Ich kann ohne dich nicht leben, Mary, meine Rose. Und wenn du wieder gesund bist, dann werden wir eben üben müssen. Offensichtlich machen wir irgendetwas falsch.«

»Offensichtlich«, sagte ich lachend, und er küsste mich erneut. Dann wurde seine Miene ernst.

»Mary, bist du böse auf mich, weil ich die *Diana* verkaufen will?«

Ich drehte mich auf die Seite, um ihm ins Gesicht zu schauen. »Böse? Weshalb sollte ich böse sein, Alex? Sie ist dein Schiff.«

»Ja, das ist auch wieder wahr«, stimmte er zu.

»Ich wäre nicht damit einverstanden, wenn du die *Mary Rose* oder die *Gannon's Lady* verkaufen wolltest«, sagte ich. »Aber die *Diana* hatte ich noch nie gesehen, ehe du sie nach Hause gebracht hast. Was mich betrifft, ist alles, was uns an Malcolm erinnert, hier nicht willkommen. Ich halte es für das Beste, sie zu verkaufen. Warum fragst du?«

»Nun ja, Thomas ist nicht erfreut darüber. Er findet, wir könnten sie dafür einsetzen, Handelsbeziehungen zu den Kolonien aufzunehmen.«

»Aber du hast mir doch gesagt, dass sie die Älteste der Briggs ist und größere Reparaturen nötig wären. Das ist kein besonders geeignetes Schiff für eine so weite Reise.«

»Ja, aber wir hätten sie in Ordnung bringen können. Nein, Mädchen, ich werde sie verkaufen, weil sie mich daran erinnert, was ich nicht mehr habe. Verstehst du, was ich meine? Malcolm und ich haben als kleine Jungen auf diesem Schiff miteinander gespielt, und das hat ihm nichts bedeutet, als er sie fortgegeben hat. Ich kann das nicht. Wenn ich sie ansehe, denke ich immer an Malcolm.«

»Und was hält Angus davon?«

»Es war seine Idee, sie zu verkaufen.«

»Das überrascht mich nicht. Was willst du mit dem Geld anfangen?«

»Ich habe mich noch nicht entschieden.«

»Das Leben ist besser ohne ihn«, sagte ich leise.

Er nickte. »Ja, da hast du recht. Jedenfalls viel friedlicher, nicht? Aber ich sorge mich trotzdem darum, was er jetzt wohl tut. Ich kann nicht anders.« Ich streichelte seine Wange, sagte aber nichts, denn ich dachte an das Baby, das Leitis verloren hatte. Oder hatte wegmachen lassen. Ich hatte nicht viele Fragen gestellt, als Berta mir davon berichtet hatte. Alex blickte in die Ferne, in seinen eigenen Gedanken verloren, und ich sah den Wolken zu, die heute keine Bedrohung darstellten. Plötzlich setzte er sich angespannt auf, starrte den Hügel hinab und beschirmte die Augen mit der Hand. Als er aufsprang, fluchte er leise.

»Was ist denn?« Ich setzte mich ebenfalls auf und zog meine Röcke zurecht, als ich Thomas' Sohn Liam hastig den Pfad zu uns heraufrennen sah.

»Da schickt jemand nach uns«, knurrte er und trat von einem Fuß auf den anderen. »Alles, was ich wollte, war ein ruhiges Stündchen in der Sonne.«

»Was meinst du, was passiert ist?«

»Entweder haben wir eine wichtige Nachricht bekommen, oder ein Schiff ist eingetroffen. Oder irgendjemand ist tot. Es sollte lieber nichts weniger sein als das.«

»Sir«, japste Liam, der nach Luft schnappte. »Ich bedauere sehr, dass ich Euch störe, aber mein Vater sagt, ich soll Euch benachrichtigen, dass ein Schiff auf dem See ist und es sieht nach dem MacKinnon aus und ich soll mich entschuldigen, falls Ihr zornig werdet.«

»Der MacKinnon.« Alex' Miene wurde ernst. Er warf mir einen Blick zu und zog die Augenbrauen hoch, als wollte er mir damit sagen, dass er auch nicht mehr wusste als ich. Doch er wusste mehr, da war ich sicher. Der Besuch des MacKinnon machte ihm Sorgen, aber überrascht war er nicht. Und ich war sicher, dass es irgendetwas mit James Stewart zu tun hatte. »Danke, mein Junge«, sagte er zu Liam. »Sag deinem Vater, dass er ganz recht damit hatte, mich zu holen. Ich bin schon unterwegs. Geh jetzt und such Angus.«

»Jawohl, Sir.« Der Junge nickte und rannte wieder den Pfad hinunter.

Ich rappelte mich auf. »Was hat das zu bedeuten?«

Alex blickte über das Tal hin, drehte sich dann um und hob langsam den Blick zu mir. »Ich bin nicht sicher, aber da liegt etwas im Wind.« Er straffte die Schultern und zog mich fest an sich. »Wir werden es bald genug erfahren«, sagte er. »Wir haben noch fünf Minuten, dann muss ich hinunter und es herausfinden. Küss mich, Mädchen, wir wollen die Zeit gut nutzen.«

Der MacKinnon blieb zwei Tage bei uns, die beiden einzigen makellos schönen Tage dieses Sommers. Am ersten Vormittag seines Besuches arrangierte Alex hastig einen Jagdausflug und zog mit den meisten Männern los, die ihre Arbeit stehen und liegen ließen. Die Frauen starrten ihnen nach, als sie aufbrachen, und murrten vor sich hin. Ich sagte nichts, doch ein Gefühl nahenden Unheils überkam mich, als ich auf der obersten Stufe vor dem Burgtor stand und zusah, wie Alex bis ans Ende des Sees und in den Wald hineinritt; sein blondes Haar leuchtete unter der grünen Mütze hervor. Ich spürte eine vage Angst, wie ich sie noch nie empfunden hatte. Und ich wurde sie den ganzen Tag lang nicht mehr los. Sie hing über mir wie eine mir persönlich geltende Wolke, obwohl ich den Tag in der Sonne verbrachte und meine eigene Arbeit liegen ließ. Die Jungen und ich ruderten auf den See hinaus, und ich sah zu, wie sie angelten, aber nichts fingen. Sie waren erbost darüber gewesen, dass sie nicht mit auf die Jagd gehen durften, und waren zunächst sehr missmutig, doch bald hellte sich ihre Laune auf, und bis zum Abend waren sie wieder so frohgemut und albern wie immer. Sie sangen, als wir ans Ufer ruderten, und trugen ihre Angeln, als hingen dicke, schwere Fische daran.

Die Männer kamen in der Abenddämmerung an und machten es sich gemütlich, um die Nacht durchzuzechen. Alex hatte sich auch gestern den ganzen Abend lang mit dem MacKinnon unterhalten und war erst in den frühen Morgenstunden ins Bett gekommen, zornig und nach Whisky stinkend. Als ich ihn nach dem Gespräch gefragt hatte, hatte er nur gesagt, ja, es sei um James Stewart gegangen, aber, nein, er hätte sich zu nichts bereit erklärt. Heute Morgen hatte er mir dann erklärt, dass der MacKinnon hier sei, um Alex dazu zu bewegen, den Clan zu mobilisieren und mitzuhelfen, auch die übrigen Highlands zum Aufstand anzustacheln. Alex sagte, er habe nicht die Absicht, das eine oder das andere zu tun, doch er hatte den ganzen Tag und die halbe Nacht mit dem MacKinnon verbracht, und obwohl der schon morgen früh aufbrechen würde, fürchtete ich, er könnte doch noch Erfolg haben. Der Sommer brachte mehr als nur schlechtes Wetter.

Am Abend war Alex sehr nachdenklich, als wir uns bettfertig machten, und küsste mich geistesabwesend auf die Stirn. Als er einfach aufhörte, sich auszuziehen, und mittendrin gedankenverloren in den Sessel vor dem Kamin sank, stieg ich wieder aus dem Bett und kniete mich vor ihn. Ich bat ihn, mir zu sagen, was vor sich ging. Sein Blick, der in weite Ferne gerichtet gewesen war, kehrte zu mir zurück, und er lächelte traurig.

»Ich werde belagert, Mädchen, und ich leiste Widerstand. Diesmal habe ich ihm standgehalten, aber ich fürchte, dies wird nicht der letzte Versuch sein. MacKinnon will, dass ich mich dem Earl of Mar im Osten anschließe. Bobbing John Earskine. Weißt du, wer das ist?« Ich schüttelte den Kopf. »Mar war unter Königin Anne sehr einflussreich, und als König Geordie seinen hohen Wert nicht anerkannte, war er sehr empört.« Alex gähnte. »Mar hat Georg einen schmeichlerischen Brief geschrieben, aber das hat nichts genützt; Geordie hat ihm keinen Posten in seiner Regierung gegeben. Deshalb führt Bobbing John jetzt eine Rebellion gegen den König an. MacKinnon sagt, die Clans würden sich erheben, doch ich habe etwas anderes gehört. Ich habe ihm gesagt, ich bräuchte mehr Zeit und mehr Informationen, ehe ich mich entscheide.« Er strich mir übers Haar. »Sieh mich nicht so an, Mädchen, ich habe mich zu nichts verpflichtet. Hab keine Angst, dass ich jetzt in den Krieg ziehe. Ich habe dir doch gesagt, dass ich von James Stewart nichts halte.« Sein Lächeln war müde. »Sie werden uns morgen früh verlassen, und ich bin sicher, die Sache wird sich von selbst erledigen, wie alle anderen Gerüchte bisher auch. Denk nicht mehr daran.«

Aber das konnte ich nicht. Und Alex auch nicht. Die Neuigkeit von MacKinnons Besuch sprach sich rasch herum, und binnen einer Woche stand Murdoch in der Halle und berichtete Alex von anderen Clans, die sich dem Aufstand angeschlossen hatten. Der MacKinnon hatte auch den Macleans einen Besuch abgestattet.

»Und ihr, Murdoch? Schließen die Macleans sich den Rebellen an?«, fragte Alex seinen Freund. Seine Miene blieb ruhig, doch hinter meinen Röcken griff er nach meiner Hand. Murdoch nickte, und mir wurde das Herz schwer. Alex klang verstört. »Tatsächlich?«, fragte er. »Und was, außer einem gespaltenen Schädel, hofft ihr dabei zu gewinnen?«

Murdoch zuckte mit den Schultern. »Ich weiß nicht, ob wir siegen werden, Alex, aber ich kann unter König Geordies Joch nicht mehr leben. Weißt du, was aus dem Brief geworden ist, den alle Clanoberhäupter unterzeichnet haben?«

»Nein, was denn?« Alex schenkte Murdoch Whisky nach, während er sich die erboste Schilderung seines Freundes anhörte. Nachdem Geordie den Thron bestiegen hatte, war ein Brief in den Highlands herumgegangen, mit dessen Unterzeichung die Clanoberhäupter Georg als rechtmäßigen Thronfolger anerkennen sollten. Viele hatten unterschrieben, aber nicht alle. Wie damals der Brief, mit dem Sophie als Annes Thronerbin anerkannt werden sollte, hatte auch dieser Kilgannon nicht erreicht. Doch die Macleans hatten unterzeichnet, in der Hoffnung auf Frieden.

Murdoch seufzte. »Er hat ihn nicht einmal geöffnet. Nicht einmal geöffnet, Alex. Er hat ihn gar nicht gelesen. Nun, er kann ja kein Englisch lesen, aber er hat ihn sich auch nicht vorlesen lassen, so wenig interessierte ihn die Sache. Das ist eine ungeheuerliche Beleidigung.«

»Ja, das ist es«, sagte Alex nickend.

»Und weißt du, was meinem Cousin widerfahren ist?« Murdochs Augen glitzerten. Ich beobachtete ihn, diesen hünenhaften Mann, der Alex' bester Freund außerhalb des Clans war, und ich dachte an Morag. Sie und Murdoch hatten im Frühsommer in Dunvegan auf Skye geheiratet, an einem regnerischen Tag – was hätte es diesen Sommer auch sonst für ein Tag sein sollen? – im Juni. Die Gespräche auf der Hochzeit hatten sich nicht um die schöne Braut gedreht, obgleich sie wunderschön gewesen war, oder um den glücklichen Bräutigam, sondern um James Stewart. Als viele Gäste bereits tanzten, war Morag zu mir gekommen und hatte mich umarmt. Ich hatte eine höfliche Floskel gemurmelt und war ihrem Blick quer durch die Halle gefolgt, zu Murdoch und Alex, die sich mit einer Gruppe Männer unterhielten.

»Wer weiß, wie lange ich meinen Mann zu Hause haben werde. Oder Ihr den Euren.« Sie begegnete meinem Blick, und eine tiefe Traurigkeit überschattete das Glück dieses Tages. »James Stewart könnte andere Pläne haben. Es war sehr dumm von mir, Mary«, seufzte sie, »ihn so lange hinzuhalten, während ich immer noch auf Alex gewartet habe. Mir war nicht bewusst, wie viel er mir bedeutet, und jetzt könnte ich ihn bald verlieren. Ich möchte nicht Braut und Witwe in ein und demselben Jahr sein.« Sie ging, und ich starrte ihr nach. Als ich nun den Argumenten ihres Mannes lauschte, erinnerte ich mich an diesen Augenblick. *Morag*, dachte ich, *das hätte ich selbst dir nicht gewünscht.*

Nun kamen fast täglich Briefe oder Besucher, und obgleich ich versuchte, weiterhin daran zu glauben, dass Alex sich der Rebellion nicht anschließen würde, trübte jedes neue Gespräch meine Hoffnung noch mehr. Angus trainierte sehr hart mit den Männern, ließ sie fechten und reiten, bis sie vor Erschöpfung umfielen, und die Wiese hallte wider vom Lärm der Männer, die mit ihren Pistolen Zielübungen machten. Nur eine Idiotin hätte verkennen können, was das bedeutete, aber ich machte mir lieber etwas vor. Bis zu jenem Tag, als Alex in die Bibliothek marschiert kam.

»Mary«, sagte er, »ich muss mit dir sprechen.« Ich blickte von den Büchern auf, an denen ich gerade arbeitete, und dann hinab zu Jamie, der neben dem Schreibtisch auf dem Boden lag, die Nase in einem Buch vergraben, den Hund an seiner Seite. Ich wies mit einem Nicken auf den Jungen, und Alex blickte um den Schreibtisch herum. »Jamie, mein Junge«, sagte er ruhig, »bitte lies dein Buch anderswo, und nimm Robert the Bruce mit hinaus. Ich muss allein mit Mary sprechen.« Jamie sah seinen Vater überrascht an.

»Ja, Vater«, sagte er, warf mir aber noch einen verwunderten Blick zu, als er ging. Ich sah ihm nach, bis er die Tür hinter sich schloss, und wandte mich dann wieder Alex zu.

»Nun?«, fragte ich. Alex ging vor dem Kamin auf und ab.

»Mary«, sagte er abrupt. »Ich habe die *Diana* verkauft.«

»Schön. Hast du einen guten Preis bekommen?« Ich ordnete meine Unterlagen.

»Ja.« Er blieb vor mir stehen, ich legte die Blätter beiseite und sah ihn an. »Und von dem Geld habe ich Pistolen gekauft.«

»Pistolen.«

»Ja.« Blaue Augen starrten in meine. »Nur vorsichtshalber.«

»Vorsichtshalber«, wiederholte ich. »Du kaufst nur vorsichtshalber Pistolen?«

»Ja. Meine Männer müssen das Beste haben.«

»Wann hast du das getan?«

»Vergangene Woche.«

»Du hast mir nichts davon gesagt.«

»Nein.«

»Ich verstehe.« Ich konzentrierte mich auf die schlanke Taille vor mir, um die ich sooft schon die Arme geschlungen hatte. Die Taille eines Fremden. »Du hast mir nichts davon gesagt.«

»Jedes Mal, wenn ich es dir sagen wollte, musste ich daran denken, wie wütend du sein würdest, und ich wollte nicht mit dir darüber streiten, so wie wir uns damals wegen Malcolm und Robert gestritten haben. Sieh mich nicht so an, Mary. Ich wollte es dir ja nicht verheimlichen. Ich habe nur –«

»Du hast es mir nur nicht gesagt.«

Er sah mich an, ohne mit der Wimper zu zucken. »Ja. So ist es, Mädchen.« Ich schwieg. Sein Gürtel war an der Schnalle abgewetzt. »Mary, sieh mich an. Ich bin nur vorsichtig. Ich weiß nicht, was auf uns zukommt. Aber selbst wenn wir uns der Rebellion nicht anschließen, könnte der Kampf zu uns kommen. Wir müssen vorbereitet sein. Ich will uns nur –«

»Darauf vorbereiten, in den Krieg zu ziehen«, stellte ich tonlos fest. Er schwieg, und wir sahen einander an. »Alex, wirst du dich den Rebellen anschließen?«

»Ich weiß es nicht, Mary. So, wie die Dinge jetzt stehen, nein.«

»Wie die Dinge jetzt stehen.«

»Ja.«

»Aber das könnte sich ändern.«

»Ich werde es dir sagen, wenn das geschieht.«

»Sag es mir nicht, Alex. Ich werde es nicht hören wollen. Wenn du fortgehst, werde ich dir nie verzeihen. Niemals.« Er musterte einen Augenblick lang mein Gesicht, nickte dann und ließ mich mit meiner Angst allein.

An diesem Abend stiegen Alex und ich auf den Turm, um uns den Sonnenuntergang anzusehen. Wir standen schweigend nebeneinander, Alex in Gedanken versunken, wie immer dieser Tage. Ich seufzte schwer, betrachtete sein Profil und fürchtete mich davor, ihn nach seinen Gedanken zu fragen. Schließlich legte er mir einen Arm um die Schultern und küsste mein Haar. »Wunderschön, nicht?« Er wies auf den Sonnenuntergang vor uns, der heute besonders prachtvoll war. Tiefes Rosa verlief sich auf der indigoblauen Linie des Horizonts, nur unterbrochen von den ungleichmäßigen Silhouetten der Inseln vor der Küste.

»Ja«, sagte ich und schlang die Arme um seine Taille. »Alex?«

»Hm?«

»Erinnerst du dich noch an den Abend, als wir uns kennengelernt haben?« Sein Blick war nun konzentriert und ein wenig belustigt, als er mich ansah und nickte.

»Ja, Mädchen. Ich bin noch nicht so alt, als dass ich vergesslich wäre. Ich erinnere mich sehr gut daran.«

»Weißt du noch, dass du mir gesagt hast, alles würde so sein, wie ich es mir wünsche?« Ich spürte, wie er sich unter meinen Armen versteifte, und wartete ab.

»Mädchen, ich habe nur versprochen, dir zu geben, was ich kann, nicht, was ich nicht kann. Ich bin mir deiner Wünsche sehr wohl bewusst, meine Rose. Versteh mich nicht falsch, ich liebe dich mehr als mein Leben, aber ich muss das tun, was für ganz Kilgannon am besten ist, nicht nur für mich.« Er verstummte, betrachtet den Sonnenuntergang und dann wieder mich. »Sieh mich an, Mädchen. Sieh dir Angus und Matthew und Thomas an. Was siehst du? Du siehst Gälen, Mary. Es liegt uns nicht im Blut, am Straßenrand zu sitzen und zuzuschauen, wie andere vorüberziehen. Wir sind Krieger, und das liegt uns im Blut. Eines Tages wird die Welt uns vielleicht nicht mehr brauchen, aber das sind wir nun einmal. Das war Gannon, weißt du, und dieses Blut fließt auch in meinen Adern.« Er seufzte. »Ich muss mir anhören, was die anderen sagen, der MacKinnon, Murdoch und so weiter, bevor ich mich entscheide, und ich darf bei dieser Entscheidung nicht nur meine eigenen Wünsche berücksichtigen. Wenn ich dem Clan sage, die Männer sollen sich erheben, dann werden sie es tun, und wenn ich nein sage, werden sie mir gehorchen. Ich muss die richtige Entscheidung treffen, und das möglichst bald.« Er küsste mich auf die Stirn. »Mary, ich habe dir immer gesagt, was in meinem Herzen vorgeht, und daran wird sich auch jetzt nichts ändern. Ich wünsche mir nichts mehr, als dem Rest der Welt zu sagen, er müsse sich ohne uns weiterdrehen, und wenn ich glaubte, damit Erfolg zu haben, würde ich auch genau das tun.«

»Aber das wird nicht gelingen, Alex«, sagte ich leise »Die Welt kommt jeden Tag zu uns und verlangt, dass du dich ihr anschließt.«

»Ja.« Er nickte. »Das ist mir auch schon aufgefallen.«

»Was wirst du also tun?«

Er schüttelte stirnrunzelnd den Kopf. »Ich weiß es nicht. Wenn es irgendwie möglich ist, werde ich versuchen, mich da herauszuhalten. Aber ich weiß nicht, was geschehen wird, Mary.«

Wir standen schweigend nebeneinander. »Geh nicht.« Das hatte ich nicht laut sagen wollen, und ich überraschte mich selbst damit.

»Ich kenne deine Wünsche, Mädchen.« Als er weitersprach, klang seine Stimme weich. »Und ich wäge alle Möglichkeiten gut ab, meine Rose. Ich will nichts überstürzen.« Er küsste mich erneut, und mich musste mich mit dem Wenigen zufriedengeben, das ich bekommen konnte.

Die nächsten zwei Tage verliefen ruhig. Die Ruhe vor dem Sturm, dachte ich später darüber, und ich wünschte, ich hätte sie mehr genossen. Jetzt, am Ende des Sommers, wurden die Tage kürzer, und die Vorbereitungen auf den Winter hatten bereits begonnen. Nach dem nassesten Frühling und Sommer, die man auf Kilgannon wohl je erlebt hatte, wurde der Herbst wunderschön, wenn er auch ein wenig früh einsetzte. Wir hatten warme, klare Tage, gefolgt von kalten Nächten.

Am sechsten September hatte der Earl of Mar das Banner der Stewarts auf dem Braes of Mar gehisst und sich zu James Stewart bekannt, und der Aufschrei, so lange schon erwartet, hallte durch Schottland: Die Clans sollten sich erheben und sich ihm anschließen. Drei Tage später segelte der MacDonald in den See ein. Aufgeregt wandte ich mich an Alex.

»Du weißt, weshalb er hier ist«, sagte ich. »Was wirst du tun?«

Alex zuckte mit den Schultern. »Zuhören. Es kann nicht schaden, dem Mann zuzuhören.«

»Ich habe nicht erwartet, dass du König Georg liebst oder dich zu seinem Verbündeten machst, aber ich hätte auch nicht erwartet, dass du deine Haltung gegenüber James Stewart änderst.«

Seine Augen blitzten auf, doch sein Tonfall blieb ruhig. »Ich habe meine Haltung gegenüber James Stewart nicht geändert,

Mary«, sagte er. »Aber hier geht es weniger um Stewart, sondern hauptsächlich um den MacDonald. Ich werde ihn nur anhören. Das kann doch gewiss nicht schaden.«

»Er kann sehr überzeugend sein und ist es gewohnt, seinen Willen durchzusetzen.«

»Ja. Das gilt auch für mich, meine Rose.«

»Er mag dich sehr, und er glaubt, dass du ihn auch magst.«

Blaue Augen blickten in meine. »Nun, ich mag ihn, Mädchen, aber ich lasse mich nicht so leicht von Freundschaft hinreißen. Murdoch liegt mir noch viel mehr am Herzen, und wenn du dich erinnern möchtest, ist er abgereist, ohne dass ich der Rebellion zugestimmt hätte.« Ich nickte. *Lieber Gott*, betete ich, *lass den MacDonald jetzt kehrtmachen und davonsegeln.*

Doch er segelte nicht davon. Er legte an, und seine Entschlossenheit war deutlich an seiner brüsken Reaktion zu erkennen, als Alex und Angus ihn begrüßten, als wolle er ihnen nur einen höflichen Besuch abstatten. Der MacDonald hatte für mich nur ein Nicken übrig und hielt sich nicht mit langen Begrüßungen auf. Er war in einer ernsten Angelegenheit hier, und dabei ging es nicht um weitere Hochzeitspläne. Alex ging voran in den Hof und dann in die Halle und rief nach Essen und Whisky. Die meisten MacDonald-Männer waren auf ihrem Schiff geblieben, was merkwürdig genug war, um die MacGannons erstaunte Blicke wechseln zu lassen. Die Wenigen, die Sir Donald in die Halle begleitet hatten, blieben in seiner Nähe und beobachteten ihn aufmerksam. Ich wurde von Minute zu Minute nervöser.

Alex führte seinen Gast in einen selten benutzten Raum auf der anderen Seite des Burgfrieds. Der Flur umrundete das alte Bauwerk, und an der letzten Ecke, wo es links zur Waffenkammer ging, bogen wir rechts ab und betraten einen Raum, dessen Wände weder verputzt noch vertäfelt waren. In diesem Zimmer standen ein langer Tisch und Stühle und eine Truhe links von dem hohen Fenster an der Westseite. Weitere Stühle waren an den Wänden aufgereiht. Staubflocken tanzten in den Strahlen der letzten Nachmittagssonne, die das alte, zerschrammte Eichenholz der Tischplatte schimmern ließ. Ich spürte dasselbe Gefühl nahenden Unheils wie damals, als Alex mit dem MacKinnon in den Wald geritten war.

Diesmal, dachte ich, werde ich bei ihm bleiben.

29

Alex und der MacDonald saßen einander an der Tafel gegenüber. Angus, Thomas und die anderen Männer setzten sich jeweils an die Seite ihres Clanoberhauptes. Ich dachte, niemand hätte mich bemerkt, als ich hinter Alex den Raum durchquerte und mich neben die Truhe setzte, so weit wie möglich weg von dem Tisch. Das Licht, das durch das Fenster hinter mir hereinfiel, ließ Alex' Haar leuchten und warf Schatten hinter ihn, während man dem MacDonald sein hohes Alter in den hellen Strahlen deutlich ansah. Und seine Haltung zeigte noch etwas anderes. Erschöpfung? Feindseligkeit? Das konnte ich nicht sicher erkennen. Ich legte die Hände in den Schoß.

Alex' Stimme klang gelassen. »Ihr seid willkommen auf Kilgannon, Sir Donald, aber ich fürchte, Ihr bringt eine Botschaft, die nicht willkommen ist.«

»Sollte sie aber, Kilgannon«, entgegnete der MacDonald. »Ich bitte Euch nicht um mehr als das, was Ihr aus freien Stücken anbieten solltet. Schließt Euch uns an.«

»Wobei?«

»Ihr wisst, wobei, Alex«, knurrte Sir Donald.

»Sprecht es aus«, sagte Alex, dessen Stimme noch gefährlicher klang als die seines älteren Gegenübers.

»Wir wollen unseren rechtmäßigen König auf den Thron bringen und Schottland wieder von einem Stewart regiert sehen.«

Alex lehnte sich auf seinem Stuhl zurück und legte die Hände auf die Tischkante. »Nein.« Obwohl er leise sprach, hallte das Wort förmlich durch den Raum. Der MacDonald musterte Alex mit schmalen Augen, während er sich ebenfalls zurücklehnte. Die anderen Männer wechselten Blicke, und ich fing Angus' stahlblauen Blick auf. Alex beobachtete den MacDonald.

»Sagt das noch einmal, Kilgannon«, forderte der.

»Nein«, sagte Alex. »Nein, ich werde nicht in einen Krieg ziehen, der meine Familie und meinen Clan in Gefahr bringt, für einen Mann, den ich nicht achte.«

Sir Donalds Stimme klang tonlos. »Ihr achtet James Stewart nicht.«

»Nein, das tue ich nicht.« Alex verschränkte die Arme vor der Brust und wartete ab.

Die Küchenmädchen traten ein, servierten Whisky und stellten Platten voll Essen auf den Tisch, während wir schweigend dasaßen. Der Whisky wurde dankbar angenommen; das Essen blieb unberührt. Sir Donald nippte an seinem Whisky und musterte Alex über den Rand seines Bechers hinweg. Als der MacDonald wieder das Wort ergriff, war sein Tonfall milde. »Ihr habt gewiss gehört, dass Mar in Braemar das Banner gehisst hat.«

Alex nickte. »Ja, das habe ich gehört.«

»Und Ihr habt gehört, dass viele Clans sich erheben.«

»Auch das habe ich gehört.«

»MacKinnon hat Euch aufgesucht.«

»Das hat er.«

»Und jetzt ich«, sagte Sir Donald.

Alex nickte. »Auch das habe ich gehört.«

»Murdoch Maclean ist zu Euch gekommen. Und hat Euch gesagt, dass er sich uns anschließen wird.«

»Das hat er.«

»Und Euer eigener Bruder schickt Euch dies«, sagte MacDonald, holte einen Brief aus den Falten seines Plaids und warf ihn mitten auf den Tisch. Alex sah ihn nicht einmal an. »Euer Bruder ist ein Vasall von Mar, wie Ihr sehr wohl wisst.«

»Ja«, sagte Alex.

»Und Mar hat all seinen Vasallen befohlen, sich mit ihm zu erheben.« Alex schwieg. »Wird sich der eine MacGannon uns anschließen, wenn wir Schottland befreien, während der andere bei seiner englischen Frau zu Hause sitzt?« Einer der MacDonalds lachte schnaubend, doch auf einen barschen Blick von Sir Donald hin verstummte er. Alex schlug mit der Faust auf den Tisch, und die anderen MacGannons murmelten unruhig und wollten aufstehen, doch Angus bedeutete ihnen, sitzen zu bleiben. Alex lehnte sich mit harter Miene zurück. Wenn ich ihn nicht so gut gekannt hätte, hätte ich ihn trotz des Schlags auf den Tisch für sehr ruhig gehalten. Ich fragte mich, wie gut Sir Donald ihn kennen mochte. »Euch ist bewusst, dass ich meine Familie verlasse, um mich der Rebellion anzuschließen?«, fragte der MacDonald.

»Davon gehe ich aus.«

»Ihr wisst, wie viel meine Familie mir bedeutet, und auch ich höre meiner Frau gut zu, Kilgannon, wie Ihr es zweifellos auch tut. Aber ich treffe die Entscheidungen. Wisst Ihr, was man heutzutage über Alexander MacGannon sagt?«

Alex rieb sich das Kinn. »Nein, Sir Donald«, entgegnete er. »Sagt Ihr es mir.«

Der ältere Mann nippte an seinem Whisky, und sein Blick huschte zu mir herüber, ehe er sich wieder Alex zuwandte. »Es heißt, als der Kilgannon mit einer MacDonald verheiratet war, sei er ein Verbündeter der MacDonalds gewesen, und nun, da er mit einer Engländerin verheiratet ist ...« Er ließ die Worte in der Luft hängen. Angus sah Alex an, und ganz kurz war ihm der Zorn deutlich anzusehen, doch er setzte rasch wieder eine nichtssagende Miene auf. Alex lehnte sich zurück und zuckte lachend mit den Schultern.

»Nun ja«, sagte Alex leichthin. »Ich bin schließlich berühmt dafür, dass ich mich leicht beeinflussen lasse. So etwas zieht bei mir nicht, Donald. Versucht es mit etwas anderem.«

Die Mundwinkel des MacDonald zuckten, als müsse er sich

ein Lächeln verbeißen, und er nippte erneut an seinem Whisky. »Ihr wisst, dass Marischal sich uns angeschlossen hat.«

»Das habe ich gehört.«

»Und die Emorys. Und die Frasers.«

»Einige von ihnen.«

»Das sind Eure Verwandten. Was werden sie von Euch denken, wenn Ihr Euch ihnen nicht anschließt?«

»Es ist mir gleichgültig, was sie denken, Donald.«

»Und Drummond und Lindsay, MacKinnon, MacLachlan, MacEwen, Maclean, MacKenzie ... Kümmert es Euch denn gar nicht, was all diese Leute von Euch denken?«

»Nein.«

»Dann werdet Ihr hier auf Kilgannon ein sehr einsamer Mann sein, Alex.« Sir Donald rieb sich das Kinn und hob den Becher. Fast beiläufig fuhr er fort: »Wisst Ihr, wie ich heute hierher gelangt bin?«

»Übers Meer.«

»Ja, aber, Alex, denkt an die Route.« Der MacDonald rutschte auf seinem Stuhl nach vorn und zeichnete mit dem Finger eine Linie auf den Tisch, wobei er den Brief ebenfalls ignorierte. »Hier ist Kilgannon.« Er deutete auf einen Fleck auf der Tischplatte. »Und dies ist Eure gewöhnliche Route aus Loch Gannon heraus.« Er zog einen Strich auf dem Tisch. »Wenn Ihr Kilgannon verlasst und gen Süden segelt, kommt Ihr an Mull und den anderen Inseln vorbei. Wenn Ihr nach Norden segelt, passiert Ihr Skye. Versteht Ihr, worauf ich hinauswill?«

Alex beugte sich vor. Sein Tonfall war milde, doch seine Augen glühten. »Nein, erklärt es mir doch etwas genauer.«

MacDonald sprach, als rede er über Belanglosigkeiten. »Nun, Alex, Ihr werdet auf all Euren Seerouten von jenen umringt sein, die sich dem Aufstand angeschlossen haben. Was werden sie von Euch denken, wenn Ihr Euch nicht erhebt?«

»Es ist mir gleichgültig, was sie denken.«

»Und über Land, sehen wir uns das einmal an. Clanranald im

Norden und Osten, MacDonalds im Norden, Süden und Westen. Und dahinter die MacDonnells. Mir scheint, Ihr müsstet auf Eure vielen Reisen in Zukunft verzichten.«

»In Braemar«, sagte Alex, »waren die Clans fast so weit, nach Hause zurückzukehren, weil die Spitze des Banners herabfiel. Einige halten das für ein schlechtes Omen.«

»Ich weiß, dass Ihr nicht abergläubisch seid, Junge.« Der MacDonald lehnte sich zurück und schlug dann auf die Armlehne seines Stuhls, und nun war ihm die Wut deutlich anzusehen. Er hob die Stimme. »Warum wollt Ihr Euch uns nicht anschließen?«, donnerte er. »Sprecht mit mir, Alex. Ich bin zu alt für diese Spielchen.«

»Ich ebenfalls«, erwiderte Alex grimmig. Sie starrten einander an, als wären sie ganz allein in diesem Raum. Alex nippte an seinem Whisky und beobachtete den älteren Mann, dann beugte er sich vor, und zum ersten Mal sprach er mit seiner ganz normalen Stimme. »Als die Stewarts auf den Thron gelangten, hat der erste James uns den Rücken gekehrt. Er ist nach London gegangen, und Schottland hat unter seiner Gleichgültigkeit gelitten. Er hätte uns in England die Gleichbehandlung sichern können, doch das hat er nicht getan, und seither hat kein Stewart einen Finger gerührt, um uns zu helfen. Alles, was die Stewarts Schottland je gebracht haben, war Ärger und noch mehr Ärger. Uns wäre es besser ergangen, wenn Königin Mary unfruchtbar gewesen wäre.«

Der MacDonald machte schmale Augen. »Starke Worte.«

»Ja, aber denkt einmal darüber nach, Donald. Was haben die Stewarts je für ihr eigenes Volk getan? Vom ersten James bis hin zu Anne hat keiner das Los der Schotten gebessert. Warum sollte ich alles, was ich habe, für einen Mann aufs Spiel setzen, dessen Familie nie einen Gedanken an Schottland verschwendet hat, oder an die Highlands oder an die MacGannons, außer wenn es darum ging, wie wir ihnen nützlich sein könnten?« Er legte die Hände flach auf den Tisch. »Achtundachtzig hat sich mein Vater erhoben. Was hat er dabei gewonnen?« Er winkte mit scharfer Geste ab. »James Stewart kann keine Rebellion anführen. Ihr erinnert Euch gewiss an die Schlacht von Killicrankie.«

»Ja, ich erinnere mich«, sagte Sir Donald grimmig. »Damals wart ihr drei Jahre alt, mein Junge. Behauptet ja nicht, Ihr könntet Euch daran erinnern.«

»Keineswegs, aber ich bin mit den Geschichten über diese Schlacht aufgewachsen. Schotten standen auf beiden Seiten des Schlachtfelds. Was hat sich seither verändert?«

»Das ist lange her. Heute ist heute.«

»Erinnert Ihr Euch an Glencoe?«

Die Stimme des MacDonald klang grimmig. »Ihr benutzt das Massaker als Begründung dafür, Euch den Engländern anzuschließen?«

»Nein«, knurrte Alex. »Ich benutze das Massaker, um Euch daran zu erinnern, was geschieht, falls Ihr nicht siegt.«

Sir Donald hob die Stimme. »Ihr glaubt, wir werden unterliegen?«

»Stehen die Campbells auf Eurer Seite?«, fragte Alex hitzig. »Und die Camerons? Und sämtliche Frasers, Munros und MacLeods?«

»Nein.«

»Genau das meine ich, MacDonald. Es ist genau so wie immer. Hat James Stewart siebzehnhundertacht gewonnen? Nein.« Alex spie die Worte förmlich aus. »Der Mann hat die Masern bekommen und ist nicht einmal angelandet.«

»Ihr macht dem Mann Vorwürfe, weil er die Masern bekommen hat?«

»Nein.« Alex schüttelte verächtlich den Kopf. »Ich mache ihm Vorwürfe wegen seiner wie üblich mangelhaften Planung. Ich könnte meinen gesamten Haushalt nach China schaffen, ehe es ihm gelingt, nach Schottland zu kommen. Bis er endlich ankam, waren die Engländer bereit für ihn. Er ist kein Soldat, Donald, und auch kein Anführer. Ihr habt ihn doch kennengelernt. Der

Mann jammert, wenn er es nur ein wenig unbequem hat. Er hat sich meinen Respekt nicht verdient.« Alex machte eine kurze Pause und fuhr dann ruhiger fort: »Er hat die Highlands stets ignoriert, aber jetzt möchte er, dass wir unser Blut für ihn vergießen. Er hat uns ignoriert, und das war eine Beleidigung. Und nun, weil es ihm gerade beliebt, sollen wir unser Heim und unsere Familie verlassen und alles für einen Mann riskieren, der sich vor sieben Jahren noch nicht einmal daran erinnern konnte, dass es uns überhaupt gibt?«

»Euer König Geordie hat uns ebenfalls beleidigt, Alex, als er den Brief der Clanoberhäupter nicht geöffnet hat. Er wollte ihn nicht einmal öffnen.«

»Er ist nicht mein König Geordie, Mann, und Ihr beweist nur, dass ich recht habe. Warum sollte ich mein Leben und das meiner Männer aufs Spiel setzen, für einen König, der nicht regieren kann? Und das kann keiner von beiden.«

Sir Donald rieb sich das Kinn und beobachtete, wie Alex, sichtlich erregt, ihnen beiden Whisky nachschenkte. »Buchanan steht auf unserer Seite«, sagte Sir Donald milde. »Und Farquharson und Carnegie, Forbes, Maxwell und MacDougall.« Er hielt kurz inne. »Alex, wollt Ihr Euch uns nicht anschließen?«

Alex legte die Hände auf den Tisch. »Nein.«

»Es sieht Euch nicht ähnlich, dass Ihr Euch vor einem Kampf fürchtet.«

Alex lächelte. »Ich fürchte mich nicht vor dem Kampf.«

»Aber Ihr wollt nicht mit uns kämpfen.«

»Wir werden nicht mit Euch kämpfen.«

»Ihr werdet Euch mit den Engländern verbünden.«

»Nein, wir halten uns heraus.«

»Es könnte schwierig werden, das Euren Nachbarn zu erklären. Ein paar von Clanranalds Leuten könnten schwer zu zügeln sein.«

»Was meint Ihr damit, MacDonald? Sprecht offen.«

»Sie werden Euch ausräuchern.«

Alex lächelte kalt. »Das können sie gern versuchen.«

»Sie werden Euch auf See angreifen.«

»Ihr meint, Ihr werdet das tun. Die MacDonalds beherrschen die Seewege hier.«

»Es wäre möglich, dass ich nicht alle meine Männer im Zaum halten kann, Alex.«

Alex lachte heiser. »Das glaube ich keinen Augenblick lang, Donald. Wenn Ihr mir drohen wollt, Mann, dann sprecht es offen aus. Wenn ich mich Euch nicht anschließe, werdet Ihr mir die Burg niederbrennen, wollt Ihr das damit sagen?«

»Wir werden Euch niederbrennen.«

Die MacGannons griffen zu den Waffen, doch Alex hielt sie mit einer Geste zurück, wandte sich wieder Sir Donald zu und sagte sehr langsam: »Ich kann nicht glauben, dass ich das von Euch höre, Donald. Ihr seid der Großonkel meiner Söhne, und doch sagt Ihr mir, dass Ihr mir das Haus über dem Kopf anzünden wollt, wenn ich mich Euch nicht anschließe.«

Der MacDonald nickte. »So ist es.«

Alex reckte das Kinn vor. »Ich möchte gern sehen, wie Ihr das anstellen wollt.« Sie funkelten einander an, während ihre Männer unruhig herumrutschten. Angus blickte forschend in die Mienen der Männer, die ihm gegenübersaßen, und seine Hand näherte sich dem Dolchgriff. Alex schenkte mit ruhiger Hand Whisky nach. »Ich meine, Ihr solltet Eure Position noch einmal überdenken, Donald«, sagte er sanft.

Zu meiner Überraschung brüllte der MacDonald vor Lachen. »Ihr habt viel von Eurem Großvater. Ich vermisse den alten Bastard.«

»Ja.« Alex lächelte, doch er ließ den anderen Mann nicht aus den Augen, während Donald langsam seinen Becher leerte, auf den Tisch stellte und bedächtig zwischen den Fingern drehte.

»Alex, erinnert Ihr Euch daran, dass Ihr bei mir wart, bevor Ihr Sorcha geheiratet habt?«

»Ja.«

»Erinnert Ihr Euch auch an unsere Unterhaltung über Geschichte, mein Junge? Über Schottland, über die Römer, Robert the Bruce und Kenneth MacAlpin, und wie Sieger siegen?« Alex nickte, und der andere Mann beugte sich vor. Seine Stimme klang müde. »Wisst Ihr noch, wie oft Ihr mir damals gesagt habt, die Tragödie der Gälen sei, dass sie sich nie vereinen?«

»Ihr führt meine eigenen Argumente an, Donald.«

»Ja, weil es gute Argumente sind«, erwiderte Sir Donald und seufzte. »Alex«, fuhr er mit fort, und seine Stimme klang nun ernst und schwer, nicht mehr drohend. »Wenn wir uns nicht vereinen, sind wir zum Untergang verurteilt. Wenn wir uns zusammentun, erkämpfen wir uns vielleicht die Unabhängigkeit. Könnt Ihr untätig dasitzen, in dem Wissen, dass Ihr Eurem Volk helfen könntet, Euch aber geweigert habt? Könnt Ihr mitansehen, wie wir scheitern, weil Ihr nicht bereit wart, für Schottland einzustehen? Wollt Ihr Euch uns nicht anschließen und ein letztes Mal versuchen, Euer Land zu befreien? Ich dachte, ich kenne Euch, mein Junge, aber der Mann, den ich kannte, würde nicht still dasitzen und zusehen, wie wir ohne ihn in den Kampf ziehen.« Er schüttelte den Kopf. »Ich kann dazu nichts mehr sagen, Alex. Wir brauchen Euch. Wir brauchen Euren Verstand, Euren Mut und Eure Männer. Helft uns. Und wenn Ihr es nicht tut ...« Er schob seinen Stuhl zurück und erhob sich. »Gott helfe Euch.« Seine Worte hallten von den Wänden wider.

Alex stand auf und reichte dem älteren Mann die Hand. »Ich wünsche Euch einen guten Tag, Donald MacDonald«, sagte er ruhig. »Und eine sichere Heimreise. Ihr werdet meine Antwort bald bekommen.«

Die anderen Männer erhoben sich ebenfalls. Der MacDonald nickte, drückte Alex die Hand und verließ ohne ein weiteres Wort den Raum. Seine Männer folgten ihm. Wir warteten schweigend, bis ihre Schritte verklungen waren.

»Wenn sie fort sind, Thomas«, sagte Alex gelassen mit einem

Blick zu Angus, »zündet die Fackeln an. Ruft den Clan zusammen.« Thomas und Angus nickten. Alex wandte sich den anderen Männern zu. »Geht jetzt.« Sie eilten hinaus, und Alex griff seufzend nach Malcolms Brief. »Ihr wisst, was wir zu erwarten haben«, sagte er. Angus und ich nickten. Alex las den Brief einmal, dann ein zweites Mal, bevor er ihn abrupt Angus zuschob. »Zeig ihn Mary.« Er wirbelte herum und stieß einen Stuhl beiseite. Polternd stürzte der Stuhl um. »*Mo Dia*«, knurrte er, »alles, was sie noch ausgelassen haben, ist der Geist meines Vaters.« Er stapfte hinaus.

Ich starrte Alex nach, wandte mich dann Angus zu und beobachtete ihn, während er den Brief las. Er reichte ihn mir. »Wie ich dachte«, sagte er. Ich las endlich selbst. Malcolm hatte geschrieben, dass Mar damit gedroht habe, sein Anwesen zu zerstören und ihn von seinem Land zu verjagen, wenn er sich den Rebellen nicht anschloss.

Alex, wir hatten unsere Differenzen, schrieb Malcolm, *doch ich habe Dir längst verziehen und bitte Dich jetzt, Deinem einzigen Bruder zu Hilfe zu kommen. Lassen wir die Vergangenheit hinter uns und beginnen von vorn. Ich flehe dich an, um des Namens willen, den wir beide tragen, komm und steh mir bei. Du kannst Dich nicht weigern, mir zu helfen, das Wenige zu behalten, was ich habe, wo Du selbst so viel besitzt.*

Ich kochte vor Zorn. Wie konnte Malcolm es wagen, Alex zu verzeihen, wenn er allein der Übeltäter gewesen war? Wie konnte er es wagen, in diesem Ton an seinen Bruder zu schreiben, nach allem, was er getan hatte? Und wie gut er Alex kannte – er hatte genau das geschrieben, womit er Alex packen konnte. Wie ich den Mann verabscheute. Ich begegnete Angus' wütendem Blick. »Gibt es denn keine Möglichkeit, sich gegen all das zu wehren?«, fragte ich.

»Nein«, sagte er. »Es ist wahr. Mar droht seinen Vasallen.«

»Ihr werdet euch den Rebellen anschließen.«

Seine Stimme klang müde. »Das ist Alex' Entscheidung.«

Ich schüttelte den Kopf »Nein. Er wird die Entscheidung dem Clan überlassen. Du weißt genau, was geschehen wird. Angus«, rief ich, »hilf mir, das zu verhindern!«

»Mary, wir sind verdammt, wenn wir es tun, und verdammt, wenn wir es nicht tun. Wenn wir uns ihnen nicht anschließen und die Jakobiten gewinnen, dann sind wir Feinde und werden den Preis dafür bezahlen. Die MacDonalds und Clanranalds allein haben Tausende von Männern. Irgendwann würden sie gewinnen. Und wenn die Jakobiten verlieren, dann sind es eben die Engländer, die uns ausräuchern, wie die Jakobiten, von denen wir auf allen Seiten umgeben sind. Nein, Mädchen, entweder wir gehen mit den anderen gemeinsam unter, oder wir erringen gemeinsam den Sieg.« Ich schüttelte den Kopf. »Mary«, sagte er barsch, »was du oder ich davon halten, spielt keine Rolle mehr. Wir haben eine Entscheidung zu fällen, die uns alle betrifft. Was wir heute Abend beschließen, wird die Zukunft des Clans MacGannon bestimmen. Und mir gefällt keine der beiden Möglichkeiten.« Er machte auf dem Absatz kehrt und ließ mich allein zurück. Ich starrte ihm nach, Malcolms Brief noch in der Hand.

Ich brauchte eine Stunde, um Alex zu finden, der am felsigen Ufer am Ende des Sees spazieren ging. Er streckte die Arme aus, als ich auf ihn zurannte. Aus der Geborgenheit seiner Umarmung blickte ich zur Burg zurück. *Kilgannon*, dachte ich. »Alex –«, begann ich, doch er schüttelte den Kopf.

»Psst, Mädchen«, bat er. »Sag nichts. Lass mich dich noch ein wenig im Arm halten, ehe ich mich alldem stelle.« Und so standen wir auf einem Felsen und ließen uns von der Spätsommersonne wärmen. Um uns herum regte sich das Dorf, und die ersten Clanmitglieder von außerhalb trafen ein. Ich wusste, dass Alex sie sah, doch er hielt mich im Arm, als hätten wir alle Zeit der Welt. »Ich bin froh, dass du dabei warst«, sagte er schließlich. »Es wäre schwierig gewesen, dir das zu erklären. Und ich bin dir dankbar, weil du so klug warst, zu schweigen.«

»Du gehst also.«

»Das ist noch nicht entschieden.«

Ich schüttelte den Kopf. »Du hast dich in diesem Raum entschieden.«

Er ließ die Arme sinken. »Nein.«

»Doch.« Er beobachtete mich schweigend. »Alex«, rief ich aus, »denk an uns! Denk an uns alle! Wir können uns verteidigen. Du hast mir oft genug gesagt, wie sicher und gut zu verteidigen Kilgannon ist. Wir können ein Schiff versenken und damit die Einfahrt zum See blockieren, und wir können uns hinter den Burgmauern verschanzen, falls Gefahr droht.«

Seine Stimme war ruhig. »Für immer? Für immer, Mary?«

»So lange es eben dauert. Wenn der Aufstand niedergeschlagen wird, werden sie nicht stark genug sein, um uns anzugreifen. Sie werden es vergessen, und unser Leben geht weiter wie bisher.«

»Da täuschst du dich. Das werden sie niemals vergessen. Glencoe liegt zwanzig Jahre zurück, doch es ist, als wäre es gestern gewesen. Wenn der MacDonald uns zu Feinden erklärt, werden sie das nie vergessen. Und die Engländer auch nicht.«

»Dann werden wir uns gegen sie verteidigen.«

»Und was wird aus den Leuten in den abgelegeneren Dörfern? Soll ich mich hinter meinen Mauern verkriechen und sie ihrem Schicksal überlassen? Soll ich Duncan of the Glen und seiner Familie meinen Schutz verwehren? Soll ich sie Glengannon niederbrennen lassen, ohne einen Finger zu rühren? Den Fischern sagen, dass sie die Burg nicht verlassen dürfen? Wir treiben nie wieder Handel und verlassen niemals Loch Gannon, sondern verstecken uns feige hinter unseren Mauern? Ich denke nicht.«

»Der MacDonald würde dich nicht angreifen.«

»Täusch dich nicht. Wenn er zu dem Schluss kommt, dass wir Feinde sind, dann wird er es tun.«

»Ist dir bewusst, dass du daran denkst, Hochverrat zu begehen?«

»Hochverrat?« Er wandte sich mir mit kalten Augen zu.

»Wenn du dich den Rebellen anschließt, erhebst du dich mit Waffengewalt gegen deinen König.«

»Mary«, sagte er und musterte mich aufmerksam, »hör mir gut zu. Ich halte nichts von den Stewarts, aber ich habe euren Geordie niemals als meinen König betrachtet. Schottland ist mein Heimatland, nicht England.«

»Die beiden Ländern sind jetzt vereint. Es wäre Hochverrat.«

»Nur die Engländer würden es so bezeichnen.«

»Ich bin Engländerin.«

»Ja«, sagte er und biss die Zähne zusammen. Sein Blick schweifte über den See.

»Es ist Hochverrat, Alex. Siehst du das denn nicht ein?«

»Ja, nach der Definition der Engländer ist es Hochverrat.«

»Wenn England siegt, wird man dich als Verräter ansehen. Bestenfalls würdest du Kilgannon verlieren.«

»Das wird nicht geschehen.«

»Es könnte geschehen.«

Er riss den Blick vom See los und sah mich an. »Wir könnten aber auch gewinnen.«

»Gegen England? Unwahrscheinlich.«

Er reckte das Kinn vor. »Hältst du so wenig von meinen Fähigkeiten?«

»Nein.« Ich schüttelte den Kopf. »Aber ich halte sehr wenig von den Fähigkeiten Schottlands, gegen England zu bestehen.«

»Wir sollen uns also wieder unterwerfen und diesmal endlich Geschmack daran finden?« Blaue Augen blitzten mich zornig an. »Ist das deine Meinung, Mary? Hältst du wirklich so wenig von meinem Volk?«

Ich wartete ab, bis ich mit vernünftiger, ruhiger Stimme antworten konnte. »Das ist jetzt auch mein Volk, Alex. Ich will nicht, dass du gehst. Ich will dich nicht verlieren.«

»Du würdest mich nicht verlieren.« Er starrte wieder auf den See hinaus.

»Dafür kannst du nicht garantieren. Wenn du mich liebtest, würdest du hierbleiben.«

Er sah mich an. »Ich liebe dich, Mädchen. Sag so etwas nicht.«

»Alex, es gibt keinen Grund, weshalb du gehen solltest. Malcolm ist nicht in Gefahr.«

»Doch, das ist er.«

»Ich traue ihm nicht. Er lügt wieder einmal.«

»Ja, Mary, er ist ein Lügner, aber er ist auch mein Bruder. Was würdest du von einem Ehemann denken, der sich weigert, seinem eigen Fleisch und Blut zu helfen?«

»Ich traue ihm trotzdem nicht. Denk nur daran, was er bereits getan hat! Er hat dich belogen und bestohlen und versucht, dich zu ermorden! Er ist ein Ungeheuer!«

»Ach, Mary, du verstehst ihn eben nicht.«

»Du nimmst ihn noch in Schutz? Nachdem er Sibeal das angetan hat? Nach der Sache mit der *Diana*? Er lügt auch diesmal. Wie kannst du so blind sein?«

»Ich nehme ihn nicht in Schutz, Mary. Mar hat wirklich allen seinen Vasallen geschrieben. Das habe ich aus mehreren Quellen erfahren. Und es überrascht mich nicht.«

»Dann ist dieser Teil vielleicht wahr, aber wie kannst du ihm vertrauen? Nachdem er dich bestohlen, belogen und betrogen hat?«

»Mary, du verstehst das nicht. Es geht nicht darum, ob ich ihm vertraue oder nicht. Ich habe alles geerbt. Den Titel, das Land. Das ist sehr schwer für den jüngeren Sohn. Er hat –«

»Er hat die Ländereien deiner Mutter bekommen, wofür die meisten Männer sehr dankbar wären. Er hat eine Frau bekommen, die ihn liebt, der er aber nicht treu sein konnte und die er brutal misshandelt hat, als sie sich darüber beklagte. Er hat Geld und andere Unterstützung von dir bekommen, selbst nachdem er dich bestohlen hatte, und doch ist das alles nicht genug für Malcolm MacGannon.«

»Malcolm ist mein Bruder. Ich kann seine Bitte nicht einfach ignorieren.«

»Warum nicht, Alex? Meine Bitte zu ignorieren, fällt dir offensichtlich nicht schwer. Ziehst du Malcolm wirklich mir vor?«

»Nein, Mary, das würde ich nie tun. Aber ich kann ihn nicht ignorieren.«

»Dann bist du ein Narr, Alex, und Gott möge euch beiden beistehen.«

Sein Blick wurde kalt, dann nickte er knapp. »Schön, Mary, ich bin ein Narr. Zumindest darin sind wir uns einig.« Das war alles, was er sagte, ehe er mich einfach stehen ließ.

Die Männer des Clans trafen sich noch am selben Abend. Ich war nicht eingeladen, und Alex kam auch nicht zu mir. Ich saß in unserem Zimmer und schäumte. Ich wusste, dass er gehen würde. Ein Teil von mir hatte das seit dem Tag gewusst, da der MacKinnon zu uns gekommen war, und doch fiel es mir schwer, mich damit abzufinden. Ich war wütend. Auf Alex, auf Malcolm, auf den MacDonald und James Stewart und sämtliche Männer, die Kriege führen ohne einen Gedanken an jene, deren Leben sie damit aus den Angeln heben. Oder zerstören. *Lieber Gott*, dachte ich, *er könnte für James Stewart sterben, für Malcolm oder für den MacDonald.* Dann wich meine Angst einer Woge des Zorns, die über mich hereinbrach. Ich tat nicht einmal so, als wollte ich schlafen, sondern ging in unserem Zimmer auf und ab, bis ich hörte, wie das Haus still wurde. *Wo ist er?*, fragte ich mich. Wieder stieg Wut in mir hoch, und wieder ging ich auf und ab, auf und ab.

Am frühen Morgen hielt ich es nicht mehr aus und verließ unser Zimmer. In der Halle lagen überall Männer, die in ihre Plaids gewickelt schnarchten, und ich schlich mich leise zur Bibliothek. Angus saß vor dem Kamin, die Beine zum Feuer ausgestreckt, das Kinn in die Hand gestützt. Er sah sehr müde aus, und er war allein. Er blickte auf, als ich eintrat. »Er ist nicht hier, Mary«, sagte er.

»Wo ist er?«

»Ich weiß es nicht. Draußen, nehme ich an. Im Haus ist er jedenfalls nicht.«

Ich trat zu ihm. »Angus, was sollen wir tun?«

»Hoffen, dass wir siegen werden.«

»Ihr geht also?«

Er sah mich ernst an. »Hast du daran gezweifelt?«

»Hat auch nur einer dabei an diejenigen von uns gedacht, die zurückbleiben werden?«

Angus hielt meinem zornigen Blick ruhig stand. »Ja, Mary, hin und wieder. Glaubst du denn, wir wüssten nicht, was wir tun?«

»Angus«, rief ich, »die Männer sind aufgeregt. Sie wollen in den Krieg ziehen. Ich sehe es, aber ich verstehe es nicht.«

Er sah mich lange an und seufzte dann. »Ja, du hast recht, Mary, für viele ist das aufregend, aber nicht für Alex und mich. Wir wissen, was uns erwartet. Du musst uns vertrauen, Mädchen. Wir tun das nicht des Ruhmes wegen.«

»Ihr geht wegen Malcolm.«

»Nein.« Das war Alex' Stimme, und ich fuhr herum. Er füllte den Türrahmen aus, erschöpft und grimmig zugleich. »Wir gehen um der Ehre willen, Mary, und aus Treue, und wenn du das nicht verstehst, dann habe ich dich falsch eingeschätzt.«

»Es ist ebenso ehrenhaft, hierzubleiben und deine Leute zu beschützen.«

»Das ist nicht ehrenhaft. Und am Ende bedeutet es den sicheren Untergang. Wenn die Rebellen ohne uns siegen, werden sie uns verjagen. Wenn sie ohne uns verlieren, werden sie uns jagen und zerstören, um ihre Wut an uns auszulassen, und dann werden die Engländer kommen.«

»Wir können neutral bleiben«, sagte ich. »Wir können uns heraushalten und sie das allein ausfechten lassen.«

»Nein. Das können wir nicht.«

»Du meinst, du willst es nicht.« Wir funkelten einander an.

»Wie du wünschst, Mary«, sagte er und wandte sich ab. Ich ließ ihn ziehen und ging allein zurück ins Bett.

30

Am Morgen war es nicht besser. Ich stand spät auf, steif und angespannt und immer noch wütend. Unten war von Alex, Angus oder Thomas nichts zu sehen. Sie kamen zwei Tage lang nicht nach Hause. Ich fand bald heraus, dass sie in die abgelegeneren Dörfer geritten waren, um mit den Clanmitgliedern zu sprechen, die nicht zu der Versammlung gekommen waren. Als Alex endlich zurückkehrte, war er grau vor Müdigkeit und nickte mir nur kurz zu, als er in der Halle an mir vorbeiging. Stunden später ging ich in unser Zimmer und fand ihn schlafend vor, noch vollständig bekleidet. Ich breitete eine Decke über ihn und küsste ihn auf die Stirn. Er erwachte halb, streckte die Hände nach mir aus, und ich schlüpfte wortlos in seine Umarmung. Er schlief gleich wieder ein, und ich ruhte in seinen Armen und versuchte, mir einzureden, dass das alles nur ein Traum sei, dass ich aufwachen und unser schönes Leben wiederhaben würde. Darüber schlief ich ein.

Ich erwachte, als er sich bewegte, öffnete die Augen und sah ihn auf der Bettkante sitzen. Er strich sich das Haar zurück und starrte ins Leere. Seufzend stand er auf und rückte seine Kleider zurecht. Im Zimmer war es dämmrig, denn es war ein dunkler Herbstabend. Im Hof unter uns war es still. Er drehte sich um, wir sahen einander lange an, dann streckte er die Hand aus und streichelte meine Wange. Seine Stimme klang zärtlich, als er sagte: »Ich liebe dich, Mary. Du glaubst das vielleicht nicht, oder du verstehst mich nicht, aber ich liebe dich.«

»Ich weiß, Alex. Ich liebe dich auch.«

»Ja, das weiß ich.« Er starrte auf die Bettdecke hinab, befühlte die Wolle, blickte dann in die Dunkelheit und sagte tonlos: »Ich habe dem MacDonald Nachricht gesandt, dass wir uns ihm anschließen werden. Und ich habe Gilbey ausgeschickt, damit er Matthew holt.«

Ich sagte nichts. Dass er es in Worte gefasst hatte, machte es schon beinahe greifbar. Ich schloss die Augen. *Dies ist nicht wirklich*, sagte ich mir. Als ich stumm blieb, seufzte er erneut und ging rasch hinaus.

Allmählich wurde mir klar, dass ihm schon lange bewusst war, dass er würde gehen müssen. Mich jedoch traf die Erkenntnis am schlimmsten an jenem Morgen, als ich ihn dabei entdeckte, wie er das Auspacken der letzten Pistolen überwachte. Ich hatte die Kisten wohl gesehen, säuberlich im Lagerraum des Burgfrieds aufgestapelt, aber ich hatte nicht gewusst, was sie enthielten. Nach unserem Streit über den Kauf der Waffen hatten wir sie nicht wieder erwähnt, und ich hatte angenommen, dass die Pistolen, mit denen ständig auf der Wiese geübt wurde, die neuen seien. Dass es an der Zeit war, nun auch noch die letzten auszupacken, erschütterte mich. Angus und Dougall zeigten den jüngeren Männern, wie man die Pistolen lud, während Alex auf einem Fass saß und auf die Wand gegenüber zielte, ein Auge geschlossen. Ich stand in der Tür, entsetzt und zunächst unbemerkt. Plötzlich wandte Alex den Kopf und blickte mir direkt in die Augen. Ich sah, wie er erstarrte, als er meinen Gesichtsausdruck bemerkte, und er stand langsam von dem Fass auf. Angus schaute hoch und blickte von Alex zu mir. Ich machte kehrt, lief durch den Flur zurück und suchte blindlings nach der Tür. Draußen holte ich tief Luft und ging schnell zum Wasser hinab.

Am Dock holte er mich ein und blieb vor mir stehen, eine Pistole im Gürtel. Ich hielt den Blick auf seine Brust gerichtet. Dann wandte ich mich abrupt ab und ging weg, doch er stand sogleich wieder vor mir.

»Mary«, sagte er heiser, »Mary, komm mit mir zurück, Mädchen.«

»Nein.« Ich erkannte meine erstickte Stimme kaum wieder. »Nein.«

»Doch, komm mit mir.« Er nahm meine Hand. »Komm mit mir.« Ich blickte zu ihm auf, zu diesem Fremden.

»In den Krieg, Alex? Soll ich eine von diesen Frauen werden, die den Soldaten folgen und ihnen zu Diensten sind?« Ich entriss ihm meine Hand.

»Nein, Mädchen«, sagte er traurig und schüttelte den Kopf. »Komm mit mir ein Stückchen auf den See hinaus. Bitte.«

»Nein.«

»Doch, Mary. Wir müssen miteinander reden. Komm.«

Er nahm erneut meine Hand, und diesmal sträubte ich mich nicht. Er ruderte uns auf den See hinaus, während ich stur nach links blickte. Denn wenn ich mich nach rechts gewandt hätte, hätte ich die Männer am Ufer gesehen, die sich darauf vorbereiteten, in den Krieg zu ziehen und uns zu verlassen, und dann wäre nur meine Wut wieder hochgekocht. Also blickte ich auf das stille Wasser hinaus und bemerkte, wie blau es heute schimmerte, wie grün die letzten Blätter an den Bäumen am anderen Ende leuchteten, wie grau die Berge dahinter aufragten. Ich lauschte dem rhythmischen Platschen von Alex' Ruderschlägen und sah zu, wie das Wasser um das Ruder herumwirbelte, wenn er es eintauchte. Mitten auf dem See seufzte er, hörte auf zu rudern, und wir trieben auf dem Wasser. Ich blickte lange ans ferne Ufer. Als er immer noch nichts sagte, warf ich ihm schließlich einen verstohlenen Blick zu. Er beobachtete mich mit reservierter Miene, und seine Augen waren so blau wie das Wasser hinter ihm. Die Sonne ließ sein Haar schimmern wie Gold, und die Brise wirbelte ihm einzelne Haare wie einen Heiligenschein um den Kopf. Ehe ich merkte, was ich tat, hatte ich mich vorgebeugt und ihm eine goldene Locke aus der Wange gestrichen. Er packte sanft mein Handgelenk, als ich die Hand zurückziehen wollte. Unsere Blicke trafen sich, und sein Bild verschwamm vor meinen Augen, als die Tränen überflossen. Ich blinzelte dagegen an. Er hielt noch immer mein Handgelenk fest, sagte aber nichts, und ich blickte schließlich wieder zu ihm auf. Er betrachtete meine Hand, den Kopf leicht gebeugt, und ich sah zu, wie sich seine Schultern unter dem Leinenhemd hoben und senkten. Er schaute zu mir auf, sah mir in die Augen und ließ meine Hand los.

»Mary, kannst du mir verzeihen?« Er seufzte tief. »Es tut mir leid, dass ich dich so zornig mache.«

»Geh nicht. Verlass uns nicht, Alex. Ich habe so schreckliche Angst.«

»Ich werde zurückkehren, Mädchen.«

»Du hast die Absicht.«

»Ich werde zurückkehren.«

»Warum?«, flüsterte ich.

»Warum ich gehe oder warum ich zurückkehren werde?«

»Beides.«

Er schüttelte den Kopf. »Ach, Mary, ich habe keine magischen Worte, mit denen ich dir das erklären könnte. Ich kann dir nur sagen, dass ich nicht gehen will, aber gehen muss.«

»Warum? Wegen Malcolm? Tust du das für ihn, Alex?«

Er holte tief Luft und starrte auf seine Füße, ehe er die blauen Augen hob und mich ansah. »Nein, nicht für Malcolm. Mir ist sehr wohl bewusst, was er getan hat. Ich mache mir nichts mehr vor, was meinen Bruder angeht. Ein solches Opfer würde ich niemals für ihn bringen.« Er schüttelte den Kopf. »Nein, Mary, ich gehe, weil ich Gäle bin und nicht zurückbleiben kann, wenn mein Volk in den Krieg zieht. Ob das vernünftig ist oder nicht, gerechtfertigt ist oder nicht, ich kann nicht zurückbleiben und mich sicher hinter meinen Mauern verstecken, und ich kann auch nicht für deinen König Geordie kämpfen. Wenn sie eine

Grenze ziehen, wer zu den Feinden gehört und wer nicht, dann stehe ich auf dieser Seite, und ich kann die Männer auf meiner Seite nicht ohne mich in den Kampf ziehen lassen. Ich kann nicht hier bei dir bleiben und von einem Toten nach dem anderen erfahren. Wenn ich gehe, kann ich vielleicht etwas ausrichten. Wenn ich zu Hause bleibe, werde ich mich ewig fragen, ewig, ob ich einen Unterschied hätte machen können.«

»Und wenn du nicht mehr nach Hause kommst?«

»Ich werde nach Hause kommen.«

Ich sah zu, wie das Licht in seinem Haar spielte. »Woher willst du das wissen?«

»Ich weiß es.« Er schaute zu Kilgannon hinüber, wich aber meinem Blick aus. »Ich werde zu dir zurückkehren, Mary. Und zu meinen Söhnen. Hier gehöre ich her. Ich komme zurück.«

»Ich verstehe das nicht.«

»Nein, das weiß ich, Mädchen. Was ich da sage, ist dir völlig fremd.«

»Nicht nur mir, Alex, sondern den meisten Frauen. Was macht es schon für einen Unterschied, wer auf dem Thron sitzt? Wir sehen zu, wie ihr alle euch vorbereitet, als ginge es zu den Highland-Spielen oder auf einen langen Jagdausflug. Begreift ihr denn nicht, was geschehen könnte? Ist das denn keinem von euch klar?«

»Das ist uns klar. Manchen natürlich auch nicht. Sie halten das für ein großes Abenteuer, etwas, wovon sie ihren Enkeln an einem langen Winterabend erzählen können, aber die meisten von uns begreifen es sehr wohl. Wir haben nur keine Wahl.«

»Ihr habt die Wahl. Ihr entscheidet euch dafür, in den Krieg zu ziehen.« Er musterte mich und blickte dann zum fernen Ufer hinüber. Ich studierte sein Profil. Seine Wimpern glänzten in der Sonne, und ich hätte schreien mögen. Warum fiel mir nichts ein, womit ich ihn aufhalten könnte?

Er wandte sich mir wieder zu. »Ja, Mädchen, da hast du recht. Wir treffen unsere Wahl. Und ich finde keine Worte mehr, mit denen ich es dir besser erklären könnte.« Er nahm meine Hand, die auf meinem Rock lag. »Ich kann dir nur sagen, dass ich dich mehr liebe als mein Leben, Mary, aber wenn ich hier bei dir bliebe, würde ich sterben. Mein Körper würde weiterhin existieren, doch ein Teil von mir würde sterben.« Er küsste meine Handfläche, und ich betrachtete seinen gesenkten Kopf. »Ich kann nicht bleiben«, flüsterte er.

»Ein Teil von mir wird sterben, wenn du mich verlässt«, flüsterte ich zurück.

»Ja, aber du wirst wiedergeboren werden, wenn ich heil zu dir zurückkehre.«

»Alex …« Ich wollte toben, um mich schlagen, schreien und mir die Haare raufen. Stattdessen betrachtete ich meinen Mann und weinte. Er zog mich an sich, hielt mich im Arm, während ich schluchzte, tätschelte mir den Rücken und flüsterte beruhigende Worte, und seine Tränen vermengten sich mit meinen. Wir kauerten zusammen in diesem kleinen Boot, bis die Sonne unterging.

Doch es änderte nichts.

Ich konnte nicht schlafen, und Alex tat kaum mehr ein Auge zu. Er war überall, überwachte die Vorbereitungen in allen Einzelheiten – die Vorbereitungen für den Krieg und die Vorbereitungen für jene, die er zurücklassen würde. Er hatte sorgfältig die Männer ausgewählt, die bei uns bleiben und uns beschützen und uns helfen würden, ohne die anderen zu überleben. Weil sie noch vor der Ernte aufbrechen würden, wenn das Vieh noch auf den Sommerweiden stand und nicht alles Korn geerntet war, mussten einige Männer, die sich damit auskannten, zurückbleiben und uns helfen, doch wir würden alle hart arbeiten müssen, sonst würden wir den Winter nicht überleben. Mein Zorn schwoll an und verebbte wieder. Manchmal war ich resigniert und ruhig, dann wieder konnte ich kaum sprechen, ohne bitter zu klingen. Die Männer gingen mir aus dem Weg. Die meisten Frauen teilten meine Ansicht, doch ich hielt mich zurück.

Ich versuchte, das alles den Jungen zu erklären, doch es gelang mir nicht. Alex nahm sie überall mit hin, und ich wusste, dass er viel mit ihnen sprach, aber wie konnten zwei Kinder von fünf und sieben Jahren verstehen, was ihr Vater meinte, wenn er sagte, er werde in den Krieg ziehen? Ich selbst verstand zwar die Worte und Ideen dahinter, doch wenn ich sie auf mein Leben anwandte und zu begreifen versuchte, dass er dieser Ideen wegen fortging, sperrte sich mein Verstand dagegen. Und wenn ich es nicht verstehen konnte, wie konnten sie es dann? Doch die beiden schienen sich mit der Vorstellung abzufinden, dass Alex fortgehen würde, und ich staunte über ihren festen Glauben daran, dass er zurückkehren würde. Ich konnte an nichts anderes denken als daran, was alles passieren könnte, und der Gedanke daran, das ganze Leben, das ich noch vor mir hatte, ohne ihn zu verbringen, verfolgte mich auf Schritt und Tritt. Matthew kam nach Hause und berichtete, dass die meisten Highland-Clans sich versammelten, um sich Mar anzuschließen. Die Männer von Kilgannon jubelten.

Der Morgen, an dem er sich das Haar abschnitt, war einer der schlimmsten Augenblicke. Ich war in der Küche und kümmerte mich um die Lebensmittel, die für die Männer eingepackt wurden, als ich aufblickte und sah, wie Matthew nach einem Messer griff und Gilbey hinter ihn trat.

»Was tust du da?«, fragte ich ihn überrascht.

»Alex hat gesagt, ich solle mir das Haar abschneiden«, erklärte Matthew, »und ich dachte, mit einem Küchenmesser müsste es am schnellsten gehen. Meinen Dolch will ich dafür nicht nehmen. Die Klinge könnte stumpf werden.« Er begegnete nervös meinem Blick.

»Dir das Haar abschneiden?«, fragte ich verständnislos.

»Ja, damit es einem beim Kampf nicht in die Augen gerät.«

»Beim Kampf.«

Er nickte. »Mary, fühlst du dich nicht gut? Du bist ganz blass.«

»Wo ist Alex, Matthew?«

»In eurem Zimmer.« Ich war zur Tür hinaus, ehe er den Satz beendet hatte.

Alex stand barfuß vor meinem Spiegel, zog einzelne Haarsträhnen hoch und schnitt sie ab. Er drehte sich um, als ich eintrat, und sah mich an, sagte aber nichts, auch nicht, als ich ihm das Messer abnahm und ihn auf den Stuhl niederdrückte. Wir beide schwiegen, während ich ihm das Haar kurz schor. Ich ignorierte meine Tränen und die schimmernden goldenen Locken auf dem roten Teppich unter unseren Füßen, und versuchte, den Gedanken zu verdrängen, dass dieser Teppich die Farbe von Blut hatte. Als ich fertig war, hob ich die langen Flechten auf, faltete sie in ein Tuch und legte das Bündel in eine Truhe. Wortlos verließ ich das Zimmer. Wir verloren auch später kein Wort darüber. Bis zum Abend hatte sich jeder Mann und jeder Junge auf Kilgannon das Haar abgeschnitten, sogar Ian und Jamie. Ich behielt das Haar, das sie selbst abgesäbelt hatten, schalt sie dafür und trimmte das ordentlich zurecht, was noch da war, doch ich sagte auch darüber kein Wort zu Alex. Ich legte ihr Haar in das Bündel zu seinem, und meine Tränen tropften auf die Wolle, als ich es in meiner Kleidertruhe vergrub.

Die Abende waren am schwersten, denn dann war meine Arbeit getan, seine aber noch nicht. Manchmal folgte ich ihm, doch jeder seiner Handgriffe erinnerte mich daran, dass er fortgehen würde. Die Jungen waren aufgeregt wegen der allgemeinen Hektik und der Vorbereitungen, und sie bettelten darum, auch in den Krieg ziehen zu dürfen. Ich machte ihnen unmissverständlich klar, dass sie nirgendwohin gehen würden. Gilbey würde jedoch mitgehen, und irgendwie fühlte ich mich noch mehr verraten, weil Matthew und Gilbey uns auch verlassen würden. Die Unterschiede zwischen uns waren noch nie so deutlich hervorgetreten. Jung, wie sie waren, waren sie dennoch Männer, und Männer zogen in den Krieg, während die Frauen zu Hause blieben und warteten. Gilbey war nicht traurig darüber, dass seine Tage als Tutor vorerst gezählt waren. Angus hatte ihn in der Zeit, die er bei uns verbracht hatte, gut trainiert. Und Matthew ebenfalls. Ich sah ihn nun mit anderen Augen. Er war jetzt ausgewachsen, war aber nie so breit geworden wie sein Vater. Stattdessen wurde er Alex immer ähnlicher und bewegte sich mit derselben lockeren Anmut. Seufzend dachte ich an sein unterbrochenes Studium. Er hatte kein Bedauern gezeigt, als ich ihn danach gefragt hatte, sondern nur gelacht und erklärt, es wäre ohnehin niemand mehr da, bei dem er studieren könnte.

Alex suchte mich eines Abends auf, als ich auf dem Burgfried stand und den Sonnenuntergang betrachtete, aber nur Blut im roten Abendhimmel sah. Ich hatte ihn nicht gehört und schrak zusammen, als seine Hand meine Wange berührte und mir die Tränen vom Gesicht wischte. »Weine nicht, Mary, meine Rose«, sagte er zärtlich. Ich schüttelte den Kopf und blickte aufs Meer hinaus. Er seufzte. »So können wir nicht auseinandergehen.«

»Dann geh nicht.«

Er seufzte erneut. »Mary, ich muss dir noch einiges sagen. Bist du bereit, mich anzuhören?« Ich schwieg, und er drehte mich zu sich herum. »Mädchen«, sagte er mit zärtlichem Gesichtsausdruck, »ich bin ebenso stur wie du. Das weißt du. Also hör zu, dann lass ich dich bald in Ruhe, oder ich rede einfach immer weiter auf dich ein, bis du mir endlich antwortest.«

Ich holte tief Luft. »Lass mich sicher sein, dass ich dich recht verstanden habe, Alex. Wenn ich zuhöre, gehst du, und wenn nicht, bleibst du und versuchst weiterhin, mit mir zu reden? Und wenn es ewig dauert? Du meine Güte, Alex, was soll ich jetzt nur tun?«

Er sah mich mit schmalen Augen an und zog mich dann leise lachend an seine Brust. »Du bist mir eine«, sagte er über meinen Kopf hinweg.

Ich schlang die Arme um ihn. »Geh nicht«, murmelte ich an seiner Brust. Er küsste mich auf den Kopf.

»Mädchen, hör zu. Es gibt Dinge, die wir noch besprechen müssen.« Er richtete sich auf und sah mir ins Gesicht. »Du musst das hören, und zwar jetzt.« Schließlich nickte ich. »Gut. Ich will, dass du nach Frankreich zu Ewan gehst. Deirdre ist bereits mit ihren Töchtern unterwegs dorthin. Angus hat es heute Morgen erfahren.«

»Nein.«

»Warum?«

»Dies ist mein Zuhause, Alex. Ich bleibe hier.«

»Mary, ich wäre ruhiger, wenn ich dich in Sicherheit wüsste.«

»Man stelle sich nur vor – so über jemanden zu denken, den man liebt.«

»Mary –«

Ich schüttelte den Kopf. »Nein. Nein, Alex. Ich bleibe hier.«

»Warum? Warum willst du nicht gehen?«

Warum willst du nicht bleiben?, dachte ich. »Alex, wenn du mich brauchst, werde ich hier sein. Ich kann zu dir kommen. Ganz gleich, wo in Schottland du bist. Und ich werde erfahren, was geschieht. Wenn ich in Frankreich bin, werde ich gar nichts erfahren, und ich wäre viel zu weit fort, um zu dir kommen zu können.«

»Dann geh zu Louisa. Oder zu Will. Du weißt doch, dass sie dich jederzeit aufnehmen würden.«

»Nein.«

»Warum nicht?« Er wurde zornig.

»Aus den Gründen, die ich eben genannt habe. Dies ist mein Zuhause.« Ich schwieg und überlegte, wie ich ihm das am besten erklären konnte. »Wenn du fort bist, wird der Clan jemanden brauchen. Ihr wart noch nie alle auf einmal fort, aber jetzt werden du, Angus, Thomas, Dougall und Matthew alle weg sein, sogar der kleine Donald und Gilbey. Ihr alle. Wer soll sich um die Leute kümmern?« Er blickte in den Sonnenuntergang, und ich beobachtete seine Miene. Schließlich nickte er.

»Ja. Aber, Mädchen, ich will dich in Sicherheit wissen.«

»Dann bleib hier und beschütze uns.« Ich sah, wie seine Lippen schmal wurden.

»Mary, versprich mir eines: Wenn du fürchtest, dass Kilgannon belagert werden könnte, wirst du sofort fliehen. Versuche nicht, die Burg zu halten. Nimm die Jungen und so viele Leute, wie du kannst, und flieh. Überlasse die Burg den Angreifern. Versprich mir das, Mädchen, oder ich lasse dich auf der Stelle nach Frankreich verschiffen, ob du einverstanden bist oder nicht.«

Ich sah ihm in die Augen und reckte das Kinn. »Du wirst nicht mehr hier sein, um irgendjemanden zu verschiffen. Blecke nicht die Zähne, wenn du nicht beißen kannst, MacGannon.«

Er starrte mich mit leerem Blick an und lachte dann. »Mary, meine Rose«, sagte er und zog mich in seine Arme. »Manchmal überraschst du mich.«

»Du mich auch, Alex.«

Er küsste mich und fuhr fort: »Wenn du fliehen musst, geh nicht nach Glengannon. Dort werden die Truppen als Erstes eintreffen. Geh nach Skye. Moragș Familie hält sich heraus, sie werden dich aufnehmen, bis du nach England weiterreisen kannst.«

Ich starrte ihn an. »Die MacLeods halten sich heraus?«

»Sag nichts weiter, Mädchen. Ich weiß, was du denkst.« Ich wandte mich von ihm ab und lehnte mich an die Balustrade. Der Stein unter meinen Händen fühlte sich kühl an. »Wenn du nicht nach Dunvegan gehen kannst oder willst, dann geh nach Sleat. Dort wird jemand sein. Und wenn die Belagerung unerwartet kommt und du nicht mehr fliehen kannst, dann ergib dich, Mary, übergib die Burg und verlange als englische Bürgerin freies Geleit nach Hause. Kämpfe nicht um das Land. Sag den Clanleuten, sie sollen sich in die Heide schlagen. Kannst den Engländern erzählen, unsere Ehe sei unglücklich oder du wärest gegen deinen Willen hier festgehalten worden. Die englische Armee wird dir nur zu gern glauben, dass du mit einem Gälen als Ehemann unglücklich warst.«

Ich blickte auf und sah ihm in die Augen. »Niemand, der mich kennt, würde mir glauben, dass ich in meiner Ehe unglücklich war. Bis jetzt.«

Er seufzte. »Mädchen, da ist noch mehr, was ich dir sagen muss. Wenn du gehst, musst du ein paar Dinge mitnehmen. Im Schreibtisch sind all die Papiere, die du kennst, aber in einem Regal steht ein Kästchen mit Papieren, die du vielleicht noch nicht gesehen hast. Nicht meine Zeichnungen, aber ein ganz ähnliches Kästchen, auf der rechten Seite der Regale. Es trägt das Wappen auf dem Deckel, und darin liegen alle Dokumente, die beweisen, dass mir Kilgannon, Clonmor und alle Schiffe gehören. Ich habe an meinen Rechtsverwalter Kenneth Ogilvie geschrieben und bestätigt, dass ich Angus die *Gannon's Lady* und Matthew die *Margaret* übergeben habe. Mir gehört jetzt nur noch die *Katrine*, denn die *Mary Rose* ist immer noch dein Eigentum. In dem Kästchen sind Abschriften dieser Briefe. Du wirst sie vielleicht brauchen. Wenn wir verlieren und ich meinen ganzen Besitz einbüße, verlieren wir nur das eine Schiff.« Er seufzte erneut. »Hinter dem Kästchen liegen zwei große Beutel voll Gold, und der Schmuck meiner Mutter ist auch darin.« Er fuhr sich mit der Hand durch das kurze Haar, so dass es ihm vom Kopf abstand. Ich streckte die Hand aus und strich es glatt, und unsere Blicke trafen sich. »Ich weiß, dass du dich bemühst, Mary, und dass du es trotzdem nicht verstehen kannst.«

»Alex, ich verstehe, warum du gehst. Ich bin nur nicht damit einverstanden.« Er nickte und seufzte, und wir blickten zusammen übers Wasser hinaus.

Ehe ich mich versah, waren sie bereit. In der Nacht, bevor sie aufbrechen würden, zog ich mich allein in unser Zimmer zurück und ging zu Bett. In die Decke gewickelt, versuchte ich, so zu tun, als sei nichts von alledem wirklich, als hätte der Lärm, den ich auf den Fluren hörte, nichts mit mir zu tun. Es gelang mir nicht. Als Alex zu mir kam, weigerte ich mich, mit ihm zu sprechen, und hielt die Augen geschlossen, während er neben dem Bett stand. Er seufzte tief, küsste mein Haar und wandte sich zum Gehen. An der Tür blieb er stehen. »Mary, meine Rose«, sagte er mit erstickter Stimme. »Ich weiß, dass du wach bist und mich hörst. Ich wollte dir nur sagen, dass ich dich liebe.« Ich drehte mich um und sah ihn an. Als sich unsere Blicke trafen, machte er eine hilflose Geste. »Ich liebe dich, Mädchen.«

»Dann bleib.«

»Ich kann nicht.«

»Du willst nicht.«

»Wie du meinst, Mary«, sagte er müde und griff nach dem Riegel. Ich sprang aus dem Bett und blieb mitten im Zimmer stehen. Er beäugte mich argwöhnisch.

»Ich werde vielleicht nicht mehr hier sein, wenn du zurückkommst – falls du zurückkommst.«

»Dann werde ich dich finden. Ganz gleich, wo du auch sein magst, ich werde dich finden.«

»Und was dann?«

Er schüttelte den Kopf. »Das kann ich nicht einmal erraten, Mary. Wir werden es herausfinden müssen. Aber ich werde dich finden, wenn es vorbei ist.«

Ich fiel auf die Knie und streckte die Arme nach ihm aus. »Wenn ich dich durch Betteln umstimmen kann, dann werde ich betteln, Alex. Ist es das, was du willst?« Tränen rannen mir über die Wangen, und meine Stimme zitterte. »Wirst du es dir jetzt anders überlegen? Bitte, Alex. Bitte, ich flehe dich an, verlass mich nicht.«

Seine Miene war entsetzt, dann wurde er zornig, eilte zu mir, zerrte mich grob auf die Füße und schüttelte mich leicht. »Bettle nicht, Mary, meine Rose! Niemals, niemals sollst du betteln! Guter Gott, Mädchen, ich wollte nicht, dass es so weit kommt. Ich liebe dich, Mary, mehr als mein Leben.«

»Dann bleib –«, begann ich, doch er unterbrach mich.

»Sprich es nicht aus. Ich kann nicht bleiben. Sag das nicht

noch einmal«, rief er aus. Ich schluchzte, und er weinte, als er mir die Wangen küsste, den Kopf, den Hals. Dann zog er mir das Kleid aus und küsste jeden Zoll nackter Haut. Er riss mir das Unterkleid vom Leib, warf es weg und küsste mich weiter, während ich weinte und ihm zusah. Und dann ließ ich mich von den Gefühlen mitreißen, zog ihn hastig aus und klammerte mich an ihm fest. Wir liebten uns wie von Sinnen auf dem Boden und schleppten uns dann ins Bett, wo wir uns weiter liebten. Und als wir einander schließlich erschöpft in den Armen lagen, seufzte ich, denn ich wusste, dass das nichts geändert hatte. Er küsste mein Haar und zog mich fester an sich.

»Ich liebe dich«, sagte er mit rauer Stimme. »Ich werde dich ewig lieben, meine Rose. Daran darfst du nicht zweifeln. Niemals.«

»Dann bleib«, murmelte ich an seiner Brust.

»Ich kann nicht.« Wir schwiegen eine Weile, dann beugte er sich über mich, um mich zu küssen. »Liebst du mich denn noch, Mädchen?«

Ich hob den Kopf und sah ihm in die Augen. »Ich werde dich lieben, bis ich sterbe, Alex«, sagte ich. »Und über den Tod hinaus.« Er betrachtete mich und nickte dann.

»Und ich dich, Mary. Vergiss das nicht.«

Am nächsten Morgen schien die Sonne hell über dem Tal, und ich stand auf der Stufe vor dem äußeren Burgtor und sah zu, wie die Männer des Clans, von denen manche mit kurz geschorenem Haar und in kriegerischer Aufmachung kaum zu erkennen waren, sich von ihren Familien verabschiedeten. Alex, in Wams und Plaid, eine Mütze auf dem kurzen, welligen Haar, erteilte letzte Anweisungen und scherzte mit den Burschen, die noch zu jung waren, um mit den anderen in den Krieg zu ziehen. Sie drängten sich um Alex und die Männer, als gäbe es etwas zu feiern, und ich hätte schreien mögen. *Begreift ihr denn nicht, was hier geschieht?*, kreischte ich im Stillen. *Seht ihr nicht, dass einige dieser Männer in den Tod gehen? Dass einige verstümmelt zurückkehren werden? Wie könnt ihr sie nur gehen lassen?* Doch ich blieb stumm. Ich sagte auch nichts, als Alex schließlich zu uns kam, zu mir und den Jungen an meiner Seite, die zu aufgeregt waren, um still zu stehen. Er beugte sich hinab, umarmte sie und sprach leise mit jedem seiner Söhne. Er tätschelte ihnen ein letztes Mal die Schultern und wandte sich dann mir zu.

»Mary, küss mich, meine Rose«, sagte er. »Wir gehen jetzt.« Ich küsste ihn, mit salzigen Tränen auf den Lippen. Ich versuchte, mir einzuprägen, wie sich sein Körper anfühlte, und schlang ein letztes Mal die Arme um ihn.

»Alex«, schluchzte ich. »Alex, bitte komm zurück zu mir. Bitte.«

»Das werde ich, Mary.« Er strich mir über die Wange. »Meine wunderschöne Rose. Ich werde zu dir zurückkehren. Ich liebe dich, Mädchen, und ich werde dich in jedem Augenblick vermissen. Jetzt küss mich noch einmal, und dann muss ich fort.«

Also küsste ich ihn und stand dann mit seinen Söhnen im Arm auf dieser Stufe, während wir zusahen, wie ihr Vater die Männer von Kilgannon von zu Hause fortführte. Die Menge folgte ihnen bis zum Waldrand am anderen Ende des Sees, und die Melodie der Dudelsäcke drang bis zu uns herüber und verstummte dann, als Seamus seine Pfeifer mit den anderen in den Krieg führte. Alex hielt inne, ehe er die Bäume erreichte, und sein Ärmel hob sich weiß vor seiner roten Mütze ab, als er den Arm hob und uns zuwinkte. Ich erinnerte mich an meine dunkle Vorahnung, als er beim Besuch des MacKinnon genau dasselbe getan hatte. Das letzte Lied, das ich hörte, als er verschwand, war »MacGannons Heimkehr«. Und mit jedem Ton starb ein Teil von mir.

DANKSAGUNG

Kein Roman wird je ohne Unterstützung veröffentlicht, und dieser hier genoss viel davon. Ich danke Maureen Walters und Maria Angelico von Curtis Brown, Ltd., für ihre unendliche Begeisterung, Freundlichkeit und Ermunterung; Maggie Crawford von Dell, die eine Vision mit mir teilte und mir half, ihr Gestalt zu verleihen; Russ, weil er die Art von Mann ist, über die eine Frau schreiben will, und für Einsichten in den männlichen Verstand; Kerry und Patty, weil sie jedes Wort gelesen, an den richtigen Stellen gelacht und geweint haben, und weil sie sich nie beklagt haben, wenn ihre Mutter im achtzehnten Jahrhundert verschwunden war; meiner Mutter Violet für die vielen Familiengeschichten und ihren unerschütterlichen Glauben an mich; Peggy Gregerson, die jede überarbeitete Fassung gelesen und mich am Schreiben gehalten hat; meinem Bruder Rich und der ganzen Familie für ihren Optimismus; meiner Schwester Nicole für ihre Hochgeschwindigkeitskorrektur; Georgene Fairbanks, Mary Lewis und Rick Capaldi, dem Lunch Bunch und der Go Ask Alice Writing Group für ihre Unterstützung und Ermunterung; den Mitarbeitern der Westminster Abbey Library für ihre Geduld; und den zahllosen Historikern, Bibliothekaren und Museumsangestellten, die mich in die Welt von Mary und Alex zurückgeführt haben. Jegliche Fehler oder Ungenauigkeiten gehen allein auf mein Konto.

NACHWEIS DER ZITIERTEN GEDICHTE:

Robert Burns: *A Red, Red Rose*
Übersetzt von Karl Bartsch
Robert Burns: Lieder und Balladen
Verlag des Bibliographischen Instituts, 1865

Robert Burns: *Fond Kiss*
Übersetzt von Karl Bartsch, ebd.

Andrew Marvell: *To His Coy Mistress*
Auszug übersetzt von Katharina Volk